八閩文庫

八閩文庫
要籍選刊
48

文海披沙
五雜組

[明] 謝肇淛 撰
印曉峰 點校

海峽出版發行集團
THE STRAITS PUBLISHING & DISTRIBUTING GROUP
福建人民出版社

八閩文庫編纂委員會

顧　問

袁行霈　樓宇烈　安平秋　陳祖武　楊國楨　周振鶴

主　任

葛兆光　張　帆

委　員（以姓氏筆畫排序）

丁荷生（Kenneth Dean）　方寶川　杜澤遜　李　岩　吴　格

汪征魯　宋怡明（Michael Szonyi）　林　彬　林繼中　陳支平

陳紅彦　陳慶元　商　偉　張志清　張善文　葉建勤　傅　剛

鄭振滿　漆永祥　稻畑耕一郎　劉　石　劉躍進　盧美松

顧　青

八閩文庫總序

葛兆光　張　帆

一

在傳統中國的文化史上，福建算是後來居上的區域。經歷了東晉、中唐、南宋幾次大移民潮，浙、閩之間的仙霞嶺，早已不是分隔内外的屏障，而成了溝通南北的通道。歷史使得福建越來越融入華夏文明之中，唐宋兩代，特別是在「背海立國」的宋代，東南的經濟發達，海洋的地位凸顯，福建逐漸從被文明中心影響的邊緣地帶，成爲反向影響全國文明的重要區域。在七世紀的初唐，詩人駱賓王曾説「龍章徒表越，閩俗本殊華」（駱臨海集箋注卷二晚憩田家，陳熙晉箋注，上海古籍出版社一九八五年，第三六頁），前一句説的是華夏的衣冠對斷髮文身的越人没有用，後一句説的是閩地的風俗本來就與華夏不同，意思都是瞧不起東南。但是，到了十五世紀的明代中期，黄仲昭在弘治八閩通志序裏卻説，八閩雖爲東南僻壤，但自唐以來文化漸盛，「至宋，大儒君子接踵而出」，實際上它的文明程度，已經「可以不愧於鄒魯」（四庫全書存目叢書史部一七七册，齊魯書社一九九六年，第三六四頁）。

的確，自從福建在唐代出了第一個進士薛令之，而且晉江有歐陽詹，福清有王棨，莆田有徐夤、黄滔這些傑出人物之後，到了更加倚重南方的宋代，福建出現了蔡襄（一〇一二—一〇六七）、陳襄（一〇一七—一〇八〇）、游酢（一〇五三—一一二三）、楊時（一〇五三—一一三五）、鄭樵（一一〇四—一一六二）、林光朝（一一一四—一一七八）、朱熹（一一三〇—一二〇〇）、蔡元定（一一三五—一一九八）、陳淳（一一五九—一二二三）、真德秀（一一七八—一二三五）等一大批著名文人士大夫。這些出身福建或流寓福建的士人學者，大大繁榮和提升了這裏的文化，甚至使得整個中國的文化重心逐漸南移，也許，就像程顥説的那樣「吾道南矣」（宋史卷四二八道學楊時傳，中華書局一九七七年，第一二七三八頁）。也就是説宋代之後，原本偏在東南的福建，逐漸成了中國重要的文化區域。

不過，習慣於中原中心的學者，當時也許還有偏見。以來自中心的偏見視東南一隅的福建，那時福建似乎還是「邊緣」。雖然人們早已承認福建「歷宋逮今，風氣日開」

（黄虞稷閩小紀序，撰於康熙五年，續修四庫全書史部七三四册，上海古籍出版社二〇〇二年，第一二七頁），但有的中原士人還覺得福建「僻在邊地」。像北宋樂史的太平寰宇記，一面承認「此州（福州）之才子登科者甚衆」，一面仍沿襲秦漢舊説，稱閩地之人「皆蛇種」，並引十道志説福建「嗜欲、衣服，别是一方」（樂史太平寰宇記卷一〇〇江南東道一二，中華書局二〇〇七年，第一九九一頁）。所以，歷史上某些關於福建歷史、文化和風俗的著作，似乎還在以中原或者江南的眼光，特别留心福建地區與核心區域不同的特異之處，筆下一面凸顯異域風情，一面鄙夷南蠻鴃舌。但是從大的方面説，我們看到宋代以降，實際上福建與中原的精英文化越來越趨向同一，正如宋人祝穆方輿勝覽所説，「海濱幾及洙泗，百里三狀元」，前一句裏所謂「洙泗」即孔子故鄉，這是説福建沿海文風鼎盛，幾乎趕得上孔子故里；後一句裏「三狀元」是指南宋乾道年間福建登第的三個狀元，即乾道二年（一一六六）的蕭國梁、乾道五年的鄭僑和乾道八年的黄定，他們都是福建永福（今永泰）這個地方的人（祝穆新編方輿勝覽卷一〇，施和金點校，中華書局二〇〇三年，第一六三頁）。

文化漸漸發達，書籍或者文獻也就越來越多，福建文獻的撰寫者中不僅有本地人，也有流寓或任職於閩中的外地人。日積月累，這些文獻記録了這個多山臨海區域千年的文化變遷史，而八閩文庫的編纂，正是把這些文獻精選並彙集起來，爲現代人留下唐宋以來有關福建的歷史記憶。

二

福建鄉邦文獻數量龐大，用一個常見的成語說，就是「汗牛充棟」。那麼多的文獻，任何歸類或敘述都不免挂一漏萬。不過，我們這裏試圖從區域文化史的角度，談一談福建文獻或書籍史的某些特徵。

毫無疑問，中國各個區域都有文獻與書籍，秦漢之後也都大體上呈現出華夏同一思想文化的底色，但各區域畢竟有其地方特色。如果我們回溯思想文化的歷史，那麼，唐宋之後福建似乎也有一些特點。恰恰因爲是後來居上的文化區域，所以福建積累的傳統包袱不重，常常會出現一些越出常軌的新思想、新精神和新知識。這使得不少代表新思想、新精神和新知識的人物與文獻，往往先誕生在福建。衆所周知的方面之一，就是宋代儒家思想的變遷。應當說，宋代的理學或者道學，最初乃是一種批判性的新思潮，一些儒家士大夫試圖以屬於文化的「道理」鉗制屬於政治的「權力」，所以，極力强調

「天理」的絶對崇高，人們往往稱之爲道學或理學，也根據學者的出身地叫作「濂洛關閩之學」。其中，「閩」雖然排在最後，卻應當説是宋代新儒學的高峰所在，以至於後人乾脆省去濂溪和關中，直接以「洛閩」稱之（如清代張夏雒閩源流錄），以凸顯道學正宗，恰在洛陽的二程與福建的朱熹，而道學最終水到渠成，也正是在福建。因爲宋代道學集大成的代表人物朱熹，雖然祖籍婺源，卻出生在福建，而且相當長時間在福建生活。他的學術前輩或精神源頭，號稱「南劍三先生」的楊時、羅從彦（一〇七二—一一三五）、李侗（一〇九三—一一六三），也都是南劍州即今福建南平一帶人，他的提攜者之一陳俊卿（一一一三—一一八六），則是興化軍即今莆田人，而他的最重要的弟子黄榦（一一五二—一二二一）是閩縣（今福州）人、陳淳是龍溪（今龍海）人。

正是在這批大學者推動下，福建逐漸成爲圖書文獻之邦。慶元元年（一一九五），朱熹在福州州學經史閣記中曾經説，一個叫常濬孫的儒家學者，在福州地方軍政長官詹體仁、趙像之、許知新等資助下，修建了福州府學用來藏書的經史閣，即「開之以古人教學之意，而後爲之儲書，以博其問辨之趣」（朱文公文集卷八〇，朱子全書第二四册，上海古籍出版社、安徽教育出版社二〇一〇年，第三八一四頁）。宋代之後，經由近千年的日積月累，我們看到福建歷史上出現了相當多的儒家論著，也陸續出現了有關儒家思想的普及讀物。大家可以從八閩文庫中看到，這裏收録的不僅有朱熹、真德秀、陳淳的著述，也有明清學者詮釋理學思想之作，像明人李廷機性理要選、清人雷鋐雷翠庭先生自恥録等等，應當説，這些論著構成了一個歷經宋元明清近千年的福建儒家文化史。

三

説到福建地區率先出現的新思想、新精神和新知識，當然不應僅限於儒家或理學一系。更應當記住的是，從宋代以來，中國政治、經濟和文化的重心，逐漸從西北轉向東南，一方面由於中原文化南下，被本地文化激蕩出此地異端的思想，另一方面海洋文明東來，同樣刺激出東南濱海的一些更新的知識。

我們注意到，在福建文獻或書籍史上，呈現了不少過去未曾有的新思想、新精神和新知識。比如唐宋之間，福建不僅出現過譚峭（生卒年不詳）化書這樣的道教著作，也出現過像百丈懷海（約七二〇—八一四）、溈山靈佑（七七一—八五三）、雪峰義存（八二二—九〇八）那樣充滿批判性的禪僧，還出現過禪宗史上撰於泉州的最重要禪史著作祖堂集。又如明代中後期，那個驚世駭俗而特立獨行的李贄（一五二七—一六〇二），有人説他的獨特思想，就是因爲他生在各種宗教交匯融合的泉州，傳説他曾受到伊斯蘭教之影響，當然更因爲有佛教與心學的刺激，使他成了晚明傳統思想世界的反叛者。而另一個莆田人林兆恩（一五一七—一五九八），則是乾脆開創了三一教，提倡「三教合一」，也同樣成爲正統的政治意識形態的挑戰者。再如明清時期，歐洲天主教傳教士「梯航九萬里」，也把天主教傳入福建，特别是明末著名傳教士艾儒略（一五八二—一六四九）應葉向高（一五五九—一六二七）之邀來閩傳教二十五年，從而福建才會有「三山論學」這樣的思想史事件，也産生了三山論學記這樣的文獻，無論是葉向高，還是謝肇淛，這些思想開明的福建士大夫，多多少少都受到外來思想的刺激。最後需要特别提及的是，由於宋元以來，福建成爲向東海與南海交通的起點，所以，各種有關海外的新知識，似乎都與福建相關，宋代趙汝适撰寫諸蕃志的機緣，是他在泉州市舶司任職；元代汪大淵撰寫島夷志略的原因，也是他從泉州兩度出海。由於此後福州成爲面向琉球的接待之地，泉州成爲南下西洋的航線起點，因而福建更出現了像張燮東西洋考、吴朴渡海方程、葉向高四夷考、王大海海島逸志等有關海外新知的文獻，這一有關海外新知的知識史，一直延續到著名的林則徐四洲志。老話説「草蛇灰線，伏脈千里」，歷史總有其連續處，由於近世福建成爲中國的海外貿易和海上交通的中心，所以，這裏會成爲有關海外新知識最重要的生産地，這才能讓我們深切理解，何以到了晚清，福建會率先出現沈葆楨開辦面向現代的船政學堂，出現嚴復通過翻譯引入的西方新思潮。

甚至還可以一提的是，近年來福建霞浦發現了轟動一時的摩尼教文書，這些深藏在道教科儀抄本中的摩尼教資料，説明唐宋元明清以來，福建思想、文化和宗教在構成與傳播方面的複雜性和多元性。所以，在八閩文庫中，不僅收録了譚峭化書，李贄焚書續焚書、藏書續藏書，林兆恩林子會編等富有挑戰性的文獻，也收録了張燮東西洋考、趙新續琉球國志略等關係海外知識的著作，讓我們看到唐宋以來，福建歷史上新思想、新精神和新知識的潮起潮落。

四

在八閩文庫收録的大量文獻中，除了福建的思想文化與宗教之外，也留存了有關福建政治、文學和藝術的歷史。如果我們看明人鄧原岳編閩中正聲、清人鄭杰編全閩詩録收録的福建歷代詩歌，看清人馮登府編閩中金石志、葉大莊編閩中石刻記、陳棨仁編閩中金石略中收録的福建各地石刻，看清人黄錫蕃編閩中書畫録中收録的唐宋以來福建書畫，那麽，我們完全可以同意歷史上福建的後來居上。這正如陳衍（一八五六—一九三七）在閩詩録的序文中所説「余維文教之開，吾閩最晚，至唐始有詩人，至唐末五代中土詩人時有流寓入閩者，詩教乃漸昌，至宋而日益盛」（續修四庫全書集部一六八七册，第四一一頁）。可見，宋史地理志五所説福建人「多向學，喜講誦，好爲文辭，登科第者尤多」，「今雖閭閻賤品處力役之際，吟詠不輟」（杜佑通典州郡十二），真是一點兒不假。

清代學者朱彝尊（一六二九—一七〇九）曾説「閩中多藏書家」（曝書亭集卷四四淳熙三山志跋，四部叢刊初編集部二七九册，上海書店一九八九年，第六〇一頁）。千年以來的人文日盛，使得現存的福建傳統鄉邦文獻，經史子集四部之書都很豐富，翻檢八閩文庫，就可以感覺到這一點，這裏不必一一敘説。需要特别指出的是，福建歷史上不僅有衆多的文獻留存，也是各種書籍刊刻與發售的中心之一。福建多山，林木葱蘢，具備造紙與刻書的有利條件，從宋元時代起，福建就成爲中國書籍出版的中心之一。宋元時代福建的所謂「建本」或「麻沙本」曾經「幾遍天下」（葉夢得石林燕語卷八，侯忠義點校，中華書局一九八四年，第一一六頁），更有所謂「麻沙、崇安兩坊産書，號稱『圖書之府』」的説法（新編方輿勝覽卷一一，第一八一頁）。版本學家也許將它與蜀本、浙本對比，覺得它並不精緻，但是，從書籍流通與文化貿易的角度看，正是這些廉價圖書，使得很多文化知識迅速傳向中國四方，也深入了社會下層。淳熙六年（一一七九），朱熹在建寧府建陽縣學藏書記中曾説到，「建陽版本書籍行四方，無遠不至」，可當時嘉禾縣學居然藏書很少，「學於縣之學者，乃以無書可讀爲恨」，於是一個叫姚耆寅的知縣，就「鬻書於市，上自六經，下及訓傳、史記、子、集，凡若干卷以充入之」。當地刊刻的書籍，豐富了當地學者的知識，也增加了當地文獻的積累，甚至扭轉了當地僅僅重視「世儒所誦科舉之業」的風氣（朱文公文集卷七八，朱子全書第二四册，第三七四五頁），這就是一例。到了清代，汀州府成爲又一個書籍刊刻基地，近年特別受到中外學者注意的四堡，就是一個圖書出版和發行中心，文獻記載這裏「以書版爲産業，刷就發販，幾半天下」（咸豐長汀縣志卷三一物産）。所以，美國學者包筠雅（Cynthia J. Brokaw）文化貿易：清代至民國時期四堡的書籍交易（劉永華、饒佳榮等譯，北京大學出版社二〇一五年）就深入研究了這個位於汀州府長汀、清流、寧化、連城四縣交界地區的客家聚集區的書籍事業，繼承宋元時代建陽地區（如麻沙）刻書業，這裏再一次出現中國書籍出版史上佔據重要位置的福建書商群體。

可以順便提及的是，福建刻書業也傳至海外。福建莆田人俞良甫，元末到日本，由九州的博多上岸，寓居在京都附近的嵯峨，由他刻印的書籍被稱爲「博多版」。據説，俞氏一面協助京都五山之天龍寺雕印典籍，一面自己刻印各種圖書，由於所刊雕書籍在日本多爲精品，所以被日本學者稱爲「俞良甫版」。

從建陽到汀州，福建不僅刊刻了精英文化中的儒家九經三傳、諸子百家以及文選、文獻通考、賈誼新書、唐律疏議之類的典籍，也刊刻了很多大衆文化讀本，諸如西廂記、花鳥爭奇和話本小説。特别在明清兩代書籍流行的趨勢和作爲商品的書籍市場的影響下，蒙學、文範、詩選等教育讀物，風水、星相、類書等實用讀物，小説、戲曲等文藝讀物，在福建大量刊刻。如果我們不是從版本學家的角度，而是從區域文化史的角度去看，這種「易成而速售」（石林燕語卷八，第一一六頁）的書籍生産方式，使得各種文獻從福建走向全國甚至海外，特别是這些既有精英的、經典的，也有普及的、實用的各種知識的傳播，是否正是使得華夏文明逐漸趨向各地同一，同時也日益滲透到上下日常生活世界的一個重要因素呢？

五

八閩文庫的編纂，當然是爲福建保存鄉邦文獻，前面我們説到，保存鄉邦文獻，就是爲了留住歷史記憶。

這次編纂的八閩文庫，擬分爲三個部分。第一部分是「文獻集成」，計劃選擇與收錄唐宋以來直到晚清民初的閩人各種著述，以及有關福建的文獻，共一千餘種，這部分採取影印方式，以保存文獻原貌。這是八閩文庫的基礎部分，按傳統的經史子集四部分類，這是爲了便於呈現傳統時代福建書籍面貌，因而數量最多；第二部分是「要籍選刊」，精選一百三十餘種最具代表性的閩人著述及相關文獻，以深度整理的方式點校出版，不僅爲了呈現歷代福建文獻中的精華，也爲了便於一般讀者閲讀；第三部分則爲「專題彙編」，初步擬定若干類，除了文獻總目之外，還將包括書目提要、碑傳集、宗教碑銘、官員奏摺、契約文書、科舉文獻、名人尺牘、古地圖等，我們認爲，這是以現代觀念重新彙集與整理歷史資料的一個新方式，它將無法納入傳統的四部分類，卻是對理解福建文化與歷史至關重要的文獻，進行整理彙集，必將爲研究與理解福建，提供更多更系統的資料。

經歷幾年討論與幾年籌備，八閩文庫即將從二〇二〇年起陸續出版，力爭用十年時間，經過一番努力，打下一個比較完備的福建文獻的基礎。

當然，不能説八閩文庫編纂過後，對於福建文獻的發掘與整理就已完成。八閩文庫僅僅是我們這一兩代人的工作，還有更多或更深入的工作，在等待著未來的幾代人去努力。無論從舊材料中發現新問題，還是以新眼光發現新材料，都是建立在前人的基礎上，而又對前人的工作不斷修正完善的過程。還是朱熹寫給陸九齡的那句廣爲流傳的老話：「舊學商量加邃密，新知培養轉深沉。」用舊的傳統融會新的觀念，整理這些縱貫千年的歷史文獻，也就無論「人間有古今」了。

八閩文庫要籍選刊出版説明

福建自唐代以降，名家輩出，著述繁興，流傳千載，聲光燦然。遺存之文獻，多可彰顯福建歷史發展脈絡，展示前賢思想學術及文學藝術成就，爲研究福建區域文化之基本典籍。八閩文庫「要籍選刊」擇取重要之閩人著作及相關福建文獻百數十種，予以點校。其中具備條件者，將採用編年、箋注、校證等方式整理。諸書略依經史子集分部編次，陸續出版。

二〇二一年八月

整理前言

文海披沙、五雜組，明謝肇淛撰。肇淛字在杭，號武林，福建長樂人。生平詳曹學佺所撰墓誌及徐𤊹所撰行狀，並附見天啟刻本小草齋文集後。二文叙次詳實，在杭行事略無疑義。惟小草齋文集甚爲稀覯，清初黄虞稷千頃堂書目著録，至乾隆朝修四庫全書時已未見。明史在杭名附見卷二八六鄭善夫傳，云：「謝肇淛，字在杭，萬曆三十年進士，官工部郎中，視河張秋，作北河紀略，具載河流原委及歷代治河利病，終廣西右布政使。」傳語甚略，而誤者至再三。萬曆三十年西元一六〇二非會試之年，在杭實萬曆二十年西元一五九二壬辰科進士，其誤一。在杭督理河工，撰北河紀，非北河紀略，藝文志作北河紀不誤，一書前後抵牾，其誤二。在杭終官廣西左布政使，傳言右，其誤三。明史向稱精審，而數十字間，涉筆即訛。甚矣，史事之難言也。後人不察，多沿明史之誤。今據志狀，在杭生於隆慶元年西元一五六七，二十六歲成進士，出爲吴興司理推官，又移東昌。後歷任南京刑部、工部主事，工部員外郎、都水司郎中，雲南布政使司左參政，廣西按察使，天啟四年西元一六二四卒於廣西左布政使任上，終年五十有八。

在杭一生爲官，黽勉政事，治績頗顯。公務之暇，勤於著述，除詩文集數十卷外，尚有滇略、塵餘、北河紀、百粤風土記等幾二十種，尤以説部文海披沙、五雜組最爲著名，今八閩文庫要籍選刊即收録此二種，標校印行。

文海披沙八卷。四庫提要謂是編皆其筆記之文，偶拈古書，藉以發議，亦有但録古語一兩句，不置一詞者。書中多有與五雜組相類似處，殆早歲所撰，後又增删修潤，分類編録，更爲完備，可視作五雜組之嚆矢，容有可觀，而不可以累屋重架而忽之。本書有萬曆三十七年己酉，西元一六〇九刻本，卷首有陳五昌題序及沈儆炌刻書序，今即據以標校。另有一刊本，卷首有萬曆三十九年辛亥，西元一六一一焦竑序，則迻録附於書尾。

五雜組十六卷。分天、地、人、物、事五部，按類考録歷代典實，參互搜討，間加論斷。其間摭拾既富，而常在宦中，不及細檢原書，致時有舛誤，固所不免。又好炫博覽，人所習知之事，稍加裒綴，排偶成句。然在杭終非空言疏闊之輩，要其語有根柢，考覈精確，精義多有，如陳寅恪先生在柳如是别傳中即引用天部陽月條以證成其説。至於當朝時事，鄉邦掌故，尤三致意焉，皆耳聞目染，確有所據，爲明代政治文化、社會生活之重要史料，尤爲學者所注意，如李約瑟博士在中國科學技術史中多有稱引。隆萬以來，國家積弊日深，内寇外患已萌，書中議論縱横，卓然自立，識見迥出平常士大夫之上。要其在明人説部中，雖未足抗行楊升庵、王弇州諸作，而見聞博洽，亦堪爲翹楚。

五雜組明代有兩刻。一爲萬曆四十四年丙辰，西元一六一六刻本，卷首有李維楨序，書尾有潘膺祉刻書跋，每卷末鐫「新安如韋館藏板」潘跋自署「如韋軒」。另一刻本不知何時何人所刻，有印本每卷大題下鐫「吴航寶樹堂藏板」，觀其卷首李序手書，字體較爲粗率，亦無李氏三印，至其文字，與潘刻本相較，偶有增補改易，有非刻書者所能擅作者，或據在杭手批潘刻本，亦未可知。清代因五雜組語涉遼東邊事，軍機處奏請銷毁，終清之世，未見鏤板。今以潘刻如韋館本爲底本，校以寶樹堂本，標點刊行。

目録

文海披沙

文海披沙序

古之名人，期乎不朽，隨時記述，使有裁成。是故片言堪採，掌理亟披；異語可聞，鉛槧必摘。窮年亘歲，抉要鉤玄，等彼紺珠，方之竹箭，可謂不虛七尺、無假百城者矣。余友謝君在杭，天才卓朗，結撰瓌奇。陳思七步，未足云多；惠子五車，方斯未富。功勤染翰，業擅殺青，復著一書，名曰文海披沙。要抒獨得，兼摭前言，無處不佳，時時見寶。譬之栴檀以屑，即是名香；絳雪充囊，並稱上藥。盖玉露之未及嘗，而丹鉛之不遑掇者也。夫用之而當，則芣苢以生；言之而然，則廢疾以起。故曰譚言微中，可以解紛，奚必盡作濂洛先生語，迺始行遠哉。昔仲任論衡，中郎藉爲秘玩；子雲玄草，桓生歎其絶倫。在杭此書，度越二子，余故序而傳之，用貽同好，必無獨知，時爲絶倒之資，庶免素餐之媿云爾。萬曆己酉歲暮春，友弟福唐陳五昌伯全題。

刻文海披沙序

晉安在杭謝公，執詞壇牛耳久矣。曩司李震州，不佞得間窺崖略，比荏苒七閩，則縱目諸著述，抑何砉然也。己酉孟夏，予以祝嵩且戒輛矣，而謝公視一編曰文海披沙。古云「披沙簡金，往往見寶」，夫沙何以寶也？木玄虛嘗賦海矣，渾渾茫茫，名百谷王，匯之爲水，積之爲沙，固可聚可散，可流可摶。琗琭金屑，在在而是，旃檀之果，廣至大千八千，至比之恒河之沙。其究也，一眇一塵，無非法事，不翅芥子可納須彌，非三車白牛所可勝也。方今竹簡剡藤，掇壁間之册書，覼三天之奇字，不得其解，雖絶韋禿帚，名曰書簏，鄴之架，益之樓，何所當千秋名。迺謝公生夢筆之鄉，酉陽宛委之書，無所不窺，以離朱之眸，巨靈之掌，蔓者勾其精，疑者開其扃，郛者抉其髓，形者摽其神，窮搜旁引，緣古證今，凡古人所已發，今人所已道，悉置不收，別存天壤間一種雄博瑰奇、不可磨滅之論，廣而瀚海浩淼，約而流沙纖細，不足方也。劉安藥銚，運以圭刀，何沙非丹，何丹非沙？海上人從鐵網得水底珊瑚，波斯寶母之丹上珎庀焉，斯詎非泥沙所産哉。彼貫休之呪沙也，南郭隱人之吹沙也，與公之披沙，皆搽靈秘，南面百城，當在公矣。余因梓之，以廣其傳云。吳興叔永甫沈儆炌書於鵝湖傳舍，時萬曆己酉天中節前一日也。

文海披沙卷之一

秦淮海語

秦淮海云：「予少時讀書，一見輒能誦，暗疏之，亦不甚失。然負此自放，喜從滑稽飲酒者游，旬期之間，把卷無幾日。故雖有彊記之力，而常廢於不勤。此數年來，頗發憤自懲，艾悔前所爲，而聰明衰耗，殆不如曩時十一二，每閲一事，必尋繹數過，掩卷茫然，輒復不省，故雖有勤苦之勞，而常廢於善忘。嗟乎，敗慧業者，此二物也。」

人幸不幸

造物之所最忌者，名也。巖穴之士，稿死衡門，人不及知，史不及載，身名湮滅，與草木同腐者衆矣。唯美姝名妓，一附筆端，千古不朽，如西施、王嬙、文君、緑珠、真娘、蘇小，鶯鶯燕燕之類，不可勝紀。非獨士人喜談樂道，即村氓閨女，無不知有若人者。至於亡國孤臣，流離節婦，若孔子之所授軫，伍員之所輟餐，田横兩客，魯國二生，失其名者，往往而是。人之幸不幸如此。

武人能詩

古人武夫健卒，皆能詩能文，而不以學問顯。項籍學書不成，一生軍旅，至垓下悲歌，幾與易水争衡。樊噲鴻門宴上，排闥禁中，匆匆數語，盡〔一〕若夙搆。馬援知「伏波將軍」及「城皋令印」文有誤。張飛刁斗銘，文法書法，俱稱合作。苻堅老羝而有「商風隕秋籜」之句。高敖曹目不知書，而爲勑勒歌，聲氣悲壯。曹景宗「競病」兩語，休文心服。曹翰以「蟠花舊戰袍」語得轉官。此等學問，皆從何處得來，豈非釋氏所謂夙根者耶？

校勘記

〔一〕「盡」，原作「畫」，據文意改。

文人妬忌

沈約聞人一善，如萬箭攢心。衛夫人見王右軍筆法而流涕曰：「此子必蔽吾名。」鍾繇見蔡中郎筆法，拊心嘔血。李白見崔顥詩，有「恨不搥碎黄鶴樓」之語。唐柳信言聞蕭欣死，屈一脚而跳，連呼曰：「獨步來，獨步來。」至於馬融忌康成之能，而欲追殺之，甚矣。

論衡相背

論衡一書，掊擊世儒怪誕之說，不遺餘力，雖詞蕪而俚，亦稱卓然自信矣。至驗符一篇，歷言瑞應奇異，「黄金先爲酒尊，後爲盟盤，動行入淵」；「黄龍身大於馬，舉頭顧望」；鳳皇、芝草，皆以爲實。前後之言，自相悖舛，此豈足爲帳中祕哉。

漢時四諱

漢時有四大諱：一曰諱西益宅。西益宅謂之不祥，今之住宅忌虎臂昂頭，是其遺意也。二曰諱被刑爲徒，不上丘墓。此諱今人無之，但欲使人子孫體受全歸，不令虧損，其意善矣，而非所論於無辜受刑者也。三曰諱婦人乳子，以爲不吉。將舉吉事，入山林，遠行度川澤者，皆不與之交通；乳子之家，亦忌惡之，丘墓廬道，踰月乃入。今但賽祀及道流上章、漁人下海則忌之，餘不爾也。四曰諱舉正月、五月子，以爲殺父與母。今不諱也。唐時三、五、九月不行刑，曰三長月；社日停針線，今亦無之。今人諱最多，而其大者則正、五、九不上官，初五、十四、二十三日不出行，月建、月破日不舉事動作，忌太歲所在，然達者往往不忌，亦無他患。近有一二縉紳拘忌之極，每日出行宴會，亦必擇方向吉利，而禍敗更自不少。膏肓之疾，終不可醫。

鬼憎學問

倉頡作書而鬼夜哭。揚子雲作太玄，有人語之曰：「無爲自苦，玄故難傳。」忽然不見。王遠知作易總，雷電中一老人取去。是鬼常憎人學問也。李廣勤學博物，夢一人出于其身，語之曰：「身是心之神，君過相役使，是以相辭。」倉頡等之鬼，殆類是耶？彼教長卿作大人賦，燃藜天禄閣上，及贈王肅墨，逼退之吞篆文者，定奇鬼也。

文士苦心

司馬長卿作賦，意思蕭散，不復與外事相關。揚雄有夢腸之談，曹植有胃反之論。任末削荆爲筆，尅樹汁爲墨，夜依林木，望月映星。太冲門庭厠溷，皆置筆研。周太朴作詩，屬思不續，墜落坑塹不覺。朱詹吞紙實腹，抱犬而卧〔一〕。孫敬折柳寫經，睡則懸頭於梁。鄭灼患熱，以瓜鎮心，便起誦讀。崔融爲文，下直馬過其門而不覺。王摩詰至走入醋甕。今人以鹵莽裂滅之學，粗心浮氣，剽竊掇拾，而妄意時名，謂可襲取。噫，難矣。

校勘記

〔一〕「卧」，原作「所」，據顔氏家訓勉學篇改。

焚書坑儒有本

秦之禍天下，至焚書坑儒，烈矣，而不知實本於商鞅。變法之初，鞅之言曰：「無以爵任與官，則民不貴學問，不貴學問則愚，愚則無外交，勉農而不偷。」又曰：「農戰之民千人，而有詩書知慧者一人焉，千人者皆怠於農戰矣。今上論材能知慧而任之，則知慧之人希主好惡，使官制物，以適主心。民務焉得無多，而地焉得無荒？」又曰：「雖有詩書，鄉一束，家一員，無益於治也。」夫重農抑商可耳，乃并民學問而禁之，豈欲愚其耳目而後驅之戰耶？故又曰：「民愚則智可以王。」鞅之大旨若此，是以始皇、李斯襲而用之，豈知有不讀書之劉項耶？

異域君臣

晉李暠據涼州，好尚文典，書史有脱落者，躬自補葺，從事欲代之，暠曰：「所以躬自執者，欲人重此典籍耳。」其臣燉煌劉昞尤手不釋卷，暠謂之曰：「卿注記篇籍，白日宜然，夜可休息。」昞曰：「朝聞道，夕死可矣。孔子聖人，猶不知老之將至，昞何人斯，敢不如此？」以異域之君臣，值兵戈擾攘之際，而好尚如此，亦足嘉矣。固知雞林之購元白，高麗之乞歐書，不足爲異也。

賈　誼

賈誼出傅長沙，人皆以絳灌爲之也。風俗通義載劉向對成帝言，是時賈誼與鄧通俱侍中同位，誼惡通爲人，數廷譏之，由是疎遠，遷爲長沙太傅。既之官，内不自得，及渡湘水，投弔書曰「闒茸尊顯，佞諛得志」，以哀屈原離讒邪之咎，亦自傷爲鄧通所愬也。乃絳灌諸公獨蒙譖賢之名，何歟？宋景文云賈生智周鬼神，不能救鄧通之譖，蓋指此。而王浚儀困學紀聞以爲考漢史無鄧通事，豈偶未之見耶？

劉　媪

史記漢高帝「母曰劉媪」，媪者老嫗之稱也，注云「烏老反」，不過切其音耳。近來村學究作小説，謂身爲天子而母不免有「烏老」之稱，至夢中與高祖争辯，亦大憒憒。

湖　目

西陽雜組：魏袁〔一〕翻泛蓮子湖，庖人作血羹不就，令取洛水爲之，遂成。清河王問之，曰：「可思湖目。」既散，清河終不曉湖目之義，以問房叔道，曰湖名蓮子，藕能散〔二〕血，故爾。湖目，猶言湖名也。楊用修秇林伐山直以湖目爲蓮子，豈上下文意未之深考耶？

校勘記

〔一〕「袁」，原作「元」，據酉陽雜俎前集卷十一改。

〔二〕「散」，原作「敗」，據酉陽雜俎前集卷十一改。

水在天外

抱朴子曰：「天在地外，水在天外，浮天而載地者水也。」此語恐誤。當曰：水在地外，天在水外，貯水而浮地者天也。天一生水，豈水之功用能過於天哉。

秦繆

古謚法「穆」與「繆」通用，秦繆、魯繆、關壯繆是也。王充論衡謂「繆者誤亂之名」，應劭謂秦穆所爲不善故謚曰繆，皮日休秦穆公論皆以繆爲繆戾之繆，非也。

項橐

項橐年十二而爲孔子師。聖人慱學無常師，即學琴、問禮、問官，皆師也。符子記項託詆訛孔子之言，文飾之詞也，故皮襲美直以爲無項託。

將無同

晉阮宣子論三教同異曰「將無同」。將無，猶言得無也，意欲明其同，而又嫌於徑言，故爲婉詞耳。趙德麟侯鯖録載坡公訓「將」爲「初」，竊恐未安。郎仁寶以「將無同」爲不同，尤失語意。謝太傅航海風急，太傅曰「如此將無歸」，舟人即承響回棹，是也。

姓名杜撰

古人姓名有正史所不載，而旁家小説杜撰爲之者，後之人習而不察，傳以爲真。如蒼頡姓侯剛氏，神農母名女登，帝摯字青陽，許由字仲武，鬼谷子姓王名詡，彭祖姓錢名鏗，孤竹君姓墨名台，伯夷名允字公信，叔齊名智字公達，易牙名巫，接輿姓陸名通，伯樂姓孫名陽，莊周字子休，杜康字仲寧，漢高祖太公名煓字執嘉、兄仲名喜，項伯名纏，四皓東園公園秉字宣明、夏黄公崔廓字少通、綺里季朱暉字文季、甪里先生周述字元道，蜀楊王孫名貴，壺關三老姓令狐名茂。甚矣，人之好異也。至河伯姓吕名公子、夫人姓馮名夷，船神名馮耳，火神姓宋名無忌，月中人姓吴名剛，東王公名傀字君明，西王母姓楊名回，灶神姓張名单字子郭、夫人字卿忌、有女六人皆名察。五岳四海之君及夫人皆有姓名，則神亦僞爲之姓名矣。至於連山、三墳，則并其書而僞之矣。孔子所爲嘆史之闕文也，有以夫。

崖蜜

蘇長公橄欖詩「待得餘甘回齒頰，已輸崖蜜十分甜」，崖蜜者，蜂於石崖上作蜜，晉陸士衡詩「崖蜜珠滿篋」、杜少陵詩「崖蜜松花熟」是也。冷齋夜話以崖蜜爲櫻桃，不知何據。野客叢書亦宗其說。戴仲培鼠璞又引南海志，有「崖蜜子小而黄，殼薄味甘」，豈以昔人有棗子甜多時之說，故必求菓類以實之耶？況蘇公性嗜蜜，此尤一證。

書不可妄改

古人書中語，有本自平易而後人以意妄改者。春秋「星隕如雨」，此常言耳，而釋者改「如」爲「而」，有何意義？蘇秦「寧爲雞口，毋爲牛後」，此自諺語易曉，且韻亦叶，而必改爲「雞尸」「牛從」，何其艱且晦也。「落霞孤鶩」，自是綺語，而釋者以落霞爲飛蛾。「今日不雨，明日不雨，必有蚌脯」，韻語也，而必改「雨」爲「兩」，殊費解釋。「借書一嗤，還書一嗤」，此杜元凱戒子書勿借人而引諺，後人轉改爲「癡」，又改爲「瓻」爲「鴟」，愈改而義愈遠。「醉如泥」，此口頭語也，而必解泥爲無骨蟲。「無恙」者，無憂患也，而解恙爲獸名，則齊后問歲無恙〔一〕，豈獸能食歲耶？「風馬牛」言風與馬牛遲速不相及耳，而解爲牝牡相交。「天子呼來不上船」，本謂登舟也，而釋船爲衣領。小兒識字，强作解事語，不知適見笑於大方也。

校勘記

〔一〕此當是趙威后問齊使語。

雞骨支牀

王戎「雞骨支牀」，注者不解所以，後人讀者釋有二義：一云飲酒食肉，所棄雞骨，至可支牀；一云瘦骨若雞，僅堪支持牀上。二說覺後者爲長。

有指不至

莊子曰「有指不至，有目不見」，世說客有問樂令此語者，樂不復解，但以麈柄閣几上云云。柄至几上，可謂至矣，而復可提而去之，則未爲至也。蓋有指則有形，有形則可以至，亦可以去，惟無形之至，莫能去之，方爲至耳。今世說本作「樂令旨不至者」，遂令人讀之茫不可解。

融結

宋孝宗問王過曰：「李融何以字若川？」過對曰：「天地之氣，融而爲川，結而爲山。李融之字若川，猶元結之字次山也。」上大悦。世但謂過此對出於一時捷給之語，不知元結實有弟名融，字季川，過之言自有所本也。

曹娥碑

世説載魏武過曹娥碑下，讀「黄絹幼婦」題。按曹娥碑在會稽中，曹操未嘗南行至此，何由得見？即劉孝標注亦疑此。余按三國志演義中載操征漢中時，過蔡琰庄，見有碑刻云云。此雖小説，於理爲近，足破千古之疑。又按典略以爲陳太丘碑，當亦以前事矛盾，故更之耳。不知「黄絹」語出李北海曹娥碑，當時下筆，必有考據。

版築

書曰「説築傅巖之野」，孟子曰「傅説舉於版築之間」。聖賢未遇，自無常處。舜不厭耕稼陶漁，傅又何以版築爲諱？宋人乃必釋「築」爲居，過矣。

宋人釋書

古人文字使事，亦有不經意語，或隨俗語，本無深味者。至宋人解釋，旁搜遠引，紛拏蜂起，然竟無一定之説。如釋甘泉賦「玉樹青葱」、史記「左右袒」、漢書「罘罳」、杜詩「緑沉槍」「烏鬼」等語，皆千餘言，令人厭懣，何益於事。

宋褘

宋褘是石崇妓緑珠弟子，一云姊子，有國色，善吹笛，晉明帝幸之，疾篤以賜吏部尚書阮遥集者。世説稱爲王敦妾，後又屬謝尚，不知一人耶，二人耶？劉注「宋褘未詳」，則又失於深考矣。按謝尚又有妾阿紀，善吹笛，尚死守志，爲北中郎郗曇以計得之，則阿紀之笛，當是宋褘所教也。

狼

禽獸中爲人口實者多矣，然皆美惡相半，即狗彘亦然。惟狼最多，而皆非美稱，言殘忍曰豺狼、曰虎狼，聲不美曰狼聲，毒曰狼毒，狠曰狼狠，有反相曰狼顧，無義曰中山狼，恣食曰狼傖，無厭曰狼貪，掣肘曰狼跋，奔走曰狼竄，不檢曰狼籍、又曰狼戾，失次曰狼狽，疾曰狼疾，邊警曰狼烟，佻闥曰狼子野心，賊星曰天狼，丘墓精曰狼鬼，察賊蟲曰狼筋。

蔡　邕

揚子雲劇秦美新，法言曰「自周公以來，未若漢公之懿也」，至今文士皆爲口實。余讀蔡中郎集，有表太尉董公爲相國〔一〕一表，詞甚詳切，謂卓「生應期運，氣稟山岳。黜廢頑凶，爰立聖哲。而辭疾讓位，乖羣生仰望之心。宜益隆委任，責以相業之成」。此等議論，與子雲無異。使邕不爲此表，犯卓之怒，不過死，死卓與死允等耳；懼勢畏死，乃卒不免身名俱殞，悲夫。

校勘記

〔一〕「表」，原作「袁」，按蔡中郎集卷十一篇題作「表太尉董公可相國」，因據改。

避　諱

古人避諱最嚴，臨文稱呼，多所更改，相沿至今，習以爲常。然有必當改正者：秦始皇諱政，今猶謂正月爲征月；吴主女諱二十，今猶以二十爲念；漢文帝諱恒，今猶以恒山爲常山；安帝諱慶，今猶以慶湖爲鏡湖；晉簡文后諱春，今猶以富春爲富陽；唐世祖諱虎，今猶以虎林爲武林；王舒〔一〕諱會，今猶以會稽爲鄶稽。世代已更，而諱名不復，甚無謂也。又其甚者，以漢武諱而令蒯徹名通；以漢明帝諱而令君平、子陵皆失故姓，郡名、灘名俱從「嚴」；以司馬昭諱而令王嫱易名明妃；以石敬塘諱而令唐穀爲陶穀；以宋孝宗諱而令慎德秀爲真德秀。此又害理之尤者。朱子避宋諱，經書注「慎」字皆改從「謹」，讀者熟而不察，以慎音謹者多矣。國家偏名嫌名俱不諱，而反從先朝之諱，可乎？惜無一人昌言，悉行改正，始爲一快耳。

校勘記

〔一〕「舒」，原作「館」，按晉書卷七十六王舒傳，舒授會稽内史，以父名會，上疏求改「會」爲「鄶」，因據改。

髯奴詞

黄香髯奴詞云：「離離若緑坡之竹，鬱鬱若春田之苗。」

平陽公主

讀漢平陽公主嫁衛青事，不覺太息。公主貴矣，即擇尊賢者尚之，則丞相、御史大夫皆可，何必大將軍。主既嫌衛舊爲我家馬前奴矣，即擇廷臣尊貴稍亚大將軍者，亦何不可，而必嫁青。青亦不以爲嫌，娶之而不辭也。漢俗之薄惡，甚矣。然武帝家法，以欒大方士猶得尚公主，其壻青又安足恠。

殿試角力

宋文帝與羊玄保賭，玄保勝，遂得宣城太守。陳敬瑄與師立、牛勉、羅元杲以打毬争三川，敬瑄獲頭籌，遂授節鉞，識者笑之。然偏安亂朝，固不足恠。宋藝祖開寶四年廷試，例以先納卷爲魁，時王嗣宗與陳識同納卷子，上命二人角力以争之，嗣宗得勝，遂爲第一，而識居第二。刱業之主，亦爲此兒戲舉動耶。涑水紀聞云嗣宗與趙昌言手搏角力，恐誤。昌言係太平興國四年胡旦榜第二人也。

茵　岕

風俗通載豫章徐孺子爲太尉黄琼所辟，初不答命，琼薨既葬，負茵岕涉齎一盤，醊哭於墳前，無有謁刺，事訖便去。

平原君

平原於四豪中稱劣，一詘於信陵，再屈於春申，然其譽不少損者，何也？善乎其對秦王之言曰：「富而爲交者，爲貧也；貴而爲交者，爲賤也。夫魏齊者，勝之友也，在固不出也，今又不在臣所。」凜凜數語，千載之下，尚能動人，況在當時。唐人詩曰：「未知肝膽向誰是，令人却憶平原君。」

龔遂趙充國

龔遂入朝，王生戒之曰：「天子即召見，問何以治渤海，宜曰皆聖主之德，非小臣之力也。」遂既召見，如王生語對，上曰：「嗟乎，安得長者之言而稱之？」趙充國平羌，自金城還，入朝，或教充國如王生指。充國曰：「吾老矣，豈嫌伐一時之功以欺明主？」卒以其意對，上亦是之。兩人意見不同如此，龔近於諛，趙近於伐。然龔治行也，不妨歸美於上；趙軍務也，利害機宜，豈可避嫌而不言？故余謂兩人皆長者也。

古人名姓

古人複名複姓，似必不可改。然古碑云「司馬慕藺相」，庾信詩有「無復申包」，王摩詰詩「人疑列禦至」〔一〕，杜詩「劉牢出外甥」，則名可删也。杜詩云「日下孫弘閣」「葛亮貴和書有篇」，則姓可削也。山谷詩「樂羊終媿巴西」，則名可顛倒也。古人文字，政不拘拘，然終爲白璧之微瑕。

校勘記

〔一〕按此爲駱賓王於紫雲觀贈道士詩句。

鵓梧丁

宋太學生張行簡醉卧西湖，爲女恠所迷，要與入城。婦曰：「可尋鵓梧丁二枚，貼於錢唐門，則吾得入矣。」張曰：「何物？」曰：「杖瘡膏藥也。」如其言，遂偕入城。事見玉照新志。此名甚新，爲拈出之。

二千石

二千石「石」字即古鈞石之石，五權之名，北人多讀作旦音，非也。漢明帝起居注上令虎賁王吉射烏，吉祝曰：「烏鳴啞啞入聲，引弓射之，中左腋。陛下壽萬年，臣爲二千石。」又皇甫規傳時人語曰：「徒見二千石，不如一逢掖。」〔一〕則「石」音如字久矣。桓玄謂「劉毅家無擔石」，沈存中筆談謂「一斛爲一石」，則石非擔又明矣。

校勘記

〔一〕按此語見後漢書王符傳。

物有獨異

天下温泉皆作硫黄氣，獨黄山温泉無氣。天下瀑布皆有聲，獨鴈蕩瀑布無聲。天下海棠皆無香，獨昌州海棠有香。天下鱸魚皆兩鰓，獨松陵鱸魚四鰓。

大樹將軍枯松太保

後漢光武諸將會聚，多相争論功，獨馮異避大樹下，軍中謂之大樹將軍。唐王建平東川，諸將莫不争功，獨王宗裕立枯松下，未嘗自言，時人謂之枯松太保。二者可謂的對。

朱　浚

朱浚，晦翁曾孫也，諂事賈似道，每進劄子，必曰某萬拜，時人謂之朱萬拜。然其後元兵入建寧，執浚欲降之，曰：「豈有朱晦翁孫而失節者？」遂自經。均一朱浚也，何其諂附權貴於前，而能抗節死難於後，若兩截人耶？今人但知朱萬拜，而不知其死節足以自贖也。

鳳事二異

偶徵鳳事，耳目所睹記者多矣。其中有二事最異，今録於此，以資談柄。金太和四年六月，磁州武安縣南鼓山北石聖臺有鳳從東南來，衆鳥圍之，大者在内，小者在外，以萬萬計。村民懼爲官司所擾，驅牛數十頭，擊柝以從，欲逐去之。未至二里，即有鷙鳥振翮逆擊，翼長丈餘，擊水牛皆死，肉盡見骨，於是報官。鳳高丈餘，尾如鯉而色殷，九子差小，翼其旁。鳳爲日照，則有二大鳥更迭盤旋庇廕之，日入乃下。凡三日，乃從西北摩空而去，縣中三日無鳥雀。鳳去後，人視其處，有食殘鯉魚數頭，皆重五六十斤。臺傍溝澮，鳥糞皆滿，小禽折翅死者甚衆。村民掘臺下三尺許得金劍，不可取，折其半，煅之化爲金蟬飛去。此一異也。華陰有鳳居山，一名龍骨，云唐開元中有鳳逐二龍至此，龍墮地化清泉二道，鳳憤而死。其一龍被鳳爪傷流血，泉色遂赤。鳳死時，山之僧以石函瘞其骨於山巔，壘磚爲塔覆之，因以名山。景泰癸酉，鄉民因築城，盡取塔磚，石函始露，上有刻字「景祐四年重修」。啓函，鳳脛骨長二尺，圍可六寸，股骨長一尺五寸，圍如脛骨，其潔如玉。故老云鳳喜食龍腦，故龍畏之。此亦一異也。

古人服善

古人真自服善，非直成人之美，抑亦全己之名。如文考靈光賦成，中郎輟筆；平叔一見輔嗣，改注爲論；夏侯太初見三國志，遽壞己作；孟浩然「微雲」「疎雨」兩語，遂令一坐罷唱；楊汝士「蘭亭」「金谷〔一〕」兩語，元白不敢復加；元李氏有古紙長二丈許，相傳四世，請趙子昂書，子昂歎其精絶，不敢落筆，但題其尾。如此氣味，今人所無。

校勘記

〔一〕「谷」，原作「右」，按楊汝士句作「昔日蘭亭無豔質，此時金谷有高人」，據改。

又

戴良少所推服，每見汝南黄憲，悵然若有所失；謝子微高才遠識，見許劭十歲時，便自推服；田巴見魯仲連，終身不談；崔羣與韓愈往還二十年，不道文章；劉整有儁才，見蔡子尼在坐，終日不安。

爲善爲惡

范滂臨刑，謂其子曰：「吾勸汝爲惡，則惡不可爲；勸汝爲善，則我不爲惡。」宋詹事劉湛以義康黨被收，謂弟素曰：「相勸爲惡，惡不可爲；相勸爲善，政見今日。」此兩人語正同。又趙姬女臨嫁出門，勑之曰：「愼勿爲善。」女曰：「當爲惡耶？」曰：「善且勿爲，况惡乎？」此語意又别，前語悲凉，後語玄着。

暉目陰諧

暉目知晏，陰諧知雨。暉目鴆也，其雌者爲陰諧。

吳　異

吳之將亡，犬羣嘷而入淵，彘銜菹而適奥，燕雀剖而蚖虵生；食蘆菹而蛭口，浴清水而遇蠆。

五弧

今人知有桑弧，而不知五方之弧。東方之弧以梧，其牲以雞；南方之弧以柳，其牲以狗；中央之弧以桑，其牲以牛；西方之弧以棘，其牲以羊；北方之弧以棗，其牲以彘。見新書。

文海披沙卷之二

古帝王好尚

古帝王好尚文墨，與臣僚往返無間，雖近兒戲，亦自爽俊可喜。如晉孝武得右軍書，輒令權翼僞書還之。唐太宗索蘭亭不得，至命御史挾詐往取；書飛白賜羣臣，至有登御床就帝手攫得之者。丁晉公鎮金陵，陛辭，真宗出周昉卧雪圖曰：「付卿，到金陵可選一絕勝處張之。」丁遂張於賞心亭。唐武宗怒一宫嬪，得柳公權一詩，便貰其罪。宋仁宗中秋召學士王珪對坐酌酒，令宫嬪各出領巾裙帶、團扇手帕求詩，既畢，復曰：「豈可虚辱，須與學士潤筆。」各取頭上珠花一朵插幞頭上，插不盡者置公服袖中，仍取針線固縫袖口。宋高宗聞吴益游冷泉，野服濯足，以小詩召之云：「趂此一軒風月好，橘香酒熟待君來。」及至，曰：「昨冷泉之游樂乎？朕宫中亦有此境。」既至，乃疊石引泉，像飛來峰者，而冷泉亭中揭畫一幅，乃圖吴野服濯足，且御製一贊其上，因以賜之。如此舉動，尚有古交泰之風，蓋堂陛之嚴，至今日而極矣。

杜詩誤語

杜少陵詩極精細，然亦間有誤用處。如吹笛詩用胡騎北走事，乃吹笳，非笛也。「不聞夏殷衰，中自誅褒妲」，褒姒〔一〕乃周事，非夏事也。「婁公不語宋公語」，婁宋二公，年代相遠，原非同時。「奉使虚隨八月槎」，八月乘槎，原非張騫事。「還如何遜在揚州」，何遜原未作揚州。「何顒好不忘」，又「何顒免〔二〕興孤」，何顒素不聞佞佛。「軒墀曾寵鶴」，鶴乘軒耳，非軒墀也。

校勘記

〔一〕「褒姒」，原作「妲己」，據文意本改。

〔二〕「免」，原作「引」，據杜甫嶽麓山道林二寺行詩改。

襲莊子語

莊子與趙文君説劍曰：「有天子劍，有諸侯劍，有庶人劍。」其説雖猖狂自恣，然亦俶詭可喜。後齊威王與梁惠王論寶，而以四臣照千里爲寶。錢俶入朝獻寶帶於宋祖，祖謂曰：「朕亦有三條帶，與卿不同。」俶請一見，祖笑曰：「汴河一條，淮河一條，揚子江一條。」此皆祖莊子語意也。

窮困有命

士之窮困，固自有命，事機齟齬，若有鬼神使之，徒令千古搤腕耳。孟浩然以詩名，明皇聞之有素，一旦遇於王維館中，誦詩乃以「不才明主棄」之語見擯終身。李泌薦薛勝知制誥，進其拔河賦，以「天子玉齒」對「金錢熒煌」，德宗不説，數薦皆不從。孟貫見周世宗，甚禮敬之，及誦所作，以「有巢無主」，不蒙録用。宋甄龍友最有口才，孝宗召見，問曰：「卿何以名龍友？」愕然不知置對，比退朝始得之曰：「陛下爲堯舜之君，故臣得與夔龍爲友。」竟以不稱旨罷歸。元胡石塘應聘入京，世祖召見，不覺戴笠傾側，及問所學，對曰：「治國平天下之學。」上笑曰：「自家一笠尚不端正，又能平天下耶？」竟不用。國朝吴與弼名重一時，朝廷聘至闕下，面詢時政所宜，與弼噤不能對一語，但曰「容臣上疏」而已。出朝脱帽，則有雙蝎螫其頂，向不能對，以忍痛也，與弼名亦以此敗。至於張寶藏葷撥一方，官登三品；車千秋白頭翁一語，遽陟相位，豈非天乎。

自雨常雲

唐王鉷太平坊宅有自雨亭，水從簷上飛流四注，當夏處之，凛若高秋。按自雨之名甚佳，可與鴈蕩常雲峰作對。

一丘一壑

「一丘一壑」之語，人以爲始於謝幼輿，非也。黄帝將適昆吾之丘，中道而遇容成子，乘翠華之蓋，建日月之旗，驂紫虬，御雙鳥，黄帝命方明邀諸路，容成子曰：「吾將棲於一丘，釣於一壑。」謝語蓋有所本也。

郝昭韋孝寬

郝昭之守陳倉，韋孝寬之守玉壁，以孔明、高歡之能，百計攻之，卒至智力俱困，而守屹不拔，非其才不相若也。憑高深之險，易於爲力，而二君者又當大敵在前，倉卒期於必尅，故愈覺其難耳。若神閒氣定，環而攻之，勢孤援絶，即張許不免屈於子奇，况昭輩耶。

古人學專

古人學事精專，其一生精神意氣，亦只用之一事，故藝必造極，名垂永久。子長之史，長卿之賦，子雲太玄，太冲三都，羲獻書法，李杜聲律，縱有他長，不以分心。王實甫、高則誠，一本雜劇，便足千古。戴松、韓幹，圖畫牛馬，亦堪傳世。今人既學制科，又學詩文，學書畫，又學詞曲，卒之如拆襪線，無一條長，覃盡一生，身名俱敝。悲夫。

高明不羈

高明之士，往往拓落不羈，或失意無賴，一經點化，回頭是岸。楚莊、齊威，一言興霸。周處、戴淵，皆以椎埋之雄，卒成懿士。徐庶少時，任俠擊劍，幾死人手，折節學問，遂與卧龍齊名。胡安國少時桀驁不可制，其父鎖之空室，先有小木數百段，盡取刻爲人形，父乃置書萬卷其中，三月覽盡，爲世大儒。張仲舉少好蹴踘、走馬、作音樂，父兄以爲憂，一旦翻然易業，卒以詩文名海内。彼斤斤自守號謹厚者，即鞭策不前也。聖人思狂狷之士，有以夫。

優伶戲語

自優孟以戲劇諷諫，而後來優伶，往往戲語微發而中，且當言禁猛烈之時，而敢於言，亦奇男子也。唐中宗時優人爲迴波詞曰：「迴波爾時栲栳，怕婦亦是大好。外面秖有裴談，内面無如李老。」秦檜時伶人作參軍坐椅上，忽墜幞頭，見雙環，詰之，答曰：「此二勝環。」一人扑其首，曰：「汝但坐太師椅，請恩澤足矣，二聖環且丢腦後可也。」一坐失色。張循王善貨殖，伶作有人善窺星者云：「用錢對其人窺之，則見星而不見人。」遂與窺帝，云：「帝星也。」窺秦檜，曰：「相星也。」韓世忠，曰：「將星也。」至循王，曰：「不見有星，但見張王在錢眼裏坐。」滿坐大笑。韓侂胄兄弟專權，優人爲日者，有人問得官祿之期，日者厲聲曰：「若要大官，須到大寒，要小官，須到小寒。」史彌遠作相，伶人執拳石以鑽之不入，乃嘆曰：「鑽之彌堅。」一人扑之曰：「汝不去鑽彌遠，却來鑽彌堅，如何鑽得入？」國朝保國私役營兵二千治宅，伶人爲誦詩句曰：「楚歌吹散六千兵。」一人曰：「此八千也。」解者曰：「那二千兵爲保國公蓋宅去矣。」憲廟時汪直用事，伶爲醉人卧街上酗罵，一人曰某官至，如故，又曰駕至，亦如故，曰汪太監來矣，遂驚起寂然。人曰：「駕至不懼，而懼太監，何也？」曰：「吾只知有汪太監，不知有皇帝。」由是直寵漸衰。孝宗時程學士敏政主試鬻題，優人扮提雞者曰：「此雞價直千金。」一人曰：「何人雞，何人買？」曰：「程學士只買個五更啼耳。」程大赧顔，求歸。因事諷諫，往往有獲罪而不顧，其亦東方玩世之流與。

生不如死

孔子之聖，不能使天下宗予，而既没之後，林木十里，無復荆棘鳥巢。關壯繆之賢，不能保其首領，其没乃爲神，禦灾捍患，家敬户奉。高郵女子爲蚊所嚙，僅露其筋，死而立廟，蚊蚋不能入。是皆生不如死，生以形運，而死以神運故也。王子符論衡〔一〕極詆子胥江潮之妄，至曰：「使子胥生時，數百千人不能越水。一子胥之身，煮湯鑊之中，其神安在？豈怯於鑊湯，勇於江水哉。」其言陋矣。

校勘記

〔一〕按論衡作者當爲王充。下條同。

論衡

古今紀載，虚實相半，要當存而不論。虚者辨之，似於癡人説夢；實者辨之，便爲夏蟲疑冰。王子符論衡中政未免此二病耳。孝婦當震恐驚姑，而天赦之，未可謂熒惑徙三舍爲妄也。太守德政，反風滅火，未可謂武王揮戈止風爲妄也。東海冤獄，大旱三年，未可謂六月隕霜爲妄也。李克用懸針射之無不中，未可謂百發穿楊爲妄也。至其死僞、訂鬼、譏日、辨祟、詰術諸篇，一洗世人溺惑之弊，然但可爲婦人小兒道耳。

薺　芬

繁露曰：「薺以冬美，芬以夏成。」薺，甘菜，毛詩「誰謂荼苦，其甘如薺」是也。芬不知何物，但言味苦。按廣爾雅：「芬、莽、蘆，毛草也。」又云：「芬、葙，水蘇也。」

苗而不秀

揚子雲之子童烏〔一〕九齡而與玄文，可謂夙慧，然卒苗而不秀，竟無一語可傳。杜子美子宗武以詩示阮兵曹，兵曹答以斧一具，曰：「告子斫斷其手，不然天下詩名盡在杜家矣。」然宗武之詩，人間未嘗見也，斯亦苗而不秀者乎，抑虛名之爽實也？馮履謙七歲讀書數萬言，九歲能屬文；宋蔡伯希、呂嗣興皆四歲舉神童，而卒無文名。國朝如戴大賓、劉子欽，皆以髫齓取高第，自負才名，而皆無成。大材晚成，固非虛語。

校勘記

〔一〕「童烏」，原作「烏童」，據法言問神篇改。

鐵袈裟贊

靈巖有鐵袈裟一具，形質奇古，不可名狀。近時有監司爲贊數語，鐫字其上，有識之士，多爲山靈懊憹。因閱竹坡詩話載：「夔峽道中有杜少陵題詩，以天字爲韻，榜之梁間，自唐至今，無敢繼作者。一監司過而見之，和韻大書其側，後人有嘲之曰：『想君吟咏揮毫日，四顧無人膽似天。』」以古準今，其揆一也。

詩話

詩話當以滄浪爲最，竹坡老人故當最劣。竹坡於詩極尊少陵，而口坡谷不置，政未脱宋人口吻耳，何曾夢見儀卿脚後耶。以「梨花枝上雨」一語爲點鐵成金，以「調鼎」「論花」語爲可使和靖作衙官，改滕元發「直與水相連」爲「自與水相連」，以王觀游俠曲爲似太白，引史記天官書釋杜詩「影動揺」句，大似噤囈中語耳。至詠魯直食筍詩，似并高力士傳未之見者，豈所謂不讀萬卷書看不得杜詩者耶。

蔡洪語誤

蔡洪語洛人曰：「大禹生於東夷，文王生於西羌。」此語出陸賈新語而誤。新語術事篇曰：「文王生於東夷，大禹出於西羌，世殊而地絶，法合而度同。」陸賈此語本出孟子，而洪誤引之耳。

伊蘭

伊蘭他無所見，獨兩見於佛書。一云：「譬如牛頭旃檀，生伊蘭叢中，未及長大，在地下時，芽莖枝葉，如閻浮提竹筍。衆人不知，言此山中純是伊蘭，無有旃檀，而伊蘭臭若胖屍，熏四十里，若有食者，發狂而死。」據此則伊蘭爲極臭惡之草。又云：「天末香莫若牛頭旃檀，天澤香莫若詹糖薰陸，天華香莫若鬘蒲伊蘭。」則伊蘭又似草香。楊用修遂以蜀中蘘蘭香當之，恐亦未有據也。

梁孝王

梁孝王驕恣不道，然其子賈從人朝尚幼，竇太后欲强冠婚之。上謂王曰：「兒堪冠矣。」王頓首謝曰：「臣聞禮二十而冠，冠而字，字以表德。自非顯才高行，安可强冠之哉。」帝曰：「兒堪冠矣」。他日帝又曰：「兒堪室矣。」王頓首曰：「臣聞禮三十而有室。兒年蒙穉，未有人父之端，安可强室之哉。」帝曰：「兒堪室矣。」他日賈復入朝，及閫而遺其舄。帝曰：「兒真幼矣。」乃白太后，不復冠婚。此等應對舉動，皆非當時諸侯王所及，想從鄒枚諸君陶鑄得來耳。

竊古人書

郭象見向秀死而竊其莊子注，何法盛見郗紹死而竊其中興書，宋齊丘竊譚子化書而投之於水，宋之問乞兩語於劉希夷不與而土袋壓殺之。雖過有輕重，其好名之心一也。至謝儼得范曄所撰十志，及聞其敗，悉蠟以覆車；李賀之中表恨其傲忽而投遺文溷中，則小人無賴之爲，不知有名矣。徐陵投魏收文章於江中也亦然。

十二流

劉邵人物志體別當矣，至於流業，分類雖明，而援引未當。聖門高第，豈徒臧否之科；漢廷循良，難厠伎倆之列。昌國全才，猥云口辯；淮陰智略，屈列武安。至欲以法家任司寇，將爲屠伯矣；以術家任三孤，將爲坐嘯矣。又謂商君、吴起爲羣枉之所讎，功大而不終，此豈知人者哉。

羹名

陳思王製七寶羹。唐明皇射生鹿，取血瀹腸食之，謂之熱洛河。羅浮頴老取飲食雜烹之，名骨董羹。交阯俗牛羊腸臟略洗爲羹，名曰不乃羹，夷人最重此羹，以鼻引其汁；又有羊鹿雞猪肉和骨一釜煮之，漉去肉，調以五味，爲不録羹。

末藝有悔

王子敬善書，朝廷欲令書太極殿榜，堅辭不書。韋仲將書凌雲閣畢，鬢髪盡白，戒子孫勿習此技。唐閻立本奉詔畫鸂鶒，伏地吮毫，意甚愧之，歸亦以戒子孫。戴安道對使剖琴，不爲王門伶人。陸鴻漸爲李季卿烹茶，羞愧，遂著毁茶論。宋孫知微以畫得名，馬知節知成都，欲見之不可得，伺其與壽寧院僧畫壁，徑往從之，知微不得已擲筆而下，不復終畫。數者皆非末藝，而猶有後悔若此，然終此古人事，今人則靦然以爲榮，不復悔矣。

花飛引

高續古騷畧三卷，步驟屈宋，幾若優孟於孫叔敖矣。吾最取其花飛引一章曰：「花少思兮離離，企美人兮不來。風嫋嫋兮吹愁，緑滿樹兮香在苔。鳩哀兮山裂，芳菲兮今歇。杳新知兮誰悦，期佳人兮奈何别。」

樵談塵談

歸有園塵談，倣樵談而作者也。然樵談間雜道學，而語多憤世，地位當是窮愁；塵談太熟世情，而言多滑稽，胸中恐非平易。

劉向

劉向苦心力學，爲時儒宗，乃得淮南黄白之法，未之試，遽上之天子，令典尚方鑄作事，費甚縏，而卒無効驗。下向詔獄，當大辟，立冬將决。兄陽成侯乞入國以贖，方得減死。使向於是時死，不過文成、五利之續耳。語曰：「金不可作，世不可度。」以向之賢，見不及此。唐白樂天貶江州日，亦爲方士所惑，留意鑪鼎，一夕而敗，故其詩有「金丹遇火空」之語。宋潘逍遥亦獻方於太宗，及帝升遐，懼誅，削髪爲僧。此與劉向一間耳。蘇子由亦曾試之，將舉火，見一大猫據爐而溺，須臾不見，術終以不成。富鄭公積黄白書一櫃，後爲顒華嚴長老投之火中，豁然有悟，則世必無此術明矣。范文正得方於同舍，程明道得方於佛腹中，蘇子瞻得方於扶風僧，而皆不爲，善藏拙者也。

董仲舒傅奕陳仲微

漢武帝惑於鬼神，尤信越巫，董仲舒數以爲言，帝欲驗其術，令巫詛仲舒，仲舒朝服南面，誦詠經論如常，巫者不能傷害，忽蹶而死。唐太宗時有胡僧能呪人立死，復呪即生。太史令傅奕曰：「此邪術也。邪不干正，試使呪臣，必不能行。」如其言呪之，奕都無所覺，僧忽顛仆而死。此二事大快人意，亦絶相類。今人但知傅奕事，而少有知仲舒事者。宋陳仲微爲莆田尉，嘗斷一僧獄，僧集衆揭榜咀之，仲微偶見，笑曰：「吾何心哉。」明日首僧無疾而死。此事又僻。

温泉寒火

邵康節曰：「世有温泉，而無寒火。陽能勝陰，陰不能勝陽也。」此言本於陸士衡策紀瞻語，白虎通德論亦有之。然劉勰新論曰：「水性宜冷，而有華陽之温泉。火性宜熱，而有蕭丘之寒燄。」按蕭丘在海中，有自生火，春起秋滅，着木不焚。又李元陽洱海記言：「夜見水面火高數丈，問人，曰陰火也。」木玄虚海賦曰「陰火潛然」，則寒火世固有之矣。

婦人能文

文君本以色稱，乃白頭吟數語，當與蘇李争衡。石家翔風，以細骨輕軀得幸，素無文名，比其失寵，懷怨作詩，有「春華誰不美，卒傷摇落時」之語，儼然潘陸脣吻也。它如戾㕇一歌，垓下數語，倉卒立成，備極情事。唐山夫人、烏孫公主未聞師授，所作皆足被管絃，合音律。乃知古人善藏其用，即婦人女子，未易窺測。鄭康成婢皆讀書，劉琰丫頭能熟魯靈光賦。今人稍能識之無，便高相標榜矣。

羶根

羶根，羊肉也。唐薛昭緯遭黄巢亂，流離饑餓，遇舊識銀工延接，飲饌甚豐。昭緯以詩謝之曰：「一楪羶根數十皺，盤中猶更有鮮鱗。早知文字多辛苦，悔不當初學治銀。」

人與物交

槃瓠之妻與狗交。漢廣川王裸宫人與羝羊交。靈帝於西園弄狗以配人。寧州真寧縣人與羊交，生羊，有手抱胸，手有人指甲，行乞於市，主簿尹良臣識之。沛縣磨婦與驢交。

杜修妻薛氏與犬交。利州人子婦與虎交。宜黄袁氏女子與虵交。臨海鰥寡與魚交。章安郡史悝女與鵝交。突厥先人與狼交。衛羅國女配瑛與鳳交。宇宙之中，何所不有。

詩讖

梁武帝冬日詩「雪花無有蒂，冰鏡不安臺」，後果臺城失守。宋徽宗詩「日射晚霞金世界」，又云「定知金帝來爲主」，後果有金人之禍。太祖命諸皇子詠新月，懿文太子云：「雖然未得團圓相，也有清光遍九州。」建文君詩云：「影落江湖裏，魚龍不敢吞。」太祖甚不懌。後懿文果夭，建文君遇金川門之變，削髮爲僧，流落至老而歸。然則詩真有讖矣。

左右袒

平勃左右袒之説，先輩論之詳矣，然非始於平勃也，王孫賈先之矣。又非始於王孫賈也，吴人入楚，召陳懷公，懷公召國人曰：「欲與荆者左，不與荆者右。」齊桓公立管仲爲仲父，令諸大夫曰：「善吾者入門而右，不善者入門而左。」則是法亦已久矣。

觴政

魏文侯與大夫飲酒，使公乘不仁爲觴政，曰：「飲不釂者，浮以大白。」此觴政之所自來也。

黄粱夢

世人皆以邯鄲黄粱夢事爲吕純陽，非也。純陽生於唐末貞元十四年，舉咸通進士，後方得道。而黄粱夢事在開元時，則知仙人有二吕翁矣。

又

純陽遇鍾離先生，後隨至終南鶴嶺，同憩肆中。鍾離自起執炊，吕忽思睡，枕案假寐，夢見一生榮貴如意，最後失勢流落，一身孑然，立風雪中，浩歎一聲，恍然而悟。鍾離在旁，炊尚未熟，笑曰：「黄粱猶未熟，一夢到華胥。」吕驚起謝之，遂求度世，則吕仙又有一黄粱事矣。

陶穀

陶穀於五代亦有文名，然使吳越則宿官妓、乞金鍾，仕本朝則搆禪稿。知太祖有異志，送別牽衣，欲行臣禮。見屬官有好馬，求之不與，紿令草密詔而嚇取之。受李崧薦用之恩，後希徐逢吉意譖之，以至滅族。避石晉諱，改唐姓爲陶，終身不復。翰林日久，不得大用，輒出怨語。又不能教子，一字不成，而囑主司登高第。作清異録，妄誕不經，所引之書，强半烏有。文士無行，穀其最也。死後墓門屢掩屢發，髑髏零落，亦天道耳。

張禄

范雎易名張禄，而當時亦自有張禄，求於孟嘗君，願衣新而不舊，倉庾盈而不虛，孟嘗使人奉黄金百斤、文織百純而進之，禄不受也，曰：「君將掘君之偶錢，發君之庾粟以補士，則衣弊履穿而不贍耳，何暇衣新而不舊，倉庾盈而不虛乎？」孟嘗君曰：「奈何？」禄曰：「秦四塞之國也，游宦者不得入焉，願得君尺一之書往。」於是孟嘗君與之書，往而大遇，言於秦王，以千金遺孟嘗。孟嘗寤曰：「此張先生所謂衣新而不舊，倉庾盈而不虛者也。」

一枝梅

越使諸發執一枝梅以遺梁王，此贈梅之始也。後陸凱亦以一枝梅寄范曄，蓋用其事。今人以爲起於凱，非也。

鯢　魚

嶺南有鯢魚，四足，聲如小兒，能上樹。戰國時南瑕子過程太子，太子爲烹鯢魚，南瑕子曰：「吾聞君子不食鯢魚。」

狐　刺

狐刺之鑿，雖公輸子不能善其枘；畚土之基，雖良匠不能成其高。見鹽鐵論。

雞廉虎飽

當世囂囂，非患儒之雞廉，患在位者之虎飽鴟〔一〕咽，於求覽無所孑遺耳。

校勘記

〔一〕「鴟」，原作「鵄」，據鹽鐵論褒賢篇改。

兼官

兼官之制，其來久矣。禹以司空兼百揆，羲和以二人兼四岳，及舜二十有二人之咨，則四岳一人實兼之。周置三公，召公爲保，周公爲師，而傅無有焉，周公殁，不設太師，則皆召公兼之矣。且周公以三公兼冢宰，召公以三公兼宗伯，蘇公以三公兼司寇，又兼太史，畢公、毛公以三公兼司馬、司空。成王季年，唯芮伯、彤伯、衛侯專領司徒、宗伯、司寇之職，其餘大抵皆兼官也。故曰「官不必備，惟其人」，而官事不攝，孔子所以責管仲也。

千字文

梁武帝得二王書，命周興嗣編次，一夕而成，鬚髮盡白，及死，心如掬泥。楊公談苑謂「勑」字爲「梁」字，郎仁寶力贊其説，不知唐雖有非鳳閣鸞坡不名爲勑之語，而勑非始於唐也。元魏誅爾朱榮，時温子升捧詔出，遇榮問之，子升神色不變，答曰勑，榮遂不視，則王言皆爲勑矣。千文編次，既出帝命，自應爲勑，所謂次韻者，編次成韻語耳，非今詩人所謂次韻也。「温凊」、「凊」字與「清」字迥不同，竝皆佳玅，何必更易。又有謂「律吕調陽」爲「律召調陽」者，皆鑿而費解。

蜥蜴

蜥蜴、守宫、蝘蜓、蝎虎，世皆混以爲一，即爾雅亦云然，其實非也。在壁曰蝘蜓，常近人，無毒，尾擊之輒斷，在地跳躍不止，兒童多狎之。以其食蝎，故名蝎虎；以其出入宫室中，故名守宫。或以爲血可塗宫人臂，使無異志，謂之守宫。此一種也。在草曰蜥蜴，有毒甚於蛇，又名蛇醫，毛詩「胡爲虺蜴」是也。守宫多而蜥蜴少，守宫親人而蜥蜴畏人。俗言蜥蜴與龍爲親家，能致雨。宋熙寧中求雨，按古法用蜥蜴數十，置水甕中，數小兒持柳枝呪曰：「蜥蜴蜥蜴，興雲吐霧。降雨滂沱，放汝歸去。」時蜥蜴不能盡得，以蠍虎代之，入水即死。小兒更祝曰：「冤苦冤苦，我是蠍虎。似〔一〕恁昏沉，怎得甘雨。」則二物之不同明矣。

校勘記

〔一〕「似」，原作「以」，據墨客揮犀卷三改。

禍無小

周官以九兩繫邦國得民，而牧長主吏之外，師儒朋友，山林藪澤之豪，皆與得民之列，聖人之防患深矣。語曰：「禍無小，害無大。」包胥一身，足以復楚；楚雖三户，可以亡秦。

尉陀、田横、孫策之輩，皆以得人心，割據一方。魏其、武安招致賓客，傾動天下。卓孔程鄭以富，權侔人主。東漢太學三萬人，肆行無忌。天下有事，則此數者皆足爲驅除之資。故漢武帝徙富人以居茂陵，徙豪傑於三輔，亦此意也。淮南子曰：「人莫蹪於山，而蹪於垤。」

虎曳鳥折

鹽鐵論曰：「匈奴利則虎曳，病則鳥折。」此與烏合瓦解語又奇。

二尺四寸之律

今世言三尺法，不知其始見史記杜周傳，注云：「以三尺竹簡書法律也。」桓寬鹽鐵論有二尺四寸之律，亦三尺法之意而語新。

終古向摯

夏之將亡，太史令終古先奔於商；商之將亡，太史令向摯〔一〕先歸於周。

校勘記

〔一〕「摯」，原誤作「藝」，今改正。按向摯爲商之内史，非太史令。

文海披沙卷之三

寢忌

今〔一〕人寢忌壓梁及當户，曰能令人魘不寤。淮南子曰：「枕户橉而卧者，鬼神蹠其首。」則知俗忌久矣。

校勘記

〔一〕「今」，原作「令」，據文意改。

五土

土青曰黎，土黄曰埴，土赤曰鼠肝，土白曰漂，土黑曰盧〔一〕。

校勘記

〔一〕「盧」，原作「盈」，據釋名釋地改。

孕異

北户録曰：「孔雀不必疋偶，但音影相接便有孕。」淮南八公相鵠經曰：「百六十年，雌雄相視，目精不轉而孕。」又會稽賦：「豪豕自爲雌雄，缺鼻曾無牝牡。」師曠禽經曰：「鶴以聲交而孕，鵲以音感而孕，白鶂相視而孕，鵁鶄睛交而孕。」蝴蝶、絡緯皆以鬚交而孕，鰻魚影漫鱧〔一〕而生子。哀牢夷之先，婦人水中捕魚，觸沉木而孕；楚王夫人納涼，抱鐵柱而孕；漢史滿女飲書佐盥手水而孕；女國浴潢池而孕，則非獨物爲然矣。

校勘記

〔一〕「鱧」字原無，據稗雅卷二「鰻」條補。

物類相伏

鵝飛則蜮沉，鵙鳴則虵結，白蟻聞竹雞聲輒化爲水。煮羊以鼦，煮鼈以蚊。鶴禹步而致虵，啄木畫字以出蠹。

慕古人名

司馬慕藺而名相如，元歎因蔡而名同雍，袁粲仰慕奉倩，陳武自比中郎，文紀希蹤張綱，李預襲跡元凱。然俱徒慕其名，而實不逮。惟范之希文，真之希元，庶幾近之。至於晉卿十子，皆同帝王之名；齊丘超回，敢犯聖賢之諱；向栩弟子顔冉由賜，小人之無忌憚，一至於此。劉乾字天，抑又甚焉。

當局者迷

嚴延年、潘岳之敗，其母知之。顏竣之敗，其父知之。謝晦之敗，其兄知之。劉毅、崔胤之敗，其叔知之。韓侂胄之敗，其姪知之。伯宗之敗，其妻知之。呂禄之敗，其姑知之。苻承祖之敗，其姨知之。張華之敗，其子知之。王仲舒之敗，其友知之。王晏之敗，其弟知之。蕭至忠之敗，其妹婿知之。潘炎之敗，其婦翁知之。至於主父偃、蔡京之敗，則己亦知之，然而終不易轍者何也？故曰當局者迷。

氏族

自宋以前，氏族之品最嚴。故侯景欲婚王謝，武帝以非偶抑之。崔盧李鄭雖累葉凌遲，猶恃世望，嫁娶必多取貲。李義府既貴，乃與趙郡敘昭穆，後魏太和定望族，以隴西李寶等七姓，唐以滎陽、崗頭等四姓爲鼎甲，皆不與下姓婚嫁。族望之興，於此爲盛。故李楨謂爵位不如族望，官至方岳，惟稱隴西。宋頗不論，至今日而澌盡矣。

擇術

羿善射，而卒以射見殺。彭祖善御女致壽，而卒以晚妻妖淫敗道而死。蘇秦游説，而卒以口見刺。扁鵲善醫，而卒以醫亡身。郗雍善視盜，而卒身死盜手。黄公以赤刀制虎，而卒爲虎所食。費長房以符制鬼，而卒爲鬼所殺。陳暄以狎致位，而卒以狎悖死。法師騎龍致雨，而卒爲龍所掀，身如裂帛。劉交女舞竿上，竟遭撲殺。語曰：「君以此始，必以此終。」擇術不可不慎也。

穆寧

楚王食葅而吞蛭，昭明得蠅而置柈，不欲以口腹罪人也。郭林宗令魏德公作粥，而擲杯呵之，雖寓教誨，而似已甚。唐穆寧爲刺史，其子已爲尚書給事，皆分直供饌，少不如意，必遭笞杖。一日給事當直，出新意以熊白、鹿脯合而滋之，其美異常，寧食之致飽。諸子咸羡，以爲行有重賞。及食飽，仍杖之，曰：「如此佳味，何進之晚？」一時閧傳，以爲笑柄。此等舉動，猶以家法見稱，何耶？

盤古

今人皆言盤古分天地，徐整三五曆記曰：「天地渾沌，盤古生其中，一日九變，神於天，聖於地，天地開闢，萬八千歲而死。」五運歷年記亦載盤古左目爲日，右目爲月，嘘爲風雨，吹爲雷電，開目爲晝，閉目爲夜，骨節爲山林，腸爲江海，毛髮爲草木。元豐九域志謂廣陵有盤古塚，述異記亦云南海有盤古塚，成都有盤古廟，湘鄉有盤古村，會昌有盤古山。荆州風土記以十月十六日爲盤古生辰。夫生有日，死有塚，則非甚渾沌之世也。然遁甲開山記曰「厲山分布元氣」，則厲山氏又當在盤古之前矣。

婦人識鑒

僖負羈之妻窺見重耳，知其必霸。山公之妻窺見嵇阮，達旦忘歸。鍾琰知兵家之子地寒壽促。桓玄之妻知劉裕不爲人下。王珪之母能識房杜。裴延賞之妻鑑拔韋皐。丁孟陽夫人知杜黄裳爲有名卿相。元世祖后識趙孟頫爲小頭書生。古今婦人女子能具人倫之鑒，亦奇矣。

司徒甲

孟嘉以聽伎絲不如竹，竹不如肉，爲漸近自然。裴洛兒彈琵琶，廢撥用手，識者賞之。乃妙伎彈筝，多用銀甲。唐李汧公因患代指，新甲未完，援琹欲泛，削竹代之，人争倣效，至目曰司徒甲。斯效颦之過矣。

相權

唐元載在中書，有丈人來訪，不之見，贈河北一函書，啓視，唯署名而已。帥得書大驚，立贈絹千疋。明張江陵作相，有父執歲貢入京，耄矣，見張，張曰：「君年老，即得美任，所獲幾何，不若在此少盤旋，橐中可富也。」留之竟日，夜分始出，翌日其門如市，餽遺數千金，遂致仕而歸。

嘯旨

嘯旨一書，不言何人所作，或云永泰中大理評事孫廣著。其言嘯法甚備，然不可得而傳也。其言西王母以授南極真人、授廣成子，尤爲誕妄不經。既云舜禹之後其法廢矣，乃流雲篇又謂「聽韓娥之聲而寫之」。韓娥，戰國時人，寫者何人也？既云阮籍之後湮滅不聞矣，又云「籍傳寫其音，謂之蘇門，今所傳者即是」，不知籍後傳之者又何人也。且古人以嘯爲常，非絶藝也。召南謂「其嘯也歌」；漆室之女倚柱而嘯；漢成瑨坐嘯；劉越石登樓長嘯，胡賊凄然；劉真長長嘯，老嫗樂聞，豈可謂舜禹之後直至孫阮乎？劉宋時釋智一善嘯，聲入雲際，謂之哀松之梵。唐時峨眉陳道士及廬江有重囚，皆以善嘯名，陳聲如霹靂，囚上徹雲漢。海外有因霄國善嘯，丈夫聞百里，婦女聞五十里，亦未可謂阮籍之後無其人也。

評量彼己

凡評量彼己，先要自知而又知人，毫髮不爽，使千載之下，傳爲確論。如王珪歷數在廷諸臣得失，聞者心服。解大紳評李至剛諸人，身没之後，仁廟猶思其語。至於詩文無形，尤難摸擬。黄涪翁贈東坡云：「我詩如曹鄶，淺陋不成邦。公如大國楚，吞五湖三江。」虞伯生謂楊仲弘詩如百戰健兒，范德機詩如美女簪花〔一〕，虞集如漢廷老吏，公論亦以爲然。王元美雜詩云：「老夫興到不復删，大海迴風生紫瀾。若問濟南奇絶處，峨嵋天半雪中看。」可謂善方人矣。學齋佔畢乃謂曹鄶有風而楚無風，黄詩爲自負而譏坡公詩不入律，失之鑿矣。

校勘記

〔一〕按虞集謂范德機詩如唐臨晉帖，揭曼碩詩如美女簪花。見南村輟耕録卷四論詩條。

草　異

伏羲、文王墓前獨有蓍草，季子挂劍臺下獨生挂劍草，鄭康成讀書山下獨生書帶草，皆它處所無也。孔林不生荆棘，嚴陵獨生白茅。孝女拖笆，草皆偃仆；漢王牧馬，草有嚙痕。有情耶，無情耶？事固有不可知者。

雷擊人

萬曆戊申三月初二日，福郡連朝陰雨，至日尤甚，雷聲轟然，亦不甚震。有泥水匠在東門外擊死，書其背云：「前世毆死父。」因記宣和間濰州屠者宰猪，皮上一片有字曰：「三世不孝父母。」夫不孝三世，爲猪可也，殺父逭至再世而後擊之，不亦晚乎？

釋常談

釋常談一書，作者不著名氏，其中援引蕪陋，極有可笑。至以鵝爲右軍，餠爲趙達，盲爲小冠子夏，瘦爲智囊，醉爲倒載，覔食爲彈鋏，五遷爲盤庚，子死爲喪明，聾爲壯纊，皆謬誤不經，似村學究所爲。觀其引負荆一段語，真打鼓上場人説話也。

科場之法

往代科場之法甚寬，唐以前無論，宋禮闈舉人懷挾書策者，不過扶出殿，一舉而已。今則枷號，禁錮終身。對策有不知者，答曰：「對：未審。謹對」。十問之中，得四即合式矣。今則一首不完即榜之，至於題字脱誤，草稿不完，皆榜。策題不知者，許叩簾上問，至御試亦然，至令御藥院具試題書經史所出，摸印給之。今則跧伏不敢出舍外，雖通場不知，不敢上請也。二蘇入試時，子由得病，韓忠獻代請於朝，爲展限二十餘日。李文定、柳開皆黜落之後，復請取之。今則稍有私意，風聞漏泄，必羣然攻之。宋初不與選者至擊登聞鼓稱冤，輒爲覆試。今敢爾耶？至於懷挾之風熾，而試官之防閑愈密，因首跣足，無復人理，稍有犯者，箠楚桁楊，與死爲伍。非獨功令之操切，亦士習之污下有以致之也。

智囊

樗里子號智囊，漢鼂錯號智囊，魯匡亦號智囊，匡王莽時爲羲和。支謙亦號智囊，謙字恭明，月氏國優婆塞也，該覽經籍及諸技藝，善諸國語，時人諺曰：「支郎眼中黄，形軀雖細是智囊。」又杜預、桓範亦有此號。唐王德儉，許敬宗之甥也，癭而多智，亦號智囊。

筆墨官取太多

吴興之筆，新安之墨，甲於天下，而官司所取者，率皆濫惡不堪，良由取之太多，好惡不分，而價值又不時給故也。唐陶雅爲歙州刺史二十年，嘗責李超云：「爾近所造墨，殊不及吾初至，何也？」超曰：「明公初下車，取墨歲不過十挺，今則數百挺猶未已，應命不暇，何能精好？」此亦居官取物之鑒也。

偶不以類

魚與蜥蜴偶，烏與鼠偶，龜與蛇偶，雉亦與蛇偶，孔雀亦與蛇偶。馬與驢交，蚯蚓與阜螽交。龍與牛交則生麟，與馬交則生龍馬。

樹衣

滇中雞足山龍華寺多古木，木杪有絲，飄飄下垂如絲髮，長數尺許，土人取以爲服，名曰樹衣。

夏雪夜日

葱嶺、點蒼皆六月有積雪，日觀、大崎皆於夜半見日。余登黄山及五雲，下界皆昏黑，禁鍾欲動，而山椒日影，猶焕爛如初旦。夏蟲疑冰，固非虚語。

芙蓉

芙蓉，蓮花也，一名荷，一名芙蕖，一名菡萏。根爲藕，莖爲茄，葉爲蕸，實爲蓮蓬，心爲么荷，又爲的，又爲意。命名最多，而取象亦廣。有芙蓉峰在衡山，芙蓉嶺在婺源，芙蓉渚地名，芙蓉城仙女所居，芙蓉崗在韶州，芙蓉江在靖州，芙蓉洞在福州，芙蓉溪在羅紋山下，出硯，芙蓉亭，芙蓉郭唐詩「十里芙蓉郭」，芙蓉村楊鐵崖有芙蓉村詩，芙蓉驛在鴈宕，芙蓉山唐劉長卿有宿芙蓉山詩，芙蓉水柳子厚詩「驚風亂颭芙蓉水」，芙蓉池雪川有芙蓉池，魏文帝亦有詩，芙蓉園漢時園，在洛陽，唐亦有之，芙蓉館石曼卿爲芙蓉館主，芙蓉闕王維詩「芙蓉闕下會千官」，芙蓉殿魏時建，唐詩「芙蓉殿上中元日」，芙蓉艦見三十國春秋，芙蓉觀在福寧，芙蓉院在福州，芙蓉堂六朝有芙蓉堂，芙蓉苑唐時在曲江，芙蓉樓唐詩「何況芙蓉樓上客」，芙蓉軒宋鄧肅有芙蓉軒詩，芙蓉壁唐詩「横雲照染芙蓉壁」，芙蓉塔「古墓芙蓉塔」，芙蓉閣金陵有芙蓉閣，芙蓉島舒生遇女子歌曰「淺客先到芙蓉島」，芙蓉坡在連城縣，芙蓉障庾肩吾〔一〕啓「游仙童子，隱芙蓉之行障」，芙蓉劍薛燭造，芙蓉冠山人衛叔卿冠，芙蓉燈西京丁諼作，芙蓉帶説文，芙蓉車曹植詞「芙蓉車兮桂衡」，芙蓉湖宋胡宿有芙蓉湖泛舟詩，芙蓉臺福寧有芙蓉臺，芙蓉漏遠公弟子造，芙蓉粉薛濤養紙，芙蓉香見葉廷珪香譜，芙蓉巾太玄玉女戴紫華芙蓉巾，芙蓉髻魏文帝令宫人梳芙蓉髻，芙蓉盃王摩詰詩「置此芙蓉盃」，芙蓉裀薩天錫詩，芙蓉菊見菊譜，芙蓉脂「芙蓉脂肉緑雲鬟」，芙蓉鏡李固言芙蓉鏡下及第，芙蓉幕王儉事，芙蓉匣何都巡古鏡銘「白玉芙蓉匣」，芙蓉帳唐詩「芙蓉帳裏柰君何」，芙蓉褥杜詩「褥隱繡芙蓉」，芙蓉裳楚詞「集芙蓉以爲裳」，芙蓉砂砂大者爲芙蓉，見李德裕詩，芙蓉湯芙蓉可爲湯食之，見遵生八箋，芙蓉面唐詩「芙蓉如面柳如眉」，芙蓉顔古詩「嬌顔千歲芙蓉色」，芙蓉姿「美人出南國，一一芙蓉姿」，芙蓉衫小袴謂之芙蓉衫，見方言，芙蓉鷗隋宦者劉繼詮獻芙蓉鷗二十四隻，芙蓉屏小説有芙蓉屏記，芙蓉府劉夢得詩「歸路芙蓉府」。以上近六十種，其他花木未有及此者也。

校勘記

〔一〕「吾」字原缺，按「游仙童子」云云乃庾肩吾賚銅硯筆格啓中語，因補。

谷聲

安定西隴道一谷中有彈箏之聲，行人過者皆聞之，謂之彈箏谷。金陵靈谷寺東有谷，踐之空空然，以手拍則應聲如琵琶，亦名琵琶谷。又靈州有沙，踐之則有聲，號曰鳴沙。

用筆之異

鍾繇、張芝、王右軍皆用鼠鬚筆，然鼠鬚苦勁，似不堪作字也。歐陽蘭臺用狸毛爲心，蕭祭酒用胎髮爲柱，張華用鹿毛，嶺南郡牧用人鬚，陶隱居用羊鬚，鄭虔謂「麝毛一管可書四十張，狸毛八百張」，外有豐狐、蝻蛉、龍筋、虎僕，及猩猩毛、狼毫，雖皆奇品，然恐醇正得宜，終不及中山之兔。至於淇源之鴨毛、雀雉毛，五色相間，徒爲觀美。子瞻用雞毛筆，三錢一支，取其賤而易致。今吳興兔毫佳者直百錢，而羊毫者二十分之一，故貧士多用之，然柔而無鋒。臧晉叔與余議取貂鼠毛爲之，而輔以兔毫，甚快人意。晉叔常謂鍾王所用鼠鬚者必此也，未知信否，以俟識者。

異蹟

若耶溪旦必南風，暮必北風。相傳鄭弘採薪遇神人，問所欲，曰：「常患載薪逆風，願旦南暮北。」神許之，至今猶然。瓊海半月東流，半月西流。點蒼溪上大雨，野中烈日。相傳觀音大士授記而然。金筑聖泉，潮汐百刻。在黔筑，一晝夜必百次，驗之不爽。閩中溫泉，左寒右熱。莆陽霞墩井，左重右輕。江乘之泉，半温半冷，共出一壑。句容之湖，熱魚寒魚，交入輒死。天地氣候，有不可窮詰者。

歌姬乞食

持鉢破衣，於歌姬院中乞食，人知有韓熙載，而不知又有裴休。按北夢瑣言，休常披毳衲，於歌姬院持鉢乞食，以爲不爲俗情所染，可以説法爲人。

食異

何曾食蒸餅，不拆作十字不食。唐侯思正食籠餅，必令縮葱加肉。明李于鱗食饅頭，必欲有葱味而不見葱，唯家姬蔡氏所造方食，先用葱不切入餡中，而留饅頭上一竅，俟其既熟，即拔去葱，而以他麵塞其竅。然公亦自秘其方，不傳人也。

不妄稱人

古人不妄稱人，亦不能面諛人。鮑明遠以己詩與謝靈運詩質惠休，惠休曰：「謝詩如出水芙蓉，君詩如繪繡滿眼。」鮑亦心服。褚遂良問虞監：「某書何如永師？」曰：「永師一字直五萬，官豈得至此？」又問：「何如歐陽？」曰：「聞彼不擇紙筆，無不如意，官豈得若此？」褚恚曰：「然則某事此何爲？」虞曰：「但得筆墨和調，遇合作者，亦足嘉尚。」褚喜而退。若今人則譽之者唯恐其不足，而見譽者亦坦然下視古人而不疑矣。

武官不識字

五代時康福疾卧閣中，寮佐問疾，見錦衾，戲語曰：「錦衾爛兮。」福聞之怒曰：「吾乃唐人，安得謂我爲爛奚。」宋神宗時，葉温叟提舉陝西保甲，一日御批問所隸諸州所教保甲精觕何如，葉上劄子言：「臣所教保甲，委是精觕。」帝得奏大笑，謂侍臣曰：「葉温叟將謂精觕是精確也。」

取人以貌

古人取人，十七以貌，如張負之妻陳平，王陵之赦張蒼，光武之識張閎，李白之救郭子儀，皆以容儀美麗。六朝江左，以此相尚，如左思、張載者，什百中之一二耳。昔人謂妍皮不裹媸骨，李勣選將，必相豐偉有福者遣之，曰薄命之人不足與成功名，是或一道也。蔣凝美姿容，所至以爲瑞，號水月觀音，卒致通顯。唐末玉筍班以爲美事，則不獨選將然矣。

畫病

作畫如作詩文，少不檢點，便有紕繆。如王摩詰雪中芭蕉，雖閩廣有之，然右丞關中極寒之地，豈容有此耶？畫昭君而有帷帽，畫二踈而有芒蹻，畫陶母剪髮而手戴金釧，畫漢祖過沛而有僧，畫鬭牛而尾舉，畫飛鴈而頭足俱展，畫擲骰呼六而張口，皆爲識者指摘，終爲白玉之瑕。

文士當韜晦

劉孝標與梁武帝策錦被事，多十餘事，帝失色，遂不復引見。後沈約與帝徵栗事，約少帝三事，出語人曰：「此公護短，不讓即羞死。」後帝聞之，亦怒。唐孟詵以識藥金左遷台州司馬。宋徐摛經史百家，答對如流，卒爲朱异所忌，出爲郡守。蔡居安當國，會館職食瓜，各徵瓜事，坐客不敢盡言，校書郎董彥遠連徵僻事數條，不過數日即補外。以此知文士當韜晦，不可盡露胸臆，以取忌也。故鮑昭多累句、王僧虔用禿筆以避禍，悲夫。

定數定知

邵堯夫知牡丹來日午時當謝，至期果有羣馬踐壞。竇儀於堂前雕花椅子二隻，以祗備二尊人之用，其弟儼見之，謂兄曰：「甚好工夫，但有一隻於某月某日先破。」儀誕之，乃覆以錦幕，置屏風後，不許人用。至其日，有内親某夫人至，第無馬杌，其從人急遽於屏風後取椅，下馬訖，遂爲馬踢碎。其他類此。丁晉公常言：「竇二侍郎，今之師曠也。」今人但知邵康節，而不知有儼。

參同契

參同契語，儘有可入詩者，如「胡粉投火中，色壞還爲鉛。冰雪得温湯，解釋成太玄」，「魚目豈爲珠，蓬蒿不成檟。燕雀不生鳳，狐兔不乳馬」，「陽燧以取火，非日不生光。方諸非星月，安能得水漿。二氣玄且遠，感化尚相通。何况近存身，切在於心胸」，「真人潛深淵，浮游守規中。旋曲以視聽，開闔皆合同」，「猶盲不任杖，聾者聽商宫。投水捕雉兔，登山尋魚龍」，「象彼仲冬節，竹木皆摧傷。佐陽詰商旅，人君深自藏」，「天道甚浩廣，太玄無形容」，「金入於猛火，色不奪精光。自開闢以來，日月不虧明」。

物作人言

鸜鵒、鸚鵡、秦吉了皆能人言，角端、猩猩亦能人言。孫吳時永康之龜人言，乾道初虎丘之鵲人言，荆南之虎人言，盧傳素家馬人言，夢澤之鹿人言，南唐苑中鹿亦人言，朱休之、宗楚客、余三乙、張林家犬皆能言。于闐野豕人言，渭南主人猪亦人言。嚴遵美家猫犬相對人言，鄱陽龔紀猫人立而言。金樓子曰：「羅含之雞能言，西周之犬能語。」宋處宗家雞亦人言，華表之鶴人言，王周南家鼠能言，晉安鼠能咏詩，駝坊使臣槖駝相對偶語，路巖家馬忽作人言。紹興時亳州魏翁之雞能人言，至今有人雞墓。東都龍門僧桐華上蜂作人言相慰勉，宣城劉成舟中蟹呼佛，嘉靖間楓橋瘍醫龔家大龜作人言，萬曆初史文學傭工人家母雞作人言。至王清之枯木、汪朝議之楮菌亦作人言，甚矣。

君相造命

昔人言「君相所以造命」，然亦不能違命。唐太宗與王顯有布衣之舊，常笑其老不作繭，及帝登位，命以官而顯遽卒。宣宗屢欲用李景讓爲相，至撚名探丸，竟探不着，終以辱臺病免。唐許孟容知貢舉，以陳存能久屈場屋，欲與一第，是夜遽中風不能言。魏徵當國時，二吏爭言祿命，一云由此翁，一云由天，魏密聞，遣由此翁者往吏部注選一官，而其人不知，因病倩由天者往，遂得官。宋仁宗時二内侍亦如之。宋太宗與陳學究善，懼藝祖遣歸，及即位，以左司諫召之，官吏大集其門，一夕醉飽而死。畢士安作相，有婿皇甫泌放縱不羈，累戒不悛，畢欲面奏之，甫〔一〕啓口云「臣婿皇甫泌」，即值邊有警報，不終其說；越數日又言，值上内逼起，遥語曰：「卿累言婿皇甫泌，必欲轉官，可超轉一資。」畢唯唯而出，竟轉大中丞，後至尚書。一說是向敏中婿。李吉甫惡吴武陵，知貢舉官懷榜至，未接先問吴武陵及第否，忽有中使宣勑至，主司恐是舊知，榜尚在懷，即取出注武陵姓名，中使退，呈李，李曰：「此人至麄，何以及第？」然名已上榜，無可奈何矣。宋神宗時術者言王安禮當相，上聞之怒曰：「執政除拜由朕，豈由術者？他日縱當用，亦且遲之。」至來春安禮果拜相。王岐公以問上，上默然久之，曰：「朕偶忘之。」信知果是命也，則君相安能造命哉。劉禹錫曰：「官不前定，何名真宰？」

校勘記

〔一〕「甫」，原作「有」，據稗史彙編卷一七七「奏失得官」條改。

報應之說

今人但知報應之說出於釋氏，其實非也。聖人曰：「惠迪吉，從逆凶。」又曰：「作善降之百祥，作不善降之百殃。」是顯然言及報應矣。至於杜伯射宣王，彭生爲豕，公孫聖應夫差，莊子儀擊簡公，趙王如意爲祟戟呂后掖，田蚡將死叩頭竇嬰、灌夫，此皆佛法未入中國之時，迂儒談及報應，便指爲釋氏幻惑之説，亦未之思矣。

詩文書畫

作詩文與書畫一也，準則於前人之法度，而參合以自己之丰神。然而法度易遵，丰神難運，故詩文有讀破萬卷而不能下筆者，書有日臨法帖而不知筆意者，畫有逐一規倣而全無墨氣終成俗品者，要在於悟而已。

硯墨紙筆

硯之堅潤者多難發墨，而墨之堅緻者又磨不即下，筆之佳者鋒毛極脆，而硯之發墨者、墨之膠氣重者、紙之堅而厚者又皆極能損筆。欲四者之調和而皆適於用，亦難矣。然則如何？曰：硯取其發墨，墨取其黑而發光，紙取其堅而澤。至於管城，不妨多置，古人退筆成塚，豈能一一顧惜耶？

治病去賊

病本邪氣，而復以符籙祈禳之法治之，是以邪攻邪也。故病雖愈，必苦於香火之奉承。賊本烏合，而復藉召募無賴之兵擊之，是以賊驅賊也，故寇雖平，必困於軍士之擄掠。

賢愚不係世類

唐盧懷慎爲伴食中書，而其子奕抗賊死節；奕子杞奸邪誤國，而杞子元輔簡潔貞方，爲時論歸美。謝車騎曰：「我乃生奐，奐安得不生靈運？」信乎賢愚不係於世類也。

大臣德量

昔人謂察見淵魚者不祥，故古之大臣皆德量汪洋，然後能爲國家造福。曹參與吏歌呼相應，丙吉吐茵不問。王始興公常言：「謂我憒憒，後人當思此憒憒。」宋范質謂：「鼻吸三斗醇醋，方可作宰相。」范峒言：「坐猶毛人精神須帶半睡。」乃知含蓄不盡，非徒爲治，亦可保身。

水神求物

呂端奉使高麗，過洋祝曰：「回日無虞，當以金書維摩經爲謝。」比回，風濤輒作，遂取經沉之，聞絲竹之聲起於舟下。陳堯咨泊舟三山磯下，夢一老叟曰：「來日當覆舟，慎勿渡。」翌日果然。夜復夢曰：「我江中遊奕神也，公當大貴，故來相報，願求金光明經一部。」公與之，三拜謝而去。王榮老過揚子江，風濤暴作，投玉麈、端研、虎帳諸物皆不應，有黄山谷書韋應物詩，視之曰：「我尚不識，鬼能識之耶？」取以投之，香火未收，水光如鏡。嘉祐中一貴人攜韓幹畫馬渡采石，風大作，數日不得行，禱於水府神，夢神求畫，獻之風乃止。不知水鬼要此何用，政可發一笑也。

神仙所謫

富貴壽考之人，多從仙籍謫來，然意念稍差，便去三千里。李泌少時幾欲白日昇天，爲其父母以穢惡蒜虀潑之，仙樂頓散。盧杞隨麻嫗乘葫蘆至水晶宫，見太陰夫人，約定欲爲地仙，至期杞忽厲聲曰：「爲中國宰相。」主者失色。李林甫少逢道士，告以已列仙籍，不則二十年宰相，林甫竟欲宰相，既貴之後，頓忘教戒之語。楊收小時讀書廬山，遇一道者，謂曰：「子若學道，即有仙分，不然位至三公，終有禍。」收不從，雖登台輔，竟殛南荒。夏竦兒時有道士欲乞爲子，曰：「是兒有仙骨，不爾，位極人臣，但可惜墮落耳。」張士遜讀書武當山，有道士見之曰：「子有道氣，可隨我學仙。」公不欲。道士曰：「不爾，當位極人臣。」此數人者，唯鄴侯、太傅以功名終，餘皆不免墮落。信哉，仙分之難也。

執金吾

官名執金吾，金吾，棒也，以銅爲之，黄金塗兩足，謂之金吾，扈駕則執之以夾車，因以名官。今人但稱金吾，而不言執，則一棒而已。語相沿而不覺其謬也。一云金吾鳥名，主辟不祥，故天子出行，先導執之。

疑能生病

有僧於闇中踏物，疑爲生命，是夜遂聞有叩門索命者，至旦視之，茄也，心遂豁然。杜宣主簿見盃中有蛇，飲而致疾，及知弓影，宿疾遽瘳。宋朱思彦因押録高生夫妻於獄，縣丞縱之使逸，而以死報，遂見高夫妻披髮爲祟，病且危篤，丞聞之，遽令其人來拜，豁然即愈。李元衡出宦，慮妾不容於妻，登舟數夕，即有鬼稱是妾，音容皆似，及遣信視家中無事，鬼亦不見。惠州周提刑妻募人殺妾，周知之，藏妾他所，募者以已殺告妻，遂感疾，見妾爲祟，周乃唤妾以歸，妻大驚，其疾脱然即愈。石普醉中命投一奴於河，投者哀而縱之，既醒而悔，遂病，見奴爲祟，自分必死，及知奴無恙，已病亦除。乃知報應之説，往往如是。關尹子曰：「人之平日，目忽見非常之物者，皆心有所結而使之然。人之病日，目忽見非常之物者，皆心有所歉而使之然。」釋氏謂魔從心生，非虚語也。

文海披沙卷之四

勿輕小事

關尹子曰：「勿輕小事，小隙沉舟；勿輕小物，小蟲毒身；勿輕小人，小人賊國。」蘇奂詩曰：「一女不得織，萬方受其寒。一夫不得意，四海行路難。」

心與肝應

心應棗，肝應榆。見文〔一〕始真經。

校勘記

〔一〕「文」，原作「元」，按所引句見關尹子二柱篇，關尹子又稱文始真經，因改正。

龍虎經

龍虎經中語亦有可入詩者：「水火各一方，守界成寒暑。」「萬象憑虛生，感化各有類。」「雄陽翠玄水，雌陰赫黄金。」「翡翠生景雲，紫華敷太陽。」

却寒暑

却寒者有：辟寒香漢武帝時外國貢，辟寒金魏明帝時昆明國貢，辟寒玉唐岐王玉鞍并日本王子棊局，又詩「犀辟塵埃玉辟寒」，七寶硯爐見天寶遺事，辟寒犀開元二年交阯貢，暖金合張無頗傳，却寒簾同昌公主事，常春木李輔國事，煖香寶雲溪僧藏，冰鼠褥冰鼠毛爲之，却寒，見神異經，莽煌席岱輿山草，見拾遺記，火玉唐武宗時扶餘國貢，可以烹爨，温若挾纊。却暑者有：銷暑珠燕昭王事，龍皮扇王元寶事，李德裕亦有白龍皮，澄水帛同昌公主事，冰蠶裀康老子事，蛟毫褥元和中大軫國貢〔一〕，辟暑犀唐玄宗賜貴妃，文宗賜講官，迎涼草李輔國事，玄冰丸見抱朴子，冷虵唐玄宗賜申王，紫龍髯拂元載事，鮫綃女仙遺張建章，松風石唐武宗時扶餘國貢，盛夏颯颯風生，清涼丹吕端見青衣童子，賜之，六壬六癸符以立夏日佩，暑不能侵。又顧師言與日本王子奕，有玉棊子，夏冷冬煖。李少君對漢武帝：「潛英之石，夏盛則冷，冬盛則温。」處士伊祁玄設紫茭席，冬温夏凉。以一物之微，而能奪造化之權，亦異矣。

校勘記

〔一〕蛟毫褥實出漢武洞冥記，元和中大軫國所貢者乃重明枕、神錦衾，見杜陽雜編。

西王母

黄帝時，西王母獻玉環，爲帝列牀敷褥，舜時又獻玉環。羿請不死之藥，得之而爲妻所竊。穆天子駕八駿直造母所，與飲宴歌謡，情意最洽，復與燕昭王遊燧林之下，説鑽火之術。漢武帝七月七夕，降於乘華殿，以玉盤盛桃啖帝，并授五岳真形，亦頗殷勤。茅盈亦一遇之，自後無有聞者，而世所傳有西王母杖狗杞也，西王母桃酉陽雜俎，西王母棗鄴中記，西王母蒲萄貝丘南出，西王母樹長生樹也，西王母鳥見通典。蓋西王母者，或西方得道之人，如毛女之屬，而七脩類稿以王母寡爲王母，亦未然也。

詩文更易字面

古人詩文，不妨更易字面：莊子「柳生左肘」，摩詰更爲「垂楊生肘」。「繞朝贈策」，太白更爲「繞朝鞭」。换鵝本道德經，而太白云「應寫黄庭换白鵝」。「高鳳漂麥」，賓王更爲「漂粹」。「殉葬玉盌」，子美改爲「金盌」。魏武遺令本「繐帳」，而謝朓更爲「繐帷」，取其韻之穩而已。

發墓賊

古今篡弑盜賊，多以發塚爲奇貨。漢廣川王去疾聚諸年少，發塚以百數。赤眉、董卓皆發漢諸陵。曹操置發丘中郎將、摸金校尉數十員，天下塚墓，無問新舊，盡遭發掘。黄巢入長安，唐諸陵皆被發。元楊璉真珈發宋諸陵，至取理宗頂骨爲椀，冤慘極矣。然皆厚葬有以啓之也。宋徽宗訪求三代彝器，至比干墓亦遭發掘。上人好尚，可不慎哉。

相人之語

唐裴行儉稱有知人之鑒，其於諸士，不取駱賓王，而取蘇味道。然賓王興復討賊，雖不克而死，不失爲忠臣義士，視味道摸稜居相位，不啻奴視之耳。文文山少時，父令相者視之，相者曰：「此子非君家之福也。頂有拳髮，必受極刑。」及視文璧〔一〕，乃喜曰：「賴有此耳。」然君子寧爲文山之赤族，不爲文璧之降虜也。皮相之士，止論一時之禍福，不顧千載之榮辱。悲夫，士君子以成敗論人者，亦相人類也。若李誠〔二〕之相王安石必亂天下，陳瑩中相蔡京必貴而無君，此真能相人者。

校勘記

〔一〕「璧」，原作「壁」，按文天祥弟名璧，因改正。

〔二〕「誠」，原作「丞」，按李師中字誠之，因改。

唐虞月建

鄭康成謂堯建丑，舜建子；王肅謂夏以上皆建寅。鄭室〔一〕甫因其說，謂書所載正月上日，猶言令月吉日。林孟鳴宙合編〔二〕亦載此。余按宋儒學樞要云「唐建子，以十一月爲正月；商建丑，以十二月爲正月；夏建寅，以正月爲正月」，則知堯舜皆建子。此書不言所出，然必有考據也。

校勘記

〔一〕「窒」，原作「室」，按鄭曉字窒甫，因改正。

〔二〕「編」，原作「篇」，按林兆珂所著名宙合編，宙合篇則爲管子篇名，因改正。

四靈

形不靈而氣靈，氣不靈而聲靈，覺不靈而夢靈，生不靈而死靈。化書。

論超三界

重陽之論超三界也，曰：「心忘念慮，即超欲界；心忘諸境，即超色界；心不着空，即超無色界。」旨哉。今人但知有色欲界，而不知有無色界，故知二氏去吾儒不遠。

求放心喻

牛馬，家畜也，放縱不收，猶自生梗，不受駕御。鷹鸇，野鳥也，爲人羈紲，終日在手，自然調熟。心亦如是。司馬真人坐忘論。

四少

老母云：「口中言少，心頭事少，肚裏食少，自然睡少。依此四少，神仙訣了。」然此四少，上可以長生，下亦不失爲處世保身之要術也。

天道難知

月犯少微，戴逵以己當之，憂愁不食，而謝敷死。熒惑入斗，梁武以己當之，跣足下殿，而魏主奔。五星聚箕，齊桓以霸，而禄山以亡。星孛大角，始皇以帝，而項羽以敗。虹下庭際，韋臯拜相，而楊勇幽亡。故知「天道遠，人道邇」，子産之言不虚也。

天人不遠

戴封、張熹皆以大旱，禱請無應，積火自焚，火起而雨大至。王遵以河決，廬居境上，水決至足而止。古道始、何琦俱以隣火伏父棺哭，屋獨得全。使數人者死於水火，則爲善者懼矣。乃知天人之間，相去不遠，彼宋之伯姬，楚之貞姜，特其不幸焉耳。

至堅莫如石，宜無能入其中者。然王文秉祖剖石毬内得蠐螬（稽神録），杜綰剖石鎮紙内得小魚（雲林石譜），陶穀破李後主研上圓石内亦有小魚，桂陽温恭家藏石中有龜（夷堅志）。近時孫克弘守漢陽，石中得白龜，濟寧人剖石得小鵝。天寶中李應物開砥柱石中得古鐵鏵，有「平陸」字；嘉靖間苕溪漁人水中得石如鵝子，扣之有聲，剖之得銅牌一方，刻「宣聖」二字；鄜縣河灘上有亂石，隨手碎之，中有魚二三寸。

名賢爲時所崇尚

郭林宗遇雨，墊一角巾，時人至折巾以效之。王導製練衣與朝士服之，一時效尤，練遂踴貴。謝安執蒲葵扇，而貨者獲利十倍。王遵業常穿角履，好事者慕效，至毁新履以學之。獨孤信馳馬，其帽微側，而吏人慕之，咸側其帽。宇文述以耳冷製巾裕耳，人學之，名爲許公袹勢〔一〕。王儉作解散髻，斜插幘簪，朝野一時倣傚。長孫無忌以羊毛爲渾脱氊帽，時人慕之，目爲趙公渾脱。蘇子瞻戴長筩帽，而一時皆效之，謂之東坡巾。古之名賢爲時所宗尚若此，然學之者徒在衣服之間，抑末矣。

校勘記

〔一〕此句上「袹」字原作「拍」，下「袹」字原作「柏」，悉據北史卷七十九宇文述傳改正。

諂事宦官

杜宣猷在閩，每逢寒食，散遣將吏挈酒食祭諸宦先塚，時人謂之敕使看墓。竇懷貞爲京尹，見無鬚者誤以爲中官，必曲加禮接。宋彭孫爲李憲洗足，曰：「中尉足何香也？」憲以足蹴其項曰：「奴不亦諂乎？」郭忠恕舍内侍竇神興家，忠恕有長髯，忽一夕盡剃之，神興見，驚問故，答曰：「聊以效顰耳。」明少司徒王祐諂事太監王振，振一日問曰：「王侍郎何故無鬚？」祐曰：「老爹無鬚，兒子豈敢有鬚。」夫人至宦官，已自不齒，而丈夫鬚眉，甘爲之奴，固知勢利迷人，令人病狂喪心而不恤也。

老人貴人婦人

老人、貴人、婦人，各有數反：夜不卧而晝瞌睡，子不愛而愛孫，近事不記而記遠事，哭無淚而笑有淚，近不見而遠却見，打却不疼、不打却疼，面白却黑、髮黑却白，如厕不能蹲、作揖却蹲，此老人之反也。夜宜卧而飲宴、早當起而高卧，心當逸而勞、身當勞而逸，當使錢處不使、不當使錢處却使，無病常服藥、有病却不肯服藥，人未做時争做、人皆做時却不做，請人必欲人來、人請却不肯去，買蔬果必要貴、買物具必要賤，此貴人之反也。不愛長子而愛少子，不愛子而愛女，不信人而信鬼，惜小錢而不惜大錢，爲姑時定怨嫂、爲嫂時却嫌姑，最忌諱却最呪咀，最怕不得老、又最怕人道老，丈夫舉動最善防閑、丫鬟淫奔却不介意，此婦人之反也。

世事相反

今世上事亦有相反者：達官不憂天下，草野之人却憂；文官多談兵，武官却不肯厮殺；有才學人不説文章，無學人却説；富人不肯使錢，貧人却肯使；僧道茹葷，平人却多持素；有司官多裁勢豪，居鄉官却把持郡縣；官愈尊則愈言欲退休，官愈不達則愈自述宦蹟。

句法相似

褚淵碑「風儀與秋月齊明，音徽共春雲等潤」；庾信賦「落花與芝蓋齊飛，楊柳共春旂一色」；隋長壽寺碑「浮雲共嶺松張蓋，明月與巖桂分藂」；王子安賦「落霞與孤鶩齊飛，秋水共長天一色」，又記「長江與斜漢争流，白雲將紅塵竝落」；駱賓王序「斷雲將野鶴俱飛，竹響共雨聲相亂」，又「颸金將露玉俱清，柳黛與荷緗漸歇」，又「緇衣將素履同歸，廊廟與江湖齊致」；陳子昂文「殘霞將落日交暉，遠樹與孤烟共色」，又「新交與舊識俱懽，林壑共烟霞對賞」；李商隱文「青天與白水環流，紅日共長安俱遠」。此等句法，襲用不一，而子安「落霞」二語獨擅才名，當由抽毫立就故耳。

吾儒高於二氏

三教精微，盡頭原亦不甚相遠。但釋氏有輪迴之説，俗僧至假懺悔以愚人；道家有符籙之傳，羽流遂借祈禳以惑世。獨吾儒之教無之也，故世人崇奉不及二氏以此，而吾儒所以高於二氏者亦以此。莆陽林兆恩亦自博學能文，於道似有所得，而能以艮背之法治病。其門人傳之者不得其學術，徒以上章降魔捉鬼爲事，儼然巫矣，縱日捉百鬼何益？此亦畫蛇添足之蔽也。

人情難易

痛可忍，痒不可忍；饑可受，飽不可受；寒可過，暑不可過；怒可制，喜不可制；哭可禁，笑不可禁；忙可耐，閒不可耐；菜可獨啖，肉不可獨啖；無貧賤相易，無富貴相難。

見石以爲伏虎

熊渠子夜行見石，以爲伏虎，射之没羽，既知其石，射不復入。漢李廣亦然。宇文周時，李遠校獵於莎柵，見石于叢薄中，以爲伏兔，射之而中，鏃入寸許，文帝賜書褒美。此三事皆相類，而遠事稍僻。

畫事非真

張僧繇畫龍點睛，便破壁飛去。顧光寶畫獅子，能爲陸溉治祟，口血淋漓。楊子華畫馬，夜聞蹄齧聲。韓幹畫馬，鬼使乘之以請醫。吴道子畫驢，踏破僧房家具。李伯時畫天廄滿川花，放筆而馬死，蓋其精魂皆被筆端取去。此皆理之所無，抑恐譽者過當，觀黄筌「術畫」「藝畫」之言可知也。至若畫鷹鷂而鳥雀不入，畫雉兔而野鷹來攫，則有之矣。

人以物重

虹流而庖犧降，龍遇而扶嘉生。張説燕飛，九齡鶴集。大年胎垂毳毛，康節母因猿感。

杜元凱、李公垂、蔡君謨爲虵，吴越武肅爲蜥蜴，鄭愚、武穆皆見猪形。人固以物重耶，事固有不可知者。

壽

禮外傳曰：「人之壽不過百二十，過此不死，是爲失歸妖怪。」然洛陽党翁壽一百七十餘，璠州宋卿年一百九十五，漢東甌王壽一百六十，李珍年一百三十八，晉趙逸五百歲，洛陽李元爽年一百三十六，太原于伯龍年一百二十八，魏羅結、梁顧思遠皆至一百二十，宋大中間東都僧好飲茶年至一百三十，王仁裕遠祖母二百餘歲，穰城民二百四十歲，國朝成化間濟寧民王士能年百二十三歲，孔無似北京人四百歲，斯皆非有道術者，而壽若此，豈亦失歸之妖耶？至於文考、輔嗣、叔寶、敬仁、子安、長吉、居實之輩，反不得三十。造物有知，何不奪彼予此？令人短氣。

物性不遠

瓠巴鼓琴，遊魚出聽；師曠奏樂，玄鶴飛舞。杜鴻漸登閣奏鼓，羣羊躑躅；開山陞座講經，家雞佇立；李牟臨江奏笛，水木森動。羯鼓縱擊而桃杏舒吐，南吕一召而草木成實。守素祝桐，脂汗自絶；薛弼伐樹，鷺羣悉空；太清興嘆，鴨脚發花。乃知鳥獸草木之性，去人原自不遠，而人心有不可感者，其冥頑反出物下矣。故舜能使鳳儀獸舞，不能化四凶之暴；韓能使鱷魚遠徙，不能止李逢吉之譖。

關王神

關王之神，自唐以前，未聞威靈。至宋真宗祥符間，解州鹽池忽爲蚩尤所據，池鹽耗竭，祈禱無驗。帝夢城隍語其故，勑龍虎山張天師舉關王諭旨，果大風雷，一晝夜而池鹽俱溢，遂賜勑封。嗣後屢顯神靈，至今日則家祀户奉，即兒童蠻貊，無不知崇信者。乃知鬼神之顯晦，亦自有時耶。

菜膾名

菜號諸葛，膾名郎官。江南人作膾，因張翰故名郎官鱠。

玉　衣

漢霍光薨，賜以玉衣、梓宫，注云：「以玉爲襦，如鎧狀，連綴之，以黄金爲縷。」後漢耿秉死，亦賜玉衣。此皆死者之服也。按六韜「武王伐紂，紂衣寶衣自焚」；又太始元年，頻斯國人來朝，以五色玉爲衣；又甄后生時髣髴見人以玉衣覆之，則真以玉爲衣矣。

身化

魏公子終席謙讓，平原君不敢言獻五城；尹翁歸不可私干，于〔一〕定國不敢見其邑子；顧協清介衣單，蔡法度欲解縟與之，而卒不敢言；劉晏遺李廣竹簾，三攜至門而不敢發；楊綰拜相，京尹減損騶從，有以世務干者，見其言玄遠，不敢發辭而退；杜黄裳夫人朴素，李師古不敢通賄賂。盛德之士，望之而令人消其鄙吝，非虚語也，此之謂身化。

校勘記

〔一〕「于」字原無，當涉上「干」字而奪，今補。

韓康伯張蕪

韓康伯數歲時，母與作襦，令康伯持熨斗，謂之曰：「且着襦，行作複袴。」康伯曰：「火在斗中而柄熱，今既着襦，下亦當煖。」張蕪小時，母謂其寒，欲作袴，蕪曰：「且作襦，如熨斗着火，其柄自熱。」此二事絶類，今人知有康伯而不知有蕪。

李固宋璟

李固以忠直名一時，而胡粉飾貌；宋璟剛直難犯，而善擊羯鼓，皆不類其爲人。然固之傅粉或出梁冀誣謗之語，乃漢魏間人以傅粉爲常，陳思王、何平叔皆爲之，不足異也。璟之習羯鼓，亦以明皇所尚，故臣庶從風耳。要皆不足以累二公之賢。至於趙清獻宰清城而挈伎以歸，胡銓浮海生還而戀黎倩，絶與二公爲人不類，乃知蘇子卿娶胡婦，誠非虚語。

書籍

古人書籍，皆用版策，紀載浩繁，重不可擕，千里負笈，詫爲難事，非若今人箋素之約也。梓本未興，皆用謄寫，衡陽王鈞手録五經，孫敬折柳爲簡，手自寫經，張參手寫九經，非若今剞劂之便也。然古之博學者什五，今人博學者什一，豈誠天分有限，當由宴安惰窳，或以制義分心耳。

成佛作祖手段

蚩尤造五兵，鯀作城，瞽叟作瑟，桀作瓦屋，紂作笠篌，秦始皇廢封建爲郡縣、築長城以驅胡，王莽置學官，隋煬帝設進士科，武曌試士彌封及敕僧尼隸祠部。雖淫虐悖逆之主，自有千古不可磨滅之事，此成佛作祖手段，非中人以下見解也。

休官難事

大臣休致，固是難事，而勸人休官，尤難出口，非交分之深，鮮不以爲罪矣。陳振獻鷗賦於崔湜，湜雖稱善而心不悦。魏仲先上王文正詩曰：「從來輔相皆頻出，君在中書十五秋。西祀東封今已畢，此回好伴赤松遊。」公得詩大喜，以酒茗藥物爲答，然終不能用也。寇萊公再入中書，魏亦貽以詩曰：「好去上天辭富貴，却從平地作神仙。」公亦不能從。惟陳恭公判亳州，壽日從子世修獨獻范蠡五湖圖，且贊曰：「賢哉陶朱，霸越平吴。名遂身退，扁舟五湖。」公得之大喜，即日納節。韓持國晚年守許，崔子厚爲倅，值生辰，獻遺星列，子厚獨上詩云：「衣錦榮名雖烜赫，挂冠高節莫因循。」公嘆咏久之，曰：「非君，誰與我言？」遂致仕。國朝李文正當國日久，有士人投詩云：「才名直與斗山齊，伴食中書日已西。回首湘江春草緑，鷓鴣啼罷子規啼。」公得詩笑而已。張華博學知天文，處極亂之世，中台星坼，其子勸其遜位，而卒不聽以死，况其他乎？唐張正甫爲相，與門人崔咸議欲休致，崔力贊之，既歸，門庭冷落，意遂大悔，謂人曰：「後有大事，慎勿與少年郎議之。」蘇易簡罷知政事，不勝閒冷，謂親舊曰：「退位菩薩難做。」未幾而卒。明夏言爲相，懸車日久，與鄉人飲，有村氓齒長，據上座不遜，公欝欝不自得，遂復起。夫以宰相家居，有何不足，即市井不識，政自美事，而乃芥蔕胸中，宜乎其不克終也。正德間朝議欲起三原王公恕者，汝南强景明寄詩云：「八十耆年一品官，歸來清節雪霜寒。雖然海内歸心在，可奈君前下拜難。鷗鷺恐疑威鳳起，風雲長護老龍蟠。三公事業三槐傳，留取完名久遠看。」公得詩大悦，竟不起，此亦有古人之風矣。

化　書

譚景升化書百一十篇，文詞簡暢，義理粲然。其中雖有長生太上等語，而無龍虎刀圭僞妄之術、恍惚之語，道德、南華之後，此其翹然者也。齊丘篡弑奸雄之鷹犬，乃欲掩其書爲己有，亦無忌憚之甚矣。

人君舉動不可輕

漢武帝微行至主人家，與其婢宿，婢夫操刀將襲之，有同宿書生善天文，見客星將逼帝座，高聲叱之三四過，其人始退，遂捕殺而誅之。明太祖皇帝微行至一店卧，枕木踏草，至夜，店内夫妻語曰：「今夜此翁又出矣，當頭木而足草也。」上聞之，亟易頭而寢，少頃其夫出視上，復入謂婦曰：「誤矣，此人乃足木頭草也。」帝乃獲免。白龍魚服，困於豫且，人君舉動，可不慎乎。

奸賊之報

元和中，惠州一娼震死，朱書其脇曰「李林甫」。欽宗時，檀州雷擊一男子，背上朱書「賊臣章惇」。天聖中，馮拯卒，次年京城南錫慶院側人家生一驢，腹下白毛有「馮拯」二字。紹興元年，漢陽蔡氏女被雷震死，有文曰「唐相李林甫」。洪武間，吳山雷擊蜈蚣，背書「白起」。陸允誠家烹雞，而雞背有「李林甫」三字宛然，客皆驚而不食。天之報奸賊亦嚴矣。就中惟李林甫凡三見，豈以怙權害物最甚，而又以善終，故其報獨重耶。

微詞解紛

南唐時，關司歛率繁重，商人苦之。屬畿甸亢旱，烈祖宴於北苑，謂羣臣曰：「外境皆雨，都城獨不雨，何也？」申漸高乘諧進曰：「雨懼抽稅，不敢入城。」烈祖大笑，即除之。唐昭宗時，李茂貞榷油以助軍費，因禁松明，優人張廷範曰：「不如併月明禁之。」茂貞笑而罷其禁。吳越錢王令西湖漁者供使宅魚，民多怨歎，一日開宴，命羅隱題呂望磻溪圖，羅應聲曰：「呂望當年展廟謨，總戎釣國更誰如。若教生在西湖上，也是須供使宅魚。」武肅大笑，盡行蠲免。宣和間，用當十錢，伶人爲以當十錢買水者，水一盃一錢，於是必令飲十盃，至於委頓。上見之笑，遂廢不用。微詞解紛，有甚於批鱗苦諫者。

以地名物

蔡出善龜，故名龜爲蔡；衛地多驢，故名驢爲衛。然禹貢九江納錫，不聞自蔡；齊趙之間，皆産長耳。命名之意，或所未詳。

六眼

蘇子瞻謁呂微仲，值其寢，逾時乃出，談次有緑毛龜，蘇曰：「唐莊宗時林邑國貢六眼龜，優人敬新磨爲讚曰：『不要鬧，不要鬧，聽取龜兒口號。他六隻眼兒分明，睡一覺抵别人三覺。』」此蘇戲語也。考之史傳，實有六眼龜。郭景純江賦：「龜有六眸。」宋太始二年八月丙寅，六眼龜見於東陽，太守劉勰得之以獻。睿宗先天三年，江州獻靈龜，六眼，腹下有玄文。又嶺南欽州出六眼龜，然實止兩眼耳，外四眼乃斑點，無紋花，圓長中黑，與真目竝排，端正不偏，人莫能辨也。

異能

宋劉穆之目覽詞訟，手答箋記，耳兼聽受，口竝酬對，不相參錯，悉皆贍舉。隋劉炫左手畫方，右手畫圓，口誦，目數，耳聽，五事竝舉，無所遺失。元嘉左手畫圓，右手畫方，口誦經史，目數羣羊，兼成四十字詩，一時而就，足書五言一絶，六事齊舉，代號神仙童子。此三人者皆可謂絶世之技，而元嘉在童亂之年，尤爲殊絶。梁唐邕每有軍事，手作文書，口且處分，耳又聽受，三事竝舉，亦其次也。

方朔恢諧有本

子路與顏淵浴於洙水，見五色鳥，顏淵以問子路，子路曰：「此名熒熒之鳥。」又一日，二人浴於泗水，復見前鳥，顏淵問子路，曰：「此同同之鳥。」顏淵曰：「何一鳥而二名？」子路曰：「譬諸絲絹，煮則爲帛，染則爲皂，二名不亦宜乎。」漢武帝見上林一樹，問東方朔，朔曰：「名善哉。」後數歲又問朔，朔曰：「名瞿所。」帝曰：「朔欺矣。名與前異，何也？」朔曰：「夫大爲馬，小爲駒；長爲雞，小爲雛；大爲牛，小爲犢；人生爲兒，長爲老。昔爲善哉，今爲瞿所，何足恠乎？」荊王時，有獻不死之藥者，謁者操以入，中射之士問曰：「可食乎？」曰：「可。」遂奪而食。王怒欲殺之，士曰：「臣問謁者，曰可食，臣故食之，是罪在謁者，不在臣也。且客獻不死之藥，臣食之而見殺，是死藥也。王殺無罪之臣，而明人之欺王。」王乃不殺。漢武帝時亦有獻不死之酒者，東方朔竊飲之，帝欲殺朔，朔曰：「殺臣，臣亦不死；臣死，酒亦不驗。」以上二事觀之，朔之恢諧，亦有所本也。

千古之恨

魯郡有先聖手植栢樹，自漢歷晉，莫敢傷犯，後爲江夏王義恭伐取。謝靈運鬚美，臨刑施祇洹寺爲維摩詰鬚，寺僧愛護二百餘年，爲安樂公主鬭草馳騎剪取，并焚棄其餘。姚鉉謫居連州，寫所著文粹一百卷，好事者建樓貯之，官屬多遣吏抄録，吏以爲苦，以鹽水噀之，欲其速爛，後縱火焚樓。天聖中營浮圖，姜遵在永興，悉取漢唐碑之堅好者，以代甎甓，有縣尉扣頭争之，繼之以泣，遵怒，并劾去之。鹽官縣安國寺有唐時悟空大師手植雙檜，如龍鳳形，宋朱勔遣人取以供進，由海道行，遇風濤，舟檜皆没。唐玄宗東封泰山，命張許公摩崖爲碑，至明八百餘年，爲林焯磨平，以「忠孝廉節」四大字覆之。廣德大洞有玉一方，周正如几，日照之，内有詩四首，相傳白玉蟾所點化，爲州守借觀，竊取以去。金陵鳳凰臺石爲楚人達官舁歸，至采石竟沉没。雖神物成毁有數，終爲千古之恨。金陵三怪石，若非夢作舉子求哀，亦已燒爲灰矣。

文海披沙卷之五

木異

孔子手植檜，與老子堂前雙栢，雖千年久枯，不時發榮，然猶曰聖人之地有神靈憑藉而然也。宋元豐間，秦鳳舉兵，進山川圖，有秦時栢一株，雖枝葉無存，而質榦不枯，上以筆點其枝上，嘆賞久之。無何，秦郡奏枯栢一枝復榮。元豐庸主，豈尼聃之比耶，而靈異乃爾，事固有不可知者。

鳳州宣州

鳳州有三出，曰手、酒、柳。謂婦人手皆白，柳皆翠色，與他處不同，又公庫多美醞。宣州有四出，曰漆、栗、筆、蜜。李愈語，見墨客揮犀。明州有三賤，燒底賤、着底賤、喫底賤。燒是草，着是草鞋，喫是鹽。慈谿有三薦，茶店湯瓶不曾薦，客店床上無藁薦，大街上好放薦。二事見談藪。

郭奕

樂羊食子，劉覽劾兄，忠矣；史牟以私販殺甥，梁車以踰城刖姊，正矣，然而君子弗善也。夫子曰：「父爲子隱，子爲父隱，直在其中矣。」孟子曰：「其所厚者薄，無所不薄。」骨肉之間，寧情勝法，無法勝情，聖賢處此，有微權矣。晉郭奕爲雍州刺史，寡姊隨之任，其僮僕多爲不法，爲下所糾。奕按省畢，歎曰：「大丈夫豈當以老姊求名？」悉遣不問。至哉言乎，可謂得聖賢之用心矣。包孝肅在廬州日，撻其母舅，亦好名之過也。

物化

物化多矣，其尤異者，則王莽時五銖錢化爲黿，漢宮女化爲飛蛾，晉太康中會稽蟛蜞化爲鼠，元嘉中河内司馬元胤祭柑化爲鵝，唐玄宗時石化爲麪，桐廬山中竹化爲雉。化書曰：「老楓化爲羽人。」宋元祐間辰州丹砂化爲雉。

雨異

雨粟，雨麥，雨金，雨毛，雨棗，雨血，異矣。其尤甚者，漢成帝末年，宫中雨一蒼鹿，殺而食之，其味甚美。王莽時，宫中雨五銖錢，墜地悉爲黿。魏文帝時，安陽殿前雨朱李八枚，啖之，數日不思食。河間王子元家雨小兒八九枚，墜地皆長六七寸。張仲舒在廣陵〔一〕，天雨羅箋甚多。晉劉聰時，平陽雨肉，廣二十七步。明弘治庚戌三月，慶陽雨石無數，皆作人言，聽之歷歷可辨。

校勘記

〔一〕「陵」字原缺，據異苑卷四補。

異名

魚名琵琶，燕名琥珀，樹名如何、近矣，菌名笑矣乎，李名顔回，菜名孟娘，松名孔雀，檜名鴈翅，芋名博士，牛名郭椒，鼠名仲能，蟲名傍不肯。

師道

師道之難，自古歎之，雖等三生，實由卒合，形骸難略，城府易生。馬融之於鄭玄，忮也；張禹之於戴崇、彭宣，偏也；邊孝先之解嘲，玩也；郭林宗之擲杯，倨也；陰鳳、徐遵明之留質衣物，劉炫視束修爲教，愮也；沈重談皆紙上，淺也。今之爲人師而能去此六病者，寡矣。

四豪

四豪之在當時，皆以好客著聲，侔於敵國。然孟嘗客無貴賤，一與文等，而馮驩食尚無魚，平原一斬笑躄，士皆歸心，而不能識毛遂、毛公、薛公。春申無可稱述，獨以珠履爲豪，汗明三月而後得見，驕士若此，卒死人手。信陵意氣，傑然獨出，然毛薛賣漿博徒猶能知之，虞卿名已著而不知，何也？漢肅宗謂竇憲曰：「公愛班固而忽崔駰，何異葉公好龍。」固知四君好客，徒爲名耳。

物異

鼈有三足，龜有六眸見前。牛有六角周成王時東夷送六角牛，述異志，人有三耳張審通。蛇有兩頭孫叔敖兩頭蛇，狐有九尾。鳥有四足五臺山上鳥名寒號蟲，獸有五足出因墀國，狀如獅。

郗氏

釋氏輪迴報應之説，本以勸人爲善也。梁武帝后郗氏平生妬忌，損物害人，死而爲蟒，尚未足快人意。乃帝一爲禮佛懺悔，即生忉利天，見一天人，容貌端麗，異香馥郁。是以一生惡業，一懺盡釋，既免惡道，又生天界，人復何憚而不爲惡哉。釋教之不足取信者以此。

嚴武

嚴武欲殺杜子美，宋人極口爲之辨。夫以武之陰賊殘忍，八歲時即以鐵椎擊殺父妾，在京城時納鄰女之奔，又懼其追，而以琵琶絃縊殺之，其視杜陵老叟，机上肉耳。武之所爲不殺者，杜雖失言，不過潦倒詩酒，無足深忌，至於八哀輓詞，政自少陵全交厚道，未足爲不殺左券也。

問腹

王丞相指周伯仁腹，問曰：「此中何所有？」答曰：「此中空洞無物，但足容卿輩數百人。」伯仁見顧和擇蝨不動，指其腹問曰：「此中何所有？」答曰：「此中最是難測地。」唐明皇指禄山腹曰：「此中何所有？」答曰：「更無餘物，止有赤心耳。」章子厚坦腹問蘇子瞻曰：「此中何所有？」蘇曰：「此中都是謀反底家事。」蘇亦一日坦腹，問諸姬曰：「知吾此中何所有？」朝雲對曰：「學士一肚皮不合時宜。」此數者問同而答各異，然周語近誇，蘇語太劇，禄山語佞，朝雲語激，獨顧語玄着，是以受知爲令僕之才。

副急淚

顧長康哭桓宣武，鼻如廣莫長風，眼如懸河決溜。和士開母喪，丁鄒、嚴興并一朝士皆以善哭稱。程伯猷、馮紹正哭高力士母逾於己親。夫脅肩諂笑，尤可僞爲也，此副急淚，從何處得來？固知人之諂佞，其天性也。

藝有至極

唐大曆中，脩含元殿，獨一瓦工瓦畢不生瓦松；又有李阿黑亦能之，布瓦如齒，間不通線。虢國夫人堂成，置螻蟻蜥蜴其中，竟日無一罅隙得入。宗楚客鏤文石爲堦砌地，着吉莫靴行者輒仆。此雖淫巧近妖，亦藝有所至極也。

奴隸中可人

蕭頴士有奴隸，鞭撻甚酷，人勸其他適，答曰：「非不能去，但愛其才耳。」甄琛好奕通宵，令奴秉燭，睡則加撻。奴曰：「郎君辭父母至京邸，若爲讀書執燭，不辭獲罪，今乃以圍棋故，横加杖罰，不亦非理。」琛慚而悔，遂折節讀書。奴隸中信自有可人者。

又

予有小童，頑黠無比，每與賓朋博奕，則通宵侍立不倦，遇開卷觀書，不移時輒遁去。因思甄琛奴語云云，始信古今人不相及，即奴隸亦然也。

楊用修

國朝博物洽聞，無如楊用修，其議論考訂，掊擊詆訶，不遺餘力，而其所著書紕漏誤舛，甚於其言，故後之人亦好糾其訛而攻之。余謂古人著作，或意見之不同，或記憶之稍誤，或耳目之蹔遺，豈能無病，後之觀者，隨事糾正，不失忠臣，苛求醜詆，徒滋口業。前代訂訛，尚存厚道，至用修而肆罵極矣。己好攻人，而欲人之不攻己也，得乎？王元美鑒於用修，故其持論稍平。

又

用修既有雋才，復以宰相子讀書中秘，内府珎奇人間所無之書，往往竊出，其雄辯該博，固有自來。比流落遐方，卉服爲伍，間有引援，自出己意，問之則曰出古某書，亦猶陳彭年導駕誤行，曰自有典故，有司畏其該洽，不敢糾也。至如古人山海、淮南、洞冥、述異等書，虛實相半，想當然耳。

禁酒

晉元帝度江之初，時以酒廢政務，王導諫之，遂覆盃終身不飲。唐玄宗初即位，常以醉後傷一人，遂四十餘年永絶此味。夫以中庸之主，挾萬乘之尊，而能以一言一事，永斷嗜慾。今人以士庶之家，耽湎麴蘗，或傷人犯物，或敗德喪儀，而恬不知戒，有苦口相勸，反悻悻自以爲是，其不逮二主遠矣。

勞逸

昔人謂「造化勞我以生，逸我以老」，今人當年富力强之時，玩日愒月，飲食燕樂，有書不讀，有子不教，是當勞而反逸也。及其筋力既倦，血氣既衰，終日營求，爲子孫作牛馬，是當逸而反勞也。其違天甚矣。

巫讖不足信

巫讖之言，無論不中，即有中者，亦多事後始驗，其間因疑似而害人者多矣。秦始皇以亡秦者胡，遂令蒙恬逐胡，暴師十萬於外，而不知其子之爲胡亥。唐太宗以讖有武姓代唐，李君羨遂以小名見殺，而不知内嬪之有武氏。魏道武開以神巫之言，滅清河一郡，手刃萬人，而見殺者乃妾萬人及門子清河王也。李德裕以白馬之厄，親族中外無敢畜白馬，而害己者乃白敏中與馬植也。王平甫曰：「卜筮本欲前知，而卦影驗於事後，何足信哉。」符讖亦猶是矣。

體物之玅

古人文字，雖極草草處，亦曲盡體物之玅。如曹子建雀賦云：「頭如顆蒜，目如擘椒。」真可爲雀傳神矣。楊用修載白樂天荔枝序云「核如琴軫」，體狀亦甚精當，而考之白集，原作「枇杷」，當是用修以意改之耳，然「枇杷」語不如「琴軫」。

崖公蜆斗

唐番人許小客謂姚崇曰：「今日崖公甚蜆斗。」崖公者，天子也；蜆斗者，歡樂也。關中人謂腹大爲胍肫，雲南人以官人爲麻繩，此與蕃語何異？

妖惑

天門山行人以蟒吸爲飛昇，緱氏仙鶴觀道士以虎食爲得仙。張道陵爲蝮蛇所吸，門徒神之，以爲登天。唐蘇湛以蛛網爲聖光，卒爲所食。武當劉先生遇仙童絳節召己上昇，沐浴將去，弟子王道士呼雷震之，擊殺一巨蟒。明州新戒僧遇老鸛精，以爲神仙。閩禮斗僧被大毛手鬼摑其首，以爲神游紫府。幽州石老爲子沉江中，妄指雲中白鶴，以爲得仙。世之妖惑，大率若此，至死不悟，亦可哀也。

風水

「徐州不打春，邳州無東門。若使打春與開門，蝎子咬殺人。」見七修類藁。東昌亦有諺曰：「夏津不撞鐘，高唐無北門。撞鐘人頭痛，北門生蝗蟲。」相沿至今，不敢易也。

天開眼

天之開裂，人常見之。燕馮跋、齊高洋皆獨見天開。羊襲吉少時見天開，中有雲霞樓閣之狀。王文正旦幼時見天門開，中有姓名，臨安馬浩瀾亦見之。宣德中一日裂西南十餘丈，俗謂之天開眼，郎仁寶辨其訛，以爲偶有欠缺，自當復合，若地之裂則質也，故不能合。然關中地震時常有裂開數十丈而復合者，當其裂時，人畜屋宇，盡墮其中，及其合後，窅不可尋，掘之至深，不復得也。天地之變，豈可以常理測哉。

黿不見碑

成祖皇帝爲太祖建碑於鍾山，鉅麗倍常，鑴鑿既畢，而黿趺太高，碑不能上。管工者患之，莫知爲計。一日夢有神人語之曰：「欲豎此碑，當令黿不見碑，碑不見黿。」既寤，思而得之，遂令築土與黿背平，輦碑其上樹之，然後去土。

詩文人見識不定

詩文人見識多不定，其於節義二字不甚了了。班固失身竇憲，中郎終殉董氏，六朝范曄、沈約之徒，尤難枚舉。李白、王維，幾以從逆不保首領。元微之、柳子厚、劉禹錫，比於匪人，身名俱累。陸務觀出入侂胄之門，趙孟頫甘事亡國之虜。豈文章節義，固自兩途耶？乃知晉之靖節、宋之臯羽，不當以詩人目之矣。

阿堵寧馨

阿堵、寧馨，皆俗方言也。阿堵猶今言這個，故王夷甫謂「舉却阿堵物」，顧長康謂「精神政在阿堵中」，但作這個讀，其義自明。寧馨猶今言恁地，故山濤見王衍曰：「何物老嫗，生寧馨兒？」宋廢帝悖逆，太后語侍者曰：「將刀來剖我腹，那得生寧馨兒。」但作恁地讀，其義亦明。今人以錢及眼爲阿堵，又以寧馨爲稱美之詞，習而不察也。

家諱

古人家諱極嚴，有犯之者，輒至流涕徒跣。梁謝舉聞諱必哭，甚至范曄父名泰，而不拜太子詹事；劉温叟父名樂，而終身不聽樂，不游五岳；徐仲車父名石，而終身不踐石；袁德師父名高，而九日不食糕；白樂天母墜井，而時以賦新井詩爲譏；李賀父名晉肅，而時以舉進士爲非；裴德融父名臯，而以高鍇門下及第爲罪，則不通之甚矣。今時家諱不出門，即子孫臨文，亦自不諱。王元美父死於司寇，而後爲大司寇，時論者亦以此病之，王竟自免歸也，此與白樂天、李賀事政自不同。

臘

五經要義曰：「三代名臘，夏曰嘉平，殷曰清祀，周曰大蜡，總謂之臘。」宫之奇諫虞公曰「虞不臘矣」，史記謂秦惠文王始臘，風俗通謂漢始改爲臘，又有以「虞不臘」之言而疑左氏非周人者，皆非也。

張子野

張子野老而買妾，蘇東坡爲詩以戲之，詩中皆用張姓事，但「江南刺史已無腸」，注以爲劉禹錫，然全篇皆張，不應此句突用劉事，或者坡公用有僻事，未之詳耶？

欸　乃

欸乃當音靄迺，欸字從矣從欠，非款字也。子厚「欸乃一聲山水緑」，注云一作「襖靄」。「欸乃」「襖靄」皆棹歌之聲音，今人即以欸乃音襖靄，非也。郎仁寶七修類藁辨證極明，而世人尚未信從，故爲拈出。然仁寶後釋疑字樣〔一〕一條，「欸乃」又注音「襖靄」，何其無特見也。

校勘記

〔一〕「字樣」，原作「文字」，據七修類藁卷三十四釋疑字樣條改。

吃語詩

東坡有吃語詩云：「故居劍閣隔錦官，柑果薑桂交荆菅。奇孤甘掛汲古綆，僥覬敢揭鈎金竿。已歸耕稼供藁秸，公貴幹蠱高巾冠。更改句格各謇吃，姑因狡獪加間關。」又戲武昌王居士詩云：「江干高居堅關扃，犍耕躬稼角掛經。篙竿繫舸菰茭隔，笳鼓過軍雞狗驚。解襟顧景各箕踞，擊劍賡歌幾舉觥。荆笄供膾愧攪聒，乾鍋更戛甘瓜羹。」內「覬」字當音改，「繫」字當音計，「愧」字當音貴，不然當易此三字。余友人舉孝廉口吃，唯流音念不正，一日雨中，余與徐興公各賦絶句，爲吃人念不得詩以遺之。余得二首云：「緑柳龍樓老，林蘿嶺路凉。露來蓮漏冷，兩淚落劉郎。」又：「梨嶺連連路，蘭陵累累樓。琉璃憐冷落，郎輩懶來留。」興公得一首云：「留戀蘭陵令，淋漓兩淚流。嶺蘿凉弄瀨，路柳緑連樓。」

校勘記

〔一〕「因」，原作「固」，據蘇軾戲和正甫一字韻詩改。

物有人心

鸜鵒能問上皇，烏龍能噬逆僕，燕子獨伴孀妻，駿馬終殉名將。吉了不願入夷，里烏報効孝子，舞馬不順禄山，供奉跳擊温賊。崖上白鷳，悲號墜水；勝國五象，不拜皇朝。至於螻蛄蠅蟻，皆能感不殺之恩，出垂死之地，物類之有人心者，可以媿天下無義氣丈夫。

潔　疾

古今有潔疾者，莫如庾炳之、王思微、米南宫、倪元鎮。然他人猶似矯僞，倪至終身不與婦人交，此真得潔之理者也。今人亦有好潔者，然但修飾於飲食衣服之間，至於男寵女色，汙穢之極，惑溺滋甚，恬不介意，此豈真好潔哉。

理之所無

紹興大龜塚上直豎一石如擂搥，一人撼之則動摇，其下可以線過，而數十人舁之則不能起。莆田九鯉湖雷轟漈有石人，以手指戳之則動，而極力挨之，則屹然不動。福州蓮花峰石亦然。潤灤海水，遠望高如山，近處極下，至對岸視，則遠處亦然。徑山嚇石，上不着天，下不着地，以線徹底，可以經過。此皆事之所有，而理之所無。

宋興亡

七修類藁載宋以乙亥取江州，亦以乙亥失江州；以丙子取江南，亦以丙子失江南；以己卯混一天下，亦以己卯亡國；取天下於孤兒寡婦，亦亡天下於孤兒寡婦，以爲報應。不特此也，斡離不陷汴京，宋臣有詣其營者，覩其形貌，政與藝祖絶相類，其殺太宗子孫幾盡。而伯顔下臨安，有識之者，後於帝王廟中見周世宗像，與之分毫無異。此二事報應，不尤異耶。

相似而訛

爾雅以守宫爲蜥蜴，以益母爲茺蔚，詩義以螽爲螻蛄，荀卿以蘭根爲芷，高誘以乾雀爲蟋蟀，蔡司徒以蟛蜞爲蟹，何遜以擁劍爲魚，蔡中郎以反舌爲蝦蟆，淮南子以蛩爲蟣蠓，孫思邈以合歡爲萱草，郎仁寶以蚌肉爲淡菜、以水雞爲蝦蟆，温飛卿詩以紅豆爲相思，段成式以蒙貴爲猫，此皆相似而非，格物者不可不察也。

胥山

姑蘇山本名姑胥，然以爲子胥死後，後人憐而名之，非也。姑蘇臺乃吴王闔閭所築，而子胥臨死已有麋鹿遊於姑蘇之語，安得謂後人所稱耶？

白黑鬚

寇萊公欲入相而患年少，則服蘆菔〔一〕、地黄以變之白。史天澤爲中書丞相而嫌其老，則用藥以染之黑。鬚髮何關於神明，乃爲躁進者簸弄若此，可歎也。今人考生儒時則損年數，行取臺省時則增年數。舊制不過三十不得入臺省。妓多損年數，而罪人多增年數。過七十則收贖，八十則勿問。其意一也。

校勘記

〔一〕「蘆菔」，原作「葫茯」，據類説卷四十五寇萊公服地黄條改。

書名

古今書名有異者，截江網宋時舉業，鬼料竅星象書，白獺髓張仲文著〔一〕，碧雲騢梅聖俞著，鄧思賢訟牒之法，見筆談，蠶衣祝允明著，真珠船胡侍，玉壺冰都穆，九宫亭亭白姦遁甲書，鐵掃帚擇日書，一粒粟地理書，珊瑚木類書，天厨禁臠惠洪詩話，五色線類書，佩觿郭忠恕撰字書，麟角類書，火珠林卜卦書，百顆珠筭術，宵練匣朱得之著道學書。甚矣，人之好異也。

校勘記

〔一〕「張仲文著」四字原作空圍，據本條辭例補。

三十六人

宋徽宗時，山東賊宋江等三十六人聚衆横行，官軍莫敢攖其鋒。元順帝時，花山賊畢四等亦三十六人，聚集茅山，出没無忌，官軍不能收捕。二賊相類而皆三十六人，宋江中有一丈青、花和尚，而畢四中亦有一婦人一僧最勇健，豈皆天罡之數耶。

更鼓

入夜每更五點，遞爲二十五點，李郢詩「二十五聲秋點長」是也。今禁漏首尾二更去二點者，蓋昏鐘禁鼓一動即禁人行，初更二點夜未深，後二點天將曙，皆不宜禁者，故以三點爲起止耳。今人不知，以爲起於宋太祖因五更頭之讖，遂去之。不知宋太祖因此讖令宫中皆轉六更，然後鳴鐘，又何嘗禁初更耶？

禹穴

楊用修辯禹穴，以爲在巴蜀，其言甚堅，而余未敢以爲然也。宇内山川同名者多矣，豈可以己一時之偶見，而盡排千古之議論乎？王元美有辯，不贅。然據呂柟遊龍門記，則龍門亦有禹穴，蓋三禹穴矣。蒙山實在雅州，如必以爲在雲南，則山東亦有蒙山，何以知禹貢之蒙山不在此而必在彼耶？大率用修之議論，好奇而輕信，强辯而不顧理。

賜姓

唐以前多賜姓者，然率以國姓賜之，婁敬、項伯之類是也。國朝間有賜姓者，滁陽之宥原姓有，聖祖改賜姓宥；指揮姓禄有功，賜改姓車；沐黔國無姓，賜姓沐；英宗時有進士貟茂，上不識，問之，對曰音陜，遂改賜姓陜；世宗時南昌哀公貞吉傳臚，上惡之，御筆畫爲衷，遂姓衷，然皆有爲也。

三元

宋三元人知有王曾、馮京、宋庠，而不知有楊寘、孫何。國朝三元人知有商輅，而不知有許觀。觀，池州貴池〔一〕人，仕至禮部侍郎，死於靖難，妻翁氏及二女皆不屈死，一門忠節，炳炳若此，而湮没不稱，良可歎也。

校勘記

〔一〕「貴池」，原誤作「貴陽」，今改正。

務多無用

齊陸澄博學多識，過於王儉，觀其所言，儉亦心服，至於讀易三年，不通文義，欲撰宋書，竟不能成，終貽書厨之誚。臧嚴四部書目，自始至終，了無遺失，而没世無稱。唐谷那律博通典籍，褚遂良呼爲九經庫；鄴侯架插牙籤至三萬軸，可謂無書不有，而二君生前著述何寥寥也。他如任末經苑，景翼書窟，聚而不運，何裨身名。至於杜少陵、蘇子瞻，間關奔走，殆無寧日，勢豈能以載籍自隨，而其詩文貫穿淹洽，似一一檢故事用者，又何也？豈天分之有限耶，抑鑒裁與自運原屬兩途也？

鳳毛

鳳毛出處，原以稱謝超宗者，超宗父名鳳故耳。世説王始興子劭精神似父，亦有鳳毛之譽。此鳳從何而來哉？今人引用超宗事則可耳，劭在超宗前，此語無謂也。

卜筮

古人推卜之法，惟蓍與龜。今江南多用筮，而江北多用龜。二者之外，有大六壬卜、小六壬卜、靈棋卜、梅花數卜，皆古法也。俗用者有響卜，即古鏡聽拆字卜（宋以前亦有之），天罡時卜（即馬前課大六壬之餘約者），六壬時卜（即小六壬之約者），降箕卜（即古紫姑），開光卜（即卦影），神佛前皆以筊杯卜。又壽安縣有瓦卜（即古打瓦法），池陽有油卜（以薺花點油灑水中，皆以上巳日），契丹有羊骨卜，嶺南有雞骨卜，蜀有雞子卜，粤西有鳥卜，又有鼠卜、米卜、牛骨卜、田螺卜、竹篾卜、蠒卜。

墮甑鼓盆

墮甑而不顧，勇矣，吾以爲不若哭遺簪者之爲厚也。妻死而鼓盆，達矣，吾以爲不若哀簪妻者之爲仁也。墮甑者可以破慳，而其究也，有國破不顧，謂自我得之，自我失之，如蕭衍者矣。鼓盆者可以割愛，而其究也，有謂父母於子，本爲情欲，非有恩愛，不持生母服，如蔡延慶、李定者矣。故曰：人而無情，安得謂之人？

小人痛快處

自古小人行事，雖卑污洟涊，然間亦有豪爽痛快，令人擊節處，蓋其才智自是不凡，非硜硜自守之人所能及也。商鞅變法時，民多言令不便，又有言令便者，鞅曰皆亂法之民也，皆徙之。朱温一日出大梁門外數十里，憩柳樹下，久之，獨語曰：「好大柳樹。」賓客各避席對曰：「好大柳樹。」有頃，又曰：「好大柳樹，可作車頭？」末坐五六人起對曰：「好作車頭。」温厲聲曰：「柳樹豈可作車頭？我見人説秦時指鹿爲馬，有甚難事。」悉擒言作車頭者撲殺之。王荆公當國時，郭祥正爲知縣，附遞上疏，乞以天下之計專聽安石區畫，有異同者即大吏亦當舉黜。神宗出其章示荆公，公曰：「此人小有才，近於縱横捭闔，而薄於行。」復極陳其不可用，遂勒令致仕。吳孝宗對策方詆新法，而復爲巷議十篇，言新法之善以獻公，公怒而投之地。章子厚作相，有太學生在門下，素有口辯，章一日至書室，扣以易理，其人縱横辯論，雜以荒唐不經之説，子厚大怒曰：「何敢對吾亂道？」命左右擒下杖之，其人哀鳴叩頭乃得免。蔡京在告，有某氏嫁兩家，各有子，後二子皆爲顯官，争迎其母成訟，朝廷執政不能決，持以白京。京曰：「何難？第問其母所欲歸。」遂一言而決。秦檜爲相，都下貨壅乏見鏹，市廛大閧，府尹不知所爲，請於檜。檜曰：「易耳。」即宣召文思院官，未至，促者絡繹，既至，語之曰：「適得旨，欲新鑄樣錢，盡廢舊鏹不用，限翌午進樣來。」文思官唯唯而出，一時喧傳，富家競出宿鏹，市價大平，及進樣後，絕無施行。又有士人僞爲檜書干守牧者，檜聞即與一官，人問其故，曰：「此人敢假檜書，必有膽略，若不與官，必北走胡，南走越矣。」賈似道爲相，臨安失火，賈時方在葛嶺，相距二十里，報者絡繹，賈殊不顧，曰：「至太廟則報。」俄而報者曰：「火且至太廟。」賈從小肩輿，四力士以椎劍護，里許即易人，倏忽即至，下令肅然不過，曰：「焚太廟者，斬殿師。」於是帥率勇士一時救熄。以上數事，皆非尋常見解。

前知

今人皆言前知，不知禍患之來，雖前知亦不可免。張裕每照鏡，自知不終，未嘗不撲鏡於地。郭璞謂卜珝曰：「吾之不能免公吏，亦猶卿之不能免卿將也。」李漢雄善風角，自言當以兵死，天祐丙子游浙西，至日嘆曰：「氣候甚惡，當有兵起，吾當避之。」既而稽留旬日，晚望嘆曰：「禍在明日，吾不可留。」翌日入府辭，座中又嘆曰：「禍在頃刻。」出至府門，遭兵變所害。國朝胡日星識太祖於微時，及太祖貴，賜一詩扇，周游天下，既歸，語妻曰：「吾當就刑於京師。」妻止之，曰：「數定，不可逃也。」果如其言。夫既數不可逃，則又何貴於前知哉。

纏足

婦人纏足之制，古今説者紛紛，卒無一定之見。予考漢事秘辛，天子納梁商女爲后，其足首尾長八寸，底平指歛，則漢不弓彎，一的證也。唐滕王諸官妻皆被淫，至崔簡妻鄭氏，取一隻履擊王，敗面破額，則唐不弓彎，亦一的證也。墨莊漫録謂始於窅娘〔一〕，庶幾近之，而世猶以樂府有「雙行纏」之語、李郢「明金壓繡鞋」之語爲疑。不知古人但不弓彎耳，未嘗無纏終日跣足也。如今男子皆有裹脚，豈得爲纏足左券哉。至於女裝既異，則鸞靴繡履，亦取其異於男矣，何以必其短小乎？樂天但言「趺如春妍」，而不言尖如春笋；李白言素足之女，而不及短足之婦；即東昏玉奴步生蓮花，亦非以其小也。然女足不纏實佳。

校勘記

〔一〕按此説出浩然齋雅談卷中引道山新聞。

妬虐之報

趙飛燕死而爲黿；郗后死而爲蟒；李勢寵姬化爲斑虵；武后死後納於大甕，萬蝎螫之；宋李后死，雷火焚其殯宫。椒房妬虐之報如此，何况民間。

文海披沙卷之六

前身

前身之説多矣，事既渺茫，語多附會，但取俶奇可喜，不必論其有無。如平子後身爲中郎，徐陵後身爲知威，武侯後身爲韋皋，五戒後身爲子瞻，鄧禹後身爲淳夫，李德裕後身爲趙鼎，才名功業，頗足相當。至於許玄度之爲蕭詧，永師之爲房琯，謝靈運之爲邊鎬，馬北平之爲馬仁裕，顔延之之爲潘佑，牛僧孺之爲劉沆，武夷君之爲楊億，玉京之爲王素，已自墮落一層。劉公幹爲昏愚小吏，澤公爲浣衣婦人子，羊祜出於隣家，阿練本於沙門，又何輪迴之懸絶至是也。明徐國公鵬舉爲岳武穆托身，馮宗伯琦爲韓忠獻托身，然皆功業不逮遠甚。王文成前身爲僧，差不失故步耳。要之，士貴自豎立耳，前生後生，可寘勿論。屠緯真苦譚此説，亦通人之蔽也。

門　客

杜牧之爲奇章公幕客，夜常他出，公常密令邏卒護之，牧後知之，感恩刻骨。滕達道爲范文正公門客，年少不羈，時時潛出，狎邪縱飲，公病之，至明燭觀書默坐以媿之，而亦竟不改也。韓魏公帥中山，亦有門客踰墻夜出，公知之，作種竹詩云：「慇懃洗濯加培植，莫遣狂枝亂出墻。」客大媿。少年爲客，而不妄出，固自難事，然能爲牧之者上也，魏公客能悔過次之，達道悻悻，自是不知悛改，吾無取焉爾。

黄　金

黄金一種，古多而今少。漢高帝賜陳平黄金至四萬斤，梁孝王没，庫中黄金尚四十萬斤，韓嫣以金爲彈，董卓積金成塢，而漢制天子每聘后輒用黄金二萬斤。今之大内，豈易辦此？所以然者，世間糜費澌滅，唯金最多，而四夷之外，去而不返者不與焉。衣服之銷金縷金，器玩之鍍金鎦金鉤金釾金，箋扇之泥金灑金貼金，神佛之鋪金，經典之乳金，軸文之貼金，天下之廣，一日殆以萬計，皆磨滅至盡。間有銷鎔所得者，千萬中之一二耳。生之有限，安能副無窮之用哉。考宋太宗時，禁自中宫以下服玩皆不得用金，一切銷金貼金，縷金問金，戧金圈金，解金剔金，撚金陷金，明金泥金，影金榜金，闌金盤金，織金金線，皆不許造。安得今日而一申明此禁也耶。

人與行事不類

項王喑啞叱咤，當是極粗豪男子，而眷戀虞姬，臨亡不舍。蘇子卿吞氈齧雪，視死如歸，而不免娶胡婦生子。關雲長忠肝義膽，可對天日，而啓曹公求秦宜禄妻，曹又疑而自取之。趙閲道爲鐵面御史，乃悦一營妓，令老兵夜召之，有頃又令人促之。范文正守鄱陽，屬意小妓，既去，乃以詩寄魏介而取之。此數公事皆與其人絶不相類，當是色戒未易破除。宋璟正色立朝，而善羯鼓，賦梅花，又似極風流人物，尤不可曉。

反常之物

水宜寒而有温泉，火宜熱而有凉燄；石宜沈而有浮石之山，木宜浮而有沉水之木；晝宜明而有變晝之草，夜宜暗而有夜光之璧；夏宜暑而有辟暑之犀，冬宜寒而有却寒之玉。莫輕於毛，而弱水不能載；莫堅於石，而滑托獨能吞；莫酷於火，而有不灰之布；莫勁於金，而有食鐵之蟻。飛者以翼，而龍以無翼飛；行者以足，而虵以無足行。物理反常，不可窮詰。

飲酒害事

世間第一害事，無如飲酒，以治身則敗德喪儀，以待人則起爭生釁，以爲學則廢時失事，以治家則招盜生姦，以臨民則損威失重，以爲政則顛倒錯亂。唯有苦寒孤客，以此消憂，囚禁罪人，藉之度日，舍是無一可者也。今人但見古人亦有耽酒者，不知陶潛、嵇阮、李杜之輩，蓋遭世亂家破，愁不聊生，而其才名爲世所崇重，恐有不測之禍，故以此自汙耳，韓退之所謂有托而逃者是也。觀其詩文卷帙，精思細語，豈終日酕醄之人所能辦哉。劉玄明言「爲官唯日食一升飯而不飲酒，此第一策」，可謂格言也。

詩文愈疾

魏武讀陳琳檄，曰「此愈我頭風」，此是稱贊之詞。杜子美謂鄭廣文「吾詩可以愈疾」，此是自得之語。乃漢明帝楊后有顛疾，得内傅孟召文讀之輒醒，時人語曰：「孟召文，差顛狂。」宋張乖崖與傅逸人會於韓城，終夕談話，隣里有病瘧者皆不發，則是真可療疾矣。然此理之所必無也。自古大聖大賢，皆不免有疾，己所不免，何能愈人？或謂傅有道術，則可耳。

喜鵲鵂鶹

竇申至人家謂之喜鵲，卒坐此見誅。劉申每至人家輒遭禍難，人謂之鵂鶹，亦卒不容於世。

天子別稱

稱天可汗者，唐文皇也。稱鄉貢進士者，唐宣宗也。稱蓮峰居士者，南唐李後主也。稱道君者，宋徽宗也。稱太師威武大將軍者，明武宗皇帝也。

借錢下禮

道書云：「牽牛娶織女，向天帝借二萬錢下禮，久而不還，被驅在營室間。」則天上亦有嫁娶，亦有聘財，亦有借貸，而牽牛之負債不還，天帝逼債報怨，皆所當問者也。書此以發一笑。

封陟

上元夫人降封陟，陟守志不顧，至於再三，終不與接。後陟死，遇夫人道上，判曰：「性雖執迷，行實堅潔，賜延一紀。」任生讀書嵩山，有女子就之，留詩再三，任亦終不顧。後任病卒，道遇女子，判文字曰：「數雖盡，既相遇，不能忘情，更與三年。」問之吏，曰此是紫素元君，仙官之極貴者。神仙事雖不可知，而二子守正，卒以見佑永年，非偶也。郭素聞王軒遇西子，而屢宿浣沙溪，吟咏賦詩，以希一遇，惑亦甚矣。

人身藏物

乖龍藏於指甲，欒神藏於鼻息，猱藏於頸，雀藏於瘤，飛蛇藏於眉間肉塊，隱娘藏於腹，人之一身皆可爲逃逋藪也。故窮神愁鬼，不召自來；狂魅睡魔，屢驅不去。

福有厚薄

張説與盧懷慎同相，説富而懷慎貧。及盧疾革，夫人謂其算疑未盡，盧曰：「冥司有爐三十，爲説鼓鑄横財，我無一焉。」福有厚薄，安可比哉。故李德裕、張齊賢皆食萬羊，李嶠爲相，卧無裀褥，上命賜之，輒通夕不能寐。張文瓘分無堂食，或强之食，輒患心腹痛。夫天既予之以相，而不予之以福，良可笑也。

人在塵埃中

無目表弟，乃是天曹判官；野合游娼，却是菩薩度世。智奴不慧，道士禮爲太一；隣宰衰弱，伍伯指爲司命。海山使者，隱跡胡奴；坐化至人，混名劇盜。人在塵埃中，皆若此矣。

災木

古人以文字紕繆而殺青者謂之災木。唐舒元輿有悲剡溪藤文云：「今之自謂能文者，皆夭閼剡藤者也。」然自古以來，梨棗箋麻之灾，至今日而始極。達官貴人，筆多假手，文絶彈射，出於餘竅，人亦承之，公移俚牘，裒然充棟矣。紈袴金埒，强作解事，一識之無，便謀壇坫，摽竊數言，裝潢廣布，使讀者匿笑道：「好面代發紅。」又有乳臭小兒，名未立而即獵羔雉；白髮高官，人已陳而猶誇芻狗。列之筐篚，詑爲膏薌，徒飼蠹蟫，不堪覆瓿。此當用祖龍一炬，無煩鮑姑艾也。

江州橐駝

柳子厚作黔驢記，謂黔之虎不識驢，此雖戲言，亦理之所有也。唐劉秉仁爲江州刺史，自京將一橐駝至郡，放之廬山下，埜人見而大驚，鳴鼓率衆射殺之，乃以狀白州，曰獲廬山精於某處。劉命致之，則所放駝耳。夏蟲疑冰，固自不妄。

玅在無意

詩句之玅，政在無意中得之。「池塘春草」，語亦平淡；「曲終不見」，詞雖警拔，而亦詩人所能到語也。至於「子孫閒爲客」「清光何處無」「落葉滿長安」，似口吻常語，而皆得意，喜極發狂，要在神會，難以語人。

詩文虎

有文中虎，宋謝希深上啓楊文公云：「曳鈴其空，上念無君子者；解組不顧，公其如蒼生何？」大年書於扇上，語人曰：「此文中虎也。」陳同甫亦自稱爲文中虎。有詩中虎，羅鄴牡丹詩云：「買栽池館恐無地，看到子孫能幾家。」時人謂之詩虎。有書中虎，唐李陽冰善書，竇臮稱爲書中虎。

妬婦遺害

劉伯玉妻妬，投水而死，遂爲水神，每男女靚粧過渡者，風必覆舟。紹興間，姑蘇龍王璧妾爲其夫人妬虐致死，天帝行刑，大風驚潮，數百里田廬盡遭漂溺。妬婦死後，猶遺害若此。

鬼物畏人

縣令方正，縣妖破膽，至相率遠徙。王老福盛鞭太歲數百，而不能報；江涇顧老獷悍麄豪，金神七殺被其觸犯，至盗寺油塗瘡而不敢犯。延平吴氏五女悍惡，號爲五虎，有宅凶恠，移榻持刃，中庭獨寢，至旦帖然。乃知人之善者惡者，福禄盛者，鬼物皆畏之，而反禱祠求福，亦惑之甚者也。

刑獄冤濫

宋潼州王藻爲獄吏，每夜持銀錢無數歸家，妻疑之。一日令婢餽食，比歸，婦迎問曰：

「適𤜶蹄十三臠美乎？」藻曰：「只十臠耳。」妻曰：「必此婢竊食，或與人有私也。」藻乃置獄具訊婢，婢自誣服，妻乃從容謂之曰：「爾日日持錢歸，吾疑爾鬻獄，不無枉濫，故以婢事試汝耳，實未嘗盜肉也。自今以往，毋以不義之物，重貽冥譴。」藻大悟，即日棄役出家。世間第一冤濫是刑獄事，鍛鍊自誣，死於箠楚者多矣。閩大中丞劉公居官明恕，恒欲去獄具之最酷者。一日晝卧書齋，案有雞子一柈，見一鼠仰卧，以足抱卵，一鼠曳其尾入瓦際，逡巡之間，雞子皆盡。劉起召門役，責以盜卵，不服，命取諸刑具至，皆不服，最後命取錫虵，即自誣伏。錫虵者，錫作虵狀而虛其中，纏腰腹間，以沸湯沃之，最酷者也。劉即日下令除此刑。

人妖

宋卿家九代祖如小兒，在雞窠中，不飲不食，不知年歲，子孫朔望羅拜，垂頭下視。太原王仁裕遠祖母約二百歲，形纔三四尺，飲啖甚少，往來無迹，惟床頭有柳箱，戒子弟勿啓。一日無賴孫醉啓之，惟一鐵篦，自此竟不回。池州村祖翁媪二人各長三尺，緜衾擁體，坐佛龕中，兩眼能動，蘸酒口中，亦能舐之，皮皆黏骨，不知年歲。胡頊寓金城人家，有七代祖姑爲魅，内鐵檻中，伺間得出，飛走竊食。南皮弓手張德人首虵身，每日須肉十餘斤。

沂密優人二子六七歲，髯長尺餘。襄漢客店旁人無首，編草履疾如飛，饑渴輒以手畫湯粥，從頸灌入。崔廣宗爲張守珪所殺，形體不死，饑即畫地作字，世情不替，更生一男，四五年後忽畫地云後日當死，果如其言。此皆人妖，以語人，未必信也。

竇氏五子

唐竇叔向有五子，牟、鞏、庠、常、羣，皆有詩名。宋竇禹鈞亦有五子，儀、儼、侃、偁、僖，皆位通顯，謂之燕山五桂。二竇何相似耶。

物聚必散

大凡尤物聚極必散，毋論貨財，即書畫器具，裒集甚艱，而其究也，或死於水火，或遘於兵燹，或敗壞於不肖子孫，或攘奪於有力勢豪。如隋嘉則之書，宋宣和之玩好，李衛公平泉之木石，趙明誠挍讎之書籍，以四海之物力，畢世之精神，而一旦澌滅，無復孑遺，豈成毀自有數耶，抑亦造物之所忌也。千載之下，猶扼腕歎恨，何況當時。

子弟好尚

人家子弟，好尚不同，觀其志趣，足覘門户之興衰。好詩書文墨，卓爾大雅，其最矣。好畫帖珍玩者次之，雖近文雅，未免惑溺。好山水木石者又次之，漸開侈靡，無裨神情。好聲色狗馬者又次之，稍近豪舉，多比匪人。好麯蘖餔啜者又次之，醉生夢死，無益無害。好修齋祠神者又次之，無丈夫氣，啓姦盗端。好聚斂貨財者又次之，非不富厚，品劣行猥。好博奕者又次之，好黄白者又次之，迷惑不悟，必喪其貲。好機詐鬭訟者最下，小則亡身，大至覆族。

論茶

茶之於人，功力最鉅，無論其品色香味，爲大雅所宜，即益精神，消壅滯，亦服食家之所不廢也。綦母旻乃著論云：「釋滯消壅，一日之利蹔佳；瘠氣耗精，終身之害斯大。」信斯言也，則必飲酒食肉，膏腴厚味，使肥腯若太牢，而後爲佳耶？移此論人，必以蹠之壽爲是，夷之夭爲非；季氏之富爲高，而顔子之空爲下矣。鄙俗之譚，莫此爲甚，而舉世莫知非之，何也？

愛官甚於生

陳武帝將受禪，范雲忽有疾，延徐文伯視之，曰：「可速愈，但二年後不捄。」雲曰：「朝聞道，夕死可矣。」遂汗之愈，得與册立。迨二歲果死。宋劉粲微時，夢人語之曰：「仕宦遇中則死。」如是數四。比仕至朝議大夫，積勞不敢求遷秩。其妻趣之，不得已自列。命將下，謂人曰：「中散至矣，萬一如夢，奈何？」拜中散大夫，不兩月得疾死。人之愛官，有甚於愛生者，此吾所未解也。

木類有壽

天下之有壽者，無過於木。嶧山有禹貢時孤桐，然枯槁無生氣。曲阜有孔子手植檜，時時發榮。泰山有秦大夫松，秦郡有秦時栢，東岳廟有漢時栢，涿州有漢昭烈時大桑，盧龍静安寺有陳朝檜，吴興鐵佛寺、金陵牛首皆有六朝時銀杏樹，茅山有許旌陽手植檜，范石湖在成都見唐時梅，建寧都司有五代時樟木，其竅中可設數席。耳目所及者如此，竊恐深山窮谷，人跡罕到之處，當有洪荒時樹木也。

宋孝宗事

宋倪正父記孝宗聖德九事，亦甚尋常，庸主皆能之。至於寶器圖玩，任其朽蠹，鎖篋笥而不觀，鄙俗逼人。中秋鼓琴兩曲，飲湯一盃，巡簷數過，就寢，則因光宗缺於奉養，有無限凄凉情況，可謂之盛德乎？大臣不名可也，施之諸璫，褻威極矣。此皆不足稱也。

不善自知

人爲不善，未有不自知者。子胥、主父偃所謂日窮途遠，故倒行而逆施之也，亦可悲矣。然猶有不得已者，如子雲之美新，阮籍之勸進，范質之下拜，爲救死計耳。至如周本賀徐知誥篡位，歸仰藥而死，與其既賀而死，孰若不賀而死乎？林希草子瞻責詞，退謂人曰：「一生名節壞矣。」夫責詞不草，無關利害，至甘壞名節而爲之，吾又不知其何心也。至於陶穀、危素，揚揚自得，無復羞愧，視此又不若矣。

覓句營生

倪文節經鉏堂志記苦樂一段甚佳，但云「賦詩可樂，而有覓句之苦」，「營生雖樂，而有多怨之苦」，兩語未然。覓句似苦而實非苦事，如欲飽者必咀嚼，欲至者必行步，如果苦之，當棄而不爲矣。營生原非樂事，無論聚怨，即忻然奉之，有何可樂？況持籌會計，憧憧往來，寢食不得寧處，此天下最苦事也。予欲改之曰「覓句雖苦，而有得意之樂」，「多財雖樂，而有營生之苦。」

愈病

桓石虔之名，陳琳之檄，杜子美之詩，文潞公之押，王摩詰之畫，王漸之經義，皆能愈病，乃知邪祟之氣不敵人道，舍人而事鬼者，非術士之談，則婦人女子之見也。

奇疾

虱瘕，千年木梳及黄龍浴水治之。應聲蟲，雷丸及藍治之。食肺系蟲，獺爪治之。隔食蟲，藍汁治之。人面瘡，貝母治之。至於斛二瘕、虱瘤，及陳櫟母饑蟲、朱〔一〕師古食掛、陸顒消麪蟲、陳季直妻腹作鼓聲聞於外，雖幸而獲愈，亦竟不得療之之方也。造化小兒，苦人甚矣。

校勘記

〔一〕「朱」，原作「牛」，據魯應龍閑窗括異志改。五雜組卷五「史載之治朱師古之食挂」不誤。

盜可以德感

王子敬被盜，呼謂曰：「青氊我家舊物，可特置之。」盜笑而去。宋查道罷官，與程宿寓逆旅中，夜盜取其衣，覺呼程曰：「衣有副乎？當奉假。」盜聞，棄所獲而去。明沈文卿家居，盜入其室，沈口吟一絶云：「風寒月黑夜迢迢，辜負勞心此一遭。只有破書三兩束，也堪將去教兒曹。」盜亦舍之而去。彼雖穿窬之雄，未始不可以德感也。

才不才辯

「薰以香自燒〔一〕，膏以明自銷」，「商丘之木以不才終其天年」，此數語世人皆襲用之，亘千古未有辨其非者。吾以爲君子處世，寧作玉碎，不作瓦全；寧作蘭摧桂折，不作艾敷蕭榮。況不才未必皆終天年也。莫賤於草菅，人得而刈之；莫穢於糞土，人得而掘之。山中之木，特幸而不遇斧斤焉耳，況使不才生無益於時，死無聞於後，即與天地等壽，亦復何益？若必舍顏回之夭，而就盜跖之壽；避袁粲之死，而爲褚淵之生，吾未見其可也。

校勘記

〔一〕「薰以香自燒」，原作「香以薰自燒」，據漢書卷七十二龔勝傳改。

王子公孫

秦漢人相呼，率有美稱，如漂母謂韓信爲王孫，蔡中郎謂王粲亦爲王孫，雋不疑謂暴勝之爲公子，此亦口頭常語耳。注者百方解釋，至謂公子爲勝之字，此癡人前不得説夢也。

僞　書

漢成帝時徵天下能爲尚書者，東海張霸僞造尚書百二篇以獻。帝出内府秘書校之，無一字相應，下霸於獄，吏當霸欺君大不敬，當斬。帝奇其才，釋之。隋購遺書時，劉炫常造僞書，上之以取賞，後竟事發抵罪。以二子之才，有所著述，自足千秋，何至假古人以媒利，卒之利未得而害隨之，亦惑矣。不准之逸周書，張商英之素書、三墳，張静修之上清經，阮逸之關子明易傳、李衛公問對，皆屬僞妄，而幸免於世，乃其書流傳至今，而莫覺其僞也，幸矣。

雲雨雷可食

霍山南岳有雲師雨虎，形皆如蠶，皆六七寸，甘可熟而食之。嶺南有雷公，冬蟄地中，人掘得便擊殺而食之。

五月五日生

五月五日子，古人忌之。然田文稱豪齊國，胡廣天下中庸，崔信明以文章名，王鎮惡以將略顯，漢王鳳、晉紀邁、張嘉、金田特秀，皆有時稱。唯南陽王綽不軌被殺，道君皇帝終陷虜庭，若二人者，不舉可也。

小事不可忽

陳平爲宰，分肉甚均，卒宰天下。任安爲人分麋鹿雉兔，衆人皆謂任少卿分别平，後亦以氣節顯。謝玄在桓司馬府，雖屐履必得其宜，人知其有將略。樊伷爲州人設食，比至日中，不可得食，而什餘自起，潘濬以爲侏儒觀一節之驗，竟以數百人破之。人於小事，可忽略哉。

文人無行辯

古人常謂文人無行，非文人之無行也，文人者，才知高明之士也，幸而際時遭主，事與意合，則勛業文章，自足千古；不幸而流離偃蹇，濡足權門，急於謀身，不遑擇地，蓋亦有之，政桓温所謂不能流芳百世，亦當遺臭萬年者，兩言雖名教罪人，然亦非庸常人見解也。今人但見揚子雲、許敬宗、宋之問、沈約、章子厚、王安石之輩，遂以爲口實，不知尚有孔北海、諸葛武侯、駱賓王、陶元亮、謝臯羽、文文山、方正學輩也。大率才與不才，各居其半，此造化定數，何但文人。至於小節細行，如司馬竊貲，幼輿折齒，一一論之，宇宙之内，當無全人。蓋由才名時代所忌，未免一人吹毛而衆人吠聲耳。偶發此論，爲千古文人吐氣。

得官失官

向敏中拜右僕射，真宗意其必喜，密令李武昌覘之，門外賀客，寂無一人，厨中亦無備辦酒席。上笑曰：「向敏中大耐官職。」婁師德貶員外司馬，因署移牒，驚曰：「官職盡無耶？」既而曰：「亦得亦得。」略不介意。夫官爵身外物也，得失何足動念，故得官者當以向敏中爲法，失官者當以婁師德爲法。

晉宋相類

晉納賈充女爲后以壬辰歲，而劉聰入洛以丙子歲；宋納賈似道女爲后亦以壬辰歲，而元人入臨安亦以丙子歲。二代之事，偶類如此。

有意無意

與人不可不察言色，然一以承望言色爲事，則佞矣。作事不可不遠嫌疑，然一以存避嫌疑爲心，則僞矣。作文不可不識忌諱，然一以避人忌諱爲旨，則諛矣。仕宦不可不得名譽，然一以要獵名譽爲務，則躁矣。此其妙在有意無意之間。

精騎羸卒

用兵多而不整，不若寡而整。治家富而不飭，不若貧而飭。學問汗漫而無用，不若簡約而有裁。故古人有精騎羸卒之喻。

裴行儉惠遠

裴行儉不取駱賓王而取蘇味道，然味道摸稜取容，而賓王文章節義，鶚與鳳也。惠遠不交謝靈運而交盧循，然盧循么麽草寇，而靈運曠世逸才，艾與蘭也。乃世猶以二君爲知人。嗚乎，談何容易。

始皇馮道

秦始皇築長城，而令萬世無胡虜之患；馮道請鏤九經刻板，而令萬世有書籍之樂。此兩人者，有大功於萬世，而論者猶然少之，何也？

物類相報

雞食蜈蚣，而雞死蜈蚣亦羣食之。蛇食蝦蟇，而蛇死蝦蟇溺其骨，皆化爲水。山中田鼠食萱蔵，而鼠齒至堅，唯萱蔵擊之輒碎。鱔鰻蚊螯即死，而其骨乾薰之，蚊翅足皆落。物類之相報如此。至於蚊母鳥口吐出蚊，而其翅爲扇獨辟蚊，則理有不可曉者。

物有相反

睡蓮晝舒水面，夜縮入水；夢草晝則入地，夜則復出。嬾婦魚脂歡樂則明，紡績則暗；寧王燭静坐則明，喧呼則昏。蚌淚晝物，晝暗夜明；沃焦石磨水晝物，夜隱晝見。花有晝開夜合，荷有夜舒晝卷。弱水雖毛羽亦沉，澄緑水雖金石亦浮。

寇萊公

寇萊公年十九舉進士，時太宗惡年少者，往往黜落。人教公增年數，公曰：「吾初進取，可欺君耶？」然公後當拜相時，上嫌其少，乃服地黄、蘆菔〔一〕以變其鬚髮。此其爲欺，不尤甚乎？當由始進之初，意氣尚鋭，富貴已極，躁心難持耳。

校勘記

〔一〕「蘆菔」，原作「葫茯」，據類説卷四十五寇萊公服地黄條改。

矯鎮軍心

梟鳴牙帳，孽徵也，而謝艾以博得梟者勝，竟破石勒。渡江麾折，凶兆也，而劉裕以覆舟之戰如是，竟破盧循。水變爲血，怪事也，而孝恭以公祐授首之徵，果平僭亂。乃知吉凶元無定則，抑亦以軍心易惑，故矯語以鎮之耳。此其法皆本太公雨洗兵甲之説。

人不可廢言

以公孫弘而能知郭解、卜式之奸，以楊國忠而能知禄山之必反，以蔡京而能奏林靈素之妄誕，故君子不可以人廢言。今一時相廢，而所用之人，所行之法，悉皆更易，非公論也。

神　仙

自古神仙多托跡於乞丐穢癩之輩，而神仙之所救度，亦多困苦篤疾、貧賤無聊之人。蓋此輩未識富貴滋味，情慾恬淡，纏累復少，易於割絶，加以經受苦楚，性行堅忍，而又享福未盡，耗喪無多，較之此道，稍覺爲近。若遇富貴得意，即真仙謫世，意念一差，未免墮落，况凡人哉。

吉凶無定

雀生鸇，吉祥也，而王偃亡國。芝生寢，瑞徵也，而王黼僇身。甑生蓮花，嘉兆也，而滕景直謝世。猫犬能言，凶兆也，而龔紀登第。梟鳴屋上，俗忌也，而張率更改官。

后羿子美

俗説羿善射，堯時十日竝出，羿射落其九，然其妻竊不死之藥奔入月，而不能射也。唐時人有病瘧者，子美謂吾詩可以療之，及誦至「子章髑髏〔一〕血糢糊，手提擲還崔大夫」，瘧病果愈。然子美詩有「三年猶瘧疾〔二〕，一鬼不銷亡」之語，何不自誦其詩以斷之也。事之相舛，可笑如此。

校勘記

〔一〕「髑髏」，原作「髏髑」，據杜甫戲作花卿歌詩乙正。

〔二〕「瘧疾」，原作「病瘧」，據杜甫寄彭州高三十五使君適虢州岑二十七長史參三十韻詩改。

文海披沙卷之七

毀祠毀佛

毀祠一也，狄梁公享福而顧劭掇禍；毀佛一也，傅奕無恙而崔浩族誅。人自有幸不幸耳。世不言狄傅之勝邪，而但言顧崔之受報，至於奉道釋而死於非命者，又神其說，以爲兵解，故其迷惑至死而不悟也。

蘇長公命相

蘇長公云：「退之以磨蝎爲身宫，而僕以磨蝎爲命宫〔一〕。」故雖有文章，而多小人之謗，則命信不可違矣。然公贈善相者程傑詩云「火色上騰雖有數，急流勇退豈無人」，則亦似相其不壽，而欲以早休當之。故又曰：「我似樂天君記取，華顛賞遍洛陽春。」然公生平居官，起而復躓，未得遂急流勇退之願，而卒於毗陵，年僅五十有四，欲一日享林下之樂，不可得也，則相者之言又中矣。

校勘記

〔一〕「身宫」、「命宫」原误倒，據東坡志林卷一乙正。

葬

古人之葬，天子七月，諸侯五月，大夫三月，士踰月，未嘗擇年月也。己丑葬敬嬴，雨不克葬，庚寅日中而葬，未嘗擇日也。延陵季子之子死，葬於嬴博之間，未嘗擇地也。然而福禄奕世，壽考緜長者，未嘗乏絶。自堪輿陰陽之説興，於是竭力以奉地師，唯其言是信，龍穴沙水，必一一合法而後敢用，而兄弟衆多者，利兄必不利弟，利季復不利叔，紛拏聚訟，只論子孫之禍福，不顧先人之遺骸，經數十年終朽殯宫者，比比而是。至於年月避忌，信若蓍蔡，奉若神明，既葬之後，少有吉凶，盡舉而歸之墳墓矣。嗚呼，始作俑者，其無後乎？固知郭璞、吴景鸞之徒多不善終，亦天道也。

戮妬婦

房玄齡、任瓌妻俱妬，勑賜婢妾，皆不得近。太宗聞之，賜以酖酒，而皆不畏，竟勑侍女另居。是以天子之威，不能行一妬婦也。我太祖高皇帝時，開平王常遇春妻甚妬，上賜侍女，王悦其手，妻即斷之，王憤且懼，入朝而色不怡。上詰再三，始具對，上大笑曰：「此小事耳，再賜何妨，且飲酒寬懷。」密令校尉數人至王第，誅其妻，支解之，各以一臠賜羣臣，題曰「悍婦之肉」。肉至，王尚在坐，即以賜之，王大驚謝歸，怖惋累日。此事千古之快，其過唐太宗萬萬矣。

肉名

肉屏風者，楊國忠也。肉陣者，亦楊國忠也。肉腰刀者，李林甫也。肉鼓吹者，李匡遠也。肉臺盤者，孫晟也。肉譜者，李守素也。肉疾者，申王也。肉飛仙者，沈光也。肉几者，黄䚢兒也。肉磨者，晉宦者也晉世祖時人。肉翅者，魏鈐下卒也登凌風如履平地。

山資

古人爲官，俸禄不薄，而宦者亦不矯激求名。以陶元亮之高潔，猶求絃歌，以爲三逕之資。王彦之爲太守朞年，曰：「吾山資已足，豈可久留以妨賢路？」王述爲令，頗受饋遺，王導戒之，答曰：「足當自止。」及後爲郡縣，清操絶倫。阮裕屢辭聘召，後爲東郡太守，或問之，曰：「吾少無宦情，既不能躬耕，必有所資，故曲躬二郡耳。」戴符至乞買山錢，以遂其隱。今之仕者，靦顔稛載，固不足道，而人前稱貧不已者，亦豈復有古人風哉。

人不如物

烏以孝名，鶻以義著，雉以介顯，雎以貞稱。鴈燕之信不爽，蜂蟻之序無差。雞晨犬夜，不曠其職；牛耕馬走，各極其勤。鵝能却盜，鴿可代奴。人不如物者多矣。

知味

食而知味，聖人以爲難。如易牙之辨淄澠，士安之識李柰，則精於味者，亦當能之。師曠、荀勗知飯爲勞薪所炊，異矣，然其氣味似亦有别。至於食鵝知白黑處，食雞而知其棲之半露，則恐理之所無，抑或譽者爽實。

男色

男色之好，人以爲始於龍陽君，非也。伊訓曰「比頑童，時謂亂風」，此男色之始也。

貧富相形

貧富相形，雖英傑未免動色。陶穀得党家姬，取雪水烹茶，曰：「党家亦有此否？」曰：

「彼粗人，但知銷金帳裏，羊羔美酒，淺斟低唱耳。」陶默然慚。唐太宗與蕭后觀燈，問：「孰與隋主？」對曰：「隋主每夜殿前香山數十，一山焚沉香數車，沃以甲煎，香聞數十里，計每夜用沉香二百餘車，甲煎百餘石。房中不燃燈燭，懸寶珠一百二十照之。」太宗口刺其奢，而心服其盛。宋高宗於慈聖太后誕日，極天下之奉，用龍涎沉腦屑和蠟爲燭，列十數炬，而太后若不聞。上奉巵問：「此燭頗愜聖意否？」后曰：「爾爹爹每夜常設數百枝，諸閤皆然。」上因后起更衣，微謂憲聖曰：「如何比得爹爹富貴。」党進無論，煬帝、徽宗亡國之君耳，而繁華富盛之態，猶令後代追慕，故老氏謂「不見可欲，使心不亂」者，嘻，知言矣。

拾遺

陳子昂閬州人，閬州有陳拾遺廟，訛爲十姨，遂更廟貌爲婦人像，崇奉甚嚴。温州有杜拾遺廟，後亦訛爲杜十姨，塑婦人像，又以五髭鬚相公無婦，移以配之。五髭鬚者，即伍子胥也。拾遺之官，誤人身後如此，子昂屈爲婦人猶可，獨奈何令子美爲鴟夷子皮〔一〕妻也。

校勘記

〔一〕按鴟夷子皮乃范蠡之自稱，非伍子胥。

石匠賢不肖

紹聖間立黨人碑，獨石工常安民不肯鐫字，强之，乃曰：「被役不敢辭，乞勿鐫『安民』二字於石末。」時又有詔毁司馬公清忠粹德碑，方毁之際，大風走石，吏人奔走莫敢近，獨有一匠揮斤不顧，忽仆碑下而死。以工匠之賤，而賢不肖相遠如此。

盛　姬

國君娶同姓，人知有吴孟子，而不知有盛姬也。然盛姬死曰殤，則似稚齒，未堪進環。且甲戌得之，而戊寅告病，相距才五日耳。既曰殤祀，則不應葬以皇后之禮，至勞曹邢之君來吊，而命太子爲之主，且謚曰淑人也。壬寅喪而庚辰除服，三十有九日，殤耶緦耶，禮皆不經，固知此書原屬附會。温飛卿詩有「西陵照〔一〕盛姬」，是也。

校勘記

〔一〕「照」，原作「夢」，據温庭筠題望苑驛詩改。

物壽人夭

鹿千年而玄，龜千年而白，虺千年而龍，虎及蟾蜍千年而角。乃人之壽獨不能以百計也，物無情而人有情也；然物之壽不能敵人之夭，人有知而物無知也。然則槁〔一〕木死灰，身名俱滅，即壽何益。

校勘記

〔一〕「槁」，原作「熇」，據文意改。

三字名字

三字名者，令尹子文名穀於菟，趙元昊子名佞令受。三字字者，屈無爲字無不爲，張天錫字公純嘏，桓玄字神靈寶，劉敞字中原父。

晚達

古人晚達，率以吕望爲口實，然望之年紀，他無所考，但宋玉楚辭有「九十顯榮」之語，而竹書紀年西伯得太公之後又七十餘年太公始卒，當百六十餘歲，則世俗所云八十遇文王之説，恐未必真。世所傳梁顥以八十二狀元及第，陳脩以七十三及第，然考之正史，皆不盡然。惟唐杜德祥放榜，曹松等五人皆七十餘，時謂之五老榜。而金章宗時河中府進士胡光謙八十有三，晚達者此其最矣。

蘇子瞻

蘇長公性直是不耐事，生平好動作遊戲，殆無一刻閒暇。在西湖時，日與湖山結緣；在密州無事，至循後圃採杞菊；在黄州作蜜酒，飲者輒暴下；在惠州作桂酒，苦辣不能入口。及至海外瘴鄉，每旦起，不招客與語，必出訪客，又燒煤作墨，幾焚室廬，以意爲膠，及墨成，不能作錠，粗如懸槌。比量移中州，旋竟客死，則公詩所謂「無事此静坐，一日是兩日。若活七十年，便是百四十」，蓋未能踐其言也。

大臣有壽

宋時大老，唯文潞公壽至九十二，餘如杜祁公、富鄭公輩，皆不至九十。國朝劉太師徤、魏文莊驥皆近百歲，董大宗伯份、陸大宗伯樹聲皆九十餘，畢大冢宰鏘年九十有三，見在家，矍鑠甚。其他亞卿以下，不可勝數也。

節省

唐陸堅以麗正學士供給過豐，欲罷之，張説曰：「麗正是聖主禮樂之司，所費者細，所益者大。」張文瓘爲侍中，同列以政事堂供饌珍美，請減其料，文瓘曰：「此食天子所以重樞機、待賢才也，若不稱其職，當避賢路，不宜減削公膳，以邀虚名。」古人議論持正，不求虚譽若此。今人務節省之虚文，而不顧國家之大體，真是措大面孔耳。

所愛甚於生

吴中高士，求死不得。人之愛名，有甚於生者。范雲將與册立，病欲速愈，告以二年後不治，曰：「朝聞道，夕死可矣。」人之愛官，有甚於生者。張璪使契丹，老病强行。故事：死於使者，本朝北虜，賵給甚厚。璪在道，日食生冷求病死，而卒不死。人之愛利，有甚於生者。王冀公延一方士，求長生之術，方士教以絶色慾，公曰：「如此，即壽千歲何益？」人之愛色，有甚於生者。性命可輕，至寶是保。人之愛玩具，有甚於生者。噫，亦惑矣。

托名

莊子注、中興書，竊人之書以爲己作者也。周秦行紀、香奩集、龍城録、碧雲騢，以己之書嫁名於人者也。竊爲己作者，不過穿窬之心；嫁名於人者，幾成口舌之禍，罪業莫大焉。周秦行紀是李德裕門人韋瓘作，托牛僧孺；香奩集是和凝作，托名韓偓；龍城録是王銍作，托名柳宗元；碧雲騢是襄陽魏泰作，托名梅聖俞。

諂人無益

汲黯不拜大將軍，大將軍賢之；朱序不拜苻堅，苻堅宥之；薛廷珪不拜朱温，朱温禮之。張濬私拜田令孜，卒爲所輕；陶穀拜趙點檢，竟遭擯棄。諂人者亦何益哉。

愛鵝

王逸少愛鵝，孫武子愛驢鳴，崔鉉喜鬬水牛。人之嗜好，出於性成，即自有不知其所以然者。張素正乃謂鵝頸類草書腕法，故右軍愛之，然則驢鳴、牛鬬豈亦有法耶？

才士傲忽

少年才士，須先遜抑，無肆凌傲，一遇勁敵，便落坑塹。蕭穎士不識王吏部而侮之，侯泳不識豆盧相而侮之，賈島不識宣宗而奪其卷。雖不相識，於情可恕，而恃長凌人，自非美事。三人者，侯泳以不知見容，穎士僅遭薄責，浪仙終擯遐方。人可不戒哉。

口業報應

安庭栢有口給，尤善離間，彼此雖至親密友，遇庭栢處其間，無不相怨詈絶交者，庭栢亦自負其術。晚年兩頰連頤，皆生毒瘡，言語飲食，皆爲妨碍，困苦不勝，以至於死。劉貢父好滑稽，多所嘲謔，發人陰事，人皆疾之，貢父乃以自誇。晚年遂得惡瘡，鬚眉墜落，鼻梁崩塌，困劇而斃。言出於口，似不經意，而離人骨肉，訐人短長，其害甚於含沙吹蠱。天道報應，昭昭不爽如此，易於由言者，可不懼哉。

娶瞽女

宋劉庭式娶瞽女，及死，哭之甚哀，坡公高其義。吕華陰亦娶瞽女，生五男，皆舉進士。張孝純永錫微時依吉氏，許妻以女，及登第，巨室求爲婿者甚衆，皆拒絶，歸娶吉氏，無何卒，有妹雙瞽，無問之者，永錫欲娶之，吉固辭，永錫曰：「某荷公德，令女非某娶，則終無人娶矣。」意極誠確，竟娶之，禮待有加，生二子皆顯。三君固皆義士，然庭式、華陰娶瞽於既聘之後，而永錫娶瞽於衆棄之日，尤爲人所難也。

祭古人

入獄者祭臯陶，治木者祭魯班，造酒者祭杜康，造茗者祭陸鴻漸，已自可笑。而爲盜者祭柳跖，屠者祭樊噲，造菜葅者祭蔡伯喈，尤可笑也。

替代

今俗人家患病篤，道士爲作醮祈禳，以紙爲人，名爲替身，此鄙俚可笑之極。及讀閒窓括異志，載荆南都頭李遇病困，魂至陰府，有一相識先死者曰：「常侍安得來此？」俄又有一人曰：「追到李遇。」遇遂蘇。見妻子環泣，身下卧一畫人，號爲替代云。乃知此俗已久。於乎，閻君乃可以替代欺乎？

大學士

學士古無大稱，宋真宗欲寵王欽若，特置資政殿大學士，位在翰林承旨之上。國朝初罷丞相，後置中極、文華等殿，及東閣大學士，以贊密勿，然秩止五品，無以領百寮，故多以尚書、侍郎兼之，其後遂儼然相矣。

用人

用人取士，莫簡略於古，而莫嚴於今。三代無論，即漢唐間，蕭曹起刀筆，絳灌出椎埋，卜式牧羊，上官桀牧馬，金日磾降虜之餘，郭子儀俘囚之命，長孺、贊皇起身任子，然其才略事功，何彪炳也。今世設科第以限士，非應進士舉則不得登顯要，非讀書中秘則不得入公輔，稍有瑕疵，指摘蜂起，一涉詿誤，擯棄終身。然古之人才常有餘，而今之人才常不足，豈真天運之有限，實由文罔之不疎。

聚書

宋晏叔原聚書甚多，每有遷徙，其妻厭之，謂之乞兒搬漆碗。余壯年從仕，亦有此癖，聚書常數萬卷，每有移徙，載必兼兩，且懷薏苡之懼。每憶叔原事，爲之一笑。

死生有命

唐甘露之禍，舒元輿、王涯有門客，其一終日伺候門墻，未得一官，至賂嬖奴求見，稍有援引之意，在其宅中，禍作竟遭腰斬；其一素蒙接遇，一旦以微過逐之，策蹇出關，晡時即聞變作。宋苗劉之禍，内侍有秦同老者，自揚州被命至荆楚，前一日還行在，尚未得對，遽死焉；又有蕭中道者，日侍左右，忽得罪絀爲外郡監當，前一日出城，遂免。死生有命，有非人意所及者。

牡丹花會

蘇長公在杭黄惠儋時，所至日事游宴，縱情湖山花草之間，當是極風流人物。然在揚州時，揚州舊有牡丹萬花會，每會用花數萬朵，以爲屏帳，至欒楝栱柱之間，悉以竹筒注水插花，蓋倣西京故事，人頗病之。公一至，吏以舊案呈，即判罷之。作書報王定國有云「雖殺風景，亦免造業」，始知公之爲政，不專風流。然花開盛時，政以花下吟賞爲樂，若使採折裂滅，動以萬計，直是花之大厄，有何可賞？此公所以爲真風流也。

世俗之偏

菊以黄爲主，而世却貴白者墨者紅者。梅以白爲主，而世却貴緋者絳者。墨取其黑，而必貴香澤，如近代羅小華雜以金珠。研取發墨，而必貴唐宋。琴取清越，而必貴斷紋。世俗之偏，難以枚舉。

落鴈破柴

黄巢軍號爲鴈兒，李克用選精卒號落鴈都。周世宗伐蜀，蜀軍涅面爲斧形，號破柴都。

改忌日生日

唐權龍褒於私忌日閉門静坐，偶有青犬突入，龍褒大怒，牒所司：「今日有所衝犯，可改明日作忌日。」聞者笑之。金熙宗時移書宋境曰：「皇帝生日本是七月，今爲南朝使人冒暑不便，已權改作九月一日。」其可笑如此。

左手書

宋時宗室趙不微善以左手書，然自幼習之，以異於人耳。陸元長、梁子輔皆壯年後患風痺，右臂不舉，乃以左手書，逾年筆法精勁，勝於用右時。近代余曾見林孝廉章之父以左手書狂草滿紙，有顛素風。莆田林祖恕弟林蓑左手作書甚佳，真草合度。其他未有見者，信古人不相及也。

杜撰

今人多言杜撰，不知所出。野客叢書載「杜默爲詩多不合律，故言事不合格者爲杜撰」。按杜默，濮人，字師雄，少有逸才，長於歌詩，石介作三豪詩以遺之，稱默爲歌豪，石曼卿詩豪，歐陽永叔文豪。其後落魄，不護名節，爲時所薄。此豈盡不合格律者？叢書之言，未必然也。

食人

隋麻叔謀、朱粲常蒸小兒以爲膳，唐高瓚蒸妾食之，嚴震、獨孤莊皆嗜食人，然皆菹醢而食也，未有生噉者。至梁羊道生見故舊部被縛，拔刀剜其睛吞之。宋王彥升俘獲胡人，置酒宴飲，以手裂其耳，咀嚼久之，徐引卮酒，俘者流血被面，痛楚叫號，而彥升談笑自若。前後凡噉數百人，即虎狼不若也。

生易

姜嫄不坼不副，而生后稷；太姒溲於豕牢，而産文王。

申胥伍胥

申胥復楚，伍胥覆楚，兩人也。而越絶伍胥亦作申胥，又吴王女亦名胥。

晉乘檮杌

晉乘傳讙〔一〕篇與楚檮杌士亹篇如出一手，其爲後人贋作無疑。

校勘記

〔一〕「讙」，原作「權」，據國語卷十晉語改。

先絡

漢永建元年，符縣令趙祉遣吏先尼和拜檄，過成瑞灘溺死，子賢求喪不得，女絡年二十五，乘小船至父没所自沈而死，見夢於賢曰：「二十一日當與父屍俱出。」至日果兩屍俱出，郡縣以聞，遣上尚書爲之立碑，人爲語曰：「符有先絡，僰道張帛。」帛，沈貞妻也，貞溺死，帛亦自沈。按此事與曹娥極相類，而人鮮知之。

陶穀何郯韓璜

陶穀奉使吴越，恃才凌忽，莫有抗者，及爲驛卒之女所詐，慚沮失措，頓改舊容。何郯按節成都，欲察文潞公不法事，及爲張俞家姬所染，不發一語而歸。韓璜按王鈇贓私，郊迎之時，辭色凌厲，不交一談，及爲舊狎妓女所迷，粉面緋衣起舞，羞愧夜遁。三人行事大率相類，然爲酒色所迷，一時不能自禁，過後猶知追悔。近來作威福者，苞苴一入，温語相加，面不知媿，而心不知悔，尚出三人下矣。

婦人拜跪

婦人拜而不跪，自古已然。宋王貽孫對趙中令謂古詩「長跪問故夫」，則古婦人亦跪。不跪自唐則天始。今制婦人亦跪，但拜時不如男子一揖間一拜耳。然連拜不起揖者，俗謂之叩首，乃賤者之禮，非貴之也。至於揖則男子雙手至地，婦人略縮膝而已，此禮不知與古同否也。

誥　勑

唐宋拜官、罷官、謫官皆有詔勑，學士屬思，幾不能辦；本朝拜官唯邊鎮、憲臣始有勑，然亦文具耳，覃恩、考績、封贈方用勑誥。唐宋文駢儷而稍莊重；今用散文，以職之崇庳爲繁簡，多經生語。唐宋皆鎖院草制，或面宣詔旨；今則起草私家，什九假手。昔之潤筆出於官家，而今之潤筆出於所得之人。其不同如此。至於王言之體，典重簡則，唯兩漢得之，唐以下不及也。

一至十字

今官文書一至十字，皆用同音畫多者，以防詐僞。其中壹貳音義俱同，肆伍陸玖拾音同義異，叁字字書所無，蓋以參字微變之。古語「勿貳以二，勿參以三」，考工記「參分其股」，漢志「參分横一」，則「參」亦可作「三」也。柒亦無字，按束皙賦「朝列九鼎之奉，夕宿桼娥之房」〔一〕，「桼」即古「七」字；太玄「七政」亦作「桼政」，奈何不作「桼」乎？捌字見急就章〔二〕，農器也。

校勘記

〔一〕「朝列九鼎之奉夕宿桼娥之房」，按晉書卷五十一束皙傳作「夕宿七娥之房，朝享五鼎之食」。

〔二〕「章」，原作「將」，據文意改。

一日是兩日

蘇東坡云：「無事此静坐，一日是兩日。若活七十年，便是百四十。」可謂得静之理矣。近來任達者更之曰：「無事此遊戲，一日是三日。若活七十年，便是二百一。」其語雖達，然恐不能勝蘇語也。余有耽書之癖，常悔早年玩愒月日，近者痛自尅厲，又戲演前語云：「無事常讀書，一日是四日。若活七十年，便二百八十。」然恐名根未除，又是一重魔障，但性之所近，各適其適。

西游記

俗傳有西游記演義，載玄奘取經西域，道遇魔祟甚多。讀者皆嗤其俚妄，余謂不足嗤也，古亦有之。神農嘗百草，一日而遇七十毒。黄帝伐蚩尤，迷大霧，天命玄女授指南車。禹治水桐柏，遇無支祁，萬靈不能制，庚辰始制之。武王伐紂，五岳之神來見，太公命持粥五器，各以其名進之。至於穆天子傳、拾遺記、梁四公，又不足論也，西游特其濫觴耳。

既入其苙

王勉夫野客叢書大類論衡，其所辯者，皆不必辯，而所引證，又多俚俗。如解孟子「既入其苙」云：「世人以苙爲闌，非也。苙，香草甘芷之類，豚之所甘。」夫苙之爲香草與否不必言，但以文讀之曰「既入其香草，又從而招之」，成文理乎？好異而不通甚矣。

富貴不樂

仕宦尊崇，家財浩富，氣焰烜赫，極爲人所羡慕，然當之者未必樂也。貴至於王侯將相，責任愈鉅，精神愈勞，事幾一失，求爲匹夫而不可得；富人田連阡陌，日夜持籌會計，食寢不安，妻妾盈庭，力憊髓竭，不復知有生人之樂者多矣。因憶桑維翰常語人曰：「吾雖貴爲宰相，有似着新鞋襪，外望雖美，其中甚不快活。」斯言至矣。然王侯將相，勞身以爲天下，當其在己，辭之不得，猶可言也。富家翁竭一生心力，以遺子孫，卒歸它人，豈非愚之甚哉。

兄弟詩

陳思王詩：「煮豆燃豆萁，豆在釜中泣。本是同根生，相煎何太急。」法昭禪師偈云：

「同氣連枝各自榮，些些言語莫傷情。一回相見一回老，能得幾時爲弟兄。」嗟夫，人以么麽財帛而令兄弟操戈鬩墻者，讀二詩而不感動，非夫也。

奢僭之報

何曾日食萬錢，其子劭至二萬，後卒不得其死。暴殄天物，自有報應，無論折福也。李文饒一杯羹，皆用珠玉琥珀金寶等物煎汁，而棄其滓，每杯直錢三萬，其奢過何氏遠矣；寇萊公宅中未嘗點燈，雖厠溷穢處，蠟膏山積，故二公者皆不免海外之行。本朝嚴分宜子僕皆用蜀錦織成小片，以爲婦人天癸之用，虎子以七寶鈿金爲之。張江陵予告還家，途中一飯，至列竈釜三百，他不論也。奢僭如此，不亡何待。

婢隸有見解

柳公權家出婢，見主人買絹，往復論價，即爲中風仆地，曰：「死則死爾，安能從牙儈郎君乎？」宋御史臺老隸見范諷召客，親諭庖人以造食，指揮數四，既去又呼之，叮嚀告戒又數四，即直其梃，范問之，曰：「大凡役人者，授以法而覩其成，苟不如法，自有常刑，何事喋喋？使中丞宰天下，天下之人，安可一一告語叮嚀乎？」此二事大非中人見解，而辱於泥塗，可惜也。

古今人心不同

狂，奇節也，古以避世，而今反以吊名。隱，高風也，古以養廉，而今徒以守貨。儉，美德也，古以進取，而今借以肆詈。勤，盛心也，古以修業，而今用以治生。學，本業也，古以成材，而今專以取貴。戒殺好生，善事也，古以自盡其方寸，而今以徼福於幽冥。

文海披沙卷之八

藏　書

古人珎重書籍，家藏率皆精好。鄴侯牙籤三萬，至新若手未觸；謝曄手自校讎，列二十厨；沈驎手寫細書，滿數十篋；陸龜蒙得書即録，所藏雖少，精皆可傳，非徒誇多已也。然不數傳，竟喪於子弟兵燹之手。故杜進書尾跋云：「請俸寫來手自校，子孫讀之知聖教，鬻及借人爲不孝。」陳亞詩云：「滿室圖書雜典墳，華亭仙客岱雲根。當時若不和花賣，便是吾家好子孫。」二君之慮深矣，然不肖子孫，蕩産如風掃籜，即萬語諄諄，安能禁使不鬻哉。但得鬻於賞鑒之家，代我珍藏，尤勝於無賴子架上鼠囓雀汙，揩几和泥也。趙文敏書尾跋云：「聚書觀書，亦匪易事。觀書者净几焚香，澄心静慮。勿捲腦，勿折角，勿以夾刺，勿以作枕，勿以爪侵字，勿以唾揭幅。隨損隨修，隨開隨揜。後之得吾書者，并奉贈此法。」至哉此言，可謂無我之盛心，典籍之鮑叔矣。故李德裕平泉〔一〕木石諄復戒子孫，不如王摩詰云「來者復爲誰，空悲昔人有」，更自曠達也。

校勘記

〔一〕「泉」，原誤作「原」，今改正。

食異

昌歜羊棗，鮿鮧鰒魚，雖稍與人殊，然亦口實所不廢也。鮮于叔明之嗜臭蟲，權長孺之嗜人爪，劉邕之嗜瘡痂，李楝之服人精，似於奇疾，殆非人理。國朝僧宗泐嗜糞中芝麻，雜米和粥；駙馬都尉趙輝喜食女人陰津月水；國子監祭酒劉俊喜食蚯蚓。口有同嗜，豈非虛語。

一字師

鄭谷改早梅詩「數枝」爲「一枝」，齊己拜爲一字師。後齊己見張迥詩「虬鬚白也無」，改「也」爲「在」，迥又拜爲一字師。宋張乖崖詩有「獨恨太平無一事」之句，蕭楚材改「恨」爲「幸」，公曰：「楚材吾一字師也。」

精思亭

李德裕爲相有精思亭，每處置軍國重事，即處其中。李林甫爲相有月堂，凡欲害名賢，謀破人家，則入其中，每有喜色而出，即數十人家破矣。秦檜亦然。本朝李于鱗先生有白雪樓，每屬文將起草即登之，去其梯，不脱稿終不下，亦不飲食便溺也。夫精思一也，或以爲國，或以爲文，而或以害物，何啻風馬牛不相及哉。

夢

夢五色筆而文日進，夢還筆而才盡；夢遺錦而思日益，夢取錦而名損；夢吞金龜而大有文思，夢吐龜而謝世。此非真夢也，血氣衰而神理盡也，故孔子以不夢周公而歎吾衰。

王　涯

王涯於唐宰相中最爲猥劣，然性酷好書畫，前代法書名畫人所寶惜者，必以厚貨得之，不受貨者啗以官爵得之。被誅之日，籍其家，書數萬卷，侔於内府。李林甫、元載之徒，知有是乎？其誅宦官，意亦甚善，謀踈取禍，遺臭萬年，悲夫。

好　名

杜預刻石爲碑，自紀勳績，一沉漢水之中，一置萬山之上，曰後世不有高岸爲谷、深谷爲陵之事乎？白居易哀集所爲詩稿，寄之佛藏，一在廬山東林寺，一在東都聖善寺，一在蘇州南禪院，各有記。甚矣，人之好名也。以二君之勳業文章，何患不傳於後，而猶自標榜若此。

知時

雞晨犬夜，性也。然鵝鶴皆能警夜，雀能知更，鳥能報曉，猿知報時，蜂知早晚衙，至於蠅明蚊晦，蟻雨蜂晴，的然不爽。人有沉湎淫縱，俾晝作夜者，曾物之不若也。

燈婢燭奴

唐寧王夜於帳前列木刻矮婢，各執華燈，自昏達旦，目爲燈婢；申王每夜聚宴，香木〔一〕刻童子，緑衣束帶，使執畫燭，目爲燭奴。二王同時，行事相類如此，然傳記載之，以爲奢侈。近代如嚴分宜父子溺器皆用金銀鑄婦人，而空其中，粉面綵衣，以陰受溺，甚矣。

校勘記

〔一〕「木」字原無，按開元天寶遺事卷上燭奴條謂「以龍檀木雕成燭跋童子」，據增「木」字。

明道雜志誤

張文潛明道雜志引謝宣城詩「澄江净如練」，謂宣城去江百里，爲謝詩誤。然玄暉此詩乃登三山望京邑作，非宣城郡中詩也。又引張又新贈妓詩「當時求夢不曾眠」爲誤，云：「求夢須眠，不眠安得有夢？」按又新此詩政謂與妓未遂情好，求同夢而未曾眠耳，作如此解，何異癡人前説夢耶。

人與雷鬭

齊菑丘訢爲雷所擊，三日三夜不能勝，眇其左目。晉楊道和田中霹靂下擊，道和以鋤格打其股，落地不得去。高歡將薛孤延亦與霹靂鬭，常遇雷火燒浮屠，躍馬案矟大呼，繞浮屠而走，雷火遽滅。唐歐陽紹欲竭池怪，雷電大作，紹率二十餘人與雷師戰，衣焦體腐，亦不之止，自辰至酉，雷電飛散，得怪碎而噉之，人呼爲忽雷。陳鸞鳳常食黄魚和豕肉致雷，及雷欲擊，輒持叉刃望空仰擊，中雷公之股而墜，一村之人遠徙避之，自後每所至，雷輒隨之，人家不容，乃入大巖石中，塞其罅，雷不能入，如是祈雨數四，竟不能害，時人目爲雨師。五人者可謂異矣。

父母子弟

石慶醉過里門不下車，其父萬石君聞而不食，肉袒謝過，責之乃解。楊元珍出門而醉，其母秦瑛十日不見之，曰：「我在，汝尚如此；我亡，何以帥羣子弟？」使人人父母皆若此，當無不肖子弟。庾叔褒父在時，嘗戒其飲酒，父歿後，每醉輒自責曰：「汝廢先人之戒，何以訓人？」乃於墓前自杖三十。陶士行每飲酒有定限，或遇懽會，量有餘而限已竭，或問故，曰：「少有酒失，慈母見約，故不敢違。」因潸然出涕。使人人子弟皆若此，可無憂辱父母。

楊杲宗李偉

宋丁晉公起第京師，鉅麗無比。軍卒楊杲宗者，躬畚鍤之役，勞苦萬狀。後杲宗以外戚起家，晉公貶崖州，即以其第賜之。國朝世宗時，大金吾陸炳於京師治第，軍人李偉親負土石。不二十年炳敗，籍其居入官，而偉女入宮封貴妃，今上即位，尊爲慈聖皇太后，亦以炳舊宅賜偉。二事合若符契。

焦門宣室

桀囚湯於焦門，紂拘文王於宣室。

手口之異

晉樂令善清言而不長手筆，讓河南尹，口授二百許語，潘安仁演之，遂爲名筆。太叔廣談辯，摯仲治不能對，退而著書難廣，廣又不能答。唐裴光庭以閻麟之爲心腹，每事麟之裁定，光庭下筆，時人語曰：「麟之口，光庭手。」又牛僧孺善爲文，楊虞卿善言説，京師語曰：「太牢口，少牢手。」人之才具，信自不同，合則雙美，離則兩傷。

詩賦

兩京、三都之後，幾二百年無賦，至齊梁而後有作，其體變矣。初盛中晚之後，幾四百年無詩，至元而後有作，其調殊矣。然與其爲漢賦之艷而誣，寧爲六朝之簡而則；與其爲晚唐之巧而傷，寧爲元之淺而婉。

心同報異

孫叔敖見兩頭蛇，恐人復見，殺而埋之，後卒爲楚相國。御史韋君見白花蜘蛛，恐其毒人，以指殺之，須臾爲一小者所毒，手潰臂腫，信宿而死。二人者其用心一也，或以陰德受報，或以殺命蒙殃，天道夢夢，何所適從？

異常之物有恠

凡物之異常者，皆恐有恠，未可遽指爲瑞。唐李崇真在蜀，庭下有一橘，結實大而晚熟，有小孔如針，賓僚驚異，欲表進之，久而罷，及剖，乃有赤斑虵蟠其中。韋皐鎮成都時，亦有柑大如斗，欲以進御，醫者昝殷在座，固持不可，請以針刺其蔕，流血霑席，駭而剖之，乃兩頭虵也。會昌中含元殿換一柱，搆巨材，人貪重賞，於盩厔絶險處得一異木，徑將袤丈，長百餘尺，軍將大喜，相賀奏聞，開斧之日，欻有狂生遶木嘆息，其聲甚厲，守者詰之，請當中鋸驗，纔二尺許，殷然血流，驚問之，曰：「深山大澤，實生龍虵。此材中藏巨蟒，十年當出，若爲殿柱，至期必簸揚淪没矣。」宋高宗時，吴山寺中生一蕈，大如盤，五色光潤，世所未見，寺僧以獻張循王，王亦驚異，表進之，詔以寺中所出，復令供佛。時當暑月，往返既久，液汁下流，寺犬舐之，應時狂斃，於是駭懼，棄而瘞之。吁，可畏也。

中國媿於夷狄

蕭頴士湮沉不遇，而新羅士庶願請以爲國師。龜山、晦翁流落貶竄，而金遼之人問其安否。中國之媿於夷狄多矣。

白敏中

唐王起知貢舉，欲取白敏中及第，而患其與賀拔惎往還，令所親申意，欲白絶惎。白許諾，俄而惎至，左右以他出對，惎遲迴而出。白知，遽躍出呼之回，具以實告，曰：「一第何門不可致，而令我離絶至交乎？」遂相與盡醉。起聞之，曰：「吾向止得敏中，今當并取賀拔惎矣。」敏中此事，大有古人之風。今人貧賤之交，驩若生死，一旦富貴，便作崖岸相向者多矣。敏中志行如此，宜不苟同於李德裕也。

末藝不遇

唐開元中，東海馬待封伎巧無倫，爲上造皇后鏡臺，悉是木人，自能行動，門自開閉，觀者駭異。又造指南車、撲滿、欹器數事，屢欲召見，即值宮中有事，竟不得官。宋董羽爲太宗四壁畫龍，極意精工，半年始成，方希厚賜，及上與妃嬪登樓，皇子方幼，見龍怖號，亟令圬墁，卒不獲賞。國朝戴文進畫甲江南，宣廟聞其名召之，及進所畫衣紅垂釣，竟棄不省。工藝之微，其遇合若或尼之，況其他乎。

尤物移人

彭祖七百餘歲，卒以娶小妻，妖淫敗道，自隕其命。北山道人修行千年，爲悦密雲令之女，竟被擒戮。五戒禪師戒行精苦，一悦妓女紅蓮，竟墮惡道。尤物移人，可不懼哉。

守錢奴

庫狄伏連家財鉅萬，妻子不免饑色，藏積一庫，自係筦籥，常語妻子：「此官物，不可用。」至死時，身惟着敝褌，而積絹至二萬疋，其所藏蓄，竝歸天府。臨沮鄧差鉅富，而自奉菲薄，道逢估人不相識，呼與共食，頗極珍美，問之，曰：「人生世間，止爲身口耳，一朝病死，安能復進美食乎？終不如臨沮鄧生，平生不用，爲守錢奴也。」差默然歸，宰鵝以自食，方動筯，骨哽其喉而死。相州王叟積粟萬斛，莊客二百餘户，而夫妻吝嗇，常食陳物，有緫可充腸。叟嘗巡行客坊，見一客方食，盤飧豐盛，叟問其業，答曰：「唯賣雜粉香藥，有本五千，逐日食利，但存其本，不望贏餘，故衣食常足。」叟大悟，歸語其妻，發倉庫恣食。不數日，夫妻竝夢爲人所録，枷鎖鞭撻，云：「何得妄破軍糧？」無何竝卒。官軍圍安慶緒時，始盡發其廪。夫爲子孫守錢，猶可言也，至爲他人守錢，役役終身，不得一日之奉養，目之曰奴，豈不誠奴哉。

服藥

藥之有益於人者，服之不輟，皆可長生。偓佺〔一〕食松實而飛；毛女食栢葉而壽；任子季服茯苓十八年而隱形；韓衆服菖蒲十三年而身生毛，冬袒不寒；趙他子服桂二十一年，日行五百里；梁頊餌楮實一年，老更年少；移門子服五味子六十年，色如玉女；林子明食术十一年，身輕；楚子服地黄八年，夜視有光；陵陽子仲服遠志二十年，有子二十七人；杜子微服天門冬八十年，日行三百里；庾肩吾服槐實，年七十餘鬚鬢更黑；國朝閩林太守春澤服松脂烏梅六十年，壽一百四歲，猶能御女。今人服餌既雜，又復作輟，以之治病且不能，况延壽耶。

校勘記

〔一〕「偓佺」二字原誤倒，今乙正。

人臣專殺

李廣爲北平守，斬灞陵尉，上書謝罪。上報曰：「將軍者，國之爪牙也。司馬法曰：『登車不式，遭喪不報，振旅撫師，以征不服。』報忿除害，捐殘去殺，朕之所圖於將軍也。若乃免冠徒跣，稽顙請罪，豈稱朕之指哉。」胡建爲北軍尉，監御史穿北門以爲賈。建私約其走卒，當選士馬日，至堂下拜謁，命走卒拽御史下，即斬之，上書以聞。制曰：「司馬法曰：『國容不入軍，軍容不入國也。』建有何疑焉？」唐哥舒翰爲安西節度，差都兵司馬使張擢上都奏事，逗遛不返，納賄交結楊國忠。翰適入朝，擢懼，求國忠除擢御史大夫兼劍南西川節度使。敕下，就第辭翰，翰命部下捽于庭，數其罪，杖而殺之，然後奏聞。帝下詔褒獎，仍賜擢尸，更令翰決尸一百。此三事極相類，雖痛快人意，而啓臣子專殺之端，不可爲訓。

野史言

野史言舜囚堯，太甲殺伊尹。羣仙通鑑言舜聽讒言殺賢臣伶倫等八人。風俗通義謂秦繆公殺賢臣百里奚。及拾遺記等書載趙高爲神，入鼎鑊七日，顏色不變；淮南王劉安舉宅上昇，鈎弋夫人戶蜕而去。紕繆失實，誤人不少。

晝簾緒論

讀胡太初晝簾緒論，知宋時作令之法與今大率相似，而御史及賓朋遊謁二事，尤中今日之弊。唯酒税與聚集娼妓、多買姬妾，則今之所禁也。居官者置此書座右，可以寡過矣。

兩頭探

范忠宣鎮西京，常戒屬官受納租税不要令兩頭探。或問：「何謂也？」公曰：「不要令人户探官員等候交納，官員亦不要探納者多少然後入場，但每日絶早入場，等人户交納，則自無稽留之苦。」今之納户，終日俟候官府，如鬼神不可測識；官府又必候納者齊足而後肯收。遲延歲月，徒滋弊竇，何益於理。

范　質

范質爲周宰相，頗負才望，一旦失節於宋太祖，依阿取容，不過馮瀛王之續耳。其言曰：「人能鼻吸三斗醇醋，則可作宰相。」此與蘇味道摸稜之旨，寧有異耶？

戒殺

今人侈口動言戒殺放生，至其行事，害必避，利必趨，利必歸己，害必歸人，殺機甚矣。忍於人而不忍於物，即日放生何益？宋齊丘陰謀盜國，奸雄之尤也，而所著戒殺之文，訶詆列聖，直疑自古無君子，欺天罔人，又當入無間地獄矣。

忽雷

鰐魚名忽雷；歐陽紹與雷鬪，人號忽雷；秦叔寶馬亦名忽雷駮；又御器琵琶名大小忽雷；馮道子琵琶名遶殿雷。

涉世

涉世未深者，其英氣可與有爲，而未免有挂一漏萬之病。涉世太深者，其智識可與謀事，而未免有患得患失之心。故貞不違時，難在少年，百折不挫，斯爲大勇。

賢士有助

古自高人賢士，多有所助而成。重耳之霸，樂羊之學，老萊、北郭之隱，妻成之也。孟子之賢，雋不疑之能，陶士行之業，母成之也。陳了翁之抗直，子成之也。浮休居士之高，龔翠巖之誼，女成之也。張九齡之忠讜，鄒志完之敢諫，友成之也。故嚴延年能從母命，何至殺身；張茂先早聽子言，豈罹奇禍。

龍虎

龍而可豢，非真龍也；虎而可搏，非真虎也。故葉公遇真龍則失聲却走，裴旻遇真虎則弓矢墜地。由是觀之，爵禄可以餌榮進之輩，不可以籠淡然無欲之人；刀鑊可以及功名之徒，不可以加鴻飛冥冥之士。

洗浴

何佟[二]之一日洗浴十數過，時人謂之水淫。劉寬經年不洗面濯足，陰子春亦然，間一爲之，輒破財失事。宋資政蒲傳正有大洗面、小洗面、大濯足、小濯足、大澡浴、小澡浴：小洗面一易湯，用二人，頮面而已；大洗面三易湯，用五人，肩頸及焉。小濯足一易湯，用二人，踵踝而已；大濯足三易湯，用四人，膝股及焉。小澡浴湯用三斛，人用五六；大澡浴湯用五斛，人用八九。每日兩洗面兩濯足，間日一小浴，又間日一大浴。口脂面藥，薰爐妙香，未嘗斯須去側也，然亦勞矣。當時與王介甫同時共事，介甫面垢不洗，髮亂不梳，衣服生蟣蝨，而蒲之行事乃若此，真堪絶倒也。

校勘記

〔一〕「佟」，原作「脩」，據南史卷七十一何佟之傳改。

曆日

今曆日之後，止留六十甲子，想其來已久。宋至道二年，司天楊文鎰建言六十甲子之外更留二十年，太宗以爲當存兩周甲子，共成上壽之數，使期頤之人猶見本年。號令下司天議之，遂爲定式。不知國朝六十之制，又從何時而變也。但年過六十，不見所生，便覺凄然有物化之感，太宗之慮深遠矣。

妬婦

人有妬婦，直是前世宿冤，卒難解脱，非比頑嚚父母，猶可逃避；不肖弟兄，僅止分析；

暴君虐政，可以遠遯；狂友惡賓，可以絶交也。朝夕與處，跬步受制，子女僮僕，威福之柄，悉爲所持，田舍産業，衣食之需，悉皆仰給。喞恨忍恥，没世吞聲，人生不幸，莫此爲大。蜀有功臣，家富聲妓，其妻妬悍，未敢屬目。妻死之日，方欲召幸，大聲霹靂，起於床簀，遂驚悸得病而卒。秦石某爲騎將，苦妻之妬，募刺客殺之，十指俱傷，卒不能害，如此數四，竟與偕老。沈存中晚娶張氏，常被箠楚，拔其鬚髮，血肉狼籍。及張氏死，人皆爲之慶，而存中神氣索莫，月餘亦卒。國朝楊大司農俊民老而無子，妻悍尤甚，侍婢有孕者，皆手擊殺之，楊竟憤鬱暴卒。布衣黄白仲亦遭此困，無食無兒，豈非宿冤哉。

人不知易

季子之學不爲父母所容，王湛之賢不爲宗族所識，韋臯不禮於婦翁，蘇頲常奴於其父。人不易知，骨肉猶爾，固知滕公之識韓信，李白之奇汾陽，自有法眼，難以意度。

抵鵲代薪

所出愈多，則人愈知惜；所聚愈廣，則主愈生慳。故知荆山之民，玉必不以抵鵲；季倫之爨，蠟必不以代薪。

晚節不終

蔡中郎以極言宦官，幾爲曹節所魚肉，髡鉗亡命，而卒附董卓，甘以身殉之。元微之爲分司御史，不讓仇士良，被擊敗面，當時壯之，而卒緣宦官以進，致有「適從何來」之譏。寇萊公以剛直嫉惡不容於時，而卒亦僞造天書，以致召用，終竄荒服。仕進之心一勝，遂至喪生平之所守，若兩截人然。甚矣，晚節之難也。

得名之難

虞阪之上，逸驥與駑駘俱疲；吴竈之中，孤桐共樵蘇竝爨。一遇王良，伯樂遂騰聲於千古。故趙壹借譽於羊陟，太冲振名於士安；樂天聲起於逋翁，長吉才騰於皇甫。味道賞而廣平重，敬之説而項斯聞。青雲之附，自古然矣。俗士媢忮而不容，文人傲睨而凌忽。毁譽任夫愛憎，是非視其同異。異己者雖才必擯，苟同者下里蒙褒。士生其間，吠聲射影，所信者寸心之自知，所俟者千載之定論耳。故古之取名也易，而今之得名也難，苟非上駟，鮮不露質矣。

義

今人謂假父曰義父，假子曰義男義女，故項羽尊懷王爲義帝，猶假帝也。樂器笛孔上別安嘴曰義嘴，衣外別安襴曰義襴，唐人謂假髻爲義髻，彈箏假甲曰義甲。漢張魯以左道惑民，來學者衆，置義舍及義米義肉。今世尚有義田義塚，則義之爲説，皆似外置而合宜者，故知告子以義爲外，亦自有見。

鏡

秦始皇鏡照見人心膽。嘉陵漁人網得鏡，照人悉見五臟，見者輒嘔吐。王度鏡照見精魅。徐鉉得一鏡，照人只見一眼。宗壽古鐵鏡，照見青衣小兒坐酒樓上。戊子冬，余與徐惟和孝廉計偕之彭城，逢市上鬻一鏡，面照如常，背照人影倒見，頤頞向上，當時傳觀驚駭，亦未買之。

天於人厚

有鴆處即有犀以解鴆毒，有瘴處即有檳榔以解瘴氣，有人面蛇處即有白蜈蚣以治蛇，有蠱處即有白蘗以解蠱。天之於人厚矣，故暴虐淪亡之時，真主已出；草寇紛擾之日，名將迭興。

古人之食

今人以殺犬食爲諱，宴客不以登俎豆。然古禮「士無故不殺犬豕」，孟子謂「雞豚狗彘之畜」，則犬固與雞豚同食矣。百粤人以蟻卵爲醬，人皆笑之，以爲蠻俗，而禮有蚳醢，以爲珍味，蚳即大蟻也。閩浙人嗜田雞，北人多笑其食蝦蟇，田雞實非蝦蟇，而周禮有蟈氏，漢宗廟有菟鼃，蟈、鼃則真蝦蟇矣。可知古人之食，視今尤爲苟簡也。

影異

酉陽雜俎載「揚州東市塔影忽倒，故老言海影翻則如此」，是一時之恠也。陸務觀言「在福州見萬壽塔，成都見正法塔，蜀州見天目塔，影亦皆倒」，則常倒耳。然今福州萬壽塔影實不倒，則陸所見亦偶然也。金陵牛首塔影，閉中門則影從隙入，見壁上，高可三尺，尖反居下，自來如此，余屢見之，久亦不以爲異矣。金陵狹邪崔氏所居樓上屋角有隙如小指，而光滿兩堵壁許，樓外樹影扶疏，如畫鳥飛蝶過，皆歷歷如鏡中，余亦親見之。高州有高凉冼夫人祠，碑嵌儀門壁中，厚五寸許，中一塊指大色白，瑩如燈光石，近窺之則門内祠宇樹木兩廡歷歷可見，如眼鏡然，徐興公親見之，此亦異矣。

簒賊之女

王莽女爲漢平帝后，莽簒位之日，手握玉璽，極口肆詈，擲之於地，後常稱疾不朝會，莽欲嫁之，大怒不從。曹操女爲漢獻帝后，操簒位時，遣使求璽綬，后怒不與，如此數四，乃以璽抵軒，涕泗横流。楊堅女爲周宣帝后，後知堅有異志，意頗不平，簒位之後，憤惋尤甚，堅欲奪其志，誓死不許。三人者皆簒弑之賊，而其女之志行節操，亦皆相類如此，無論其父，即在廷諸臣，不可媿死耶。

物封官

自秦封松爲五大夫，而唐玄宗封白騾爲將軍，唐昭宗封猴爲供奉，陳封石爲三品，宋封烏馬爲龍驤將軍、封石爲盤固侯。以朝廷之封爵，而濫及於草木鳥獸無知之物，豈非祖龍之作俑耶。

種動物

閩人濱海種蟶有蟶田，又種蠣房，以殼爲灰，按時投之，則翌歲蠣叢生。吴中人鬪蟋蟀，有將軍、大將軍之號，大將軍死必以金爲棺，將軍以銀棺，瘞於後園，則來歲於瘞所復得生者，俗謂之種蟋蟀。大漠迤西，人能種羊，取羊骨以初冬未日埋地中，初春未日爲吹笳呪語，即有小羊數隻從地中出，此尤奇也。

物類有親

獺以猿爲婦，豺以狗爲舅，蜥蜴與龍爲親家。

因革失宜

書有逸於昔而出於今者，僞可知也。字有用於古而異於今者，訛可知也。稱謂有質於古而增於今者，陋可知也。然世之人猶然仍之。至於官制地名，代有損益，自當從俗，乃必襲古，末俗瞶瞶，可發一笑。

附録

文海披沙序

昔稱齊澣知今，高仲舒知古，即世之博雅通人，鮮能兼濟，以彼非松喬而曙上代，墐户牖而通遐裔，自非併苞經籍，博采謡俗，朝帷不卷，夜榻幾穿，安能涉彼津要，搴其芳藻者哉。起部謝君在杭，起自晉安，蔚爲名士。亦玄亦史，學不局於方體；既博既精，識欲遍乎流略。凡所綴述，余嘗得而卒業焉，莫不發言而宫商應，摇筆而綺繡錯，其下菰諸作，業已超七子而騁轡，爲八閩之先鞭矣。乃其稗編小史，亦復遇物成書，燦然指掌，抑何盛也。諸子取文海披沙刻之南中，而屬余爲序。余涉獵一二，若遊玄圃而得夜光，汎滄溟而覩明月，品藻分於朱紫，囊括埒於羽陵，誠洞心駴目之觀，非僅僅會稡叢殘爲小説之靡而已。余謂研味此編，有三益焉：蓋殫力錯綜，隨方滲漉，即皇覽、要略，未易擬倫，而秘府太常，靡不捃摭，可以折羣言之衷，望果然之腹，一也。古典人所屬心，而時事罕或載筆，乃遇見瞥觀，無不疏記，可以備當代之文獻，廣方來之耳目，二也。語恠徵奇，曲士所紬，而窮幽極異，網羅不遺，徵感應之不虛，激中人之爲善，不藉弼刑，默裨王教，三也。此非淩高鑠齊，涵今茹古，挾寶雞之多識，軼癡龍之奇鑒，何以辨此？且參其著作，率以適意爲宗，注心典要，不以繁詞爲貴，往往掘井可以及泉，披沙因而得寶，在觀者善求之而已。余也開篋笥以擬心神，持涓塵而測海嶽，雖慙益者之數，竊附同心之言，輒序簡編，寄其仰止云爾。萬曆辛亥孟秋，澹園居士焦竑著。

五 雜 組

五雜組序

五雜組詩三言，蓋詩之一體耳，而水部謝在杭著書取名之。何以稱五？其説分五部，曰天，曰地，曰人，曰物，曰事。則説之類也，何以稱雜？易有雜卦「物相雜故曰文」，雜物撰德，辨是與非，則説之旨也。天數五，地數五，河圖洛書，五爲中數，宇宙至大，陰陽相摩，品物流形，變化無方，要不出五者。五行雜而成時，五色雜而成章，五聲雜而成樂，五味雜而成食。禮曰：「人者，天地之心，五行之端，食味别聲被色而生。」具斯五者，故雜而係之五也。爾雅：「組似組，産東海。」織者效之，間次五采，或綰璽印，或爲冕纓，或象執轡，或詠干旄，或垂連網，或偕玄纁入貢，或玄朱純綦，緼辨等威，或丈二撫鎮方外，經緯錯綜，物色鮮明，達於上下，以爲榮飾。在杭産東海，多文爲富，故雜而係之組也。昔劉向七略叙諸子凡十家，班固藝文志因之，儒、道、陰陽、法、名、墨、縱横、小説、農之外有雜家，云其書「盖出于議官，兼陰陽、墨，合名、法，知國體之有此，見王治之無不貫」。小説家出於稗官，街談巷語，道聽塗説者之所造。兩家不同如此。班言可觀者九家，意在黜小説。後代小説極盛，其中無所不有，則小説與雜相似。在杭此編，總九流而出之，言天下之至賾而不可惡也，即目之雜家可矣。龍門六家，儒次陰陽，殊失本末；蘭臺首儒，議者猶以並列秇文爲非。語曰：「通天地人曰儒。」在杭此編，兼三才而用之，即目之儒家可矣。余嘗見書有名五色線者，小言詹詹耳，世且傳誦，孰與在杭廣大悉備，發人蒙覆，益人意智哉。友人潘方凱見而好之，不敢祕諸帳中，亟授剞劂，與天下共寶焉。大泌山人李維楨本寧父撰。

五雜組卷之一

天部一

老子謂：「有物混成，先天地生。」不知天地未生時，此物寄在甚麼處。噫，蓋難言之矣。天，氣也；地，質也。以質視氣，則質爲粗；以氣視太極，則氣又爲粗。未有天地之時，混沌如雞子，然雞子雖混沌，其中一團生意，包藏其中，故雖歷歲時，而字之便能變化成形。使天地混沌時無這箇道理包管其中，譬如濁泥臭水，萬年不改，又安能變化許多物事出來。故老氏謂之玄牝，夫子謂之太極，雖謂之有，其實無也。周子謂「太極本無極」，似於畫蛇添足矣。

天地未生之初，本無也。無之中能生有，而無不可以訓，故曰易有太極，蓋已包管於無之先矣。即不言無極可也，若要言之，則無極之前又須有物，始得幾於白馬之辯矣。

「天之蒼蒼，其正色耶，其遠而無所至極耶？」然日月五星，可以躔度周步推測，則天之爲天，斷有形體。既有形體，必有窮極。釋氏以爲有三十三天，幻説也。假使信然，三十三天之外，又復何物？語曰：「六合之外，聖人存而不論。」噫，非不論也，所謂極其至，雖聖人亦有所不知也。

朱晦翁曰：「天者，理而已矣。」夫理者，天之主宰也，而謂理即天，終恐未是。理者虚位，天者定體。天有毀壞，理無生滅。如目之主視，耳之主聽，世有無耳無目之人，視聽之理，將何所屬？況聖人舉天以敵奥竈，此即蒼蒼之天，不專言理也。

天，積氣爾，此亘古不易之論也。夫果積氣，則當茫然無知，混然無能，而四時百物，孰司其柄？生死治亂，孰尸其權？如以爲偶然，則孛蝕變故，誰非偶然者？而天變不足畏之説，誠是也。然而惠迪從逆，捷如影響，治亂得失，信於金石，雷擊霜飛，人妖物眚，皆非偶然者也。故積氣之説，雖足解杞人之憂，而誤天下後世不淺也。

象緯術數之學，聖人所不廢也。舜以耕稼陶漁之夫，一旦踐帝位，便作璿璣玉衡，以齊七政，則造化之理，固盡在聖人橐籥中矣。後世如洛下閎、僧一行、王樸之輩，冥思精數，亦能範圍天地。渾儀倚蓋，旋轉不差；黍管葭灰，晷刻靡爽，亦奇矣。至宋儒議論，動欲以理該之。噫，天下事理之所不能盡者多矣，況於天乎。

天之不足西北也，何以知之？日月行斗之南，而不行斗之北故也。漢明帝嘲張重曰：「日南郡人應北向看日。」然北方瀚海有熟羊胛而天明之國，出塞七千里，便可南視北斗矣，安知無北向看日之地乎？

天去地九萬里，天體徑三十五萬七千里，此亦臆度之詞耳。天之體，日月星辰所不能周也，而況於人乎。

七政之行，自消自息，何與人事？而聖人必以璇璣玉衡測之也，遂使後世私智之士，轉相摹效，互出己見，如周髀、宣夜、渾天〔一〕之屬，議論紛拏，各有刺繆。及測之而不得，求之而不應，遂以爲幽遠難明之事，而天變不足畏之説昉於此矣。然則舜非與？曰：舜之齊七政，所以協歲時、戒農事也，非後世無用之空談也。

校勘記

〔一〕「天」，原作「儀」，據後漢書卷二十天文志劉昭注引蔡邕説改。

天地有大陽九、大百六，有小陽九、小百六。又云：「天厄於陽九，地虧於百六。大期九千九百年，小期三千三十年。故當陽九之會，天旱海消而陸燋；當百六之會，海水竭而陵自填。」按漢書曰：「四千五百歲爲一元。一元之中有九厄，陽厄五，陰厄四。陽爲旱，陰爲水。」又云：「初入元，百六，會有厄，故曰百六之會。」二説互異。前説期似太遠，荒唐無稽；後説四千五百歲之中九厄，則五百歲當一厄，而自古及今，未有三百年不亂者。至於水旱頻仍，恐無十年無災之國耳，又何陽九、百六之多也耶？異聞録所載，又有陰七陽七，陰五陽五，陰三陽三，皆謂之災歲。大率經歲四千五百六十，而災歲五十七，以數計則每八十歲而值其一。此説又不知何所據也。按漢書又有「元二」之厄，或云即「元元」之誤，未知是否。又吹劍録載「丙午、丁未年，中國遇之必有災」，然亦有不盡然者，即百六、陽九亦如是耳。

日，陽精也，而雷電虹霓皆陽屬也；月，陰精也，而雨露霜雪皆陰屬也。星宿風雲，行乎陰陽之間者也。日月，恒有者也；雷雹雨露之屬，不恒有者也。星宿體生於地，而精成於天，風雲皆從地起而行天者也，故兼陰陽之氣也。

日出而葵藿傾，月虚而魚腦減，下之應上也。虎交而月暈，麟鬭而日蝕，上之應下也。潮之逐月，桐之合閏，上下交爲應也。

秦始皇登君山，遇大風雨，遂赭其山。隋煬帝泛舟遇風，怒曰：「此風可謂跋扈將軍。」二君之與風雨爲仇，不若魯陽揮戈以止日、宋景發善言而熒惑退舍也。

禮統曰：「雨者輔時，生長均遍。」又曰：「雨者，輔也。」今閩人方音尚以雨爲輔。

雲根，石也，然張協詩曰：「雲根臨八極，雨足灑四溟。」曹毘請雨文曰：「雲根山積而中披，雨足垂零而復散。」則專指雲言也。

四時纂要曰：「梅熟而雨曰梅雨。」瑣碎録云：「閩人以立夏後逢庚日爲入梅，芒種後逢壬爲出梅。」按梅雨詩人多用之，而閩人所謂入梅出梅者，乃黴濕之黴，非梅也。

客星犯帝座，此史官文飾之詞耳，未必實也。古今帝王求賢下士者多矣，未聞天象之遽應也。即漢文帝之於鄧通，哀帝之於董賢，同卧起者數矣，未聞帝座之有犯也。而子陵賢者，一夕之寢，遽云犯帝座耶？武帝微行，宿主人婢，婢壻拔刀襲之，同宿書生見客星掩帝座。此賊也，而子陵同之乎？史官於是爲失詞矣。苻堅之母以送少子至灞上，而太史奏后妃星失明。羯胡腥羶，乃上干天象若是耶？矯誣甚矣。至於海内分裂之時，史官各私其主，人君各帝其國，不知上天將何適從也。宋仁宗嘉祐中，有道人游卜京師，上聞，召見賜酒。次日，司天臺奏壽星臨帝座。恐亦妄耳。

客星有五：周伯、老子、王蓬絮、國星、温星。所臨之國，周伯主喪，老子主饑，王蓬絮主兵，國星主疾，温星主暴骸。然則五者俱非吉星也，而史以子陵當之，不亦冤乎？

星宿，宿字俗音秀，然辰之所舍，有止宿之義，則音夙亦可也。陰符經云：「天發殺機，移星易宿；地發殺機，龍蛇走陸；人發殺機，天地反覆。」則從夙音久矣。

天體東南下而西北高，日月之行，皆自南至中天而止，故南方暖而北方寒。然日月之大有限，方夏至時，雖距數萬里，更無北向看日者，此又不可曉之理也。

日一歲而一周天，月二十九日有奇而一周天，非謂月行速於日也。周天度數，每日日行一度，月行十三度有奇。凡月初生明時行南陸，如冬至時之日；及生魄時行中天，如夏至時之日。故月行一月，抵日行一歲也。

中宫天極星，帝星也。三台，三公星也。文昌六星在北斗魁前，天之六府，故世以文昌爲魁星也。太微東西藩各四星，將相星也。東壁，文章星也。南極，壽星也。貫索，獄星也。昴，胡星也。箕，風星也。畢，雨星也。彗孛、攙搶、熒惑，妖星也。太白，兵星也。考之歷代天文，太白竟天，兵戈大起；彗星竟天，則有禪代之事。

正德初，彗星掃文昌。文昌者，館閣之應也。未幾，逆瑾出，首逐内閣劉健、謝遷，而後九卿臺諫無不被禍。萬曆丁丑十月，異星見西南方，光芒亘天，時余十餘歲，在長沙官邸，亦能看之。無何而張居正以奪情事杖趙用賢、吴中行、艾穆、鄒元標等，編管遠方，逐王錫爵、張位等，朝中正人，爲之一空。變不虚生，自由然矣。

俗言南斗注生，北斗注死，故以北斗爲司命。而文昌者，斗魁戴匡六星之一也。俗以魁故，祠文星以祈科第，因其近斗也，故亦稱文昌司命云。傅會甚矣。至以蜀梓潼神爲文昌化身者，又可笑也。

數起於一，而成於九。九，陽數也，故曰九天、九霄、九垠、九垓、九閎、九有、九野、九關、九氣、九位、九域之類，非必實有九也，猶號物之數，謂之萬耳。聖人則之，分地爲九州，别人爲九族，序官爲九流、九卿、九府。天子門曰九重，亦取九垓之義也。

道書云九霄謂神霄、青霄、碧霄、丹霄、景霄、玉霄、琅霄、紫霄、太霄，恐亦附會之詞。如天門九重，又安能一一强爲之名耶？

蠡海録云：「天之色蒼蒼然也，而人稱曰丹霄、絳霄，河漢口絳河。蓋觀天以北極爲標準，仰而見者，皆在北極之南，故借南之色以爲喻。」此言亦恐未然。天無色，借日以爲色，故稱丹與絳者，從日言耳。不然，彼稱青天、銀漢者，又豈指北斗之北哉？

酉陽雜俎載：「人不欲看天獄星，有流星入，當披髮坐哭之，候星出，灾方弭。金樓子言：『予以仰占辛苦，侵犯霜露，又恐流星入天牢。』方知俗忌已久。」今閩中新婦不戴星行，云恐犯天狗星，則損子嗣。閨女間亦忌之。而見流星以爲不吉，亦古之遺禁也。

災祥之降也，謂天無意乎？吾未見聖世之多災，亂世之多瑞也。謂天有意乎？亦有遇災而反福，遇瑞而遘凶者，又有災祥同而事應夐然不同者。必求其故，則牽合傅會；不求其故，而盡委之偶然，將啓昏君亂主謂天變不足畏之端，則如何而可也？春秋著災異而不著事應。子産曰：「天道遠，人道邇。」瑞不足言也。遇災而懼，人理之常，何必問其應乎？自漢書五行志以某事屬某占，至今仍之。然史氏既事而言，言之何益？司天氏未事而言，言多不驗。於是人主每遇災變，恬然無復畏懼之心矣。今於歷代五行摘其尤異者録之。

漢惠帝二年，天裂東北，廣十餘丈，長二十餘丈。文帝五年，齊雍城門外有狗生角。成帝永始元年，河南樗樹生支如人頭，眉目鬚皆具。又建始元年八月，漏未盡三刻，有兩月重見。

哀帝建平四年，山陽湖陵雨血，廣三尺，長五尺，大者如錢，小者如麻子。

靈帝中平元年，東郡界生草，備鳩雀龍蛇鳥獸之形，毛羽、頭目、足翅皆具。又樹中有人面生鬚，伐之出血。

桓帝建和三年，北地雨肉，似羊肋，又大如手。

元和元年，司徒長史馮巡馬生人。

晉懷帝永嘉元年，洛陽地陷，有二鵝飛出，蒼者冲天，白者墮地。

公孫淵時，襄平北市生肉，長圍各數尺，有頭目口喙，無手足而動摇。

愍帝時，平陽雨肉，長三十步，廣二十七步，旁有哭聲，晝夜不絶，臭聞百里。數日，劉聰后産一蛇一虎，各害人而走，尋之不得。頃之，見於隕肉之傍。俄而后死，諸妖俱不見。

太康九年，幽州有死牛頭，能作人言。

永嘉中，吴郡萬詳婢生子，鳥頭，兩足馬蹄，一手，尾黄色，大如枕。又抱罘令嚴根妓産一龍一女一鵝。

義熙七年，無錫人趙未年八歲，一旦暴長八尺，髭鬚蔚然。

唐開元二年五月晦，天星盡摇，曙乃止。

元和二年十月，日傍有物如人形，跪手捧盤向日，盤中有物如人頭。又四年閏三月，日傍又有一日。

乾符六年十一月朔，有兩日竝出而鬭。

元和六年三月日晡，天陰寒，有流星，大如一斛器，墜兖鄆間，聲震數百里。所墜之上有赤氣，如立蛇，長丈餘，至夕乃滅，野雉皆雊。又十二年九月甲辰，有流星起中天，首如甕，尾如二百斛船，長十餘丈，聲如群鴨飛，明若火炬，須臾墜地，有大聲如壞屋者三。

咸通十四年，宋州獵者得雉，五足，其三出背上。

弘道初，梁州倉有大鼠，長二尺餘，爲猫所嚙，數百鼠反嚙猫，少選，聚萬餘鼠。州遣人捕大鼠，擊殺之，餘皆去。

大中十年三月，舒州吴塘堰有衆禽成巢，闊七尺，高一尺，水禽山鳥，無不馴狎。中有如人面、緑毛、紺爪觜者，其聲曰甘，人謂之甘蟲。

中宗時，中郎將毛婆羅炊飯，一夕化爲血。

天寶十三載，汝州葉縣南有土塊相鬭，血出數日不止。

咸通八年七月，下邳雨沸湯，殺鳥雀。

周顯德七年正月，日下復有一日。

宋景德元年十二月，日下復有二日。

天禧四年四月，有兩月同出西南方。

淳熙十四年五月，有星晝出，大如日，與日相摩盪而入。

咸淳十年九月，有星見西方，曲如蚓。又有二星鬭於中天，良久一星墜。

元豐末，嘗有物如席，見寢殿上，而神宗崩。元符末，又數見，而哲宗崩。至大觀間，漸晝見。政和以後大作，每得人語則出。先若列屋推倒之聲，其形丈餘，彷佛如龜，金眼，行動有聲，黑氣蒙之。氣之所及，腥血四灑，兵刃皆不能施。又或變人形，或爲驢，多在掖庭間，自後人亦不大怖。宣和末，旹息而北狩矣。

慶曆三年十二月，天雄軍降紅雪，既化，盡血也。端平三年七月，亦雨血。

紹興二年，宣州有鐵佛，坐高丈餘，自動迭前迭卻者數日。

淳熙九年，德興縣民家鏡自飛舞，與日相射。

雨毛雨土，史不絶書，而元至元二十四年，雨土至七晝夜，深七八尺，牛畜盡没死，則亦亘古未有之變也。

百草不畏雪而畏霜，蓋雪生於雲，陽位也；霜生於露，陰位也。不畏北風而畏西風，蓋西轉而北，陰未艾也；北轉而東，陽已生也。

夏霜冬雷，風霾星孛，謂之天變可也。至於日月交蝕，既有躔度分數，可預測於十數年之前，逃之而不得，禳之而不能，而且無害於事，無損於歲也，指以爲天之變，不亦矯誣乎？蝕而必復，天體之常，管窺蠡測，莫知其故，而奔走馳騖，伐鼓陳兵，若倉卒疾病而亟救之者，不亦兒戲乎？傳稱魯哀之時，刑政彌亂，而絶不日食，以爲天譴之無益，告之不悟也。然司馬之時，羊車宴安，羯胡啓釁，日食三朝，不一而足，天何嘗譴而有益也？文景之世，日月薄蝕，相望於册，而海内富庶，粟紅貫朽〔一〕，以爲天譴之厚於魯哀乎？是爲父者，日朴責賢子，而姑息不肖子也，天不亦舛耶？然則何説之從？曰：日食，變也，而非其變者也。譬之人之有疾病也，固有兢業保守而抱痾不絶者矣，亦有放縱酒色而恬無疾疢者矣，乃其壽命脩短之源，則固不係是也。聖人之事天也，無時不敬，而遇其災變，則尤加皇懼焉，曰吾知敬天而已，初不爲禍福計也。蓋自俗儒占候之説興，必以某變屬之某事，求之不得，則多方傅會，不覺其自相矛盾，而啓人主不信之端，故金陵有「天變不足畏」之説，雖千古之罪言，而亦自有一段之見解也。

校勘記

〔一〕「粟紅貫朽」，原作「粟朽貫紅」。按漢書卷六十四賈捐之傳：「太倉之粟紅腐而不可食，都内之錢貫朽而不可校。」據改。

三代之時，日食皆不預占。孔子答曾子「諸侯見天子，入門，不得終禮」者，太廟火、日食是也。不知古人不能知耶，抑知之而不以告耶？而預占日食，又不知起於何時也。但不預占，則必有陰雲不見者，故春秋於日食不恒書，非不食也。

使日食不預占，令人主卒然遇之，猶有戒懼之心，今則時刻杪分，已預定之矣，不獨人主玩之，即天下亦共玩之矣。予觀官府之救護者，既蝕而後往，一拜而退，梧酌相命，俟其復也，復一拜而訖事。夫百官若此，何以責人主之畏天哉。

谷永有云：「日食，四方不見而京師見者，沈湎於酒，禍在内也；京師不見而四方見者，百姓屈竭，禍在外也。」司馬温公又言：「四方不見而京師見者，禍尚淺也；四方見而京師不見者，禍寖深也。」其言雖各有理，終亦穿鑿傅會。浮雲蔽塞，一時偶然，即百里之中，陰晴互異，又安能必四方之皆見否乎？假令中國不見而夷狄見，南夷不見而北狄見，又將何詞以解耶？至於當食不食，與食而不及分數者，則曆官推步之失，尤不當舉賀也。

世間第一誕妄可笑者，莫如日中之烏、月中之兔，而古今詩文沿襲相用，若以爲實然者，其説蓋出於春秋元命苞、淮南鴻烈解及張衡靈憲語耳。然屈原天問已有畢羽之説，而史記龜策傳載孔子言日爲德而辱於三足之烏。夫史記所載，不見經書，而天問所疑，皆兒童里俗之談，近於遊戲，至漢以後，遂通用之而不疑矣。

弇州載宋慶元中，一歲五次月食，而皆非望；其後有一歲八次，而亦不拘望者。今考宋史天文志竝無之，不知何所出也。

日中既有烏，又有羲和馭車；月中既有兔，又有蟾蜍，有桂，有吴剛、嫦娥、結璘〔一〕，又有廣寒宫殿，瓊樓金闕，及八萬三千脩月户。何月中之淆雜，而人又何能一一見之也？此本不必辯。宋儒辯之，已自腐爛，而以爲大地山河影者，又以五十步笑百步也。

校勘記

〔一〕「結璘」，原作「琣璘」。按黄庭内景經高奔章「鬱儀、結璘善相保」，梁丘子注云：「結璘，奔月之仙。」其後典籍月中之精仙均作「結璘」，因改。

東坡鑒空閣詩云：「懸空如水鏡，寫〔一〕此山河影。妄稱蟾〔二〕兔蟇，俗説皆可屏。」然坡知蟾、兔、蟆之爲俗説，而不知山河影亦俗説也。段成式酉陽雜俎云：「月中蟾、桂，地影也；空處，水影也。」宋人之論本此。

周昭王時，九月竝出，貫紫微之座，無何而王濟江溺死。今人知堯時之有十日，而不知周時之九月也。

校勘記

〔一〕「寫」，原作「瀉」，據東坡原詩改。

〔二〕「蟾」，原詩作「桂」。

相傳永樂中，上方燕坐樓上，見雲際一羽士，駕鶴而下，問之，對曰：「上帝建白玉殿，遣臣於陛下索紫金梁一枝，長二丈，某月日來取。」言畢，騰空而去。上驚異，欲從之，獨夏原吉曰：「此幻術也。天積氣耳，安有玉殿金梁之理？即有之，亦不當索之人間也。」狐疑不決。數日，道士復至，曰：「陛下以臣爲誑乎？上帝震怒，將遣雷神示警。」上謝之，又去。翊日，雷震謹身殿。上大懼，括内外金，如式製之。至期，道士復至，稽首稱謝。梁逾千斤，而二鶴銜之以去。上語廷臣，原吉終不以爲然，迺密遣人訪天下金賤去處，則蹤跡之，至西華山下，果有人鬻金者甚賤，乃隨之至山頂，見六七道士方共斵梁，見人即飛身而去。使者持半梁覆命，上始悔悟。又傳弘治中有徽王，亦被道士以此術詐得一銀鏤紋門檻，後事發被擒。此與小說載彈子和尚詐王太尉錢十萬貫事極相類，想羅公遠、葉法善輩皆用此術，而世相傳，真以明皇爲遊月宮。夫月豈誠有宮哉。

燕齊之地，無日不風，塵埃漲天，不辨咫尺。江南人初至者，甚以爲苦，土人殊不屑意也。楚蜀之地，則十日九雨，江干嶺側，行甚艱難，其風日晴朗者，一歲中不能三十日也。豈天地之氣，固有所偏耶？

江南每歲三四月，苦霪雨不止，百物黴腐，俗謂之梅雨，蓋當梅子青黄時也。自徐淮而北，則春夏常旱，至六七月之交，愁霖不止，物始黴焉，俗亦謂之梅雨，蓋黴與梅同音也。又江南多霹靂，北方差少。

魏時河間王子元家，雨中有小兒八九枚墮於庭前，長六七寸，自言家在河東南，爲風所飄至此。與之言，甚有所知。國初山東歷城王氏方鰥居，一日天大風，晦冥良久。既霽，於塵坌中得一好女子，年十八九，云外國人也，乘車遇風，欻然飄墜，遂爲夫婦。今王氏百年科名，貴盛無比，皆天女之後也。

月犯少微，戴逵以爲憂，而謝敷死，人爲之語曰：「吴中高士，求死不得。」熒惑入南斗，梁武帝徒跣下殿以禳之，既而聞魏主西奔，大慚曰：「虜亦應天象耶？」二人之心一也，一負時名，一負正朔，而卒不應也。然不以爲幸，而反以爲慚，固知好名之心，有甚於好生者矣。

習鑿齒謂星人曰：「君嘗聞知星宿有不覆之義乎？」大凡占星者皆於中天野次窺之，故云不覆。

晉郭翰少有清標，乘月卧庭中，織女降之，與諧伉儷，後以七寶枕留贈，訣别而去。吾友孫子長少年美晳，七夕之夜，感牛女之事，爲文以祝之，詞甚婉麗，忽如夢中，爲女仙召至瓊樓玉闕，殊極人間之樂，七日始甦。時皆笑以爲妄。余謂非妄也，魅也。人有邪念，祟得干之，就其所想，以相戲耳。

北斗相傳如豕狀。唐一行於渾天寺中掩獲羣豕，而北斗不見。國朝徐武功奉斗齋甚虔，闔門不食豕肉，及論決之日，大風霾雷電，有物若豕，蹲錦衣堂上者七焉，遂得赦，戍金齒，是其驗也。一云北斗九星，七見二隱。

晉天文志：「凡五星降於地爲人，歲星爲貴臣；熒惑爲兒童，歌謡嬉戲；鎮星爲老人婦女；太白爲壯夫；辰爲婦人。」其言甚恠誕。然東方朔爲歲星，蕭何爲昴星，李白爲太白星。唐太宗時，北斗化爲七僧，西市飲酒。一行時，北斗化爲豕，入渾天寺中。西川章仇兼瓊時，太白酒星變爲紗帽藜杖四人飲酒。宋嘉祐中，壽星變爲道士，飲酒不醉。夫星之精爲人所感而生，理或有之，豈有在天之宿，變爲人物，下遊人間者哉。野史之誕，甚矣。至謂狼星直日，遺有殘羊，益妄矣。

古今名世公卿，皆上應列宿，如諸葛武侯、祖逖、馬燧、武元衡之屬，皆將卒而星殞。然自古及今，星殞不知其幾，而懸象在天者，不覺其稀少也。豈既隕之後，還復生長如人耶？夫天之星，應地之石也，山海之中，石累取而不竭，斲盡而復出，則星可知矣。

徐整長曆云：「大星徑百里，中星五十里，小星三十里。」然星之墜地化爲石，不過尺寸計耳，豈應遽縮至是？萬曆壬子十二月廿五日申時，四川順慶府廣安州，無風無雲，雷忽震動，墜石六塊，其一重八斤，一重十五斤，一重十七斤，小者重一斤，或十餘兩，豈有三十里之徑而僅一拳石之多哉。大率以里數言天者，皆杜譔之詞，聖人不道也。

流星，色青赤者名地鴈，有光者名天鴈，其墜之地主兵。

今曆家禄命，金木水火土五星之外，又有四餘星，一曰紫氣，二曰月孛，三曰羅睺，四曰計都，而羅計二星，人多忌之。考歷代天文志，實無此二星也，不知此説昉〔一〕自何時。余考宋蠡海録所載有之，則其説久矣。今術家以四餘爲暗曜，豈亦以天象無所見，故爲强之説耶？

校勘記

〔一〕「昉」，原作「倣」，據文意改。

上官桀時，虹下宫中飲井，井爲竭。越王無諸宫中，斷虹飲於宫池，漸漸縮小，化爲男子。韋皋在蜀宴將佐，有虹垂首於筵，吸其飲食。晉陵薛願，虹飲其釜，願輦酒灌之，遂吐金以報。劉義慶在廣陵，方食粥，虹飲其粥。張子良在潤州，虹飲其甕漿。後魏首陽山中，虹飲於溪。史傳所書，不一而足。夫虹乃陰陽之氣，倏忽生滅，雖有形而無質，乃能飲食，亦可恠矣。今山谷中，虹飲溪澗，人常遇之，亦有飲於池者。昔秦苻生謂「太白入井，自爲渴爾」。以此觀之，其言亦未足深笑也。

今人虹、霓俱作平聲讀，然虹亦作去聲，今鳳陽虹縣是也；霓亦作入聲，沈約郊居賦「雌霓連蜷」，云恐人讀作平聲是也。既有雌雄，復能飲食，故字皆從蟲。

余在浙中，見人呼虹作厚音，嘗笑之。後見用脩丹鉛録作鱟，鱟者，海物之名也，其字從魚，豈可指爲虹霓乎？燕齊人呼爲醬，又可笑矣。吾郡方言呼爲空去聲。按韻書虹一音貢，又作蝩，則閩音亦有自來也。

唐代州西有大槐樹，震雷擊之，中裂數丈，雷公爲樹所夾，狂吼彌日，衆披靡不敢近。狄仁傑爲都督，逼而問之，乃云：「樹有乖龍，所由令我逐之，落勢不堪，爲樹所夾，若相救者，當厚報德。」仁傑乃命鋸匠破樹，方得出。夫雷公被樹夾已異矣，能與人言，尤可恠也。又葉遷招曾避雨，亦救雷公於夾樹間，翌日雷公授以墨篆。與仁傑事政同。

雷之擊人，多由龍起，或因雷自地中起，偶然值之，則不幸矣。一云乖龍憚於行雨，往往逃於人家屋壁，及人耳鼻，或牛角之中。所由令雷公捉之去，多致霹靂。然亦似有知不妄擊者。野史載，柴再思當大雷時，危坐不動，忽有四人舁其牀出庭中，俄而大震龍出。僧道宣右手小指上有小點如麻，因雷鳴不已，出手户外，一震而失半指。又有藏老僧耳中者，出而僧熟睡不覺。余從大父廷柱幼時，婢抱入園中，雷下擊婢，婢走，雷逐之入室，安兒牀上，而婢震死，兒無恙也。東郡馬生爾騏言其母，一日雷繞户外，念東室漏，趨視之，大震一聲，有龍自其枕下出，穿屋而升，枕掀地上。此非人之幸，亦雷及龍之有知也。

風俗通云：「雷不蓋醬。」雷聲者，陽氣之發也，收斂之物，觸之輒變動。今人新死未斂者，聞雷聲，屍輒漲起，是也。

論衡曰：「畫工圖雷公狀，如連鼓形。一人椎之。」可見漢時相傳若此。然雷之形，人常有見之者，大約似雌雞肉翅，其響乃兩翅奮撲作聲也。宋儒以陰陽之理解釋雷電，此誠可笑。夫既有形有聲，春而起，秋而蟄，其爲物類，審矣。且與雲雨相挾而行。又南方多而北方少，理之不可曉者。萬曆戊戌六月，余在真州，避暑於大寧寺大樹下，旁有浮屠。

卓午方袒跣，與客對奕，忽雷震一聲，起於坐隅，若天崩地裂。客驚仆地。余仰視，見火焰一派，從塔頂直入雲中，塔角一磚，擊碎墮地。是日，揚州相距六十里亦震死一婦人。

雷之擊人也，謂其有心耶，則枯樹畜産亦有震者，彼寧何罪？謂其無心耶，則古今傳記，所震所擊者，皆兇惡淫盜之輩，未聞有正人君子死於霹靂者，惟王始興幾罹其禍，卒亦獲免，非妄擊也。蓋其起伏不恒，或有卒遇之者。至於擊人，則非大故不足以動天之怒耳。然而世之兇惡淫盜者，其不盡擊，何也？曰：此所以爲天也。使雷公終日轟然搜人而擊之，則天之威褻矣。聖人「迅雷風烈必變」，不可以自反無缺，而遂不敬天怒也。

余舊居九仙山下，庖室外有柏樹，每歲初春，雷必從樹傍起，根枝半被燋灼，色如炭云。居此四年，雷凡四起，則雷之蟄伏，似亦有定所也。

今嶺南有物，雞形肉翅，秋冬藏山土中，掘者遇之，轟然一聲而走，土人逐得，殺而食之，謂之雷公。余謂此獸也，以其似雷，故名之耳。彼天上雷公，人得而食之耶？

傳記六和塔頂有月桂，因風飄落。此説不經之甚。月中豈真有桂耶？夜靜風高，從山外飄來者耳。史傳所載雨粟雨麥，及魏河内雨棗、安陽殿雨朱李者，皆此類也。蓋自天而下，故通謂之雨耳。

天門九重，形容之言也，天豈真有門哉。然嘗有人見天門開，中有樓臺，衣冠人物往來者，何也？曰：此氣之開合也。其樓臺人物，如海市蜃宫，頃刻變幻者也。考之史傳，燕馮跋、北齊高洋，皆獨見天開，自知必貴。羊襲吉、馬浩瀾皆見之。王文正公旦幼時，見天門開，中有己姓名，則又異矣。俗云：「見天開，不以語人，拜之大吉。」又有時裂十餘丈，人所共見者，則灾異也。

諒輔爲五官掾，大旱禱雨不獲，積薪自焚，火起而雨大至。戴封在西華亦然。臨武張熹爲平輿令，乃卒焚死，有主簿小吏皆從焚，焚訖而澍雨至。水旱之數，聖帝明王不能卻也，而以身殉之，不亦過乎？諒戴幸而獲免，張熹死而效靈。前二人之雨，天所以示聽卑之意也；後者之焚，天所以絶矯誣之端也。天亦巧矣。

昔人謂亢旱之時，上帝有命，封禁五瀆。此誠似之，每遇旱，即千方祈禱，精誠僊竭，杳無其應也。燕齊之地，四五月間，嘗苦不雨，土人謂有魃鬼在地中，必掘出，鞭而焚之，方雨。魃既不可得，而人家有小兒新死者，輒指爲魃，率衆發掘，其家人極力拒敵，常有叢毆至死者，時時形之訟牘間，真可笑也。

南安王元楨〔一〕爲相州刺史，禱雨不效，鞭石虎像一百，未幾疽發背死。奚康生在相，亦以禱雨取西門豹舌，三兒暴喪，身亦遇疾。萬曆己丑，吾郡大旱，仁和江公鐸爲守，與城隍約，十日不雨則暴之。既而暴，又不雨，則枷之，良久始解。無何，江至芋江登舟，墮而傷足，病累月，幾殆。人亦以爲黷神之報也。

校勘記

〔一〕「楨」，原作「稹」，按元楨禱雨事見魏書本傳，此涉後篇「元微之」而誤，因改正。

元微之詩云：「江喧過雲雨，船泊打頭風。」過雲雨、打頭風，皆俚語也。今閩人猶謂暑天小雨爲過雲雨。

齊地東至於海，西至於河，每盛夏狂雨，雲自西而興者其雨甘，苗皆潤澤，自東來者雨黑而苦，亦不能滋草木，蓋龍自海中出也。

俗云：「千里不同風，百里不同雨。」然雨非獨百里，有咫尺之地，晴雨迥別者。余一日與徐興公集法海寺，至暮而別。余西行數十步，即遇大雨如注，衣巾淋漓。興公東行，點滴而已。陳後山云：「中秋陰晴，天下如一。」此語未試，然亦恐不盡然也。後山又云：「世兔皆雌，惟月中兔雄，故兔望月而孕。」此村巷小兒之談，安所得而稱之。「雄兔脚撲朔，雌兔眼迷離」，古詩有之矣。使置兔闇室中，終歲不令見月，其有不孕者耶？月爲群陰之宗，月望而蚌蛤實，月虛而魚腦減，月死而蠃蛖膲，又豈月中有雄魚蚌耶？

宋秘閣畫有梁令〔一〕瓚五星二十八宿圖，形狀詭異，不知其何所本，亦猶五嶽真形圖也。

校勘記

〔一〕「令」，原誤作「文」，今改。

周書謂：「天狗所止地盡傾，餘光燭天爲流星，長數十丈，其疾如風，其聲如雷，其光如電。」吳楚七國反時，吠過梁者是也。然梁雖被圍，未有陷軍敗將之衄、略地屠城之慘，而七國不旋踵以亡，則天狗亦惡能爲禍福。俗云天狗所止，輒夜食人家小兒，故婦女嬰兒多忌之。

閩中無雪，然間十餘年亦一有之，則稚子里兒，奔走狂喜，以爲未始見也。余憶萬曆乙酉二月初旬，天氣陡寒，家中集諸弟妹，搆火炙蠣房噉之，俄而雪花零落如絮，逾數刻，地下深幾六七寸，童兒爭聚爲鳥獸，置盆中戲樂。故老云數十年未之見也。至嶺南則絕無矣。柳子厚答韋中立書云：「二年冬，大雪踰嶺，被越中數州，數州之犬皆倉皇噬吠，狂走累日。」此言當不誣也。

山海經曰由首山、小咸〔一〕山、空桑山皆冬夏有雪。漢書西域傳曰：「天山冬夏有雪。」今蜀蛾眉山夏有積雪，其中有雪蛆云。

校勘記

〔一〕「咸」，原作「威」，按山海經北山經云「小咸之山無草木，冬夏有雪」，明嘉靖刻本白孔六帖卷二引山海經作「小威山」，謝肇淛殆據此而誤，因改正。

蛾眉雖六月盛寒，未必有雪，惟至絶頂，望正西一片白茫茫然，不知其幾千里。土人云此西域雪山也。有一年酷暑，西望不見白者，而巴江之水，漲逾百倍，云是雪山水消耳。

困學紀聞云瓊爲赤玉，詠雪者不宜用之。此言雖是，然終是宋人議論。古人以玉比雪，亦取其意興耳。瓊琚瑶玖，皆玉之美名，非顔色也。且亦比况之詞，寧堪一一著相耶？至於「白鷴失素」，白鷴，白質黑紋，原非純白，伯厚又不知糾其非，何也？

詩：「相彼雨雪，先集維霰。」霰，雪之未成花者，今俗謂之米粒雪，雨水初凍結成者也。爾雅注引詩作「霓」，又「謂之霄雪」，疏「霄即消」，蓋誤以「霄」爲「霄」也，失之愈遠矣。霄亦音屑，從雨從肖，非從肖也，楊用脩辨之甚明。

雹似是霰之大者，但雨霰寒而雨雹不寒，霰難晴而雹易晴，如驟雨然，北方常遇之。相傳龍過則雹下，四時皆有。余在齊魯，四五月間屢見之，不必冬也。然雹下之地，禾麥經年不生，蓋冷氣凝結，入地未化耳。史書所載，雹有大如桃李者，如雞子者，如斧者，如斗者，惟武帝元封中雹大如馬頭，極矣。稽神録又載楊汀〔一〕自言：「天祐初在鼓城，避暑于佛寺，忽聞大聲震地，走視門外，乃見一雹，其高與寺樓等，入地可丈餘，經月乃消。」其言似誕。然宇宙之中，恐亦何所不有。

校勘記

〔一〕「汀」，原作「行」，據稽神録卷一彭城佛寺條改。

春秋書「雨木冰」，蓋陰霧凝封樹上，連日不開，凍而成冰，人拆取之，枝葉皆具，謂之樹介，亦謂之木稼。俗言「木雨稼，達官怕」，唐永徽、宋元豐中皆有此異，卒有牝雞、新法之禍。萬曆丁丑，余在楚亦一見之。時江陵不犇喪，斥逐言官，天下多故，是其應也。

風之微也，一紙之隔，則不能過；及其怒也，拔木折屋，掀海摇山，天地爲之震動，日月爲之蔽虧，所謂「天下之至柔，馳騁天下之至剛」者耶。且百物之生，非風不能長養，而及其肅殺收成之者，亦風也。人居大塊之中，乘氣以行，鼻息呼吸，不能頃刻去風，而及其侵肌骨，中榮衛，卒然而發，雖盧扁無如之何。至釋氏又謂，業風一吹，金石皆成烏有，豈非陶鑄萬物，與天地相終始者哉。蓋天地之中，空洞無物，須得一氣鼓舞動盪其間，方不至毁壞，即如人之有氣息一般。莊子所謂「野馬也，塵埃也，生物之以息相吹也」，此「息」

字亦有二義：有生息之息，有休息之息。當其生息，便是薰風；及其休息，便是業風。小則爲春夏秋冬，大則爲元會運世，如斯而已。

常言謂：「魚不見水，人不見氣。」故人終日在氣中遊，未嘗得見，惟於屋漏日光之中，始見塵埃衮衮奔忙，雖暗室之内，若有疾風驅之者。此等境界，可以悟道，可以閲世，可以息心，可以參禪。漆園齊物之論，首發此義，亦可謂通天人之故者矣。

易曰：「天地盈虚，與時消息。」而况於人乎，况於鬼神乎？可見盈虚消息，自有主宰之者，雖天地亦不能違也。然除却天地，更有何物？此處見解，難以語人，亦不得不以語人也。

聖人之所謂知天者，豈有它哉，亦不過識得盈虚消息之理而已。説天者，莫辯乎易。易之一書，千言萬語，總不出此四字。但天之盈虚消息，自然者也，聖人之知存亡進退而不失其正，亦自然者也。世之高賢，亦有懼盛滿而勇退者矣，亦有薄富貴而高蹈者矣，但以出處之間，未免有心，故又多一番魔障也。

李賀詩：「門前流水江陵道，鯉魚風起芙蓉老。」鯉魚風乃九月風也。又六月中有東南風，謂之黄雀風。

海風謂之颶風，以其具四方之風，即石尤風「四面斷行旅」者也。相傳石氏女嫁爲尤郎婦，尤出不歸，妻憶之至死，曰：「吾當作大風，爲天下婦人阻商旅也。」故名「石尤」云。亦作「石郵」，見李義山詩。今閩人方音謂之⿵風貝風，音如貝焉。⿵風貝者，簸也。「⿵風貝」「颶」字相近，畫容有訛，音不應差，或者誤作「颶」，而强爲之解耳。

北地之風，不減於海⿵風貝，而吹揚黄沙，天地晦冥，咫尺不相見，歲恒一二云。然每月風之起，多以七八之日，無者得雨則解，閩地亦然也。

閩中亦有⿵風貝風，但一歲不一二發，發輒拔樹掀瓦而止耳。惟嶺南瓊崖之間，⿵風貝風三五年始一發，發則村落屋瓦林木，數百里如洗，舟楫漂蕩，盡成虀粉。其將至數日前，土人皆知而預避之，巨室皆以鐵楞木爲柱，銅鐵爲瓦，防其患也。此亦可謂之小業風矣。

周禮「以十有二風，察天地之和，命乖別之妖祥」，蓋每歲十有二辰，皆有風吹其律，以知其和與否，此後世風角之始也。春秋襄十八年，楚師伐鄭，師曠曰：「吾驟歌北風，又歌南風。南風不競，楚人多死。」古人音律之微，足以察天地、辨吉凶如此，其法今不復傳矣。但占卜之家，量晴較雨，一二應驗，其它灾祥，即史官所占，不盡然也。

「關東西風則晴，東風則雨；關西西風則雨，東風則晴」，此續博物志之言，不知信否。大抵東風必雨，此理之常。詩云：「習習谷風，以陰以雨。」谷風，東風也。東風主發生，故陰陽和而雨澤降；西風剛燥，自能致旱。若吾閩中，西風連日，必有火[一]灾，亦以燥能召火也。

校勘記

[一]「火」，原作「大」，據寶樹堂本改。

古語云：「巢居知風，穴居知雨。」然鳩鳴鳶團，皆爲雨候，則巢者亦知雨也；虎嘯猩見，皆爲風徵，則穴者亦知風也。至於飛蛾、蜻蜓、蠅蟻之屬，皆能預知風雨，蓋得氣之先，不自知其所以然也。

颹颱也，舶趠也，石尤也，羊角也，少女也，扶摇也，孟婆也，皆風之别名也。濯枝也，隔轍也，潑火也，䨏霂也，皆雨之别名也。按爾雅風從上而下曰飈，亦曰扶揺，莊子「摶扶揺羊角而上者九萬里」，言大鵬摶此二風而上也。近見諸書引用多云「揺羊角而上」，而以「摶扶」作連緜字，誤矣。即杜少陵詩「五雲高太甲，六月曠摶扶」，想此老亦誤讀也。

廬山記：「天將雨則有白雲，或冠峰巖，或亘中嶺，謂之山帶，不出三日必雨。」然不獨廬山爲然，大凡山極高而有洞穴者，皆能吐雲作雨。孔子曰：「膚寸之雲，不崇朝而雨天下者，其惟泰山乎？」安定郡有峴陽峰，將雨則雲起其上，若張蓋然，里諺曰：「峴山張蓋雨滂沛。」閩中鼓山大頂峰，高臨海表，城中家家望見之，雲罩其頂，來日必雨，故亦有「鼓山戴帽」之謡。然它山不皆爾，以鼓山有洞穴故也。海録碎事云：「大雨由天，小雨由山。」想不誣耳。

五雜組卷之二

天部二

徐幹中論曰：「名之繫於實也，猶物之繫於時也。生物者春也，吐華者夏也；布葉者秋也，收成者冬也。若强爲之，則傷其性矣。」

春夏秋冬之序，皆以斗柄所指定之：指東曰春，指南曰夏，指西曰秋，指北曰冬。今曆日某月建某者，即斗柄之所指也。斗居中央，而運四時，故爲君象也。

夏日長、冬日短者，日夏行天中，出於正東，入於正西，徑天中而過，度數多也；冬行南隅，出於東南隅，入於西南隅，度數少也。日之不行東北西北者，天體欹而不足西北也。

漢高帝時，謁者趙堯舉春，李舜舉夏，兒湯舉秋，貢禹舉冬。四臣之名亦異矣，豈故爲之耶，抑偶合也？而貢禹在高帝時，又非彈冠之貢禹也。閩距京師七千餘里，閩以正月桃花開，而京師以三月桃花開，氣候相去，差兩月有餘。然則自閩而更南，自燕而更北，氣候差殊，復何紀極？故大漠有不毛之地，而日南有八蠶之繭，非虛語也。曆家所載二月桃始華，蓋約其中言之耳。

賈佩蘭云：「在宮中時，以正月上辰，出池邊盥濯，食蓬餌，以去妖邪。」則不但上巳有戲，上辰亦有戲矣。

正月一日謂之三朝，師古漢書注云：「歲之朝，月之朝，日之朝，故謂之三朝。」朝之義猶旦也。又謂之四始，正義史記注云：「謂歲之始，時之始，日之始，月之始也。」

元旦，古人有畫雞、懸葦、酌椒柏、服桃湯、食膠餳、折松枝之儀，今俱不傳矣，惟有換桃符及神荼、鬱壘爾。閩中俗不除糞土，至初五日，輦至野地，取石而返，云得寶，則古人唤如願之意也。

以一月爲正月，蓋自唐虞已然，舜以正月上日受終於文祖是已。唐虞月建不可考，而歲首必曰正月，足以證昔人改年不改月之謬。詩豳風以十一月爲「一之日」，十二月爲「二之日」，正月爲「三之日」，則知周之建子也。小雅所謂「正月繁霜」者，則以四月純陽之月名之，非歲首之正月矣。正者，取義以正朔也。至秦始皇諱「政」，改爲平聲，至今沿之，可笑甚矣。

歲後八日：一雞，二猪，三羊，四狗，五牛，六馬，七人，八穀。此雖出東方朔占書，然亦俗説，晉以前不甚言也。案晉議郎董勛答問禮謂之俗言。魏主置百寮，問人日之義，惟魏收知之，以邢〔一〕子才之博，不能知也。然收但知引董勛言，而不知引方朔占書，則固未爲真知耳。

校勘記

〔一〕「邢」，原作「刑」，據寶樹堂本改。

天下上元燈燭之盛，無逾閩中者。閩方言以燈爲丁，每添設一燈，則俗謂之添丁。自十一夜已有燃燈者，至十三則家家燈火，照耀如同白日。富貴之家，曲房燕寢，無不張設，殆以千計，重門洞開，縱人遊玩。市上則每家門首懸燈二架，十家則一綵棚，其燈上自綵珠，下至紙畫，魚龍果樹，無所不有。遊人士女，車馬喧闐，竟夜乃散。直至二十外，薄暮，市上兒童即連臂喧呼，謂求饒燈，大約至二十二夜始息。蓋天下有五夜，而閩有十夜也。大家婦女，肩輿出行，從數橋上經過，謂之轉三橋，貧者步行而已。余總角時所見，猶極華麗。至萬曆乙酉春，不戒於火，延燒千餘家，於是有司禁之，綵棚鼇山，漸漸減少，而它尚如故也。火災自有天數，而士女遊觀，亦足占昇平之象，亦何必禁哉。

蔡君謨守福州，上元日命民間一家點燈七盞。陳烈作大燈丈餘，書其上云：「富家一盞燈，太倉一粒粟。貧家一盞燈，父子相對哭。風流太守知不知，猶恨笙歌無妙曲。」然吾郡至今每家點燈，何嘗以爲苦也。烈，莆田人。莆中上元，其燈火陳設，盛於福州數倍，何曾見父子流離耶？大抵習俗所尚，不必强之，如競渡遊春之類，小民多有衣食於是者。損富家之羨鏹，以供貧民之餬口，非徒無益有害比也。

齊魯人多以正月十六日遊寺觀，謂之走百病。閩中以正月二十九日爲竆九，謂是日天氣常竆晦然也，家家以糖棗之屬，作糜餔之。四時寶鑑云：「高陽氏子好衣敝食糜，正月晦日死，世作糜、棄破衣於巷口，除貧鬼。」又池陽風俗以正月二十九爲窮九，掃除屋室塵穢，投之水中，謂之送窮。唐人亦以正月晦日送窮，韓退之有送窮文，姚合詩「萬户千門看，何人不送窮」。余謂俗説不足信。窮也，窮也，皆晦盡之義也。諸月不言，而獨言正月者，舉其端也。

凡月晦謂之提月，見公羊傳何休注：提月，邊也，魯人之方言也。

景龍文館記云：「景龍四年正月二十八日晦。」夫二十八日亦可爲晦耶？

北人二月二日，皆以灰圍室，云辟虫蟻。又以灰圍倉，云辟鼠也。閩人以雷始發聲掃虫蟻。

二十四番花信風者，自小寒至穀雨，凡四月八氣二十四候，每候五日，以一花之風信應之。小寒，一候梅花，二候山茶，三候水仙；大寒，一候瑞香，二候蘭花，三候山礬；立春，一候迎春，二候櫻桃，三候望春；雨水，一候菜花，二候杏花，三候李花；驚蟄，一候桃花，二候棣棠，三候薔薇；春分，一候海棠，二候梨花，三候木蘭；清明，一候桐花，二候麥花，三候柳花；穀雨，一候牡丹，二候酴醾，三候楝花。過此則立夏矣。然亦舉其大意耳，其先後之序，固亦不能盡定也。

唐德宗以前世上巳、九日皆大宴集，而寒食多與上巳同時，欲以二月名節，自我作古。李泌請廢正月晦，以二月朔爲中和節。可見唐以前正月晦、寒食，皆作節也。夫晦爲窮日，寒食禁烟，以之宴會，皆非禮之正。而二月十五自有花朝節，足敵中秋，何鄴侯不引此而別作節名？宜其行之不久也。按道經以二月一日爲天正節，八日爲芳春節，蜀中以二月二日爲踏青節，則安得謂二月無節也？

秦俗以二月二日攜鼓樂郊外，朝往暮回，謂之迎富。相傳人有生子而乞於隣者，隣家大富，因以二月二日取歸，遂爲此戲。此訛説也。大凡月盡爲窮，月新爲富，每月皆然，而聊以歲首舉行之故，正月晦送窮，而二月二日迎富也。即如寒食禁火，托之介子推，五日競渡，托之屈原，皆俗説耳。福州志載閩中以五月四日作節，謂閩王審知以五月五日死，故避之。考五代史年譜，審知則以十二月死，非五月也。志乘猶不可信，而況其他乎？

唐宋以前，皆以社日停針線，而不知其所從起。余按呂公忌云：「社日男女輟業一日，否則令人不聰。」始知俗傳社日飲酒治耳聾者爲此，而停針線者亦以此也。

養生論曰：「二月行路，勿飲陰地流泉，令人發瘧。」此不可不知也。

仲春之月，雷始發聲，夫婦有不戒其容止者，生子不備。大凡雷電晦冥，日月薄蝕而交合者，生子多缺，蓋邪沴之氣所感也。然周禮又以仲春令會男女，聖人豈不知愚民之易犯而故驅之耶？可爲一笑。

唐時清明有拔河之戲，其法以大麻絙兩頭各繫十餘小索，數人執之對挽，以强弱爲勝負。時中宗幸梨園，命侍臣爲之，七宰相二駙馬爲東朋，三相五將爲西朋。僕射韋巨源、少師唐休璟年老無力，隨絙踣地，久不能起，上以爲笑。夫此戲乃市井兒童之樂，壯夫爲之，已自不雅，而况以將相貴戚之臣，使之角力仆地，毁冠裂裳，不亦甚乎。秦京雜記載寒食内僕司車與諸軍容使爲繩橛之戲，今亦不行。今清明寒食時，惟有鞦韆一事，較之諸戲爲雅，然亦盛行於北方，南人不甚舉也。

先王之制，鑽燧改火，雖云節宣天地之氣，然亦迂矣。寒食禁火，以爲起自介子推者，固俗説之悞，而以爲龍星見東方，心爲大火，懼火之盛而禁之，則尤迂之迂也。今之俗不知禁火，亦不知改火，而四時之氣，何嘗不宣，豈可必謂古之是而今之非乎？

周禮司烜氏「仲春以木鐸徇火禁於國中」，注云：「爲季春將出火。」此亦今人謹慎火燭之意，非禁烟也。禁烟不知起何時，至唐宋已然，改火之不行，似已久矣，詩人吟詠之詞，未足據也。楊用脩謂不改火出於胡元鹵莽之政，此真可笑。使今日必行之，則閩廣之地安得榆杏，而齊魯之地安得檀？使民走數千里而求火種，亦不情之甚矣。

北人重墓祭，余在山東，每遇寒食，郊外哭聲相望，至不忍聞。當時使有善歌者，歌白樂天寒食行，作變徵之聲，坐客未有不墮淚者。南人借祭墓爲踏青遊戲之具，紙錢未灰，舄履相錯。日暮，墦間主客，無不頹然醉矣。夫墓祭已非古，而况以焄蒿悽愴之地，爲謔浪酩酊之資乎？

琴操謂介子綏以五月五日死，文公哀之，令民不得舉火。今人以冬至一百五日爲寒食，其説已互異矣。鄴中記載「并州爲介子推斷火，冷食三日」，漢書周舉傳謂「太原以介子推焚骸，每冬中輒一月寒食」，至魏武帝令又謂太原、上黨冬至後百有五日皆絶火，訛以傳訛，日甚一日。至唐時遂有「普天皆滅燄，匝地盡藏烟」之語，則無論朝野貴賤，皆絶火食。故曰「日暮漢宫傳蠟燭」，謂至是始舉火也。然此猶之可也，至於民間犯禁，以雞羽插入灰中，焦者輒論死，是何等刑法耶？國朝之不禁火，其見卓矣。

三月三日爲上巳，此是魏晉以後相沿，漢猶用巳，不以三日也，事見宋書。周公謹癸辛雜志謂「上巳」當作「上己」，謂古人用日例以十干，恐上旬無巳日。不知西京雜記正月以上辰，三月以上巳，其文甚明，非誤也。但「巳」字原訓作止，謂陽氣之止此也，則「巳」恐即是「巳」字，但不可以支爲干耳。

田家五行曰：「三月無三卯，田家米不飽。」

月令：「四月靡草死。」靡草，薺葶、葶藶之屬，非一草也。薺葶似人參，冬水而生，夏土而死。麥秋至，麥至是熟，凡物之熟者，皆謂之秋耳。今俗指麥間小蟲爲麥秋，可笑也。亦猶北人指七月間小蜻蜓爲處暑耳。

四月十五日，天下僧尼就禪刹搭挂，謂之結夏，又謂之結制，蓋方長養之辰，出外恐傷草木蟲蟻，故九十日安居。釋苑宗規云：「祝融在候，炎帝司方，當法王禁足之辰，是釋子護生之日，至七月十五日，始盡散去，謂之解夏，又謂之解制。」〔一〕西域記作十六日爲是。余見近作詩者以入定、搭挂槩謂之結夏，非其義矣。

校勘記

〔一〕按此段出荆楚歲時記引禪苑宗規。

結夏以十六日爲始者，印度之法也。中國以月晦爲一月，天竺以月滿爲一月，則中國之十六日，乃印度之朔日也。考西域記又有白月、黑月，及頞沙荼〔一〕、室羅伐拏、婆達羅鉢陁等月，説者謂二十八宿之名，未知是否。

校勘記

〔一〕「荼」，原作「茶」，據大唐西域記卷二改。

古人歲時之事行於今者，獨端午爲多。競渡也，作糉也，繫五色絲也，飲昌蒲也，懸艾也，作艾虎也，佩符也，浴蘭湯也，鬬草也，采藥也，書儀方也，而又以雄黄入酒飲之，并噴屋壁牀帳，嬰兒塗其耳鼻，云以辟蛇蟲諸毒。蘭湯不可得，則以午時取五色草沸而浴之。至於競渡，楚蜀爲甚，吾閩亦喜爲之，云以驅疫，有司禁之不能也。

五月五日子，唐以前忌之，今不爾也。考之載籍，齊則田文，漢則王鳳、胡廣，晉則紀邁、王鎮惡，北齊則高綽，唐則崔信明、張嘉，宋則道君皇帝，金則田特秀。然而覆宗亡國者，高綽、道君二人耳。然一以不軌服天刑，一以盤荒取喪亂，即不五日生，能免乎？田特秀，大定間進士也，所居里名半十，行第五，以五月五日生，小名五兒。年二十五舉於鄉，鄉試、府試、省試、殿試皆第五。年五十五，以五月五日卒。世間有如此異事，可笑。

容齋隨筆云：「唐玄宗以八月五日爲千秋節。張説〔一〕上大衍曆序云：『謹以開元十六年八月端午獻之。』又宋璟表云：『月惟仲秋，日在端午。』然則凡月之五日，皆可稱端午也。」余謂古人「午」「五」二字想通用。端，始也。端午，猶言初五耳。

校勘記

〔一〕「張説」，原作「張九齡」，據容齋隨筆卷一八月端午條改。

五月十三是龍生日，栽竹多茂盛。一云是竹醉日。

田家忌迎梅雨。諺云：「迎梅一寸，送梅一尺。」然南方驗，而北方不爾也。

夏至後九九氣候，諺云：「一九二九，扇子不離手。三九二十七，冰水甜如蜜。四九三十六，汗出如洗浴。五九四十五，頭戴秋葉舞。六九五十四，乘涼入佛寺。七九六十三，牀頭尋被單。八九七十二，思量蓋夾被。九九八十一，階前鳴促織。」冬至後諺云：「一九二九，相逢不出手。三九二十七，籬頭吹觱栗。四九三十六，夜眠如露宿。五九四十五，太陽開門户。六九五十四，貧兒争意氣。七九六十三，布衲擔頭擔。八九七十二，猫犬尋陰地。九九八十一，犁耙一齊出。」今京師諺又云：「一九二九，相逢不出手。三九四九，圍壚飲酒。五九六九，訪親探友。七九八九，沿河看柳。」按此諺起於近代，宋以前未之聞也。其以九數，不知何故，今吴興人言道里遠近，必以九對，而不言十，亦可笑也。

暑宜乾也，而值六月，則土反潤溽。寒宜涷也，而值臘月，則水泉反動。陽中有陰，陰中有陽也。

伏者何也？凡四時之相禪，皆相生者也，而獨夏禪於秋，以火剋金，金所畏也，故謂之伏。然歲時伏臘，亦人强爲之名耳，豈金氣至是而真伏耶？史記秦德公二年「初伏以狗禦蠱」，則是西戎之俗所名，三代無之也，乃相承至今用之，何耶？然漢制至「伏閉盡日」，故東方朔謂「伏日當蚤歸」，是猶避蠱之意。今不復然，但曆家尚存其名耳。至於人家造作飲食藥餌之類，動稱三伏，亦不知其解也。

凡物遇秋始熟，而獨麥以四月登，故稱麥秋。然吾閩中早稻皆以六月初熟，至嶺南則五月穫矣。南人不信北方有八月之雪，北人〔一〕亦不信南方有五月之稻也。

校勘記

〔一〕「人」，原作「方」，據寶樹堂本改。

暑視寒爲不可耐，人言南中炎暑，然暑非有甚也，但多時耳。余在京師數年，每至五六月，其暑甚於南中，然一交秋，即有涼色。閩廣從五月至八月，凡百餘日皆暑，而秋初尤烈。但至日昃，必有涼風，非如燕京六月，徹夜煩熱也。

京師住宅既偪窄無餘地，市上又多糞穢，五方之人，繁囂雜處，又多蠅蚋，每至炎暑，幾不聊生。稍霖雨，即有浸灌之患，故瘧痢瘟疫，相仍不絶。攝生者，惟静坐簡出，足以當之。

月令：「七月，天地始肅，禾乃登。」若以閩廣言之，肅則太早，而登已太晚也。故吾謂聖人約其中而言之也。

立秋有禮，名曰貙劉，漢書注謂之貗婁。揚子曰：「不膢臘也與哉。」今人尚知有臘，而膢則不知久矣。

牛女之事，始於齊諧成武丁之妄言，成於博物志乘槎之浪説，千載之下，婦人女子傳爲口實可也，文人墨士乃習爲常語，使上天列宿，横被污衊，亦不可怪之甚耶？

長恨歌載玄宗避暑驪山，以七月七日與貴妃凭肩誓心，願世爲夫婦；天寶遺事又言，帝與貴妃每至七月七日夜，在華清宫遊宴，宫女皆陳瓜菓乞巧，皆誤也。考之史，玄宗幸華清皆以十月，其返皆以二月或四月，未有過夏者。野史之不足信，往往如此。

歲時記事云：「七夕，俗以蠟作嬰兒，浮水中，以爲婦人宜子之祥，謂之化生。」薛能〔一〕詩「水拍銀盤弄化生」是也。今人以泥塑嬰兒，或銀範者，知爲化生，而不知七夕之戲。

校勘記

〔一〕「薛能」，原作「王建」，按「水拍」句出薛能吴姬詩，因改正。

閩人最重中元節，家家設楮陌冥衣，具列先人號位，祭而燎之。女家則具父母冠服袍笏之類，皆紙爲者，籠之以紗，謂之紗箱，送父母家。女死，壻亦代送。至莆中，則又清晨陳設甚嚴，子孫具冠服，出門望空，揖讓磬折，導神以入，祭畢復送之出。雖云孝思之誠，然亦近於戲矣。是月之夜，家家具齋餛飩楮錢，延巫於市上，祝而散之，以施無祀鬼神，謂之施食。貧家不能辦，有延至八九月者。此近於淫，然亦古人仁鬼神之意，且其費亦不多也。

七月中元日，謂之盂蘭會，目連因母陷餓鬼獄中，故設此功德，令諸餓鬼一切得食也。人之祖考，不望其登天堂，生極樂世界，而以餓鬼期之乎？弗思甚矣。

唐喬琳以七月七日生，亦以七月七日被刑。

海潮八月獨大，何也？潮應月者也，故月望則潮盛，而八月之望，則尤盛也。然獨錢唐然耳，閩廣膠萊諸海，皆與常時無别也。枚乘七發以「八月之望觀濤乎廣陵之曲江」，夫廣陵之濤，亦豈以八月獨盛哉？乘之所指，亦謂吴越耳。其曰廣陵者，當時吴越皆屬揚州也。

人言八月望有月華，或言夜半，或言微雨後。或言不必八月，凡秋夜之望俱有之。或言其五采鮮明，旁照數十丈，如金線者百餘道，或言但紅雲圍繞之而已。余自少至壯，徹夜伺之者十數，竟不得一見也。臨川吴比部撝謙爲余言，少時曾一見之，其景象鮮妍，千態萬媚，真人間所未見之奇，惜未能操筆賦之耳。人又言二月朔日正午有日華，而人愈不得見。余考李程日五色賦云「德動天鑒，祥開日華」，殆謂是耶。

月令八月鴻鴈來矣，至九月又言「鴻鴈來賓」，何也？仲秋先至者爲主，季秋後至者爲賓也。

雀入大水爲蛤，北方人常習見之，每至季秋，千百爲羣，飛噪至水濱，簸蕩旋舞，數四而後入。其爲蛤與否，不可得而知也。然冬月何嘗無雀，或所變者，又是一種耶？或亦有不盡變者，如鷹化鳩、雉化蜃之類耶？

九日佩茱萸登高，飲菊花酒，相傳以爲費長房教桓景避灾之術。余按戚夫人侍兒賈佩蘭言：「在宫中，九月九日食蓬餌，飲菊花酒。」則漢初已有之矣，不始於桓景也。

九日作糕，自是古制，今江浙以北尚沿之。閩人乃以是日作粽，與端午同，不知何取也。

「菊有黄華」，桃華於仲春，桐華於季春，皆不言有，而菊獨言有者，殞霜肅殺，萬木黄落，而菊獨有華也。菊色不一，而專言黄者，秋令屬金，金以黄爲正色也。

吕公忌曰：「九日天明時，以片糕搭兒女頭額，更祝曰：『願兒百事俱高。』」此古人九日作糕之意，其登高亦必由此。續齊諧所傳，不足信也。

十月謂之陽月，先儒以爲純陰之月，嫌於無陽，故曰陽月。此臆説也。天地之氣有純陽，必有純陰，豈能諱之？而使有如女國諱其無男而改名男國，庸有益乎？大凡天地之氣，陽極生陰，陰極生陽。當純陰純陽用事之日，而陰陽之潛伏者，已駸駸萌蘖矣。故四月有亢龍之戒，而十月有陽月之稱，即天地之氣，四月多寒，而十月多煖，有桃李生華者，俗謂之小陽春，則陽月之義，斷可見矣。

四月麥熟，陽中之陰也。十月桃李花，陰中之陽也。

道經以正月望爲上元，七月望爲中元，十月望爲下元，遂有三元、三官大帝之稱，此俗妄之甚也。天地以金木水火土爲五府，猶人之有五官也。春木、夏火、秋金、冬水，而土寄王焉。火官主於行火，俗所避忌，而土官又不可得見，故遂以春爲天官，秋爲地官，冬爲水官，其實木金水三位也，四時五氣，合而成歲，闕一不可，何獨祀其三而遺其二乎？至於火之功用尤鉅，古人四時鑽燧改火，而今乃擯之不得與三官之列，亦不幸矣。

宋初中元、下元皆張燈，如上元之例，至淳化間始罷之。

日當南至，晝漏極短，而晷影極長。日當北至，晝漏極長，而晷影極短。以其極也，故謂之至。然南至爲北陸，北至爲南陸者，何也？以其影之在地者言也。然極居天中，日之北至，不能逾極而北也，故書南至而不書北至也。

今人冬至多用書雲事，左傳：「春王正月，日南至。公既視朔，遂登觀臺以望，而書，禮也。」按周禮保章氏「以五雲之物辨吉凶、水旱、豐荒之祲」，注「二至二分觀雲氣，青爲虫，白爲喪，赤爲兵荒，黑爲水，黄爲豐」，則不獨冬至也。但雲氣倏變，一歲四占，倘吉凶互異，當何適從耶？

傳記載冬至日當南極，晷景極長，故有履長之賀。非也。夫晷景極長，則晝漏極短。聖人惜寸陰，惟日不足，至短之日，何以賀爲？蓋冬至一陽初生，日由此漸長，有剥而就復、亂而復治之機。不賀其盛，而賀其發端者，古人月恒日升之義也。其曰履長，即履端之意，非謂晷景之長也。晉魏宫中女工，至後日長一線，故婦於舅姑，以是日獻履襪，表女工之始也。魏崔浩女獻襪，謂「陽升於下，日永於天。長履景福，至於億年」，可謂得之矣。

今代長至之節，惟朝廷重之，萬國百官，奉表稱賀，而民間殊不爾也。

漢時宫中女工，每冬至後一日多一線，計至夏至，當多一百八十線。以此推之，合一晝夜當繡九百線，亦可謂神速矣。不知每線尺寸若何，又不知繡工繁簡若何。律之於今，恐無復此針，絶也。

至後雪花五出，此相沿之言。然余每冬春之交，取雪花視之，皆六出，其五出者，十不能一二也。乃知古語亦不盡然。

臘之名，三代已有之。夏曰嘉平，殷曰清祀，周曰大蜡，總謂之臘，宫之奇曰「虞不臘」是也。史記秦惠文王「十二年初臘」，蓋西戎之俗，不知置臘，至是始效中國爲之耳。今人亦不知有臘，但以十二月爲臘月，初八日爲臘八日而已，不知冬至後三戌爲臘也。又云：「魏以辰日爲臘，晉以丑日爲臘。」

伏獵侍郎，古今傳爲話柄。余按風俗通云：「臘者，獵也。田獵取獸祭先祖也。」則謂

「臘」爲「獵」，亦無不可耳。

道家有五臘：正月一日爲天臘，五月五日爲地臘，七月七日爲道德臘，十月一日爲民歲臘，十二月臘日爲王侯臘。

臘之次日爲小歲，今俗以冬至夜爲小歲。然盧照鄰元日詩云「人歌小歲酒，花舞大唐春」，則元日亦可謂之小歲矣，亦猶冬至亦可謂之除夜也。太平廣記盧頊傳云：「是日冬至，除夜。」

儺以驅疫，古人最重之。沿漢至唐，宫禁中皆行之，護童侲子至千餘人，王建詩「金吾除夜進儺名，畫袴朱衣四隊行」是也。今即民間亦無此戲，但畫鍾馗與燃爆竹耳。

俗皆以十二月二十四日祀竈，謂竈神是夜上天，以一家所行善惡奏於天也。至是日，婦人女子多持齋。余於戊子歲以二十五日至姑蘇，蘇人家家燒楮陌茹素，無論男婦皆然，問其故，曰：「昨夜竈神所奏善惡，今日天曹遣所由覆覈耳。」余笑謂：「古人媚竈之意，不過如此。然不脩行於平日，而持素於一旦，竈可欺乎，天可欺乎？」今閩人以好直言無隱者，俗猶呼曰竈公也。

萬畢術云：「竈神晦日歸天，白人罪過。」酉陽雜俎云：「竈神有六女，常以月晦上天，白人罪狀，大者奪紀，小者奪筭。」然則今以廿四五持齋者，不太蚤計耶？

漢時行刑，常以冬末，故王溫舒頓足謂：「冬再展一月，足了吾事。」而魏其、灌夫以十二月晦棄市，蓋田蚡必欲煞之，過宿則春，不行刑矣。至東漢章帝，始下詔定律，無以十一、十二月報囚。今國朝論囚，常以冬至前三日，而遇有慶澤，常免論決，註誤殺人者，老死圜扉而已。浩蕩之恩，視之往代，爲獨廣矣。

田家四時占候諺語，有不可不知者，今録之：日生雙耳，斷風絶雨。日落雲裏走，雨落半夜後。日没臙脂紅，無雨也有風。月如仰瓦，不求自下；月如彎弓，少雨多風。一箇星，保夜晴。明星照濕土，來日依舊雨。東風急，備蓑笠。雲行東，車馬通；雲行西，脚踹泥；雲行南，水平潭；雲行北，陣徒黑。春甲子雨，赤地千里；夏甲子雨，撑船入市；秋甲子雨，禾頭生耳；冬甲子雨，牛羊凍死。春丙暘暘，無水撒秧；夏丙暘暘，乾死稻孃；秋丙暘暘，乾谷入倉；冬丙暘暘，無雪無霜。春己卯風，樹頭空；夏己卯風，禾頭空。秋己卯風，水裏空；冬己卯風，欄裏空。雨落五更，日曬水坑。天下太平，夜雨日晴。久晴逢戊雨，久雨望庚晴。久雨不晴，且看丙丁；久晴不雨，且看戊己。朝霞暮霞，無水煎茶。朝霞不出市，暮霞走千里。甲子豐年丙子旱，戊子蝗虫庚子叛。惟有壬子水滔滔，總在正月上旬看。雨打墓頭錢，今年好種田。甲申晴，米價平。前月廿六七，後月看消息。三月無三卯，田家米不飽。三月初三雨，桑葉無人取；三月初三晴，桑上挂銀瓶。有利無利，但看四月十四。稻秀雨澆，麥秀風摇。日暖夜寒，東海也乾。梅裏雷低，田被水埋。雨打梅頭，無水飲牛；雨打梅額，河水乾坼。夏至有雷三伏冷，重陽無雨一冬晴。未吃端午粽，寒衣未可送。六月無蒼蠅，新舊米相登。六月初三晴，山篠盡枯零。六月初三一陣雨，夜夜風潮到處暑。六月不熱，五穀不結。朝立秋，暮颼颼；夜立秋，熱到頭。秋分在社前，斗米換斗錢；秋分在社後，斗米換斗豆。雲掩中秋月，雨打上元燈。九月十三晴，釘靴挂斷繩。十月初一陰，柴炭貴如金。賣絮婆子看冬朝，無風無雨哭號咷。至前米價長，貧兒有處養；至前米價落，貧兒轉蕭索。臘月有霧露，無水做酒一日之忌，暮無飽食；一月之忌，暮無大醉；一歲之忌，暮無遠行；終身之忌，暮常護氣。

醋。除夜犬不吠，新年無疫癘。

「先王之正時也，履端於始，舉正於中，歸餘於終」，則凡有閏者，似皆歸之歲末，故魯文公元年閏三月，而傳以爲「非禮也」。至漢文帝時猶然。今之置閏，皆以節氣中分之日，上十五日爲前月，後十五日爲後月也。然節序考據，只憑故事推筭耳，其間杪分度數，豈能保其不差乎？古來曆法，未有久而不差者，蓋造化轉旋之妙，有非人力所及者，而謂尺寸玉衡足以盡天地之變，亦大惑矣。春秋哀公十二年十二月螽，季孫問諸仲尼，仲尼曰：「丘聞之也，火伏〔一〕而後蟄者畢，今火猶西流，司曆過也。」今之秋多暑於夏，春多寒於冬，三月而後生稊，九月而後黄落，以氣候考之，每逾一月，則曆法之差也，不言可知矣。況近來日月交蝕，度數有不盡如所排者。敬天授時，國之急務，可委之冥漠，不亟釐正耶？

校勘記

〔一〕「伏」，原作「復」，據左傳哀公十二年十二月條改。

改年而不改月，秦政之失也。三代皆改月，豳風所紀，與今氣候同者，夏正也。然十一月以後不書月，但云「一之日」「二之日」而已，三月則曰「蠶月」，四月以後，始如常稱，蓋亦不能無異矣。周七八月，夏五六月，頻見傳注，而十二月螽，孔子對季孫謂「火尚西流」，其爲十月無疑。又僖公五年正月日南至矣，昭公二十年二月朔日南至矣，豈是時方冬至乎？宋儒執秦漢之謬，而不考之聖經，故議論紛紜，而卒無一定之見耳。然則謂春秋以夏時冠周月，是乎？曰：若是，則周之亂民也，何以爲孔子？

朞三百六旬有六日，今一年止三百六十日耳，而小盡居其六，是每歲尚餘十二日也。計五歲之中當餘六十日，故三年一閏，而五歲再閏也。然則不以三百六旬六日爲歲，而必置閏，何也？日月之行，晦朔弦望，度數不能盡合也。指日月以定晦朔，觀斗柄以定四時，而以參差不合之數歸餘於閏，聖人之苦心至矣，然亦非聖人之私意爲之，蓋天地之定數也。望而蚌蛤盈，晦而魚腦減，此物之知晦朔者也。社而玄鳥來，春而鴈北鄉，是物之知四時者也。藕桐應閏而置葉，黄楊遇閏而入土，此物之知閏餘者也。至於晦朔之畸數，閏月之餘分，聖人不能齊也，而況巧曆乎？惟積漸而差，考差而改，斯無弊之術也。

曆法聖人不盡言，非不言也，改朔授時，天子事也。雖有其德，苟無其位，不敢作禮樂，聖人之心也。至顏淵問爲邦，首曰「行夏之時」，而視朔南至，春秋每致意焉，亦有概乎其言之矣。然三代之曆，聖人所定，行之六七百年，其勢不容不差，後世通儒術士，竭其智數心思，考索推步，至無遺力，然行之不百年而已，不勝其踳駁也。三代治曆之法，它無可考，惟周禮太史氏「正歲年以序事，頒之官府及都鄙，頒告朔於邦國」，「閏月詔王居門終月」，而保章氏掌天星，不與焉。噫，何簡也。自秦而後，善治曆者，漢則鄧平、洛下閎、劉歆、蔡邕、劉洪，六朝則何承天、祖冲之，唐則劉孝孫、何妥、劉焯、李淳風、僧一行，周則王朴，宋則沈括，元則郭守敬而已。然而洛下閎太初曆至章帝時僅百餘年，已云差失益遠，而四分曆剏於建武，行於永元，聚議定式，已逾七十餘年，而行不過百年，亦何益之有也？唐宋諸家，人人自負，然唐三百年中而八改曆，宋三百年中而十六改曆，尚可謂之定法乎？宋蘇子容重脩渾儀，制作之精，皆出前古。至虜陷燕京，取其所制渾儀以去，乃其法子孫亦不復傳矣。其謂精密，吾未敢信也。元郭守敬之曆，推測援引，纖悉無遺，國朝所用，皆其遺制，三四百年，僅差分杪，此即聖人不能無也，而議者何以求多爲哉。但今之曆官，但知守其法，而不知窮其理，能知其數之然，而不知其所以然，譬之按方下藥，保其不殺人爾，不敢望其起死回生之功也。

李淳風最精占候，其造麟德曆，自謂應洛下閎後八百年之語，似極精且密矣。然至開元二年，僅四十年，而緯晷漸差，不亦近兒戲乎？一行大衍曆，據唐書所載，反覆評論，二萬餘言，窮古今之變，天地之故，當時所謂「貫三才，周萬物，窮術數，先鬼神」，「容成再出，不能添累黍之功；壽王重生，無以議分毫之失」，宜乎千歲可俟矣。而至肅宗時，山人韓顯已言其誤，每節損益，又增二日，其故何也？王朴陰陽星緯，無不通曉，其治曆，削去近代符天流俗之學，自成一家，然劉羲叟議其不能宏深簡易，而徑急是取，故宋建隆之初即廢不用矣。此三子者，皆精於天文，而治曆差謬如此，故周禮以治曆屬太史，爲天官之屬，占星屬保章，爲春官之屬，分而爲二，非無見也。今人但以占候稍失，而遽欲改曆法，亦過矣。

宋史律曆志曰：「天步艱難，古今通患，天運日行，左右既分，不能無忒，謂七十九年差一度，雖視古差密，亦僅得其槩耳。又況黃、赤道度有斜正、闊狹之殊，日月運行有盈縮、朓朒、表裏之異，測北極者率以千里差三度有奇，晷景稱是。古今測驗，止於岳臺，而岳臺豈必天地之中？餘杭則東南相距二千餘里，華夏幅員，東西萬里，發斂晷刻，豈能盡諧？又造曆者追求曆元，踰越曠古，抑不知二帝授時齊政之法，畢〔二〕殫於是否乎？是亦儒者所當討論，諉曰星翁曆生之責，可哉？」此亦古今不易之論也。

校勘記

〔一〕「畢」，原作「果」，據宋史卷六十八律曆志改。

京師城東偏有觀象臺，高五丈許，其上有渾天儀一具，如世所圖璇璣者，皆鑄銅爲器，四柱以銅龍架而懸之，製作精巧。又有簡儀一具，狀相似而省十之七，只周遭數道而已。玉衡一，亦銅爲之，如尺而首尾皆曲，有二孔，對孔直窺，以候中星。又有銅毬一，左右轉旋，以象天體，以方函盛之，函四周作二十八宿真形，南面有御製銘，正統七年作也。臺下小室，有量天尺，鑄銅人捧尺北面，室穴其頂，以候日中測景之長短，冬至後可得一丈七尺，夏至後可得一二尺云。中爲紫微殿，殿旁有銅壺滴漏一器，然皆不注水，徒虛具耳。

測北極者，以千里差三度。今滇南距燕萬里，當差三十度。又成祖北征，出塞三千餘里，已南望北斗，却不知北斗正中之地在何處。分野之說，固不足憑，而以郡國正中論之，則幅員有長短廣狹，難以一律齊也。

占步者多用里差之說，如曆之有歲差也。然鐵勒熟羊胛而天明，西域朔夕月見，而南交州生明之夕，月已中天。此誠差矣。史載安息西界，循海曲，至大秦，迴萬餘裡，無異中國。即以中國東西南北相距何止萬里，而日月星辰並無差謬，又何也？大約目所未見，語多矛盾，訛以傳訛，吾未敢信也。

大撓之初作甲子也，不過以紀日月，代結繩云爾。其後月以干乘支，日以支配干，而五行分屬，於是有閼逢、旃蒙諸名，於是有元光、郰章、劍昌、子方諸號，於是有畢陬、橘如諸陽，於是有鼠牛虎兔諸肖，於是有天剛、太乙、勝光、小吉諸將，於是有海中金、爐中火諸納音，於是有建除滿平諸體，於是有專制、義伐諸乘，而其説愈不可勝窮矣。余謂太歲方向禁忌既不足信，而曆日所書陰陽避忌皆毫無影響，益知當時之作此原非爲占候吉凶也。

古人事之疑者，質之卜筮而已；治亂吉凶，考之星緯而已，未聞擇日也。今則通天下用之矣，而吉凶禍福，卒不能逃也。甚矣，世之惑也。

余嘗以破日娶妾矣，不逾年而得雄；嘗以月忌上官矣，不數載而遷；嘗以天賊日解水衡錢萬緡矣，而卒無恙；嘗以空亡日出行涖任矣，而諸事盡遂。其餘小事，不可勝紀，故謂陰陽曆日，可盡廢也。

今陰陽家禁忌，可謂極密。一年之中，則有歲破、死符、病符、太歲、劫殺、伏兵、灾殺、大禍、歲殺、歲刑、金神將軍諸方。一月之中，有月忌、龍禁、楊公忌、瘟星、天地凶敗、天乙絕氣、長短星、空亡、赤口、天休廢、四方耗、五不遇、六不成、四虛敗、三不返、四不祥、四窮、四逆、離別、反激、咸池、伏龍、交龍宅、龍往亡、八風、九良、星絕、烟火、胎神、上朔、月建、月破、月厭、月殺等日。一日之中，則有白虎、黑殺、刀砧、天火、重喪、天賊、地賊、血支、血忌、歸忌、黑道、土瘟、天狗、大敗、蚩尤、官符、死炁、飛廉、受死、火星、河魁、鉤絞、焦坎、游禍、滅門、的呼等凶神。蓋一歲之中，吉日良時，無凶神惡煞者，不過數日耳，而又加以方向之不利，生命之相妨，仇難二星之躔度，太白日神之游方，一一擇而忌之，則雖終歲不作一事可也。而窮村深谷之家不知甲子，愚冥獰獷之輩不信鬼神，何嘗見其禍敗之相仍哉？太史公謂：「陰陽之術，大詳而衆忌諱，使人拘而多畏。」夫陰陽、四時、八位、十二度、二十四節各有教令，曰順之者昌，逆之者亡，未必然也。夫漢初之陰陽家止於四時、八位、十二度、二十四節而已，而子長尚以爲未必然，况今日天羅地網之密乎？其不足信，必矣。

余鄉有一二縉紳，凡事必擇日，裁衣宴會之類，無不視曆，然而官罷子死，家居杳無吉耗也。此亦汝南陳伯敬之流耳。後聞吴中有巨室子婦，臨蓐欲産，以其時不吉，勸令忍勿生，逾時子母俱斃。此尤可發一笑也。

淮南子曰："水生木，木生火，火生土，土生金，金生水。子生母曰義，母生子曰保，子母相傳曰專，母勝子曰制，子勝母曰困。"今七政曆有之，但以"保"爲"寶"、以"困"爲"伐"耳。

西家之東即東家之西，此一言足以破太歲之謬矣。紂以甲子亡，武王以甲子興，此一言足以破陰陽之忌矣。雞猪薤蒜，逢着則吃；生老病死，時至則行，此一言足以破終身之惑矣。此非後世之言也，聖人已言之矣，曰："死生有命，富貴在天。"

箕子之陳洪範，分爲九類，别爲九章，謂之九疇，原不相附屬也。至劉向爲五行傳，乃取其五事、皇極、庶徵，附於五行。果爾，則八事皆宜屬五行，而胡八政、五紀、三德、稽疑、福極之類又不能附也。蓋向父子原爲春秋灾異之學，恐其言之無稽，事之不足徵信，故於洪範之中摘其五行之説，爲其近於灾祥占候而推廣之。至舉天地萬物動植，無大小皆推其類而附之於五行，至求其徵應而不可，則又以五事强合之，而凡上下貴賤，食息起居，無大小，皆比其類而附之於五事。雖宇宙之理，似不過是，而其遷就穿鑿，亦已甚矣。後世之人，雖知其非，而無有昌言正之者，歷代國史相沿爲五行志，至於日月薄蝕，星辰變故，灾異之大者，則又屬之天文，豈陰陽與五行有二理耶？而風雨雷雹，又豈非天文之屬乎？其説愈刺繆而不通矣。故作史者，於天文志宜考究分至、躔度、分野，而一切灾異，宜爲灾祥志，而不宜爲五行志也。

正、五、九不上官，自唐以來，有此忌矣。清波雜誌謂佛法以此三月爲齋素月，不宜宰殺，足破俗見。今京師官命下即到任，初不忌此三月，而差跌更少；外官無不避之者，而禍敗更多，人何不思之甚也。

俗云：「初五、十四、二十三，太上老君不出庵。」謂之月忌。考之曆家，乃廉貞獨火日也。蠡海録謂以洛書九宮推之，以是日入中宮，然不知入中宮者何物，亦不知所以當避忌者何故，恐亦茫昧不足信也。噫，俗之敝也久矣。

陰陽家擇日，皆以年配月，月配日，日配時，如人禄命然，合之者吉。然當三代改朔之朝，子丑之月，或屬上年，或屬下年，不知擇者當何適從。而當改革之際，推録命者，又不知以何爲准也。

五行有生中之尅，有尅中之用；有反恩而成讐，有化難以爲恩。如火生於木，而焚木者火；水生於金，而沉金者水。火本尅金，而金得火迺成器；金本尅木，而木得金迺成材。至於盛極必衰，否極必泰，此皆陰陽循環之理，造化玄機之妙，而聖人則之，故乾之上九有亢龍之悔，而剥之上九有得輿之象也。今星命之術，但知有生尅制化，而豈知盈虚消息之理乎。

水生木矣，而木中有液，謂木生水亦可；火生土矣，而石中有火，謂土生火亦可。此兩相生者也。水尅火矣，而火然則水乾，謂火尅水亦可；土尅水矣，而水浸則土潰，謂水尅土亦可。此兩相尅者也。木不能離土而尅土，土不能離水而尅水，此相親而相尅者也；火燎木而生於木，土遏火而生於火，此相憎而相生者也。故世有骨肉而反爲仇讐，有胡越而反爲一家，亦五行之氣使然也。

洱海水面火高十餘丈，蜀中亦有火井，是水亦能生火也。火山地中，不生草木，鋤钁所及，應時烈焰，是土亦能生火也。至於陽燧火珠，向日承之，皆可得火，火固不獨生於木也。

蕭丘有寒燄，洱海有陰火，又江寧縣寺有晉時長明燈，火色青而不熱。天地間有溫泉，必有寒火，未可以夏蟲之見論也。〔一〕

校勘記

〔一〕此條以下至本卷末，如韋館本無，據寶樹堂本補入。

五行惟金生水頗不可解，説者曰：「金爲氣母，在天爲星，在地爲石。雲自石生，雨從星降，故星動摇而占風雨，石礎潤而占雨水，故謂金生水也。」予謂金體至堅，而有時融液，是亦生水之義也。至周興嗣千文謂「金生麗水」，則水反生金矣。

天一生水，地二生火，天三生木，地四生金，天五生土，此又不依相生之序，以氣之先後論也。其受形也，水最微，火次之，木次之，金又次之，至土而最重大。其滅形也，水最速，火次之，木次之，金又次之，至土而永不耗。自微而著，自少而老，陰陽之義備矣。

六十甲子之有納音也，蓋本於六十律旋相爲宮隔八相生之說。古人作律，原與曆相通也。至姓氏之納音，則近誣矣。姓者非受之於天地也，非秉陰陽之氣生而有之也，或因望而爲氏，或分封而賜姓，或避難而改易，或無稽而杜撰。一家之人，分支別族；一人之身，朝更夕改，安知陶朱即范氏之宗，而束晳爲疏氏之胄乎？又安知嬴呂、牛馬之暗易，而嗣源、鴻漸之無祖乎？五行納音，安所適從？至於談禄命者推其所安之宮，談相術者觀其所稟之形，遷就苟合，猶之可也。帝王曆數，自有天命，而必强而合之，以某德王，或取相生，或取相勝，蓋自鄒衍、劉向發端，已不勝枘鑿矣。後之學者，未能窺天地之藩籬，識陰陽之形似，而但隨聲傅和，亦何益之有哉。

稱日者晝夜以百刻，而每時止於八刻，則是九十六刻也。今銅漏中增初初、正初二刻，每時十刻，則是百二十刻也。其於百刻之數，俱不合矣。不知每時之加初初、正初二刻，雖合之得二十四刻，而實四刻之晷所分也，計其度數，每六刻方抵一刻耳。此說余少時見之一書，今亦不復記也。

西僧琍瑪竇有自鳴鐘，中設機關，每遇一時輒鳴，如是經歲無頃刻差訛也，亦神矣。今占候良時多不正，至於選擇吉時，作事臨期，但以臆斷耳。烈日中尚有圭表可測，陰夜之時，所憑者漏也，而漏已不正矣，況於山村中無漏可考哉。故知興作及推禄命者，十九不得其真也。余於辛亥春得一子，夜半大風雪中，禁漏無聲，行人斷絶，安能定其爲何時。余固不信禄命者，付之而已。

俗謂得吉日不如得吉時，如巳午未等時，固可見矣，而曆所謂日出日入時者，乃以出海入地論，非挂簷際時也。余嘗登泰山觀日出矣，下至半山，而猶昏黑也。在黄山，入夜飯罷出門，仰視天都峰頂，日色照耀，如火中蓮花。此皆九月事，正曆所載日出卯入酉者也，而參差乃爾，益信世之憒憒耳。

五雜組卷之三

地部一

天有九野，地有九州。然吾以爲分野之説，最爲渺茫無據。何者？九州之畫，始自禹貢，上遡開闢之初，不知幾甲子矣，豈天於斯時始有分野耶？九州之於天地間，纔十之一耳，人有華夷之别，而自天視之，覆露均也，何獨詳於九州而略於四裔耶？李淳風謂華夏爲「四交之中，當二儀之正」，四夷炎凉氣偏，鳥語獸心，豈得同日而語？然荆蠻、閩越、六詔、安南，皆昔爲蠻夷，今入中國，分野豈因之而加增耶？至於五胡、蒙古，奄有天下，莫非夷也，何獨詳於此而略於彼耶？歷考前代五行志，某星變則某郡國當其咎，然不驗者什常七八也。况近來山河破碎，愈無定則矣。

天無私覆，地無私載，今分野以五星二十八宿皆在中國，僅以畢昴二星管四夷異域，計中國之地僅十之一，而星文獨占十之九也，偏僻甚矣。

禹使太章步東極至於西極，二億三萬三千五百里，使豎亥步北極至於南極，如之則中國之地，僅二十分之一也。

禹別天下爲九州，三代因之。秦分天下爲三十六郡。漢分爲十三部，一部六郡。晉分爲十五道。唐十道。宋四京二十三路。元十一省二十二〔一〕道。國朝兩京十四省，後因棄安南，實十三省也。郡共一百六十，州二百三十四，縣共一千一百一十六云。

校勘記

〔一〕「二二」，原作「三二」，按元代肅政廉訪司共二十二道，因改正。

伏羲、神農都陳，黄帝都涿鹿，堯都平陽，舜都蒲坂。大聖人之建都，固在德而不在險要，亦當時水土未平，規制粗定。茅茨土堦，非有百雉九重之制；袗衣鼓琴，亦無瓊林大盈之藏。而每歲省方，坐不安席，蓋亦以天下爲家之意，不必擇土而安也。至於三代，德不及堯舜，而亂賊漸萌，於是不得不相地定鼎，據上游之勝，以控制天下。禹都安邑，其後太康失國，遷徙不可考；湯都亳邑，至盤庚七遷，皆苟且以便民，非若後世建都之難也。周公定鼎郟鄏，始爲萬年不拔之基，而以洛邑爲朝會之所，蓋亦以防備不虞，知後世子孫必有不能守其故業者矣。此亦堪輿家之鼻祖也。

殷世常苦河患，故自仲丁至盤庚，或遷敖，或遷相，或遷耿，或渡河而南，或踰河而北，當時不聞其求治水之方，而但遷徙以避之。計遷徙不費於開鑿，而民未稠密，河亦不大害民也。周世絶不聞河患，但苦戎狄，蓋關中之地，已近邊塞矣。當時燕晉代秦諸國，諸侯各自守其地以禦夷，而區區天子之都，竟不能守，而以予秦，使得成帝業，豈非天哉。

古今建都形勝之地，無有踰關中者，蓋其表里山河，百二重關，進可以攻，退可以守，治可以控制中外，亂可以閉關自守，無論汴京，即洛陽不及也。江南之地，則惟有金陵耳。

帝王建都，其大勢在據天下之吭，又其大要則在鎮遏戎狄，使聲息相近，動不得逞。關中逼近西戎，故唐時回紇、土蕃出其不意，便至渭橋。漢時灞上、細柳連營，天子至親勞軍，蓋當時西虜似强於北也。至宋時，幽燕十六州已爲契丹所據，則自河南入江淮，其勢甚便，不得不都汴京以鎮之。使當時從晉王言都關中，則畫淮爲界，不至紹興而始見矣。汴京既失，江北不可守，其勢不得不阻江爲固，鎮江則太逼，杭州則太遠，險而可守，孰有出建康之上者？故李綱、宗澤惓惓以爲請，而不見聽從，惜哉。

高宗之都臨安，不過貪西湖之繁華耳，然亦辨四明航海一條走路也。臨安雖有山有水，然其氣散而不聚，四面受攻，無險可憑，元兵從湖州間道入，如無人之境耳。雖興亡有數，而亦地利之不固也。建康外以淮爲障，内以江爲藩，雖中主庸將，足以自守。曹丕臨廣陵，欲渡者數矣，竟嘆天塹之不可越。苻堅陷盱眙而東，沿江列戍，朝野震恐。謝玄三戰三捷，楊俱難等奔喙不暇〔一〕。其後若盧循乘虚，直搗蔣山，居民荷擔而立，孟昶望風自裁，自謂天下事定矣，而不能當寄奴之一炬。蕭軌、任約以十萬勍卒，奄至雞山，據北郊壇，剥牀以膚，何急也。霸先從容談笑，俘四十六將軍於幕下，若探囊取物。此豈智愚之懸絶若是哉。川陸之長技既異，主客之勞逸頓殊。一夫當關，萬人莫敢誰何，其勢居然也。故六朝相承二百餘載，莫强於秦苻堅，莫盛於魏道武，而卒不能遂混一之志，良有以矣。

校勘記

〔一〕「楊俱難等奔喙不暇」，按晉書苻堅載記僅言「俱難」而無姓，論者以爲即苻生載記之「范俱難」。此云「楊俱難」，不知何據，疑誤。另「奔喙」疑當作「奔逐」，新唐書李嶠傳「今期會迫促，奔逐不暇」，是其語例，「喙」、「逐」或形近而誤。

以我國家之勢論之，不得不都燕，蓋山後十六州，自石晉予狄幾五百年，彼且自以爲故物矣，一旦還之中國，彼肯甘心而已耶？其乘間伺隙，無日不在胸中也。且近來北韃之勢强於西戎，若都建康，是棄江北矣；若都洛陽、關中，是棄燕雲矣。故定鼎於燕，不獨扼天下之吭，亦且制戎虜之命。成祖之神謀睿略，豈凡近所能窺測哉。

我太祖之定都建康也，蓋當時起兵江左，自南趨北，不得不據第一上流，以爲根本之地，而後命將出師，鞭笞羣雄，此亦高光之關中、河内也。當時角逐者惟張士誠、陳友諒二人耳，然姑蘇勢狹而無險可據，武昌地瘠而四面受敵，其形勝已不相若矣，而况材智規摹，又相去萬萬哉，宜其折北而不支也。

太祖既逐胡元，命燕王鎮守北平，蓋隱然以北門鎖鑰付之矣。當時親王握重兵，節制有司，大率如漢初七國故事，而燕王之英武雄略，豈久在人下者。使當時不封燕，縱得守臣節，不興靖難之師，而北虜乘間竊發，燕雲終非國家有也。故太祖之封燕王，與文皇之定都於燕，其遠見皆相符契矣。

燕山建都，自古未嘗有此議也，豈以其地逼近邊塞耶？自今觀之，居庸障其背，河濟襟其前，山海扼其左，紫荆控其右，雄山高峙，流河如帶，誠天造地設以待我國家者。且京師建極，如人之元首然，後須枕藉，而前須緜遠。自燕而南，直抵徐淮，沃野千里，齊晉爲肩，吴楚爲腹，閩廣爲足，浙海東環，滇蜀西抱，真所謂扼天下之吭而拊其背者也。且其氣勢之雄大，規摹之弘遠，視之建康偏安之地，固已天淵矣。國祚悠久，非偶然也。

遼金及元皆都燕山，而制度文物，金爲最盛。今禁中梳粧臺、瓊花島及小海、南海等處，皆金物也。元冬春則居燕，夏秋則如上都，畏熱故也。惟其有兩都，故王師一至，即時北遁。而山後十六州，四五百年始見天日，非偶然也。

周時洛邑爲天下之中，今天下之勢則似荆襄爲正中，蓋幅員廣狹，固自不同也。然所貴於中者，取其便朝會耳，若以建都譬之，元首在腹，何以居重馭輕哉？

幽州有黍谷，相傳鄒衍吹律之所，蓋當時以爲極寒之地矣。若以今之寧夏、臨洮諸邊較之，其寒奚止十倍而已。今燕山寒暑氣候，與江南差無大異，且以邊塲戎馬之地，一旦變爲冠裳禮樂之會，固宜天地之氣亦隨之變更耳。

恒山爲北岳，即今真定是也。或云北岳不可即，其一石飛至陽曲，故於陽曲立廟遥祭之，實非岳也。按水經恒山謂之玄岳，周官「并州，其山鎮〔一〕曰恒山」，管子云：「其山北臨代，南俯趙，東接河海之間。」其在今之定州無疑矣，何必求之沙漠之外哉。

校勘記

〔一〕「山鎮」，原作「鎮山」，據周禮職方乙正。

五嶽者，中國之五嶽也，隨其幅員，就其方位而封之耳。三代洛邑爲天地之中，南不過楚，北不過燕，東不過齊，西不過秦，故以嵩山爲中岳，而衡岱恒華，各因其地封之，以爲鎮山。若後世幅員既廣，方位稍殊，即更而易之，亦無不可，固不必拘拘三代之制也。以今天下之勢論之，當以天壽山爲北岳，羅浮爲南岳，鍾山爲東岳，點蒼爲西岳，衡霍爲中岳，其間相去各四五千里，亦足以表至大之域，示無外之觀。此非拘儒俗士所能與議也。

京師風氣悍勁，其人尚鬬而不勤本業，今因帝都所在，萬國梯航，鱗次畢集。然市肆貿遷，皆四遠之貨，奔走射利，皆五方之民，土人則游手度日，苟且延生而已，不知當時慷慨悲歌，遊俠之士，今皆安在？陵谷之變，良不虚也。

燕雲只有四種人多：奄竪多於縉紳，婦女多於男子，娼妓多於良家，乞丐多於商賈。至於市陌之風塵，輪蹄之紛糅，奸盜之叢錯，駔儈之出没，蓋盡人間不美之俗，不良之輩，而京師皆有之，殆古之所謂陸海者，昔人謂不如是不足爲京都，其言亦近之矣。

長安有諺語曰：「天無時不風，地無處不塵，物無所不有，人無所不爲。」

紺珠集云：「東南，天地之奥藏，其地寬柔而卑，其土薄，其水淺，其生物滋，其財富，其人剽而不重，靡食而偷生，其士懦脆而少剛，笮之則服。西北，天地之勁力，雄尊而嚴，其土高，其水寒，其生物寡，其財确，其人毅而近愚，飲淡而輕生，士沉厚而慧，撓之不屈。」此數語足盡南北之風氣，至今大略不甚異也，但南方士風近稍獰悍耳。

今國家燕都，可謂百二山河，天府之國，但其間有少不便者，漕粟仰給東南耳。運河自江而淮，自淮而黄，自黄而汶，自汶而衛，盈盈衣帶，不絶如綫，河流一涸，則西北之腹盡枵矣。元時亦輸粟以供上都，其後兼之海運，然當羣雄姦命之時，烽烟四起，運道梗絶，惟有束手就困耳。此京師之第一當慮者也。

今之運道，自元始開，由濟寧達臨清，其有功於上都不淺。而當時已有「挑動黄河天下反」之讖，則其勞民傷財，亦可知矣。但元時尚引曹州黄河之水，以濟運道。國朝因河屢決，泛溢爲害，遂塞張秋口，而自徐至臨清，專賴汶泗諸水，及泰山、萊蕪諸縣源泉以足之。諸泉涓涓如綫，遇旱輒涸，既不可得力，而汶河至分水閘又分而爲二，其勢遂微。每二三月間，水深不過尺許，雖極力挑濬，設閘啓閉，然僅可支持。倘遇一夏無雨，則枯爲陸矣。

運河之開，無風波之患，誠爲良策，而因之遂廢海運，亦非也。海上風濤不虞，數歲間一發耳，而今運河挑濬之費，閘座撈淺之工，上自部使者，下至州邑倅貳之設，其費每歲豈直鉅萬已哉。海運一行，則諸費盡可省，亦使浙直諸軍士，因之習於海戰，倭寇之來，可以截流而禦之。自海運廢，而士益憚於海矣。元時海運有三道，而至正十三年千户殷明略所開新道，自浙西至京師不旬日，尤爲便者。所當間一舉行，以濟運河之不及者也。

古者諸侯封國，自食其入，江北之地，如齊晉燕代秦諸國，士飽倉盈，不聞其仰給於江南也。如漢時與楚血戰五載，軍士糧餉，乃自關中轉輸，即武帝窮兵黷武，頻年暴師於外，亦不聞其借粟於吴楚也。至唐而始有漕運，自江而淮，自淮而河，計米一㪷，費錢七百，然貞觀、開元盛時，不聞其乏食也。至於季世，乃有「米已至陝，吾父子得生」之喜，豈非內無儲積，而枵腹待哺於外哉。宋時汴及臨安，地皆咫尺，故不聞轉餉之苦。今京師三大營、九邊數十萬軍，升合之餉，皆自漕河運致，古稱「千里運糧，士有饑色」，今乃不啻萬里矣。萬一運道有梗，何以處之？故爲今日計，則屯田之策，宜行於邊塞，而水田之利，宜興於西北濱水諸郡縣也。屯田之策，且耕且守，分番上下，不惟享其粒食，而士亦不至媮惰，蓋守禦可以老弱占籍，而力耕則非少壯不能，軍將不待汰而精矣。且有田則有塍有澮，沮洳泥濘，亦可杜胡馬奔突之患，其利又不止充口腹已也。

齊晉燕秦之地，有水去處，皆可作水田，但北人嬾耳。水田自犁地而浸種，而插秧，而薅草，而車戽，從夏訖秋，無一息得暇逸，而其收穫亦倍。余在濟南華不注山下見十數頃水田，其膏腴茂盛，逾於南方，蓋南方六七月常苦旱，而北方不患無雨故也。二策若行，十數年間，民見利而力作，倉庾充盈，便可省漕糧之半，即四方有警，而西北人心，不至搖動，京師益安於泰山矣。

黄河之水，若引之以灌田，廣開溝洫，以殺其勢，而其末流，通之運道，以濟汶泗之渴，使之散漫紆迴，從容達淮入海，不但漕運有裨，而陵寢亦無虞矣。

禹之治水，一意視水之所歸而已，隨山刊木，鑿隧通道，惟使水得所之而止，無他顧慮也。白圭戰國之時，各有分界，動起争端，能以鄰國爲壑，而鄰國不知有水患，不可謂之非奇功也。至於今日，則上護陵寢，恐其滿而溢；中護運道，恐其洩而淤；下護城郭人民，恐其湮汩而生謗怨。水本東而抑使西，水本南而强使北，且一事未成，百議蠭起，小有利害，人言叢至，雖百神禹，其如河何哉。王敬美贈潘司空詩有云「堅排衆議難於水」，亦有激哉其言之也。

黄河行徙，似有神導之，有非人力所與者。然處置得宜，精誠所格，亦可轉移，如漢武沉璧，卒塞瓠子是也。萬曆間，以寶應湖之險，别開裏湖以避之。既開而水不往注，如是者三年。一夜聞風雨聲甚厲，比曉視之，水已徙矣。

善治水者，就下之外，無它策也。但古之治水者，一意導水，視其勢之所趨而引之耳。今之治水者，既懼傷田廬，又恐壞城郭；既恐妨運道，又恐驚陵寢；既恐延日月，又欲省金錢。甚至異地之官，競護其界；異職之使，各爭其利。議論無畫一之條，利病無審酌之見。幸而苟且成功，足矣；欲保百年無事，安可得乎？

當河決歸德時，所害地方不多，時議皆欲勿塞，而相國沈公恐貽桑梓之患，故山東、河南二中丞議論不合，而廷推即以河南中丞總督河道，不使齊人有異議也。既開新河，而初開之處，深廣如式，迤邐而南，反淺而狹，議者又私憂之：「下流反淺，何以能行？況所決河廣八十餘丈，而新開僅三十丈，勢必不能容。泛溢之患，在所不免。」而一董役者奏記督府：「若河流既迴，勢若雷霆，藉其自然之勢以要衝之，何患淺者之不深乎？」督府大以爲然，遂下令放水。不知黄河濁流，下皆泥沙，流勢稍緩，下已淤過半矣。一夕水漲，魚臺、單縣、豐沛之間，皆爲魚鱉。督府聞之，驚悸暴卒。此亦宋慶曆間李仲昌之覆轍也。

治河猶禦敵也，臨機應變，豈可限以歲月？以趙營平老將滅一小羌，猶欲屯田持久，俟其自敗。癸卯開河之役，聚三十州縣正官於河壖，自秋徂冬，不得休息，每縣發丁夫三千，月給其直二千餘金，而里排親戚之運糧行裝不與焉。蓋河濱薪草米麥，一無所有，衣食之具，皆自家中運致，兩岸屯聚，計三十餘萬人，穢氣薰蒸，死者相枕藉，一丁死則行縣補其缺，及春疫氣復發，先後死者十餘萬，而河南界尤甚。役者度日如歲，安能復計久遠？況監司催督嚴急，惟欲速成，宜其草菅民命，而迄無成功也。

輿地有南戒北戒之説。北戒自積石、終南，負地絡之陰，東及太華，踰河，並雷首、砥柱、王屋、太行，北抵常山之右，乃東循塞垣，至穢貊、朝鮮，是謂北紀，所以限戎狄也。南戒自岷山、嶓冢，負地絡之陽，東及太華，連商山、熊耳、外方、桐柏，逾江濮、荆山，至於衡陽，乃東循嶺徼，達於甌閩，是謂南紀，所以限蠻夷也。此天下之大勢也。

今中國之勢，惟河與海，環而抱之。河源出崑崙星宿海，蓋極西南之方，其流北行，經洮州，又東北越亂山中，過寧夏，出塞外，始折而南，入中國，至砥柱，折而東，經中州至吕梁，犇而入淮，直抵海口。海則從遼東、朝鮮極東北界，迤邐而南，經三吴、甌、閩，折而西，直抵安南、暹羅，滇洱之界，蓋其西南盡頭，去星宿海亦當不遠矣。西北想亦當有大海環於地外，但中國之人耳目所未到也。以中國之水論之，淮以北之水河爲大，而淝也、潁也、汴也、汶也、泗也、衛也、漳也、濟也、潞也、滹沱也、灤也、沁也、洮也、渭也，皆附於河者也；淮以南〔一〕江爲大，而吴也、越也、錢唐也、曹娥也、螺女也、章貢也、漢也、湘也、賀也、左蠡也、富良也、瀾滄也，皆附於江者也。至其支流小派，北以河名而南以江名者，尚不可勝計也。而淮界其中，導南北之流而會之，以入於海，故謂之淮。淮者，滙也。四瀆之尊，淮居一焉。淮之視江河漢，大小懸絶，而與之竝列者，以其界南北而别江河也。

校勘記

〔一〕「南」，原作「北」，據文意改。

禹九河故道，今傳其名，尚有存者：徒駭在滄州，太史在南皮縣之北，馬頰在東光縣界，胡蘇在慶雲縣西南，簡潔俱在南皮城外，鈎盤在獻縣東南，鬲津在慶雲，又云在樂陵縣。考之於書，多與今不相合。酈道元謂九河、碣石皆淪於海，此蓋後世新河，傳以舊名耳，今又將併其新者而湮塞之矣。

滄州鹽山縣有丱兮城，一名千童城，相傳徐福將童男女千人入海，僑居於此，但不知福當時從天津入海耶，從膠萊入海耶？考始皇既竝渤海以東，過黄腄，窮成山，登之罘，立石瑯琊，而後遣徐市等入海，其不由鹽山明甚。後人以其近海，戲爲此名耳。

南皮舊城，一名石崇城，崇故居遺址猶在。其路西有小阜，則范丹宅也。二人生同里閈，乃一貧一富，大相懸絶如此。及異代之後，荒丘衰草，又復同歸於盡，丹未見不足，而崇未見有餘也。且丹以廉得名，而崇以財殺身，所謂身名俱泰者安在哉。每一過之，令人憮然。

京師北三山大石窩，水中産白石如玉，專以供大内及陵寢堦砌欄楯之用，柔而易琢，鏤爲龍鳳芝草之形，採盡復生。昔人謂愚父所藏燕石，當即此耶？

三國時諺曰：「寧飲建業水，不食武昌魚。寧還建業死，不止武昌居。」蓋當時形勝，自是建業爲上游，而文物之繁麗，沃野之富饒，又所不論也。鍾山龍蟠，石城虎踞，帝王之都，諸葛武侯已稱之矣。但孫氏及晉，不過百年，宋齊梁陳，爲祚愈促。我太祖定鼎創業，將垂萬禩，而再世之後，竟復北遷，豈王氣之有限耶，抑終是偏安之勢，非一統之規也？

金陵規模稍狹，鍾山太逼，而長江又太逼，前無餘地，覺無緜遠氣象。其大略彷彿甚似閩中，但閩又較偏一隅耳。

金陵鍾山，百里外望之，紫氣浮動，鬱鬱葱葱，太祖孝陵在焉，知王氣之未艾也。又城中民居，凡有小樓，東北望無不見鍾山者。其他四遠諸山，重沓環抱，劉禹錫詩「山圍故國周遭在」，高季迪「白下有山皆繞郭」是也。但有牛首一山，背城而外向，然使此山亦内繞，則無復出氣，不成都矣。

建業之似閩中有三：城中之山，半截郭外，一也；大江數重，環繞如帶，二也；四面諸山，環拱會城，三也。金陵以三吴爲東門，楚蜀爲西户；閩中以吴越爲北門，嶺表爲南府。至於阻險自固，金陵則藉水，閩中則藉山。若夫干戈擾攘之際，金陵爲必争之地，閩可畢世不被兵也。

近人有謂金陵山形散而不聚，江流去而不留，非帝王都也。其言固似太過，但天下如人一身，帝都不在元首，亦當在胸。今大一統之時，金陵在左腋下，何以運四方乎？天之北極，人君之位也，必正中而近北，則今日之燕京近之矣。江左六朝，失淮以北，則又建康爲上游，且相承正朔二百餘載矣，何不可都之有？

金陵南門名曰聚寶，相傳洪武初沈萬三所築也。沈之富甲於江南，太祖令築東南諸城，西北者未就而沈工已竣矣。太祖屢欲殺之。人言其家有聚寶盆，故能致富，沈遂聲言以盆埋城門下，以鎮王氣，故以名門云。迤東有賽公橋，云沈造數橋，自以爲能，詡其子婦，婦恚，自出己財爲之，其宏麗工緻，又倍於沈，故以賽公名也。沈後以事編置雲南，子孫仍富，或言其有點化之術耳。

金陵諸勝如鳳皇臺、杏花村、雨花臺，皆一坏黄土耳，惟攝山、石灰、牛首諸寺，宏麗無恙。城中之寺，莫飭於瓦棺；城外之寺，莫雄於天界。至於長干一望，叢林相續，金碧照目，梵唄聒耳，即西湖之繁華，長安之壯麗，未有以敵此者也。

余承乏留都比部，留都三法司省寺獨在太平門外，左鍾山而右玄武湖，出門太平隄逶迤二里許，春花夏鳥，秋月冬雪，四時景光，皆足娱人，緩轡徐行，晨入西出，嘯歌自足，忘其署之冷也。嗣是移官職方，徙北水部，衮衮馬頭塵，匆匆駒隙影耳。追思曩者，閒心樂地，詎可復得？故今宦者謂留都爲仙吏，而留都諸曹中，司寇之屬，尤爲神仙也，然不可爲巧宦者道也。

金陵有莫愁湖。莫愁，石城女子，非石頭城也。石城在古爲復州郢中，今之承天府是也。且與襄陽估客同爲一事。今人誤以爲石頭城，故并其湖而妄名之耳。

雨花臺下一派沙土中，常有五色石子，狀如鞢鞨，青碧紅緑不等，亦有極通明可愛者，不減寶石也。雨後行人往往拾得之，豈當時天所雨花，其精氣凝而爲石耶？

牛首山寺窗中見塔影，閉門則影從門罅入，其影倒見，尖反向門，塔相去甚遠，此理之不可曉者。何處無塔，何處無窗隙，而塔影未必入，即入而未必倒也。

靈谷寺乃太祖改葬寶誌之所，規制甚麗，中殿無梁，云猶是六朝所建也。有琵琶谷，拍手輒鳴，作琵琶聲。寺原有松十萬株，近爲僧衆所盗，以刀刻其皮一周，無何則枯死，輒報官而薪之，今所存不能十之一也。

太祖於金陵建十六樓，以處官伎，曰來賓，曰重譯，曰清江，曰石城，曰鶴鳴，曰醉仙，曰樂民，曰集賢，曰謳歌，曰鼓腹，曰輕烟，曰淡粉，曰梅妍，曰柳翠，曰南市，曰北市。蓋當時縉紳通得用官伎，如宋時事，不惟見盛時文罔之踈，亦足見昇平歡樂之象。今時刑法日密，吏治日操切，而粉黛歌舞〔一〕之輩，亦幾無以自存，非復盛時景象矣。王百穀送王元美詩云：「最是傷心桃葉渡，春來聞説雀堪羅。」語雖不典，然實關於國家興衰之兆，非浪語也。

校勘記

〔一〕「舞」，原作「粉」，據寶樹堂本改。

金陵秦淮一帶，夾岸樓閣，中流簫鼓，日夜不絶，蓋其繁華佳麗，自六朝以來已然矣。杜牧詩云：「商女不知亡國恨，隔江猶唱後庭花。」夫國之興亡，豈關於遊人歌妓哉。六朝以盤樂亡，而東漢以節義，宋人以理學，亦卒歸於亡耳。但使國家承平，管弦之聲不絶，亦足粧點太平，良勝悲苦呻吟之聲也。

金陵街道極寬廣，雖九軌可容。近來生齒漸蕃，民居日密，稍稍侵官道，以爲廛肆，此亦必然之勢也。天造草昧，兵火之後，餘地自多，奕世承平，户口數倍，豈能於屋上架屋，必蠶食而充拓之。官府又何愛此無用之地，而不令百姓之熙熙穰穰也？近來一二爲政者，苦欲復當時之故基，民居官署，槩欲拆毁，使流離載道，瓦礫極目，不祥之兆，莫大焉。

姑蘇雖霸國之餘習，山海之厚利，然其人儇巧而俗侈靡，不惟不可都，亦不可居也。士子習於周旋，文飾俯仰，應對嫺熟，至不可耐；而市井小人，百虚一實，舞文狙詐，不事本業。蓋視四方之人，皆以爲椎魯可笑，而獨擅巧勝之名。殊不知其巧者，乃所以爲拙也。

三吳賦税之重，甲於天下，一縣可敵江北一大郡，破家亡身者，往往有之，而閭閻不困者，何也？蓋其山海之利，所入不貲，而人之射利，無微不析，真所謂彌天之網，竟埜之罘，獸盡於山，魚窮於澤者矣。其人亦生而辯晳，即窮巷下傭，無不能言語進退者，亦其風氣使然也。

洞庭西山出太湖石，黑質白理，高逾尋丈，峰巒窟穴，賸有天然之致，不脛而走四方，其價佳者百金，劣亦不下十數金，園池中必不可無之物。而吾閩中尤艱得之，蓋阻於山嶺，非海運不能致耳。崑山石類刻玉，然不過二三尺而止，案頭物也。靈璧石扣之有聲，而佳者愈不可得。宋葉石林〔一〕自言過靈璧得石四尺許，以八百金市之，其貴亦甚矣。今時靈璧無有高四尺者，亦無有八百金之石也。

校勘記

〔一〕「石林」，原作「少林」。按得靈璧石事見葉夢得巖下放言卷三，夢得字少藴，號石林居士，作「少林」者殆牽合夢得字號而誤，因改正。

滇中大理石，白黑分明，大者七八尺，作屏風價有值百餘金者。然大理之貴，亦以其處遐荒，至中原甚費力耳。彭城山上有花斑石，紋如竹葉甚佳，而土人不知貴，若取以爲几，殊不俗也。

吾閩玉華洞石似崑山而精瑩過之，小者如拳，大者二三尺許。然多止一二面，而其背蝕土者殊粗。若得四面如一，無粗石皮傅之，其價亦不貲也。

永安溪中出石，多如懸崖倒覆之狀，土人就其勢少加斲削，置之庭前，亦自奇絶。高者五六尺許，但色枯而不吸水，故不能生苔作緑沉色，以此減價耳。

閩中白沙溪北有温泉焉，地名湯院，山上出石，脆而易琢，粗而滋水，窟宅峰巒礧磈之奇，不可名狀。閩人園中，常以此代太湖，然太湖終見石質，而湯院歲久，苔滋草生，薈蔚其上，竟可作小山矣。

嶺南英石出英德縣，峰巒聳秀，巖竇分明，無斧鑿痕，有金石聲，置之齋中，亦一奇品，但高大者不可易致。

金陵鳳凰臺上有奇石丈許，相傳李太白物，好事者又刻太白鳳凰臺詩於上，蓋亦宋人墨蹟也。楚陳玉叔官金陵，舁以歸，舟至采石，大風浪作，舟竟覆，石沉焉。豈謫仙之英魂，不欲此石落他人之手耶？亦異矣。

李德裕云：「以吾平泉一草一石與人者，非子孫也。」余謂富貴之家，脩飾園沼，必竭其物力，招致四方之奇樹怪石，窮極志願而後已。其得之也既難，則其臨終之時，必然留連眷戀，而懼子孫之不能守也。豈知子孫之賢不肖，志趣迥別，即千言萬語，安能禁其不與人哉。况富貴權力，一旦屬之他人，有欲不與人而不可得者，其爲惑滋甚矣。余治小圃，不費難得之物，每每山行，遇道旁石有姿態者，即覓人舁歸，錯置卉竹間，久而雜沓，亦覺有郊坰間趣。蓋不惟無財可辦，亦使他日易於勑斷，不作愛想也。

趙南仲愛靈璧一石，而命五百卒舁至臨安。鄭瑶得象江六怪石，而以六十萬錢輦歸滎陽。勞民傷財，至於此極，何怪艮嶽石綱，終貽北狩也。以此爲雅，不敢謂然。

山中石，掘置池畔草間，自與世間傳翫諸石氣色不同，蓋深山之中，受霧露日月之精，不爲耳目之娛，每至樹木茂密，烟靄凝浮，一種賞心，非富貴俗子所可與也。

酉陽雜俎載利州臨江寺石，得之水中，初才如拳，置佛殿中，石遂長不已，經年重四十斤。太凡石在土中水中者皆能長，但無如是之速耳。余在閩山中見一石，竇穴數尺，中空，有宋時人題詩，上半截猶可讀，下半截已爲外面所障。其石一片而生，非嵌就者，故知石能長無疑也。

嶺南有海石如羊肚，大者七八尺，然無色澤，不足貴。閩有浮石，亦類羊肚，而敗絮其中，置之水中則浮。以語它鄉人，未必信也。

零陵石燕，相傳能飛，飛即風雨，唐詩「石燕拂雲晴亦雨」是也。然是石質，斷無能飛之理。謝鴻云：「向在鄉中山寺爲學，見高巖上石有如燕狀者，因以筆記之。石爲烈日所暴，忽有驟雨過，石即衝起，往往墜地。蓋寒熱相激而迸落，非真能飛也。」此言足破千古之疑矣。山東有陽起石，煆爲粉，着紙上，日中暴熱，便能飛起。蓋此石爲陽精，相感之理，固宜爾也。其石入藥，能壯陽道。

管子曰：「齊之水道躁而復，故其民貪麤而好勇。楚之水淖弱而清，故其民輕果而賊。越之水重濁而洎，故其民愚疾而垢。秦之水泔最而稽，淤滯而雜，故其民貪戾，罔而好事。晉之水枯旱而運，淤滯而雜，故其民諂諛而葆詐，巧佞而好利。燕之水萃下而弱，沉滯而雜，故其民愚戇而好貞，輕疾而易死。宋之水輕勁而清，故其民簡易而好正。」校之於今，亦不甚然矣。大抵江北之水，迅激而濁，故其人重而悍；江南之水，委紆而洌，故其人緩而巧。至於五方之變，亦有不能盡符者，人不受命於物也。

輕水之人，多禿與癭；重水之人，多尰與躄；甘水之人，多好與美；辛水之人，多疽與痤；苦水之人，多尪與傴。余行天下，見溪水之人多清，鹹水之人多戇，險水之人多癭，苦水之人多痞，甘水之人多壽。滕嶧、南陽、易州之人，飲山水者，無不患癭，惟自鑿井飲則無患。山東東兖沿海諸州縣，井泉皆苦，其地多鹻，飲之久則患痞，惟不食麵及飲河水則無患，此不可不知也。

余在東郡久。東郡近郭諸泉皆苦，衙齋中至無一草一木，即折楊柳種之，亦皆不活，所謂不毛之地也。每雨過日曬，土花矗起如白鹽者無數。市上麵餅，皆苦水所發，食之即飲井泉，無不生痞矣。彼中嬰兒殤於此者，十常五六。而南方人尤不慣此，動罹其禍，不可救藥也。

易州、湖州之鏡，阿井之膠，成都之錦，青州之白丸子，皆以水勝耳。至於婦人女子，尤關於水，蓋天地之陰氣所凝結也。燕趙江漢之女，若耶洛浦之姝，古稱絶色，必配之以水，豈其性固亦有相宜，不聞山中之産佳麗也。吾閩建安一派溪源，自武夷九曲來，一瀉千里，清可以鑒，而建陽士女，莫不白皙輕盈，即輿儓下賤，無有蠢濁肥黑者，豈非山水之故耳。

劉伯芻之論水，以揚子中泠爲第一，次之慧山、虎丘、丹陽、大明、淞江、淮水爲七。陸竟陵之品泉，則以康王谷爲第一，次之濂水、慧山、蘭溪，以至於雪水，凡二十，而揚子中泠屈居第七矣。此果銖稱尺量不易之論耶？而所品之外，天下又果無泉可以勝此者耶？吾以爲二子之論，但據生平耳目之所及者而品第之耳。天下中川一百三十有五，小川一千二百五十有一，水泉三億三萬三千五百一十有九，而遐荒絶域者不與焉。今以一人之聞見意識，遂欲遍第天下之水，何異井蛙管豹之見也。

茶經云：「水品山水爲上，江水次之，井水爲下。」此自是定論。然山水須乳泉緩流者，又須近人村落者。若深山窮谷之中，恐有瘴霧毒蛇，不利於人，即無毒者，亦能令人發瘧，蓋其氣味與五臟不相習也。奔湍急瀨，久飲能令人癭。井水亦有絶佳者，不亞山泉。大約江水以甘勝，井水以洌勝，山水則兼甘與洌而有之者也。江北之閩地近海，井泉多鹹，人家惟用雨水烹茶，蓋取其易致而不臭腐，然須梅雨者佳。雨水不堪用者，屋瓦多糞土也。

以余耳目所及之泉，若中泠、錫山等泉，人所共賞者不載。若濟南之趵突泉，臨淄之孝婦泉，青州之范公泉，吴興之半月泉，碧浪湖水，杭州西湖龍井水，新安天都之九龍潭水，鉛山之石井寺水，觀音洞水，武夷之珠簾泉，太姥之龍井水，支提之龍潭水，閩中鼓山之喝水巖泉，冶山之龍腰水，東山之聖泉，金陵蔣山之八功德泉，攝山之珍珠泉，皆甘洌異常。其它難以枚舉，但在窮鄉遐僻，無人鑑賞耳。

客中若遇無甘泉去處，但以苦水烹之，數沸後澄至冷，去其泥滓，復烹之，即甘矣。此亦古人煉炭之法也。北方每霪雨時，取棐几滑淨者，於空中盛，倒入罌中，亦與南方雨水氣味無別也。

人生飯蠃糲，衣氈毳，皆可耐，惟無水烹茶，殊不可耐。無山水即江水，無雨水即河水，但不苦鹹，即不失正味矣。冰水雖寒，不堪烹者，不浄也。雪水易腐，雨水藏久即生孑孓，飲之有河魚之疾，而閩人重之，蓋不甚別茶也。

凡出師遇深山無泉之處，掘井一二丈不得水者，可束蘊火薰之，而密覆其上，火烟不得出，必尋泉脉隙處潛通，即它山數里外泉，皆能引而致之，烟通則泉流矣。

凡古坑有水處曰膽水，無水處曰膽土。膽水可以浸銅，膽土可以煎銅。

天下泉有一勺而不枯不溢者。夫不枯易耳，其不溢也何故，此理之不可曉者。余在蔣山見一人泉，僅盛椀許，吸盡復出。閩雪峰有應潮泉，亦僅如盌.:，東山聖泉可尺許，松根環之，千年如一日也。然此數者，猶泉脉在地中，不可見也。鼓山鳳尾亭泉，初瀉巖下，後爲神晏喝從山背而下，承一石池，方廣不逾七尺，水終日奔注其中，而不見其溢也，愈令人不可解矣。

温泉，江北惟驪山、沂州有之，江南黄山、招州有之，至吾閩中則多矣。吾郡城内外温泉共十五處，而其一在湯門外，最小而極熱，土人呼爲殺狗泉，蓋盜狗者常於此治之也。晦翁注論語，謂「魯有温泉，理或然也」，然晦翁未至魯，豈不習聞乎，而乃以理斷之，何也？

大凡温泉之發源，其下必有硃砂，或硫黄礬石，蓋天地至陽之精所結也。閩中諸泉，皆作硫黄氣，甚者薰人不可耐。人有疥者，浴之輒愈。竹木浸一宿，則終不蠹。蓋硫黄能殺諸蟲也。華清宫余未之見，然李賀詩有「華清宫中礬石湯」之句，其爲礬石無疑矣。黄山下者，萬曆戊戌秋，曾與同志諸子共浴其中，方廣丈許，上有石屋覆之，其底皆白沙，沙熱，足不能久住，所浴垢膩自流於外，都不煩人力也，亦無硫黄氣，相傳硃砂在其下。一日有樵子早過之，見泉水赤如血砂，片若桃花者，浮滿水面，驚怪，歸以語人。翌日鄰里競往視之，則無所見矣。浴久令人骨節怠緩不收，蓋居深山中，去城市僻遠，非若閩中之穢雜也。

淄澠之合，易牙嘗而知之，李德裕知石頭城下水非金山泉，陸羽知揚子江臨岸水非南泠，蒲元知涪水與江水之雜，皆神鑒也。竊怪水之投水，自當混而爲一，乃揚杓傾盆至半，知其自此始爲南泠，豈真有限界而不亂耶？吾郡海水通河，河淡而海鹹，隨潮上下，二水之魚，交入輒死，迺知水自不混，但恐交接之處不能截然耳。

登州海上有蜃氣，時結爲樓臺，謂之海市。余謂此海氣，非蜃氣也。大凡海水之精，多結而成形，散而成光。凡海中之物，得其氣久者，皆能變幻，不獨蜃也。余家海濱，每秋月極明，水天一色，萬頃無波，海中蚌蛤車螯之屬，大者如斗，吐珠與月光相射，倏忽吐成城市樓閣，截流而渡，杳杳至不可見方没。海濱之人，亦習以爲常，不知異也。至於蚌蛸蛆蠣之屬，積殼厨下，暗中皆生光尺許，就視之，熒熒然，其爲海水之氣無疑矣。

宋時巨室治園作假山，多用雄黄焰硝和土築之。蓋雄黄能辟虺蛇，焰硝能生烟霧，每陰雨之候，雲氣滃鬱，如真山矣。

假山之戲，當在江北無山之所，裝點一二，以當卧遊。若在南方，出門皆真山真水，隨意所擇，築菟裘而老焉。或映古木，或對奇峰，或俯清流，或踞磐石，主客之景皆佳，四時之賞不絶，即善繪者不能圖其一二，又何疊石累土之工所敢望乎？

假山須用山石，大小高下，隨宜布置，不可斧鑿。蓋石去其皮便枯槁，不復潤澤生莓苔也。太湖錦川雖不可無，但可粧點一二耳。若純是難得奇品，終覺粉飾太勝，無復丘壑天然之致矣。余每見人園池，踞名山之勝，必壅蔽以亭榭，粧砌以文石，繚繞以曲房，堆疊以尖峰，甚至猥聯惡額，累累相望，徒滋勝地之不幸，貽山靈之嘔噦耳。此非江南之賈豎，必江北之閹宦也。

西京雜記載：「茂陵富人袁廣漢築園，四五里，激流水注其内，構〔一〕石爲山，高十餘丈。」此假山之始也。然石初不甚擇。至宋宣和時，朱勔、童貫以花石娱人主意，如靈璧一石，高至二十餘丈，周圍稱是，千夫舁之不動；艮嶽一石，高四丨餘丈，封爲盤固侯，石自此重矣。李文叔洛陽名園記十有九所，始於富鄭公，而終於吕文穆，其中多言花木池臺之盛。而其所謂山，如王開府宅、水北胡氏二園者，皆據嵩少、北邙之麓以爲勝，則知時未尚假山也。自宣和作俑，而後人争效之，然北人目未見山而不知作，南人舍真山而僞爲之，其蔽甚矣。

校勘記

〔一〕「構」，原作「搆」，據西京雜記卷三改。

吴中假山，上石畢具之外，倩一妙手作之，及舁築之費，非千金不可，然在作者工拙何如。工者事事有致，景不重疊，石不反背，疎密得宜，高下合作，人工之中，不失天然，偪側之地，又含野意，勿瑣碎而可厭，勿整齊而近俗，勿誇多鬭麗，勿太巧喪真，令人終歲游息而不厭，斯得之矣。大率石易得，水難得，古木大樹，尤難得也。

王氏弇州園，石高者三丈許，至毁城門而入，然亦近於淫矣。洛陽名園以苗帥者爲第一，據稱「大樹百尺對峙，望之如山。竹萬餘竿。有水東來，可浮十石舟。有大松七，水環繞之」。即此數語，勝槩已自壓天下矣。乃知古人創造，皆極天然之致，非若今富貴家，但鬭鉅麗已也。

紈袴大賈，非無臺沼之樂，而不傳於世者，不足傳也。拘儒俗吏，極意脩飾，以自娛奉，而中多可憎者，胸無丘壑也。文人墨士，有魚鳥之致，山林之賞，而家徒四壁，貧不可爲悦也。窮鄉瀉壤沙塞，陋域空藏白鏹，而無一竹一石可供吟嘯者，地限之也。幸而兼此四者，所得於造物侈矣，而猶然逐於聲利，眈於仕進，生行死歸，它人入室，不亦可歎之甚哉。

唐裴晉公湖園，宏邃勝槩，甲於天下。司馬温公獨樂園，卑小不過十數椽，然當其功成名遂，快然自適，則晉公未始有餘，而温公未始不足也。況以晉公之勳業，當時文人已有「破盡千家作一池」之誚，而温公之園亦儼然與洛中諸名園竝列而無慙色，乃知傳世之具，在彼不在此，苟可以自適而止矣，不必更求贏餘也。

吾閩窮民，有以淘沙爲業者，每得小石有峰巒巖穴者，悉置庭中。久之，甃土爲池，疊蠣房爲山，置石其上，作武夷九曲之勢，三十六峰，森列相向，而書晦翁棹歌於上，字如蠅頭，池如杯盤，山如筆架，水環其中，蜆蛳爲之舟，琢瓦爲之橋，殊肖也。余謂仙人在雲中，下視武夷，不過如此。以一賤傭，乃能匠心經營，以娱耳目若此，其胸中丘壑，不當勝紈袴子十倍耶？

名園記水北胡氏園，其名皆可笑。如其臺，四望百餘里，縈伊繚洛，雲烟掩映，使畫工極思，不可圖畫，而名之曰玩月臺。有庵在松檜藤葛之中，闢旁牖，則臺之所見，亦畢備於前，而名之曰學古庵。乃知此失古人已有之，但不如今人之多耳。今人之扁額又非甚不通者，但俗惡耳。入門曲逕，首揭「城市山林」；臨池水檻，必曰「天光雲影」。「濠濮想」

多見魚塘，「水竹居」必施�塢。「日涉」「市隱」，屢見園名；「環翠」「來雲」，皆爲樓額。至於俗聯，尤不可耐，當借咸陽一炬了之耳。此失閩最多，江右次之，吴中差少。

余在德平葛尚寶園見木假山一座，巖洞峰巒，皆木頭疊成，不用片石抔土也。余奇而賞之，爲再引滿，因笑謂葛君：「歲久而朽，奈何？」答曰：「此土中之根，非百年不朽也。吾園能保百年乎？」余更賞其達。時萬曆壬寅元日也。

魏武帝於鄴城西北築三臺，中名銅雀，南名金虎，北名冰井，皆高八九丈，有屋百餘間。今人但知有銅雀，而不知更有二臺也。

萬曆癸丑四月望日，與崔徵仲孝廉登張秋之戊己山，酒間徵以支干命名者。徵仲言：「有子午谷，丁戊山，二酉室。」余言：「秦有子午臺，見拾遺記。楚有丙穴。漢有戊己校尉，又有庚辛之枋，甲乙之帳，丙舍，子夜，甲第，辛盤。」徵仲言：「有屈戌，午道，白丁，壬人。」余言：「尚有乙榜及呼庚癸者。」時徵仲下第貧乏，大笑而已。歸途馬上，思唐詩有「午橋羣吏散，亥字老人迎〔一〕」，亦可補一闕也。

校勘記

〔一〕「迎」，原作「近」，據劉禹錫送河南皇甫少尹赴絳州詩改。

濮州有愁臺，陳思王故址也。長安有訟臺，韋庶人所作也。楚有思臺，樊姬墓也。漢有望思臺，武帝爲戾太子作也；有靈夢臺，爲李夫人作也。周有誃臺，景王作也。誃之爲言，離也。此皆以情名者也。

帝王苑囿臺觀之樂，誠不能無，蓋自土堦茅茨，不可復得，而靈臺靈囿，文王之聖，已不廢矣。如唐太宗之九成宫，明皇之驪山温泉，此其樂在山川者也。宋高宗疊石以像飛來，激水以爲冷泉，此其樂在工巧者也。宣和艮嶽，窮極人間怪木奇石，珍禽異獸，深秋中夜，凄凉之聲四徹，此其樂在玩物者也。始皇阿房千萬間，武帝上林苑中離宫七十所，煬帝西苑三百里，此其樂在宏麗者也。東昏爲芳樂苑，當暑種樹，朝種夕死，細草名花，至便焦燥，紛紜無已，山石皆塗采色，諸樓壁悉畫男女私褻之像，其殺風景甚矣，此其所以爲東昏也。

縉紳喜治第宅，亦是一蔽。當其壯年歷仕，或鞅掌王事，或家計未立，行樂之光景，皆已蹉跎過盡，及其官罷年衰，囊橐滿盈，然後窮極土木，廣侈華麗，以明得志，曾幾何時，而溘先朝露矣。余鄉一先達，起家鄉薦，官至太守，貲累巨萬，家居繕治第宅，甲於一郡，材具工匠，皆越數百里外致之，甫落成而身死，妻亦死，子女争奪，肉未寒而券入他人之手矣。每語子弟，可爲永鑒也。

郭汾陽治第，謂工人曰：「好築此牆，勿令不牢。」築者釋錘而對曰：「數十年來，京城達官家牆，皆是某所築。今某死，某亡，某敗，某絶，人自改换，牆固無恙。」令公聞之，惕然動心，即日請老。噫，賢哉工人之言，達哉令公之見也。

精巧愈甚，則失勢之日，人之瞰之也愈急，是速其敗也。價值愈高，則貧乏之日，人之市之也愈難，是益其累也。況致富之家，多不以道，子孫速敗，自是常理。冷眼旁觀，可爲嘆息。

宋王君貺拜三司，方二十七歲，即在洛起宅，至八十歲而宅終不成。子舍早世，惟一孫居之，不能十分之一。富鄭公亦起大宅，而無子，族子紹定居之，而紹定又無子。二公皆宋名臣，而不能勘破此關，況今世哉。

古人觀室者，周其寢廟，又適其偃焉。偃者，厠也。厠雖穢濁之所，而古人重之。今大江以北人家，不復作厠矣。古之人君，便必如厠，如晉景公如厠陷而卒，漢武帝如厠見衛青，北齊文宣令宰相楊愔進厠籌，非如今凈器之便也。但江南作厠，皆以與農夫交易。江北無水田，故糞無所用，俟其地上乾，然後和土以溉田。京師則停溝中，俟春而後發之，暴日中，其穢氣不可近，人暴觸之輒病，又何如奏厠之便乎？

武帝如厠見衛青，解者必曲爲之説，此殊可笑。史之記此，政甚言帝之慢大臣，以見其敬黯耳。若非溷厠，史何必書？衛青，公主馬前奴也，官雖尊貴，帝狎之久矣。文宣令宰相進厠籌，武帝之如厠見大將軍，亦何足怪？唐郭汾陽將校官至節度使封侯，皆趨走執役於前，夫人小女，至令捧湯持帨，則帝之如厠見青，固狎愛之至，而亦青之所以自全也。石崇厠上有絳紗帳大牀，茵蓐甚麗，兩婢持香囊，則帝王之厠可知，豈比窮措大糞穢狼藉、蠅蛆縱横者，而不可屈大將軍一見乎？

「閣」與「閤」，世人多混用之。閣，夾室也，以板爲之，亦樓觀之通名也。內則「天子之閣，左達五，右達五」，蓋古人制此以庋飲食之所，即今房中之板閣，而後乃廣其制，爲天禄、凌烟等名，或以藏書，或以繪像，或以爲登眺遊覽之所，此樓閣之閣也。閤者，門旁小户也。漢公孫弘開東閤以延賢人，蓋避當門，而東向開一小門引賓客，以别於官屬，即今官署脚門，旁有延賓館是也。韓延壽爲太守，閉閤思過，即如今閉脚門不聽官屬入耳。唐正衙日唤仗入閤，則百官亦隨以入，謂之入閤，蓋中門不啓而開脚門也。然則夾室謂之閣，傍門爲之閤，義自昭然。漢三公黄閤注：「不敢洞開朱門，以别於人主，故黄其閤。」今國家設文淵閣藏書，而大學士主之，故謂之閣老。若以黄閤東閤之義言之，亦可謂之閤老耳。

爾雅「小閨謂之閤」，閨即門也，故金門亦謂金閨，處子謂之閨女，以其處門内也。今人閨閤槩作閨閣，至以朝廷東閣亦巍然揭東閣之額，而不覺其非，蓋「黄閣老」子美詩已誤用之矣。今若稱「閣下」爲「閤下」，舉世有不笑之者耶？

紫微原爲帝星，以其政事之所從出，故中書省亦謂之紫微，而舍人爲紫微郎。白樂天「紫薇花對紫微郎」者，以其音之偶同，戲用之耳。今各處藩省，多揭紫薇爲堂名，而參知署額多稱薇省分署者，習而不覺其非也。

古者官舍槩謂之省寺。漢書何竝傳：「王林卿度涇橋，令騎奴還至寺門，拔刀剥其建鼓。」唐制中書、兩府謂之三省。宋惟有中書省。國朝去中書，而外藩司原有行省之設，故俗謂之十三省云。寺則一二九卿，如大理、光禄之類，蓋亦仍其舊稱。而佛宫槩謂之寺矣，相傳起於漢明帝崇重佛教化，比於公卿之爵，故以寺名其居。今則非勑賜者，不得稱也。

孟子「德之流行，速於置郵而傳命」，注：「置，驛也；郵，馹也，所以傳命也。」今人驛與馹多通用，而不知其異也。按馬傳曰置，步傳曰郵。置者，驛馬也；郵者，鋪遞也。既言置，又言郵，蓋亦當時俗語，如今言驛鋪也。至廣雅解云「置，驛也。郵，亦驛也」，則誤以馹爲驛也。

古者乘傳皆驛車也。史記「田横與客二人乘傳詣雒陽」，注：「四馬高足爲置傳，四馬中足爲馳傳，四馬下足爲乘傳。」然鄭子產乘遽而至，則似單馬騎矣。釋文以車曰傳，以馬曰遽，子產時相鄭國，豈乏車乎？懼不及，故乘遽，其爲驛馬無疑矣。漢初尚乘傳車，如鄭當時、王温舒皆私具驛馬，後患其不速，一槩乘馬矣。

閩中方言家中小巷謂之弄，南史「東昏侯遇弒於西弄」，弄即巷也。元經世大典謂之火衖，今京師訛爲衚衕。

佛典「一弓爲四肘，五百弓爲一拘盧舍」，王荆公詩「卧占寬閒五百弓」，五百弓四里也。今閩中量田尚用弓，云四步爲一弓，而它處人無知之者，此亦古法之遺也。又佛地以二畝爲雙，皇華老人詩「招客先開四十雙」是也，而今絶無知者。

詩「及爾同僚」，左傳「同官曰寮」，注「寮，小窻也」，蓋取同舍之義。然古「僚」通作「寮」，書「百僚師師」，僚之爲言臣也。釋文「僚，賤隸之稱」，左傳「泉丘人女奔孟僖子，其僚從之」，則僚不過朋儕之義，故其字從人寮聲，詩之所謂同僚者，恐亦如是。後人見其從室，遂引僧寮綺寮之義以證之，不知「同寮」可作「同僚」，而「僧寮」不可作「僧僚」也。

歲時記「務本坊西門有鬼市，冬夜嘗聞賣乾柴聲」，是鬼自爲市也。番禺雜記：「海邊時有鬼市，半夜而合，雞鳴而散。人與交易，多得異物。」又濟瀆廟神嘗與人交易，以契券投池中，金輒如數浮出，牛馬百物，皆可假借。趙州廉頗墓亦然，是鬼與人市也。秦始皇作地市，令生人不得欺死人，是人與鬼市也。

嶺南之市謂之虛，言滿時少、虛時多也。西蜀謂之亥，亥者，痎也；痎者，瘧也，言間日一作也。山東人謂之集，每集則百貨俱陳，四遠競湊，大至騾馬牛羊、奴婢妻子，小至斗粟尺布，必於其日聚焉，謂之趕集。嶺南謂之趁虛，而嶺南多婦人爲市，又一奇也。京師朔望及二十五，俱於城隍廟爲市，它時散處各方，而至此日皆合爲一市者，亦甚便之。而京師間有異物奇寶，郎曹入直之暇，下馬巡行，冠帶相錯，不禁也。初四、十四、二十四等日，則於東皇城之北有集，謂之内市，多是内人贏餘之物，不及廟中之多也。至每歲正月十一日起，至十八日止，則在東華門外，迤逦極東，陳設十餘里，謂之燈市，凡天下瓌奇鉅麗之觀，畢集於是，視廟中又盛矣。

燈市雖無所不有，然其大端有二：紈素珠玉多，宜於婦人，一也；華麗妝飾多，宜於貴戚，二也；舍是則猥雜器用飲食與假古銅器耳。余在燕都，四度燈市，日日遊戲，欲覓一古書古畫，竟不可得，真所謂入寶山而空手却回，良以自笑也。

左傳曰「都鄙有章」，都，城郭也；鄙，鄉村也。故都訓美，鄙訓俗。淮南子曰「始乎都者，常卒乎鄙」，亦猶朝市之分君子小人也。

五雜組卷之四

地部二

蜀江油有左擔道，爲其道至險，擔其左者，不得易至右也。漢書西南夷傳滇池「秦時嘗破，略通五尺道」，謂其險厄才五尺也。西域傳烏秅國「其西則有縣度」，謂懸繩而度也。今天下莫險於棧道，然直指使者行部，肩輿安穩，豈復王陽迴馭時乎？

閩中自浙之江山入度仙霞嶺，亦自險絶，北人度汗津津下矣。余己丑夏下第，適天欲雨，瞑雲四合，與徐惟和自絶頂直趨至平地，而後雨作，要其險豈能敵白鶴嶺之半乎？若登山遊眺，險尚有什百於此者，韓昌黎慟哭，不足爲奇也。

平生遊山所歷，當以方廣巖靈羊谷爲第一險。仰倚絶壁，下臨無際，既無藤葛可攀，途僅尺許，而又外傾，且爲水簾所噴，崎嶇苔滑，就其傍睨之，膽已落矣。余與諸友奴僕六七人，僅一小奴過之，然幾不能返，面無人色矣。武夷折筍，余少時登之，殊不爲意，蓋梯幹甚偉，險處又有鐵絙可攀，自不至失足耳。但既過險，龍脊上甚難行，亦强弩之末勢也。

華山余未之登，讀王恒叔遊記，知其險甲於諸岳，亦在龍脊上難行耳。天台石梁，不過獨木橋之類，人自氣懾耳，無崩朽之虞也。閩鼓山白雲洞，石磴七百級，望之如登天，然不過苦諸縉紳公子體脂骨弱者耳。許掾得此，自當無苦也。

新安黄山深處，由石牌樓達海子，有積沙岸丈許，人疾過之則濟，少駐足，沙便崩，余不敢度也。潘景升笑而踐之，行二三步而崩，大呼求救，土人掖之以還，面如死灰云。余笑謂：「不爾，幾作嬴政崩沙丘矣。」友人王玉生過靈羊谷亦然，歸家病幾一月。如此奇僻，可作昌黎後身，然食肉不食馬肝，未爲不知味也。

余游四方名山，無險不届，竝未失足。壬子秋過吕亭驛一板橋，去地二丈餘，中道而折，四輿人及余皆殞地，其不爲虀粉者，以下皆積沙也。始知人不隤於山而隤於垤，禍每生於所忽也。

南昌滕王閣序既云「星分翼軫」，又云「龍光射斗牛之墟」。翼軫、斗牛，相距甚遠，必有一謬。

荆州黄牛峽下有查波灘，宋寇萊公謫巴東，舟經此灘，聞水中人語，出視之，見一裸體者爲之挽舟，公叱之，曰：「我黄魔神也。公異日當大用，故爲公挽舟耳，但裸體不敢相見。」公以錦袄投之，神即披袄再拜，冉冉而去。

夷陵龍角山有石穴，窅黑無際，其中有二巨石，相對而立，中間丈許，名陰陽石。陰石常濕，陽石常燥。每水旱不調，居民具儀從入穴中，旱則鞭陰石，潦則鞭陽石，無不應時而止。但鞭者不出三年必死，故人不敢爲也。

松滋縣南九十里有竹泉，宋政和初，有僧濬井得竹筆，後黄庭堅謫黔過之，視筆曰：「此吾過峽中蝦蟇背所墜也。」後其筆忽成竹，始知此泉與峽水通也。

荆州濟江西岸有地肺，洪潦常浮不没，其狀若肺焉，故名。駱賓王吸金丹於地肺，即此也。或云終南山亦曰地肺，一云太一山。

山海經「鯀竊帝之息壤，以湮洪水」，今江陵南門有息壤祠云。息壤，石也，而狀若城郭。唐元和中，裴宇牧荆州，陰雨彌旬不止，有道士歐陽獻謂宇曰：「公曾得一石室乎？瘞之則雨止矣。」宇驚曰：「有之，但已棄竹籬外矣。」覓而瘞之，雨即止。後人有發之者，輒致淋雨。蘇軾序云：「今江陵南門外有石狀若宅，陷地中，而猶見其脊，旁有石記云：『不可犯畚鍤，以致雷雨。』後失其處。」萬曆壬午，新築南門城，乃復得而瘞之，置祠其上。

匡續，字子孝，周武王時人，廬於潯陽山中。後威烈王以安車迎續，續仙去，惟廬存。故命其山爲廬山，亦曰匡山也。

黄州東百里有孔子山，相傳孔子適楚，嘗登此山。上有坐石，草木不侵。有硯石，每雨輒有墨水流出。

汴有老圃紀姓者，一鉏庇三十口，病篤，呼子孫戒曰：「此二十畝地，便是青銅海也。」此與舌畊研田何異？

洞天福地記所言里數多誕，如云泰山周迴三千里，霍林洞大亦三千里之類。今計其地，才百分之一耳。或以列真所居分治之域論耶？其說殆不可曉。

杜少陵文：「九天之雲下垂，四海之水皆立。」坡詩：「天外黑風吹海立。」余從祖司農公杰以大行奉使過海，中流有龍見焉，倒垂雲際，距水尚百許丈，而水湧起如炊烟，直與相接，人見之歷歷可辨也。始信水立之語非妄。

正德中，順天文安縣水忽僵立。是日天大寒，遂凍爲冰柱，高五六丈，四圍亦如之，中空而旁有穴，凝結甚固。逾數日，流賊劉六、劉七等殺掠過此，民大小老弱相率入冰穴中避之，賴以全活者甚衆。此亦古今所未見之異也。

金陵鍾山有八功德水，相傳梁天監中胡僧曇隱所甃也。其泉一清，二冷，三香，四柔，五甘，六浄，七不饐〔一〕，八蠲疴，故名「八功德」。

校勘記

〔一〕「饐」，原作「饁」，據太平寰宇記卷九十改。

七發云「觀濤於廣陵之曲江」，廣陵今揚州也。揚州之濤，殊不足觀。漢時吴、越、錢塘皆屬揚州，或者曲江之濤即指西陵之潮耳。況廣陵之江，一望而盡，非曲江也。

成都有天涯、海角二石。天涯石在中興寺，故老傳云，人坐其上，則脚腫不能行。至今人不敢踐履。地角石在羅城内西北隅角，高三尺餘，舊有廟，王均之亂，爲守門者所壞，今不復存矣。

劉驎之採藥至衡山，深入忘返，見有一澗水，水南有二石囷，一囷閉，一囷開，水深廣不得過，欲還失道，遇〔一〕伐弓人問徑，僅得還家。或説囷中皆仙靈方藥諸雜物，驎之欲更尋索，終不知處也。此與王烈、嵇叔夜事相類，名山洞府信有之。

校勘記

〔一〕「遇」，原作「偶」，據搜神後記卷一改。

宋崇寧中鑄九鼎，用金甚厚，取九州水土内鼎中，既奉安於九成宫，車駕臨幸徧禮焉。至北方之寶鼎，忽漏水溢於外。劉炳謬曰：「正北在燕山，今寶鼎但取水土於雄州境，宜不可用。」其後竟以北方致亂。

建炎三年，吉州脩城，役夫得髑髏，棄水中。俄浮一鐘，有銘五十六字云：「唐興元年吾子没，瘞盧陵西壘。後當火德五九之際，世衰道敗，浙梁相繼喪亂。章貢康昌之日，吾亦復出是邦，東平鳩工，復使吾子同河伯聽命水官。」郡守命録其詞，録畢而鐘自碎。

張唐英謂姚璹乃與洛水進赤石者同等，楊用脩引唐語林：「武后時争獻祥瑞，洛濱居民有得石而剖之中赤者，獻於后，曰：『是石有赤心。』李日知曰：『此石有赤心，其餘豈皆謀反耶？』唐英所引蓋此事。語林罕傳，人亦鮮知。」余按此事載唐書李昭德傳中甚明，固非語林，亦非李日知事也。余髫時讀史，即知有此，用脩乃以爲新聞耶？

濟南有二奇焉：趵突泉從地中涌起六七尺者數處，冬夏不竭，流而成河。華不注山亦從地中突起，傍無丘陵縣亘，遠望之若浮圖焉。其上亂石縱横，如人工所堆疊，皆奇觀也。

嶧山多石，黝黑色，從下望之，簇簇如筍然。山徑皆緣石行，或俛出其下。石之下皆沙也，石附沙以自固，久之沙爲風雨摧剥漸盡，竄穴競開，石亦不能自立，常有自山巔隕至田中者，譬之米中雞子，米盡則靡矣。葉福唐相君爲南宗伯時游此，政值石墜，滚至前僅丈餘而止，稍進則齏粉矣。此亦游者所當戒也。

秦始皇泰山立無字碑，解者紛紜不定，或以爲碑函，或以爲鎮石，或以爲欲刻而未成，或以爲表望，皆臆説也。余親至其地，周環巡視，以爲表望者近是。蓋其石雖高大，而厚與凡碑等，必非函也。此石既非山中所産，又非尋常勒字之石，上有芝蓋，下有趺坐，儼然成具，非未刻之石也。考之史記，始皇以二十八年上泰山，「立石，封，祠祀。下，風雨暴至，休於樹下，因封其樹爲五大夫。禪梁父，刻所立石，其辭」云云，則泰山之石已刻矣。今元君祠旁公署中尚有斷碑二十九字，此疑即所刻之石也。然則片石之樹其巔，爲祠祀表望，明矣。

泰山之稱雄於江北，亦無佛處稱尊耳。齊魯之地，曠野千里，岡陵丘阜，詫以爲奇，而岱宗巍然，障大海而控中原，其氣象雄偉，莫之與京，固宜爲羣岳之宗也。又岱爲東方主發生之地，故祈嗣者必禱於是，而其後乃傅會爲碧霞元君之神，以誑愚俗。故古之祠泰山者爲嶽也，而今之祠泰山者爲元君也。嶽不能自有其尊，而令它姓女主偃然據其上，而奔走四方之人，其倒置亦甚矣。

有死而後有生，故泰山之有蒿里山也，酆都城也，十王殿也，皆爲受生而設也。余竊以爲東方主生，西方主殺，各有司存，豈宜竝用？酆都業在西方，則受死之籍，當歸金天。華嶽雖相去萬里，而造化視之，不過左右手耳。愚民貪生而又畏死，故祝延者與求胤者，香火相望。要之，生可祈也，死亦可祈也；死不可免也，則生亦不必禱也。況不知寡欲而求生子，不知行善而求延年，民之大惑也。

藏經云：「泰山爲天帝之孫，爲五岳祖，主掌人間生死脩短。」此俗說之鼻祖也。然天帝豈應有孫，不過以東方震旦之地，有「帝出乎震」之說而附會之耳。

渡江以北，齊晉燕秦楚洛諸民，無不往泰山進香者，其齋戒盛服，虔心一志，不約而同，即村婦山甿，皆持戒念佛，若臨之在上者，云稍有不潔，即有疾病及顛蹶之患。及禱祠以畢，下山舍逆旅，則居停親識，皆爲開齋，宰殺狼籍，醉舞喧呶，孌童歌倡，無不狎矣。夫既不能脩善於平日，而又不能敬謹於事後，則其持戒念佛，不過以欺神明耳，曾謂泰山不如林放乎？

均州之太和山，萬方士女，駢闐輻湊，不減泰山，然多閩浙江右嶺蜀諸人，與元君雄視，無異南北朝矣。而均州諸黄冠千數，放縱無忌，此則岱宗所無也。

武當、元君二祠，國家歲籍其香錢，常數萬緡，官入之以給諸司俸禄，不獨從民之便，而亦籍神之貺矣。然官吏餼廩，自當有惟正之供，取足於此，似爲不經。似當入之本州，以爲往來厨傳之費，免加派之丁糧，則善矣。今泰山四九二月之終，藩省輒遣一正官至殿中，親自檢閲，籍登其數，從者二人，出入搜索，如防盜然，謂之掃殿，而袍帳化生俚褻之物，皆折作官俸，殊不雅也。武當亦然。

齊雲僻處萬山之中，故進香者少，所入則黄冠槖中物耳。其軒轎供應之費，亦道官主之，故邑人差不累也。然齊雲實無奇，奇者天門與石橋巖耳，而遊者又多未之及也。

遊山不藉仕宦，則厨傳輿儓之費無所出，而仕宦遊山，又極不便。侍從既多，不得自如，一也；供億既繁，彼此不安，二也；呵殿之聲，既殺風景，冠裳之體，復難袒跣，三也。輿人從者，憚於遠涉；羽士僧衆，但欲速了。嶮巇之道，恐舁大之誶語；奇絕之景，懼後來之開端。相率導引於常所經行而止，至於妙蹤勝賞，十不能得其一二也。故遊山者須藉同調地主，或要丘壑高僧，策杖扶藜，惟意所適。一境在旁，勿便錯過；一步未了，莫憚向前。寧緩毋速，寧困毋逸。寧到頭而無所得，毋中道而生厭怠。携友勿太多，多則意趣不同；資糧勿太慳，慳則意興中敗。勤幹見解之奴，常鼓其勇；富厚好事之主，時借其力。勿偕酒人，勿携孱伴。每到境界，切須領略；時置筆硯，以備遺忘。此遊山之大都也。

天下丘壑，無如閩中之多者，即生長其中，不能盡識也。閩粵西山水之奇，甲於宇内，每問其土人，云：「出門皆山，而山皆洞，委蛇屈曲里許者，不可數計也。」吾閩城内外諸山皆有之，但無好事者搜剔之耳。

山川須生得其地，若在窮鄉僻壤、輪蹄絕跡之處，埋没不稱者多矣。如姑蘇之虎丘，鄒之大嶧，培塿何足言，而地當舟車之會，遂令遊詠讚賞，千載不絶。豈非有幸不幸耶。山莫高於峨眉，莫秀於天都，莫險於太華，莫大於終南，莫奇於金山〔一〕華不注，莫巧於武夷，其它鴈行而已。峨眉之巔有積雪，武夷半壁有仙舟，華不注地中崛起，天都面面蓮花，苟不親見以語人，未必信也。

校勘記

〔一〕金山當即金輿山，華不注山一名金輿山。

鴈蕩瀑布無聲，故自奇絶。閩中水簾數處皆無聲，蓋巖腰凹而水噴空，則爲水簾，自不能奔號也。水簾奇於瀑布。吾閩四山皆瀑也，而黃巖峰瀑布數百里外皆望見如疋練焉。余又在黃山見九龍潭水，從絶頂分爲三而下，至半腰合流，又三分之，如是者三始至地，望之如雜佩然，亦一奇也。

峨眉雖六月必具單夾絮衣而登，其下猶炎暑也，至半山則御夾衣，絶頂則着絮矣。過十月則不可登，道爲雪封，且寒甚也。其山本以兩峰相對，如蛾眉然，故名。蛾字當從虫，不當從山也。

峨眉之巔，四望無與頡頏者，惟正東有一點青色如烟，相傳匡廬山也。然廬山未必便高於諸岳，又況九江地下，即高不能敵西北方也。西北地勢，視東南已高與山齊矣，此非臆説也。山東濟寧分水閘，北距臨清僅三百七十里，地高九十尺，南距徐州僅四百里，地高一百十有六尺，以川江之勢度之，其建瓴之勢，一日千里，豈直千仞而已哉。

吾閩俗謂延平之水高與鼓山平，然未有以試也。萬曆己酉夏，大水驟至，城中漲溢，水從南門出，高二丈許，門闉僅露一抹，如蛾眉然。余居距門百餘武，庭中水僅四五尺，東折至鼇峰下則無水矣。相距半里許，而地形高下，已逾二丈，尋常行路，殊不爲覺，始信人言不誣也。昔人謂桂林之壤視長沙、番禺高千尺，理固然耳。

水固常有鬭者。春秋書「穀洛鬭，毀王宮」，竹書紀年載：「洛伯用與河伯馮夷鬭。」竹書或誕妄不經，春秋聖人之筆，不可誣也。宋史五行志載：「高宗紹興十四年，樂平縣河決，衝田數百頃，田中水自起立，如爲物所吸者，高地數尺，不假隄防而水自行。里南程家井水亦高數尺，夭矯如虹，聲若雷霆，穿牆毀樓而出，二水鬭於杉墩，且前且卻，十餘刻乃解，各復其故。」説海紀：「貴州普定衛有二水，一曰滚塘寨，一曰鬧蛙池，相近前後。

吳人從軍至此，夜聞水聲搏激，既而其響益大。居人開户視之，波濤噴面，不可逼近，坐以伺旦。及明聲息，二水一涸一溢，人以爲水鬭。」此亦古今所有，不足異也。按紀年所紀洛伯、河伯乃二諸侯也，而後世傅會之，遂以馮夷爲河伯之名。并識於此。

天下海潮之來，皆以漸次。余家海濱，每乘潮汐渡馬江，舟中初不覺也。鹽官潮來，則稍拍岸，激石成聲，與長溪松山下潮相似。惟錢唐則不然，初望之一片青氣，稍近則茫茫白色，其聲如雷，其勢如山，吼擲狂奔，一瞬至岸，如崩山倒屋之狀，三躍而定，則横江千里，水天一色矣。近岸一帶人居，潮至浪花直噴屋上，簷溜倒傾，若驟雨然，初觀之，亦令人心悸，其景界甚似扁舟犯怒漲下黯淡灘時也。

海中波浪，人所稀見，即和風安瀾時，其傾側簸蕩，尤勝洞庭、揚子怒濤十倍也。封琉球之舟，大如五間屋，重底牢固。其桅皆合抱堅木，上下鐵箍，一試海上，半日板裂箍斷，雖水居善没之人，未習過海者，入舟輒暈眩，嘔噦狼籍。使者所居皆懸牀，任其傾倒，而牀體常平，然猶暈悸不能飲食，蓋其曠蕩無際，無日不風，無時不浪也。觀海者難爲水，詎不信然。

浙之寧紹温台，閩之漳泉，廣之惠潮，其人皆習於海，造小舟僅一圭竇，人以次入其中，瞑黑不能外視一物，任其所之，達岸乃出之。不習水者附其舟，暈眩幾死，至三日後，長年以篙頭水飲之始定。蓋自姑蘇一帶，沿海行至閩廣，風便不須三五日也。

海上操舟者，初不過取捷徑，往來貿易耳。久之漸習，遂之夷國，東則朝鮮，東南則琉球、旅宋，南則安南、占城，西南則滿刺迦、暹羅，彼此互市，若比鄰然。又久之，遂至日本矣。夏去秋來，率以爲常，所得不貲，什九起家。於是射利愚民，輻輳競趨，以爲奇貨，而榷采之中使，利其往來税課，以便漁獵。縱令有司給符繻與之，初未始不以屬夷爲名，及至出洋，乘風挂帆，飄然長往矣。近時當事者雖爲之厲禁，誅首惡一二人，然中使尚在，禍源未清也。老氏曰：「不貴難得之貨，使民不爲盜。」上既責以税課方物，而又禁其販海，其可得乎？

販海之舟，所以無覆溺之虞者，不與風争也。大凡舟覆，多因鬪風。此輩海外諸國既熟，隨風所向，挂帆從之，故保其經歲無事也。余見海鹽、錢唐，見捕魚者爲踈竹筏，半浮半沉水上，任從風潮波浪，舟皆戒心，而筏永無恙者，不與水争也。小人誠有意智，然因之悟處世之法。江南遣徐鉉聘宋，詞鋒才辯，廷臣無出其右者，而宋太祖遣一不識字殿侍接之，即是此意。

海外之水，不知還靠天乎，還有地乎？今之高處望日，似從海中生者，蓋亦遠視云然。如落日之銜山，非真從山落也。所云海外諸國，如琉球、日本之類，皆海中，非海外也。北方沙漠之外，不知還有海否？若果有之，則中國與北虜亦在海中矣。水土合而成地，大段水猶多於土也。

潮汐之說，誠不可窮詰，然但近岸淺浦，見其有消長耳，大海之體，固毫無增減也。以此推之，不過海之一呼一吸，如人之鼻息，何必究其歸泄之所。人生而有氣息，即睡夢中形神不屬，何以能吸？天地間只是一氣耳。至於應月者，月爲陰類，水之主也。月望而蚌蛤盈，月蝕而魚腦減，各從其類也。然齊浙閩粵，潮信各不同時，來之有遠近也。

蘇州東入海五六日程有小島，闊百里餘，四面海水皆濁，獨此水清，無風而浪高數丈，常見水上紅光如日。舟人不敢近，云此龍王宮也。而西北塞外人跡不到之處，不時聞數千人砍樹拽木之聲，及明遠視，山木一空，云海龍王造宮也。余謂龍以水爲居，豈復有宮？即有之，亦當鮫宇貝闕，必不藉人間之木殖也。愚俗之不經，一至於此。

天下之橋，以吾閩之洛陽橋爲最，蓋跨海爲之，似非人力。相傳蔡君謨遣吏持檄海神，及歸，得一「醋」字，遂以廿一日酉時興工，至期，潮果不至。今世所傳四喜雜劇者本此也。事有無不可知，計橋長三百六十丈，若當怒潮，必難駐足耳。吾郡臺江大橋亦百餘丈，跨大江而度，三十九門，江濤洶湃，亦自恐人，不知當時何以建址。大抵閩人工於此伎，亦不煩神力耳。

江南無閘，江北無橋。江南無茅屋，江北無溷圊。南人有無牆之室，北人不能爲也；北人有無柱之室，南人不能爲也。北人不信南人有架空之樓行於木杪，南人不信北人有萬斛之窖藏於地中。

地窖燕都雖有之，不及秦晉之多，蓋人家顓以當蓄室矣。其地燥，故不腐；其土堅，故不崩。自齊以南不能爲也。三晉富家，藏粟數百萬石，皆窖而封之，及開則市者坌至，如趕集然。常有藏十數年不腐者。至於近邊一帶，常作土室以避虜，其中若大厦，盡室處其中，封其隧道，固不啻金湯矣，但苦無水耳。

閩廣地常動，浙以北則不恒見，説者謂濱海水多則地浮也。然秦晉高燥無水，時亦震動，動則裂開數十丈，不幸遇之者，盡室陷入其中，及其合也，渾無縫隙，掘之至深而不可得，王太史維楨實遭此厄，則閩廣之地動而不裂者，又得無近水滋潤之故耶？然大地本一片生成，而有動不動之異，理尤不可解也。

萬曆己酉夏五月廿六日，建安山水暴發，建溪漲數丈許，城門盡閉。有頃，水踰城而入，溺死數萬人。兩岸居民樹木，蕩然如洗。驛前石橋甚壯麗，水至時人皆集橋上，無何有大木隨流而下，衝橋橋崩，盡葬魚腹。翌日水至福州，天色清明，而水暴至，斯須没堦，又頃之入中堂矣。余家人集園中小臺避之，臺僅尋丈，四周皆巨浸矣。或曰水上臺可奈何，然計無所出也。少選，妹聟鄭正傳泥淖中自御肩輿，迎老母暨諸室人至其家，始無恙，蓋鄭君所居獨無水也。然水迄不能逾吾臺而止，越二日始退。方水至時，西南門外，白浪連天，建溪浮屍，蔽江而下，亦有連樓屋數間，泛泛水面，其中燈火尚熒熒者，亦有兒女尚聞啼哭聲者，其得人救援，免於魚鱉，千萬中無一二耳。水落後，人家粟米衣物爲所浸漬者，出之皆黴黑臭腐，觸手即碎，不復可用。當時吾郡縉紳，惟林民部世吉捐家貲葬無主之屍，凡以千計，而一二巨室大駔，反拾浮木無數，以蓋別業。賢不肖之相去遠矣。

閩中不時暴雨，山水驟發，漂没室廬，土人謂之出蛟，理或有之。大凡蛟蜃藏山穴中，歲久變化，必挾風雨以出，或成龍，或入海。閩烏石山下瞰學道公署，數年前，鄰近居民常見巨蟒，長數百尺，或蹲山麓，或蟠官署觚稜之上，雙目如炬。至己酉秋八月，一夜大風雨，烏石山崩，自後蟒不復見云。先是，阮中丞一鶚無功於閩，而廟食山巓〔一〕，輿論未愜也。是日山崩，政當其處，祠宇盡爲洪水漂流，片瓦隻椽，杳不可見。時以爲異云。

校勘記

〔一〕「無功於閩而廟食山巓」，寶樹堂本作「以退倭全城廟食山巓」。

吳興水多於山間暴下，其色殷紅，禾苗浸者盡死，謂之發洪。晉中亦時有之。嵩嵐四面皆高山，而中留狹道，偶遇山水迸落，過客不幸有盡室葬魚腹者。州西一巨石，大如數間屋，水至，民常棲止其上。一日水大發，民集石上者千計，少選，浪衝石轉，瞬息之間，無復孑遺，哭聲遍野。時固安劉養浩爲州守，後在東郡爲余言之，亦不記其何年也。

水柔於火，而水之患慘於火。火可避而水不可避，火可撲滅而水無如之何，直俟其自落耳。若癸卯山東之水，丁未南畿之水，己酉閩中之水，壬子北都之水，皆骸骨蔽野，百里無烟，兵戈之慘，無以逾之。然北方之水，或可隄防而障，或可溝澮而通，惟南方山水之發，疾如迅雷，不可禦也。

火患獨閩中最多，而建寧及吾郡尤甚。一則民居輻湊，夜作不休；二則宫室之制，一片架木所成，無復磚石，一不戒則燎原之勢莫之遏也；三則官軍之救援者，徒事觀望，不行撲滅，而惡少無賴，利於劫掠，故民寧爲煨燼，不肯拆卸耳。江北民家，土牆甓壁，以泥苫茅，即火發而不然，然而不延燒也。無論江北，即興泉諸郡，多用磚甃，火患自稀矣。

周煇清波雜志謂：「人生不可無田，有則仕宦出處自如，可以行志，故『福』字從田從衣，謂之衣食足爲福也。」然必税輕徭簡，物力有餘之地，差足自樂。若三吴之地，賦役繁重，追呼不絶，祇益内顧之憂耳。彼但知「福」之從田，而不知「累」之亦從田也。按「福」字傍從示，不從衣。

吴越之田，苦於賦役之困累，齊晉之田，苦於水旱之薄收，可畜田者，惟閩廣耳。近來閩地殊亦凋耗，獨有嶺南物饒而人稀，田多而米賤，若非瘴蠱爲患，真樂土也。

燕齊蕭條，秦晉近邊，吴越狡獪，百粤瘴癘，江右鹵瘠，荆楚慓悍，惟有金陵、東甌及吾閩中，尚稱樂土，不但人情風俗，文質適宜，亦且山川丘壑，足以娱老。菟裘之計，非蔣山之麓，則天台之側；非武夷之亭，則會稽之穴矣。

書言：「天下有九福：京師錢福、病福、屏帷福，吴越口福，洛陽花福，蜀川藥福，秦隴鞍馬福，燕趙衣裳福。」今以時考之，蓋不盡然，京師直官福耳，口福則吴越不及閩廣，衣裳福則燕趙遠遜吴越，錢福則嶺南滇中，賈可倍蓰，宦多捆載。

凡山川佳麗之處，亦須風氣迴合，川壑幽邃，緩急可避兵革者。如武夷之小桃源，居萬峰之中，秀色環抱，石門一逕，可杜而絶，其中豁然，别是一天地，有田有水，又有村落，可爲伴伍，養蜂蒸楮，可以爲生，鵝鴨雞豚，可以自給，山寇所不及，海賊所不到。想武陵避秦之地，未必勝此也。黄山之丞相園次之，但地稍瘠，又無人烟耳。

楚中如衡山、寶慶，亦一樂土也。物力裕而田多收，非戎馬之場，可以避兵，而俗亦朴厚。長沙則卑濕而儇，不可居矣。

國家自采榷之使四出，雖平昔富庶繁麗之鄉，皆成凋敝，其中稍充裕者，嶺南與滇中耳。然五嶺瘴鄉，不習者有性命之虞；滇南遠隔絶徼，山川阻脩，黔巫之界，苗獠爲梗，過客輜重，時遭抄掠，不但商旅稀少，即仕宦者，亦時時戒心也。

滇中沃野千里，地富物饒，高皇帝既定昆明，盡徙江左諸民以實之，故其地衣冠文物，風俗言語，皆與金陵無别。若非黔筑隔絶，苗蠻梗道，誠可以卜居避亂。然滇若不隔萬山，亦不能有其富矣。

富室之稱雄者，江南則推新安，江北則推山右。新安大賈，魚鹽爲業，藏鏹有至百萬者，其它二三十萬則中賈耳。山右或鹽或絲，或轉販，或窖粟，其富甚於新安。新安奢而山右儉也。然新安人衣食亦甚菲嗇，薄糜鹽虀，欣然一飽矣，惟娶妾宿伎爭訟，則揮金如土。余友人汪宗姬家巨萬，與人争數尺地，捐萬金；娶一狹邪，如之；鮮車怒馬，不避監司前驅，監司捕之，立捐數萬金。不十年間，蕭然矣。至其菲衣惡食，纖嗇委瑣，四方之人，皆傳以爲口實，不虚也。

天下推纖嗇者，必推新安與江右，然新安多富，而江右多貧者，其地瘠也。新安人近雅而稍輕薄，江右人近俗而多意氣。齊人鈍而不機，楚人機而不浮。吴越浮矣而喜近名，閩廣質矣而多首鼠。蜀人巧而尚禮，秦人鷙而不貪。晉陋而實，洛淺而愿，粤輕而獷，滇夷而華。要其醇疵美惡，大約相當，蓋五方之性，雖天地不能齊，雖聖人不能强也。今之宦者，動欲擇善地，不知治得其方，即蠻夷可化，况中國哉。

仕宦諺云「命運低，得三西」，謂山西、江西、陝西也。此皆論地之肥磽，爲飽囊槖計耳。江右雖貧瘠而多義氣，其勇可鼓也。山陝一二近邊苦寒之地，誠不可耐，然居官豈便凍餓得死？勤課農桑，招撫流移，即不毛之地，課吏以最，要在端其本而已。不然，江南繁華富庶，未嘗乏地也，而奸胥大駔，舞智於下，巨室豪家，掣肘於上，一日不得展胸臆，安在其爲善地哉。

仕小邑，馭疲民，居官者每鬱鬱不樂，此政不必爾。小邑易於見才，疲民易於見德，且不見可欲，則心不亂。嘗見江南大地，敗官者十常八九，擇地者固無益也。

邊塞苦寒之地，有唾出口即爲冰者；五嶺炎暑之地，有衣物經冬不晒晾即黴濕者。天地氣候，不齊乃爾。然南人尚有至北，北人入南，非瘧即痢，寒可耐而暑不可耐也。余在北方，不患寒而患塵；在南方，不患暑而患濕。塵之污物，素衣爲緇；濕之中人，彊體成痹。然濕猶可避，而風塵一至，天地無所容其身，故釋氏以世界爲塵，詎知江南有不塵之國乎？

丹陽有奔牛壩，相傳梁武帝有人於石城掘得一僧，瞑目坐土中，奏於帝。帝問誌公，誌公曰：「此入定耳，可令人於其傍擊磬，則出定矣。」帝命試之，果開目，問之不答。誌公乃話其前事云云，其僧一視誌，即起身向南奔去，帝遣人逐之，至此地化爲牛，故因以名也。近時樵陽子亦類此。

蜀有火井，其泉如油，熱之則然。有鹽井，深百餘尺，以物投之，良久皆化爲鹽，惟人髮不化。又有不灰木，燒之則然，良久而火滅，依然木也。此皆奇物，可廣異聞。魯孔林聞亦有不灰木，取以作爐，置火輒洞赤，但余未之見耳。

閩中郡北蓮花峰下有小阜，土色殷紅，俗謂之臙脂山，相傳閩越王女棄脂水處也。環閩諸山，無紅色者，故詫爲奇耳。後余道江右，貴溪、弋陽之山，無不丹者，遠望之如霞焉。因思楚有赤壁，越有赤城，蜀有赤岸，北塞外有燕支山，想當爾耳。

由江右抵安慶，山多童而不秀，惟有匡廬，數百里外，望之天半，若芙蓉焉。自德安至九江，或遠或近，或向或背，皆成奇觀。真子瞻所謂「傍看成嶺側成峰」者，岱岳不及也。

秦築長城，以亡其國，今之西北諸邊，若無長城，豈能一日守哉。秦之長城，自榆中並河以東，屬之陰山，以今長城計之，僅及其半，而燕代近胡之塞原有長城，又不自始皇始也。今九邊惟遼東不可城，而政當女直之衝，薊鎮之城，則近時戚大將軍繼光所築，其固不可攻，虜至其下輒引去，其有功於邊陲若此，而猶不免求全之毀，何怪書生據紙上之談而輕詆嬴政也。

九邊惟延綏兵最精，習於戰也。延綏兵雖十餘人，遇虜數千，亦必立而與戰，寧戰死，不走死也，故虜亦不敢輕戰，慮其所得不償失耳。遼左兵極脆弱，建酋時時有輕中國之心，所賴互市羈縻之耳。然互市盟好，邊境雖偷目前之安，而武備廢，士卒惰窳，久而上下相蒙，不知有戰矣。夫初立互市，本欲偷閒以繕治守禦、生聚教訓也，今反因之而廢戰具，不亦惑之甚耶。

寧夏城，相傳赫連勃勃所築，堅如鐵石，不可攻。近來哱拜之亂，官軍環而攻之三月餘，至以水灌，竟不能拔，非有内變，未即平也。史載勃勃築城時，蒸土爲之，以錐刺入一寸，即殺工人，併其骨肉築之。雖萬世之利，慘亦甚矣。近時戚將軍築薊鎮邊牆，不僇一人，朞月而功就，城上層層如齒外出，可以下瞰，謂之瓦籠城，堅固百倍，虜終其世不敢犯，則又何必以殺僇爲也。

女直兵滿萬則不可敵，今建酋是也。其衆以萬計不止矣，其所以未暇窺遼左者，西戎北韃爲腹背之患，彼尚有内顧之憂也。防邊諸將，誠能以夷攻夷，離間諸酋，使自相猜忌，保境之不暇，而何暇内向哉。不然，使彼合而爲一，其志尚未可量也。

河套之棄，今多追咎其失策，然亦當時事勢不得不棄也。何者？我未有以制其死命，令彼得屯牧其中，縱驅之去，終當復來。至於今日，則拓跋燾所謂「我髮未燥已聞河南是我家地」者，事愈不可爲矣。

曾銑欲復河套，卒爲嚴嵩所尼，至不保要領。然使曾策果行，河套果復，不過一時可喜，而後來邊釁一開，兵革何時得息？羊祜所謂「平吴之後，尚煩聖慮」者也。趙普謂曹翰攻幽州，得之何人可守，翰死何人可代？此不易之論也。蓋我之兵力，不加於彼，而彼盤據已久，一旦失之，勢所必争耳。

西戎茶馬之市，自宋已然，蓋土蕃湩酪腥膻，非茶不解其毒，而中國藉之可以得馬，以草木之葉，易邊塲之用，利之最大者也。但茶禁當嚴，馬數當覈。今之茶，什五爲奸商駔獪私通貿易，而所得之馬，又多尫病殘疾，不堪騎乘者。直與之耳，非市也。

江北俵馬之役，最稱苦累，而寄養之户，尤多敗困。要其所以，則侵漁多而費用繁也。山東大户，每僉解馬，編審之時，已有科派；俵解之時，又有使用。輪養有輪養之害，點視有點視之費，印烙有印烙之弊，上納有上納之耗，無不破家亡身者，然而馬必不可少也，得賢守令監司，弊或稍差減耳。

馬之入價也，漕之改折也，雖一時之便，而非立法之初意也。太僕之馬價，原爲江南有不宜馬之地，而入價於北地市之也。漕糧之改折，亦爲一時凶荒之極，米價騰湧，而入價以俟豐年之補糴也。今公然以佐官家不時之用矣。舍本色而徵銀，甚便也；馬糧有餘，而見鏹不足，甚利也。然而馬日減少，太倉之粟，無一年之積者，折價誤之也。承平無事猶可，一旦緩急，必有執其咎者。

唐李蠙判度支，以每年江河淮運米至京，脚錢𣂰計七百，議以七百錢代之。王鐸曰：「非計也。京國糴米，既耗積食，而七百之費，兼濟貧民。」時議不從。既而都下米果大貴，卒罷不行，則今日之治漕動稱改折者，其非久遠之計，可知矣。

古今幅員户口，莫盛於隋之大業、唐之開元。考之隋書，户八百九十萬七千五百四十六，口四千六百一萬九千九百五十六。唐開元時，户八百四十一萬二千八百七十一，口四千八百一十四萬三千六百九。二主富盛，亦略相當，然盛未幾而禍敗即隨之矣。宋慶曆間，户至一千九十萬四千四百三十四。國朝嘉隆之時，户共一千一百一十三萬四千，口共五千五百七十八萬三千，而熟夷不與焉，視隋唐宋盛時，固已過之矣。使東勝不徙，安南不棄，金甌尚無缺也。抱杞人之憂者，能無戒於衣袽乎？

户口生息甚難，而凋耗甚易。蓋治日常少，而亂日常多，兼以治平之時，不無盜賊之竊發、水旱之流移，而亂離之世，即欲一日無事，不可得也。況亂離之後，數十年養之而不足，而承平之世，一旦敗之而有餘。周自東遷以及劉項之世，分裂戰争者三四百年，長平一坑四十餘萬，即蟲蟻蚊蚋，寧能當此慘劫耶？漢至文景盛矣，而武皇耗之；明章治矣，而桓靈覆之；赤眉、董卓之亂，黔首寧有種耶？至於典午失權，胡羯肆烈，南北分朝，兵連禍結，又二百餘年，春燕巢於林木，亦可哀也。唐自貞觀至開元，拊養生息，漸稱繁庶，而漁陽鼙鼓一動，宗社爲墟，至於黄巢之變，殺人如麻，流血成川。浸淫至於五季，其間承平無事者，可以日計也。宋之盛時，已日與契丹、元昊搆隙，而燕雲不復，淮北中失，偏安忍恥，僅撫遺民，女直侵其半，蒙古凶其終，其視漢唐，規模固已不逮，而其受害之慘，使天地反覆，日月無光，三皇五帝以來之人民土地，一旦淪於夷狄，亦宇宙所未有之事也。蓋自三代以來，戰國至於劉項，是一劫；三國至於五胡，是一劫；中唐至於黃巢、石晉，是一劫；女直至於蒙古，是一大劫。中國之人，無復孑遺矣。故我太祖皇帝之功，謂之劈開混沌，别立乾坤，當與盤古等，而不當與商周漢唐竝論也。二百四十年來，休息生養，民不知兵，生齒繁盛，蓋亦從古所無之事，故未雨綢繆，憂時者不得不爲過計矣。

國家近邊之民常苦北虜，濱海之民時遭倭患，然虜寇頻而倭患少，故塞上村落蕭條，有千里無復人烟者。倭自嘉靖末鈔掠浙直閩廣，所屠戮不可勝數，即以吾閩論之，其陷興化、福清、寧德諸郡縣，焚殺一空，而興化尤甚，幾於洗城矣。劉六、劉七破殘七藩，而山東、河南爲最，其他若蕭乾養之亂廣，藍廷瑞之亂鄖，鄧茂七之亂閩，葉宗留之亂浙，阿克之亂滇，楊應龍之亂蜀，哱拜之亂寧夏，皆小劫也。而水旱灾疫，則無歲無之矣。

吴之新安，閩之福唐，地狹而人衆，四民之業，無遠不届，即遐陬窮髪，人跡不到之處，往往有之，誠有不可解者。蓋地狹則無田以自食，而人衆則射利之途愈廣故也。余在新安，見人家多樓上架樓，未嘗有無樓之屋也。計一室之居，可抵二三室，而猶無尺寸隙地。閩中自高山至平地，截截爲田，遠望如梯，真昔人所云「水無涓滴不爲用，山到崔嵬盡力耕」者，可謂無遺地矣，而人尚什五遊食於外，設使以三代井田之法處之，計口授田，人當什七無田也。

古者一夫百畝，無賦役租税也，故中原磽确之地，上農夫足食九人。若以今燕齊之地論之，一望千頃，常無升斗之入者，不知當時授田之制，肥磽高下，必適均乎，抑惟其所值也？當時天子諸侯，既各有疆界，不相踰越，十分之中，取其一爲公田，仕者之家，又有世禄之田，小國不過五十里，城郭村落山川之外，田之所餘，亦寥寥矣。使生齒日繁，而地不加廣，何以給之？吾竊意古之授田者，亦只如今佃種之類，一夫耕百畝，而世家巨室收其所入耳，未必便爲世業也。

江南大賈，强半無田，蓋利息薄而賦役重也。江右、荆楚、五嶺之間，米賤田多，無人可耕，人亦不以田爲貴，故其人雖無甚貧，亦無甚富，百物俱賤，無可化居轉徙故也。閩中田賦亦輕，而米價稍爲適中，故仕宦富室，相競畜田，貪官勢族，有畛隰遍於鄰境者。至於連疆之産，羅而取之，無主之業，囑而丐之，寺觀香火之奉，强而敚之，黄雲遍野，玉粒盈艘，十九皆大姓之物，故富者日富，而貧者日貧矣。

俗賣產業與人，數年之後，輒求足其直，謂之盡價，至再至三，形之詞訟，此最薄惡之風，而閩中尤甚。官府不知，動以爲賣者貧而買者富，每訟輒爲斷給。不知爭訟之家，貧富不甚相遠，若富室有勢力者，豈能訟之乎？吾嘗見百金之產，後來所足之價，反逾其原直者。余一族兄，於余未生之時，鬻田於先大夫，至余當户，猶索盡不休，此真可笑事也。

閩田兩收，北人詫以爲異，至嶺南則三收矣。斗米十餘錢，魚蝦盈市，隨意取給，不甚論值。單袷之衣，可過隆冬，道無乞人，户不夜閉，此真極樂世界。惜其天多瘴霧，地多蟲蛇，屋久必蛀，物久必腐，無百年之室，無五十年之書，無二十年之衣，故上不及閩，下不及滇也。

北人不喜治第，而多畜田，然磽确寡入，視之江南，十不能及一也。山東瀕海之地，一望滷潟，不可耕種，徒存田地之名耳。每見貧阜村甿，問其家，動曰有地十餘頃，計其所入，尚不足以完官租也。余嘗謂不毛之地，宜蠲以予貧民，而除其稅可也。

九邊如大同，其繁華富庶不下江南，而婦女之美麗，什物之精好，皆邊塞之所無者。市款既久，未經兵火故也。諺稱薊鎮城牆、宣府教場、大同婆娘爲三絶云。迤西榆林、慶陽，漸有夷風，至臨洮、鞏昌，苦寒之極，其士人亦與戎狄無別耳。

臨邊幸民，往往逃入虜地，蓋其飲食語言既已相通，而中國賦役之繁，文罔之密，不及虜中簡便也。虜法雖有君臣上下，然勞逸起居，甘苦與共，每遇徙落移帳，則胡王與其妻妾子女皆親力作，故其人亦自合心勇往，敢死不顧，干戈之暇，任其逐水草畜牧自便耳，真有上古結繩之意。一入中國，里胥執策而侵漁之矣。王荊公所謂「漢恩自淺胡自深」者，此類是也。

漢中行説不得志於中國，遂入匈奴，爲之謀主，大爲漢患。宋韓范不用張元，而令走佐囊宵，兵連禍結，不得安枕者五十年。近來如倭酋關白，亦吳越諸生，累不第而入海。使非天戮鯨鯢，遼左之禍尚未艾也。故邊民之逃而入虜，它不足慮，惟恐有此輩一二在其中耳。

倭之寇中國也，非中國之人誘之以貨利，未必至也。其至中國也，非中國之人爲之鄉導，告以虛實，未必勝也。今吳之蘇松，浙之寧紹溫台，閩之福興泉漳，廣之惠潮瓊崖，駔獪之徒，冒險射利，視海如陸，視日本如鄰室耳。往來貿易，彼此無間，我既明往，彼亦潛來。尚有一二不逞，幸灾樂禍，勾引之至內地者，敗則倭受其僇，勝則彼分其利，往往然矣。嘉靖之季，倭之掠閩甚慘，而及官軍破賊之日，倭何嘗得一人隻馬生歸其國耶？其所虜掠者，半歸此輩之囊橐耳。故近來販海之禁甚善，但恐未能盡禁也，蓋巨室之因以爲利者多也。

嘉靖之季，倭奴犯浙直閩廣，而獨不及山東者，山東之人不習於水，無人以勾引之故也。由此觀之，則倭之情形斷可識矣。

禦倭易於禦虜，十百不啻也。倭奴捨大海而登陸，深入重地，已不能無疑懼，而步行易乏，其勢四散，非有陣法埋伏之類，直鬪力耳。若得智勇之將，帥節制之師，一鼓可平也。即閩廣鄉兵，訓練之皆可用，亦不必借浙兵耳。北虜大漠之地，原自其勝場，中國之兵馬脆弱，已自不敵，而悍獷之性，不懼死，不畏寒，敗而復至，散而復合。及其鳥析鼠散，不可蹤跡，雖以衛霍不能窮其部落，况今日之孱兵庸帥哉。戚少保繼光守薊遼日，以意製大熕，每發輒斃千餘人，血肉枕籍，而終不肯退。然虜亦畏之甚，不敢窺邊者二十餘年云。

夷狄諸國，莫禮義於朝鮮，莫膏腴於交阯，莫悍於韃靼，莫狡於倭奴，莫醇於琉球，莫富於真臘。其他肥磽不等，柔獷相半，要其叛服，不足爲中國之重輕，惟有北虜南倭，震鄰可慮，其次則女直耳。

元之盛時，外夷朝貢者千餘國，可謂窮天極地，罔不賓服，而惟日本崛强不臣，阿剌罕等率師十萬往征，得返者三人耳。國朝洪武初四夷王會圖共千八百國，即西南夷經哈密而來朝者三十六國。永樂中，重譯而至又十六國，其中如蘇祿、蘇門答剌、彭亨、瑣里、古里班卒、白葛達、吕宋之屬二十餘國，皆前代史册所不載者，漢唐盛時所未有也。然其中惟朝鮮、琉球、安南，及朵顔三衛等，受朝廷册封，貢賦惟謹，比於藩臣。其他來則受之，不至亦不責也。可謂最得馭夷之體。

太祖之絶日本朝貢，知其狡也。文皇之三犁虜庭，知其必爲邊患也。舍此二者，中國可安枕而卧矣。固知創業之主，其明見遠慮，自非尋常所及也。

今諸夷進貢方物，僅有其名耳，大都草率不堪。如西域所進祖母禄、血竭、鴉鶻石之類，其真僞好惡皆不可辨識，而朝廷所賜繒帛靴帽之屬，尤極不堪，一着即破碎矣。夫方物不責，所以安小夷之心，存大國之體，猶之可也；賜物草率充數，將令彼有輕中國之心，而無感恩畏威之意。且近來物值則工匠侵没於外，供億則厨役尅減於内，狼子野心，且有誶語，誶語不已，且有挺白刃而相向者，甚非柔遠之道也。蜂蠆有毒，禍豈在小，而當事者漫不一究心，何耶？

西南海外諸蕃，馬八兒、俱藍二國最大而最遠，自泉州至其國約十萬里，元時曾一通之，而來朝貢，計其所得，不足償所費之百一也。國朝西蕃，天方、默德那最遠，蓋玄奘取經之地，相傳佛國也，其經有三十六藏三千六百餘卷，其書有篆草楷三法，今西洋諸國多用之。又有天主國，更在佛國之西，其人通文理，儒雅與中國無别。有琍瑪竇者自其國來，經佛國而東，四年方至廣東界。其教崇奉天主，亦猶儒之孔子、釋之釋迦也。其書有天主實義，往往與儒教互相發，而於佛老一切虚無苦空之説，皆深詆之，是亦逃楊之類耳。

琍瑪竇常言：「彼佛教者竊吾天主之教，而加以輪迴報應之説，以惑世者也。吾教一無所事，只是欲人爲善而已。善則登天堂，惡則墮地獄，永無懺度，永無輪迴。亦不須面壁苦行，離人出家，日用所行，莫非脩善也。」余甚喜其説爲近於儒，而勸世較爲親切，不似釋氏動以恍惚支離之語愚駭庸俗也。其天主像乃一女身，形狀甚異，若古所稱人首龍身者。與人言，恂恂有禮，詞辯扣之不竭，異域中亦可謂有人也已。後竟卒於京師，其徒曰龐迪峩〔一〕。

校勘記

〔一〕「其徒曰龐迪峩」，原無，據寶樹堂本補。

天竺古稱佛國，蓋佛所出之地耳。如魯生孔子，豈其地皆聖人耶？但聞其國人質實尚義，不爲淫盜。其問刑有四，曰水，曰火，曰稱，曰毒，皆所以讞疑獄也。水則以石與人衡而投之，石浮者曲，人浮者直；火則灼鐵，令人抱持，曲者號呼，直者無損；稱則人石適均，較之秤上，虛則石輕，實則人輕；毒則以毒入羊髀中食之，曲則毒發，直者無恙。蓋終未免夷俗耳。

琉球國小而貧弱，不能自立，雖受中國册封，而亦臣服於倭，倭使至者不絕，與中國使相錯也。蓋倭與接壤，攻之甚易，中國豈能越大海而援之哉。其國敬神，以婦人守節者爲尸，謂之女王，世由神選，以相代云。自國王以下，莫不拜禱惟謹。田將穫，必禱於神，神先往採數穗茹之，然後敢穫，不者食之立死。禦災捍患，屢顯靈應。中國使者至，則女王率其從二三百人，各頂草圜，入王宮中，視供億厨饌，恐有毒也。諸從皆良家女，神特攝其魂往耳。中國人有代彼治庖者，親見神降，其聲嗚嗚如蚊焉。

萬曆乙未，浙帥劉炳文提舟師，從海道趨登州以備倭，四閱月始至。炳文自爲記甚繁，予爲略之，以識其程云。乙未上元，從台州開帆，百里至金鰲山，高宗南渡避金處也。歷老鼠嶼，出琛門，風適猛烈，兩礁夾起東西磯，牛頭、聖堂兩門尤爲險阻，而五嶼、羊嶼、昏山、黄珠、茶鹽兩山皆四面巉剥。總莫繫泊，飄逐空洋，夜半颶發，船各涣散。詰旦，於靈門山聚合，出金齒門，因潮浮至箬竿山，復依南田嶴。夜觸韭山，船多破損，收回五爪山倏艙。至點燈礁，犯及亂礁洋，爲藏龍藪，倏爾驚觸，震蕩翻激，水赤天昏，龍鬚捲水，至半空而倒瀉，船皆碎毁，幾爲魚鱉。出白馬礁，過大漠坑，依險而泊，由浪擂頭轉歷升羅嶼，得登普陀山，傍有金鉢盂，儼然峙焉。出此渡横水洋，入五爪湖，移住廟子湖，隨風逐浪，直蹴陳錢山。其下有大毒，信宿而往，面顔盡變，且多患瘧疾。及下八山、浪崗、馬磧、李墹嶴，舉皆砂石亂列，其水有緑有黑，有淡有辛，有苦有臭，有清徹見底，鰕魚可數，有淺灘如湖，蛟龍鱗角顯著。俄爲颶風打出窮洋，直抵倭國五島山，轉經漁山假泊沙，俟風息，驅灘山，過鼠狼湖，及上川、下川、鷹巢頭諸山，再入西洋嶴，則謂之落漈，船凡撇入，十無一回。乃乘颶西逐羊山，上有聖姑礁，盤礴巍峩，宛如裝砌。許山聯脉金山衛，其柘林、乍浦、澉浦，延袤千餘里，又皆控扼三吴者也。復順流而東，七丫諸港，岐分錯雜，窒礙莫前。崇明縣孤懸海外，而大陰、新安諸沙，生聚甚夥。福山直對三爿沙，傍通揚子江，與狼山相望。若東洲河、七星港、竪河口、黄涇河，不下十餘口。海潮灌浸，直達維揚，轉而西行，有三槿、大横、深汫、非予四口，張方、大樓、瀝水、姜系、掘港五港，一望無山。其川山窪、川漁窪、三寨窪，狂瀾澎湃，殊甚險剥，水紋斑斕，因號虎斑水。僅得開山，無嶴可泊，至射洋湖之雲梯關宿焉。適反風解攬，自辰至申，浤浤頹波，極目無際。漏下三鼓，得抵鶯山之灣，問其程，則餘五百里。越明日，朔風舉帆，踴躍碧虚，蹀躞於黄混水，號曰望昊洋，依憑延真島。此皆從來人跡不到之鄉，但見靈鰍老黿，三五噴沫相歷，大者方丈，高厚六尺，㱿背亂纓，長目虎口，就磯舒伏。迤邐於白山、高公諸島，登竹島之巔，四顧寥廓，惟東海所城甚邇。其夜三面受風，避入杜林山，因陟雲臺山，古三元脩道上昇處也。翌日，西北作雲，東南吼風，巨浪掀翻，桅檣斷折。凡三日夜，不知疾行幾千里，漻澫呀呷，風雖少平，餘波尤湧。東方既白，迸崖滴水之灣，隸山東境上矣，去安東衛僅百里。須臾潮至，開行二三日，海天一色，竝無嶴嶼可以停舟，野宿洋飄，如浮萍無定。泊栽堂山，至柘溝、塔埠、杜家港諸洋。越日，入膠港，補繕壞船。過東島，依田横島，夜泊福山島，而山若有神，上無草木，中無穴洞，悲鳴有聲。翌日，至草島嘴，去大嵩三五十里，風濕彌漫，海面愈賒，僅有巨高島、棘簪島、靈井山，依傍海陽所，且咫尺莫能躋焉。夜將半，犁入魚網上，探水不過十餘丈，乃莫耶島也，與遼東連界，海運所經故道。至聿青島明光山，不半潮已達塔島，覓泉取水，相望佛山，濤沫噀灑，宛似一掛珠簾。石檻礁欄出數百丈，盤錯密布。潮急風猛，頃刻抵渚里，去查山僅幾里。上有古蹟，路甚崎嶇，附葛攀藤，一步一蹶，得造其絶頂焉。其上復有南天門，巑岏秀拔，凌接雲際。東隈一洞，幽雅脩潔，昔玉陽真人煮煉於此，騎白鶴飛昇，有雲光宫在焉。傍多山茶，名子心，香馥襲人，丹井碧泉，峥嶸犄角，天然雲房石室也。登舟行於馬大嘴，見一巨魚，横於亂礁上，長百餘丈，其脊如山，口闊無鱗。令刃其脊，總數百人，僅開一肋。肉不堪烹，可熬油。楝骨一節，計千餘斤，而肉内小刺亦逾尋丈。潮迴日落，携刺數根而西。遇颶風，至寧津所，戍卒蕭條，烟火不過百餘家。西有巖石，參差十數里，乃西楊舍人之墓，每每作祟，覆雨翻雲，秋則遠去掠人田禾，春夏於此妖劫過船。捩舵放舟，越三百里，遥望大洋，突起數丈，如銀砌玉粧，近如噴雪篩粉，俗呼爲白蓬頭者是也。其山脉綿亘，暗藏水底，密邇成山，鬱嵂幾百里，皆雄崖劍峰，萬里海濤，衝注會集。秦始皇造石橋，渡海觀日，神人驅石，鞭之見血，至今山石皆紅。内有成山衛，出此險道，洩洩宵行，至威海衛所，開泊劉公島。其島尚有居址，似舊有遼人在焉。不移時，入大空島，島多浮石，即頑鈍碔砆，浮水不沉。轉入寧海州外洋，盤旋落子窩之裏，若清泉寨、奇山所，又其扞屏。遞過福山縣，入龍山港，至栲栳島，乃雲晴雨止。轉泊八角山，則見斜曛凝耀，磯嶼烟籠，始若樓臺錯列，繼若城郭周圍，俄而人馬縱横，又俄而旂幟掩映，出没無定，變换不常，或告曰此海市也。傍有長山島，有黑島，上多巨蛇，産金砂。少選，抵蓬萊閣矣。追思海波洶險，幾不免者數數，而兹得出苦海，登彼岸，至蕩漾於鼋鼉之窟、蛟龍之藪，岑嵚之峰、左衽之國，或因萍流而迴，或因歸風而返，俾不至於殞逝，再得與人間事，豈非徼天倖哉。自浙適齊，計日四越月，計程七千里。由浙江達直隸，延袤二千七百里；自直隸金山衛抵東海所，計一千八百里；自東海抵登萊，計二千四百里。若夫環轉倒流於波漾，則又不止萬里有奇矣。

封琉球之役，無不受風濤之險者。萬曆己卯，予從祖大司農公杰以大行往，至中流，颶風大作，雷電雨雹，一時總至。有龍三倒挂於船之前後，鬚捲海水入雲，頭角皆現，腰以下不可見也。舟中倉皇無計，一長年曰：「此來朝璽書耳。」令扶使者起，親書「免朝」示之，應時而退。天子威靈，百神效順，理固有不可誣者，若非親見，鮮不以爲妄矣。至丙午夏，給事子陽往，其險尤甚。先是，舟側一巨魚狎擾不去，舟人謂可膾也，餌而獲之，其大專車，未及下餔，而風濤大作，柁裂桅折，自分必死矣，盡舟中所得寶物投水中，僅得免。有金香爐百餘，兩宮中祀天之用，亦爲中國取去，至是盡入水府矣。琉球小而貧，雖受中國册封爲榮，然使者一至其國，誅求供億，爲之一空，甚至后妃簪珥皆以充數，蓋從行者携貨物往而高貴其售直也。然向者皆嚴行禁約，少知斂戢，至丙午稱狼籍矣。聞其國將請封，必儲蓄十餘年而後敢請。堂堂天朝，何忍以四夷爲壑，而飽駔獪之欲哉。可爲長太息者此也。

往琉球海道之險，倍於占城，然琉球從來無失事者，占城則成化二十一年給事中林榮、行人黄乾亨皆往而不返，千餘人得還者麥福等二十四人耳。蓋亦物貨太多，而不能擇人故也。

海上有天妃神甚靈，航海者多著應驗。如風濤之中，忽有蝴蝶雙飛，夜半忽現紅燈，雖甚危，必獲濟焉。天妃者，言其功德可以配天云耳，非女神也。閩郡中及海岸广石皆有其祠，而販海不逞之徒，往來恒賽祭焉，香火日盛，金碧輝煌。不知神之聰明正直，亦吐而不享否也。

孔子當衰周，欲居九夷，此非戲語也。夷狄之不及中國者，惟禮樂文物稍朴陋耳。至於賦役之簡，刑法之寬，虛文之省，禮意之真，俗淳而不詐，官要而不繁，民質而不偷，事少而易辦。仕宦者無朋黨煩囂之風，無訐害擠陷之巧；農商者無追呼科派之擾，無征榷詐騙之困。蓋當中國之盛時，其繁文多而實意少，已自不及其安靜，而況衰亂戰争之日，暴君虐政之朝乎？故老聃之入流沙，管寧之居遼東，皆其時勢使然。夫子所謂「夷狄之有君，不如諸夏之無者」，其浮海居夷，非浪言也。

韃靼之獰獷，而敬信佛法，愛禮君子，得中國冠裳皆不殺，即配以部落婦女，見一僧至，輒膜拜頂禮，不敢褻慢。倭奴亦重儒書，信佛法，凡中國經書，皆以重價購之，獨無孟子，云有携其書往者，舟輒覆溺。此亦一奇事也。

宋政和間，有于闐國進玉表章，其首云：「日出東方赫赫大光照見西方五百國〔一〕、五百國內條貫主黑汗王，表上日出東方赫赫大光照見四天下、四天下條貫主阿舅大官家。」又元豐四年，于闐國上表，稱「于闐國僂儸大福力量知文法黑汗王書與東方日出處大世界田地主漢家阿舅大官家」云。其可笑如此。考漢文帝時，單于遺漢書曰「天地所生日明所照匈奴大單于」；隋文帝時，沙鉢略致書曰「從天生大突厥天下聖賢天子伊利俱盧設莫何始波羅可汗致書大隋皇帝」；又倭國有「日出天子致書日入天子」之語。我朝四夷表章，皆頒有定式，不敢踰越，其間有悖慢之語者不受也。

校勘記

〔一〕「五百國」，原作「五百里國」，按「里」字衍，據鐵圍山叢談卷一、游宦紀聞卷五刪。

五雜組卷之五

人部一

唐太宗曰：「土城竹馬，兒童樂也；金翠紈綺，婦人樂也；貿遷有無，商賈樂也；高官厚秩，士夫樂也；戰無前敵，將帥樂也；四海寧一，帝王樂也。」

一尺之面，億兆殊形，此造物之巧也；方寸之心，億兆異向，此人之巧也。然面貌父子兄弟有相肖者矣，至於心，雖骨肉衽席，其志不同行也，人巧勝於天也。

陸士龍有笑疾，古今一人而已。齊之雍門，漢之許慶，唐之唐衢，皆以善哭稱，可謂有哭疾也。滑石梁好畏，見子之影，以爲鬼而驚死，謂之有畏疾可矣。

杞梁之妻哭三日而城爲之摧，信乎其善哭也。王莽帥諸生小民會哭南郊，哭甚者除爲吁嗟郎；劉德願以哭貴嬪得刺史，是教人以哭也。如丁鄒、嚴興之哭和士開母，程伯獻、馮紹正之哭高力士母，又不待教而能者也。宇宙之間，何所不有。

堯舜至聖，身如脯腊；桀紂無道，肥膚三尺。

趙伯翁肥大，夏月諸孫納李八九枚於其臍中。此必誤也。李或是鬱李耳，大如櫻桃，故可納八九枚也。

堯八眉，舜四瞳子，禹其跳，湯偏，文王四乳，仲尼面如蒙倛，周公身如斷菑，皋陶色如削爪，閎夭面無見膚，傅説身如植鰭，伊尹面無須麋，故知大聖大賢，不可以形貌相也。

九真女子趙嫗，乳長數尺；馮寶妻冼氏，亦長二尺，暑熱則擔於肩；李光弼之母，鬚數十根。皆異表也，而或立殊勛，或止作賊，在其人爾。宋徽宗時，有酒保婦朱氏，四十生鬚，長六七寸。庚巳編載弘治末應山縣女子生髭三寸許；又郎陽一婦美色，生鬚三繚，約數十莖，而皆無它異。

舜重瞳子，蓋偶然爾，未必便爲聖人之表也。後世君則項羽、王莽、呂光、李煜，臣則沈約、魚俱羅、朱[一]友孜，皆云重瞳，而不克終者過半。相何足據哉。

校勘記

[一]「朱」，原作「蕭」，按五代朱梁康王友孜重瞳子，見兩五代史。此殆誤以南朝蕭梁之姓冠之，因改正。

風俗通云：「趙王好大眉，人間皆半額；齊王好細腰，後宮多餓死。」夫細腰束素，固自可人，廣眉不脩，醜莫甚焉，不必半額也。又云：「楚王好細腰，羣臣皆數米而炊，順風而趨。」夫婦人細腰可耳，施之臣下，將欲何爲？此亦可笑之甚也。

人有生而白毛者，近人妖也。晉惠帝永寧元年，齊王冏舉義軍，軍中有小兒，出於襄城繁昌縣，年八歲，髮體悉白，頗能卜。吾郡中亦有一人，今年才二十餘歲耳，而眉髮皤然，舉體皆白毛，無一根黑者，兩目昏昏然，不甚見物，每里中雜劇，輒扮作東方朔。余已見之十餘年矣。

人以鬚髮早白爲不壽之徵，此未必然。晉王彪之年三十餘，鬚鬢盡白，時人謂之王白頭，後至七十餘歲始卒。余友林生者，二十許頭即白，今五十尚無恙也。

崔琰鬚長四尺，王育、劉淵皆三尺。淵子曜長至五尺。謝靈運鬚垂至地，關羽、胡天淵髯皆數尺，國朝石亨、張敬脩髯皆過膝。然相法曰：「鬚長過髮，名爲倒挂，必主兵厄。」驗之往往奇中。

相書云：「耳門小者，其人富而慳。」又曰：「耳門不容麥，壽可逾百。」夫既富而慳矣，雖百歲何爲？

汾陽王足掌有黑子，使渾瑊洗足，而瑊亦有之，知其貴而不壽。張守珪使安祿山洗足亦然。大凡足有黑子者，多爲貴徵，漢高祖左股七十二黑子也。然黑子欲藏，生顯處多不佳。余見真州一沙彌，自項以下，黑子如織，卒無以異人也。

漢先主戲張裕多鬚，曰「諸毛繞涿居」，裕答之亦云「潞涿〔一〕君」。詳其語，必當時以男子勢爲涿也。

校勘記

〔一〕「潞」，原作「露」，據三國志卷四十二周群傳改。

人壽不過百歲，數之終也，故過百二十不死，謂之失歸之妖。然漢竇公年一百八十；晉趙逸二百歲；元魏羅結一百七歲，總三十六曹事，精爽不衰，至一百二十乃死；洛陽李元爽年百三十六歲；鍾離人顧思遠年一百十二歲，食兼於人，頭有肉角；穰城有人二百四十歲，不復食穀，惟飲曾孫婦乳；荆州上津鄉人張元始一百一十六歲，膂力過人，進食不異；范明友鮮卑奴二百五十歲；梁鄱陽忠烈王友僧惠照至唐元和中猶存，年二百九十歲；日本紀武内年三百七年；金完顔氏醫姥年二百許歲，此皆正史所載。其它小説，若宋卿、党翁之類，又不勝其數也。

山東濟寧州民王士能，生元至正甲辰，至國朝成化癸卯，已一百二十歲，行止如常，後不知所終，今其子孫住宅坊額尚在也，相傳蜀雪山遇異人致然。國初茹文中亦百餘歲。近時閩中林太守春澤公，大廷尉如楚祖也，年一百四歲乃卒。己酉歲，余宅艱家居，地鄰郡庠之後圃，圃中有種蔬者，生弘治之癸亥，已一百七歲矣，老而無子，壻亦七十餘歲，又二歲乃死。彼固無養生之術者也，然孤寡貧困，雖壽亦無益耳。至於永樂中楚一盜魁年一百二十五歲，尤爲可恨也。

彭祖之知，不出堯舜之上，而壽八百；顏淵之才，不出衆人之下，而壽十八。士固有不朽者，脩短何足論也。然進德脩業，未見其止，中途摧謝，萬世之下，有遺恨焉。故曰：「人不可無年。」

顏回不死，可以聖矣；諸葛亮不死，可以王矣。此不幸而死者也。賈生志大才踈，言非實用；長吉蛇神牛鬼，將墮惡道。天假之年，反露其短，此幸而死者也。至於范雲、沈約、褚淵、夏貴之輩，又不幸而不死者也。

吾郡林太守春澤子孫皆壽逾八十，其家相傳服松梅丸，云取松脂，用河水浸四十九日，文武火煮，令白如餳餹，然後和烏梅、地黄爲丸，服之，大便常秘結。太守公年老，生菓冰水不去口，終不泄瀉，然他人多不能服。余同年沈茂榮爲監司，求其方於林孫，服之，火盛慾熾，日加煩渴，不久而死，是欲延年而反促壽矣。故知脩短亦自天數也。

漢中山王勝有子百二十人，此古今所無之事，而蕭梁鄱陽忠烈王恢亦有男女百人，國朝慶成王有子百人，三者足以媲美。要亦王侯之家，固宜爾爾。士庶媵侍有限，口食不充，多男多累，帝堯已慮之矣。

隋麻叔謀、朱粲嘗蒸小兒以爲膳。五代萇從簡好食人肉，所至多潛捕民間小兒以爲食。嚴震、獨孤莊皆有此嗜。至宋儂〔一〕智高之母阿儂者，性慘毒，嗜小兒肉，每食必殺小兒。噫，此虎狼所不爲，而人爲之乎？

校勘記

〔一〕「儂」，原作「邕」，殆以智高常活動於邕州一帶而牽連誤書，因改正。

揚子雲曰：「富無仁義之行，猶圈中之鹿、欄中之牛也。」然以匹夫而富敵王公，權侔卿相，其人必非尋常見解，故子長於貨殖諸子尤惓惓焉。但古之致富者，皆觀天時，逐地利，取予趍舍，動合權變，如陶朱、計然，其上者也。卓氏、程鄭，鐵冶力作，纖嗇射利，固已賈行而市心矣。後世倚權怙勢，納賄行劫，如石崇、王元寶之流，直豺狼蛇蝎，豈獨牛豕而已哉。

秦漢之富家，如陶朱、程鄭、計然、猗頓之外，卓王孫家僮千人，袁廣漢藏鏹巨萬，樊重富擬封君，折像貲逾二億，糜竺僮客萬人，而鄧通、董賢、郭況之輩，又不論已。其它杜陵樊嘉、茂陵摯綱，及如氏、苴氏、刁間、姓偉、張長叔、薛子仲等，貲皆至十千萬，今之王侯有是乎？石崇、刁逵之於晉，王元寶、鄒駱駝之於唐，稱巨擘矣，而李昊、元雍動笑石家乞兒，彼郡王宰相，擅權納賄，亦不過鄧通、董賢之流，何足道也。宋不聞有巨富者，當時天下金帛，半爲金遼括盡矣。國初金陵沈富字仲榮，富甲天下，人呼沈萬三云，太祖軍資，多取足焉。後以事謫遼陽，子孫仍富。或云穴地得金，或云有點化術，不知然否。其後縱有貨殖者，不過至百萬止矣，使石崇輩見之，又不知當何揶揄也。

富者多慳，非慳不能富也；富者多愚，非愚不能富也。此子雲所謂圈鹿欄牛者也。

人而無子，天之僇民也。然貧賤之家，百無一二，富貴之家，此患不絶，其故何也？種有貴賤，多寡自殊，一也；血氣未定，多所斲喪，二也；嬖幸既衆，功不專精，三也；藥石助長，無益有害，四也；專求美曼，不擇福相，五也；嬰兒飽煖，多生疾患，六也。要其究竟，皆莫之爲而爲。虞翻爲子娶婦，遠求小姓，足使生子。蓋婦之驕妬淫佚，多令後嗣夭閼也。然而不儘然也。

晉姚弋仲有子四十二人，吐谷渾有子六十人，宋張耆子亦四十二〔一〕。弋仲不聞其有他術，耆諸姬妾窓閤皆直馬廄，每馬交合，縱使觀之，隨有御幸，無不成孕。

校勘記

〔一〕「宋張耆子亦四十二」，按宋史卷二百九十張耆傳作「子二十四人」。

顏之推賦云：「魏嫗何多，一孕四十？中山何夥，有子百廿？」婦人孕至四十，亦古今稀有之事也。

山氣多男，澤氣多女。故山陵險阻，人多負氣；江河清潔，女多佳麗。

齒居晉而黃，頸處險而癭。晉地多棗，故嗜者齒黃，然齊亦多棗，何獨言晉也？癭雖由山溪之水所致，然多北方，如滕縣、南陽、易州之處，飲其水者輒患，至江南千峰萬壑中，居者何限，不聞其有頸疾也。至北方輿夫，項背負重，日久結瘤，亦如癭狀，但有面背之異耳。嶺南人好啖檳榔，齒多焦黑，寧獨晉乎？至於衍氣多仁，陵氣多貪，雲氣多痹，谷氣多壽，恐亦未盡然也。

韃靼種類，生無痘疹，以不食鹽醋故也。近聞其與中國互市，間亦學中國飲食，遂時一有之，彼人即舁置深谷中，任其生死絶跡，不敢省視矣。一云不食猪肉故爾。

桂州婦人生子，輒取其衣胞，洗浄細切，五味調和，烹之以享親友。此夷俗也。然余習見富貴之家取紫河車爲丸，千錢一具，皆密令穩婆盜出，血肉腥穢，以爲至寶，不亦可恠之甚耶。

紫河車，欲得首胎生男者爲佳。相傳胞衣爲人取去，兒必不育，故中家以上，防收生嫗如防盜。然而嫗貪厚利，百計潛易以出，其功不過壯陽道、滋氣血而已，而忍於賊人之子。噫，嫗不足責也，富貴之人，亦獨何心哉。

一産三男，史必書之，紀異也。然亦有産四男者，余在福州親見之，守東門軍人妻也。庚巳編載武進人張麻妻一産五男，嘉靖六年河間民李公甯婦陳氏一産七女，此載籍以來所無者。

漢竇武之母産一蛇一鶴，晉抱罕令嚴根妓産一龍一女一鵝，劉聰后劉氏産一蛇一虎。唐大順中，資州王全義妻孕，而漸下入股，至足大拇指，拆而生珠，漸長大如杯。宋潮州婦人產子如指大，五體皆具者百餘枚。其它形體奇異者不可勝紀，蓋其所感觸者異耳。

晉惠帝時，京洛有人兼男女體，亦能兩用人道者，今人謂之半男女也。又有一種石女，一云實女，無女體，而亦無男體。近聞毘陵一搢紳夫人，從子至午則男，從未至亥則女。其夫亦爲置妾媵數輩侍之，有伎親承枕席，出以語人云：「與男子殊無異，但陽道少弱耳。」一云上半月爲男，下半月爲女，般若經載博叉半擇迦是也。

晉元帝太興初，有女子其陰在腹當臍下，自中國來至江東，其性淫而不產。又有女子陰在首，性亦淫。夫陰在首上，不知何以受淫？佛經載人身受淫有七處，前後竅及口與兩手兩足彎也。今西北軍士有以足彎當龍陽者。史傳載有以口承唾者，亦有以口承便溺者，其受淫又何足恠。

孖生者疑於兄弟，或云後生者爲兄，以其居上也。此西京雜記所載，蓋霍將軍時已有此議論矣。然據引殷王祖甲、許釐莊公、楚大夫唐勒、鄭昌時、文長倩、滕公、李黎等，皆以前生者爲兄，則知後生爲兄之説不經矣。乃世亦有共胞靠背而生者，孰從而定之？余所見婦人有産數日而復産者，即祖甲以卯日生嚚，巳日生良，亦隔二日矣。嘉靖初，京師民米鑑妻二月十一生一子，十二生一子，十三生一子。近日范工部鈁内子得一女，四閲月矣，又生一男子，此亦古今所未見之事也。

陳后山叢談云：「郯城民妻有二十一子，而雙生者七。」余聞之相人者，婦人上唇有黑子者多孖生。

晉時暨陽人任谷耕於野，見羽衣人，與淫遂孕。至期復至，以刀穿其陰下，出一蛇子，遂成宦者。宋宣和六年，有賣青菓男子，孕而生女，蓐母不能收，易七人，始免而逃去。國朝周文襄在姑蘇日，有報男子生子者，公不答，但目諸門子曰：「汝輩慎之。」近來男色甚於女，其必至之勢也。」

葉少藴云：「某五十後不生子，六十後不蓋屋，七十後不做官。」夫子女多寡，聽之可也。五十之年，豈遽能閉關乎？屋蔽風雨而止，不必限之以年也。七十而後休官，不亦晚乎？人生得到七十，復能有幾？以余論之，五十後不當置妾，六十後不當作官，七十後即一切名根繫念，盡與勅斷，以保天年可也。

思慮之害人，甚於酒色。富貴之家，多以酒色傷生；賢智之士，多以思慮損壽。思慮多則心火上炎，火炎則腎水下涸，心腎不交，人理絶矣。故文人多無子，亦多不壽，職是故也。然而不能自克，何也？彼其所重，有甚於子與壽也。

昔人有言：「生而富貴，窮奢極欲，無功無德，而享官爵，又求長壽，當如貧賤者何？若又使之永年，造物亦太不均矣。」許公言謂王子濤：「上帝所甚惡者貪，所甚靳者壽。人能不犯其所甚惡，未有不得其所靳者。」故人之享福不可太過，貪得不可太甚也。

余見高壽之人多能養精神，不妄用之，其心澹然，無所營求，故能培壽命之源。然世間名利色慾之類，澹而不求可也，讀書窮理，老當不倦，若徒貿貿玩愒，壽若彭聃，何益之有？

人有被殺而無血者，高僧示化，往往有之。唐周朴爲黄巢所殺，涌起白膏數尺。元董摶霄爲賊所刺，惟見白氣一道衝天。可謂異矣。晉司馬睿斬令史淳于伯，血逆流上柱二丈三尺。齊殺斛律光，其血在地，去之不滅。此冤氣也。萇弘血化爲碧，亦是類耳。相傳清風嶺及永新城婦人血痕，至今猶存。國朝靖難時，方孝孺所書血，天陰愈明。貫日飛霜，蓋從古有之矣。

人死而復生者，多有物憑焉。道家有換胎之法，蓋煉形駐世者，易故爲新，或因屋宅破壞，而借它人軀殼耳。此事晉唐時最多，太平廣記所載，或涉恠誕，至史書五行志所言，恐不盡誣也。其最異者，周時冢至魏明帝時開，得殉葬女子猶活，計不下五六百年，骨肉能不腐爛耶？温韜、黄巢發墳墓遍天下，不聞有更生者。史之紀載，亦恐未必實矣。

人化爲虎者，牛哀、封邵、李徵〔一〕、藺〔二〕庭雍之妹也；化爲黿者，丹楊宣騫〔三〕母也；化爲狼者，太原王含母也；化爲夜叉者，吴生妾劉氏也；化爲蛾者，楚莊王宫人也；化爲蛇者，李勢宫人也。若郗氏之化蟒，則死後輪迴，以示罰耳。

校勘記

〔一〕「徵」，原作「微」，據太平廣記卷四百二十七李徵條引宣室志改。按今本宣室志無此條。

〔二〕「藺」，原作「蘭」，據録異記卷八異虎條改。
〔三〕「騫」，原作「賽」，據晉書卷二十九五行志下人痾條改。

黔筑有變鬼人，能魅人至死。有游僧至山寺中，與數人宿，夜深聞羊聲，頃便入室，就睡者連齅之。僧覺，以禪杖痛擊之踣地，乃一裸體婦人也。將以送官，其家人奔至，羅拜乞命，遂舍之。他日僧出，見土官方執人生瘞之，問其從者，曰：「捉得變鬼人也。」

僬僥氏三尺，短之至也，長者不過十之，數之極也。然防風之骨專車，長狄身横九畝，似已逾三十尺矣。近代之所睹記，若翁仲、巨母霸、符秦乞活夏默等，長不能過二丈。至於今日，有逾一丈者，共駭以爲異矣。短至三尺，時時有之，即衣冠中，間或一遇。余在閩中見一人，年三十餘，首如常人，自項以下，纔如數月嬰兒，弱不能行立，髡首作僧，坐竹籠中舁之，能敲木魚誦經，然此乃奇疾，不可謂之成人也。萬曆甲戌，甘肅掘地得小棺千餘，皆長尺許，其中人顔色如生，不知何種人也。

岳珂桯史載姑蘇民唐姓者，兄妹俱長一丈二尺。國朝口西人長一丈一尺，腰腹十圍，其妹亦長丈許。余親見文書房徐内使者，長可九尺許。余時初登第，同諸部郎接本，徐自内出，望之如金剛神焉。一刑曹陡見之而悸，溺下不禁。目中所見長人，此爲之最。其短三尺者，蓋常見之也。

京師多乞丐，五城坊司所轄，不啻萬人，大抵遊手賭博之輩，不事生産，得一錢即踞地共擲，錢盡繼以襦袴，不數擲，倮呼道側矣。荒年饑歲，則自北而南，至於景州，數百里間，連臂相枕，蓋無恒産之所致也。

京師謂乞兒爲花子，不知何取義。嚴寒之夜，五坊有鋪居之，内積草秸及禽獸茸毛，然每夜須納一錢於守者，不則凍死矣。其饑寒之極者，至窨乾糞土，而處其中，或呑砒一銖，然至春月，糞砒毒發必死。計一年凍死毒死，不下數千，而丐之多如故也。

胎十月而子生，精氣足也。然亦有七月而生者，亦有過期至十四五月者，所感異也。世傳堯十四月而産，又云堯以前皆十四月而産，蓋因莊子有舜治天下，民始十月生子之説，寧知莊生之寓言乎?世又言老子八十一年而産，此固不足信。余所見大同中翰馬呈德，其内人孕八歲而生子，以癸卯孕，庚戌免身。子亦不甚大，但髮長尺許，今纔三歲，即能誦詩書如流，對客揖讓，無異成人。甚奇事也。

孟賁生拔牛角，烏獲舉移千鈞，力之至也，而將略不顯。夏育、太史噭叱咤駭三軍，而身死庸夫，不善用其力也。項王拔山扛鼎，意氣雄豪，自是古今第一人物，然鴻門宴上，樊將軍拔劍啖肉，目眥盡裂，主人按劍而不敢動，幾於勇而能怯矣，業雖不遂，未失爲千古英雄也。漢季關張稱萬人敵，豈獨以勇力勝，忠肝義烈，蓋有國士之風焉。不然，彼典韋、許褚、馬超、曹彰等，非不竝驅中原，碌碌何足比數也。南北紛争，虓虎輩出，高敖曹、羊侃、奚康生、盧曹、彭樂、張蚝、鄧羌、麥鐵杖之徒，史不絶書，而位不過偏裨，地未越尺寸，惜其未逢英主以駕馭之，宜其成就止此。唐初秦叔寶、尉遲恭、薛仁貴等，皆樊彭之流，非絶世之具，宋令文、彭博通徒鬭氣力，而不閑韜鈐，其與冥然無支祈又何間哉。鄧伯翊銅筋鐵肋，不立勳萬里外，而棄家入道，可謂善藏其用矣。大凡勇力蓋世者，當本之以忠義，濟之以智術。忠義不明，徒一劇賊爾；智術不足，即如關張，吾不能無遺憾焉，况其它乎？

張蚝本張平養子，通於平妾，自割其勢。後仕苻堅，至大將軍，封侯。驍勇絶倫，稱萬人敵。宦者以勇聞，古今一人而已。

羊侃於堯廟蹋壁行，直上五尋，横行七跡。泗橋石人長八尺，大十圍，執以相擊，悉皆破碎。侃非徒有力，蓋亦趫捷絶倫者。其守臺城，却侯景，鞠躬盡瘁，死而後已，國士之風，至於侃，近之矣。

盧曹以海神脛骨爲鎗，時人莫能舉，而惟彭樂舉之。宋令文撮碓觜書四十字，以一手挾講堂柱起，可謂震世神力矣，而不能奪彭博通之卧枕。陳安刀矛竝發，十傷五六，一時目爲壯士，而平先搏戰，三交奪其虵矛，懸頭澗曲，易若探囊。王彦章鐵鎗馳突，勇冠三軍，而與夏魯奇一戰而躓。雖有絶藝，困於敵也。

斬蛟者，子羽、佽飛、菑丘訢、周處、鄧遐、趙昱，而許真君不論也。刺虎則多矣，任城王曳虎尾以繞背，虎弭耳無聲；桓石虔徑拔虎箭，虎伏不敢動；楊忠左挾虎腰，右拔其舌；元石明三一日而殺五虎。可謂蓋代神力也已。若徒搏之，世不乏人也。

韓延壽超踰羽林亭樓，捷之至也。羊侃蹋壁五尋。權武投井躍出。沈光拍竿繫繩，手足皆放，透空而下。柴紹之弟着吉莫靴，直上磚城，手無攀援，壁龍之號，不減肉飛仙矣。近來行繩走竿，多出女子小人之戲，而武弁之中，未之有聞。

近代穿窬之雄，其蹻捷輕慓，有不可以人理論者。如小說所載黃鐵脚，及明時坊偷兒着皁靴緣上六石碑者，亦飛仙之亞也。嘉靖末年，有盜魁劫大金吾陸炳家，取其寶珠以去，陸氣慴不敢言，一日與巡按御史語偶及之，其夜即至，怒曰：「囑公勿語，何故不能忘情？」既而嬉笑曰：「雖百御史，其如我何？我不殺公也。」一躍而去，不知所之。此殆古之劍俠者耶？又萬曆間，金陵有飛賊，出入王侯家，如履平地。其人冠帶騶從，出入呵殿甚都，與縉紳交，人不疑也。後以盜魏國公玉帶，爲家人所告，伏法。惜其有技而妄用之也。

劇談録載張季弘所遇逆旅婦人，以指畫石，深入數寸。恐亦言過其實，即不然亦木客野叉，非人類也。德宗時，三原王大孃以首戴十八人而舞。恐扛鼎之力，不雄於此。汪節對御，俯身負一石碾，碾上置二丈方木，又置一牀，牀上坐龜兹樂人一部，時稱神力矣，而王氏以婦人能之，尤亘古所無也。

太原民程十四者，勇冠一時，身長八尺，筋骨皮肉，殆非人類。祖本徽州軍也，至歙取裝，里惡少有力者狎而侮之，程怒，奮拳挺之於牆，去地尺許，手足無所施，羣少譟而擊之，至於鐵尺撾其脛百數，程若不聞也，垂死乃放之。嘗隨人出獵，遇獵犬皆妥耳依人，衆恐有虎，散歸。程問故，大笑曰：「虎何足畏？」獨持一巨挺，入深林中伺之，日暝虎不至，乃還。程嘗自言在其鄉搏一虎，生挾之欲歸，又一虎突至，倉卒中以所挾虎擊之，兩碎其首焉。斯亦卞莊、周處之儔與。此萬曆初人也。

小說載國初有吳齋公者，力逾千斤，嘗遇巨艦，怒帆順風，吳在下流，以手逆拓之，艦爲開丈許。有劇盜聞之，將甘心焉，往謁之。吳知，微服應門曰：「客欲訪吾齋公耶？少出，尋至矣。」留客坐烹茶，取巨竹本椀大者掖之，砉然碎爲數片。盜心驚，問何人，曰：「齋公之僕也。」盜默辭去。每遇力作時，取巨絙如指者，寸寸斷之始解。此其驍獷豈在宋令文下，而没世無聞，良可歎也。

彭博通宴客，遇暝，獨持兩床，降階就月，酒肴尊組，略無傾瀉。近代如劉都督顯亦能爲之。余在福寧，見戎幕選力士，以五百斤石提而繞轅門三匝者爲合式。時浙營中有十數人，又其翹者，以石立兩人於上，用右手挈之，殊有餘任。乃知千斤之力，世未嘗乏也。人有千斤之力，始能於馬上運三十斤之器。余在白門親試之，其有五百斤力者，但能舉動而已，不能運轉如飛也。乃知關、張、秦叔寶、王彦章之流，兵器皆重百斤，非萬斤之力不至，是可易得哉。

武藝十八般，而白打居一焉。今人小廝撲無對者，如小虎梁興甫，亦足以雄里閈矣。但用之戰場，未必皆利。河南少林寺拳法天下所無，其僧遊方者皆敵數十人。流賊亂時，有建議以厚賞募之，得精壯五百餘。賊聞，初亦甚憚之，與戰佯北，伺其夜襲擊，盡殲焉。則亦用之不得其宜也，故練兵不若選將也。

正統己巳之變，招募天下勇士，山西李通者，行教京師，試其技藝，十八般皆能，無人可與爲敵，遂應首選。然通後卒不以勳業顯，何也？十八般：一弓，二弩，三鎗，四刀，五劍，六矛，七盾，八斧，九鉞，十戟，十一鞭，十二簡，十三槁，十四殳，十五叉，十六杷頭，十七綿繩套孛，十八白打。

人有頭斷而不死者，神識未散耳，非關勇也。傳記所載，若花敬定喪元之後，猶下馬盥手，聞浣紗女無頭之言，乃仆。賈雍至營，問將佐：「有頭佳乎，無頭佳乎？」咸泣言：「有頭佳。」答曰：「無頭亦佳。」乃死。蓋其英氣不亂故爾。若淳安潘翁遭方臘亂，斬首，尚能編草履如飛，湯粥從頭灌入；崔廣宗爲張守珪所殺，形體不死，飲食情慾，無異於人，更生一男，五年乃死，則近於妖矣。

璇璣玉衡，以齊七政，萬世巧藝之祖，無出歷山老農矣。黄帝之指南車，周公之欹器，其次也。公輸之雲梯，武侯之木牛流馬，又其次也。棘猴玉楮，非不絶人倫，侔化工，幾於淫矣，然亦聰慧天縱，非可以智力學而至者。大約百工技藝，俱有至極，造其極者謂之聖，不可知者謂之神。雖曰無益，不猶愈於飽食終日、無所用心者哉。

北齊胡太后使沙門靈昭造七寶鏡臺，三十六户，各有婦人，手各執鏁，才下一關，三十六户一時自閉，若抽此關，諸門皆啓，婦人皆出户前。唐馬登封爲皇后製粧臺，進退開合，皆不須人，巾櫛香粉，次第迭進。見者以爲鬼工，誠絶代之技也。然運機發縱，可以意推，葭琯渾儀，遞相祖述，在能擴而演之耳。元順帝自製宫漏，藏壺匱中，運水上下。匱上設三聖殿，腰立玉女，按時捧籌，二金甲神，擊鼓撞鐘，分毫無爽。鐘鼓鳴時，獅鳳在側，飛舞應節。匱兩旁有日月宫，宫前飛仙六人，子午之交，仙自耦進度橋，進三聖殿已，復退立如常。神工巧思，千古一人而已。近代外國琍瑪竇有自鳴鐘，亦其遺意也。

今人語工程之巧者，必曰魯班所造。然魯班之後，世固未乏巧工，而班之製造傳於世者，未數見也。漢之胡寬、丁緩、李菊，唐之毛順，俱載史册。宋時木工喻皓，以工巧蓋一時，爲都料匠，著有木經三卷，識者謂宋三百年一人而已。國朝徐杲以木匠起家，官至大司空，其巧侔前代而不動聲色。常爲内殿易一棟，審視良久，於外另作一棟，至日斷舊易新，分毫不差，都不聞斧鑿聲也。又魏國公大第傾斜，欲正之，計非數百金不可。徐令人囊沙千餘石置兩旁，而自與主人對飲，酒闌而出，則第已正矣，亦近代之公輸也。以伎倆致位九列，固不偶然。

喻皓最工製塔，在汴起開寶寺塔，極高且精，而頗傾西北，人多惑之，不百年平正如一。蓋汴地平無山，西北風高，常吹之故也。其精如此。錢氏在杭州建一木塔，方兩三級，登之輒動。匠云未瓦上輕，故然。及瓦布而動如故，匠不知所出，走汴賂皓之妻，使問之。皓笑曰：「此易耳。但逐層布板訖，便實釘之，必不動矣。」如其言乃定。皓無子，有女十餘歲，卧則交手於胸，爲結搆狀。或云木經女所著也。

國朝徐杲之外，又有蒯義、蒯剛、蔡信、郭文英，俱以木工官至工部侍郎，而能名不甚著。

梓匠輪輿，能與人規矩，不能使人巧。然巧一也，至於窮妙入神，在人自悟，分量有限，即幾希之間，難於登天。若曹元理、趙逵算術，再傳之後，漸失玄妙。非不傳也，後人聰明無企及之故也。它如管輅之卜，華陀之醫，郭璞之地，一行之天，積薪之奕，僧繇之畫，莫不皆然。後人失其分數，思議不及，遂加傅會，以爲神授。此政不可知之謂神耳，豈真有鬼神哉。

諸葛武侯在隆中時，客至，屬妻治麵，坐未温而麵具。侯恠其速，後密覘之，見數木人斫麥運磨如飛，因求其術，演爲木牛流馬云。蓋莊子所謂不龜手之藥，或以封，或不免於洴澼絖者也。自武侯有此製，而後世有巧幻之器，如自沸鐺、報時枕之類，皆托之諸葛，有無不可知也。

南齊祖冲之因武侯有木牛流馬，乃造一器，不因風水，施機自運，不勞人力。又造千里船，於新亭江試之，日行百里。及欹器、指南車之屬，皆能製造。此其巧思，孔明之後，一人而已。其論鐘律曆法，尤極精辨，而喪亂之世，不見施行，惜哉。

唐文宗時，有正塔僧履險若平地，换塔杪一柱，不假人力，傾都奔走，皆以爲神。宋時真定木浮圖十三級，勢尤孤絶，久而中級大柱壞欲傾，衆工不知所爲。有僧懷丙度短長，别作柱，命衆維而上，已而却衆工，以一介自隨，閉户良久，易柱下，不聞斧鑿聲也，亦神矣。國朝姑蘇虎丘寺塔傾側，議欲正之，非萬緡不可。一遊僧見之，曰：「無煩也，我能正之。」每日獨携木楔百餘片，閉户而入，但聞丁丁聲，不月餘塔正如初，覓其補綻痕迹，了不可得也。三事極相類，而皆出遊僧，尤奇。

算術自皇甫真、曹元理、趙逵之後，未有能繼之者，史所謂得其分數而失玄妙者也。北史綦毋懷文傳載：「晉陽館有一蠕蠕客，胡沙門指語懷文云：『此人有異算術。』乃指庭中一棗樹云：『令其布算實數。』并辨赤白若干，赤白相半若干。於是剥而數之，唯少一子，算者曰：『必不少，但更撼之。』果落一實。」此其算法視元理不知鼠之爲米，又高一着矣，隋諸葛潁、宋邵堯夫其次也。國朝唐應德先生極精算術，與顧應祥司寇皆以神算自負，云一城中可算若干人，一厫中可算若干米，分毫不差，然未經試驗。今其法具在，亦未有能傳之者也。

唐公常云：「知曆數又知曆理，此吾之所以異於儒生；知死數又知活數，此吾之所以異於曆官。」所著勾股測望論、勾股容方圓論、弧矢論、分法論、六分論，發揮備矣。余在吴興，訪顧司寇子孫問之，皆不得其傳，爲之歎息。坐上一客曰：「縱使傳得，亦將安用？」一笑而罷。

南方好傀儡，北方好鞦韆，然皆胡戲也。列子所載偃師爲木人，能歌舞，此傀儡之始也。秋千云自齊桓公伐山戎，傳其戲入中國。今燕齊之間，清明前後，此戲盛行。所謂北方戎狄愛習輕趫之能者，其説信矣。

古今不甚相遠者，惟有醫之一途，蓋功用最切，優劣易見，人多習而精之故也。然扁鵲之視五臟癥結，華陀之剖心傳藥，不可得已。李子豫、徐秋夫、孫法宗、許智藏之技，冥通要眇，鬼物猶或憚之，況常人乎？甄權、王彦伯、張仲景、葛洪、錢乙之輩，史不絶書，觀其著論造極，投匕解厄，若運之掌，功參造化，不謂之聖不可也。夫醫者意也，以意取效，豈必視方哉。然須博通物性，妙解脉理，而後以意行之，不則妄而輕試，足以殺人而已。

梁新遇朝士風疾，告以不可治，趙鄂教以食消梨而愈。王太后病風，餌液不可進，許胤宗以黄蓍、防風煎湯置牀下，熏之而能言。年少食鱠不快，眼前常見小鏡，趙卿誑以會食，使啜芥醋而愈。富商暴亡，梁新因其好食竹雞，知爲半夏毒，薑汁灌之而愈。桐城孕婦七日不産，龐安時鍼其虎口，使縮手而遽下。皇子瘈瘲，錢乙以土勝水，水平而風自止，進黄土湯一劑而安。吴門孕婦不下，葛可久以氣未足，初秋取桐葉飲之，立下。此以意悟者也。史載之治朱師古之食掛，徐嗣伯治老姥之針疽，賈耽視老人之蝨瘕，徐之才視乘船人之蛤精疾，周顧知黄門腹中蛟龍，以無命門脉而知爲鬼。此以博識者也。醫和診晉侯，而知其良臣將死。僧智緣每察脉，知人禍福休咎；診父之脉，而能道其子吉凶。此以理推者也。意難於博，博難於理，醫得其意，足稱國手矣。

漢郭玉善醫，雖貧賤廝養，必盡心力，而療治貴人，時或不愈，和帝問之，對曰：「貴者處尊高以臨臣，臣懷怖懼以承之，其爲療也，有四難焉：自用意而不任臣，一難也；將身不謹，二難也；骨節不强，不能使藥，三難也；好逸惡勞，四難也；針有分寸，時有破漏，重以恐懼之心，臣意且猶不盡，何有於病哉。」唐許胤宗人勸其著書以貽後世者，答曰：「醫特意耳，思慮精則得之。脉之候幽而難明，吾意所解，口莫能宣也。古之上醫，要在視脉，病乃可識。病與藥值，惟用一物攻之，氣純而速愈。今之人不善爲脉，以情度病，多其物以幸有功。譬獵不知兔，廣絡原野，冀一人獲之，術亦踈矣。一藥偶得，它味相制，弗能專力，此難愈之驗也。」噫，旨哉二子之言，其知道乎，進於技矣。後世貴人召醫，十九蹈郭玉之言。庸醫視病，不可不思胤宗之旨也。

唐太宗苦風眩，百醫不效，而張憬藏以乳煎蓽撥飲之，立差。韓晟矢貫左髀，鏃不出者三十年，劉贇傅以少藥，立出之，步履如常。魏安行妻風痿十年不起，王克明一針而動履如初。朱彦脩治女子瘵疾皆愈，唯頰丹不滅，葛可久刺乳而立消。此技之有獨至也。至於刳破腹背，斷截腸胃，抽割積聚，湔洗疾穢，如有神道設教，則吾不敢知。若猶技也，竊恐理之所無。龐安常以爲史之妄者，良不虚也已。

世間固有一種奇疾，非書所載，而療治之方，亦殊恠僻，非人意想所及者。如賈耽所視老人蝨瘕，世間無物可療，惟千年木梳及黄龍浴水飲之。又有噎死剖腹得鱉者，白馬溺淋之，悉化爲水。一云藍汁治之。有患應聲蟲者，人教以讀本草，至雷丸獨不應，遂以主方投之，立差。又有生面瘡者，諸藥飼之俱下咽，至貝母則閉口瞑目，乃捩而灌之，遂結痂云。此亦奇矣。余所記憶，蔡定夫之子苦寸白蟲嚙腸胃間，如萬箭攢攻，醫教以勿食，良久，炙猪肉一大臠，啣而勿嚥，如此半晌，覺胸間嘈雜不可耐，乃以檳榔末取石榴根東引者，煎湯調服之，暴下如傾，得蟲數斗，尚能動云。此蟲惟月三日以前其頭向上，可用藥攻打，餘日則頭向下，縱有藥，皆無益，故先以炙誘之，令其畢赴，然後一舉而殲焉。西湖志載醫者爲吴太師治馬蝗，雜記載劉大用爲衛承務子治水蛭，法皆與此同，不可不知也。宣室志載渤海高生病臆，痛不可忍，召醫視之，醫曰：「有鬼在臆中，藥亦可療。」煮藥飲之，吐痰斗餘，膠固不可解，刃剖之，有一人自痰中起，初甚么麽，俄長數尺，倏忽不見。鬼藏臆中已奇矣，而知臆中鬼者，亦神手也。不著其名，惜哉。此與猱藏頸、欒神藏鼻中何異？

有皮膚中生蟲如蟹走，作聲如小兒啼者，治用雄黄雷丸爲末，摻猪肉上，熱啖之。有手足甲忽倒長入肉，痛不可忍者，葵菜治之。有面上及遍身生瘡，如猫眼，有光彩，無膿血，痛癢不恒者，寒瘡也，雞魚葱韭治之。有遍身肉出如錐，癢痛不能飲食者，青皮葱燒灰淋洗，飲豉湯解之。有遍體生泡，如甘棠梨，破之水出，中有石一片，如指甲大，去之復生，以荆三稜、蓬莪术爲末，酒服之。有灼艾痂落後，瘡肉忽片片如蝶飛去，痛不可忍者，熱證也，大黄、朴硝爲末，水服之。此等奇疾，雖世所稀有，姑筆之以當異聞。

宋范縉叔末年得奇疾，但漸縮小如小兒，臨終形僅如三五歲耳。此疾終無人識。太平廣記載有人患此經年而復故。又松滋令姜愚忽病不識字，數年方復故。又有人得疾，視物皆曲，弓弦界尺之類，視皆如鈎，竟無能治之者。

宋秘書丞張鍔有奇疾，中身而分，左常苦寒，右常苦熱，巾襪袍袴，紗綿相半，終歲如是。太平廣記載無目表弟亦然，可謂異疾矣。

陶穀清異録載盩厔士人有蛀牙疾，一日有聲發於齦齶，若人馬喧騰而去，痛頓止。夜半復聞來聲云：「小都郎回活玉窠也。」呵殿，以次入口中，痛復大作。其言似幻妄。余同年歷城穆吏部深家居得疾，耳中嘗聞人馬聲，一日聞語曰：「吾輩出遊郊外。」即似車馬騾驢，以次出外，宿疾頓瘳。至晡，復聞人馬雜遝入耳中，疾復如故。穆延醫治，百計不效，逾年自愈，始信書言不謬。

又浙有士人，一指忽痛，指甲間生一珊瑚，高二寸，血色氣縷，成海市人物，城郭樓臺。醫謂火所致，服以大黄始愈。故曰「暴病多火，怪病多痰」，醫者不可不知也。

善醫者不視方，蓋方一定而病無定也。余在東郡，室人産後虚悸，每合眼，即有氣一股從下部上攻，直至胸膈，閉急而寤，如是五晝夜，殆矣。諸醫泥方，惟以補氣血，投之益甚。庠生馬爾騏者曉醫，語之曰：「此火也，急則治標，何暇顧氣血？」投以胡黄連，一進而熟寐一晝夜，諸症脱然。萬曆辛亥九月在家，侍兒忽病氣逆，不可卧。一僧善方者曰：「此氣不歸元耳，六味丸可立愈也。」投之久而如故，且吐出原藥。僧怖曰：「胃有寒痰，不受藥矣，非附子不能下也。」余信且疑。時有良醫薛子勉者家芋江，距城二十里，病且亟，迺飛騎迎之至，診視笑曰：「易與耳。」投以蘇子、蘿蔔子、梔子、香附等少許，飲之貼然，且告之故，薛大驚曰：「凡氣逆者皆火也，附子入口，必死無疑。」僧亦媿服。至今齊中國手推馬生，閩中推薛生也。

古之醫皆以鍼石灸艾爲先，藥餌次之。今之灸艾，惟施之風痹急卒之症，針者百無一焉，石則絶不傳矣。古之視病，皆以望聞問切爲要，今則一意切胗，貴人婦女，望聞絶不講矣。夫病非一症，攻非一端，如臨敵布陣，機會猝變，而區區仗諸草木之性，憑尺寸之脉，亦已踈矣。況藥性未必遍諳，但據本草之陳言；脉候未必細别，徒習弦澁之套語。殺人如芥，可不慎哉。

余里中有齊公憲者，三代習小兒醫，而至公憲尤極精妙。凡遇痘疹未發時，一見即别其吉凶生死，百不爽一也。性落魄嗜酒，每痘疹盛行時，門外圍繞，常千百人，肩輿於道，聚復生可耳。

衆攘奪。齊每自病之，欲棄去而不能也。余行天下，見諸小兒醫，未有及之者，即謂錢乙痘瘡者，乃造化之殺機，兒童之劫數，非可以常理測也。世人沿習之論，但云胎毒所致，故有謂成胎以後勿復再幸者，有謂初生之時探取其口中血者，有謂懷胎十月勿食醲厚煎煿滋味者。至於燒臍、煉砂、兔血稀痘諸方，言人人殊，及其試之，百無一驗。況有同母共胎孿生者，而稠稀迥若天壤。又有一時氣運吉凶不同，倘遇其吉，比屋皆安，若際其凶，夭札如麻，至有一村之中，無復兒聲者。此蓋長平坑卒、南陽貴人之比，而禄命醫藥，至此盡不足憑矣。但初發之時，吉凶即可辨識，熱甚而發驟者多凶，熱微而發遲者多吉。吉者静以俟之，凶者藥以解之。無實實，無虚虚，無信庸醫謬方，妄以異功木香等散投之，守禁忌，節起居，慎調護，謹飲食，即凶亦有變爲吉者。如其不然，足以速其斃耳。至於藥匕之方，則始終以解毒和中爲主，始則發散之，既則表托之，後則徤中排膿，如是而已。其它奇方劫藥，不可輕試也。

嗜異味者，必得異病；挾恠性者，必得恠證；習陰謀者，必得陰禍；作奇態者，必得奇窮。此格言也，故曰君子依乎中庸。卜筮原無他術，惟在人靈悟，推測隱微，固非可以口傳而語授也。如占雨得剥，李業興以坤上艮下，艮爲山，山出雲，占爲有雨；吴遵世以坤爲地，土制水，占爲無雨，而卒無雨。卜二牛先起，得火兆，郭生以火色赤，謂赤牛先起；麴紹以火將然，烟先發，謂青牛先起，而卒如紹言。乃知在人見解耳。

今江湖方外尚有傳捻骨相者，如正統間虎丘半塘寺僧兩目俱盲，揣骨無不奇中。又高齊時，吴士有雙盲者，聞人聲音，知其貴賤。文襄歷試之，無不驗者。此與漢龍淵術同。摸骨揣聲，視相人又難矣。皇甫玉善相人，至以帛抹眼，摸其骨體，便知休咎，百不爽一。六朝時有善相笏者，相休祐笏，以爲多忤。休祐以褚淵最爲謹密，乃陰换之。時又有館客趙瓊，其婦叔寄〔一〕弓，雖轉屬它人，無不盡知，時人疑其別有假托，然總是術之至精耳。它日淵見帝，誤稱下官，大被憎譴。夫一手板，棄之則溝中斷耳，於人何與，術固有不可知者耶？它如李嶠之龜息，周必大之帝鬚，甘侯頭低視仰，馬周火色鳶肩，博識者自當辨之，未爲神也。

校勘記

〔一〕「寄」，原作「奇」，據北史卷八十九皇甫玉傳改。

李荃爲節度判官，望東南有異氣，而知安禄山之生。賈耽爲節度使，見羣小尼入城，而知有火患。二人之識鑒，可謂神矣。荃注黄帝陰符經，推演幽奥，僉謂鬼谷、留侯復生，而耽於醫藥卜筮，天文術數，無不通曉，信當代之異人也。

卜自管輅、郭璞之後，至李淳風而神矣。相自姑布、子卿、唐舉之後，至袁天綱而神矣。宋之費孝先，明之袁忠徹，皆詣極絶倫，上追千古，數百年來，未有繼之者也。

生死禍福，一定不易，精術數者，但能前知之耳，不能逃也。郭璞謂卜珝曰：「吾不能免公吏，亦猶卿之不能免卿相。」然璞以忤賊臣而死，雖死不猶愈於生乎？桑道茂見污僞命，而哀求李晟以獲免，雖前知之力，而生不如死多矣。鄭虔遇鄭相如，告以禍亂，而勉以守節勿污，卒脱於死。前知者當如此矣。

余妻父鄭參知逑嘗自言，未第時，有江右金道人者善相，百不失一。嘉靖甲午秋，鄭偕諸名士訪之，歷歷如響，獨不顧鄭。鄭時自負才名，恚之。道人曰：「毋怒也，秋榜後當奉告。」至期果下第。復問道人，道人曰：「君相法在丁酉當魁省試。」鄭問：「何以爲驗？」曰：「至年髮當長尺許，是其兆也。」遂去。鄭心記之。洎丁酉春，髮果暴長尺許，益自負。秋初道人復至，告之故，曰：「未也。入試之後，額當隆起如贅然，登第後始消耳。」已而果然。既又問春榜消息，良久彈指曰：「尚遠尚遠，吾不及見也。」鄭不懌，遂不終問。越十四年庚戌，始成進士，訪道人，則已死矣。

後時蘭溪有楊子高者，跛一足，挾相人術走天下，其辨人貴賤貧富，歷歷如見，名遂大譟，家致萬金。嘗至閩，一見朱中丞運昌，而謂其必死。一日至余齋中，坐客不期而集者二十許人，或文學，或布衣，或掾史、貲郎、丹青、地師，辨析無毫釐差謬。人亦疑其有它術者，余閒扣之，曰：「此無它，但閱人多耳。」然已後事多不肯盡言也。

鄧通富埒人主，亞夫位至封侯，而卒不免餓死，相法誠不爽矣。南史庾㚟家富於財，食必列鼎，狀貌豐美，人謂必爲方伯。及魏尅江陵，卒以餓死。有褚蘿〔一〕者，面貌尖危，從理入口，竟保衣食而終。相人者，安可執一論也？

校勘記

〔一〕「蘿」，原作「蘊」，據南史卷四十九庾杲之傳改。

清波雜志載：「許志康論太素脉，謂可卜人之休咎。如智緣爲王荆公診脉，而知元澤之登第也。王禹玉在坐，深不然之。」余在真州，江進之廷尉言有易思蘭者，太素脉甚神。試之，其説以左右各三部，每部分爲十年，十年之中，分作七十二至，言亦甚辯，時戊戌秋也。余欲以明春入都，四月補官，問可得否。易曰：「據脉，夏方得行，官期在秋。」余謂不然，易傲然笑曰：「太素已定，豈人能爲？」然余明年卒以二月行，四月授東郡司理，易言未嘗中也。在東郡時，又有以太素脉見者，其説以心脉爲君，肝脉爲臣，君臣相應者爲貴脉，其言視易尤爲支離，乃謝遣之。丙午至閩，聞莆有瞽者亦姓易，精此術，年八十餘，老矣，遣人以安車致之。其辨人貴賤、卜休咎如神，而不肯言診視之術。診時每以一手屈人指，自大至小五屈之，即瞭然矣。時諸客遞診，言皆如響。間及婢僕，脉亦知之。余潛以手往視，良久驚曰：「此非凡人，那得至此？」語之故，乃大笑。其人戇直，貴賤禍福，皆直言之，故時爲人毆辱，隱深山中，惜其絶技終泯泯不傳也。

五雜組卷之六

人部二

禄命之説，相傳始於唐李虚中，然三刑六合，貞觀初已闢其説，似非起於李也。至於今雲屯林立，十得四五，聲價即爗然矣。大約子平爲定體，五星爲變用。譬之相者，富貴貧賤，部位大略，一見可識者，子平之局也；至於氣色流年，變動不一，則五星之用也。然子平生剋死數，人皆童而習之，而五星氣餘躔度，變化微眇，又豈俗師村瞽之所能測？故余從來未見有奇中者也。

李虚中以人生年月日所直支干，推人禍福死生，百不失一，初不用時也。自宋而後，乃并其時參合之，謂之八字。然虚中末年煉黄金，求不死，而卒發疽以死，可謂不知命之尤者，其術又何能靈？而今之瞽師村究，概能推生剋衰旺之數，但不驗耳。使天之生人，可以八字定其終身，何名造物？

世間最不足信者，禄命與堪輿二家耳，蓋其取驗皆在十數年之後，任意褒貶，以自神其術，而世人喜諛覬福，往往墮其術中而深信之。余嘗見此二家有名傾華夏，而術百無一中者，大率因人貴後而追論其禄命，因家盛後而推求其先塋，意之不得，則强爲之解，以求合其富貴之故。甚矣，人之惑也。

推禄命者，年月日時相配，以定吉凶。然今用夏正，故寅月屬之今年，若建子、建丑，則十一、十二兩月皆當屬之明歲，其生尅制化，必有相枘鑿者，吉凶又何所適從耶？若長平坑卒，南陽貴人，又所不必論也。

京山曹子野以禄命擅名一時，余過姑蘇，偶聞其在逆旅，亟召之至。其論與衆不同，每運十年，不分支干，曰：「夫干屬天者也，支屬地者也。合則爲用，離則爲敵。豈有人之性命，五年行天上，五年又行地中者乎？」其言甚辯，余不能難也，而推未來休咎，亦殊不驗。又聞岳州有李蓬頭者，其術勝曹，惜未之見耳。

禄命之説，誠渺茫不足信。人有同年庚日時，而貴賤迥不相同者。相傳太祖高皇帝已定天下，募有與己同禄命者，得江陰一人，召至，欲殺之。既見，一野叟耳，問：「何以爲生？」曰：「惟養蜂十三籠，取其税以自給。」太祖笑曰：「朕以十三布政司爲籠蜂乎？」遂厚賜遣還。然帝王間氣，固自難以凡人例論也。宋時一軍校，與趙韓王同年月日時生。韓王有大遷除，軍校則有一大責罰，小遷轉則軍校微有譴訶。此又不知何故。至貨粉鄭氏生子，與蔡魯公同命，而卒十八溺死，則迥若天淵矣。余外祖徐子瞻，與同里宋姓者年月日時盡同，少同學相善也，同食既於庠，同無子，至四十九歲而宋卒。徐懼，不敢出户閾，然其後乃相繼舉三子，即惟和兄弟也，以貢仕至縣令，歸，年八十餘始卒。何後事之大不相同耶？永康程京兆正誼，與義烏虞懷忠同禄命，同以辛未成進士，同作司李，同日内召。然虞授御史，聲勢烜赫，家富不貲，坐左遷，後稍起至縣令，鬱鬱以死；程授比部郎，出入藩臬，位至大京兆，年八十方卒，乃其家貲不敵虞十一也。豈富厚爲造物所忌，既奪其爵，復減其算耶？或爲富不仁，虞固有以自取之耶？樂善録所載二士人亦若此，蓋以富貴享用折算耳。然謂之曰命，則宜一定不易，或凶惡而富壽，或良善而窮夭，始足信也。若因生平作爲而轉移，則又何必言命哉。

萬曆丙午，浙中有鄺道人者挾數學來閩，人信之如神然，小術頗有驗。余往訪之，鄺以片紙書數字内袖中，既令余念詩經一語。余漫應曰：「關關雎鳩。」已出袖中書，則此句也。凡人有來卜者，有數事，輒預書貼壁上，令自取之，無不符合，以是名益噪。然余細覈之，似有役鬼搬運之術耳，其未來事分毫不驗也。先是，廣平有籍大成者，最善諸幻術。逆旅天寒，有數客至，大成爲符焚之，食頃酒肴皆具，又焚一符，則歌妓畢集，但自腰以下不可見耳。問其故，曰：「此生魂也，吾以術攝之。」有人苦尫瘠無力，大成爲呵一氣，即攝一人力傳其體，呵十氣，遂可舉千斤，少頃，尫瘠如故。後坐不法論死，繫司寇十餘年。人問之，曰：「吾越獄如平地耳。但有此宿業，須受之，必不死也。」已而果赦出，戍遼左。自後爲幻術者皆宗大成，而失其神妙，若酈生者，又不足數也。

嘉隆間，新安汪龍受得數學於遊僧，頗有奇驗。四明袁文榮當國，寄一白棊子，托人問汪。汪曰：「白者北也，棊子者子也。此北京當局之人來問子也。但此棊子非木非石，經火鍛鍊，了無生氣，必不能生子。若再以生尅之理推之，此老不久亦當終局。」其人隱之，不敢以聞。越數月，而袁公捐館。

幻戲雖小術，亦自可喜。余所見有開頃刻花者，以蓮子投温湯中，食頃即生芽舒葉，又食頃生蓮花如酒盞大。又有燃釜沸油，投生魚其中，撥刺游泳，良久如故。又有剖小兒腹種瓜，頃刻結小瓜，剖之皆可食。又有以利刃二尺許插入口，復抽出。又有仰卧，以足承梯，倚空而不仆，一小兒穿梯以升，直至其巔，觀者毛髮灑淅。至於舞竿走繩，特其平平者耳。長安丐者，有犬戲猴戲，近有鼠戲。鼠至頑，非可教者，不知何以習之至是。余庚戌在京師，見戲者籠一小雀，中置小骨牌，僅寸許，擊小鑼一聲，雀以口啄其機，門便自開，令取天牌，則銜六六出，取地牌，則銜么么出，其應如響。觀畢，復擊鑼一聲，雀入而門自閉。輟耕録載弄蝦蟇者亦然。噫，亦異矣。

風角之術，起於漢末。謝夷吾望閣而知烏程長之死，李郃觀星而知益部使之來，精之至也。後來樊英、管輅之輩，皆本於此，第其術有至未至耳。風吹削脯，楊由知人獻橘；赤蛇分道，許曼知太守爲邊官。至於段翳封藥，門生知與吏鬭破；李南嬖室暴風，其女預知死期。可謂通變化，入幽冥，無以加矣。至魏而管輅詣其極，至晉而郭璞集其成。五胡之世，佛圖澄、崔浩、陸法和擅其稱。盛唐之時，羅公遠、僧一行、孫思邈闖其室。五代以降，其術不復傳矣。

漢時解奴辜、張貂皆能隱淪，出入不由門户，此後世遁形之祖也。介象、左慈、于吉、孟欽、羅公遠、張果之流，及晉書女巫章丹、陳琳等術，皆本此，謂爲神仙，其實非也。其法有五，曰金遁，曰木遁，曰水遁，曰火遁，曰土遁，見其物則可隱，惟土遁最捷，蓋無處無土也。須煉遁神四十九日，於空山無人之中，獨坐結念，更有符呪，役使百神，若一念妄起，便須重煉。即如紅線、聶隱娘、精精、空空之流，皆此等輩耳。國初有冷謙，字啓敬，導人入太倉庫盜錢，事發被逮，求飲，即跳入瓶中，撲破，片片皆應，而竟不知所在。此水遁者也。正德初，有老翁脱太監於流賊者，又鐘髽髻握土一塊，遂不見，土遁者也。

傳記載劒俠事甚多，其有無不可知，大率與遁形術相表裏。今天下未必盡無其人也，但此術終是邪魅，非神非仙。蜀許寂好劒術，有二僧語之曰：「此俠也，願公無學。神仙清淨事異於此。」諸俠皆鬼，爲陰物，婦人僧尼皆學之，其言信矣。但紅線、隱娘及崔慎思、王立、董國度所娶事皆相類，或亦好事者爲之耳。

凡幻戲之術，多係僞妄。金陵人有賣藥者，車載大士像，問病，將藥從大士手中過，有留於手不下者，則許人服之，日獲千錢。有少年子傍觀，欲得其術，俟人散後，邀飲酒家，不付酒錢，飲畢竟出，酒家如不見也。如是者三，賣藥人扣其法，曰：「此小術耳，君許相易，幸甚。」賣藥曰：「我無它，大士手是磁石，藥有鐵屑則粘矣。」少年曰：「我更無它，不過先以錢付酒家，約客到絶不相問耳。」彼此大笑而罷。

國初程濟，朝邑人，有仙術，爲四川岳池縣教諭，相去數千里，旦暮寢食，未嘗離家，而日治岳池事不廢。後隨建文出亡，卒脱艱險，濟有力焉。然則王喬、盧耽之事，世固未嘗無其人也。

傳記有周文襄見鬼事，蓋已死而英氣未散，魂附生人，無足異也。如劉偉者爲太守，卒已數十年，忽往來人間，言未曾死，則妄矣。近萬曆間，又有稱威寧伯王越者，往來吴越間，人信之若神。大抵妖人假托之詞耳。安知宋時賀水部者非妄耶？世人好奇，遂不及察，非雋不疑，不能縛戾太子也。

夷堅志載法術若毛一公、汲井婦人之類，一遇其敵，便幾至殺身。相傳嘉隆間有幻戲者，將小兒斷頭，作法訖，呼之即起。有游僧過，見而哂之。俄而兒呼不起，如是再三。其人即四方禮拜，懇求高手放兒重生，便當踵門求教。數四不應，兒已僵矣。其人乃撮土爲坎，種葫蘆子其中，少頃生蔓結小葫蘆。又仍前禮拜哀鳴，終不應。其人長吁曰：「不免動手也。」將刀砍下葫蘆。衆中有僧頭欻然落地，其小兒應時起如常。其人即吹烟一道，冉冉乘之以升，良久遂没，而僧竟不復活矣。蓋術未精而輕挑釁端，未有不死者也。夷獠之中，此術最多，庚巳編載吴中焚屍，亦有此術，有李智者，甚與毛一公相類也。

木工於竪造之日，以木籤作厭勝之術，禍福如響，江南人最信之，其於工師不敢忤嫚。歷見諸家敗亡之後拆屋，梁上必有所見。如説聽所載，則三吴人亦然矣。其它土工石工，莫不皆然，但不如木工之神也。然余從來不信，亦無禍福。家有一老木工，當造屋時，戲自詡其能。余詰之曰：「汝既能作凶，亦當能作吉。屋成能令永無鼠患，當倍以十金奉酬。」工謝不能也。大凡人不信邪，則邪無從生。

夷獠中有採生術，又善易人手足。有在獠中與其婦淫者，其夫怨之，以木易其一足而不知也。旬日之間，漸覺痿痹不能起。又久之，皮乾木脱，成廢人矣。吾閩中有蠱毒，中人則夜爲之傭作，皆夢中魂往，醒則流汗困乏，不數月勞瘵以死，此亦採生之類也。

元世祖誅阿合馬，籍其家，有妾名引住者，搜其藏，得二熟人皮於櫃中，兩耳俱存，扃鑰甚固，問莫知爲何人，但云詛呪時置神座上，其應如響。漢時宮中巫蠱，但得木偶人耳，未聞以人皮者也。近來妖人，有生剖割人而攝其魂，以爲前知之術者，蓋起於此。若樟柳神靈哥，又其小者耳。成化間，妖人王臣篋中有二木人，聽其指揮，此亦巫蠱之遺法也。

遇天使而求金，占失僕而假策。伐籠臂而目疾愈，延射鳥而母病除。救墮梁於十世之後，免重辟於黄沙之中。術數之精，乃與神通，然亦非顓悟絶倫，不能與也。宋餘杭徐復以六壬名天下，及閩州僧與衙校推禍福，恠而扣之，僧曰：「盡子思慮所至，子所不及，吾無如之何。」復即以爲課，與日時推之累日，盡得僧之祕，但有駒墮三足者，未之見也。僧曰：「子智止此，不可强也。」乃知人之天分有限，百工技藝，莫不皆然。

管仲之識俞兒也，子産之識實沈、臺駘也，東方朔之識巫雀、畢方也，終軍之識騶虞、鼮鼠也，劉向之識危與貳負也，蔡邕之識青鸞、投蜺也，張華之識海鳧、龍肉也，諸葛恪之識傒囊也，陸敬叔之識彭侯也，何承天之識威斗也，陸澄之識服匿也，沈約之識焦明、罨蓋也，斛斯徵之識錞于也，劉杳之識挈囊也，傅弈之識金剛石也，歐獻乘之識息壤也，賈耽之識蝨瘕也，段成式之識報時鐵也，留源之識寃氣也，傅弘業之識虎蜼也，徐鉉之識海馬骨也，贊寧之識蚌淚畫也，此以博識得之者也。還無社之對山鞠窮也，駶忌之對隱語也，東方朔之荅令壺齟也，楊脩之辨黄絹也，李彪之辨三三兩兩也，劉顯之辨貞字也，則天之解青鶼也，班支使之解大明寺水也，此以捷悟得之者也。捷悟者可以思而及，博識者不可以强而致也。至於鄭欽悦辨任昇之銘，據鞍繹思，僅三十里，而千古之疑，一旦冰解，近於神矣。東平昌生辨石壁道語，斯爲次之。其它如談馬礪畢之題，川狗御飯之語，已爲黄絹之重儓，而去姓得衣之叙，委時百一之解，不過離合之聲婦，作者固可厭，而解者亦不難也。

人有一目數行俱下者，非真俱下也，但目捷耳。遲速相去甚者，差四五倍，不但三也。一覽無遺，則嘗有之矣。閩林志避雨寓染坊，得其染帳，漫閲之，匆匆而去。越二日，其家回禄，索帳者紛然，莫知爲計。林復過之，曰：「我能記之。」取筆疾録，不爽一字。此天生之資，非强記可到者。嘉禾周鼎讀百韻詩一遍即誦，又能從末倒誦，亦絶世之資矣，而功名不顯，蓋似有别才也。

子瞻再讀漢書，張方平聞而訝之，則張之穎悟過蘇可知。然而蘇以文章名世，張卒無聞也。此陸澄所以有書厨之誚也。

介葛盧解牛語，公冶長、侯瑾解鳥語，陽翁仲、李南解馬語，唐僧隆多羅、白黿年俱通鳥獸語，成子、楊宣皆解雀語。夫鳥獸之音，終身一律，果能語耶？左氏之誣，野史之謬，無論已，公冶長聖門高第，乃受此穢名。至宋之問詩「不如黄雀語，能免冶長灾」，則真以爲實事矣。世又傳公冶長雀繞舍呼曰：「公冶長，南山虎馱羊。汝得其肉，我食其腸。」又云：「唶唶嘖嘖。白蓮水邊，有車覆粟。車脚淪泥，犢牛折角。收之不盡，相呼共啄。」余謂雀作人言固可恠，而春秋之雀，知用沈約之韻，又可恠也。至太原王氏因祭厠神而獲聞蟻言，又奇矣。

元時有必蘭納識里者，貫通三藏及諸國語，凡外夷朝貢，表牋文字無能識者，皆令譯進，令左右執筆，口授如流，略不停思，皆無差謬，衆無不服其博識，而不知其所從來也。此其難又甚於介葛盧等矣。

冷齋夜話載太平有日者，爲市井凡庸之人課，無不奇中；至爲達官貴人課，則皆無驗。或問之，答曰：「我無德量，凡見尋常人，則據術而言，無所緣飾；見貴人則畏怖，往往置術之實，而務爲諛詞，其不驗，要不足恠。」此言正與漢郭玉論醫相同。余行天下，遇有術數者，多召致之，而十九無驗，彼務爲迎合故也。

六壬之數若精，天下無不可測之物。雲間有陳生者善爲之，試以小事，良信。嘗教余四課三傳之法，至於占解推測，在人自悟，不可傳也。余時亦懶，且以爲無益，遂不竟學，徒家藏其書數百卷。今細思之，終是無益，縱學得如邵堯夫，亦徒爲人役役，故盡付之丙丁也〔一〕。

校勘記

〔一〕「故盡付之丙丁」，六字原無，據寶樹堂本補。

脩武有崔生者善六壬，余在東郡，曾一致之，言多奇中。但其起課法微不同，大約用金口訣，取其簡便耳。向後休咎，亦不肯盡言也。聊城楊師孝術頗精於崔，人以神仙目之，然其人不學無術，故不能盡其變也。

古人謂蓍短龜長，故舍筮從卜。今之卜則六壬備矣，患人未之精耳。筮用易占，其繇不可得而聞也。不知古卜筮繇詞皆何所本，如「鳳凰于飛」「大横庚庚」之類，似非當時杜撰也。焦延壽易林其占亦多奇。余於己亥春爲友人筮補官，得「僵尸蔽野，不見其父」之繇。時友人有老父在，不懌也。余解之曰：「僵尸無驗矣，而獨喪父驗乎？妄耳。」無何，獻播俘至日補牒下，友人拊心曰：「驗矣，奈何？」旬日而外艱之訃至。

自周以後，始有堪輿之説，然皆用之建都邑耳。如書所謂「達觀于新邑」「營卜瀍澗之東西」，詩所謂「考卜維王，宅是鎬京」者，則周公是第一堪輿家也。而葬之求吉地，則自樗里始。然漢時尚不甚談，至郭璞以其術顯，而惑之者於是牢不可破。然觀天下都會市集等處，皆倚山帶溪，風氣回合，而至於葬地，則有付之水火、犂爲平田者，而子孫貴盛自若也。其效驗與否昭然矣，世人不信目而信耳，悲夫。

堪輿自郭璞之後，黄撥沙、厲伯招其最著者也。然璞已不免刑戮於其身，而黄厲之後，子孫何寥寥也。其它如吴景鸞、徐善繼等，或不得令終，或後嗣絶滅。若有地而不能擇，是術未至也；若曰天以福地留與福人，則又何必擇乎？江南之俗，子孫本支，人各爲塜。

一家貴盛，則曰某祖墳也；一支絶滅，則曰某祖墳也。而其家丘壠百數，豈獨無一善地，足以掩前人之失？又豈獨無一惡地，足以敗已成之緒者乎？至如父得善地，子得惡地，禍福又將何適從也？况爲其術者，各任己見，甲以爲善，乙以爲惡，嚚然聚訟，迄無定評，而漫以祖父之骨，嘗試於數十年之後，以驗術者之中否，而其人與骨固已朽矣，則又何憚而不妄言也？且人之一身，歲不能無休戚；闔門百口，歲不能無盛衰，此必然之理也。而謂生者之命脉，其權盡制於死者之朽骨，不亦可笑之甚耶。

葬欲其速朽也，比化者無使土侵膚，人子之情也。山形完固，不犯水蟻，不近田疇，土膏明潤，梧楸森鬱，死者之宅永安，子孫自陰受其庇矣。若必待吉地，暴露淺土，惑於異議，葬後遷移，使祖父魂魄無依，骨肉零落，天且殛之矣，何福之能求？世有掘墓而得石與水者，皆好奇以求福也，不求福則無禍。

世有葬後而棺反側者，地脉斜也；棺骸俱散者，無生氣也；聚葉滿穴中者，風殺也。水蟻之患可避，而此數者稍難辨耳。

葬地大約以生氣爲主，故謂之龍經，所謂「空手抱鋤頭，步行騎水牛」者，總欲認得真龍耳。龍真穴真，斷無水蟻風殺之患。世有好奇者，先看向背沙水，而後以己强合之，誤人多矣。

有龍真而穴未真者，氣脉未住也。故好奇者有斬龍法。譬之人方遠適，而挽之使入門也。不可爲訓，恐有主客同情之戒。

吴越之民多火葬，西北之民多葬平地，百年之後，犁爲畎畝矣，而富貴不絶，地理安在？惑於地理者，惟吾閩中爲甚，有百計尋求，終身無成者；有爲時師所悮，終葬敗絶者。又有富貴之家，得地本善，而恐有缺陷，不爲觀美，築土爲山，開田爲陂，圍垣引水，造橋築臺，費逾萬緡，工動十載。譬人耳鼻有缺，而雕堊爲之，縱使亂真，亦復何益？況於勞人工，絶地脉，未能求福，反以速禍，悲夫。

余從大父觀察公，諱廷柱，於書無所不讀，聰穎絶人，而尤於擇地自負。所著堪輿管見，人争傳誦之。致政歸，築室於西湖之上，面城背水，四面巨浸，人以爲絶地，公不聽也。傳及子孫，貧落日甚，孤丁孑然幾斬，竟不能有，鬻爲宗祠。

古今之戲，流傳最久遠者，莫如圍棋，其迷惑人，不亞酒色，木野狐之名，不虛矣。以爲難，則村童俗士，皆精造其玄妙；以爲易，則有聰明才辯之人，累世究之而不能精者。杜夫子所謂有裨聖教，固爲太過，而勸其開闔操縱，進退取舍，奇正互用，虛實交施，或以予爲奪，或因敗爲功，或求先而反後，或自保而勝人，幻化萬端，機會卒變，信兵法之上乘，韜鈐之秘軌也。棊經十三篇，語多名言，意甚玄着，要一言以蔽之曰：着着求先而已矣。

弈秋、杜夫子、王抗、江彪、王積薪、滑能之技，不知云何，即其遺譜，亦無復傳者矣，今所傳者，尚有王積薪所遇姑婦，及顧師言鎮神頭二勢。婦姑之説，荒誕不足信，或者積薪以此自神其術耳。鎮神頭以一着解兩征，雖入神妙，而起手局促纏累，所謂張置踈遠者安在哉，恐亦好事者爲之耳。今之勢譜，如所謂大小鐵網、捲簾邊、金井欄者，凡以百計，要其大意，只求制人而不制於人而已。

唯其求制人，故須求先。始而布置，既而交戰，終而侵綽，稍緩一着，則先手爲彼所得，而我受制矣。先在彼者，棄子可也；先在我者，無令人有可棄之子可也。

近代名手，弇州論之略備矣。以余耳目所見，新安有方生、吕生、汪生，閩中有蔡生，一時俱稱國手。而方於諸子，有白眉之譽。其後六合有王生，足跡遍天下，幾無横敵。時方已入貲爲大官丞，談詩書，不復與角。而汪吕諸生皆爲王所困，名震華夏。乙巳、丙午，余官白門，四方國工，一時雲集。時吴興又有周生、范生，永嘉有鄭頭陀，而技俱不勝王。洎余行後，聞有宗室至，諸君與戰皆大北。王初與戰亦北，越兩日始爲敵手，無何王又竟勝。故近日稱第一手者，六合小王也。汪與王才輸半籌耳，然心終不服，每語余：「彼野戰之師，非知紀律者。」余視之良信。但王天資高遠，下子有出人意表者，諸君終不及也。

到溉於梁武御前比勢覆局，凡有記性者，皆能覆局，不必國手也。余棋視王方諸君差三四道，至覆局則與之無異，與余同品者皆不能也。此但天資强記耳。遇能記時，它人對局，從旁觀亦能覆之。至其攻取大略，即數年後，十猶可覆七八也。

王六合與余奕，受四子，然其意似不盡也。王亦推余穎悟，謂學二年可盡其妙。時余以廢時失事，不肯竟學，然尚嗜之不厭。至丙午南歸，始豁然有省，取所藏譜局，盡焚棄之，從此絶不爲矣。然世人之戒奕，難於戒酒也。

邯鄲淳藝經棊局，縱横各十七道，合二百八十九道，其製視今少七十一道。漢魏以前，想皆如是。至誌公説法曰：「從來十九路，迷悮許多人。」則與今無異矣。

象戲相傳爲武王伐紂時作，即不然，亦戰國兵家者流，蓋時猶重車戰也。兵卒過界，有進無退，政是沉船破釜之意。其機會變幻，雖視圍棋稍約，而攻守救應之妙，亦有千變萬化，不可言者。金鵬變勢略備矣，而尚有未盡者，蓋著書之人，原非神手也。

象戲視圍棋較易者，道有限而算易窮也。至其棄小圖大，制人而不制於人，則一而已。

唐玄恠録載岑順事，可見當時象棋遺製，所謂「天馬斜飛」「輜車直入」「步卒横行」者，皆彷佛與今同，但云「上將横行擊四方」者稍異耳。唐不聞有象，而今有之。胡元瑞云「象不可用於中國」，則局中象不渡河，與士皆衛主將者，不無見也。

雙陸一名握槊，本胡戲也，云胡王有弟一人得罪，將殺之，其弟於獄中爲此戲以上，其意言孤則爲人所擊，以諷王也。曰握槊者，象形也。曰雙陸者，子隨骰行，若得雙六，則無不勝也。又名長行，又名波羅塞戲。其法以先歸宮爲勝，亦有任人打子，布滿他宮，使之無所歸者，謂之無梁，不成則反負矣。其勝負全在骰子，而行止之間，貴善用之。其製有北雙陸、廣州雙陸，南番、東夷之異。事始以爲陳思王製，不知何據。

博戲自三代已有之，穆天子與井公博，三日而決。仲尼曰：「不有博奕者乎？」莊周曰：「問穀奚事，則博塞以遊。」今之樗蒱，是其遺意，但所用之子，隨時不同。古有六博，謂大博則六着，小博則二焭，其法今不傳矣。魏晉時始有五木之名：梟、盧、雉、犢、塞也，其制亦不可考。但史載劉裕與諸人戲，餘人竝黑犢以還，劉毅擲得雉，及裕擲，四子皆黑，一子跳躍未定，裕厲聲喝之，即成盧。又曹景宗擲得盧，遽取一子反之，曰異事，遂作塞。則盧與犢、塞皆差一子耳。大約黑而純一色者爲盧，相半者爲雉，黑而有雜色者爲犢、塞。以今骰子譬之，則渾四爲梟，渾六爲盧，四六相半爲雉，其它雜色則犢、塞耳。今之樗蒲朱窩云起自宋朱河除紅譜，一云楊廉夫所作。然其用有五子、四子、三子之異，視古法彌簡矣。

擲錢雖小戲，然劉寄奴能喝子成盧，宋慈聖側立不仆，光獻盤旋三日，似皆有鬼神使之者。若狄武襄平廣南，手擲百錢盡紅，雖云譎術，乃更勝真。

投壺視諸戲最爲古雅。郭舍人投壺，激矢令反，謂之驍，一矢至百餘驍。王胡之閉目，賀革置障，石崇妓隔屏風，薛眘惑背坐反投而無不中，技亦至矣。今之投壺名最多，有春睡、聽琴、倒插、卷簾、鴈銜蘆、翻蝴蝶等項，不下三十餘種。惟習之至熟，自可心手相應。大率急則反，緩則斜，過急則倒，過緩則睡。又有天壺，高八尺餘，賓主坐地上仰投之，西北士夫，多習此戲。

藏鉤似今猜枚，如酉陽雜俎所載，則衆人共藏一鉤，而一人求之，此即古意錢之戲也。後漢書梁冀能挽滿、彈棊、格五、六博、蹴鞠、意錢之戲，其法今亦不傳矣。猜枚雖極鄙俚，亦有精其術者。吳門袁君著有拇經，自負天下無對，然余未之見。惟德清半月泉有行者，百發百中，人多疑有他術，然實無之也，惟記性高耳。能記其人十次以上，則縱橫意之無不中。雜俎所謂察形觀色，若辨盜者，得之矣。

彈棊之戲，世不傳矣，即其局亦無有識之者。呂進伯謂其形似香爐，然中央高，四周低，與香爐全不似也。弘農楊牢六歲咏彈棊局云：「魁形下方天頂突，二十四寸窓中月。」想其製方二尺有四寸，其中央高者獨圓耳。今閩中婦人女子尚有彈子之戲，其法以圍棋子五，隨手撒几上，敵者用意去其二而留三，所留必隔遠，或相黏一處者，然後彈之，必越中子而擊中之，中子不動則勝矣。此即彈棊遺法，魏文帝客以葛巾拂無不中者也，但無中央高之局耳。

後漢諸將相宴集，爲手勢令，其法以手掌爲虎膺，指節爲松根，大指爲蹲鴟，食指爲鉤戟，中指爲玉柱，無名指爲潛虬，小指爲奇兵，腕爲三洛，五指爲奇峰，但不知其用法云何。今里巷小兒，有捉中指之戲，得非其遺意乎？然以將相爲此，已大不雅，而史弘肇以不解之故，索劒相詬，尤可笑也，卒啓駢族之禍，悲夫。

今博戲之盛行於時者，尚有骨牌。其法古不經見，相傳始於宣和二年，有人進此，共三十二扇，二百二十七點，以按星辰之數。天牌二十四，象二十四氣；地牌四點，象四方；人居中數，以象三才。其取名亦皆有意義。對者十二爲正牌，不對者八爲雜牌。三色成牌，兩牌成而後出色以相賽。其取名如天圓地方、櫻桃九熟之類，後人敷演其説，易以唐詩一句，殊精且巧矣。此戲較朱窩近雅，而較圍棋爲不費，一時翕然，亦不減木野狐云。

委巷兒戲，則有行棋，或五或七，直行一道，先至者勝，此古蹙融製也。有馬城，不論縱横，三子聯則爲城，城成則飛食人一子，其它或夾或挑，就近則食之，不能飛食也。有紙牌，其部有四，曰錢，曰貫，曰十，曰萬，而立都總管以統之，大可以捉小，而總管則無不捉也。其法近於孫武三駟之術，而吴中人有取九而捉者。又有棋局如螺形，四面逐敵子入窮谷中，而後提取之，曰旋螺城。雖鄙褻可笑，細玩亦有至理存焉。按經籍志有旋棋格，即螺城也。然螺城名似更佳。

李易安打馬之戲，與握槊略相似，但彼雙則不擊，而此多逢寡即擊，如叠至十九馬，而遇二十馬，即被擊矣。一夫當關，則它騎不得過，又可以反而擊人之單騎。行至函谷關，則非叠十騎不得過。至飛龍院，則非二十騎不得過。非正本采不得行，而臨終尚有落塹一局，所謂行百里者半九十也。此戲較諸藝爲雅，有賦文亦甚佳，但聚而費錢稍多耳。江北人無知之者，余在東郡，一司農合肥人也，愬余爲授之，甚喜。

晁無咎有廣象棋局，十九路，九十一子，今不傳矣。司馬温公製七國象棋法，亦是推廣象戲遺意，而近於腐爛。至魏游肇〔一〕製儒棋，有仁義禮知信之目，則益令人嘔噦不堪。戲者戲也，若露出大儒本色，則不如讀書矣。

校勘記

〔一〕「游肇」，原作「游秇肇」，據魏書卷五十五游肇傳删「秇」字。

唐李郃有骰子選格，宋劉蒙叟、楊億等有彩選格，即今陞官圖也。諸戲之中，最爲俚俗，不知尹洙、張訪諸公，何以爲之？不一而足，至又有選仙圖、選佛圖，不足觀矣。

唐宋以前有葉子格，及偏金葉子格、金龍戲格、捉卧甕人格，皆不知何物，其法亦無傳之者。

陳晦伯引咸定録云：「唐李郃爲賀州刺史，與妓人葉茂連江行，因撰骰子選，謂之葉子，天下尚之。」又歸田録云：「有葉子青者撰此格。」今其式不可考，楊用脩以爲似今紙牌，而晦伯、元瑞非之，皆未有的證也。晦伯謂楊大年好之，不過因青箱〔一〕雜記有「與同輩打葉子」之語耳。

校勘記

〔一〕「箱」，原作「瑣」，按所引語見青箱雜記卷八，因改正。

晉末誠多異人，如史所載陳訓、戴洋、韓友、淳于智、步熊、杜不愆、嚴卿、隗炤、卜珝、鮑靚、麻襦、單道開、黃泓、王嘉、郭黁、臺產之輩，皆窮極術數，造詣窈冥，苟能用之，足以息戰爭，禆治化，如圖澄之仕石虎，羅什之從呂光，微言曲誨，利益多矣。索紞占夢，其術爲下，然觀其辭陰澹之言曰：「少無山林之操，遊學京師，交結時賢，希申鄙藝。會中國不靖，欲養志終年。老亦至矣，不求聞達。」迺知彼固有托而逃者耶。

鳩摩羅什但能精通術數，博極羣書，僧中之子雲、茂先也，謂之成佛作祖，吾則未敢。什父羅炎，脩行不遂，爲禁臠所逼，已墜落矣，至什而復蹈其轍焉。雖曰被逼，亦由欲障未除，升座講經之際，二兒登肩，神識未定，鬼瞰之矣。既生二子，何患法種無嗣，伎女十人之蓄，不亦可以已乎？臨終之時，誦神咒自救，未及致力，轉覺危殆。其處死生之際，非能脱然無罣礙者，尚在道安、佛圖澄之後乎？

晉會稽夏仲御能作水戲，操柁正櫓，折旋中流，初作鯔鶚躍，後作鯆鯙引，飛鷁首，掇獸尾，奮長梢而直逝者三焉。於是風波振駭，雲霧杳冥，白魚跳入舟者八九。又作大禹慕歌之聲，曹娥河女之章，子胥小海之唱，以足扣船，引聲喉囀，清激慷慨，大風應至，含水嗽天，雲雨嚮集，叱咤讙呼，雷電晝冥，集氣長嘯，沙塵烟起，王公已下，莫不駭恐。此與李謩所遇父老何異，亦曠代之異人也。

晉石垣居無定所，不娶妻妾，人有喪葬，千里往弔，或同日共時，咸共見焉。又能闇中取物，如晝無差。此亦曇霍、麻襦之流也，而史列之隱逸，誤矣。

謝石之拆字，小數也。然拆「杭」字知兀朮之復來，拆「春」字爲秦頭之蔽日，則事與機會，隱諷存焉。賈似道時，術士拆「奇」字，謂立又不可，可又不立，亦足寒奸邪之膽矣，而不免殺身，悲夫。

耿聽聲嗅衣以知吉凶貴賤，王生聽馬蹄以知丁謂西行，沈僧昭〔一〕聞南山虎聲而知國有邊事，張乘槎見來遠樓而知藩司有喪，皆風角之術，與拆字相同。機智之人，可以意會，不可以法傳也。

校勘記

〔一〕「昭」，原作「照」，據南史卷三十七沈攸之傳改。

古者巫覡之俗，盛於陳鄭，蓋奸淫奇衺之所托也。然上有西門豹，則河伯絶取婦之媒；下有夏仲御，則丹珠失鼓舞之勢。君正獲襦，而一郡之巫息；左震破鎖，而山川之祟消。天師杖而甘雨至，楊媪斬而火妖絶。世間第一妖惑，莫此爲甚，而世猶信之不已，何哉？漢武帝令丁夫人、雒陽〔一〕虞初等，以方祠詛匈奴、大宛，日與神君、文成等遊，故其後卒有巫蠱之禍，父子、夫婦、君臣之間，坐夷滅者，不可勝紀。然周禮宗伯之屬，咀祝〔二〕掌盟詛，司巫掌羣巫之政，至於男巫女巫，不一而足，以冬至致天神人鬼，以夏至致地祇物魅，則三代已有之矣，曾謂周公作法而有是乎？

校勘記

〔一〕「雒陽」，原作「維揚」，據漢書卷二十五郊祀志改。
〔二〕「祝」，原作「呪」，據周禮春官改。

今之巫覡，江南爲盛，而江南又閩廣爲甚。閩中富貴之家，婦人女子，其敬信崇奉，無異天神，少有疾病，即禱賽祈求無虚日，亦無遺鬼。楮陌牲醪，相望於道，鐘鼓鐃鐸，不絶於庭，而横死者日衆。惜上之人無有禁之者，哀哉。

閩俗最可恨者，瘟疫之疾一起，即請邪神，香火奉事於庭，惴惴然朝夕拜禮許賽不已。一切醫藥，付之罔聞。不知此病原鬱熱所致，投以通聖散，開闢門户，使陽氣發洩，自不傳染。而謹閉中門，香烟燈燭，焄蒿蓬勃，病者十人九死。即幸而病愈，又令巫作法事，以紙糊船，送之水際。此船每以夜出，居人皆閉户避之。余在鄉間，夜行遇之，輒徑行不顧。友人醉者，至隨而歌舞之，然亦卒無恙也。

閩女巫有習見鬼者，其言人人殊，足徵詐僞。又有吞刀吐火，爲人作法事禳灾者。楚蜀之間，妖巫尤甚，其治病祛灾，毫無應驗，而邪術爲祟，往往能之。如武岡姜聰者，迺近時事也。吾閩山中有一種畲人皆能之，其治祟亦小有驗。畲人相傳盤瓠種也，有苟雷藍等五姓，不巾不履，自相匹配，福州閩清永福山中最多云。聞有呪術，能拘山神，取大木箍其中，云：「爲吾致獸。」仍設穽其傍。自是每夜必有一物入穽，饜其欲而後已。

古之善禁氣者，能於骨中出鏃，移癰疽向庭樹。至於驅龍縛魅，又其易者耳。此却是真符呪，非幻術也。諸符呪道藏中皆有之，但須鍊將耳。今遊僧中有燃眉燒指，及五七日不饑者，非真有道也，亦能禁氣耳。至其僞者，又不論也。

穿楊貫蝨，精之至也，然亦可習也。至於截箭齧鏃，非可習而能也。神而明之，有數存乎其間，即羿亦不能傳之子者也。

李克用之懸針，斛律光之落雕，射之聖者也。由基矯矢而猿號，蒲且虛弦而鳧落，射之神者也。后羿之曒[一]日，督君謨之志射，射之幻者也。魏成帝過山二百餘步，胡后之中針孔，射之佞者也。蹲甲而徹七札，射鐵而洞一寸，射之力者也。伯昬无[二]人登高山，履危石，臨不測之淵，背逡巡，足二分垂在外，射之奇者也。范廷召所至，鳥雀皆絶，射之酷者也。魏舒、賈堅，射之雅者也。蕭瑀、盧廙，射之猥者也。

校勘記

[一]「曒」，原作「徼」，據寶樹堂本改。
[二]「无」，原作「務」，據列子黃帝篇改。

嘗於德平葛尚寶家見二胡雛，彀弩射飛，弦無虛發，每射棲雀，輒離數寸許，弦鳴雀飛，適與矢會，其妙有不可言者。信天性絶技，非學可至也。

吴門彭興祖弟善彈，藏小石袖中，以擲鳥雀，百步之内，無不應手而殪。此與水滸傳所載没羽箭張清何異。考史載蕭摩訶擲鋧，略與此同。惜不用之疆場，而但爲戲耳。

古者射御竝稱，而今御法不傳矣；歌舞竝稱，而今舞法不傳矣；嘯咏竝稱，而今嘯法不傳矣。然猶可想像見者，「六轡如組，兩驂如舞」，必非輿儓掌鞭之手所能操縱也；「宛轉從風，緬曼旋懷」，必非羽籥樂童之輩能俯仰也。至於蘇門隱者，若數部鼓吹，林壑傳響，步兵聞之，亦且心折，而況千載之下乎？然宇宙大矣，不應遽無其人，或吾未之見也。

五雜組卷之七

人部三

朱新仲猗覺寮雜記云「唐百官志有書學〔一〕一途，其銓人亦以身言書判，「故唐人無不善書」者。然唐人書未及晉人也。歐褚虞薛亦傍山陰父子門户耳，非成佛作祖家數也。右將軍初學衛夫人，既而得筆法於鍾繇、張旭〔二〕，然其自立門户，何曾與三家彷彿耶？子敬雖不逮其父，然其意亦欲自立，不作阿翁牛後耳。此一段主意，凡詩家、畫家、文章家，皆當識破，不獨書也。

校勘記

〔一〕按書學見新唐書卷四十四選舉志。

〔二〕按張旭唐人，此當是「張芝」之誤。

鍾王之分，政如漢魏之與唐詩，不獨年代氣運使然，亦其中自有大分別處，非謂王書之必不及鍾也。大率古色有餘，則包涵無盡；神采盡露，則變化無餘。老莊所爲思野鹿之治也。

右將軍陶鑄百家，出入萬類，信手拈來，無不如意。龍飛虎跳之喻，尚未足云，洵書中集大成手也。然庾征西尚有家雞野鶩之歎，人之不服善也如此。

右軍蘭亭書，政如太史公伯夷、聶政傳，其初亦信手不甚着意，乃其神采横逸，遂令千古無偶。此處難以思議，亦難以學力强企也。自唐及元，臨蘭亭者數十家，如虞褚歐柳及趙松雪，雖極意摹倣，而亦各就其所近者學之，不肯畫畫求似也，此是善學古人者。如必畫畫求似，如優孟之學孫叔敖，則去之愈遠矣。此近日書家之通病也。

王未嘗不學鍾也，歐虞褚薛，以至松雪，未嘗不學王也。而分流異派，其後各成一家。至於分數之不相及，則一由世代之升降，一由資性之有限，不可强也。即使可强而同，諸君子不爲也。千古悠悠，此意誰能解者？

曹娥、樂毅，尚有蹊逕可尋，至蘭亭、黄庭，幾莫知其端倪矣，所謂「大可爲，化不可爲」者也。

右軍真蹟，今嘉興項家尚存得十數字，價已逾千金矣。又有婚書十五字，王敬美先生以三百金得之嚴分宜家者，今亦展轉不知何處也。李懷琳絶交論真蹟，在吾郡林家，余見之三四過，信尤物也，其紙頗有粉，墨淡垂脱。又一友人所見褚遂良黄庭經，紙是砑光，下筆皆偏鋒，結搆踈密不齊，與今帖刻全不類。大抵真蹟雖劣，猶勝墨跡之佳者。

唐太宗極意推服大王，然其體裁結搆，未免徑落大令局中。大令所以遜其父者，微無骨耳。故右軍賜官奴而以筋骨緊密爲言，箴其短也。如洛神賦，直是取態，而墓田、宣示，一種古色盡無矣。譬之於詩，右軍純是盛唐，而大令未免傍落中晚也。

作字結搆體勢，原以取態，雖張長史奔放駭逸，要其神氣生動，踈密得宜，非頹然自放者也。即旭素傳授，莫不皆然。今之學狂草者，須識粗中有細，踈中有密，自不敢〔一〕輕易效顰矣。

校勘記

〔一〕「敢」，原作「放」，據寶樹堂本改。

作草書難於作真書，作顛素草書又難於作二王草書，愈無蹊徑可着手處也。今人學素書者，但任意奔狂耳，不但法度踈脱，亦且神氣索莫，如醉人舞躍號呼，徒爲觀者耻笑。蔡君謨云：「張長史正書甚謹嚴，至於草聖，出入有無，風雲飛動，勢非筆力可到。」然飛動非所難，難在以謹嚴出之耳。素書雖效顰，然拔山伸鐵，非一意踈放者也。至宋黄米二家，始墮惡道。國朝解大紳、馬一龍極矣，桑民懌所謂夜叉羅刹，不可以人形觀者也。

唐人精書學者，無逾孫過庭，所著書譜，揚扢藴奥，悉中綮窾，雖掊擊子敬，似沿文皇之論，而溯源窮流，務歸於正，亦百代不易之規也。至於五合五乖之論，險絶平正之分，其於神理，幾無餘藴。且唐初諸家，如虞褚歐薛，尚傍山陰門户。至過庭而超然融會，變成一家，幾與十七帖争道而馳，亦一開山作佛手也。

陳丁覘善書，與智永齊名，時謂丁真永草。庾翌易右軍之書，而右軍不覺；懷素换高正臣之書，而正臣不能辨也。然異代之下，知有智永、右軍、懷素而已，三子之名無聞也。豈非幸不幸哉。

顏書雖莊重而癡肥，無復俊宕之致。李後主所誚「叉手並脚田舍漢」者，雖似太過，而亦深中其病矣。祭侄文既草草，而天然之姿亦乏，不知後人同聲讚賞何故。此所謂耳食者，可笑。

宋書如蘇滄浪、張于湖、薛道祖、李元中等，亦皆極力摹倣二王，但骨力不足，故風采頓殊耳。蔡君謨極推杜祁公，謂之草聖，然杜草書亦媚而乏筋骨。元康里巎書學祁公者也，然元人筆力稍峭健於宋，其能書諸家，亦多於宋。

宋人無書學，如蘇黃米老等，真帖初見甚可喜，良久亦令人厭棄。蔡忠惠勝三家遠甚，而時帶俗筆。趙文敏之源流，蓋自蔡出也。元時名家如鮮于困學、錢翼之、巎巎子山、鄧文原，皆出宋人上，不獨一文敏，而文敏名獨噪甚。上下五百年，縱横一萬里，乃知名之顯晦，亦有命焉耳。

元章書才書學，兼而有之，非蘇黃二公可望也。蘇公字如堆泥，其重處不能自舉。黃尤杜撰，撐手拄脚，放而不收，往而不返，近於詩家之釘鉸、打油矣。蓋二公於書學原不深，性又不耐煩，信手塗出，便謂自成一家。蓋世之效顰，托於自成一家者多矣。章子厚日臨蘭亭一過，蘇子瞻哂之，謂「從門入者，終非家珍」。然古人學書者，未有不從門入，人非生知，豈能師心自用，暗合古人哉。但既入門之後，須參以變化耳。蘇公一生病痛，亦政坐此。往與屠緯真、黄白仲縱談及此，余謂：「凡學古者，其入門須用古人之法度，而其究竟，須運自己之丰神，不獨書也。」二君深以爲然。

古無真正楷書，即鍾王所傳季直表、樂毅論，皆帶行筆。洎唐九成宫、多寶塔等碑，始字畫謹嚴，而偏肥偏瘦之病，猶然不免。至國朝文徵仲先生，始極意結搆，踈密匀稱，位置適宜，如八面觀音，色相具足，於書苑中亦蓋代之一人也。

文敏書諸碑銘及赤壁、千文等，皆以秀媚勝，而時有俗筆，却無敗筆，近俗故能不敗也。然文敏入門却從大王來，晚年結搆乃自成若此。余家藏文敏尺牘二通，其筆鋒完勁，絶似官奴帖，乃知此老源流所自。後來紛紛摹本，亦畫虎不成耳。大凡學古人書，當觀真蹟，方得其運筆之一二，墨帖無爲也。

國初能手，多黏俗筆，如詹孟舉、宋仲温、沈民則、劉廷美、李昌祺之輩，遞相摸倣，而氣格愈下。自祝希哲、王履吉二君出，始存晉唐法度，然祝勁而稍偏，王媚而無骨。文徵仲法度有餘，神化不足。張汝弼乃素師之重儓，豐道生實淳化之優孟。文休承小禪縛律，周公瑕稿木死灰。其下瑣瑣，益所不論矣。今書名之振世者，南則董太史玄宰，北則邢太僕子愿，其合作之筆，往往前無古人。

文徵仲得筆法於巙子山，而參以松雪，亦時爲黄米二家書，然皆非此公當行。惟小楷正書，即山陰在世，亦當虚高足一席。

雲間莫廷韓有書才而無書學，往往失於踈脱。濟南邢子愿有書學而無書才，往往苦於纏累。吴興臧晉叔一意臨摹，而時苦生意之不足。姑蘇王百穀專工取態，而時覺位置之稍輕。夫惟以古人之法度，參以自己之丰神，華實相配，筋骨適均，庶乎升山陰之堂，入永興之室矣。

古篆之見於世者石鼓也，非獨其筆畫之古雅，規制之渾厚，三代遺風，宛然可挹。或以宇文周時作者，妄無疑也。三代所傳彝鼎篆刻，或工或拙，或真或贋，皆不可知。即其筆法篆文，或繁或省，從左從右，不可摸捉，所謂書同文者安在哉。衡山祝融之碑，非篆非籀，非蟲非鳥，而後人以意傅會，强合成文，雖曰禹蹟，吾未敢信以爲然也。夫結繩敝而文字興，科斗殘而篆籀作，篆隸微而真草盛，舍繁就簡，世之變也。必欲舍今而反古，雖聖人不可得已。

李斯小篆之作，其古今升降之關乎？嶧山之銘，視泰山已不啻倍蓰矣。漢時小篆，僅聞蕭相國以禿筆題殿額，覃思三月，觀者如流。何起刀筆，爲秦功曹，上蔡衣鉢，固有所歸矣。自晉及唐數百年間，惟李陽冰一人以小篆顯。五代以來，習者益寡，鐫名印者，但取裁漢篆，位置得宜而止，其於斯籀之學，槩乎未有聞也。隸書自中郎而下，世不乏人，然東京之筆，古色蒼然，降而宜官、梁鵠，駸駸開唐隸門户矣。唐蘇許公摩崖碑，頗有東京筆意。自宋而降，專取態度，漢隸絕響矣。近代之八分，皆金元之濫觴也。

小篆，篆之聖者也。漢篆碑文不多見，見於印藪者，大都標置爲體，而學問踈矣。唐陳惟玉、李陽冰，以篆顯者也。嗣玆以降，雖鐫石刻玉，世不乏人，而考古證今，不無遺漏。近代新安何震乃以篆刻擅名一時，求者屨常滿，非重直不可得。震蓋精小篆者，而時時爲漢篆，亦以趨時好云爾。然以小篆作印章，勝漢篆十倍也。

國初閩陳登者，字思孝，最精小篆，凡周秦以來石刻殘缺無可考者，皆能辨之。永樂初入中書，時待詔吴郡滕用亨素負書名，見其後進，忽之不爲禮。一日，對大衆辨難許氏説文，詞説蠭起，登隨問條答，如指諸掌，考古證今，百不失一，用亨愧服，自是名大噪。蓋世之精於字學者，未必工書，惟登兼之，以非世俗所尚，故聲譽不布，而俗書惡札，如馬一龍、李昌祺等，反浪得名。悲夫。

今之隸書，皆八分也，其源自受禪碑來，而務工妍，無古色矣。文徵仲、王百穀二君，工八分者也，新安詹泮、永嘉黄道元次之，而皆未免俗，所謂失之毫釐，相去千里者，不可不察也。白門胡宗仁善漢隸，嘗爲余題積芳亭扁，酷得中郎遺法，而世罕有賞者。大聲不入里耳，悲夫。

今國家誥勑及宫殿扁額，皆用筆法極端楷者書之，謂之中書格，但取其莊嚴典重耳，其實俗惡不可耐也。洪武初，詹孟舉以此技鳴，南京宮殿省寺之署，多出其手。近代有姜立綱者，法度嚴整過之，一時聲稱籍甚，然亦時俗之所賞，胥史之摸範耳。自後官二殿中書者，皆習姜體，而不及愈甚。昔程邈作書，以便賤隸，謂之隸書。今中書字體，謂之胥書可也。

詹孟舉書雖俗，而端重遒逕，蓋亦淵源於歐虞，而稍變之，非姜立綱可望也。評孟舉書者，謂兼歐虞顏柳之法，而有冠冕佩玉之風。然冠冕則有之矣，法度未易言也。真楷書者，如文徵仲，斯可矣。

師宜官、韋仲將大字逕丈，小字寸許千言，可謂兼才矣。子敬堊帚爲書，觀者如堵，惜其墨蹟今皆不傳，蓋體勢過大，既難收藏，而扁額灑壁，終歸水火，故不及行草之流傳久遠也。宋時惟米南宮、朱晦翁署字今猶有存，然皆作意取態，標置成體，雖非真正楷法，而風韻遒遠，自然不俗。趙集賢扁書，一如真書，妍媚有餘，而筋骨盡喪矣。近代吳中諸公，率以八分題扁，較之真書，差易藏拙。吾閩林布衣焞學松雪而稍勁，鄭吏部善夫倣晦翁而自得，張比部煒得法於米而參以己意，其所題識，至逾尋丈，莫不極天然之趣，他方之以書名者不及也。

泰山有唐時摩崖碑，至爲鉅麗，而近人以林焞「忠孝廉節」四大字覆之。論者動以罪焞，余謂非焞罪也，焞布衣窮死，力豈辦此？蓋必當時監司有愛其書者，下郡縣鐫之石，而下吏凡俗，急承風旨，遂爲此殺風景之事耳。太祖平建康，急欲治街道，有司遂盡取六朝時碑磨礲以應命。俗人所爲，往往如是，而焞動遭排擊，亦不幸矣。余游山中，見後人磨古碑而鐫己字，比比也。

歐陽通作書，紙必緊薄堅滑者乃書之。而米元章亦云：「紙欲砑光，始不留筆。筆欲管小，始易運用。」乃知永師不擇紙筆，無不如意之難也。然良工不示人以朴，擇而用之，差無遺憾。

近代書者，柔筆多於剛筆，柔則易運腕也；偏鋒多於正鋒，偏則易取態也。然古今之不相及，或政坐此。

書名須藉人品，人品既高，則其餘技自因附以不朽。如虞褚顏柳皆以忠義節烈著聲，子瞻、晦翁書不甚入格，而名蓋一代者，以其人也。不然，彼曹操、許敬宗、蔡京、章惇皆工書者也，而今安在哉。

運筆之法，在於入門之初，各得其性之所近，故鋒有偏正，書有遲速，至其優劣，不全在此。唐晉書多用正鋒，然如魯公祭姪文，及楊少師凝式書，皆已用偏鋒矣。趙文敏全用偏鋒，近代祝希哲亦然，然祝僅行草耳，趙即楷書亦偏也，何嘗以是減價耶？草書欲其峭勁，故當疾速；楷書欲合法則，故尚遲緩。如驚蛇入草，鴻飛獸駭之態，必非舒徐者可能，而黄庭、樂毅等作，又豈可以潦草漫不經意者得之哉。孫過庭曰：「勁速者，超逸之機；遲留者，賞會之致。將反其速，行臻會美之方；專溺於遲，終虧絕倫之妙。」可謂盡之矣。余所見如莫廷韓、黄白仲，下筆如疾風捲葉，頃刻滿紙，臧晉叔書則極意遲緩。然莫黄多有敗筆，而晉叔苦無逸態，亦坐是耳。學者須從遲入，以速成，而終復反於遲，斯得之矣。

臨古人書者，須先得其大意，自首至尾，從容玩味，看其用筆之法，從何起搆，作何結煞，體勢法度，一一身處其地，而彷彿如見之。如此既久，方可下筆。下筆之時，亦便勿求酷似，且須汎濫容與，且合且離，神遊意會。久而習之，得其大槩，而加以潤色，即是傳神手矣。余見人學聖教序者，一點一畫，必求肖合。余笑臨字如人結胎，一月至十月，先具胚廓，後傳形骸，四支百竅，一時畢具，非今日具一目，明日具一口也。若必點點畫畫求之，去愈遠矣。此亦子瞻言畫竹之意，惜人未有悟者。

凡真蹟經一番摹勒，便失數分神采，摹倣既久，幾并其面目而失之。至於石刻，尤易失真。淳化以帝王之力，聚極工巧，題曰上石，其實木也，故其氣韻生動，不失古人筆意，爲古今墨跡之冠。但其蒐羅未廣，去取頗乖，分別真僞，不無混淆。蓋王知微等識鑒分量原自止此，而當時亦但據内府所藏，急於成帙，不聞有廣蒐博采之令行於幽遠也。使以唐太宗、宋高宗爲之君，虞褚米蔡佐之，相與盡力括訪，極意剖析，去饞鼎之十三，入名流之遺逸，傍及緇流，以至彤管，抉名山石室之藏，洩昭陵玉盌之閟，勒之貞珉，以布海寓，書學庶無遺憾乎。噫，未易言也。

淳化一出，天下翕然從風，其後臨摹重儓，不知幾十百種，蓋墨刻之盛行，從此始也。

然摹倣既久，漸致亂真，辯論紛紛，遂成聚訟，蓋不獨蘭亭、黄庭爲然矣。國朝帖本如東書堂、寶賢齋〔一〕等，皆出宗藩，既非法眼，又無神手，萎茶不振，僅足充棗脯耳。文氏停雲館所刻宋元諸家，皆非得意之筆，蓋家藏有限，目力易窮，以一人而欲盡搜千古之秘，安可得哉。至於好事之家，矯誣作僞者，又種種也。故書學之至今日，亦一大厄也，耳食多而真賞鑒不可得也。

校勘記

〔一〕按此「寶賢齋」當指晉藩輯刻之寶賢堂集古法帖。

魏受禪碑，梁鵠書，而鍾繇鐫之；李陽冰書，自篆自刻，故知鐫刻非粗工俗手可能也。趙文敏爲人作碑，必挾善鐫者與偕，不肯落它人之手。近時文長洲父子皆自摹勒上石，或托門客温恕、章簡甫爲之，二人皆吴中名手也。縱有名筆，而不得妙工，本來面目，十無一存矣，況欲得其神采哉。余在吴興，得姑蘇馬生，取古帖雙鉤廓填上石而自鐫之，毫釐不失筆意。閩莆中有曾生，次之。

唐應用善書細字，嘗於一錢上寫心經，又於麻粒上書「國泰民安」四字。此雖絶世之技，然亦近於棘猴矣。以余所見，有便面上書西廂雜劇一部者。余亦能之，但目力勝人耳，不關書法也。

古人有善書而名不傳於世者，吴有張紘，晉有劉瓌之，南齊有蕭宣顥，北魏有崔浩，北齊有趙仲將，宇文周有冀儁，隋有僧敬脱，唐有薛純陁、高正臣、吕向、梁昇卿、席豫諸人。或由真蹟稀少，久遂漫滅；或因名過其實，奕世無傳。至於蕭何以功業掩，曹操以英雄掩，裴行儉以識量掩，司馬承禎以高尚掩，郗氏以夫掩，臨川、晉陽公主以父掩，世無得而稱焉，亦可惜也。而業未造就，濫得虚名，亦時有之。故曰：「或籍甚不渝，人亡業顯；或憑附增價，身謝業衰。」嗚乎，自古已然，何況今日。

渤海高氏所書彌勒頌〔一〕，上比山陰則不足，下視元和則有餘，當與虞褚争道而馳。古今彤管，此爲白眉矣。帝王之書，則梁武帝爲冠，宋高宗次之，唐太宗又次之，其餘不足觀矣。

校勘記

〔一〕「彌勒頌」，原作「聖教序」，據歐陽脩集古録跋尾唐石壁寺鐵彌勒像頌條及寶樹堂本改。

漢光武一札十行，皆親手細書，唐太宗嘗手書勑以賜羣臣，可見古人以手書爲禮，即萬乘猶然也。故劉裕不善作書，劉穆之勸其信筆作大字以掩拙，彼豈乏掌記侍史哉。故王右軍上孝武書，皆手筆精謹。至唐猶然，至有勑「令自書謝狀，勿拘真行」者，而誥勑王言，皆用名人代書，如顏平原、柳誠懸之類，傳爲世寶，良亦不虛。至宋而來，假手者多。迨夫今日，則胥史之蹟，遍於天下，而手書帶行，反目爲不敬，名分稍尊，即不敢用。其它借名贗作，十居其九，墨跡碑鐫，槩不足信。書學安得而不廢哉。

書力可千年，畫力可五百年。書之傳也以臨搨，屢臨搨而書之意盡失矣。畫之傳也以裝潢，屢裝潢而畫之神盡去矣。書名之傳，視畫稍易，而畫跡之藏，視書稍耐。蓋世之學畫者，功倍於書，而世之重畫者，價亦倍於書也。

畫視書微不及者，品稍下耳。況唐宋以前，畫手多工神佛士女、鳥獸竹木之形，徒以供玩弄，樹屏障，故其品尤自猥劣。顧士端父子每被任使，常懷羞恨。劉岳與工匠雜處，立本以畫師傳呼，雖聲價重於一時，而耻辱懷於終身矣。自宋而來，雖尚平淡清遠之趣，而吮筆和墨，終未能脱工藝蹊逕也。

唐初雖有山水，然尚精工，如李思訓、王摩詰之筆，皆細入毫芒。至王洽始爲潑墨，項容始尚枯硬。逮夫荆浩、關仝，一變爲平淡高遠之致，遂令寫生鬬巧諸名手索然減價。至宋董源、李成、郭熙、范寬輩出，天真横逸，上無古人矣。然其結搆精密，位置適均，濃淡遠近，無不合宜，固非草率造次所可辦也。自米元章學王洽而不得其神，倪元鎮用枯筆而都無色澤，於是藏拙取捷之輩，轉相摹倣，自謂畫意，不復求精工矣。此亦繪事升降之會也。

宋畫如董源、巨然，全宗唐人法度。李伯時學摩詰，以工巧勝，自是唐宋本色，而傍及人物鞍馬，佛像翎毛，故名獨震一時。接其武者，唯趙松雪。然松雪間出獨刱，而龍眠一意摹倣，趣舍稍異耳。

古人言畫，一曰氣韻生動，二曰骨法用筆，三曰應物寫形，四曰隨類傅彩，五曰經營位置，六曰傳模移寫。此數者，何嘗一語道得畫中三昧，不過爲繪人物花鳥者道耳。若以古人之法，而槩施於今，何啻枘鑿。

顧愷之天女維摩圖，一身長至二尺有五，時猶謂之小身維摩，不知大者何似。今人畫若作此，當置之何地？列女圖人物三寸許，詫以爲極細，若在今猶爲極粗也。吴道子、黄筌皆畫鍾馗捉鬼圖，近代如戴文進乃不肯爲方伯作神荼、鬱壘。夫使之畫者非矣，要之，畫亦未爲不可也。

小人物山水，自李思訓父子始。盈尺之内，雲樹雜沓，樓觀延袤，人物車馬，以千百計，鬚髮面目，歷歷可辨。其後五代有王振鵬，不用金碧，而精巧過之。宋元李龍眠、劉松年、錢舜舉，近代尤子求、仇實父，互倣爲長卷，而浸失玄妙矣。

余所藏有李思訓金碧山水，王孤雲避暑圖、李龍眠山庄圖，及元人水碓圖，皆細入毫芒，巧思神手，非近代諸君所能彷彿也。聞劉松年有仇書圖，畫塾師外出，而衆稚子戲劇之狀，備盡形態。仇實父臨之，至一童子手竹竿黏蛛絲，蛛且上且止，恍如生動，不覺爲之閣筆。固知名手自有不可及處，惟深於箇中，始知之也。

唐畫所見甚少，如王維、李昭道、周昉，不過數軸耳。宋畫之可辨者，其氣韻不同，墨法皴法，亦各自擅長，非近代優孟手可到也。好事之家，止於絹素爲辨，非知畫者。

米芾畫史云：「世人見馬即命爲曹韓韋，見牛即命爲韓滉、戴嵩，甚可笑。」今人見鷹隼瀏鵤即命爲宣和，見馬即命爲子昂，見糢糊雲樹即命爲米元章。不特此也，所翁之龍，林良、吕紀之翎毛，夏㫤之竹，蓋愈趨而愈下矣。

元時有任月山善畫馬，錢舜舉善人物，雪窻和尚善畫蘭，至於大癡、黄鶴之山水，皆與文敏不上下，而文敏弘遠矣。

國初名手推戴文進，然氣格卑下已甚，其它作者如吴小仙、蔣子誠之輩，又不及戴，故名重一時。至沈啓南出，而戴畫廢矣。啓南遠師荆浩，近學董源，而運用之妙，真奪天趣。至其臨倣古人之作，千變萬化，不露蹊徑，信近代之神手也。文徵仲遠學郭熙，近學松雪，而得意之筆，往往以工緻勝，至其氣韻神采，獨步一時，幾有出藍之譽矣。唐子畏雅稱逸品，終非當家。雲間侯懋功、莫廷韓，步趨大癡，色相未化，顧叔方舍人、董玄宰太史，源流皆出於此。然爲董源、郭熙則難，爲大癡較易，故近日畫家衣鉢，遂落華亭矣。

近日名家，如雲間董玄宰、金陵吴文中，其得意之筆，前無古人。董好摹唐宋名筆，其用意處在位置設色，自謂得昔人三昧。吴運思造奇，下筆玄妙，旁及人物佛像，遠即不敢望道子，近亦足力敵松雪，傳之後代，價當重連城矣。吴名彬，莆人，寓金陵。

仇實父雖以人物得名，然其意趣雅淡，不專靡麗工巧。如世所傳漢宫春，非其質也。至尤子求，始學劉松年、錢舜舉，而精妙殊不及。迨近日吴文中，始從顧陸探討得來，百年壇坫，當屬此生矣。

今人畫以意趣爲宗，不甚畫故事及人物，至花鳥翎毛，則輒卑視之。至於神佛像及地獄變相等圖，則百無一矣。要亦取其省而不費目力，若寫生等畫，不得不精工也。

宦官婦女，每見人畫，輒問甚麽故事，談者往往笑之。不知自唐以前名畫，未有無故事者。蓋有故事，便須立意結構，事事考訂，人物衣冠制度，宫室規模大略，城郭山川形勢向背，皆不得草草下筆，非若今人任意師心，鹵莽滅裂，動輒托之寫意而止也。余觀張僧繇〔一〕、展子虔、閻立本輩，皆畫神佛變相、星曜真形。至如石勒、竇建德、安禄山，有何足畫，而皆寫其故實。其它如懿宗射兔，貴妃上馬，後主幸晉陽，華清宫避暑，不一而足。

上之則神農播種，堯民擊壤，老子度關，宣尼十哲；下之則商山採芝，二疏祖道，元達鎖諫，葛洪移居。如此題目，今人却不肯畫，而古人爲之，轉相沿倣，蓋由所重在此，習以成風，要亦相傳法度，易於循習耳。

校勘記

〔一〕「僧繇」，原誤作「繇僧」，今乙正。

江南顧閎中有韓熙載夜宴圖，是時韓在中書，廣蓄聲伎，日事遊宴，名聞中外。後主聞之，欲窺其燈燭尊俎、觥籌交錯之態度不可得，乃命閎中夜至其第竊竊之，目識心存，翌日圖繪以獻，廣布中外。此與宋高宗畫吳益王冷泉濯足事相類。雖君臣之眷，形骸無間，然近於媟嫚，非所以訓也。今後世所傳石崇金谷屏障，蓋本於此，然粗俚無復髣髴矣。

王朏、周昉以唐臣子而畫貴妃出浴、明皇鬭雞斫膾等圖，不一而足，可謂無禮於其君矣，而世猶然賞之。至於韓晉公與李贊皇同時，而行輩皆高於李，反爲德裕見客圖，可見當時好事，有一傳奇，必形之歌咏，寫之圖畫，上人不禁也，至宋而此風絶矣。

張僧繇畫龍，點睛便飛去。曹弗興傳至宋明帝時，累月旱暵，祈禱無應，以弗興畫置水傍，應時澍雨。繪事既精，神物憑焉，乃知韓幹畫馬，鬼使乘之，不足異也。然龍之形狀，非目力可以細察，視之牛馬，難易逕庭，故有三停九似，蜿蜒升降之異，加以海潮風浪之勢，如斯而已。不知古人何所傳授，而致精絶若是。至宋四明僧傳古者獨專是技，名震一時，其躍波吟霧、穿石戲珠、湧水出洞諸態，種種備具，當時以爲絶筆。元末國初，則長樂所翁爲世珍重。自是以後，無復有傳之者，蓋亦史所謂得其分數而失其玄妙者與。

宋徽宗工畫花鳥，故宣和殿所藏黄筌父子畫至六百七十餘幅，徐熙畫至二百四十餘幅。蓋江南之亡，所藏盡歸天府矣。但惜其所好止此，故品劣而氣下。昔李伯時好畫馬，有道人戒以來生當墮馬腹中，乃改畫佛像。當時艮嶽所蓄珍禽異獸，動以萬計，深秋中夜，凄楚之聲四徹，而几案間所愛翫臨摹者又復如是，安知將來不墮畜生道中耶。

牛馬龍虎之屬，畫之固亦俊爽可喜，至羅隱之子塞翁者專畫羊，張及之、趙永年專畫犬，李靄之、何尊師專畫猫，滕王元嬰專畫蜂蝶，郭元方專畫草蟲。彼顧有所獨會耶，抑幽人高尚之致托於是以寓意耶？而名亦因之以顯。故曰：「雖小道，必有可觀者。」孔子謂：

「飽食終日，無所用心，不有博奕，猶賢乎已。」苟能專工一藝，足以自見，亦愈於没世而名不稱者矣。

余見周昉、李龍眠及近代仇實父諸美人圖，皆穠髮豐肌，衣粧稠疊，一種風神媚態，略無彷彿。昔人謂周昉貴遊子弟，多見貴而美者，故以豐厚爲體，又關中婦女纖弱者少。此語固未必然，但當時好尚如此。韓幹畫馬，畫肉不畫骨，豈亦所見異耶？近日姑蘇有張文元者，最工美人，其綽約明媚，令人神魂飛越，俗筆中之神手也，而名不出里閈，悲夫。

米氏畫史所言賞鑒、好事二家，可謂切中世人之病。其爲賞鑒家者，必其篤好，遍閱記録，又復心得，或自能畫，故所收皆精品。近世人或有貲力，元非酷好，意作標韻，至假耳目於人，或置錦囊玉軸，以爲珍秘，開之令人笑倒。此之謂好事家。余謂今之紈袴子弟，求好事而亦不可得，彼其金銀堆積，無復用處，聞世間有一種書畫，亦漫收買，列之架上，掛之壁間。物一入手，更不展看，堆放櫥簏，任其朽蠹。如此者十人而九，求其錦囊玉軸，又安可得？余行天下，見富貴名家子弟燁有聲稱者，亦止僅足當好事而已，未敢遽以賞鑒許之也。

今世書畫有七厄焉：高價厚值，人不能售，多歸權貴，真贋錯陳，一厄也。豪門籍没，盡入天府，蟫蠹澌盡，永辭人間，二厄也。噉名俗子，好事估客，揮金争買，無復涇渭，三厄也。射利大駔，貴賤懋遷，纔有贏息，即轉俗手，四厄也。富貴之家，朱門空鎖，榻笥凝塵，脉望果腹，五厄也。膏粱紈袴，目不識丁，水火盜賊，恬然不問，六厄也。拙工裝潢，面目損失，奸僞臨摹，混淆聚訟，七厄也。至於國破家亡，兵燹變故之厄，又不與焉。每讀易安居士金石録，反覆再三，輒爲嘆息流涕。彼其夫婦，同心賞鑒，而貲力雄贍，足以得之，可謂奇遇矣，而終不能保其所有，况他人乎？

觀宣和畫譜及米氏畫史所載，可見宋時内府所藏山水何寥寥也，豈其所重者尚在人物宫室、花木蟲魚間耶？道釋自顧愷之始，人物自曹弗興始，鳥獸自史道碩始，信爲絶代奇寶矣，而山水僅始於李思訓，且以宋而置唐畫，似非難得者，而僅止十人耳，則宣和好尚之偏也。觀其論曰：「山水之於畫，市之康衢，世目未必售也。」其然，豈其然乎？米老所言晉及唐初畫，亦皆神佛故事，即閻立本、王摩詰，似亦未的見真本也。以此觀之，則如近代嘉禾項氏所藏，蓋古今無與匹耳。

項氏所藏，如顧愷之女箴圖、閻立本豳風圖、王摩詰江山圖，皆絶世無價之寶。至李思訓以下小幅，不知其數，觀者累月不能盡也。其它墨跡及古彝鼎尤多。其人累世富厚，不惜重貲以購，故江南故家寶藏，皆入其手。至其纖嗇鄙吝，世間所無，且家中廣收書畫而外，逐刀錐之利，牙籤會計，日夜不得休息，若兩截人然，尤可怪也。近來亦聞頗散失矣。

畫視書稍難，而人之習書亦多於畫。名公鉅卿作字，稍不俗惡，書名亦藉以傳矣。今觀宋諸公書，如王臨川、司馬涑水、蘇欒城等，皆非善書者也，而世猶然傳賞之。至於畫，則非一二筆可了，亦非全不知者可以塗抹而成也。雖難易迥別，而道藝亦判矣。

自晉唐及宋元，善書畫者往往出於搢紳士大夫，而山林隱逸之踪百不得一。此其故有不可曉者，豈技藝亦附青雲以顯耶，抑名譽或因富貴而彰耶？抑或貧賤隱約，寡交罕援，老死牖下，雖有絶世之技，而人不及知耶？然則富貴不如貧賤，徒虚語耳。蓋至國朝而布衣處士以書畫顯名者不絶，蓋由富貴者薄文翰爲不急之務，溺情仕進，不復留心，故令山林之士得擅其美，是亦可以觀世變也。噫。

藏畫與藏字一也，然字帖頗便收拾，堆置案頭，隨意翻閲，間即學臨數過，倦則叠之，自賞自證，力不勞而心不厭。畫即不然，卷子展看一迴，即妨點污，卷摺不謹，又虞皺裂，壁上大幅，尤費目力。藏則有蠹鱏之慮，掛則有黴濕之憂。卷舒經手，則不耐其勞；付諸奴僕，則易至損壞。有識之士，必不以彼易此。米南宮嘗以十幅古畫易一古帖。米於二事皆留心者，軒輊若此，其見卓矣。然古畫易得，古帖難求，更難辨也。

畫雪中之芭蕉也，飛鴈之展足也，鬬牛之竪尾也，子路之木劍，二踈之芒屩，昭君之帷帽也，雖經識者指摘，而畫品殊不在此。國朝戴文進畫秋江獨釣圖，一人朱衣把竿。宣廟嘆其工，欲召見之，有讒之者曰：「朱衣，朝祭之服也，可用之魚獵乎？」遂寢其命。夫世好奇之士，豈無朱衣垂釣者？然以豔麗之服，施之川澤，亦終覺殺風景耳，宜乎讒言之得行也。

米元章與富鄭公壻范大珪同遊相國寺，以七百金買得王維雪圖，因無僕從，借范人持之。行遊良久，范主僕俱不見。翌日遣人往取，云已送西京裱背矣。米無如之何，因以贈之。余謂此老平日好攘人物，見蔡魯公王右軍書，則叫呼欲投水，挾而得之。爲天子書千文，則并禁中端硯而袖出。今日遇范，亦出乎爾反乎爾者也，可爲絶倒。

五代東丹王李贊華善畫，多寫貴人酋長戈矛甲冑之形，爲世崇尚。可見戎狄之中，亦有文雅不羣者。今西北諸狄識字者蓋少，無論書畫已。高麗、日本畫皆精絶，不類中國。

余從番舶購得倭畫數幅，多畫人物，形狀醜怪如夜叉然，長短大小不一，亦不知其何名也。畫無皴法，但以筆細畫，縈迴環繞，細如毫髮，四周皆番字，不可識。又有春意便面一摺，其衣冠制度，甚爲殊詭，設色亦不類中國也。

古人善畫者必能寫真，蓋時尚畫人物故也。國初猶然。相傳戴文進至金陵，行李爲一傭肩去，杳不可識，乃從酒家借紙筆，圖其狀貌，集衆傭示之。衆曰是某人也，隨至其家，得行李焉。今畫者以寫真爲別技矣。吾閩莆田史氏以傳神名海内，其形神笑語逼真，令人奇駭，但不過俗子之筆耳，少陵所謂坎軻風塵裏「屢貌尋常行路人」者，政此輩也。近來曾生鯨者亦莆人，而下筆稍不俗，其寫真大二尺許，小至數寸，無不酷肖，挾技以遊四方，累致千金云。

閩人尚有刻木爲小像者，召之至，草草審視，不移時即去，殊不見其審度經營也。越一日而像成，大小惟命，色澤姿態，毫髮不爽，置之座右，宛然如生。此亦可謂絶技也已。

戴文進不肯爲方伯作門神，方伯怒，囊以三木。右伯黄公澤閩人也，見而問其故，笑而解釋之。戴德黄甚，臨行送畫四幅，乃其生平最得意之筆，今黄之子孫尚留傳其一云。技之厄於不知己，而伸於知己如此。姑蘇沈啓南亦爲太守召作屏風，不應，大怒，欲辱之。及入覲，謁太宰吴原博，首問：「石田先生安否？」出問從者，始大驚，歸而謝罪。文徵仲在史館，同時諸翰林相謂：「奈何以畫匠辱我木天？」徵仲聞，即日拂衣歸。三事皆相類，宜乎閻立本有厮役之恨也。

今趙州有吴道子畫水墨刻，其波濤洶湧，翻瀾駭沫，細觀目爲之眩，不知真蹟當何如也。

人之技巧，至於畫而極，可謂奪天地之工，洩造化之秘。少陵所謂「真宰上訴天應泣」者，當不虚也。然古人之畫，細入毫髮，飛走之態，罔不窮極，故能通靈入聖，役使鬼神。今之畫者，動曰取態，堆墨劈斧，僅得崖略，謂之遊戲子墨則可耳，必欲詣境造極，非師古不得也。

凡百技藝，書上矣，卜筮次之，棊損閒心，畫爲人役，其它術數，致遠恐泥，苟精其理，皆足成名，而高下之間，判然千里。余少也賤，罔不涉獵，而究竟無成，皆同襪線，今已一切勑斷，惟柔翰宿業，尚未能驅除耳。

人之嗜好，故自迥異，如謝康樂好遊涉山水，李衛公喜未聞見新書，此自天性，不足爲病。

右軍好蓄鵝，子敬好作驢鳴，崔安潛好看鬭牛，米元章好石，近於僻矣，而未害也。王思微好潔，陳伯敬好忌諱，宋明帝好鬼，以之處世，大覺妨碍。至於海上之逐臭，蔡人〔一〕之嗜足紈也，甚矣。

校勘記

〔一〕「蔡人」二字原作空圍，據寶樹堂本補。

口有同嗜，常語也。然文王嗜昌歜〔一〕，曾晳嗜羊棗，屈到嗜芰，宋明帝嗜蜜浸鱁鮧，崔鉉嗜新捻頭，魏徵嗜醋芹，辛紹先嗜羊肝，顧翺母喜食雕胡飯，已爲不得其正。至劉邕之嗜瘡痂，鮮于叔明之嗜臭蟲，張懷肅之嗜服人精，權長孺之嗜爪甲，國朝趙輝之嗜女人月水，劉俊之嗜蚯蚓，殆不可以人理論者。

校勘記

〔一〕「歜」，原誤作「歇」，今改正。

古人嗜酒，以斗爲節，十斗一石，量之極也。故善飲若淳于髡、盧植、蔡邕、張華、周顗之輩，未有逾一石者。獨漢于定國飲至數石不亂，此是古今第一高陽矣。宋時如寇萊公、石曼卿、劉潛、杜默，皆以飲稱雄者，其量恐亦不下古人也。近代酒人，不知視昔云何，但縉紳之中，能默飲百盃以上不動聲色者，即足以稱豪矣。以耳目所睹記，若曾學士棨、馮司成衍、胡總制宗憲、汪司馬道昆，皆自負無對者，而其它猥瑣不論也。曾學士至鑄銅與身等，視其所飲内之，至銅人溢出，而尚未醉。馮司成放春榜，每進士陪一杯，遂訖三百杯，興未盡，復於中擇善飲者五人，與立酬酢，又百餘爵，五人皆踉蹡不勝，而馮無恙也。胡在浙中迎鄉榜亦然。汪司馬每飲，大小尊罍錯陳，以盡一几爲率，啜之至盡，略無餘瀝，亦裴弘泰之匹矣。然汪嘗言：「善飲者必自愛其量，每見人初即席便大吸者，輒笑之。」亦可謂名言也。

廉將軍老矣，然一飯斗米、肉十斤，少壯之時，不知云何。壯士猛將，想皆爾爾。樊噲生彘肩可啖，何論飯矣。苻秦乞活夏默等啖肉三十餘斤，其人長至二丈，有不可以常理論也。張齊賢候吏置一大桶屏後，伺公飲飯，如數投之，桶溢而食未已。趙温叔與兵馬監押對食，猪羊肉各五斤，蒸糊五十事，此亦何遜廉將軍乎。近代搢紳中如啖猪首一枚，搢胡餅高至一筋者，往往見之，不能盡書，其人亦不足書也。

亦有因疾而善啖者。余里中有人噉豚，嘗至半體，鄉里社日，時爲所嬲。一日，衆共執之，縛庭柱上，不得食。久之，覷喉中有物，一蝦蟇躍出，衆擊殺之，自此不復能食矣。此與唐佐史食鱠至數十斤者相類。近聞太原有嗜酒者亦然。乃知嗜好之偏而酷者，皆疾也。

人有嗜睡者，邊孝先、杜牧、韓昌黎、夏侯隱、陳摶、王荆公、李巖老皆有此癖。近時張東海有睡丞記，言：「一華亭丞謁鄉紳，見其未出，座上鼾睡。頃之，主人至，見客睡，不忍驚，對坐亦睡。俄而丞醒，見主人熟睡，則又睡。主人醒，見客尚睡，則又睡。及丞再醒，暮矣，主人竟未覺。丞潛出，主人醒，不見客，亦入户。」世有此可笑事。陸放翁詩云：「相對蒲團睡味長，主人與客兩相忘。須臾客去主人覺，一半西窻無夕陽。」此詩殆爲此丞發耶。

宋明帝好忌諱，文書上有凶敗喪亡等字悉避之。移床脩壁，使文士撰祝，設太牢，祭土神。江謐言及白門，上變色曰：「白汝家門。」後梁蕭詧惡人髮白。漢汝南陳伯敬終身不言死；與妻交合，必擇日時；遣媵御，將命，往復數四。人之蔽惑，可笑有如此者。

以余所見搢紳中有惡鴉鳴者，日課吏卒左右，彀弩挾彈，如防敵然。值大雪即不出，惡其白也。官文書，一切史字、丁字、孝字、老字，皆禁不得用。又閩中一先輩尤甚，與家人言，無必曰有，死必曰生。身死之日，寸帛尺素，皆無所有，幾有小白之訛〔一〕，至今鄉曲以爲話柄。然轉相傚倣者，不無其人也。

校勘記

〔一〕「訛」，原作「泚」，據文意改。

人有好貨財者，坐卧起居，言動食息，無所往而不與阿堵俱也。一日病且死，强起閱庫藏，白鏹如山，拊摩不忍舍去，謂其子曰：「幸内十大鏹棺中，親我懷抱。」或曰：「以金入木不利，且啓發塚之端，不如以楮代之可也。」其人凝淚太息，不能言而逝。噫，斯人何愚也。生積巨萬，而死不能將去錙銖。故人之所好，必求死之日得將去者，則幾矣。

范雲欲預册命，祈醫速瘳，不顧三年後之死也。死生亦大矣，而人之所好，有甚於生者。荀奉倩之死色也，劉伶之死酒也，石崇之死財也，梁冀、韓侂胄之死權也，皆知之而不能自克者也。仕宦不止，生行死歸，亦其次也。

金陵人有拾鈔於道者，歸而視之，荷葉也，棄之門外。逡巡，一荷擔者俛而拾焉，故鈔也。一鈔何足言，乃不可妄得若此，貪得者亦何爲哉。

五雜組卷之八

人部四

士人之好名利，與婦人女子之好鬼神，皆其天性使然，不能自尅。故婦人而知好名者，女丈夫也；士人而信鬼神者，無丈夫氣者也。

木蘭爲男粧，出戍遠征，而人不知也，可謂難矣。祝英臺同學三年，黄崇嘏遂官司户，婁逞位至議曹，石氏銜兼祭酒，張詧之婦授官至御史大夫，七十之年復嫁，生二子，亦亘代之異人也。

國朝蜀韓氏女遭明玉珍之亂，易男子服飾，從征雲南，七年人無知者，後遇其叔，始攜以歸。又金陵黄善聰十二失母，父以販〔一〕香爲業，恐其無依，詭爲男裝，攜之廬鳳間。數年父死，善聰變姓名爲張勝，仍習其業。有李英者，亦販香自金陵來，與爲火伴，同卧起三年，不知其爲女也。後歸見其姊，姊詬之，善聽以死自矢，呼媪驗之，果然，乃返女服。英聞大駭，怏怏如有所失，託人致聘焉。女不從，鄰里交勸，遂成夫婦。此二事焦氏筆乘所載，前事甚似木蘭，後事甚似祝英臺。又有劉方兄弟，小説未詳其世，當續考之。

校勘記

〔一〕「販」，原作「敗」，據寶樹堂本改。

女子詐爲男，傳記則有之矣；男人詐爲女，未之見也。國朝成化間，太原府石州人桑翀，自少纏足，習女工，作寡婦粧，遊行平陽、真定、順德、濟南等四十五州縣，凡人家有好女子，即以教女工爲名，密處誘戲，與之姦淫，有不從者，即以迷藥噴其身，念呪語，使不得動，如是數夕，輒移他處，故久而不敗。聞男子聲，輒奔避。如是十餘年，姦室女以數百。後至晉州，有趙文舉者，酷好寡婦，聞而悦之，詐以妻爲其妹，延入共宿，中夜啓門就之，大呼不從。趙扼其吭，褫其衣，乃一男子也。擒之送官，吐實，且云其師谷才，山西山陰人也，素爲此術，今死矣。其同黨尚有任茂、張端、王大喜、任昉等十餘人。獄具，磔於市。

異聞録載婦人呼夫兄爲伯，於書無所載，而引爾雅所稱兄公代之，然「兄公」二字亦甚詭㤥。余謂婦人稱謂多從子，夫弟既可稱叔，夫姊妹既可稱姑，則夫兄稱伯，又何疑哉。但伯者男子之美稱，古人婦稱夫多用之，「伯也執殳」是也。

彌子之妻，與子路之妻，兄弟也，爾雅曰「兩壻相謂〔一〕爲亞」。詩『瑣瑣姻婭』」是也。嚴助傳呼友壻，宋時人謂之連袂，又呼連襟，閩人謂之同門。接爾雅注云「江東人呼同門爲僚壻」，則此二字亦古。

校勘記

〔一〕「謂」，原作「竝」，據爾雅釋親改。

無鹽鍾離春不售女也，而卒霸齊國；黄承彦之女黄頭黑色，而才堪相配；許允之婦奇醜而才智明決，乃知以色舉者末也。

鍾離春三十無所容，而宣王納以爲后。宿瘤之女狀貌駭宫中，而閔王以爲聖女。孤逐之女以醜狀聞，三逐於鄉，五逐於里，而襄王悦之。何齊之君世有登徒子之癖也，可發一笑。

美婦人多矣，然或流離顛沛，或匹偶非類，果紅顔之薄命耶，抑造物之見妬也？妺喜、夏姬之倫無論已，西子失身吴宫，王嬙蕪絶異域，昭陽姊妹終爲禍水，虢國兄弟尺組絶命，不如意者不可勝數。惟文君之於長卿，緑珠之事季倫，可謂才色俱侔，天作之合矣，而一以琴心點玉於初年，一以行露碎璧於末路，令千古之下，扼腕隕涕，欲問天而無從也。

男色之興，自伊訓有「比頑童」之戒，則知上古已然矣。安陵龍陽，見於傳册，佞幸之篇，史不絶書，至晉而大盛，世説之所稱述，强半以容貌舉止定衡鑑矣。史謂咸寧、太康之後，男寵大興，甚於女色，士大夫莫不尚之，海内倣傚，至於夫婦離絶，動生怨曠。沈約懺悔文謂：「淇水上宫，誠云無幾；分桃斷袖，亦足稱多。」吁，可怪也。宋人道學，此風似少衰止，今復稍雄張矣，大率東南人較西北爲甚也。

今天下言男色者，動以閩廣爲口實，然從吴越至燕雲，未有不知此好者也。陶穀清異録言：「京師男子，舉體自貨，迎送恬然。」則知此風唐宋已有之矣。今京師有小唱，專供搢紳酒席，蓋官伎既禁，不得不用之耳。其初皆浙之寧紹人，近日則半屬臨清矣，故有南北小唱之分。然隨羣逐隊，鮮有佳者，間一有之，則風流諸縉紳，莫不盡力邀致，舉國若狂矣。此亦大可笑事也。外之仕者，設有門子，以侍左右，亦所以代便辟也，而官多惑之，往往形之白簡，至於媚麗儇巧，則西北非東南敵矣。

衣冠格於文罔，龍陽之禁，寬於狹邪；士庶困於阿堵，斷袖之費，殺於纏頭。河東之吼，每末減於敝軒；桑中之遇，亦難諧於倚玉。此男寵之所以日盛也。

叙女寵者，至漢事秘辛極矣；叙男寵者，至陳子高傳極矣。秘辛所謂「拊不留手」「火齊欲吐」等語，當與「流丹浹藉」競爽，而文采過之。子高傳如「吴孟子」「鐵纏稍」等皆有見解，而「粉陣饒孫吴」一語，便是千古名通。此等文字，今人不能作也。

鄧通之遇文帝，臣不敵君也；董賢之遇哀帝，君不敵臣也；彌子瑕之遇衛靈公，陳子高之遇陳武帝，君臣敵也，而皆以凶終。夫男色天猶妬之，况婦人乎？

古者婦節似不甚重，故其言曰：「父一而已，人盡夫也。」辰嬴以國君之女，朝事其弟，夕事其兄；鶉奔、狐綏之行，見於大邦之主，而恬不爲恥也。聖人制禮，本乎人情，婦之事夫，視之子之事父，臣之事君，原自有間。即今國家律令，嚴於不孝不忠，而婦再適者無禁焉，淫者罪止於杖而已，豈非以人情哉，抑亦厚望於士君子，而薄責於婦人女子也。

古者輕出其妻，故夫婦之恩薄，而從一之節微。今者非大故及舅姑之命陳於官，不得出其妻，則再醮者雖禁之可也，定之以年亦可也。

「父一而已，人盡夫也」，此語雖得罪於名教，亦格言也。父子之恩，有生以來不可移易者也。委禽從人，原無定主，不但夫擇婦，婦亦擇夫矣，謂之人盡夫，亦可也。

京師婦人有五不善：饞也，懶也，刁也，淫也，拙也。余見四方遊宦取京師女爲妾者，皆罄資斧以供口腹，蔽精神以遂其欲，及歸故里，則撒潑求離，父母兄弟，羣然囂競。求其勤儉幹家，千百中不能得一二也。

維揚居天地之中，川澤秀媚，故女子多美麗，而性情温柔，舉止婉慧，所謂澤氣多，女亦其靈淑之氣所鍾，諸方不能敵也。然揚人習以此爲奇貨，市販各處童女，加意裝束，教以書算琴棋之屬，以儆厚直，謂之瘦馬。然習與性成，與親生者亦無別矣。古稱燕趙多佳人，今殊不爾。燕無論已，山右雖纖白足小，無奈其獷性何。大同婦女姝麗，而多戀土重遷，蓋猶然京師之習也。此外則清源、金陵、姑蘇、臨安、荆州，及吾閩之建陽、興化，皆擅國色之鄉，而瑕瑜不掩，要在人之所遇而已。

美姝世不一遇，而妬婦比屋可封，此亦君子少、小人多之數也。然江南則新安爲甚，閩則浦城爲甚，蓋户而習之矣。

妬婦相守，似是宿冤。世有勇足以馭三軍，而威不行於房闥；智足以周六合，而術不運於紅粉。俛首低眉，甘爲之下，或含憤茹歎，莫可誰何。此非人生之一大不幸哉。

人有爲妬婦解嘲者曰：「士君子情欲無節，得一嚴婦約束之，亦動心忍性之一端也。故諺有曰：『到老方知妬婦功。』」坐客不能難也。余笑謂之曰：「君知人之愛六畜者乎？日則哺之，夜則防護栅欄，惟恐豺狸盜而噉之，此豈真愛其命哉，欲充己口腹耳。爲畜者但知人之愛己，而不知人之自爲也。妬婦得無似之乎？」衆乃大笑。

懼内者有三：貧賤相守，艱難備嘗，一見天日，不復相制，一也。枕席恩深，山河盟重，轉愛成畏，積溺成迷，二也。齊大非偶，阿堵生威，太阿倒持，令非己出，三也。婦人欲干男子之政，必先收其利權，利權一入其手，則威福自由，僕婢帖服，男子一動一靜，彼必知之。大勢既成，即欲反之，不可得已。

愚不肖之畏婦，怵於威也；賢智之畏婦，溺於愛也；貧賤之畏婦，仰餘沫以自給也；富貴之畏婦，憚勃谿而苟安也。醜婦之見畏，操家秉也；少婦之見畏，惑牀笫也；有子而畏，勢之所挾也；無子而畏，威之所劫也。八者之外，而能挺然中立者，噫，亦難矣。

夫子謂「女子小人爲難養」，書稱「紂用婦言」，詩稱「哲婦傾城」。凡婦人女子之性，無一佳者，妬也，悋也，拗也，嬾也，拙也，愚也，酷也，易怒也，多疑也，輕信也，瑣屑也，忌諱也，好鬼也，溺愛也，而其中妬爲最甚。故婦人一不妬，足以掩百拙。古今妬婦充棟，不勝書也，今略記於左。

后妃之妬者，則若呂氏之人彘，趙家姊妹之啄皇孫，晉胡芳之將種，賈氏之弑姑殺子，梁郗氏之死爲巨蟒，隋獨孤后之選宮人惟擇肥大，唐武曌之奪嫡篡位，韋庶人之襲武風軌，宋李后之因齋殺嬪。又若楚鄭袖教新人之掩鼻，春申君之妾傷身以視君。袁紹之妻殭屍未殯，五妾駢首；閩王延翰之妻，縛練盡赤，木掌摑人，身韲雷斧，稍快人意。縉紳則若叔向之母，遺戒龍蛇；敬通之妻，親操井臼；袁術之婦，絞妾懸樑；賈充之妻，甘兒絶乳。弱翁見窘於廣漢，龐參見按於祝良。王丞相九錫之嘲，謝太傅關雎之諷。桓宣武膽落老奴，車武子釁起絳衣。李相福一事無成，而虚咽兒溺；任瓌妻拜賜藥酒，而立飲不疑。劉孝標家道轗軻，自比敬通；裴談甘心崇奉，譬之魔母。宜城公主刵耳劓鼻，房孺復妻刻眉灼眼，柳氏截舌斷指。祖約身被刑戮，榮彦遠面有傷痕。金媚娘支解名姬，蘇若蘭捶辱舞伎。魚玄機以疑殺婢，蕭鏗女以妬受謫。玄齡夫人奉勑慷慨，不辭飲鴆；杜業之妻雪涕申言，恐誤任使。崔鉉之見侮家僮，楊文公之取嘲四畏。陳龍丘獅子一吼，拄杖落地；諸葛元直見捉跽跗，面無人色；沈存中常被夏楚，血肉狼籍。威福倒置，於是極矣。又其猥者，京邑之婦，繩繫夫脚；陳覺之妻，事婢若姑。鐵臼嚴霜之歌，衡陽三女之厄。仲端忍饑於香團，康凝貽嗤於黑鳳。慎言膩脂之虎，義方黑心之符。以功封者，哭其貴而見忘；算本利者，恐其多而娶妾。荀婦庾氏，無鬚之人，不得入門；武歷陽女，桃花豔麗，横被摧折。劉休之妻親賣帚箕，恬不知改；扈載撚香滴水，令嚴五申；李大壯綰髻安燈，體如枯木。廉恥道喪，又何恡哉。夫人之難割者愛也，武氏欲傾王后，則忍於殺己女；湖倅見夫狎伎，支解所生之兒。人之所愛者生也，段氏因夫誦洛神賦，而即夜自沈；范寺丞妻見夫衾有妓鞋，而闔門自縊。其子之不愛，而又何愛於人子；其身之不惜，而又何惜於人哉。至於介推之妹，廟前清泉千尺，婦人靚粧，必致雷雨；吴興桑乞之妻死，而因夫再娶，白日現形，操刀割勢。蜀功臣家富聲伎，妻在不敢屬目；妻死之後，方欲召幸，大聲霹靂，起於牀簀，驚怖得病，竟殞其軀。鄭尉李雲〔一〕納姬楚賓，死而別婚，見其投藥浴中，筋骨皆散。華亭衛寛夫妻死再娶，形見堂中，生子爲祟，竟致不育。如此等人，何不捉入無間地獄，而使之爲厲耶？或曰：「十殿閻君，恐亦畏婦。」余笑謂：「宋紹興間，姑蘇龍王嬖妾爲其夫人妬虐致死，天帝行刑，大風驚潮數百里。夫幽明一理也，陰間豈無懼內之鬼神哉。」書之以發一笑。

校勘記

〔一〕「雲」，原作「寒」，據太平廣記卷三百五十二李雲條引聞奇録改。

貴婦多妬，妬婦多壽，同生同死，有若宿寃。太平廣記載：「秦副將石某，苦妻之妬，募刺客殺之，十指俱傷，卒不能害。如此數四，竟與偕老。」故治妬者，輕則當如宋明帝之於劉休妻，决杖二十，賜妾別處；重則我太祖之於常遇春妻，菹醢其肉，以賜羣臣。彼倉庚之羹，不可多得，安能人人而飲之哉？一云太祖所殺是中山王徐達夫人。

使天之於妬婦皆知王延翰之妻也，然亦不勝其雷矣；使君之於妬婦皆如常開平之妻也，然而不勝其醢矣。使佛之於妬婦皆如梁武帝之郗氏也，然而不勝其懺矣；使巫之於妬婦皆如牽羊之壻也，然亦不勝其祭矣。惟有嵩陽桂昌之妻截婢指而己指落，截婢舌而己舌爛，庶幾有懼乎。

宋時妬婦差少，由其道學家法謹嚴所致，至國朝則不勝書矣。其猥瑣者無論，吾獨嘆王文成伯安，内談性命，外樹勳猷；戚大將軍元敬，南平北討，威震夷夏；汪少司馬伯玉，錦心繡口，旗鼓中原，而令不行於閫内，膽常落於女戎，甘心以百鍊之剛，化作繞指也，亦可恠矣。昔人云禽之制在氣，然則婦之制夫，固有出於勇力之外者矣。措大庸人，比屋可封，不足責也。

汪伯玉先生夫人，繼娶也，蔣姓，性好潔，每先生入寢室，必親視其沐浴，令老嫗以湯從首澆之，畢事即出。翌日客至門，先生則以晞髮辭，人咸知夜有内召矣。侍先生左右者，男皆四十以上，嫗皆六十以上，其它不得見也。先生所以嚴事之亦至矣，然少不當意，輒責令蒲伏，盛夏則置蚊蚋叢中，隆寒則露處以爲常。先生每一聞夫人傳教，汗未嘗不灑淅也。先生有長子，稍不慧，壻于吴數載矣，一旦被酒，戲言欲娶妾。婦怒甚，伺其寐也，手刃其勢，踰月而死。先生令切責婦，幽之暗室，又數月迺自雉。余以戊戌歲至新安時，蔣夫人猶在也。〔一〕

校勘記

〔一〕此條原無，據寶樹堂本補。

戚元敬原不畏婦，後因出師，以軍法斬其子，自是夫人怨恨，誓不爲置媵。戚無如之何，乃蓄之它室，十餘年，生三子矣。一日謀稍泄，夫人大恚，欲得而甘心焉，戚許以翌日。時夫人有弟在幕，戚召語之曰：「亟以三策語若姊：子母俱全，上策也；出其母而内子，次策也；若必欲殺吾子，吾當帥死士入室，先斬而姊，次斬若，次滅而宗，而後棄官爵而逃耳。吾轅門以三通鼓爲節，立俟報命。」弟入，膝行涕泣，爲姊言之。一不可，次又不可，門外鼓而譟，弟大哭曰：「姊死不足計，獨不念滅門耶？」迺報可，令二妾入，各決數十杖，撫其子而泣，留之室，即日出其妾。妾歸家，俱守志不嫁。越數年，夫人卒，二妾復歸公。時咸謂戚將軍能處變也。

江氏姊妹五人凶妬惡，人稱五虎。有宅素凶，人不敢處，五虎聞之，笑曰：「安有是？」入夜，持刀獨處中堂，至旦帖然，不聞鬼魅。夫妬婦鬼物猶畏之，而況於人乎？

美婦則有仍之髮，光可以鑒；昌容之仙，隔窻見骨。條塗之三，赤烏之二。妹喜遷夏，妲己傾殷，褒姒覆周，麗姬傾晉。孔父之室，美而稱豔；巫臣之姬，雞皮三少。南威入晉，三日不朝；夷光歸吳，蘇臺爲沼。婁顔之婦，國色見稱；吳廣之女，顔若苕榮。鄭袖擅楚，陰江争趙。敬君以畫自媒，女環以計求進。韓憑有婦，羅敷有夫。息嬀不言，如皋不笑。至於宓妃、青琴、毛嬙、鄭旦、先施、陽文、吳娃、傅予、白台、閭須、旋娟、提謨、閭娵、子奢，雖事蹟鮮聞，時地莫考，而名標載籍，不可厚誣〔一〕。自漢而降，則戚夫人之翹袖折腰，李夫人之絶世獨立。阿嬌貯之金屋，鉤弋擘拳自開。麗娟吹氣勝蘭，昭君光動左右。飛燕掌上可舞，合德膚滑不濡。文君眉若遠山，麗華名動人主。女瑩朝霞和雪，二喬獨步江東。夜來鍼絶，瓊樹鬢蟬；宋臘清歌，絳樹妙舞。甄氏驚鴻之姿，甘后亂玉之質。莫愁抱腰，江水不流；麗雲一曲，醉者頓醒。劉琰以治容見疑，東美以比肩傳子。潘以愁而惑人，張既死而不舍。荀婦賈女，俱云絶倫；朝姝洛珍，同時擅寵。劉聰六后，天錫二姬。金谷墜樓之人，香塵輕軀之媛。翔風以春華見美，宋禕以吹笛擅聲。桃葉以渡江興歌，絡秀以門户屈節。徐月華歌聲入雲，孫荆玉反腰貼地。武康阮公之溪，章浦蓮花之瑞。陳則麗華、貴嬪，隋則寶兒、絳仙。玉兒步步蓮花，小憐生死一處。太真姊妹，脂粉不施；浙東舞女，蘭氣融冶。梅妃寵奪上陽，俊娥情深來夢。知之身殉碧玉，何恢掌失耀華。仙娥時充使典，素娥獨避正人。盈盈姿豔，冠絶一時；真真未諧，扼腕千古。薛瑶英香肌玉骨，金媚孃沫墨劈牋。倩孃端妍絶倫，紫雲名不虚得。杜牧之尋春校遲，羅虬之比紅已晚。窅娘新月凌雲，保儀華麗冠絶。蜀之花蕊，色藝俱工；劉氏瓊仙，丰神獨擅。侯君集之飲乳不飯，白樂天之細口纖腰。韓氏之園桃巷柳，蘇家之琴操朝雲。奇章真珠之室，玉堂翠翹之枝。鏡兒絶代之姿，張紅記曲之捷。畢諴所獻，相國驚魂；韓弘所遺，三軍奪目。至於鶯鶯燕燕，盼盼師師，紅紅轉轉，小小愛愛。李娃惑鄭，小玉殉李。韋孃斷刺史之腸，柳姬感章臺之味。非烟紅拂，不甘非偶；琴客宋態，老而失身。解愁幸遇大樞，素娥終辭洵美。史鳳迷香之洞，鸞兒袖裏之春。若而人者，皆豔質照一時，香骨留千古矣。王元美謂酸士所獲，不堪上駟。吾獨以爲不然。夫遇合有時，愛憎有命，故當其求也，或羅之四海而不遇，或邂之州里而偶得。及其愛也，或三千粉黛而不足，或一人專房而有餘。彼豈銖銖而稱，寸寸而度哉。但帝王之事，易於誇張，而士庶之家，莫爲標榜。至於負絶世之姿，而匹偶非類，湮滅不稱者，又不可勝數也。吾讀彩鳳隨鴉之語，傷世有暗投之珠；詠紫鸞舞鏡之詩，恨時無報仇之劍。薄命如許，虛名安用？夫欲無附而成名，文士尚難之，況婦人乎。

校勘記

〔一〕「誣」，原作「証」，據寶樹堂本改。

婦人以色舉者也，而慧次之，文采不章，幾於木偶矣。但以容則纚纚接踵，以文則落落晨星。古無論已，自漢以降，則文君白頭之吟，婕好團扇之詠，烏孫黃鵠之歌，徐淑寶釵之札。道韞咏雪，崔徽寫真。石氏房老，有春華秋實之篇；李家雪兒，任品藻雌黃之選。驛騎雙果，絳仙之秀色可餐；珍珠寂寥，梅妃之光輝滿座。賢妃昭容，擅秀於宮闈；季蘭玄機，流芬於彤管。校書管領春風，燕樓殘燈伴曉。花蕊宮詞，易安金石；小叢鴈門，容華宿鳥。蘇小青驄之咏，曹姬玉殿之仙。月英惆悵之篇，愼婦望夫之作。此皆不櫛之蘇李，無晨之王孟。元白遜其揮毫，沈宋服其衡藻。若伏生之女，口授尚書；韋逞之母，博究經典。班氏手續兄書，文姬記録先業。皓首大儒，不敢望焉。至於竇氏璇璣，以八寸之錦，八百餘言，縱横反覆，皆成文章。奪真宰之秘，洩造化之工，可謂出聖入神，亘古一人而已，誰謂紅粉中無人乎？若夫殘篇賸語，爲時膾炙，而名姓磨滅，莫知誰何。如武昌之伎，有楊花撲面之句；如意女子，有人鴈一行之作。鳳兒寄怨花枝，霞卿傷春粉壁。彩鳳隨鴉，已斃健兒之手；枝頭梅子，幾迴鐵面之腸。見於紀載，尚未易更僕數也。稍爲拈出，以爲蛾眉吐氣。若夫角枕贈答，楊華寄情，看朱成碧之詩，緑慘雙蛾之句，非不婉至，而宣淫敗度，吾無取焉。

唐范陽盧某母瑯琊王氏，於景龍中撰天寶迴文詩，凡八百一十二字，誡其子曰：「吾没之後，爾密記之，若逢大道之朝，遇非常之主，當以真圖上獻。」至玄宗朝，東平太守始上之，高適代爲之表，言其「性合希夷，體於静默；精微道本，馳騖玄關。旁通天地之心，預記休徵之盛。循環有數，若寒暑之遞遷；應變無窮，類陰陽之莫測」。果爾則王氏不但詞華巧思，亦且未事先知，又高實氏一着矣，而名不甚張，豈非有幸不幸耶？

范蔚宗傳列女而及文姬，宋儒極力詆之，此不通之論也。夫列女者，亦猶士之列傳云爾。士有百行，史兼收之，或以德，或以功，或以言，至於方技緇流，一事足取，悉附紀載，未聞必德行純全而後傳也。今史乘所載列女，皆必早寡守志，及臨難捐軀者，其他一切不録，則士亦必皆龍逢、比干而後可耳。何其薄責縉紳，而厚望荆布也？故吾以爲傳列女者，節烈之外，或以才智，或以文章，稍足膾炙人口者，咸著於編，即魚玄機、薛濤之徒，亦可傳也，而況文姬乎？

唐明皇時，長安大内、大明、興慶三宫，東都大内、上陽兩宫，宫女幾四萬人，侍寢者難於取舍，至爲彩局，以定勝負。古今掖庭之盛，未有過此者也。而猶借才於壽邸，佳人之難得，詎不信哉。

飛燕能於掌上舞，風雪之中，體無瘮粟，故當是古今第一人物，而成帝猶以爲不及昭儀體自香也。遂令千載國色，零落於諸宫奴侍郎之手，不幸孰甚焉。

白樂天有舞妓名春草，蘇長公有侍妾名榴花，秦少游侍兒名朝華，武翊皇有婢名薛荔，此傳紀所罕見者。

名伎之惑人，喪家亡身者多矣。婢妾則原碧亂王，櫻桃惑石。雷尚書奸政於始興，馮成母敗度於崔倰。奇章以真珠喪譽，元實以紅鸞捐軀。薛荔能惑三頭，紫光卒敗元湛。賢智之人，不能自克，何也？至於迷惑伉儷，以殞其軀，若長卿之於文君，荀粲之於曹氏，抑又罕矣。文君猶直得一死，奉倩遺才存色，非難遇也，而以身殉之，不亦可以已乎。才智之婦，史不絶書，至於辛憲英者，度魏祚之不長，知曹爽之必敗，算無遺策，言必依正，當是列女中第一流人物也。其次則唐侯敏妻董氏耳。方則天朝，來俊臣强盛，而妻逆知必敗，勸敏自遠。俊臣怒，出爲武隆令。妻曰：「但去莫求住。」出關而俊臣敗。及抵忠州，以錯題紙爲州將所督，不許上任。妻曰：「但住莫求去。」無何，賊破武隆，敏又獲免。此豈有風角術耶？何其奇中也。

狄梁公之仕女主也，有取日之績；姚廣孝之佐靖難也，有化國之勳，而皆爲其姊所羞。士君子之識見，固有不及婦人女子者，抑亦爲功名所迷耶？

高涼冼氏以一蠻女而能拊循部落，統馭三軍，懷輯百越，奠安黎獠，身蒙異數，廟食千年，其才智功勳，有馬援、韋皋所不敢望者。孃子軍、夫人城視之，當退十舍，而徵側、趙嫗輩無論已。國朝土官妻瓦氏者，勇鷙善戰，嘉靖末年倭患，嘗調其兵入援浙直，戎裝跨介駟，舞戟如飛，倭奴畏之。使其得人駕馭，亦一名將也。

馮夫人錦車持節以和戎，浣花夫人出財募兵以禦敵，蘄王夫人身援桴鼓，繡旗女將力敵李全，可謂女丈夫矣。彼一丈青、陳碩真等，雖盜賊之靡，亦一時之雄也。孱弁懦將，有媿於婦人者多矣。至華陽志所載荀崧小女，年方十三，父爲杜曾所圍，女率勇士潰圍而出，賊追甚急，且戰且前，卒詣周訪，請救兵，破賊全城，此凡振古所未聞也。

荀奉倩云：「婦人才智不足論，自宜以色爲主。」此是千古名通。女之色猶士之才也，今反舍色而論才，則士亦論以色舉，而龍陽、彌子列游夏之上矣，豈理也哉。但佳人之難得，較之才士爲甚耳。

世傳賈充女與韓壽通者，訛也。壽先與陳騫女私通，約娶之，未娶而女亡，壽乃娶賈氏，故世誤以爲充女。而晉書騫弟雉與其子興忿争，遂説騫子女穢行，騫表徙弟，以此獲譏於世，則騫女之事，亦未必然矣。觀武帝賈公女五不可之語，則其姊妹似非光麗豔逸、端美絶倫者。

趙昭儀爲卷髮，號新興髻。是時禍水未成，而已兆新室之讖矣。李煜之天水碧亦然。

蒲衣八歲而爲舜師，睪子五歲而爲禹佐，伯益五歲而掌火，項槖七歲而爲孔子師。古之聖賢，生而神靈，長而徇齊，固不在夙慧之列也。其次則太子晉八齡而言服師曠，甘羅十二而辯動張唐。子奇有化阿之聲，魯連杜田巴之口。荆子十五而攝目，閭丘十八而願仕。外黄小兒迴喑啞之威，楊家童烏與太玄之筆。吴氏季子，江夏黄童。子琰對日，文舉辯果。自此以降，史不絕書。若三歲則黄泳誦詩，能避騫崩之諱；德輿〔一〕切韻，知辯四聲之殊；蔡伯晞神童應薦，官拜秘書。四歲則任彥升誦詩數十篇；陸元淵問天地何窮際；楊公權封四聲，而指「燈盞柄曲」；蕭潁士屬文觀書，一覽即誦；吕嗣興誦書吟詩，應對不窮；趙郡王子獻讀孝經而流涕。五歲則王絢「草翁必舅」之戲，玄齡聳壑昂霄之姿；劉瓛聞管寧傳而精意聽受，到沆見屏風詩而一誦無遺；蘇頲「依依漢陰」之語，元之「嫦娥玉簪」之詠；黄庭堅徧讀五經，劉觳兼通陣法。六歲則士龍已有詩名，劉顯盡誦書史；陸瓊能作五言，徐勉爲文祈霽；簡文面試，攬筆立成；德林三都，十日便熟；王子安搆思無滯，楊弘農立咏彈棊。七歲則慇懷牽武帝之裾，百藥辨瑯琊之稻；賈嘉隱松槐之對，宋廣平鵬賦之誦；鄴侯賦方圓動静之篇，楊藏之有「鼓吹官私」之咏；高定有「伐君」之問，晏同叔有神童之薦；馬略閉室讀書，長吉荷衣面賦；韋弘育日念毛詩一卷，楊大年談論一如成人；夏侯榮百餘奏疏，一目不遺，而國初江左驛卒之子有「天子龍庭」之對，不知姓名，亦可惜也。八歲則任昉月儀之製，何妥「眷顧」之答；伯玉覆局於帝前，義府借棲於宫樹；劉晏時稱國瑞，嚴武椎殺玄英。九歲則楊厚孝迴親心，崔惔秀才應選；慕容農「參辰」之問，虞荔「十事」之對；員俶昇壇而詞辯鋒起，宋璟夢鳥而藻思日雄。十歲則賈逵暗誦六經，金鑾書堪勒石；謝朏土山之賦，沈璞强識之資；邢子才霖雨五日而漢書悉遍，李善寧子詠貧家壁而略不搆思。十歲以上，不勝書矣。然或岐嶷於稚年，而汩没於末路；或幼見其一斑，而長集其大成。是又在乎器量之盈虚，學問之加損。器盈者苗而不秀，學寡者美而無成。或天固限之，而亦人實斲之也。

校勘記

〔一〕「輿」，原作「興」，據新唐書卷一百六十五權德輿傳改。

洛陽楊牢，絶乳即能詩。白樂天七月未能言，而識之無二字。王宷方能言，爲賊所負，而以計自脱。此其頴異，又在向者諸人之上矣。國朝洪鍾以四歲舉，李東陽以五歲舉，皆入翰林。程敏政、楊一清俱以八歲舉，而楊少師廷和以十二歲舉孝廉於鄉，亦二百年來所無也。

曾子七十迺學詩，荀卿五十始學禮，公孫弘四十方讀書，朱雲亦四十始學易、論語，皇甫謐二十始授孝經，而皆成大儒，早慧者莫敢望焉。豈其不慧於初年而頓悟於晚歲，抑由啬於天資而勝以人力也？·夫子謂「參也魯」，而曾子竟以魯得之，人可以資鈍而自棄哉。

晚遇則呂望八十之年，鬻熊九十之歲。楚丘七十而見孟嘗，公孫弘六十而舉方正。顔駟龐眉，馮唐皓首。貢禹年八十方遷光禄，張柬之八十以司馬拜相。杜德祥放榜，曹松等五人皆七十餘，時有五老之稱。宋梁灝〔一〕以八十二狀元及第，陳脩以七十三探花及第，金河中胡光謙以八十三舉進士，國朝錢習禮年近八十猶在翰林，楊翥、周詔皆八十餘以長史從龍，擢拜卿貳。其他七十以上登科第而名不顯者，固不勝紀也。

校勘記

〔一〕「灝」，原作「顥」，據容齋四筆卷十四及寶樹堂本改。

公安劉珠爲江陵張相君父執，萬曆辛未〔一〕，江陵主文衡，珠始登第，年六十餘，老矣，其壽相君詩曰：「欲知閣老山爲壽，但看門生雪滿頭。」又十餘年始卒。

校勘記

〔一〕按劉珠爲隆慶五年辛未科進士，此云「萬曆辛未」，誤。

奴婢亦人子也，彼豈生而下賤哉，亦不幸耳。衛青紀勳麟閣，王斌仕至太守。李善流譽於托孤，熊翹受知於潘岳。王安存祖氏之宗，都兒化陽城之德。王義身捍白刃，李鴻力給錐刀。杜亮愛顥士之博奥，銀鹿佐魯公以忠貞。近代如陳迪抗節靖難，身膏斧鑕，獨家奴來保收其遺骸。浦江鄭氏家僮施慶，執親之喪，三年不御酒肉。此皆士君子之所難。而陶侃之海山使者，權同休、崔千牛之異人寄迹，嚴安脱胡煌於雷厄，又不論矣。至於婢媵篤生名世者，往往而是，不可殫述。天固不以族類限人矣，而人顧苛責此輩，至犬彘之不若，亦何心哉。

馮子都寵於博陸，秦宮幸於梁冀，依憑城社，亦權門之弄臣也。國朝嚴分宜當國，家人永年者號鶴坡，招權納賄，與朝紳往來，無不稱鶴翁者，一御史至與之結義兄弟云。後張江陵相君家奴游守禮，勢出嚴上，號曰楚濱，詞館諸君至爲詩文贈之，通侯緹帥，與往來燕飲，鮮衣怒馬，據上坐偃然矣。後事敗，俱誅死。嗟夫，權之所在，愛之所偏，即始興之賢，尚有雷尚書之惑，况其下此者乎？按江陵家奴尚有宋九、王五者。九善詞翰，而權不及游。五頗有識，常笑其儕所爲。時有作五七九傳者，七即游也。

奚婢之子，則無恤翃趙，田文張齊；燕姞蕃鄭，唐兒啓漢；遥集亢宗，裴秀令望；王琨托體恭心，良貴借胎寮友。其它名公鉅卿，又不可勝數也。虞仲翔云：「天之福人，不在貴族。芝草無根，醴泉無源。」其識卓矣。

郭氏青衣捧劍，言願爲夷狄之鬼，恥作愚俗蒼頭。柳仲逞之婢，鬻於蓋巨源家，見其主市綾羅，親自選擇，酬酢可否，則失聲而仆，曰：「死則死耳，安能事賣絹牙郎乎？」夫奴婢有見解者，其學識過主家百倍，而欲强役使之，得乎？

鄭玄家婢皆誦詩書，劉琰雪白丫頭能誦魯靈光賦。蕭頴士之僕愛才，死而不去；蘇眉山之婢易馬，感而觸槐。至於近代青衣能文章者，又比比也。

古者生齒不繁，故一夫百畝，民無游食。今之人視三代當多十數倍，故游食者衆。姑勿論其它，如京師閹竪宫女，娼伎僧道，合之已不啻十萬人矣。其它藩省雖無婦寺，而緇黄游方，接武遠近；粉黛倚門，充牣城市。巨室之蒼頭使女，擬於王公；綠林之亡命巨駔，多於平民。昔人謂「一人耕之，十人聚而食之」，噫，何啻十而已耶。

今時娼妓布滿天下，其大都會之地，動以千百計，其它窮州僻邑，在在有之，終日倚門獻笑，賣婬爲活，生計至此，亦可憐矣。兩京教坊，官收其税，謂之脂粉錢；隸郡縣者則爲樂户，聽使令而已。唐宋皆以官伎佐酒，國初猶然，至宣德初始有禁，而縉紳家居者不論也。故雖絶迹公庭，而常充牣里閈。又有不隸於官，家居而賣姦者，謂之土妓，俗謂之私窠子，蓋不勝數矣。昔秦始皇之法，夫爲寄豭，殺之無罪；女爲逃嫁，子不得母。至今日而偃然與衣冠宴會之列，不亦辱法紀而羞當世之士哉。噫，是法也，誰爲作俑？管子之治齊，爲女閭七百，徵其夜合之資，以佐軍國，則管氏者又嬴政之罪人也。

左傳：「既定爾婁豬，盍歸吾艾豭？」艾豭者，牽牡豕以行淫者也。方言云：「燕、朝鮮之間謂之豭，關東謂之彘。」詩「一發五豭」是也。故以男子之淫於它室者名之。秦始皇會稽碑作「寄豭」。今人以妻之外淫者，目其夫爲烏龜，蓋龜不能交，而縱牝者與蛇交也。一云「污闑」之訛也。又謂之忘八，以其孝弟忠信禮義廉恥八者俱忘也〔一〕。隸於官者爲樂户，又爲水户，國初之制，緑其巾以示辱。蓋古赭衣之意，而今亡矣。然里閈尚以緑頭巾相戲也。

校勘記

〔一〕「一云」至「俱忘也」原無，據寶樹堂本補。

世間人可貴而亦可賤，可愛而亦可憎，上可以陪王公，而下受辱於里胥不敢校者，伎與僧耳，道尼不足數也。故名伎高僧，皆能奔走一時，流芳千古。而其猥劣頑賤，嗜利無恥者，至爲悲田乞兒所不屑。然伎既以色失身，而僧亦以髠滅倫。所謂以其小者信其大者，奚可哉。

釋氏輪迴之說，所以勸世之爲善也，而有不足取信者，何也？不論脩行與否，但欲崇奉其教，則世豈無詆佛之君子，而持經茹素之窮兇極惡乎？一也。生前之吹求太苛，而死後之懺悔太易。當其生，則一物一命，錙銖報應，而及其死，則彌天之罪，一懺即消。愚民且自以爲無所逃於生前，而妄冀不必然於身後，何憚而不爲惡？二也。大君子之爲善，原不爲身後計也。至於小人，雖憲典火烈，殺人奸盜，猶不絶踵，而況地獄之眇茫乎？至於回頭即岸之說，大盜巨駔，以此自文者多矣。惟聖人之言曰：「作善，降之百祥；作不善，降之百殃。」又曰：「善不積，不足以成名；惡不積，不足以滅身。」噫，何其簡而易行也。

今之釋教，殆遍天下。琳宇梵宫，盛於黌舍；唪誦呪唄，囂於絃歌。上自王公貴人，下至婦人女子，每談禪拜佛，無不灑然色喜者。然大叚有二端：血氣已衰，死生念重，平生造作罪業，自知無所逃竄，而藉手苦空之教，冀爲異日輪迴之地。此一惑也。其上焉者，行本好奇，知足索隱，讀聖賢之書，未能躬行實踐，厭棄以爲平常，而見虛無寂滅之教，聞明心見性之論，離合恍惚，不着實地，以爲生平未有之奇，亘代不傳之秘。及一厠足，不能自返，而故爲不可摸捉之言以掩之。本淺也，而深言之；本下也，而高言之；本近也，而遠譬之；本有也，而無索之。如中間一條大路不行，却尋野徑崎嶇。百里之外，測景觀星，而後得道，自以爲奇。此又一惑也。先之所惑，什常七八；後之所惑，百有二三。其於釋氏宗旨，尚未得其門户，况敢窺其堂奥哉。至於庸愚俗子，貪生畏死，妄意求福，又不足言矣。

以吾儒之教譬之，爲貧賤所驅迫，發憤讀書，期取一第，以明得意者，此佞佛以求免輪迴者也。志願已畢，自揣無以逾人，而倡爲道學之説，或良知，或止脩，拾紙上之唾餘，而刻畫粧飾，以欺世盗名，而世亦靡然從之，直謂上竊洙泗之傳，閩洛不論也。此離合恍惚，自以爲奇者也。至於老學究，童而習之，白尚紛紛，藉口青衿，以别凡民，則亦愚庸之妄意求福者而已，其於吾儒之道，何曾彷彿夢見耶。

三教之最失其傳者，無如道家。當時老氏之教，清淨無爲而已。施之於治，則絕聖去智，掊斗折衡，使結繩之治可復，原以用世，而非以長生也。至於赤松子、魏伯陽則主煉養，盧生、李少君則主服食，下至張道陵、寇謙之，則主符籙篆呪，愈趨而愈下。至近世黄冠，如林靈素者流，則但醮祭上章，祈福禳罪而已。蓋不惟與清淨之旨大相悖盭，即煉養服食之旨，駐年化羽之術，亦槩乎未之有聞也。夫逢掖之口周孔，猶能論其世；髡緇之托釋迦，猶能誦其言。至道流黄冠，口不絕聲稱太上老君矣，彼詎知柱史爲何人，五千言爲何物，大道上德之宗旨爲何事耶？而悉依託之伯陽氏，以自立於三教之一也，不亦大可羞耶。

高僧坐化，往往見之史傳，此不足異也。萬曆戊申秋，長溪僧天恩者來福州，講經於芝山寺，一旦無疾而終，趺坐自如，略無傾側。此余所親見也。當天恩在時，吾輩雖從之遊，未有信其高者，惟友人林熙工、陳惟秦皆往拜爲弟子。其平日苦脩，余不得而知矣。又有立化者，有倒立而化者，雖自眩變相，要非空寂之教所急也。相傳高僧化後，髮爪皆如生時。唐僧義存没後置函中，每月其徒出之，髮爪皆長，輒爲剪薙以爲常，經百餘年不廢。後因兵火亂，始封而灰之。墨客揮犀所載鄂州僧無夢亦然，後爲一婦人手摸而觸之，遂不生。至於仙蜕，余在武夷見其二，齒髮手指，宛然如故，但枯槁耳。余每竊嘆，以爲釋氏之教，天地萬物，一切歸於虚無，故毁形滅性，直欲參透本來面目，其於四大色身，不過百年之暫寄寓，何爲既死之後，猶戀戀不忍舍如此？至若神仙暫遊萬里，少别千年，世間一切事，棄如脱屣，豈復愛護其委蜕，而不令其朽腐哉。則神仙之見解，反不若蛇蟬之屬脱然無累矣，此理之不可解者也。

謂死者爲必有知乎，則鬼魅縱横冥途，亦不勝其繁擾也。謂死者爲必無知乎，則夢兆肸蠁，禍福感驗，不可誣也。聖人之言曰：「鬼神之爲德，其盛矣乎。洋洋乎，如在其上，如在其左右。」夫以爲無，則何爲贊其盛？以爲有，則直云在而已，何言如在也？有無之間，不可思議者也。故曰：「未知生，焉知死。」生死一理也，人得天地之氣以生，及其死而氣盡矣，然有未遽盡者在也。上焉者得正氣，爲聖賢，爲名世，死則爲神爲靈，亘古不磨，此即生時之顯達者也。中焉者氣有踳駁，根皆頑鈍，倏而成形，倏而覆命，自來自去，無復拘束，此即生時之齊民也。下焉者沴氣所鍾，濟惡不才，或爲大厲，或爲羅刹，譬之草木中之鉤吻，禽獸中之虎狼，則幽冥主者亦必有刑獄狴犴之具以禁制之，猶生人之有十惡不道而困於圜土者也。故知生之説，則知死之説矣。

老氏之説，終是貪生；釋氏之説，終是畏死。人須到得死生不亂，方有着脚地位。宋僧有云：「古人念念在定慧，臨終安得而亂？今人念念在散亂，臨終安得而定？」此格言也。如尹師魯、劉子澄等，平日皆有大見解，方到得此。今人平日矢口聖賢，至臨死之時，顛倒錯亂，或牽戀不忍舍者，其無實學可知矣。

死生之際，一生學問大關頭也，然有名爲巨儒，而處死反不及常人者。如林兆恩會通三教，自謂海内一人，而臨死乃病狂喪心，便溺俱下。吾郡一縉紳王鑛者，平日無所聞，年踰八十，自知死期，戒訓子孫，無作佛事，仍賦長詩一篇，既而曰：「明日未能便去，後日望日也，吾當以十六日去。」至期，沐浴衣冠，談笑而逝。此豈有宿根耶，抑平日不言躬行，人有不及知耶？林之虚名，高王十倍，而死生之間，迥别乃爾，殊可怪也。

釋氏教人，臨終之時，不思善，不思惡，一念堅定，直至西天。夫不思惡易也，至不思善則近於大而化之境矣。昔人所謂：「善且不可爲，况於惡乎？」然方寸之中，惟此一念，既不思善思惡，此心放頓在何處？此處尚有議論不得也。

學佛者焚身惑衆，懼人之不信也，而托之火化；求仙者横罹非命，懼人之見笑也，而托之兵解。則世人惡疾而自焚者皆佛也，麗法而正刑者皆仙也。人之愚惑，一至於此。

僧之自焚者，多由徒衆誑人捨施，願欲既厭，然後誘一愚劣沙彌，飲以瘖藥，縛其手足，致之上座而焚之耳。當烟焰漲合之際，萬衆喧闐，雖挣扎稱冤，不聞也。亦有無賴貪得錢帛，臨期服冰片數銖者，但覺寒戰，烈燄焦灼，殊無痛楚，故遠近信之，布襯雲集。至於灼頂、燃燈、煉指、斷臂、剔目，接踵相望，大約僞者十七，真者十三，爲利者十九，爲名者十一，皆非禪學之正宗也。

史傳所載僧自焚者有三：其一唐李抱真，爲潞州節度使，兵荒之後，財用窘竭，素與一僧交善，乃謂之曰：「事急矣，欲借師之道，以濟軍國，可乎？」僧曰：「性命可捐，它何所惜？」曰：「師但投牒，言欲自焚。吾爲地道，與州宅通，火發之頃，既潛身而入，彼此俱無所損。」因引僧至地道，往來無阻。僧信之，遂積薪高坐，説法辭世。李親率將校，膜拜舍施。於是州人響應雲集，貨財山積。尅期舉火，李已命人潛塞地道。頃刻之間，僧薪俱灰，收其施財，以充公帑，別求如舍利者數十枚，建塔葬之。其一宋某人，爲某官，有僧投牒欲自焚，判許之。至期親往驗視，見僧兩眼凝淚不動，問之不答，乃令人梯取之，授以紙筆，乃自言某處遊僧，至此寺，衆欺其愚弱，誑言惑衆，厚得錢帛，至期藥而縛之耳。遂按誅諸僧，毁其寺。又其一元時達魯花赤，爲政不通漢語，動輒詢譯者。江南有僧，田爲豪家所侵，投牒訟之，豪厚賂譯。既入，達魯花赤問譯：「僧訟何事？」譯曰：「僧言天旱，欲自焚以求雨耳。」達魯花赤大稱讚，命持牒上。譯業别爲一牒，即易之以進，覽畢判可，僧不知也。出門則豪已積薪通衢，數十人舁僧畀火中焚之。然則從來火化之妄惑，往往如是矣。

道家之教，若徒以功行積滿，白日昇天，尚可以誘人爲善，即非柱下、黄石宗旨，吾不之責也。彼熊經鳥伸，錬形住世，已自是貪生業障，無益於時，而况於黄白龍虎之術，房中采戰之方，貪利無厭，縱欲敗度，以之求長生，何異適燕而南向郢哉。道家之旨，清淨無爲，不見可欲，使心不亂，不貴難得之貨，使民不爲盜。况神仙乘雲御氣，下視塵寰，縱有大藥點化，山河大地，盡成黄金，亦復何益於身心性命，而且必無之事也。然世間固有一種癡人妄想，甘受邪術所欺，而崇奉惑溺，至破家亡身而不顧者，此又不如佞佛持素，差覺安静耳。

吾友曹能始嘗言：「人雖極善，然一入公門作胥曹，無不改而爲惡；人雖極惡，然一入佛寺作比丘，無不改而爲善。」余大笑：「君但見其形骸耳，不聞有不要錢提控，及殺人放火和尚耶？」然此語誠有致，不獨此也。吾輩縱極高雅，一入公門，説公事，便覺帶幾分俗惡；縱極鄙俗，一入佛寺，看經啜茶，便覺有幾分幽致。士大夫不可不存此想也。

天下僧惟鳳陽一郡，飲酒食肉娶妻，無別於凡民，而無差役之累。相傳太祖湯沐地，以此優恤之也。至吾閩之邵武、汀州，僧道則皆公然蓄髮，長育妻子矣。寺僧數百，惟當户者一人削髮，以便於入公門，其它雜處四民之中，莫能辨也。按陶穀清異録謂僧妻曰梵嫂，番禺雜記載廣中僧有室家者謂之火宅僧，則它處亦有之矣。此真所謂幸民也。

先爲僧而後入仕者，宋湯惠休，唐賈島、蔡京，宋法崧也。先仕而後爲僧者，漢陽城侯劉俊，南齊劉勰，梁劉之遴、張纘，魏元大興，唐圓浄，南唐姚結耳，宋饒德操、佛印，元來復、見心也。先爲道士而後入仕者，唐魏徵、盧程，元張雨，國朝陳鑑也。先仕而後爲道士者，唐賀知章、鄭銑、郭仙舟，宋李太尉也。先爲僧又爲道而後仕者，唐劉軻也。先入仕，懼禍爲僧道，而後又仕者，梁伏挺，唐徐安貞也。近時閩李贄先仕宦至太守，而後削髮爲僧，又不居山寺，而遨遊四方，以干權貴，人多畏其口而善待之。擁傳出入，髡首坐肩輿，張黄蓋，前後呵殿。余時在山東，李方客司空劉公東星之門，意氣張甚，郡縣大夫，莫敢與均茵伏。余甚惡之，不與通。無何入京師，以罪下獄死，此亦近於人妖者矣。

趙普、王旦，皆宋名臣，而旦於臨終遺命髡首披緇，而普二女皆出家爲尼，長號智果大師，次號智圓大師。其可笑如此。

僧道拜大位者，則唐懷義、于什方、葉静能、鄭普思、尹愔，宋林靈素，元劉秉忠，國朝則姚太師廣孝、邵大宗伯元吉、陶少師仲文三人而已。然廣孝爲佐命元勳，功參帷幄，蓋陸法和、佛圖澄之流也，雖拜大位，而終身不娶妻，不蓄髮，晚年里居，布衲錫杖，蕭如也，雖未成正果，似亦得度世法門者。邵陶皆以房中邪術取悦一時，其品又在林靈素之下矣。

世傳上中下八洞皆有仙人，故俗動稱八仙云。如所謂鍾離、鐵拐、韓湘子、張果老之屬，皆列仙傳採拾而强合之耳。張果乃明皇時術士，與羅公遠、葉法善同在朝，非仙也。獨吕洞賓者，史傳所載靈異之蹟，昭彰在人耳目，想不可謂之全誣。今世所傳純陽詩字甚多，如「朝遊北海暮蒼梧」及「石池清水是吾心」者，好事者裒爲之集。但純陽唐人，既舉進士，又列仙籍，而其詩乃類宋人口吻，豈亦後人傅會所成耶？不然，既遺世高舉，而又屢降人間，若戀戀不忍舍者，何也？退之云：「我自屈曲仵世間，安能從汝求神仙。」此視純陽去而復來者，過之遠矣。

宋瑞州高安縣鄭氏女定二孃者，臨嫁汲井，忽有彩雲掖之升天，州縣以聞，立祠建廟，祈禱輒應。既而廉之，則因與人通而孕，父母醜之，密售於傍邑，而托詞惑衆耳。無何，新建有闕氏者雇一婢，訊之即仙姑也。昌黎謝自然、華山詩意亦可見，不獨此也。漢末張道陵避瘧丘社，得呪鬼之術，遂以符術使鬼療病，後爲蟒蛇所呑。子衡奔往，覓屍不得，乃生麋鵠足，置石崖頂，託以白日昇天，至今歷代崇奉，稱爲天師，良可笑也。

張道陵初以妖術惑衆，治病者令出五斗米，故世號米賊。陵死，子衡傳其道。衡死，魯復行之。魯母有姿色，出入益州牧劉焉之家，以魯爲司馬。後劉璋立，殺魯母及家室，魯遂據漢中以叛。後爲曹操所破，降魏爲鎮南將軍。張之本末，不過如此，自晉及唐，尚未有聞，至五代遂稱天師，歷宋元未有非之者。據廣信之龍虎山，金碧殿宇，偃然爲世業矣。

我太祖皇帝曰：「至尊者天，豈有師也？」削之，止稱真人。然以二品秩傳流後裔，亦幸之甚矣。真人每入覲，沿途民爲鬼魅所惱者，悉往投牒，所至成市，聞其符籙亦有驗者，故愚民信奉之也。萬曆間，京師大旱，適真人入朝，上命留之禱雨。終不效，乃遣之，則其伎倆亦與尋常黄冠一間耳。

今天下有一種吃素事魔及白蓮教等人，皆五斗米賊之遺法也，處處有之，惑衆不已，遂成禍亂，如宋方臘、元紅巾等賊，皆起於此。近時如唐賽兒、王臣、許道師，皆其遺孽。而吾閩中又有三教之術，蓋起於莆中林兆恩者。以艮背之法，教人療病，因稍有驗，其徒從者雲集，轉相傳授，而吾郡人信之者甚衆。兆恩死後，所在設講堂香火，朔望聚會。其後又加以符籙醮章，袪邪捉鬼，蓋亦黄巾、白蓮之屬矣。兆恩本名家子，其人重意氣，能文章，博極羣書。倭奴陷莆後，骸骨如麻，兆恩捐千金，葬無主屍以萬計，名遂大譟。其後著三教會編，授徒講學，頗流入邪説而不自知。既老病，得心疾，水火不顧，顛狂逾年乃死。此豈真有道術者，而閩人惑之，至死不悟也。今其徒布滿郡城，其中賢者，尚與士君子無别，一二頑鈍不肖者，藉治病以行其私，奸盗詐僞，無所不有，其與邪巫女覡，又何别哉。余十三四時，見三教書，心甚不然，著論以闢之，今亦不復記憶。及既長入閩，觀其行事，益自負前言之不妄也。

古有百家九流，而今之行世者，僅僅數家而止。至於墨家、縱横家、名家，不惟不能傳其學，亦不能舉其書矣。戰國之時，楊墨盛行，及其後而楊之言絶矣，獨墨氏之教，至往往稱與孔竝，即荀卿、賈誼亦爾，何其張也。然自漢以來，不聞有治墨家言者，豈汎愛而忘親，纖嗇而非儒，不可適於世故耶？縱横之術，自鬼谷子而後，秦儀衍軫，相尚爲高。至於漢之侯公、蒯徹，三國秦宓、彭羕之徒，亦其遺也。唐末藩鎮紛争，説士間出，若柏耆、羅隱之流，皆得捭闔〔一〕短長之術，而高者取世資，下至不能保其首領，亦所遇何如耳。名家搏抗千古，鑑察微茫，耳目豈能皆真，毁譽易於失實。不有人禍，必有天刑，談何容易？是以君子不爲也。

校勘記

〔一〕「捭闔」，原作「闔押」，據文意改。

韓非曰：「自孔子之死也，而儒分爲八；自墨子之死也，而墨分爲三。」噫，今墨之三家，既已失其傳矣，而所號爲儒者，又豈復八家之儒哉。己之不正，何以攻人？

孔子曰：「攻乎異端，斯害也已。」孔子當時，楊墨未興，其所謂異端者，不過鄧析、少正卯之流耳。至孟氏極口詆楊墨，不遺餘力，想得天下崇信二家，不亞今之釋道。觀當時著書立論者動以孔墨竝稱，可見矣。當時老莊之言，已滿天下，而孟子不之及，蓋以老子爲仲尼所嚴事，非異端也。漢唐而下，莫盛於佛老，然道教已非柱史之舊，而世之惑溺者，不過妄意神仙，或貪黄白，以圖利耳，固無甚見解，而亦不足辯也。惟釋氏之教，入人骨髓，然彼之所談，皆高出世界四大之外，而排之者動以吾儒之粗攻釋氏之精，如以羸兵敵强虜，宜其不能勝而反熾其焰也。二者之外，如白蓮、回回、色目，及吾閩三教等項，然皆猥瑣庸劣，無甚見解，此又異端之重儓，而不足與辯者也。

五雜組卷之九

物部一

莫靈於龍，人得而豢之；莫猛於虎，人得而檻之，有欲故也。故人而無欲，名利不能羈矣。

相人之書，凡有似鳥獸之一形者皆貴。大如龍鳳則大貴，小如龜鶴猿馬之類，亦莫不異於常人。夫人爲萬物之靈者也，今乃以似物爲貴耶？此理之所必不然。

龍性最淫，故與牛交則生麟，與豕交則生象，與馬交則生龍馬，即婦人遇之，亦有爲其所污者。嶺南人有善致雨者，幕少女於空中，驅龍使起，龍見女即迴翔欲合，其人復以法禁使不得近，少焉，雨已霑足矣。

王充〔一〕稱「世俗畫龍，馬首蛇尾」。又有三停九似之説，謂自首至膊，膊至腰，腰至尾，皆相停也；九似者，角似鹿，頭似駝，眼似鬼，項似蛇，腹似蜃，鱗似魚，爪似鷹，掌似虎，耳似牛。然龍之見也，皆爲雷電雲霧擁護其體，得見其全形者罕矣。

校勘記

〔一〕「王充」，原作「王符」，按「世俗畫龍」云云見王充論衡龍虛篇，因改正。

俗有立夏分龍之説，蓋龍於是時始分界而行雨，各有區域，不能相渝，故有咫尺之間而晴雨頓殊者，龍爲之也。又云龍火與人火相反，得濕則焱，得水則燔，惟以火投之則反熄。此亦不知其信否也。

淮南子言：「萬物羽毛鱗介，皆生於龍，故有飛龍、應龍、蛟龍、先龍之異，而四族分焉。」其言甚怪誕。余嘗笑劉媪息大阪下，有龍據其上而生高祖，則劉氏子孫謂人族亦生於龍可也。然聖人繫易，於龍取象，不一而足。道德如老子，乃得猶龍之譽，其尊敬之亦至矣，而古乃有豢龍、御龍、屠龍者，何耶？豈亦種類貴賤不同，如人之有上知下愚、天子匹夫者耶？夫聖人無欲，而龍未免有欲，故終不能離夫物也。

萬曆戊戌之夏，句容有二龍交，其一困而墮地，夭矯田間，人走數百里，競往觀之。越三日，風雷挾之而升。

司徒馬恭敏治河日，於淮濟間得一龍蜕，長數十尺，鱗爪鬐角畢具，其骨堅白如玉。俗相傳云龍由蛟蜃化者，壽不過三歲。

龍生九子，蒲牢好鳴，囚牛好音，蚩吻好吞，嘲風好險，睚眦好殺，贔屭好文，狴犴好訟，狻猊好坐，霸下好負重。此語近世所傳，未考所出，而博物志九種之外，又有憲章好囚，饕餮好水，蟋蜴好腥，蠻蛿好風雨，螭虎好文采，金猊好烟，椒圖好閉口，虭蛥好立險，鰲魚好火，金吾不睡，亦皆龍之種類也。蓋龍性淫，無所不交，故種獨多耳。

麟之長百獸也以仁，獅子之服百獸也以威，鳳之率羽族也以德，而鶚之懾羽族也以鷙。然麟鳳爲王者之祥，獅鶚僅禁籞之玩，君子宜何居焉？

唐開元中，有鳳逐二龍，至華陰，龍墮地，化清泉二道，其一爲鳳爪傷流血，泉色遂赤，今其地有龍骨山云。故老謂鳳喜食龍腦，故龍畏之。今世所傳鳥王啖龍圖，蓋本此也。夫鳳非竹實不食，而亦嗜龍腦耶？

物之猛者，不能相下。如龍潛水中，以虎頭投之，則必驚怒簸騰，淘出之乃已。西域人獻獅子，有繫井傍樹者，獅子傍徨不安，少頃風雨晦冥，龍從井中飛出，是交相畏也。

鳳麟皆無種而生，世不恒有，故爲王者之瑞。龍雖神物，然世常有之，人罕得見耳。但以一水族而雲雨雷電風雹皆爲之驅使，故稱神也。潛見以時，大小互用，上可在天，下可在田，故聖人獨以屬之乾道。

諸獸中獨獬豸不經見，一云即神羊也。然神羊見於神異經，其言誕妄不足信。攷歷代五行、四夷志，如麒麟、獅子、扶拔、騶虞、角端，史不絕書，而獬豸無聞焉，則世固未嘗有此獸也。自楚文王服獬豸冠，而漢因之，相沿至今，動以喻執法之臣，亦無謂矣。

皋陶治獄不能决者，使神羊觸之，有罪即觸，無罪即不觸，則皋陶之爲理，神羊之力也。

後世如張釋之、于定國，無羊佐之，民自不寃，豈不勝皋陶遠甚哉。

永樂中曾獲麟，命工圖畫，傳賜大臣。余嘗於一故家得見之，其身全似鹿，但頸甚長，可三四尺耳，所謂麕身、牛尾、馬蹄者近之，與今俗所畫迥不類也。獬廌世未必有此獸，如果有之，既曰神羊，則其形當似羊，不應如世所傳。

宋嘉祐間，交阯貢麒麟二，狀如牛，身被肉甲，鼻端有角，食生芻果，必先以杖擊其角而後食。既至，樞密使田况辨其非麟，荅詔止稱異獸云，時以爲得體。沈存中筆談亦載此，而誤以爲至和中，沈又疑其爲天禄云。

禁苑中四方鳥獸畢備，其不可馴者，盛以樊籠。有鷙鳥高六七尺，諸禽獸皆畏之，不知其何名也。獨無虎豹獅子之屬。相傳先朝皆蓄以備遊翫，至今上中年，尚有虎數隻。一夕上夢虎齧左足，覺而腓痛，疑其祟，令司苑者勿與食，餓殺之。内一虎甚大，長丈許，餓至二十四日方死，呼聲動地。自是不復畜焉。

新安有衆逐虎，虎竄入神祠中，見土偶人，厖然大也，搏之，偶踣而壓虎腰折焉，衆生得虎。時丁應泰爲令，以爲異政通於神明也，爲新其祠，且令百姓歌謡之。

山民防虎者有崖口缺，虎常躍入，迺以巨組縱横而空懸之，虎躍而下，浮罥組上，四足插空，不能作勢，終不能脱矣。又有以黐布地及横施道側者，虎頭觸之，覺其黏也，爪之不得下，則坐地上，俄而遍體皆污，怒號跳撲至死。萬曆辛亥，閩西北多虎暴，三五爲羣。余時爲先室治兆，從者常遇之，殆者數矣。後郡公募人捕之，旬日中格三虎，自是無患焉。

江陵有貙人，能化爲虎；又有貙虎，還化爲人。

虎據地一吼，屋瓦皆震。余在黄山雪峰，常聞虎聲。黄山較近，時坐客數人政引滿，唬然之聲，如在左右，酒無不傾几上者。時潘景升〔一〕、謝于楚在坐，因言近歲有壯士守水碓，爲虎攫而坐之，碓輪如飛，虎觀良久，士且甦，手足皆被壓不可動，適見虎勢翹然近口，因極力齧之，虎驚大吼躍走，其人遂得脱。余謂昔人料虎鬚，今人〔二〕乃舐虎卵乎？如此不如無生。衆皆絶倒。

校勘記

〔一〕「潘景升」三字原無，據寶樹堂本補。

〔二〕「今人」，寶樹堂本作「新安人」。

胡人射虎，惟以二壯士彀弓，兩頭射之。射虎逆毛則入，順毛則不入。前者引馬走避，而後者射之，虎回則後者復然，虎雖多，可立盡也。中國馬見虎則便溺下，不能行，惟胡馬不懼，獵犬亦然。何景明有獵犬咋虎詩，蓋邊方畜也。

戚大將軍繼光鎮閩日，嘗獵得一生虎，縶以鐵組，内檻中，日令屠者飼肉十斤。屠苦之，賂一醫者，爲告免辦，醫諾之。無何，戚有目疾，召醫，醫言：「惟生虎目可療。」遂殺虎取目。後戚目疾雖瘳，而不虞醫之詐也。

獸之猛者，獅子之下有扶拔，有駮，有天鐵熊，皆食虎豹者。扶拔見諸史書，常與獅子同獻，似之而非也。詩云「隰有六駮」，易「爲駮馬」，管子曰：「鵲食蝟，蝟食鵕鸃，鵕鸃食駮，駮食虎。」太平廣記所載似虎而小，食虎略盡者是已。天鐵熊似熊而猛，常挾虎而噬其腦。唐高宗時，加毗葉國獻之，能擒白象。又有酋耳亦食虎，而魏武所遇跳上師子頭，與漢武時大宛北胡人所獻大如狗者，又不知何獸也。

水牛之猛者，力皆能鬭虎，虎不如也。宣德間，嘗取水牛與虎鬭，虎三撲而不中，遂爲牛所觗而斃。余鄉間牧牛不收，嘗有觸虎於巖石上至死不放者，迨曉力盡，牛虎俱斃。禁苑又有鬭虎騾，高八尺，三蹄而虎斃。又劉馬太監從西番得黑騾，日行千里，與虎鬭，一蹄而虎死。後與獅鬭，被獅折其脊死，劉大慟。騾能鬭虎，古未聞也。

滇人蓄象，如中夏畜牛馬然，騎以出入，裝載糧物，而性尤馴。又有作架於背上，兩人對坐宴飲者，遇坊額必膝行而過，上山則跪前足，下山則跪後足，穩不可言。有爲賊所劫者，窘急，語象以故，象即捲大樹於鼻端，迎戰而出，賊皆一時奔潰也。惟有獨象時爲人害，則穽而殺之。

獅子畏鈎戟，虎畏火，象畏鼠，狼畏鑼。

今朝廷午門立仗及乘輿鹵簿皆用象，不獨取以壯觀，以其性亦馴警，不類它獸也。象以先後爲序，皆有位號，食幾品料。每朝則立午門之左右，駕未出時，縱遊齕草。及鐘鳴鞭響，則肅然翼侍，俟百官入畢，則以鼻相交而立，無一人敢越而進矣。朝畢則復如常。有疾不能立仗，則象奴牽詣它象之所，面求代行，而後它象肯行，不然終不往也。有過或傷人，則宣敕杖之，二象以鼻絞其足踣地，杖畢，始起謝恩，一如人意。或貶秩，則立仗必居所貶之位，不敢仍常立，甚可怪也。六月則浴而交之，交以水中，雌仰面浮合如人焉。蓋自三代之時已有之，而晉唐業教之舞，及駕乘輿矣。此物質既麤笨，形亦不典，而靈異乃爾，人之不如物者多矣。

象體具百獸之肉，惟鼻是其本肉，以爲炙，肥脆甘美。呂氏春秋曰：「肉之美者，有髦象之約焉。」約即鼻也。

獸莫仁於麟，莫猛於狻猊即師子，莫巨於猰貐長四百尺，莫速於角端日行一萬八千里，莫力於𧌒𧌒，莫惡於窮奇食善人不食惡人。

新安樵者得小熊，大如猫，蹣跚庭中，犬至猛者見之亦溺下。又長興人得一虎子，其隣家有犬最警猛，初見亦怖溺，少選復來窺，又走，如此數四，至暮則徑往咋殺之矣。

今熊羆之屬，世亦稀見。江南多豺虎，江北多狼。狼雖猛不如虎，而貪殘過之，不時入村落，竊取小兒，銜之而趨。豺凡遇一獸逐之，雖數晝夜不舍，必得而後已。故虎豹常以比君子，而豺狼常以比小人也。

萬曆壬子十月，有熊見於福州之平山，二樵子遇之不識，以爲猪也，逐之，熊人立而爪樵者。衆呼逐之，躍出城外，竄大樹上。官聞，遣兵捕之。土人素未識熊，懼之甚，圍而遠射之，莫能中，中者輒爲所接，折而擲之。良久，一裨將至，始曰：「吾山中習熊，力止敵一壯夫耳，無畏也。」直到樹下，彀矢一發而殪。郡向未有此獸，又入城中，亦一異事也。熊於字爲能火，可無祝融之慮乎？

昭武謝伯元言其鄉多熊，熊勢極長，每坐必跑土爲窟，先容其勢而後坐。山中人尋其窟穴，見地上有巨孔者，以木爲桎梏，施其上而設機焉。熊坐機發，兩木夾其莖，號呼不能復起，土人即聚而擊之，至死不能動也。

熊行數千里外，每宿必有窩，山中人謂之熊館。虎則百里之外，輒迷不返。

鹿之屬則有麋，有麢，有麝，有麈，有麐。猴之屬則有猕，有猿，有狖，有玃。狐之屬則有狸，有貉，有貛。鼠之屬則有貂，有鼮，有彙，有鼷，有鼯，有鼣，有鼢。然麢似羊而從鹿，蜼似猿而從虫，鮫鯉似獺而從魚，古人作字當別有取義也。麢之性怯，飲水見影，無不驚奔，故人食其心者，多恇怯不知所爲。蹷鼠前而兔後，趨則頓，走則顛，故常與邛邛距虛比，即有難，邛邛距虛負之而走，蹷齧得甘草，必以遺邛邛距虛也，號爲比肩獸，然世未嘗見之。宋沈括使契丹，大漠中有跳兔，形皆兔也，而前足才寸許，後足則尺許，行則跳躍，止則仆地，此即蹷也，但又未見邛邛距虛耳。物之難博如此。狼亦負狽，今狼恒見，而狽不恒見也。

羸之爲畜，不見於三代，至漢時始有之，然亦非中國所産也。匈奴北地，馬驢游牝，自相交合而生。今北方以爲常畜，其價反倍於馬矣。爾雅翼曰：「羸股有鎖骨，故不能生。」

俗又言驘骨無髓，故不能交合生子，皆非也。驘本驢馬牸合所成，非本質也；交而生子，又不類父，大僅如牸，不堪乘載，故人禁之不令交耳。漢元康中，龜茲王娶烏孫公主女，自以尚漢外孫，衣服制度，皆半倣中國。胡人相謂曰：「驢非驢，馬非馬。」若龜茲王者，所謂驘也。今作騾。說文曰：「驘，驢父馬母也。駃騠，馬父驢母也。」然駃騠是爲神駿，而騾爲賤畜，可見人物禀氣於父，不禀氣於母也。又驢父牛母謂之馲駋，見玉篇。

拾遺記云：「善別馬者，死則破其腦視之，色如血者日行萬里，黃者日行千里。」夫馬已死矣，別之何爲？別而至於破腦，尚爲善別馬乎？此亦可笑之甚者也。

余在齊久，其地多狼，多蝟，多貛，多鼠狼。貛如犬，穴地中，常以夜定出田野覓食，雞鳴即還，其行皆有熟路，土人覓其穴，置罝於穴口，雞鳴時縱犬嗾之，奔而入穴，即獲焉。其肉腯甚，不能多啖也。鼠狼雖小，而竊食雞鴿之類，一齧即斷其喉。十百爲羣，皆齧殺無遺而後去，行走如飛。其氣腥惡，狗齧之亦嘔吐竟日云。

江南山中多豪猪，似野豕而大，能與虎鬬。其毛半白半黑，勁利如矢，能激以射人。人取以爲簪，云令髮不垢。

齊晉燕趙之墟，狐魅最多。今京師住宅有狐怪者十六七，然亦不爲患。北人往往習之，亦猶嶺南人與蛇共處也。相傳天壇側有白狐，云千餘歲矣，鬚髯如雪，時時衣冠，與人往來，人知之亦無異也。一旦駕幸天壇請雨，匿數日不出，駕返復至。人問之，曰：「天子每出，百靈訶護，雖溝澮窟穴，皆有神主之，何所藏匿？」「然則安往？」笑曰：「直至泰山石竇中耳。」與一縉紳交善。一旦張真人來朝，狐以帕一方托縉紳往求張印。張見帕，大怒曰：「此老魅敢爾。」言未畢，狐已鎖縛跪庭下矣。張曰：「野魅無禮，若得吾印，必且上擾天廷。」立取火焚殺之。縉紳泣爲之請，不得也。一云是德州猴精，縉紳爲寧德陳侍郎。

元至正間，范益者精於醫。一日老媪扣門，求醫其女，問所居，曰：「在西山。」益憚其遠，曰：「曷輿之來？」翌日二女至，診之驚曰：「此非人脉，必異類也，當實告我。」媪泣拜曰：「某實西山老狐也。」問：「何以能入天子都城？」曰：「真命天子，自在濠州，諸神往護，此間空虛久矣。」益乃與之藥而去。無何而高皇帝起淮右，益聞即棄官去。

狐千歲始與天通，不爲魅矣。其魅人者，多取人精氣以成内丹。然則其不魅婦人，何也？曰：狐陰類也，得陽乃成。故雖牡狐，必托之女，以惑男子也。然不爲大害，故北方之人習之。南方猴多爲魅，如金華家猫，畜三年以上，輒能迷人，不獨狐也。

杭州有猢猻，能變化，多藏試院及舊府内。然余在二所，嘗獨處累月，意其必來，或可叩以陰陽變化之理，而杳不可得。

福清石竺山多猴，千百爲羣。戚少保繼光勦倭時，屯兵於此，每教軍士放火器，狙窺而習之，乃命軍士捕數百，善養之，仍令習火器以爲常。比賊至，伏兵山谷中，而令羣狙闖其營，賊不虞也。少頃火器俱發，霹靂震地，賊大驚駭，伏發殲焉。昔鍼尹燧象，田單火牛，江逌火雞，今戚公乃以火狙，智者相師，大約類此。

京師人有置狙於馬廄者，狙乘間輒跳上馬背，揪鬛搦項，嬲之不已，馬無如之何。一日復然，馬乃奮迅斷轡，載狙而行，狙意猶洋洋自得也。行過屋桁下，馬忽奮身躍起，狙觸於桁，首碎而仆。觀者甚異之。余又見一馬疾走，犬隨而吠之不置，常隔十步許，馬故緩行，伺其近也，一蹄而斃。靈蟲之智，固不下於人矣。

置狙於馬廄，令馬不疫。西遊記謂天帝封孫行者爲弼馬温，蓋戲詞也。

余行江浙間，少聞猿聲。萬曆己酉春，至長溪，宿支提山僧樓上，積雨初霽，朝曦薈蔚，晨起憑欄，四山猿聲，哀嘯雲外，凄凄如緊絃急管，或斷或續。客中不覺雙淚沾衣，亦何必瞿塘三峽中始令人腸斷也。

獐無膽，馬亦無膽。兔無脾，猴亦無脾。豚無筋，蜎亦無筋。

瘈狗齧人，令人腹中長狗雛而死，急以藥治之，狗從小便中出，即有齧衣服者，亟捲衣置圊上，經數宿，必有狗雛無數死其中。又有一種狗，不飲不食，常望月而嘷者，非瘈，乃肚中有狗寶也。寶如石，大者如鵝卵，小如雞子，專治噎食之疾。余在東郡獲其一，每以施醫者，然不甚效也。

近歲一長洲令署中，聞地下小犬吠聲，如此數晝夜，令人尋聲發掘，杳無所見，後亦竟無禍福。案晉時輔國將軍孫無終，家於既陽，地中聞犬子聲，尋而地坼，有二犬子，皆白色，一雌一雄，取而養之，皆死，後爲桓玄所滅。又吴郡太守張懋、廬江民何旭家皆然，而俱不善終。尸子曰：「地中有犬，名曰地狼。」夏鼎志曰：「掘地得犬，名曰賈。」

魏正始中，中山王周南爲襄邑長，有鼠從穴出，曰：「王周南，爾以某日死。」周南不應。鼠還穴。至期，更冠幘阜衣，出語曰：「周南，汝日中死。」又不應。鼠復入穴。斯須臾出，語如向。日適欲中，鼠入，須臾復出，出復入，轉更數語如前。日正中，鼠曰：「周南，汝不應，我復何道？」言絕，顛蹷而死，即失衣冠，取視，俱如常鼠。故今人相戒：「遇怪事，不得言。」又諺語曰：「見怪不怪，其怪自壞。」

閩中最多鼠，衣服書籍，百凡什物，無不被損囓者。蓋房屋多用板障，地平之下，常空尺許，數間相通，以妨濕氣。上則瓦，下布板，又加承塵，使得窟穴其中，肆無忌憚。使如北地鋪磚築牆，椽上用磚石作仰板，自然稀少矣。閩中人若知此，不但可防鼠，亦可防火盜也。

占書謂：「狼恭鼠拱，主大吉慶。」唐寶應中，洛陽李氏家親友大會，而羣鼠門外數百人立，驅之不去，空堂縱觀，人去盡而堂崩。近時一名公將早朝，穿靴，已陷一足，有鼠人立而拱，再三叱之不退。公怒，取一靴投之，中有巨虺尺餘墜焉，鼠即不見。以至可憎之物，而亦能爲人防患若此，可怪也。

猫之良者，端坐默然，而鼠自屏息，識其氣也。俗言别猫者，一辟，二積，三咬，四食，今併其食者不可得矣。長溪大金出良猫，余常購之，其價視它方十倍，黑質金睛，非不虓然大也，而不能捕一鼠，至其前而不能捉也。此何異睢陽咋狐犬，書之以發一笑。

天順間，西域有貢猫者，盛以金籠，頓館驛中。一縉紳過之，曰：「猫有何好，而子貢之？」曰：「是不難知也。能斂數金與我乎？」如數與之。使者結壇於城中高處，置猫其中，翌日視之，鼠以萬計，皆伏死壇下。曰：「此猫一作威，則十里内鼠盡死。」蓋猫王也。

京師内寺貴戚蓄猫，瑩白肥大，逾數十斤，而不捕鼠，但親人耳。蓄狗則取金絲毛而短足者，蹴蹦地下，蓋兄事猫矣，而不吠盜。此亦物之反常爲妖者也。

太倉中有巨鼠，爲害歲久，主計者欲除之，募數猫往，皆反爲所噬。一日從民家購得巨猫，大如狸，縱之入，遂聞咆哮聲，三日夜始息，開視則猫鼠俱死，而鼠大於猫有半焉。余謂猫鼠相持之際，再遣一二往援，當收全勝之功，而乃坐視其困也，主計者不知兵矣。

鼠大有如牛者，謂之鼷鼠，爾雅謂之鼫。舊説揚州有物度江而來，形狀皆鼠，而體如牛，人莫能名。有識者曰：「吾聞百斤之鼠，不能敵十斤之猫，盍試之？」乃求得一巨猫十餘斤者往，鼠一見即伏不敢動，爲猫咋殺。此亦鼠之一種，不恒有者也。人云鼠食巴豆，可重三十斤，但未試耳。

猗覺寮雜記云：「鷴，白羽黑文，胸頸皆青，冠面足皆赤，不純白也。雪賦乃云『白鷴失素』，是未識鷴也。」然李白亦有「白雪恥容顏」之語，豈相沿之誤耶？朱子詩傳「鶴身白，頸尾黑〔一〕」，然鶴之黑者非尾也，乃兩翅之下，翅斂則傅於後似尾耳。此亦格物之一端也。

校勘記

〔一〕「尾黑」，原作「黑尾」，據寶樹堂本乙正。

凡魚之游，皆逆水而上，雖至細之鱗，遇大水亦搶而上。鳥之飛亦多逆風，蓋逆則其鱗羽順，順而返逆矣。人之生於困苦，而死於安樂，亦猶是也。陳後山談叢謂魚春夏則逆流，秋冬則順流，當再考之。

孟子曰「緣木求魚」，言木上必不得魚也。今嶺南有鯢魚，四足，嘗緣木上。鮎魚亦能登竹杪，以口銜葉。莊子曰：「衆雌無雄，而又奚卵？」今雞鴨無雄亦自有卵，但不雛耳。婦人亦有無人道而生子者，况物乎？

詩云：「莫赤匪狐，莫黑匪烏。」二物之不祥，從古已忌之矣。京師烏多而鵲少，宫禁之中，早暮飛噪，千百爲羣，安在其爲不祥也？北方民間住宅有狐怪者，十常二三，而亦不甚害人，久亦習之矣。鴉鳴俗云主有凶事，故女子小人聞其聲以唾之，即縉紳中亦有忌之者矣。夫使人預知有凶而慎言謹動，思患預防，不亦吾之忠臣哉。乃人皆樂鵲而惡鴉，信乎逆耳之言難受也。

洞庭有神鴉，客帆過必飛噪求食，人以肉擲空中哺之，不敢捕也。楚人好鬼，羅願云：

「岳陽人以兔爲地神，無敢獵者，又巴陵烏絶多，無敢弋。」其語信矣。

烏與鴉似有别，其實一也。南人以體純黑者爲反哺之烏，而以白頸者爲鴉，惡其不祥，此亦不然。古人「烏」「鴉」通用，未有分者。烏言其色也，鴉象其聲也。「舊説烏性極壽。三鹿死後，能倒一松；三松死後，能倒一烏。」而世反惡之，何也？

猫頭鳥即梟也，閩人最忌之，云是城隍攝魂使者。城市屋上有梟夜鳴，必主死喪。然近山深林中亦習聞之，不復驗矣。好事者伺其常鳴之所，懸巨炮枝頭，以長藥線引之，夜然其線，梟即熟視良久，炮震而隕地矣。此物夜拾蚤蝨，而晝不見丘山，陰賊之性，即其形亦自可惡也。古人以午日賜梟羹，又標其首以木，故摽賊首謂之梟首。

梟、鴞、鵂鶹、鵋䳢、訓狐、猫頭，皆一物而異名，種類繁多。鬼車、九首，則惟楚黔有之，世不恒見。

世俗相傳謂倉庚求友，以爲出於詩，然詩但言「伐木丁丁，鳥鳴嚶嚶。出自幽谷，遷于喬木。嚶其鳴矣，求其友聲」，初不指其何鳥也。凡鳥雌雄相呼、朋類相喚者亦多矣，不獨鶯也。釋者以禽經有「鶯鳴嚶嚶」之語，遂以詩人爲咏倉庚，不知禽經乃後人所撰，正因詩之語而附會之耳，豈可引以證詩乎？況揚雄羽獵賦有「鴻鴈嚶嚶」之句，可又指爲鴈乎？

淮南子：「季秋之月，鴈來賓，雀入大水爲蛤。」來賓者，以初秋先來者爲主，而季秋後至者爲賓也。許叔重解以「鴈來」爲句，而曰：「賓雀者，老雀也。棲宿人家，如賓客然。」崔豹古今注亦云：「雀一名嘉賓。」必有所考，今記於此。

「白鵙相視，眸子不運[一]而風化」，不必形交也。鵙即鶂，似鴈而善高飛。昔人謂其吐而生子，未必然也。又鸕鷀亦胎生，從口吐出。此屢見諸書者，而未親見之。

校勘記

[一]「運」，原作「動」，據莊子天運篇改。

鶻與隼皆鷙擊之鳥也，然鶻取小鳥以煖足，旦則縱之。此鳥東行，則是日不東往擊物，西南北亦然，蓋其義也。隼之擊物，遇懷胎者，輒放不殺，蓋其仁也，至鷹則無所不噬矣。

故古人以酷吏比蒼鷹也。

鷹産於遼東，渡海而至登萊。其最神駿者，能見海中諸物，輒撲水而死，故中國之鷹不及高麗産。

教鷹者先縫其兩目，仍布囊其頭，閉空屋中，以草人臂之。初必怒跳顛撲不肯立，久而困憊，始集臂上。度其餒甚，以少肉啖之，初不令飽。又數十日，眼縫開，始聯其翅而去囊焉。囊去，怒撲如初。又憊而馴，乃以人代臂之。如是者約四十九日，迺開户縱之，高飛半晌，羣鳥皆伏，無所得食，方以竹作雉形，置肉其中，出没草間，鷹見即奮攫之，遂徐收其絛焉。習之既久，然後出獵，擒縱無不如意矣。

狡兔遇鷹來撲，輒仰卧，以足擘其爪而裂之，鷹即死。惟鶻則不用爪，而以翅擊之使翻，便啄其目而攫去。又鷹遇石則不能撲，兔見之，輒依巖石傍旋轉。鷹無如之何，則盤飛其上，良久不去。人見而跡之，兔可徒手捉得也。

南京一勳貴家蓄獼猴甚馴，既久輒戲其侍婢，主怒而欲殺之，逃匿報恩寺塔頂，出没趫捷，人無如之何。或教放鷹擊之，猴見鷹至，即裂其爪，鷹反斃焉。如是數四，主怒甚，募有能擊者，予百金。一遼東人應募，解絛縱鷹。鷹形甚小，至塔頂盤飛良久，瞥然遠逝，不知所之，萬衆相視罔測。良久乃從天際而下，將至猴身，乘其張目熟視，將毛羽一抖，黄沙蔽天而下，猴兩目眯不能開，一擊而隕地矣。乃知向之遠去，爲藏沙也。物之智如此。主大喜，厚賜之。

有魚鷹者，終日巡行水濱，遇游泳水族，悉啄之。又有信天翁者，不能捕魚，立沙灘上，俟魚鷹所得偶墜，則拾食之。昔人有詩云：「荷錢荇帶緑波空，唼鯉含鯊淺草中。江上魚鷹貪未飽，何曾餓死信天翁。」楊用脩丹鉛録亦載此詩，以爲蘭廷瑞作也。一云瀛水上有二鳥，立不動者名信天緣，奔走不休者名謾畫。

虎鷹能擒虎豹，亦展沙眯其目，虎畏之，遠望輒妥首藏匿。今北方鷙鳥如鵰者，亦能搏麐鹿食之；鷲則彌大，能攫牛虎矣。

鷹畏青鶻，糞沾其身，則肉爛毛脱。獵時密跡其後，略捎之即遠逝，青鶻輒飛糞濺之，長至數尺。如是再三，糞漸微以至盡，即爲鷹擊矣。物之以智相制也。

謝豹，蟲也，以羞死，見人則以足覆面如羞狀。是蟲聞杜鵑聲則死，故謂杜鵑亦曰謝豹。而鵑啼時得蝦曰謝豹蝦，賣笋曰謝豹笋，則又轉借以爲名，其義愈遠矣。一云蜀有謝氏子，相思成疾，聞子規啼，則怔忡若豹，因呼子規爲謝豹。未知是否。

羽族之巧過於人，其爲巢，只以一口兩爪，而結束牢固，甚於人工，大風拔木，而巢終不傾也。余在吳興，見雌雄兩鸛於府堂鴟吻上謀作巢，既無傍依，又無枝葉，木銜其上輒墜。余家中共嗤笑之。越旬日而巢成矣。鸛身高六七尺，雌雄一雙伏其中，計寬廣當得丈餘。雜木枯枝，縱横重疊，不知何以得膠固無恙，此理之不可曉者。

凡鳥將生雛，然後雌雄營巢，巢成而後遺卵伏子。及子長成飛去，則空其巢不復用矣。其平時棲宿，不在巢中也，故有鵲巢而鳩居之者。

閩大司徒馬恭敏公在山東日，庭中有鶴，雌雄巢於樹杪。無何生二雛，雌雄常留一守巢，其一還出覓食以爲常。時方盛夏，公常命吏卒謹護之。一日雄者出而不返，旬餘無耗，公嘆息，以爲遇害。又數日，雛鳴甚急，視之則雄從南方飛來，將至巢，長鳴一聲，有樹一枝墜地，紅實累累。吏人不識，持以白公，視之則荔支也。計閩廣相距五千餘里，不憚跋涉而遠取之，其愛至矣，亟命梯而送之巢中，其雌雄環鳴不已，若感謝云。

鯤化爲鵬，莊子寓言耳。鵬即古鳳字也。宋玉對楚王：「鳥有鳳而魚有鯤。」其言鳳皇上擊九千里，負青天而上，正祖述莊子之言也。鵠即是鶴。漢黄鵠下建章而歌，則曰黄鶴是已。故戰國策説士或言鵠，或言鶴，交互不一，物同而音亦同也。此雖小事，亦博物者所當知。

景州進士田吉赴廷試日，鵲巢其檣，直至潞河。吉自負必得大魁，後乃以傳文字罰殿一舉。余按吴孫權時，封前太子和爲南陽王，遣之長沙，有鵲巢其帆檣，和故官僚聞之皆憂慘，以爲檣末傾危，非久安之象。後果不得死所，其占正與吉合，惜無有以和事告之者。

閩中税監高寀常求異物於海舶以進御，有番雞高五尺許，白色黑文，狀如鬭雞，但不聞其鳴耳。有白鸚鵡甚多，又有黃者，其頂上有冠，如芙容狀。番使云此最難得者。

東方有魚焉，如鯉，六足有尾，其名曰鮯。南方有鳥焉，三首六目，六足三翼，其名曰鷩鳺〔一〕。西方有獸焉，如鹿，白尾馬足，人手四角，其名曰玃如。北方有民焉，九首蛇身，其名曰相繇。中央有虵焉，人面豺身，鳥翼虵行，其名曰化虵。此五方之異物也。

校勘記

〔一〕按三首六目、六足三翼之鳥名嶋鳺，見山海經南山經。

五臺山有蟲，狀如小雞，四足，有肉翅，夏月毛羽五色，其鳴若曰「鳳凰不如我」；至冬毛落而秃，忍寒而號，若曰「得過且過」。其糞如鐵，狀若凝脂，恒集一處，醫家謂之五靈脂是也。

古人有鬭鴨之戲。今家鴨豈解鬭耶？鬭雞則有之矣。江北有鬭鵪鶉，其鳥小而馴，出入懷袖，視鬭雞又似近雅。吾閩莆中喜鬭魚，其色斕斒，喜鬭，纏繞終日，尾盡齧斷，不解。此魚吾郡亦有之，俗名錢爿魚，蓄之盆中，諸魚無不爲所齧者，故人皆惡之，而莆人乃珍重如許，良可怪也。

鶉雖小而馴，然最勇健善鬪，食粟者不過再鬪，食穄者尤耿介，一鬪而決。故詩言「鶉之奔奔」，言其健也。此物至微，而上應列宿，有鶉火、鶉首、鶉尾等象，與朱雀、玄武靈異之物同列，有不可解者。一云鳳，鶉火之禽，天文之鶉，蓋指鳳也，非鵪鶉之鶉。亦未知是否。

昔人以閩荔支、蠣房、子魚、紫菜爲四美。蠣負石作房，纍纍若山，所謂蠔也。不惟味佳，亦有益於人。其殼堪燒作灰，殊勝石灰也。子魚、紫菜，海濱常品，不足爲奇，尚未及遼東之海參、鰒魚耳。江珧柱惟福清、莆中有之，然余從來未識其味，亦未見其形也。大約海錯中惟蠣與西施舌稱最，餘者不足咤也。

閩有帶魚，長丈餘，無鱗而腥，諸魚中最賤者，獻客不以登俎。然中人之家，用油沃煎，亦甚馨潔。嘗有一監司，因公事過午歸，餒甚，道傍聞香氣甚烈，問何物，左右以帶魚對，立命往民家取已煎者，至宅啖之，大稱善，且怒往者之不市也。自是每飯必欲得之，去閩數載，猶思之不置。人之嗜好，無常如此。吴江顧道行先生亦嗜閩所作帶魚鮓，遇閩人輒索，而閩人賤視此味，常無以應之也。

唐皮日休以鱟魚殼爲樽，澁峰齾角，内玄外黄，謂之訶陵樽。此亦好奇之甚矣。閩中鱟殼山積，土人以爲杓，入沸湯中甚便，不聞其可爲樽也。即虎蟳、龍蝦、鸚鵡螺之屬，亦不甚當於用耳。

閩中蝉蝤，大者如斗，俗名曰蟳。其螯至强，能殺人。捕之者伸手石罅中，爲其所鉗，牢不可脱，一遇潮至，便致淹没。即至小者，亦鉗人出血。其肉肥，大於蟹，而味不及也。又有一種，殼兩端鋭，而螯長不螫，俗名曰蠘，陶穀清異録已載之矣。在雲間名曰黄甲，浙之海鹽、齊之沂州皆有之。又有殼斑如虎頭形者，曰虎蟳，它方之人，多取爲玩器，而其味彌不及矣。

北地珍鰒魚，每枚三錢。漢王莽啗鰒魚，憑几不復睡。後漢吴良爲郡吏不阿，太守賜良鰒魚百枚。又南齊時有遺褚彦回三十枚者，每枚直數千錢，則古人已重之矣。鰒音撲，入聲，今人讀作鮑，非也。韻譜云：「一名石決明，一殼如笠，黏石上。」閩中亦有之，但差小耳。

海參，遼東海濱有之，一名海男子。其狀如男子勢然，淡菜之對也。其性温補，足敵人參，故名海參。

吴越王宴陶穀，蝤蛑至蟛蚏六十餘種。時閩爲吴越所併，大抵皆閩産也。蝦自龍蝦至綫蝦極小者，計亦不下三十餘種。人之狥口腹，迺至窮極若此。山東濱海，水族亦繁，而人不知取。沿河淺渚，夏春間螺蚌蜆蛤甚多，至饑荒時乃取之，而亦不知烹臛之法也。使是物産閩廣間，已無噍類矣。海豐産銀魚，然須冬月上浮時，爲風吹成冰，不能動，然後土人琢冰取之，春風至則逸矣。其取魚網鈞之外，無一物也。

俗言鯉魚能化龍，此未必然。鯉性通靈，能飛越江湖，如龍門之水，險急千仞，凡魚無能越者，獨鯉能登之，故有成龍之説耳。陶朱公養魚，以六畝地爲池，求有子鯉魚長二尺者十六頭，牡鯉三尺者四頭，内之，期年之中，可得魚七萬頭。蓋其性易育，而又不相食故也。又按許慎云：「鮪魚三月遡河而上，能度龍門之浪，則化爲龍。」而不言鯉也。唐韻：「岊山一名龍門山，在封州，大魚上化爲龍，上不得，點額流血，水爲之丹。」都無鯉魚之文，乃知俗説無稽。

魴即鯿也，陽晝所謂「若食若不食者」也。然今之鯿魚最易取，常空羣而獲之，宋張敬兒獻高帝至一千八百頭。豈古用釣，而今用罟，故有難易耶？

韋昭春秋外傳注曰：「石首成鯢。」鯢，鴨也。吴地志亦云：「石首魚，至秋化爲冠鳧。」今海濱石首，至今未聞有化鴨者，書之以廣異聞。

鯊魚重數百斤，其大專車，鋸牙鉤齒，其力如虎。漁者投餌即中，徐而牽之，怒則復縱，如此數次，俟至岸側，少困，共拽出水，即以利刃斷其首，少遲恐有掀騰之患，故市肆者未嘗見其首。余在真州藥肆中見之，猛獰猶怖人也。按毛詩「鱨鯊」註：「鯊狹而小，常張口吹沙。」郭氏所謂吹沙小魚者，則非今閩廣之鯊魚也。今鯊魚乃鰐類耳。

鯤鵬數千里，或莊生之寓言，然崔豹古今注云「鯨鯢大者長千里」，則似實有之矣。神異經謂：「東海之大魚，行者一日逢魚頭，七日逢魚尾。」余家海濱，常見異魚。一日有巨魚如山，長數百尺，乘潮入港，潮落不能自返，撥剌沙際。居民以巨木拄其口，割其肉至百餘石。潮至復奮鬐浮出，不知所之。又有得巨魚脊骨爲臼者，今見在也。若非親見以語人，人豈信乎？宋高宗紹興間，漳浦海場有魚高數丈，割其肉數百車，至剜目乃覺，轉鬣而旁艦皆覆。近時劉參戎炳文過海洋，於亂礁上見一巨魚橫沙際，數百人持斧，移時僅開一肋。肉不甚美，肉中刺骨，亦長丈餘，劉攜數根，歸以示人。想皆此類耳。

張志和詩：「桃花流水鱖魚肥。」爾雅翼謂：「凡魚無肚，獨鱖魚有肚，能嚼。」焦氏筆乘引此釋「肥」字，義亦似牽合。凡魚之肥者固多也，恐志和詩意亦未便至此。至於以鱖魚爲鯛魚，又誤矣。二魚余皆見之，大小形質，夐然不同，何得混爲一耶？

吴陳湖傍有巨潭，中産老蚌，其大如船。一日張口灘畔，有浣衣婦以爲沉船也，蹴之，蚌閉口而没，婦爲驚仆。嘗有龍來取其珠，蚌與鬬三晝夜，風濤大作，龍爪蚌於空中，高數丈，復墜，竟無如之何。景泰七年冬，河冰盡合，蚌自湖西南而出，冰皆摧破，堆壅兩岸，如積雪然，以後遂不知所之矣。

爾雅曰：「蜃小者，珧。」是以蜃爲蚌屬。羅願曰：「蜃，大蛤也。」故海中車螯亦有謂之蜃者。然古人蛟蜃同稱，若蚌蛤屬，豈能變化爲人害？陸佃埤雅云：「蜃形如蛇而大，腰以下鱗盡逆。一曰狀似螭龍，有耳有角。噓氣成樓臺。」然則蜃有二種，而海市蜃樓，及許遜所誅慎郎者，必非珧蛤明矣。又「雉入大水爲蜃」，雉本蛇所化，晉武庫中雉飛而得蛇蜕是也，則其入水爲蜃，亦從其類耳。而羅氏以爲蛤屬，俱誤也。

龜之爲物，文采靈異，古人取之以配龍鳳，然以知吉凶之故，不免有刳剔鑽灼之慘，何不幸也。狐疑之人，每事必卜，焚骨棄板，積若丘山，此與雞豚何異？而聖人作事謀始，乃忍於戕靈物之命以千萬計，必不其然。古者大龜藏之府庫爲寶，國有大事，則告廟而卜焉，世世用之，臧氏所謂三年而一兆者是也，非一灼而遽棄之也。今龜卜南方不甚用之，而市肆所鬻敗龜板者，皆已灼之餘，歲不知其幾也。近一友人謂甲必生取者始靈，得龜不即殺之，以巨石墜其首，而生剔其肉，冤慘之狀，令人不忍見聞。此豈可施於神靈之物者？龜而有知，當銜冤報仇，其不告以吉凶，審矣。故卜可廢也。

龍蝦大者重二十餘斤，鬚三尺餘，可爲杖。蚶大者如斗，可爲香爐。蚌大者如箕。此皆海濱人習見，不足爲異也。

嘉興天寧寺有蜈蚣，長七尺許，時出簷際，人間見之，而不爲害。一日雷震其後殿，遂不復見。南京報恩寺塔頂有蜘蛛，大如斗，垂絲數百丈，直至南城樓，後亦爲雷所擊。俗云物大〔一〕則有珠，故龍來取之。侯官水西村民擊殺一蛇，其大異常，剥其皮，挂肉於柱，雷霆殷殷，遶簷角不散，衆懼而棄之野。余謂此亦當有珠，故龍以雷至，惜村人無辨之者。

校勘記

〔一〕「大」，原作「人」，據寶樹堂本改。

宋乾道間，行都北闕有鮎魚，色黑，腹下出人手於兩傍，各具五指。

海粉乃黿鼉之屬腹中腸胃也，以巨石壓其背，則從口中吐粉，吐盡而斃，名曰海粉。持齋者常誤食之。

河豚最毒，能殺人，閩廣所産甚小，然猫犬烏鳶之屬食之，無不立死者。而三吴之人以爲珍品，其脂名西施乳，乃其肝，尤美，所忌血與子耳。其子亦有食者，少以鹽漬之，用燕脂染，不紅者即有毒，紅者無毒可食。一云烹時用傘遮蓋，塵墜其中則殺人。中毒者，橄欖汁及蔗漿解之，然千百中無一二也。

有客於吳者，吳人招食河豚。將行，其妻孥尼之，曰：「萬一中毒，奈何？」曰：「主人厚意不可却，且聞其味美也。假不幸中毒，便用糞汁及溺吐之，何害？」既及席，而市者以夜風不能得河豚也，徒飲至夜，大醉歸，不知人問之，瞠目不答。妻孥怖曰：「是河豚毒矣。」急絞糞汁灌之。良久酒醒，見家人皇皇，問所以，具對，始知誤矣。古人有一事無成而虛咽一甌溺者，不類是耶？

東方朔客難云：「以管闚天，以蠡測海。」蠡，古螺字也，注以爲瓠瓢，非是。楊用脩引方言蠡字解之，愈僻而愈不通矣。

殺鼃割肉懸桁間，見無人便自垂至地，聞人聲即縮。鼃肉刲盡，而留腸屬於首，數日不死，烏攫之，反爲所囓。南人無食之者，乃子公以爲異味，何也？廣陵沙岸上有水牛偃曝，一黿大如席，闖出水際，潛往牛所。牛覺亟起，環行出其後，奮角觝之，黿即翻身仰臥，不能復起，爲濱江人擊殺之。古有相傳水牛殺蛟，當不虛也。

儀真人有網而得黿者，縶其足，置豕圈中，將烹之。入夜有虎入圈，以爲豕也，搏之，爲黿所嚙，至死不放，虎創甚而伏。比明衆至，格殺虎。以黿爲有功，放之於江焉。

黿鼉皆能魅人，河東記載元長史事甚詳。又唐開元中，燉煌李鷸過洞庭，衄血沙上，爲鼉所舐，遂化爲鷸形，與其家人赴任，而鷸反被鼉禁制水中。如是數年，遇葉法善，問其故，乃飛石往擊其鼉，鷸始得生。故今舟行相戒不敢瀝血水中。雜劇載鯉魚精事，與此相似。

南人口食，可謂不擇之甚。嶺南蟻卵、蚺蛇，皆爲珍膳。水雞、蝦蟆，其實一類。閩有龍蝨者，飛水田中，與灶蟲分毫無別。又有泥笋者，全類蚯蚓。擴而充之，天下殆無不可食之物。燕齊之人，食蠍及蝗。余行部至安丘，一門人家取阜蟲有子者煠黄色入饌。余詫之，歸語從吏，云：「此中珍品也，名蚰子，縉紳中尤雅嗜之。」然余終不敢食也。則蠻方有食毛蟲、蜜唧者，又何足恠？

陸佃埤雅云：「蜉蝣似天牛而小，有甲。角長三四寸，黄黑色。甲下有翅，能飛。燒而噉之，美於蟬也。」據其形質，即是龍蝨之類，古人以爲口食久矣。然蟬今人不聞有食者，而古人食之，又一新事也。

萬曆間，京師市上有鳥，大如鵪鴣，毛色淺黄，足五指，有細鱗如鼉狀，名曰沙雞，云自塞外至者，其味亦似山雉。

余弱冠至燕，市上百無所有，雞鵝羊豕之外，得一魚，以爲稀品矣。越二十年，魚蟹反賤於江南，蛤蜊、銀魚、蟶蚶、黄甲，纍纍滿市。此亦風氣自南而北之證也。

大内供御溷厠所用，乃川中貢野蠶所吐成繭，織以爲帛，大僅如紙。每供御用之物，即便棄擲。孝廟時，一宮人取已用者澣濯縫紉，爲簾帷之屬。一日上見，問之，具以對。上曰：「如此殊可惜。」即勅以紙代之，停所進貢。踰年川中奏，詔書到後，野蠶比年不復吐繭，村民有衣食於是者，流離失所，乃令進貢如初，翌歲蠶復生矣。固知惟正之供，不偶然也。

江南無蝗，過江即有之，此理之不可曉者。當其盛時，飛蔽天日，雖所至禾黍無復孑遺，然間有留一二頃獨不食者，界畔截然，若有神焉。然北人愚而惰，故不肯捕之。此蟲赴火如歸，若積薪燎原，且焚且瘞，百里之内，可以立盡。江南人收成後，多用火焚一番，不惟去穢草，亦防此等種類也。

相傳蝗爲魚子所化，故當大水之歲，魚遺子於陸地，翌歲不得水，則變而爲蝗矣。雌雄既交，一生九十九子，故種類日繁。案史傳所載，尚有螟螣、蟊蜮、蟊賊等名，雖云食心食苗各異，同一種耳。酉陽雜俎云：「腹下有梵字，首有王字。」又云：「部吏侵漁百姓，則蝗食穀。身黑頭赤，武吏也；頭黑身赤，文吏也。」語雖荒唐，可以警世。

姚崇令倪〔二〕若水捕蝗，至數百萬石，蝗患訖息。今之有司，能設法捕除，即不能盡絶，未必無少補也。況蝗不避人，易於擒捉，飛則千萬爲羣，可以羅網，夜以火取之尤易，而坐視其縱横，莫之誰何，豈不哀哉。

校勘記

〔一〕「倪」，原作「姚」，據新舊唐書姚崇傳改。

京師多蠍，近來不甚復見，惟山東平陰、陽穀等處最多。遇其蟄時，發巨石下，動得數斗，小民亦有取以爲膳者。相傳爲蠍螫者忍痛問人曰：「吾爲蠍螫，奈何？」答曰：「尋愈矣。」便即豁然。若叫號則愈痛，一晝夜始止。關中有天茄可治蠍毒。余在齊，固安劉君養浩爲郡丞，傳一膏藥方，傳之痛立止，屢試神效。

蠍雙尾者殺人。余初捕得蠍，輒斬其尾縱之。後以語人，一客曰：「若斷尾復出，即成雙尾，害不淺矣。」後乃殺之。

蠍孕子在背，長則剖背出而母死，此亦梟〔一〕破獍之類也。

校勘記

〔一〕「梟」，原作「梟」，據寶樹堂本改。

嶺南屋柱，多爲蟲蠹，入夜則齧聲刮刮，通昔攪人眠，書籍蟫蛀尤甚，故其地無百年之室，無五十年之書。而蛇蟲虺蜴縱橫，與人雜處，蓋依稀蠻獠之習矣。

蚊蓋水蟲所化，故近水處皆多。自吳越至金陵、淮安一帶，無不受其毒者，而吳興、高郵、白門尤甚。蓋受百方之水，汊港無數故也。李肇〔一〕唐史補稱江東有蚊母鳥，湖州尤甚。余在湖州，蚊則多矣，不聞有鳥吐蚊也。南中又有蚊子木，實如枇杷，熟則裂，而蚊出焉。塞北又有蚊母草，亦生蚊者。鳥之吐蚊，如蠅之糞蟲，不足異也。草木生蚊，斯足異矣。

校勘記

〔一〕「肇」，原作「趙」，按唐國史補乃李肇所撰，因改正。

京師多蠅，齊晉多蠍，三吳多蚊，閩廣多虵。虵蠍與蚊，害人者也。蠅最癡頑，無毒牙利嘴，而其擾人尤甚，至于無處可避，無物可辟，且變芳馨爲臭腐，涴浄素爲緇穢，驅而復來，死而復生，比之讒人，不亦宜乎。

物之最小而可憎者，蠅與鼠耳。蠅以癡，鼠以黠，其害物則鼠過於蠅，其擾人則蠅過於鼠。世間若無此二種，晝夜差得帖席矣。譬之於人，蠅則嗜利無耻、舐痔吮癰之輩也，鼠則舞文詛騐、雄行奸命之徒也。故防鼠難於防虎，驅蠅難於驅蛇。何者？易之也。

蠅雌者循行求食，雄者常立不移足。蝨交則雄負雌，其勢在尾近背上。蜂及蜘蛛，未有見其交者，陰類多相賊也。

江南有花地遍，狀如小虵，螫立殺人。嶺南有夜虎，此其類也。

江南山谷中有黑蜂，大如蜣螂，能螫殺人。俗云七枚能殺一水牛，楚詞云「赤蟻若象，玄蜂若壺」是也。

山蜂螫人，皆復引其芒去，惟蜜蜂螫人，芒入人肉，不可復出，蜂亦尋死。傳言尹吉甫後妻取蜂去毒繫衣上，以誘伯奇，即此也。余在楚長沙，見蜜蜂皆無刺，玩之掌上，不能螫人，與蠅無異，又可恠也。

物之小而可愛者莫如蟻，其占候似智，其兼弱似勇，其呼類似仁，其次序似義，其不爽似信，有君臣之義焉，兄弟之愛焉，長幼之倫焉。人之不如蟻者多矣，故淳于棼縱酒遺世，而甘爲之壻，亦有激之言也。

人有掘地得蟻城者，街市屋宇，樓堞門巷，井然有條。唐五行志：「開成元年，京城有蟻聚，長五六十步，闊五尺至一丈，厚五寸至一尺。」可謂異矣。蜂亦有之。

蟻有黃色者，小而健，與黑者鬬，黑必敗，僵屍蔽野，死者輒舁歸穴中。喪亂之世，戰骨如麻，人不及蟻多矣。又有黑者長寸許，最强，螫人痛不可忍，亦有翼而飛者。

蛣蜣轉丸以藏身，未嘗不笑蟬之槁也；蜘蛛垂絲以求食，未嘗不笑蠶之烹也。然而清濁異致，仁暴殊科。故君子寧饑而清，無飽而濁；寧成仁而殺身，無縱暴以苟活。

蟬之爲蜣蜋也，孑孓之爲蚊也，不善變者也；盲鼠之爲蝙蝠也，田鼠之爲鴽也，善變者也；雉之爲蜃也，雀之爲蛤也，有情而之無情也；腐草之爲螢也，朽麥之爲蛾也，無情而之有情也。

淮南子曰：「孑孓爲䖵。」孑孓，今雨水中小蟲也，其形短而屈，羣浮水面，見人則沉。其行一曲一直，若無臂然，故名之。孑，無右臂也；孓，無左臂也。一作孑孓，音吉厥，或作蛣蟩。稍久則浮水上，而爲蚊矣。葛稚川曰：「蛓蠓之育於醯醋，芝檽之産於枯木，蛣蟩之滋於泥淤，翠蘿之秀於松枝，彼非四時所創匠也。」言皆因物成形，自無而有耳。

天地間氣化形化，各居其半。人物六畜，胎卵而生者，形化者也。其它蚤蝨、蟫蠹、科斗、蛘蛢之屬，皆無種而生，既生之後，抱形而繁，即殄滅罄盡，無何復出。蓋陰陽氤氲之氣，主於生育，故一經薰蒸醖釀，自能成形，蓋即陰陽爲之父母也。

水馬逆流水而躍，水日奔流，而步不移尺寸。兒童捕之，輒四散奔迸。惟嗜蠅，以髮繫蠅餌之，則擒抱不脱，釣至案几而不知也。

「螟蛉有子，蜾蠃負之」，謂負它子作己子也。故人以過房子爲螟蛉，此語相沿至今。然蜾蠃實非取它物爲子也，乃放卵窠中，而殺小蟲以飼之耳。陶隱居爾雅注云：「蠮螉銜泥於人〔一〕壁及器物邊作房。生子如粟米，乃捕取草上蜘蛛，滿中塞之，以俟其子爲糧。」此語鑿鑿有據，足破千古之誤。且詩但言「蜾蠃負之」，未言其作己子也，則揚子雲「類我」之説誤之也。

校勘記

〔一〕「於人」，原作「竹」，據陶弘景本草經集注改；其下「邊」字原無，亦據補。

壁虱有越街而齧人者，夷堅志載之詳矣。閩中有一獄中壁蝨最多，諸囚苦之，每晴明搜求，了不可得。一獄卒以昧爽出，見市上有黑道如線，視之，虱也，從獄中出，越大門，過市西一賣餅家壚下匿焉。餅家久且致富。卒乃白官，發壚得數斗，燔殺之，臭聞十數里。自此獄中得甦，而賣餅家遂敗落矣。壁虱閩中謂之木虱，多杉木中所生，治者以麥藁燒灰，水淋之。

江南壁虱多生木中，惟延綏生土中，遍地皆是也。入夜則緣床入幬，嚼人遍體成瘡。雖徙至廣庭，懸床空中，亦自空飛至。南人至其地，輒宛轉呼號不可耐，無計以除之也。

治蚤者以桃葉煎湯澆之，蚤盡死；治頭蝨者以水銀揉髮中，其大要在掃灑沐浴而已。然人有善生蝨者，雖日鮮衣名香，終不絕。俗傳久病者忽無蝨必死，其氣冷也。

書中蠹蛀，無物可辟，惟逐日翻閱而已。置頓之處，要通風日，而裝潢最忌糊漿厚褙之物。宋書多不蛀者，以水裱也。日曬火焙固佳，然必須陰冷而後可入笥，若熱而藏之，反滋蠹矣。

蚺蛇大能吞鹿，惟喜花草婦人。山中有藤名蚺蛇藤，捕者簪花衣紅衣，手藤以往，蛇見輒凝立不動，即以婦人衣蒙其首，以藤縛之。其膽護身，隨擊而聚。若徒取膽者，以竹擊其一處，良久利刀剖之，膽即落矣。膽去而蛇不傷，仍可縱之。後有捕者，蛇輒逞腹間創示人，明其已被取也。其膽噙一粟於口，雖拷掠百數，終不死，但性大寒，能萎陽道，令人無子。嘉禾沈司馬思孝廷杖時，有遺之者，遂得不死，而常以艱嗣爲慮，越三十餘年，始得一子，或云其氣已盡故耳。

蛇油可合硃砂，能令印色隱起不蘸。

蜈蚣長一尺以上則能飛，龍畏之，故常爲雷擊。一云龍欲取其珠也。余親見人懸食器於空中者，去地七尺許，一大蜈蚣盤旋窺伺，無如之何。良久，於地下作勢，頭尾相就，如彎弓狀，一奮擲而上，即入器中矣。

三吳有鬬促織之戲，然極無謂。鬬之有場，盛之有器，必大小相配，兩家審視數四，然後登場決賭。左右袒者，各從其耦。其賭在高架之上，只爲首二人得見勝負，其爲耦者仰望而已，未得一寓目，而輸直至於千百不悔，甚可笑也。

促織惟雌者有文采，能鳴健鬬，雄者反是。以立秋後取之，飼以黄豆糜，至白露則夜鳴求偶，然後以雄者進，不當意輒咋殺之。次日又以二雄進，又皆咋殺之，則爲將軍矣。咋殺三雄，則爲大將軍，持以決鬬，所向無前。又某家有大將軍，則衆相戒莫敢與鬬，乃以厚價潛售它邑人。其大將軍鬬，止以股一踢之，遠去尺許，無不糜爛，或當腰咬斷，不須鬬也。大將軍死，以金棺盛之，將軍以銀，瘞於原得之所，則次年復有此種，不則無矣。

促織與蜈蚣共穴者，必健而善鬬，吳中人多能辨之。小説載張廷芳者，以鬬促織破其家，哭禱於玄壇神，夢神遣黑虎助之，遂獲一黑促織，所向無前，旬日之間，所得倍其所失。此雖小事，亦可笑也。又黑蜂有化爲促織者，勇健異常，但不恒值耳。

嶺南多虵，人家承塵屋霤，蛇日夜穿其間，而不齧人，人亦不懼也。聞有人面蛇者，知人姓名，晝則伺行人於山谷中，呼其姓名，應之則夜至殺其人。然主家多蓄蜈蚣，蛇至近則蜈蚣籠中奮擲，縱之出，逕往咋蛇。或曰子美詩「薄俗防人面」蓋謂此也。

菖蒲能去蚤虱，而來蛉窮。蛉窮者，入耳之蟲也，説者以爲蚰蜒。然蚰蜒蝸牛之屬，不能入耳。郭氏曰：「蚰蜒大者如釵股，色正黄，其足無數，如蜈蚣然。」則今之蠼螋也。蠼螋周官作蛷螋，能以溺射人成瘡，亦不聞有入耳者。吴人又以蝸牛之無角者爲蚰蜒，則是水蛭、馬蝗之屬，非蚰蜒也。物之傳訛者多。

蜻蜓飛好點水，非愛水也，遺卵也。水蠆化爲蜻蛉，蜻蛉相交，還於水中，附物散卵，出復爲水蠆，水蠆復爲蜻蛉，交相化禪，無有窮已。淮南子曰：「水蠆爲蟌，兔齧爲螚。物之所爲，出於不意。」

稽聖賦曰：「蠐螬行以其背，蟪蛄鳴非其口。」按山海經有獸以其尾飛，有鳥以其鬚飛，不獨龍以角聽已也。

山東草間有小蟲，大僅如沙礫，噆人癢痛，覓之即不可得，俗名拿不住。吾閩中亦有之，俗名没子，蓋烏有之意也，視山東名爲佳矣。

浙中郡齋嘗有小蟲，似蠐螬，而小如針尾，好緣窻紙間，能以足敲紙作聲，静聽之如滴水然，跡之輒躍，此亦焦螟之類與？

晉惠帝元康中，洛陽南山有蟲作聲曰「韓尸尸」，未幾而韓謐誅。

蟲有應聲者，在人腹中，有聲輒應。有消麪者，食面數斗立盡。有銷魚者，安數斗鱠中，鱠即成水，亦能銷人腹塊。有畏酒者，元載聞酒氣即醉，醫於其鼻尖挑一青蟲，謂爲酒魔，從此能飲。有名恡哉者，冤氣所結，得酒則消。有名鞠通者，喜食枯桐，尤嗜古墨，耳聾人置耳邊立效。有名脉望者，蠹魚三食「神仙」字所化。有名度古者，能食蚯蚓，而温會江州所噆漁人背者，大如黄葉，眼遍其上，一眼一釘，竟不識其何蟲也。

物作人言，余於文海披沙中詳載之矣。今又得數事，姑記於此：揚州蘇隱夜卧，聞數人念阿房宫賦，聲急而小，視之虱也，其大如豆，迺殺之。唐天寶間，當塗民劉成、李暉以巨舫載魚，有大魚呼阿彌陀佛，俄而萬魚俱呼，其聲動地。明弘治間，慶陽天雨石子，大如鵝卵，小如雞頭，皆作人言。

五雜組卷之十

物部二

松柏後凋，松柏未嘗不凋也，但於衆木爲後耳。凡木皆以冬落葉，至春而後發葉，松柏獨以春抽新葉，既長而後舊葉黄落。今南中花木有不易葉者皆然也，迺知聖人下字，不苟如此。

王荆公字説云：「松柏爲羣木之長，故松從公，猶公也；柏從白，猶伯也。」此説雖近有理，然實穿鑿，松柏之字，直諧聲耳。五等之封，始於三代，而松柏之字，製於倉頡，寧預知後世有公伯之爵耶？且松字古作枩，从公者後世省文也。即且至微而从公，獮狙至劣而从侯，豈亦以蟲之長乎？

槐者虚星之精，晝合夜開，故其字從鬼。然周禮外朝之法，面三槐爲三公之位。王荆公解槐黄中懷其美，故三公位之。吴草廬注云：「槐，懷也，可以懷遠人也。」春秋元命包云：「槐之言歸也。古者樹槐，聽訟其下，使情歸實也。」然則槐之從鬼，或爲歸耳。

洪武間，出内府所藏桃核示詞臣，核長五寸，廣四寸七分，前刻「西王母賜漢武桃」及「宣和殿」十字，塗以金。宋學士有蟠桃核賦。宇宙之間，固何所不有，但謂西王母〔一〕賜漢武者，則誕妄無疑，此必宣和間黄冠僞爲之以媚道君者耳。王黼盛時，廣求異物，有以桃核半枚獻者，中容米三四斗，即此類耳。吾閩荔支木，有人僞作桃核刻之者，歲久亂真，殆無以辨，此亦不可不知也。

校勘記

〔一〕「西王母」上原衍「漢」字，今删。

曲阜孔林有楷木，相傳子貢手植者。其樹十餘圍，今已枯死。其遺種延生甚蕃，其芽香苦，可烹以代茗，亦可乾而茹之。其木可爲笏枕及棋枰，云敲之聲甚響而不裂，故宜棋也；枕之無惡夢，故宜枕也。此木殊方不可知，以余所經他處，未有見之者，亦聖賢之遺跡也。而守土之官，日逐採伐製器，以充餽遺，今其所存寥寥，反不及商丘之木，以不才終天年，不亦可恨之甚哉。

余在嶧山見禹時孤桐，於曲阜見孔子手植檜及子貢手植楷木，於閩雪峰見唐時枯木菴，而枯木菴質紋形色，政與嶧陽孤桐相類，色如黄金，而皮作斷紋，不問知爲數千年物也。二處寺僧，守護甚嚴，故至今無恙。楷木已朽腐斷折，獨留根幹丈餘。檜非聖人手植者，乃其遺種也。經金兵火，廟宇樹木，盡爲煨燼，而檜復挺一枝於東廡間，經今又五六百年矣，不生不滅，孑然獨聳，數十年間，輒一發生，且其紋左旋，而上無傍枝，此爲異耳。按孔林十里中，雲木參天，上無鳥巢，無鴉聲，下無荊棘蒺藜刺人之草。聖人生前不語恠，乃身後著靈異若此，豈亦以神道設教耶，抑或有地靈呵護之也？

孔廟中檜，歷周秦漢晉幾千年，至懷帝永嘉三年而枯。枯三百有九年，子孫守之不敢動，至隋恭帝義寧元年復生。生五十一年，至唐高宗乾封二年再枯。枯三百七十四年，至宋仁宗康定元年復榮。至金宣宗貞祐二年，兵火摧折，無復孑遺。後八十二年，爲元世祖三十一年，故根復發於東廡頹址之間，遂日茂盛，翠色葱然。至我太祖洪武二年己巳，凡九十六年，其高三丈有奇，圍四尺許。至弘治己未，爲火所焚。今雖無枝葉，而直幹挺然，不朽不摧，生意隱隱，未嘗枯也。聖人手澤，其盛衰關於天地氣運，此豈尋常可得思議乎。

五嶺之間多楓木，歲久則生瘿瘤。一夕遇暴雷驟雨，其贅長三五尺，謂之楓人。越巫取之作術，有通神之驗，此亦樟柳神之類也。一云取不以法，則能化去，故曰「老楓化爲羽人」，政謂此耳。

建寧行都司有豫章木，其中空，可設數席。余在福寧，龍泉菴後有榕木，其中亦可盤坐五六人，枝梢寄生，大可數十圍。方廣巖有木自深坑出，直至巖頂，寺僧自巔垂絙縋下度之，得三十丈云，而榦不甚巨，半巖視之，殊不覺其長也。

宋時寢殿巨材，謂之模枋。模枋者，人立其兩旁不相見，但以手摸之而已。今之皇木，徑亦逾丈，其最中爲棟者，每莖價近萬金，而舁拽之費不與焉。然川貴箐峒中亦不易得也。嘗見採皇木者，言深山窮谷之中，人跡不到，有洪荒時樹木，但荒穢險絶，毒蛇鷙獸，出入山中，蜘蛛大如車輪，垂絲如絙，罥虎豹食之。采者以天子之命諭祭山神，縱火焚林，然後敢入。其非王命而入者，不惟橫罹患害，即求之終年，不得一佳木也。

榕木惟閩廣有之，而晉安城中最多，故謂之榕城，亦曰榕海云。其木最易長，折枝倒埋之，三年之外，便可合抱，柯葉扶踈，上參雲表，大者蔽虧百畝，老根蟠拏如石焉。木理邪而不堅，易於朽腐，十圍以上，其中多空。此莊子所謂「以不才終天年」者也。閩人方言亦謂之松，按「松」字古作「寀」，則亦與「榕」通用矣。

閩人作室必用杉木，器用必用榆木，棺槨必用楠木，北人不盡爾也。桑柳槐松之類，南人無用之者，北人皆不擇而取之，故梁棟多曲而不直，什物多窳而不緻，坐是故耳。梗楠豫章，自古稱之，而柟木生楚蜀者，深山窮谷，不知年歲，百丈之榦，半埋沙土，故截以爲棺，謂之沙板。佳者解之，中有文理，堅如鐵石。試之者以暑月作合，盛生肉，經數宿啓之，色不變也。然一棺之直，皆百金以上矣。夫葬欲其速朽也，今乃以不朽爲貴，使骨肉不得復歸於土，魂魄安乎？或以木之佳者，水不能腐，蟻不能穴，故爲貴耳，然終俗人之見也。

木之有癭，乃木之病也，而後人乃取其癭瘤砢礧者，截以爲器，蓋有癭而後有旋文，磨而光之，亦自可觀。但有南癭北癭之異。南癭多楓，北癭多榆；南癭蟠屈秀特，北癭則取其巨而多盛而已。余在燕市中見瘿杯有大如斗者，後在一宗室見以瘿木爲浴盆，此以大爲貴也。南方磊塊百狀，或有自然耳可執，小僅如雞子者，此以小爲貴也。政如北人賣大葫蘆種，謂可以爲舟，而南人乃取如栗大者爲扇墜。人之好尚不同如此。按劉子云「楩楠鬱蹙，以成縟錦之瘤」，則瘿木之見重，自古然矣。

夫子稱松柏後凋，蓋中原之地，無不凋之木也。若江南樹木花卉，凌冬不凋者多矣。如荔支、龍目、桂檜、榕栝、山茶之屬，皆經霜逾翠，蓋亦其性耐寒，非南方不寒也。至於蘭、菊、水仙，皆草本萎茶，當隕霜殺菽、萬木黄落之時，而色澤益媚，非性使然耶？

俗言松三粒五粒，段成式云「粒當作鬣」，然亦不知五鬣何義。又云「五鬣松皮不鱗」，今山中松未見有不鱗者。段又云：「欲松不長，以石抵其直下，便不必千年方偃。」然亦不盡然也。凡松髡其頂則不復長，旁榦四出，久即偃地矣。京師報國寺有松七八株，高不過丈許，其頂甚平，而枝榦旁出至十餘丈者數百莖，夭矯如游龍然。寺僧恐其折，每一榦以一木支之，加丹堊焉。好事者攜酒上其頂，盤踞羣坐。此亦生平所未嘗見也。澠水燕談載亳州法相寺矮檜亦類此。

建州雲谷道〔一〕中有數松，盤拏蹙縮，形勢殊詭。余嘗過之，歎其生於荒僻，無能賞者。又十數武，石碣表於道周，大書曰「戰龍松」，朱晦翁筆也。追思往歲過羅源山，路傍有石巖，下覆古樹，虬枝蓊蔚其上，坐而樂之，徘徊土際，得一石刻曰「才翁所賞樹石」，蓋蘇公爲福守時所書也。乃知古人識鑒，其先得我心若此。而必鐫題以表之，則今人不能，亦不暇也。

校勘記

〔一〕「建州雲谷道」，寶樹堂本作「三衢爛柯山」。按朱子所書「戰龍松」三字摩崖在衢州爛柯山，當以寶樹堂本爲是。

南昌翊聖觀有二松，相去五尺，合爲一幹，名爲義松。余在福寧南峰菴見二榕樹亦然，作門出入，其實非幹也，乃根耳。根初在土中，後入土愈深，土落而根出，怒卷如樛枝焉，土漸低，則根漸高，而成幹矣。今人有僞作連理樹者，皆用此也。若以此松爲義，它木盡負心耶？

嵩山嵩陽觀有古柏一株，五人聯手抱之圍始合，下一石刻曰「漢武帝封大將軍」。人但知秦皇之封松，而不知漢武之封柏也。又唐武后亦封柏五品大夫。

北人於居宅前後多植槐柳之類，南人即不爾，而閩人尤忌之。按桑道茂云：「人居而木蕃者去之。木蕃則土衰，土衰則人病。」今人忌之以此。然術士之談，何足信也？土必膏沃，而後草木蕃，豈有木盛土衰之理乎？

涿州之涞水道中有大桑樹，高十餘丈，蔭百畝，云即昭烈舍前之桑也。自漢及今，千五百年矣，而扶疎如故。且其椹視常桑倍大，土人珍之，以相餽遺云。余按蕭道成所住宅亦有桑樹，高三丈許，狀如車蓋。道成好戲其下，兄敬宗謂之曰：「此樹爲汝生也。」今宅既灰滅，而桑之有無，亦無人能知之者，信乎在人不在物也。

古人墓樹多植梧楸，南人多種松柏，北人多種白楊。白楊即青楊也，其樹皮白如梧桐，葉似冬青，微風擊之，輒淅瀝有聲，故古詩云：「白楊多悲風，蕭蕭愁殺人。」余一日宿鄒縣驛館中，甫就枕，即聞雨聲，竟夕不絶。侍兒曰：「雨矣。」余訝之，曰：「豈有竟夜雨而無簷溜者？」質明視之，乃青楊樹也。南方絶無此樹。

白楊全不類楊，亦如水松之非松類也。李文饒有柳柏賦，似是柏名而柳其葉者，未審何木。今閩中有一種柳，其葉如松，而垂長數尺，其榦亦與柳不類，俗名爲御柳。夫詩人之咏御柳，不過禁御中柳耳，此則別是一種，而强名之者也。

梓也，櫃也，椅也，楸也，豫章也，一木而數名者也。蓮也，荷也，芙蓉也，菡萏也，芙蕖也，一花而數名者也。

楓棗二木皆能通神靈，卜卦者多取爲式盤式局，以楓木爲上，棗心爲下，所謂楓天棗地是也。靈棋經法須用雷劈棗木爲之，則尤神驗。兵法曰：「楓天棗地，置之槽則馬駭，置之轍則車覆。」其異如此。蓋神之所棲，亦猶鬼之棲樟柳根也。

楚中有萬年松，長二寸許，葉似側柏，藏篋笥中，或夾册於内，經歲不枯。取置沙土中，以水澆之，俄頃復活。不知其所從出，或云是老苔變成者。然苔無莖無根，而彼莖亦如松柏，有根鬚數條，未必是否也。

燕齊人採椿芽食之以當蔬，亦有點茶者，其初茁時甚珍之，既老則菹而蓄之，南人有食而吐者。然椿有香臭二種，臭者土人以湯瀹而滷之，亦可食也。考之圖經，踈而臭者乃樗耳。蓋二木甚相類，但以氣味别之。今人不復識認，槩呼爲椿也。

木蘭去皮而不死，紫薇搔其皮則樹皆摇動。

樺木似山桃，其皮軟而中空，若敗絮焉，故取以貼弓，便於握也。又可以代燭。余在青州，持官炬者皆以鐵籠盛樺皮燒之，易燃而無烟也。亦可以覆菴舍。一云取其脂焚之，能辟鬼魅。

竹譜曰竹之類六十有一。余在江南，目之所見者，已不下三十種矣。毛竹最鉅，支提、武夷中有大如斗者。太姥玉壺菴，竹生深坑中，乃與崖上松栝齊稍，計高二十餘丈。其最奇者有人面竹，其節紋一覆一仰，如畫人面然。又有黄金間碧玉竹，其節一黄一碧，正直如界然。有篋竹，見雪峰語録，今雪峰有之。其它不可殫紀也。

「栽竹無時，雨過便移。須留宿土，記取南枝。」此妙訣也。俗説五月十三爲竹醉日。不特此也，正月一日，二月二日，三月三日，直至十二月十二日，皆可栽。大要掘土欲廣，不傷其根；多砍枝梢，使風不摇；雨後移之，土濕易活，無不成者。而暑月尤宜，蓋土膏潤而雨澤多也。

宋葉夢得善種竹，一日遇王份秀才，曰：「竹在肥地雖美，不如瘠地之竹，或巖谷自生者，其質堅實，斷之如金石。」夢得歸而驗之，果信。余謂不獨竹爲然，凡梅桂蘭蕙之屬，人家極力培養，終不及山間自生者，蓋受日月之精，得風霜之氣，不近烟火城市，自與清香逸態相宜。故富貴豢養之人，其觔骨常脆於貧賤人也。

栽花竹，根下須撒穀種升許，蓋欲引其生氣，穀苗出土，則根行矣。

竹太盛密，則宜芟之，不然則開花而逾年盡死，亦猶人之瘟疫也。此余所親見者，後閱避暑録，亦載此。凡遇其開花，急盡伐去，但留其根，至明春則復發矣。

廣南多巨竹，剖其半，一俯一仰，可以代瓦。桂海虞衡志載徭人以大竹爲釜，物熟而竹不灼。少室山竹堪爲甑。山海經「舜林中竹一節可爲船」，蓋不獨爲椽已也。高潘州有疎節之竹，六尺而一節。黎母山有丈節之竹。臨賀有十抱之竹。南荒有芇竹，其長百丈。雲母竹一節可爲船。永昌有漢竹，一節受一斛。羅浮巨竹，圍二十尺，有三十九節，節長二丈。此君巨麗之觀，一至於此。

篃竹，細竹也，長數尺許。其筍冬夏生，可食。近日黄白仲詩有「篃竹爲椽」之語，誤矣。「東南之美，有會稽之竹箭焉。」竹自竹，箭自箭，乃二物也。異物志「箭竹細小勁實，可爲箭」，故名之。而竹之用多，又不獨爲箭已也。

移花木，江南多用臘月，因其歸根不知摇動也。洛陽花木記則謂秋社後九月以前栽之，蓋過此沍寒，亦地氣不同耳。獨竹於盛暑烈日中移，得其法無不成長。蓋其堅貞之性，不獨耐寒，亦足敵暑。如有德之士，貧賤不移，富貴不淫也。

竹名妬母，後筍之生，必高前筍。竹初出土時極難長，累旬不盈尺。逮至五六尺時，潛記其處，一夜輒尺許矣。

武夷城高巖寺後有竹本出土尺許，分兩岐直上，此亦從來未見之種。按宋史五行志天禧間太平興國寺亦有此。而大中祥符間，黄州、江陵、武岡、晉原諸處且以祥瑞稱賀矣。按陶穀清異録載浙中有天親竹，皆雙岐，自是一種。

芝蘭生於空谷，不以無人而不香，然芝實無香也。蘭閩中最多，其於深山無人跡處掘得之者爲山蘭，其香視家蘭爲甚。人家所種，紫莖緑葉，花簇簇然。若謂一幹一花而香有餘者爲蘭，一幹數花而香不足者爲蕙，則今之所種皆蕙耳，而亦恐未必然也。即山谷中絶香之蘭，未見有一幹一花者。吾閩蘭之種類不一，有風蘭者，根不着土，叢蟠木石之上，取而懸之簷際，時爲風吹，則愈茂盛，其葉花與家蘭全無異也。有歲蘭，花同而葉稍異，其開必以歲首，故名。其它又有鶴蘭、米蘭、朱蘭、木蘭、賽蘭、玉蘭，則各一種，徒冒其名耳。

蘭最難種，太密則疫，太踈則枯；太肥則少花，太瘦則漸萎；太燥則葉焦，太濕則根朽；久雨則腐，久曬則病；好風而畏霜，好動而惡潔；根多則欲斸，葉茂則欲分。根下須得灰糞亂髮實之，以防蟲蚓。清晨須用櫛髮油垢之手摩弄之，得婦人手尤佳，故俗謂蘭好淫也。須置通風之所，竹下池邊，稍見日影，而不受霜侵，始不夭札。故北方人以重價購得之，百計不能全活，亦其性然耳。

古者女子佩蘭，故內則曰：「婦或賜之蘭，則受而獻諸舅姑。」燕姞夢天與己蘭，文公遂與之蘭而御之。淮南子曰：「男子植蘭，美而不芳，情不相與往來也。」則蘭之宜於婦人，其來久矣。

古人於花卉似不着意，詩人所咏者，不過芣苢、卷耳、蘋蘩之屬，其於桃、李、棠棣、芍藥、菡萏，間一及之。至如梅桂，則但取以爲調和滋味之具，初不及其清香也。豈當時西北中原無此二物，而所用者皆其乾與實耶？周禮籩人八籩，乾橑與焉。橑即梅也，生於蜀者謂之橑。商書「若和羹，汝作鹽梅」，則今烏梅之類是已。可見古人即生青梅未得見也，況其花乎？然召南有標梅之咏，今河南、關中梅甚少也。桂蓄於盆盎，有間從南方至者，但用之入藥，未聞有和肉者。而古人以薑桂和五味，莊子曰「桂可食，故伐之」，豈不寃哉。然余宦西北十餘年，即生薑芽亦不數見也。

自「暗香踈影」之句爲梅傳神，而後高人墨客，相繼吟賞不置。然翫華而忘實，政與古人意見相反。閩浙三吴之間，梅花相望，有十餘里不絶者，然皆俗人種之，以售其實耳。花時苦寒，凌風雪於山谷間，豈俗子可能哉。故種者未必賞，賞者未必種，與它花卉不同也。

菊於經不經見，獨離騷有「餐秋菊之落英」，然不落而謂之落也，不賞翫而徒以供餐也，則尚未爲菊之知己也。即芍藥古人亦以調食，使今人爲之，亦大殺風景矣。

秦詩「山有苞櫟，隰有六駮」，毛氏注以爲駮馬，此固無害於義，但木中原有六駮，其皮青白，遠望之如獸焉，見崔豹古今注。且詩下章「山有苞棣，隰有樹檖」，據其文意，似皆指草木也，故陸璣〔一〕不從毛氏之説。雖詩人未必拘拘若此，但以爲木則相屬，以爲獸則相遠。且止言駮足矣，何必六也？鄭詩「山有喬松，隰有游龍」，龍亦草名。古人之言，往往出奇，若此又豈得指爲游戲之龍乎？又宋時里語曰：「斫檀不諦得莢蒾，莢蒾尚可得駮馬。」莢蒾與六駁木相似，言伐檀而誤得莢蒾，得莢蒾而悮以爲駁，得駁而誤以爲駮馬，其去本來愈遠矣。此見羅願爾雅翼，爲拈出之。

校勘記

〔一〕「璣」，原誤作「機」，今改正。

橘渡淮而北則化爲枳，故禹貢揚州「厥包橘柚錫貢」，蓋以其不耐寒，故包裹而致之也。然柚似橘而大，其味甚酸，與橘懸絶，乃得附橘著名，幸矣。廣志曰成都有柚大如斗。今閩廣有一種如瓜者，方言謂之枹，蓋其蒂最牢，任風拋擲而不墜也，其色味彌劣矣。

枹花白色，似玉蘭，其香酷烈，諸花無與敵者。壬子上巳，余與喻正之郡守褉飲郊外，十里之中，異香逆鼻，諸君詫以爲奇。余笑謂此柚花也，形質既粗，色味復劣，故雖有奇香，無賞之者。衆采而遞嗅之，果然。夫香壓衆花，而名不出里閈，余至今尚爲此君扼腕也。

合歡蠲忿，萱草忘憂，此寄興之言耳。萱草豈能忘憂，而詩之所謂諼草，又豈今之萱草哉？羅氏曰：「諼，忘也。」婦人因君子行役，思之不置。故言安得善忘之草植〔二〕之，使我漢然而無所思哉。」然而必不可得也。使果爲萱草，何地無之，而乃有安得之歎耶？凡詩之言「安得」者，皆不可得而設或擬託之詞也。後人以「萱」與「諼」同音，遂以「忘憂」名之。此蓋漢儒傅會之語，後人習之而不覺其非也。萱草一名鹿葱，一名宜男。然鹿葱晏元獻已辨其非矣，宜男自漢相傳至今，未見其有明驗也。

校勘記

〔一〕「植」，原作「樹」，據爾雅翼卷三萱條改。

古人於瓜極重，大戴禮夏小正「五月乃瓜」「八月剥瓜」，豳風「七月食瓜」，小雅「中田有廬，疆埸有瓜。是剥是菹，獻之皇祖。曾孫壽考，受天之祜」。今人醃瓜爲菹，不可以享下賓，而况祭祖考乎？但古人之瓜亦多種類，非今之西瓜也。西瓜自宋洪皓始攜歸中國。自此而外，有木瓜、王瓜、金瓜、甜瓜。廣志所載，又有烏瓜、魚瓜、蜜箭瓜等十餘種。不知古人所云食瓜，的是何種？今人西瓜之外，無有薦賓客會食者。漢陰貴人夢食燉煌瓜甚美，燉煌西羌地也，豈此時西瓜已有傳入中國者，但不得其種耶？今時諸瓜，其色澤香味，豈復有出西瓜之上者？始信邵平五色，浪得名耳。

禮：「爲天子削瓜者副之，巾以絺。副，析也。既削之，又四析之，而巾覆焉。爲國君者華之，巾以綌。華，中裂之，不四析也。爲大夫累之。累，裸也，謂不以巾覆也。士疐之。謂不中裂，但橫斷去疐而已。庶人齕之。不橫斷也。」古人於一瓜之微，乃極其瑣屑若是，既菹以祭，便欲壽考受祜，而食之之法，又各有等限，使不踰越，不知何意？以此爲訓，宜乎曹孟德有進一瓜而斬三妾之事也。

匏亦瓜之類也，與瓠一種，而有甘苦之異。甘者爲瓠，詩所謂「幡幡瓠葉」是也。苦者爲匏，不可食，但可用以渡水而已，詩所謂「匏有苦葉，濟有深涉」是也。故夫子謂子路：「吾豈匏瓜也哉，焉能繫而不食？」言但可翫而不可食也。注者乃以繫於一處而不能飲食解之，則凡草木之類皆然，何必匏瓜？此大可笑也。然「匏」「瓠」古亦通用。廣雅曰：「匏，瓠也。」惠子謂莊子「魏王貽我五石之瓠」，則亦匏也。「河汾之寶，有曲沃之懸匏焉」，則亦瓠也。今人以長而曲者爲瓠，短項而大腹者爲葫蘆，即匏也，亦謂之壺，豳風「八月斷壺」，鶡冠子「中流失船，一壺千金」是也。然則壺嫩而甘者亦可食，老而苦者古人皆用以渡水，今人則用以盛水而已。與瓠形質既殊，其熟瓠先而匏後，而古人通用之者，原一種也。陸佃埤雅斷以爲二種，固亦無害，乃釋匏而又釋壺與瓠爲三，誤矣。

余於市場戲劇中見葫蘆多有方者，又有突起成字爲一首詩者，蓋生時板夾使然，不足異也。最後於閩中見一葫蘆，甚長而拗其頸，結之若繩狀。此物甚脆，而蔓係於樹，腹又甚大，不知何以能結之？此理之不可解者也。或云以燒酒沃之，則軟而可結。山東亦嘗見之，但長頸者另一種耳。〔一〕

校勘記

〔一〕「或云」以下小注據寶樹堂本補。

南州異物志載蕉有三種，最甘好者爲羊角蕉，其一如雞卵，其一如藕子。此皆芭蕉耳。今閩廣蕉尚有數種，有美人蕉，樹葉皆似芭蕉而稍小，開花殷紅鮮麗，千葉如槌，經數月不凋謝，擿置瓶中，以水漬之，亦可經一兩月也。此蕉最佳，書齋中多植之。有鳳尾蕉，其本巃巨，葉長四五尺，密比如魚刺然，高者亦丈餘。又有番蕉，似鳳尾而小，相傳從流求來者，云種之能辟火患。

美人蕉華而不實，吴越中無此種。顧道行先生移數本至家園植之，花時賓朋親識，賞者如雲，以爲從來未始見也。先生喜甚，以美蕉名其軒。今復二十餘年，不知何如耳。番蕉云是水精，故能辟火，將枯時以鐵屑糞之，或以鐵丁釘其根，則復活，蓋金能生水也。

物性之奇，有如此者。植盆中不甚長，一年纔落一下葉，計長不能以寸也。亦不甚作花，余家畜二本，三十年中僅見兩度花耳。花亦似芭蕉，而色黄不實。

歷考史傳所載果木，如所云都念、猪肉子、猩猩果、人面樹者，今皆不可得見，而今之果木又多出於紀載之外者，豈古今風氣不同，或昔有而今無，或未顯於昔而蕃衍於今也？今閩中有無花果，清香而味亦佳，此即倦遊録所謂木饅頭者。又有一種甚似皂莢，而實若蒸栗，土人謂之肥皂果，或云即菩提果。至於佛手柑、羅漢果之類，皆不見紀載。山谷中可充口實而人不及知者，益多矣。

牡丹自唐以前無有稱賞，僅謝康樂集中有「竹間水際多牡丹」之語，此是花王第一知己也。楊子華有「畫牡丹處極分明」之詩，子華北齊人，與靈運稍相後。段成式謂隋朝種植法七十卷中，初不説牡丹，而海山記迺言煬帝闢地爲西苑，易州進二十相牡丹，有赭紅、赬紅、飛來紅等名，何其妄也。自唐高宗後苑賞雙頭牡丹，至開元始漸貴重矣。然牡丹原止呼木芍藥。芍藥之名，著於風人吟咏，而牡丹以其相類，依之得名，亦猶木芙蓉之依芙蓉爲名耳。但古之重芍藥，亦初不賞其花，但以爲調和滋味之具，而牡丹不適於口，故無稱耳。今藥中有牡丹皮，然惟山中單瓣赤色、五月結子者堪用，場圃所植，不入藥也。

牡丹自閩以北，處處有之，而山東、河南尤多。埤雅云：「丹延以西及褒斜道中，與荊棘無別，土人皆伐以爲薪。」未知果否也。余過濮州曹南一路，百里之中，香氣逆鼻，蓋家家圃畦中俱植之，若蔬菜然。搢紳朱門高宅，空鎖其中，自開自落而已。然北地種無高大者，長僅三尺而止。余在嘉興、吴江所見，迺有丈餘者，開花至三五百朵，北方未嘗見也。此花唐宋之時，莫盛於洛陽，今則徒多而無奇，豈亦氣運有時而盛衰耶。

牡丹各花俱有，獨正黄者不可得，不知當時姚氏之種，何以便絶？今天下粉白者最多，紫者次之，正紅者亦難得矣。亦有墨色者，須茁芽時以墨水漑其根，比開花作蔚藍色，尤奇也。王敬美先生在關中時，秦藩有黄牡丹盛開，宴客。敬美甚詫，以重價購二本攜歸，至來年開花，則仍白色耳，始知秦藩亦以黄梔水澆其根，幻爲之以欺人也。

牡丹、芍藥之不入閩，亦如荔支、龍眼之不過浙也。此二者政足相當。近來閩中好事者多方致之，一二年間，亦開花如常，但微覺瘦小，過三年不復生，又數年則萎矣。然北方茉莉，經冬即死，而茉莉不絶者，致之多也。閩人苟不惜費力，三年一致之，何患無牡丹哉。

閩中有蜀茶一種，足敵牡丹。其樹似山茶而大，高者丈餘，花大亦如牡丹，而色皆正紅。其開以二三月，照耀園林，至不可正視，所恨者香稍不及耳。然牡丹香亦太濃，故不免有富貴相。蜀茶色亦太豔，政似華清宫肥婢，不及昭陽掌上舞人也。

世之咏牡丹者，亦自獎借太過，如云國色天香猶可，至謂芍藥爲「芍藥與君爲近侍，芙蓉何處避芳塵〔一〕」，「虚生芍藥徒勞妬，羞殺玫瑰不敢開」，恐牡丹未敢便承當也。牡丹豐豔有餘，而風韻微乏，幽不及蘭，骨不及梅，清不及海棠，媚不及荼蘼，而世輒以花之王者，富貴氣色，易以動人故也。芍藥雖草本，而一種妖媚丰神，殊出牡丹之右，譬之名姬嬌婢，侍君夫人之側，恐有識者消魂不在彼而在此。不知世有同余好不？

校勘記

〔一〕「芍藥與君爲近侍芙蓉何處避芳塵」，原作「近侍芙蓉避芳塵」，據羅隱牡丹花詩補全。

揚州瓊花，種既不傳，論者紛紛。楊用脩以爲即梔子花，何言之太易也。齊東埜語言「絶類聚八仙，但色微黄而香」，此與梔子有何干涉？七修類藁謂「不但瓊花不傳，即聚八仙亦不知何似」，而以繡毬花當之。余謂郎仁寶與楊用脩皆因不識聚八仙，故遂妄模瓊花耳。余在濮州蘇觀察園中，見有花如茉莉，而八朵爲一簇，問其人，曰聚八仙也。因之始識聚八仙。而瓊花既云絶類，則亦必八朵相簇。若以爲梔子，則僅八之一；以爲繡毬，而太繁密，與聚八仙愈不相類。但當時既云天下皆無，獨揚州一株，則必天生别一奇種，而後人取其孫枝移接他樹，安能如其故物，而必求目前常有之花以實之，宜乎説之益混也。

瑞香原名睡香，相傳廬山一比丘僧晝寢山石下，夢寐之中，但聞異香酷烈，覺而尋之，因得此花，故名睡香。後好事者奇其事，以爲祥瑞，迺改爲瑞。余謂山谷之中，奇卉異花，城市所不及知者何限，而山中人亦不知賞之。三吴最重玉蘭，金陵天界寺及虎丘有之，每開時以爲奇翫，而支提、太姥道中，彌山滿谷，一望無際，酷烈之氣，衝人頭眩。又延平山中，古桂夾道，上參雲漢，花墮狼藉地上，入土數尺。固知荆山之人，以玉抵鵲，良不誣也。

子美於蜀不賦海棠，此未必有別意，亦偶不及之耳。且詩中花譜不及之者亦多，何獨海棠也？自鄭谷有「子美無情爲發揚」之語，而宋人動以爲口實，至謂子美母名海棠者，不知出於何書，亦可謂穿鑿之甚矣。

詩「有女同車，顔如舜華」，舜，木槿也，朝開暮落，婦人容色之易衰若此。詩之寄興，微而婉矣。然花之朝開暮落者，不獨槿花，如蜀葵、茉莉、木芙蓉、棗花皆然，而銀杏花一開即落，又速於木槿也，但木槿色稍豔耳。

本草綱目謂「菊春生夏茂，秋華冬實」，然菊何嘗有實，此與離騷「落英」同誤矣。牡丹與桂，間有實者，牡丹實可種，而桂不可種也。竹有花者，而未見其實。然竹花踰年即死，謂之竹米，此乃竹之疫，非花也。楊用脩謂「餘干有竹實，大如雞子」，此老語多杜撰，吾未敢信。

世傳黄楊無火，入水不沉，此未之試，或不盡然也。物皆易長，而此木最難長，故有厄閏之説，言閏年則縮入土。此説亦未必然，但狀其不長耳。金陵僧寺齋前多植爲玩，往往游處三十餘年而不能高咫尺者，柔嫩如故，不但不長，亦不老也。「白替可以血玉」，「嘉榮之草，服者不霆」。血玉者，染玉使作血色也。不霆者，令人不畏雷霆也。此二語甚奇。

拾遺記載紫泥菱「莖如亂絲，一花千葉，根浮水上，實沉泥中。食之不老」。今趙州寧晉縣有石蓮子，皆埋土中，不知年代，居民掘土，往往得之，有數斛者，其狀如鐵石，而肉芳香不枯，投水中即生蓮葉，食之令人輕身延年，已瀉痢諸疾。今醫家不察，乃以番蓮子代之，苦澀腥氣，嚼之令人嘔逆，豈能補益乎？

古人重口實，故梅被横差調羹，芍藥、杏、桂屈作醬酪。自唐而後，稍稍爲花神吐氣矣，然徒賞其華，而不知究其用，古人所以忘秋實之歎也。傳記所載，盧懷慎作竹粉湯，蘭先生作蘭香粥，劉禹錫作菊苗虀。今人有以玫瑰、荼薇、牡丹諸花片蜜漬而啖之者。芙蓉可作粥，亦可作湯。閩建陽人多取蘭花，以少鹽水漬三四宿，取出洗之以點茶，絶不俗。又菊蕊將綻時，以蠟塗其口，俟過時摘以入湯，則蠟化而花茁，馨香酷烈，尤奇品也。但蘭根食之能殺人，不可不慎。

司馬溫公有晚食菊羹詩：「采擷授厨人，烹瀹調甘酸。毋令薑桂多，失彼真味完。」古今餐菊者多生咀之，或以點茶耳，未聞有爲羹者，亦不知公所羹者，花耶葉耶？今人有采菊葉煎麵餅食之者，其味香，尤勝枸杞餅也。

月令曰「菊有黄華」，黄者，天地之正色也。凡香皆不以色名，而獨菊以黄花名，亦以其當摇落之候，而獨得造化之正也。然世人好奇，每以緋者、墨者、白者、紫者爲貴，至於黄則尋常視之矣。菊種類最多，其知名者不下三十餘種。其栽培之方，亦甚費力。余在復州，見好事家菊花有長八尺者，花巨如盌。後爲吴興司理，偶得佳種，自課植之，芟其繁枝，去其旁蕊，只留三四頭，洎秋亦高七尺許，大亦如之。過此不能常在宅中，即有其種，不復長矣。庚戌秋在京師，始習見以爲常，蓋貴戚之家善於培植故也。

人生看花，情景和暢，窮極耳目，百年之中，能有幾時？余憶司理東郡時，在曹南一諸生家觀牡丹，園可五十餘畝，花遍其中，亭榭之外，幾無尺寸隙地，一望雲錦，五色奪目。主人雅歌投壺，任客所適，不復以賓主俗禮相悤。夜復皓月照耀，如同白晝，懽呼謔浪，達旦始歸，衣上餘香，經數日猶不散也。又十餘年，在長安一勳戚家看菊，高堂五楹，主客几筵之外，盆盎密砌，間色成列，凡數百本，未皆齊正如一，無復高下參差，左右顧盼，若一幅霞箋然。既而移觴中堂，以及曲房夾室，迴廊耳舍，無不若是者。孌童歌舞，委蛇其中，兼以名畫古器，琴瑟圖書，縱横錯陳，不行觴政，不談俗事，雖在畫欄朱拱之內，蕭然有東籬南山之致。蓋生平看花極樂境界，不過此二席耳。居諸如流，每一念之，恍如夢寐中也。

得勝花者，未必有勝地；得勝地者，未必有勝時；得勝時者，未必有勝情；得勝情者，未必有勝友。雕欄畫棟，委巷村廛，非地也；凄風苦雨，炎晝晦夜，非時也；宦情生計，愁懷病體，非情也；高官富室，村妓俗人，非友也。具花情，然後擇花友；偕花友，然後謀花地；定花地，然後候花時。庶幾歲一遇之矣，然而不可必得也。淳熙如皋志所謂李嵩者，「自八十看花，至一百九歲而終」，無一歲不預焉，可謂厚幸矣。而吾猶竊有恨也，彼蹉跎於壯年，而徒闌闠於末景也。

歐文忠在滁州，命屬吏治花，所謂「我欲四時攜酒去，莫教一日不花開」者，可謂得種花之妙諦矣。滁爲江北，花視南方較少，若吾閩廣，則四時不絶之花，人人力可辦，不待教也。今姑毋論其他，只蘭桂二種，已可貫四時矣。閩中桂嘗以七月開花，直到四月而止，五六二月，長芽之候，芽成葉則復花矣。蘭則自春徂冬，無不花者，故有四季蘭之名。其它相踵而發者，固不可一二數也。

今朝廷進御，常有不時之花，然皆藏土窖中，四周以火逼之，故隆冬時即有牡丹花。計其工力，一本至十數金，此以難得爲貴耳。其實不時之物，非天地之正也。大率北方花木，過九月霜降後，即掘坑塹深四尺，寘花其中，周以草秸而密墐之，春分乃發，不然即槁死矣。南方攜入北者，如梅、桂、梔子之屬，尤難過臘，至茉莉則百無一存矣。

凡花少六出者，獨梔子花六出，其色香亦皆殊絶，故段成式謂即薝蔔花，楊用脩謂即揚州瓊花，然皆非也。此花在閩中極多且賤，與素馨、茉莉皆不擇地而生者，北至吴楚，始漸貴重耳。茉莉在三吴一本千錢，入齊輒三倍酬直，而閩廣家家植地編籬，與木槿不殊。至於薔薇、玫瑰、荼蘼、山茶之屬，皆以編籬。以語西北之人，未必信也。

蜀孟昶僭擬宫闕於成都，四十里盡種木芙蓉，每至秋時，鋪以錦繡，高下相照，謂左右曰：「真錦城也。」然木芙蓉極易長，離披散漫，至不可耐。及其衰也，殘花敗葉，委藉狼狽，蕭索之狀，無與爲比。此與朝菌、木槿何異，而乃誇以爲麗，其敗亡也，不亦宜乎。

兖州張秋河邊有挂劍臺，云即徐君墓，季札所挂劍處也。臺下有草，一竪一横，如人倚劍之狀，食之能已人心疾。余謂此草不生它所，而獨産挂劍臺，豈季子義氣所感而生耶？至於療人心疾之説，亦不過廉頑立懦之遺意耳。不知其偶然耶，抑好事者傅會之也？余在張秋覓所謂挂劍草者，臺前後乃無有，而鄰近民庄或有之，至水部署中，亦間有數莖。此豈聞挂劍之風而興起者耶？可爲一笑也。

有睡草，亦有却睡之草；有醉草，亦有醒醉之草；有宵明之草，亦有晝暗之草；有夜合之草，亦有夜舒之草。物性相反，有如此者。

丘文莊謂棉花自元始入中國，非也。棉花雖有草木二種，總謂之木棉花。其實木種者迺班枝花，非棉花也。唐李商隱詩「木棉花發鷓鴣飛」，通鑑梁武帝木棉皁帳，史炤注釋甚詳，與今棉花無異，但云江南多有之。今則燕魯、燕洛之間，盡種之矣，豈元時始求種於江南，而今北地種之耶？若謂自虜地入中國，則虜地何嘗有棉花？漢中行説教匈奴得漢緼絮，馳荆棘中即裂，示不如氈貉之厚也。况棉花極畏寒，齊地若霜早，則花皆無收，故宜於閩廣，今反謂其自北而至，可乎？

人有召箕仙以白雞冠請詩者，即書曰：「雞冠本是臙脂染。」其人曰：「誤矣，乃白色者也。」復續曰：「洗却臙脂似粉粧。只爲五更貪報曉，至今猶帶一頭霜。」又有召仙以紅梅爲題，以儔頭牛爲韻，箕云：「雪骨冰肌孰與儔。」人曰：「所求乃絳梅，非白也。」良久，書曰：「點些顔色在枝頭。牧童睡起朦朧眼，錯認桃林欲放牛。」二詩頗有致，而事絶相類，豈好事者爲之耶？

閩中山谷溪澗間，有草蔓生，類兔耳，而色正碧，菁翠孅妍，異於他卉，植移盆中，甚有幽致，殊勝菖蒲、躑躅也。但性畏日，稍暵即槁，須置池畔巖側，濃陰倒石之下。余行天下，未有見此草者。

芝者菌蕈同類，本非難得之物，但以產於室內梁間，非意得之，故爲瑞耳。若山谷間，朽木浥雨，自然叢生，朝夕雲霞薰蒸，自成五色，無足異者。宋景德間天書興，丁謂獻芝至十餘萬本；政和間花石綱興，郡守李文仲采及三十萬本，有一本數千葉，衆色咸備，是可謂之瑞乎？

菌蕈之屬，多生深山窮谷中，蛇虺之氣薰蒸，易中其毒。西湖志載宋吴山寺產菰，大如盤，五色光潤，寺僧以獻張循王，王以進高宗，高宗復詔還寺。往返既久，有汁流下，犬舐之立斃，始大驚懼，瘞之。又有笑菌，食者笑不止，名笑矣乎，柳子厚有文紀之。今閩人多取菌尅油，作菜油市人，食者輒大吐委頓，其毒甚者，遂至殺人，不可不慎也。

凡菌爲羹，照人無影者不可食。夷堅志載：「金溪田僕食蕈，一家嘔血，死者六人，惟丘岑幸以痛飲而免，蓋酒能解毒也。」又「嘉定乙亥，僧德明遊山，忽得奇菌，歸以供衆，毒發，僧行死者十餘人，德明亟嘗糞獲免。有日本僧定心者，寧死不污，至膚理拆裂而死，至今菴中藏有日本度牒。其僧姓平氏，日本國京東相州行香縣上守鄉元勝寺僧也。」寧死非命，不污其口，亦庶幾陳仲子之風矣。

嘉靖壬子四月，金陵有井皮行者，於其家竹林中得一大菌，烹而食之，數口皆毒死。又有張椿，種瓜爲業，圃中留一瓜極大者以自奉，方食兩片即死，聞其氣者亦病。乃知異常之物，不可輕食。太平廣記載李崇真在蜀，庭中有一橘，大而晚熟，有小孔如針，賓僚驚異，欲表進之，久而乃罷，及剖則有赤斑蛇蟠其中。又韋皋鎮成都，有柑大如斗，欲以進，醫者昝殷在座，固持不可，請以針刺其蒂，流血霑席，駭而剖之，乃兩頭蛇也。可不戒哉。

學而不行謂之視肉。山海經「狄山有視肉」，注：「聚肉形如牛肝，有兩目，食之至盡，尋復生如故。」太平廣記載：「蘭溪蕭静之掘地得物如人手，腫而食之甚美。後遇一道士話之，道士曰：『此肉芝也。壽等龜鶴矣。』」江鄰幾雜志云：「徐積廷評於廬州河次得一小兒，手無指，懼而棄之。」此政所謂肉芝者也，狄山所産，想亦此類。

槐花黄，舉子忙；枇杷黄，醫者忙。

滇中有雞蹤，蓋菌蕈類也，以形似得名。其油如醬，可以點肉，亦閩中烏蜍醬之類也。

俗云：「黄金無假，阿魏無真。」阿魏生西域中，一名合昔泥，其樹有汁，沾物即化，人多牽羊豕之類繫樹下，遥以物撼其樹汁，落則羊豕皆成阿魏矣，樹上之汁，終不可得，故云無真也。其味辛平無毒，殺諸蟲，破癥瘕，下惡除邪，解蠱毒，且其氣極臭，而能止臭。彼中以淹羊肉甚美，中國止入藥物而已。又有馬思答吉者，似椒而香酷烈，以當椒用。有回回豆，狀如榛子，磨入麵中極香，兼去麵毒。

特迦香出弱水西，形如雀卵，色頗淡白，焚之辟邪去穢，鬼魅避之。唵叭香出唵叭國，色黑，爇之不甚香，而可和諸香，亦能辟邪魅。京師有賃宅住者，其宅素凶，既入不能便移，但日焚唵叭香一爐，至夜中，竪子聞鬼物相與語曰：「彼所焚何物，令我頭痛不堪，當相率避之。」越二日，宅遂清吉無患。乃知博物志載漢武帝焚西使香，宫中病者盡起；徐審得鷹嘴香焚之，一家獨不疫疾，當不誣也。

永樂初，天妃宫有鸛，卵爲寺僧所烹，將熟矣，老僧見其哀鳴，命取還之，數時雛出。僧驚異，探其巢，得香木尺許，五采如錦，持以供佛。後有倭奴見，以五百金買之。問何物，曰：「此仙香也，焚之死人可生。」即返魂香也。

安息香能聚鼠，其烟白色如縷，直上不散。又狼糞烟亦直上，故烽堠用之。北虜氈帳中，數百人共處，中支一鍋，其烟直透頂孔而出，燒狼糞故也。

血竭一名騏驎竭，出南番中，廣州亦有之。樹高數丈，葉以櫻桃，而有三稜，脂液滴下，如膠飴狀，久而堅凝，色如乾血，又能破積血，止金瘡血，故以血竭名也。洪熙初，李祭酒時勉因上元夜拾墜金釵，俟其人至還之，乃千户之婦也。夫婦德公甚厚，餽遺俱不受，乃出藥物一片，曰：「此名血竭，出於異國，往年征交廣所得，既不費財，而可備緩急，願公納之。」公乃受，以語夫人。後公以言事忤旨，爲金瓜槌折其脅，幾殆，召醫視之，曰：「傷頗重，可爲也，但須真血竭。」夫人即取畀之，遂得甦。時論以爲還金之報也。一云是紫鑛樹之脂，驗者以透指甲爲真。

漢唐郎署近侍，皆賜雞舌香，以防口過。雞舌香即丁香也，有雌雄二種，雌者大而長，俗名母丁香。顆粒如山茱萸，擊破有從理，解爲兩向，若雞舌狀，故名。廣州有之。

沉香樹類椿，細枝緊實，未爛者爲青桂，黑堅沉水者爲沉香，帶斑點者爲鷓鴣沉，半沉者爲篯香，形象雞骨者爲雞骨香，象馬蹄者爲馬蹄香，在土中成薄片者爲龍鱗香，亞於沉香爲速香，不沉者爲黄香，交州人謂之蜜香，佛經謂之阿迦爐香。一物而異名如此，近於果中之蓮藕矣。用脩所記一香七名者，誤也。

宋宣和間，宫中所焚異香有篤耨、龍涎、亞悉、金顔、雪香、褐香、軟香之類。今世所有者，惟龍涎耳。又有瓠香、猊眼香，皆不知何物。

龍涎於諸香中最貴。游宦紀聞云：「每兩不下百千，次者亦五六十千。近海旁常有雲氣罩山間者，龍睡其下也。土人相約更守，或半載，或二三載，雲散則龍去矣，往跡之，必得龍涎，或五七兩，或十餘兩。」又言：「大海洋中有旋渦，龍伏其下，涎常湧出，爲風吹日曬，結成一片。嶺外雜記云：『龍枕石睡，涎沫〔一〕浮水，積而能堅。』」余問嶺南諸識者，則曰：「非龍涎也，乃雌雄交合，其精液浮水上，結而成耳。」果爾則腥穢之物，豈宜用之清浄之所哉。今龍涎氣亦果腥，但能收斂諸香，使氣不散，雖經十年，香味仍在，故可寶也。

校勘記

〔一〕「沫」，原作「冰」，據游宦紀聞卷八改。

呂惠卿對神宗言：「凡草木皆正生嫡出，惟蔗側種，根上庶出，故字從庶。」然薯蕷亦側種旁出也，嵇含草木狀作「竿蔗」，謂其挺直如竹竿也，今人乃作「甘蔗」，誤矣。

易曰「莧陸夬夬」，陸，商陸也，下有死人，則上有商陸，故其根多似人形，俗名樟柳根者是也。取之之法，夜静無人，以油炙梟肉祭之，俟鬼火叢集，然後取其根，歸家以符煉之，七日即能言語矣。一名夜呼，亦取鬼神之義也。此草有赤白二種，白者入藥，赤者使鬼，若誤服之，必能殺人。又荆楚歲時記：「三月三日，杜鵑初鳴，田家候之。此鳥晝夜鳴，血流不止，至商陸子熟乃止。」蓋商陸未熟之前，正杜鵑哀鳴之候，故稱夜呼也。

五雜組卷之十一

物部三

古人造茶，多春令細末而蒸之，唐詩「家僮隔竹敲茶臼」是也。至宋始用碾。揉而焙之，則自本朝始也，但揉者恐不若細末之耐藏耳。

蘇才翁與蔡君謨鬭茶，蔡用惠山泉水，蘇茶稍劣，改用竹瀝水煎，遂能取勝。然竹瀝水豈能勝惠泉乎？竹瀝水出天台，云彼人將竹少屈而取之盈甕，則竹露，非竹瀝也。若醫家火逼取瀝，斷不宜茶矣。

閩人苦山泉難得，多用雨水，其味甘不及山泉，而清過之。然自淮而北，則雨水苦黑，不堪烹茶矣。惟雪水冬月藏之，入夏用乃絶佳。夫雪固雨所凝也，宜雪而不宜雨，何故？或曰北地屋瓦不浄，多穢泥塗塞故耳。

宋初閩茶，北苑爲之最，初造研膏，繼造臘面，既又製其佳者爲京挺。後造龍鳳團，而臘面廢。及蔡君謨造小龍團，而龍鳳團又爲次矣。當時上供者，非兩府禁近不得賜，而人家亦珍重愛惜。如王東城有茶囊，惟楊大年至則取以具茶，它客莫敢望也。元豐間造密雲龍，其品又在小團之上。今造團之法皆不傳，而建茶之品亦遠出吴會諸品之下，其武夷、清源二種，雖與上國争衡，而所産不多，十九饞鼎，故遂令聲價靡不復振。

今茶品之上者，松蘿也，虎丘也，羅岕也，龍井也，陽羡也，天池也，而吾閩武夷、清源、鼓山三種，可與角勝。六合、鴈蕩、蒙山三種，祛滯有功，而色香不稱，當是藥籠中物，非文房佳品也。

閩方山、太姥、支提俱産佳茗，而製造不如法，故名不出里閈。余嘗過松蘿，遇一製茶僧，詢其法，曰：「茶之香原不甚相遠，惟焙者火候極難調耳。」茶葉尖者太嫩，而蒂多老。至火候匀時，尖者已焦，而蒂尚未熟。二者雜之，茶安得佳？松蘿茶製者每葉皆剪去其尖蒂，但留中段，故茶皆一色，而功力煩矣，宜其價之高也。閩人急於售利，每觔不過百錢，安得費工如許？即價稍高，亦無市者矣。故近來建茶所以不振也。

宋初團茶，多用名香雜之，蒸以成餅。至大觀、宣和間，始製造三色芽茶，漕臣鄭可間製銀絲冰芽，始不用香，名爲勝雪，此茶品之極也。然製法方寸新銙，有小龍蜿蜒其上，則蒸團之法尚如故耳。又有所謂白茶者，又在勝雪之上，不知製法云何，但云崖林之間，偶然生出，非人力可到，焙者不過四五家，家不過四五株，所造止於一二銙而已。進御若此，人家何由得見，恐亦菖歜之嗜，非正味也。

校勘記

〔一〕「歜」，原誤作「歠」，今改正。

文獻通考：「茗有片有散。片者即龍團舊法，散者則不蒸而乾之，如今之茶也。」始知南渡之後，茶漸以不蒸爲貴矣。

古時之茶，曰煮，曰烹，曰煎，須湯如蟹眼，茶味方中。今之茶惟用沸湯投之，稍着火即色黄而味澁，不中飲矣。迺知古今之法，亦自不同也。

昔人喜鬭茶，故稱茗戰。錢氏子弟取霅上瓜，各言子之的數，剖之以觀勝負，謂之瓜戰。然茗猶堪戰，瓜則俗矣。

薛能茶詩云「鹽損添常戒，薑宜煮更黄」，則唐人煮茶多用薑鹽，味安得佳？此或竟陵翁未品題之先也。至東坡和寄茶詩云「老妻稚子不知愛，一半已入薑鹽煎」，則業覺其非矣，而此習猶在也。今江右及楚人尚有以薑煎茶者，雖云古風，終覺未典。

以菉豆微炒，投沸湯中，傾之其色正緑，香味亦不減新茗。宿村中覓茗不得者，可以此代。

北方柳芽初茁者，采之入湯，云其味勝茶。曲阜孔林楷木，其芽可烹。閩中佛手柑、橄欖爲湯，飲之清香，色味亦旗槍之亞也。

昔人謂：「揚子江心水，蒙山頂上茶。」蒙山在蜀雅州，其中峰頂尤極險穢，蛇虺虎狼所居，得採其茶，可蠲百疾。今山東人以蒙陰山下石衣爲茶當之，非矣。然蒙陰茶性亦冷，可治胃熱之病。

凡花之奇香者皆可點湯。遵〔一〕生八牋云：「芙蓉可爲湯。」然今牡丹、薔薇、玫瑰、桂菊之屬，采以爲湯，亦覺清遠不俗，但不若茗之易致耳。

校勘記

〔一〕「遵」，原誤作「尊」，今改正。

酒者扶衰養疾之具，破愁佐藥之物，非可以常用也。酒入則舌出，舌出則身棄，可不戒哉。

人不飲酒，便有數分地位：志慮不昏，一也；不廢時失事，二也；不失言敗度，三也。余嘗見醇謹之士，酒後變爲狂妄；勤渠力作，因醉失其職業者，衆矣。況於醜態備極，爲妻孥〔一〕所姍笑，親識所畏惡者哉。陸相戾，有士子脩謁，命酌，辭以不飲。陸曰：『誠如所言，已校五分矣。』蓋生平悔吝有十分，不爲酒困，自然減半也。」北夢〔二〕瑣言載：「

校勘記

〔一〕「孥」，原作「拏」，據寶樹堂本改。

〔二〕「夢」，原作「窓」，按此條引文見北夢瑣言卷六，因改正。

吾見嗜酒者，晡而登席，夜則號呼，旦而病酒，其言動如常者，午未二晷耳。以晝夜而僅二晷如人，則壽至百年，僅敵人二十也，而舉世好之不已，亦獨何哉？

酒以淡爲上，苦冽次之，甘者最下。青州從事，向擅聲稱，今所傳者，色味殊劣，不勝平原督郵也。然從事之名，因青州有齊郡，藉以爲名耳。今遂以青州酒當之，恐非作者本意。

京師有薏酒，用薏苡實釀之，淡而有風致，然不足快酒人之吸也。易州酒勝之，而淡愈甚，不知荆高輩所從遊，果此物耶？襄陵甚冽，而潞酒奇苦。南和之刁氏，濟上之露，東郡之桑落，醲淡不同，漸于甘矣，故衆口雖調，聲價不振。

京師之燒刀，輿隸之純綿也，然其性兇憯，不啻無刃之斧斤。大内之造酒，閹竪之菽粟也，而其品猥凡，僅當不羶之酥酪。羊羔以脂入釀，呷麻以口爲手，幾於夷矣，此又儀狄之罪人也。

江南之三白，不脛而走，半九州矣。然吴興造者勝於金昌，蘇人急於求售，水米不能精擇故也。泉冽則酒香，吴興碧浪湖、半月泉、黄龍洞諸泉皆甘冽異常；富民之家，多至慧山，載泉以釀，故自奇勝。

雪酒、金盤露，虚得名者也，然尚未墮惡道，至蘭溪而濫惡極矣。所以然者，醇釀有餘，而風韻不足故也。譬之美人，豐肉而寡態者耳。然太真肥婢，寵冠椒房；金華酤肆，户外之屨常滿也，故知味者寔難。

閩中酒無佳品，往者順昌擅場，近則建陽爲冠。順酒卑卑無論，建之色味，欲與吴興抗衡矣，所微乏者風力耳。

北方有葡萄酒、梨酒、棗酒、馬奶酒，南方有蜜酒、樹汁酒、椰漿酒，酉陽雜俎載有青田酒，此皆不用麴糵，自然而成者，亦能醉人，良可恠也。

荔支汁可作酒，然皆燒酒也，作時酒則甘而易敗。邢子愿取佛手柑作酒，名佛香碧，初出亦自馨烈奇絶，而亦不耐藏。江右之麻姑，建州之白酒，如飲湯然，果腹而已。

鄒陽爲酒賦曰：「清者爲酒，濁者爲醴。清者聖明，濁者頑騃。」此唐人中聖之言所自出也。但醴酒醇甘，古人以享上客，楚元王嘗爲穆生設醴，豈得謂之頑騃？蓋善飲酒者，惡甘故也。

校勘記

〔一〕「郯」，原作「鄲」，按酒賦作者乃郯陽，因改正。

唐肅宗張皇后以鴟〔一〕腦酒進帝，欲其健忘也。順宗時，處士伊初玄入宮，飲龍膏酒，令人神爽也。此二者正相反。

校勘記

〔一〕「鴟」，原作「鵄」，據太平廣記卷四百六十二鴟條引酉陽雜俎改。按作「鴟」字方合乎文後小注之意。另按廣記所引，未見於今本雜俎。酉陽雜俎「鶻生三子，一爲鵄」，即「鴟」字。

古人量酒，多以升斗石爲言，不知所受幾何。或云米數，或云衡數，但善飲有至一石者，其非一石米及百斤明矣。按朱翌雜記云：「淮以南酒皆計升，一升曰爵，二升曰瓢，三升曰觶。」此言較近。蓋一爵爲升，十爵爲斗，百爵爲石，以今人飲量較之，不甚相遠耳。

宋楊大年於丁晉公席上舉令云：「有酒如線，遇斟則見。」丁公云：「有餅如月，遇食則缺。」

紅灰，酒品之極惡者也，而坡以紅友勝黄封。甜酒，味之最下者也，而杜謂「不放香醪如蜜甜」。固知二公之非酒人也。

今人以秀才爲措大，措者醋也，蓋取寒酸之味。而婦人妬者，俗亦謂之吃醋，不知何義。昔范質謂人能鼻吸三斗醇醋，便可作宰相。均一醋也，何男子吸之便稱德量，而婦人吃之反爲娼嫉之名耶？亦可笑之甚也。

劉禹錫寒具詩云：「纖手搓來玉數尋，碧油搓出嫩黄深。夜來春睡無輕重，壓匾佳人纏臂金。」〔一〕則爲今之饊子明矣。宋人因林和靖寒食詩有「寒具」，遂解以爲寒食之具，安知和靖是日不嘗饊子耶？

校勘記

〔一〕寒具詩，苕溪漁隱叢話後集卷二十八引作蘇軾詩，僅注云「寒具乃捻頭也，出劉禹錫佳話」，本書遂誤認作劉禹錫詩。另叢話引「槎來」作「搓來」，「搓出」作「煎出」，「壓匾」作「壓褊」，悉當據正。

禮有醓醬、卵醬、芥醬、豆醬，用之各有所宜，故聖人不得其醬不食。今江南尚有豆醬，北地則但熟麵爲之而已，寧辦多種耶？又桓譚新論有脡醬，漢武帝有魚腸醬，南越有蒟醬，晉武帝與山濤書致魚醬，枚乘七發有芍藥之醬，宋孝武詩有匏醬。又漢武内傳有連珠雲醬、玉津金醬，神仙食經有十二香醬。今閩中有蠣醬、鱟醬、蛤蜊醬、蝦醬，嶺南有蟻醬。則凡聶而切之醃藏者槩謂之醬矣，乃古之醢，非醬也。

羹之美者，則彭鏗之斟雉，伊尹之烹鵠，陳思之七寶，明皇之甘露。黄頷之臛，虞悰所遺；倉庚之肉，郗氏止妬。元和之龍，東郡之梟。子公以黿亂鄭，子期以羊覆國。鮑能救伍，熊可亡紂。至於贊皇一杯，費錢三萬，暴殄極矣。彼千里蓴菰，碧澗香芹，杜云錦帶，蘇製玉糝。羅浮之骨董，洪州之樂道，箕季之瓜匏，竇儼之雙暈，仰山之道場，陶家之十遠。吴淑玉杵之咏，相如露葵之賦，僅果措大之腹，難入八珎之譜。臨海之猴頭，交趾之不録，嶺南之象鼻，九真之鼉蛹，俗已近夷，不如藜藿。

今大官進御飲食之屬，皆無珎錯殊味，不過魚肉牲牢，以燔炙醲厚爲勝耳。不獨今日爲然也。周禮「王之膳以八珎」，八珎者淳熬也，淳母也，炮豚也，炮牂也，擣珎也，漬也，熬也，肝膋也。此皆燥腸之鴆毒，焦胃之斧斤也。其它食用六穀，膳用六牲，飲用六清，羞用百有二十品，醬用百有二十甕。然口不嘗藜藿之味，目不視鹽菽之祭，徒以耗津液，滑天和耳。曾謂周公作法於儉，而肯以饕餮訓後世哉。

龍肝鳳髓，豹胎麟脯，世不可得，徒寓言耳。猩唇獾炙，象約駝峰，雖間有之，非常膳之品也。今之富家巨室，窮山之珍，竭水之錯，南方之蠣房，北方之熊掌，東海之鰒炙，西域之馬妳，真昔人所謂富有小四海者，一筵之費，竭中家之產，不能辦也。此以明得意、示豪舉則可矣，習以爲常，不惟開子孫驕溢之門，亦恐折此生有限之福。孟子所謂「飲食之人則人賤之」者，此之謂也。

枚乘七發所謂犓牛、肥狗、熊膰、鯉膾、秋黃、白露、楚苗、安胡者，可見當時之珍味止於是耳。其於荔支、子鵝、魚脡、蝌臛，固不數數然也。五方之人，口食既殊，腸胃亦異。海嶠之人，久住北方，噉麵食炙，輒覺唇焦胃灼，亦猶北人至南方，一嘗海物，輒苦暴下，其於蝌鱟蚌蛸之屬，不但不敢食，亦不敢見之。始信周禮所載八珍，皆淳熬之類，亦其所習然也。

黃鳥食之已妬，鯊魚食之止驕，鶬鶊食之不饑，箄餘食之不醉，鯖魚食之已狂，人魚食之已癡。古有斯語，未諗其然也。

人之口腹，何常之有？富貴之時，窮極滋味，暴殄過當，一遇禍敗，求藜藿充饑，而不可得。石虎食蒸餅，必以乾棗、胡桃瓤爲心，使坼裂方食。及爲冉閔所篡幽廢，思其不裂者而無從致之。唐東洛貴家子弟，飲食必用煉炭所炊，不爾便嫌烟氣。及其亂離饑餓，市脫粟飯食之，不啻八珍。此豈口腹貴於前而賤於後哉。彼其當時所爲，揀擇精好，動以爲犓惡而不能下咽者，皆其驕奢淫佚之性使然，非天生而然也。吾見南方膏粱子弟，一離襁褓，必擇甘毳温柔，調以酥酪，恐傷其胃，而疾病亦自不少。北方嬰兒，卧土炕，啖麥飯，十餘歲不知酒肉，而彊壯自如。又下一等，若乞丐之子，生即受凍忍餓，日一文錢，便果其腹。人生何常，幸而處富貴，有赢餘，時時思及凍餒，無令過分，物無精粗美惡，隨遇而安，無有選擇於胸中，此亦動心忍性之一端也。子瞻兄弟南遷，相遇梧藤間，市餅，粗不可食，黄門置筯而嘆，子瞻已盡之矣。二蘇之學力識見，優劣皆於是卜之。吾生平未嘗以飲食呵責人，其有不堪，更强爲進。至於宦中，尤持此戒。每每以語妻孥，然未必知此旨也。

孫承佑一宴，殺物千餘；李德裕一羹，費至三萬。蔡京嗜鶉子，日以千計；齊王好雞跖，日進七十。江無畏日用鯽魚三百，王黼庫積雀鮓三楹。口腹之慾，殘忍暴殄，至此極矣。

今時王侯閹宦，尚有此風。先大夫初至吉藩，遇宴一監司，主客三席耳，詢庖人，用鵝一十八，雞七十二，猪肉百五十斤，它物稱是。良可笑也。

東南之人食水産，西北之人食六畜。食水産者，螺蚌蠏蛤，以爲美味，不覺其腥也；食六畜者，狸兔鼠雀，以爲珍味，不覺其膻也。若南方之南，至於烹蛇醬蟻，浮蛆刺蟲，則近於鳥矣；北方之北，至於茹毛飲血，拔脾瀹腸，則比於獸矣。聖人之教民火食，所以别中國於夷狄，殊人類於禽獸也。

晉文公時，宰人上炙而髮繞之，召而讓焉，以辯獲免。漢光武時，陳正爲大官令，因進御膳，黄門以髮寘炙中，帝怒將斬正，後乃赦之。宋時有侍御史上章彈御膳中有髮，曰：「是何穆若之容，忽覩鬈如之狀。」當時以爲笑柄。諂臣妄言，不足責也，而文公、光武仁明之王，反不及楚莊王之吞蛭，何耶？

中山君以一杯羹亡國，以一壺漿得士二人；顧榮以分炙免難，庾悦以慳炙取禍。詩云：「民之失德，乾餱以愆。」噫，寧獨民哉。吾獨恠劉毅負英雄之名，乃效羊斟、司馬子期之所爲，脩怨於口腹之末，宜其志業之不終也。

文選有「寒鵠」「寒鱉」，崔駰傳亦有「雞寒」，七啓「寒芳苓之巢龜」，李善注：「寒，今胚肉也。」廣韻：「煮肉熟食曰胚。」然「寒」字甚佳，而煮熟之義，極甚膚淺，良可笑也。但古人製造多方，周禮膳羞之政，凡割烹煎和之事，辨體名肉物及百品味，各有所宜，似非若後世之庖人，一味煮而熟之已也。

今人之食，既自苟簡，而庖人爲政，一切調和，醴齊醯醢之屬，皆無分辨，宴客之時，恒以大鑊合而烹之，及登俎而後分，雖易牙不能別其味也。至於火候生熟之節，又無論已。不知物性各有所宜，亦各有所忌。如雞宜韲，而豕則忌之；魚宜蒜，而羊則忌之。古人腥臊膻香，死生鱻薧，炮炙醢醢，秩然有條，不相紊亂。至於食齊宜春，羹齊宜夏，醬齊宜秋，飲齊宜冬。凡和則春多酸，夏多苦，秋多辛，冬多鹹。順四時之氣以節宣之，非徒爲口腹已也。今江南人尚多列釜竈，諸品不淆，然官厨已不能守其法矣，况北方乎。

膾不厭細，孔子已尚之矣。膾即今魚肉生也，聶而切之，沃以薑椒諸劑，閩廣人最善爲之，昔人所云「金齏玉鱠」「縷細花鋪」，不足奇也。據史册所載，昔人嗜鱠者最多，如吴昭德、南孝廉，皆以喜斫膾名。余媚娘造五色膾，妙絶一時。唐儉、趙元楷，至於衣冠親爲太子斫膾。今自閩廣之外，不但斫者無人，即噉者亦無人矣。説文：「膾，細切肉也。」今人以殺人者爲劊子手，劊亦斷切之義，與膾同也。按膾亦謂之鱠。齊東昏侯時謡曰「趙鬼食鴨䲧」，注「細剉肉，雜以薑桂」是也。

六朝時呼食爲頭。晉元帝謝賜功德浄饌一頭，又謝齎功德食一頭，又劉孝威謝賜果食一頭。一頭即今一筵也，然古未前聞，不知何義。

餅，麵餈也，方言謂之餛飩，又爲之餦。然餛飩即今饅頭耳，非餅也，京師謂之餺餺。胡餅即麻餅也，石勒諱胡，故改爲麻餅。又有蒸餅、豆餅、金餅、索餅、籠餅之異，而唐時有紅綾餡餅，惟進士登第日得賜焉，故唐人有「莫嫌老缺殘牙齒，曾喫紅綾餡餅來」之詩。今京師有酥餅、餡餅二種，皆稱珍品，而内用者加以玫瑰、胡桃諸品，尤勝民間所市。又内中所製有琥珀糖，色如琥珀；有倭絲糖，其細如竹絲，而扭成團，食之有焦麵氣。然其法皆不傳於外也。

上苑之蘋婆，西凉之蒲萄，吴下之楊梅，美矣。然校之閩中荔支，猶隔數塵在也。蘋婆如佳婦，蒲萄如美女，楊梅如名伎，荔支則廣寒中仙子，冰肌玉骨，可愛而不可狎也。

荔支之味無論，即濃緑枝頭，錦丸纍垂，頳射朝霞，固已麗矣，而奇香撲人，出入懷袖，即殘紅委地，遺芬不散，此豈百果所敢望哉。

荔支以楓亭爲最，核小而香多也。長樂之勝畫次之，肌豐而味勝也。中觀又次之，色味俱醇而繁多不絶也。三者之外，人間常見尚有二十餘種，如桂林金鍾、火山之類，品中稱劣矣，然猶足爲扶餘天子也。

有鵲卵荔支，小僅如鵲卵，而味甚甘，核如粟大，間有無核者。又有雞引子，一大者居中，而小者十餘環向之，熟則俱熟，味無差别。

黄香色黄，白蜜色白，江家緑色緑，雙髻生皆竝蒂，七夕紅必以七夕方熟，此皆市上所不恒有者也。

荔支核種者多不活，即活亦須二十年始合抱結子。閩人皆用劣種樹，去其上梢，接以佳種之枝，間歲即成實矣。龍目亦然。

荔支、龍目皆以一年長葉，一年結子。如遇結子之年，雨水過多，亦不實而長枝，過年則蕃滋加倍矣。園中樹欲其高大，遇結蕊之時，即摘去之，如此數年，便可尋丈。

果將熟時，專有飛盜，緣枝接樹，趫捷如風。園丁防之，若巨寇然，瞬息不覺，則千萬樹皆被漁獵，名曰夜鷩。五月初時有入市，色斑而味酢者，皆夜鷩橐中出也。不獨戕其生，亦且敗其名，可恨莫甚焉。此果人未采時，蟲鳥不敢侵，一經盜手，羣蠹攻之矣。

荔支核性太熱，補陰。人有陰症寒疾者，取七枚煎湯飲之，汗出便差。亦治疝氣。

楊貴妃生於蜀，故好啖荔支。今蜀中不過重慶數樹，其實色味俱劣，不堪與閩中作奴。不知驪山下一騎紅塵者，的從何處來也？滇中沐國府中亦有一樹，每實時，以金柈盛三五顆，餉藩臬大吏，受之者以白鏹一兩售其從者。鄧汝高學憲在滇日，沐亦致焉，酢甚不能下咽，歸語妻孥，一笑而已。

白樂天在忠州時所言荔支之狀，至於「朵如蒲桃」「漿液甘酸」，可知蜀中荔支形味。閩中生者，豈但如蒲桃，又何嘗有些酸味耶？

傳記載，啖荔支過多内熱，當以蜜漿解之。閩人日噉數百，不覺熱也，但過多恐腹膨脹，少以鹹物下之即消矣。

荔支、龍眼不但以味勝，食之亦皆有益於人，蠲渴補髓，通神益智，列仙傳云有食荔支而得仙者。而龍眼乾之煎汁爲飲，尤養心血，治怔忡、不寐、健忘諸疾。

人之口食，固亦無恒，曹丕稱蒲桃則云：「甘而不飴，脆而不酸」「南方有橘，正裂人牙，時有甜耳。」徐君房之答陳昭則云：「金衣素裏，見苞作貢；向齒自消，良應不及。」則又爲橘左袒也。吴中王百穀苦欲以楊梅敵荔支，余與往返論難數百言，終未以爲然也。然生長吴中，未嘗荔支，固宜輕於持論。凡物須眼所見，則涇渭自分；合以相竝，則妍媸自見。

廣雅以龍眼爲益智，爾雅以益母爲茺蔚，其實非也。

北地有文官果，形如螺，味甚甘，類滇之馬金囊，或云即是也。後金囊又訛爲檳榔，遂以文官果爲馬檳榔。不知文官果樹生，馬金囊蔓生也。

西域白蒲桃，生者不可見，其乾者味殊奇甘，想可亞十八孃紅矣。有兔眼蒲桃，無核，即如荔支之焦核也，又有瑣瑣蒲桃，形如茱萸，小兒食之，能解痘毒。于文定筆塵云「瑣瑣」即「馺娑」之訛，未知是否。

滇中梧桐子大如荳，其形與它處殊不類，殼光薄不皺，味如松子。又有神黄豆，似五倍子，能令兒童稀痘，然亦不甚驗也。

閩楚之橘，燕齊之梨，霜液滿口，足稱荔支、龍眼之亞矣。閩中梨初稱建陽，今福州有一種，十月方熟，一顆重至二斤，甘酥融液，不可名狀。但人家有者，不常見耳。此外有夫人李、佛手柑、菩提果，皆籞囿中佳植也。

餘甘與橄欖味相似，而實二物也。臨海異物志謂餘甘即橄欖，誤矣。餘甘形大小如彈丸，理如瓜瓣，初入口苦澀，末爲甘香。閩漳泉亦有之，但餘甘少而橄欖多，世人因東坡有「餘甘回齒頰」之語，乃混而一之，可乎？

齊中多佳果，梨棗之外，如沙果花紅、桃李柿栗之屬，皆稱一時之秀，而青州之蘋婆，濮州之花謝甜，亦足敵吳下楊梅矣。

楊梅以吳興太子灣者爲佳，紫黑若桑椹，入口甘而不酢。又有一種白色者，名爲水精楊梅。余於己酉夏避暑吳山，臧晉叔見餉數十顆，甘美勝常，家人驚異傳翫，以爲在吳興五年所未嘗見也。

青州雖爲齊屬，然其氣候大類江南，山饒珍果，海富奇錯，林薄之間，桃李樝梨，柿杏蘋棗，紅白相望，四時不絕。市上魚蠏，腥風逆鼻，而土人不知貴重也。有小蠏如彭越狀，人家皆以喂猫鴨。大至蛑〔一〕蝤、黄甲，亦但醃藏臭腐而已。使南方人居之，使山無遺利，水無遺族，其富庶又不知何如也。

校勘記

〔一〕「蛑」，原作「蚌」，據寶樹堂本改。

五穀者，稻黍稷麥菽也。鄭司農注周禮，謂麻麥黍稷豆，而不及稻，豈鄭未至南方耶？「王之膳食用六穀」，鄭注「稻黍稷粱麥苽」；又「三農生九穀」，鄭注「稷、秫、黍、稻、麻、二豆、二麥」，其説互異，恐亦以臆斷耳。炙轂子云：「九穀者，黍、稷、麻、麥、稻、粱、苽、大小豆。」酉陽雜俎云：「九穀者，黍、稷、稻、粱、三豆、二麥。」然北方之穀尚有粟，有薥秫，有蕎麥，而豆之屬有黄豆、菉豆、黑豆、江豆、青豆、扁豆、豌豆、蠶豆，不啻三也。南方雖止於稻米，而稻之中已有十數種矣。后稷之時，已稱百穀，説者謂五穀之屬各有二十，合而爲百，近於穿鑿。百，成數也；五穀者，舉其大言之也。甘石星經又謂八穀應八星，八穀者黍、稷、稻、粱、麻、菽、麥、烏麻也，其星在河車之北，明則俱熟。

稻有水旱二種，又有秫田，其性粘軟，故謂之糯米，食之令人筋緩多睡，其性懦也。作酒之外，産婦宜食之。又謂之江米。陶彭澤公田五十畝，悉令種秫，蓋亂離之世，藉酒以度日耳。然督郵一至，便爾解綬，所種秫田，未嘗得升合之入也。所謂「張公吃酒李公醉」者耶，書此以發一笑。

百穀之外，有可以當穀者，芋也，薯蕷也。而閩中有番薯，似山藥，而肥白過之，種沙地中，易生而極蕃衍，饑饉之歲，民多賴以全活。此物北方亦可種也。按嵇含草木狀有甘藷，形似薯蕷，實大如甌，皮紫肉白，可蒸食之。想即番薯，未可知也。

燕齊之民，每至饑荒，木實樹皮，無不啖者，其有草根爲葅，則爲厚味矣。其平時如柳芽、榆莢、野蒿、馬齒莧之類，皆充口食。園有餘地，不能種蔬，競拔草根醃藏，以爲寒月之用。毛詩所謂「我有旨蓄以禦冬」者，想此類耳。彼詎知南方有淩冬彌茂之蔬耶？

京師隆冬有黄芽菜、韭黄，蓋富室地窖火坑中所成，貧民不能辦也。今大内進御，每以非時之物爲珍，元旦有牡丹花，有新瓜，古人所謂「二月中旬進瓜」，不足道也。其它花果，無時無之，蓋置炕中，温火逼之使然。然經年樹即枯死，蓋其氣爲火所傷故也。至於宰殺牲畜，多以慘酷取味。鵝鴨之屬，皆以鐵籠罩之，炙之以火，飲以椒漿，毛盡脱落，未死而肉已熟矣。驢羊之類，皆活割取其肉，有肉盡而未死者。冤楚之狀，令人不忍見聞。夫以供至尊，猶之可也，而巨璫富戚，轉相效尤，血海肉林，恬不爲意。不知此輩何福消受，死後當即墮畜生道中，受此業報耳。

重朿爲棗，竝朿爲棘，棘亦棗之類也。埤雅曰：「大者棗，小者棘。」棘蓋今酸棗之類。而棗樹之短者，亦蔓延針刺，鈎人衣服，其與荆棘又何别哉。惟脩而長之，接以佳種，遂見珍於天下，此亦君子小人之别也。其藥中諸果皆稱名，於棗獨加大字，明小者不足用也。

千年人參，根作人形；千年枸杞，根作狗形。中夜時出遊戲，烹而食之，能成地仙。然二物固難遇，亦難識也。相傳女道士師弟二人居深山中，其徒出汲井畔，常見一嬰兒，語其師，師令抱至，成一樹根。師大喜，搆火烹之，未熟，值糧盡，下山化米。師出門而水大漲，不得還。徒饑甚，聞所烹者香美，遂食之，三日噉盡。水落師還，則其徒已飛昇矣。又維揚一老叟，常擾衆酒食，一日邀衆治具，丐者數人捧二盤至，一蒸小兒，一蒸犬也。衆嘔噦不食，道士懇請不從，乃嘆息，自食之且盡，其餘分諸丐者，乃謂衆曰：「此千歲人參、枸杞，求之甚難，食之者白日昇天。吾感諸公延遇，特以相報，而乃不食，信乎仙分之難也。」言未已，羣丐化爲金童玉女，擁道士上昇矣。夫此二者，或遇之而不能識，或識之而不得食，而弟子及丐者以無意得之，豈非命而何？

偓佺食松實，形體生毛，兩目更方。山中毛女食柏葉，不饑不寒，不知年歲。彭鏗常食桂芝，八百餘歲。赤將子輿啖百草花，能隨風雨上下。魯定公母服五加皮，以致不死。張子聲服五加皮酒，壽三百年，房室不絕。任子季服茯苓，輕身隱形。韓衆服菖蒲，遍體生毛，隆冬裸袒。趙他子服桂，日行五百里。移門子服五味子，色如玉女。林子明服术，身輕歘舉。楚子服地黄，夜視有光。陵陽子仲服遠志，有子二十七，老更少容。杜子微服天門冬，八十年，日行三百里。庾肩吾服槐實，年七十餘，鬚鬢更黑。青城上官道人食松葉，九十如童。趙瞿餌松脂，百歲髮不白，齒不落。人於草木之實，餌之不輟，皆足補助血氣，培養壽命，但世人輕而不信耳。夫鉤吻、烏喙，足以殺人，人所共信也。惡者有損，善者豈得無益？與其服草木之實，縱無益而無害也，不猶愈於煉紅鉛，服金石，毒發而莫之救，求長生而返速斃乎？

閩廣人食檳榔，取其驅瘴癘之氣，至稱其四德，曰醒能使醉，醉能使醒，饑能使飽，飽能使饑。然檳榔破癥消積，殊有神效。余食後輒餌之，至今不能一日離也。按本草謂其能殺三蟲，下胸中至高之氣。夫余之百鍊剛化作繞指柔，亦已久矣，縱微服此，胸中寧復有至高之氣乎？本草原始曰：「賓與郎皆貴客之稱。交廣人凡賓客勝會，必先呈此，故以檳榔名也。」

北人雖有梨，而不甚珍之，且畏其性寒，多熟而啖。昔人謂得哀家梨，亦復蒸食者是已。至於菱藕之類，亦皆熟食。山樝彌滿山谷，什九爲童稚翫弄之具。惟閩人得之，能去其滓，煎作琥珀色。所謂楚有才而晉用之者也。

人食巴豆則瀉，鼠食巴豆則肥，神仙食巴豆則死。蓋仙家煉氣，皆用倒升泥丸之法，故云「順則成人，逆則成仙」。巴豆下氣而蕩滌臟腑、開通閉塞者也，故不利於仙。然使真仙，水火可入，豈一巴豆所能破哉。

藥中有孩兒茶，醫者盡用之，而不知其所自出。歷考本草諸書，亦無載之者。一云出南番中，係細茶末入竹筒中，緊塞兩頭，投污泥溝中，日久取出，搗汁熬製而成。一云即是井底泥，煉之以欺人耳。番人呼爲烏爹泥，又呼爲烏疊泥。俗因治小兒諸瘡，故名孩兒茶也。

昔臨川一士人家婢有罪，逃入深山中，見野草枝葉可愛，拔其根啖之，久而不饑。夜宿大樹下，聞草中動，以爲虎，懼而上樹避之。及曉下平地，欻然凌空，若飛鳥焉。如是數歲，家人采薪見之，捕之不得，乃以酒餌置往來路上，婢果來食，食訖遂不能去，與俱歸，指所食之草，視之乃黄精也。夫人豈必盡有仙骨，但能服食靈藥，便可長生矣。彼山麋野鶴，壽皆千歲，豈必脩道煉形哉，惟不食烟火耳。

山藥原名薯蕷，以避宋英宗諱，改名山藥，其種亦多。今閩中以山谷中所生大如掌者爲薯，而以圃中生直如槌者爲山藥，不知原一種而强分之也。

肉蓯蓉産西方邊塞上塹中及大木上，羣馬交合，精滴入地而生。皮如松鱗，其形柔潤如肉。塞上無夫之婦，時就地淫之。此物一得陰氣，彌加壯盛，採之入藥，能强陽道，補陰益精。或作粥啖之，云令人有子。

夷堅志載僧有病噎死者，剖其胃得蟲，諸藥試之皆不死。時方治藍，戲以藍汁澆之，即化爲水。然藍不獨治噎，兼治瘟疫，及解百毒，殺諸蟲。唐張延賞在蜀，有從事爲斑蜘蛛所螫，頭項腫如數升盌，幾不救。張出數千緡，募有能療之者。一游僧自云能，張命試之，遂取藍汁一盌，取蜘蛛投之，困不能動；又別搗藍汁，加麝香末，更取蜘蛛，投之即死；又更取藍汁、麝香，復加雄黄末和之，取一蜘蛛，投即化爲水。張與賓從皆異之，遂令傅患處，不兩日平復如常。故今治大頭瘟毒者多用之。

唐河東裴同父患腹痛，不可忍，臨終語其子曰：「吾死，可剖腹視之。」同從命，得一物，如鹿脯條，懸之乾久如骨。一客竊而削之，文彩焕發，遂以爲刀欛子。一日割三稜草飼馬，其欛悉消爲水，歸以問同，具言其故。今腹病者服三稜草多愈，此與藍汁治噎蟲同也。

迎春也，半夏也，忍冬也，以時名者也。劉寄奴也，徐長卿也，使君子也，王孫也，杜仲也，丁公藤也，蒲公英也，以人名者也。鹿跑草也，淫羊藿也，麋銜草也，以物名者也。高良、常山、天竺、迦南，以地名者也。虎掌、狗脊、馬鞭、烏喙、鵝尾、鴨蹠、鶴蝨、鼠耳，以形名者也。預知子、不留行、骨碎補、益母、狼毒，以性名者也。無名異、没石子、威靈仙、没藥、景天、三七，則無名而强名之者也。牝鹿銜草，以飴其牡；蜘蛛齧芋，以磨其腹。物之微者，猶知藥餌，而人反不知也，可乎？

藥有五天：決明爲肝天，紫苑爲肺天，神麯爲脾天，遠志爲心天，從容爲腎天。

藥中有紫稍花，非花也，乃魚龍交合，精液流注，黏枯木上而成。一云龍生三子，一爲吉弔，上岸與鹿交，遺精而成，狀如蒲槌，能壯陽道，療陰痿。此與肉蓯蓉大略相似。夫人之精氣，自足供一身之用，乃以斲喪過度，而藉此腥穢污濁之物，以求助長之效，鮮有不速其斃者也。

神農嘗百草以治病，故書亦謂之本草。可見古之入藥者，不過草根木實而已。其後推廣，乃及昆蟲。然殺衆物之生，以救一人之病，非仁人之用心也。况醫之用及昆蟲，又百中之一二乎？孫思邈道行高潔，法當上昇，因著千金方中有水蛭、螻蛄，爲天帝所罰。故能却而不用，亦推廣仁術之一端耳。

今本草中，禽獸昆蟲，巨細必載，大自虎狼鸛鶴，小至蚊蚋蜂蚓，無不畢備，遂令殺生以求售者，日盈於市。余見山東蒙陰取蠍者，發巨石，下探其窟穴，計以升斗，以火逼死，纍纍盈筐。此物不良，死固不足惜，然藏山谷中者，何預人事，而取之不休，亦可憫也。至於蝦蟆黿蛇之屬，皆靈明有知，而刲腸剔骨，慘酷異常。又其大者，針鹿取血，剥驢爲膠。即可以長生不死，君子不爲也，而况未必效乎？

蝦蟆於端午日知人取之，必四遠逃遁。麝知人欲得香，輒自抉其臍。蛤蚧爲人所捕，輒自斷其尾。蚺蛇膽曾經割取者，見人則坦腹呈創。物類之有知如此，不獨雞之憚爲犧也。

蛤蚧，偶蟲也，雄曰蛤，雌曰蚧，自呼其名，相隨不捨。遇其交合捕之，雖死牢抱不開，人多采之以爲媚藥。又有山獺，淫毒異常，諸牝避之，無與爲偶，往往抱樹枯死，其勢入木數寸，破而取之，能壯陽道，視海狗腎功力倍常也。今山東登萊間，海狗亦不可多得，往往僞爲之，迺取狗腎而縫合於牝海狗之體，以欺人耳。蓋此物一牡管百牝，牡不常得故也。齊東埜語云：「山獺出南丹州，土人名之曰插翹，一枚直黄金數〔一〕兩。」

校勘記

〔一〕「數」，原作「二」，據齊東野語卷二十山獺治箭毒條改。

蠱蠱北地所無，獨西南方有之。閩、廣、滇、貴、關中、延綏、臨洮皆有之，但各處之方有不同耳。閩廣之法，大約以端午日取蛇、蜈蚣、蜥蜴、蜘蛛之屬，聚爲一器，聽其自咬，其它盡死，獨留其一，則毒之尤矣。以時祭之，俾其行毒。毒之初行，必試一人，若無過客，則以家中一人當之。中毒者絞痛吐逆，十指俱黑，嚼豆不腥，含礬不苦，是其驗也。其毒遠發十載，近發一時，初覺之時，尚可用甘草、菉豆諸藥解之，及真麻油吐之，三月以後，不可爲也。又有挑生蠱，食雞魚之類，皆變爲生者。又能易人手足及心肝腎腸之屬，及死視之，皆木石也。又有金蠶毒，川筑多有之，食以蜀錦，其色如金，取其糞置飲食中，毒人必死。能致它人財物，故祀之者多致富。或不祀，則多以金銀什物，裝之道左，謂之嫁金蠶。夷堅志所載：「有得物者，夜而蛇至，其人知其蠱也，生捉而啖之至盡，飲酒數斗而卧，帖然無恙。」説海載福清有訟金蠶毒者，取二刺蝟，取之立得。然今福清不惟無金蠶，亦無刺蝟也。

宋宣和間，有貴妃病嗽，侍醫李姓者診治，百計不效，而痰喘愈甚，面目浮腫如盤。上臨幸見之，深以爲憂，責李三日不效，取進止。李技窮，夫婦相泣，中夜聞有賣藥者呼曰：「專治痰嗽，一文一貼，永不再發。」李以十錢易十貼，尚疑草藥性厲，先以二貼自服之，無恙。旦攜以入，一服而瘥，比旰如常。上大喜，兩宮賜賚逾千緡。李恐内中索方無以對，亟令物色賣藥者，以百金請其方。曰：「我軍人也，貧窮一身，豈用多金哉。」李固予之，曰：「此不過天花粉、青黛二種耳。此藥易辨，故持以度口，非有它也。」李拜謝之。

世宗末年，一日患喉閉，甚危急，諸醫束手。江右一糧長運米入京，自言能治。上親問之，對曰：「若要玉喉開，須用金鎖匙。」上首肯之，命處方以進，一服而安，即日授太醫院判，冠帶而歸。後有人以此方治徐華亭者亦效，徐予千金，令上坐，諸子列拜之，曰：「生汝父者此君也，恩德詎可忘哉。」金鎖匙即山豆根也。以一草之微，而能爲君相造命，而二人者或以貴，或以富，始信張寶藏以蓽撥一方得三品官不虛也。

江左商人左膊上有人面瘡，亦無它苦。戲滴酒口中，其面亦赤，以物飼之，亦能食，食多則膊内肉脹起，疑其胃也，不食之則一臂瘠焉。有醫者教以歷試草木金石之藥，皆無苦，惟至貝母，則聚眉閉口。商人喜曰：「此藥必可治也。」以葦筒抉其口灌之，遂結痂而愈。此與藍之治噎蟲、雷丸之治應聲蟲相類。然本草於貝母但言其治煩熱邪氣、疝瘕喉痹，安五臟，利骨髓而已，不言其有殺蟲之功也。豈人面瘡亦邪熱所結耶？又一書載人面瘡乃黿錯所化以報袁盎者，則又生前宿冤，非貝母所能療矣。

孟子謂「七年之病，求三年之艾」，故艾以老者爲良。人五十曰艾，然少者亦謂之艾，何也？春秋外傳曰：「國君好艾，大夫殆。」孟子曰：「知好色則慕少艾。」一說謂艾者外也，妻子爲内，少艾爲外也。此說甚新，姑筆之。凡灸艾，以圓珠承日得火者爲上，鑽槐取火次〔一〕之，而熬藥膏者又以桑火爲上，取其剛烈能助藥力，蓋各有所宜也。

校勘記

〔一〕「次」，原作「取」，據寶樹堂本改。

唐鄭相國自叙云：「予爲南海節度，年七十有五。越地卑濕，傷於内外，衆疾俱作，陽氣衰絕。服乳石補益之劑，百端不應。元和七年，訶陵國舶主李摩訶知予病狀，遂傳此方并藥，予疑而未服。摩訶稽顙固請，乃服之，經七八日，漸覺應驗，自爾常服，其功如神。

十年二月，罷郡歸京，録方傳之：破故紙十兩，擇淨皮洗過，搗篩令細。用胡桃瓤三十兩，湯浸去皮，細研如泥，即入前末，好蜜和勻，盛瓷器中。旦日以煖酒二合調藥一匙服之，便以飯壓。如不飲酒，熟水代之。彌久則延年益氣，悦心明目，補添筋骨。但禁食芸臺、羊血，餘無忌也。」

何首烏五十年大如拳，服一年則鬚髮黑；百年大如椀，服一年則顔色悦；百五十年大如盆，服一年則齒更生；二百年大如斗，服一年則貌如童子，走及犇馬；三百年大如三斗栲栳，其中有鳥獸山嶽形狀，久服則成地仙矣。

草木之藥，可以延年續命者多矣，而世獨貴人參，以其出自殊方，它處稀得，蓋亦家雞野鵠之喻也。人參出遼東、上黨者最佳，頭面手足皆具，清河次之，高麗、新羅又次之。嘗有贊曰「三椏五葉，背陽向陰」，故唐韓翃詩曰「應是人參五葉齊」是也。今生者不可得見，其入中國者皆繩縛蒸而夾之，故上有夾痕及麻線痕也。新羅參雖大，皆用數片合而成之，其功力反不及小者。擇參惟取透明如肉，及近蘆有横紋者，則不患其僞矣。

參在本地價甚不高，中國人轉市之，度山海諸關納稅，而上之人求索無窮，近加以内監高淮每一檄取，動以數百斤計，故數年以來，佳者絶不至京師，其中上者亦幾與白鑞同價矣。王荆公有言：「平生無紫團參，亦活到今日。」今深山荒谷之民，茹草食藿，不知藥物爲何事，而彊壯壽考，不聞疾病。惟富貴膏粱之家子弟婦人，起居無節，食息不調，而輒恃參术之功，遠求貴售，若不可須臾離者，卒之病殤夭札，相繼不絶，亦何益之有哉。

醫家有取紅鉛之法，擇十三四歲童女美麗端正者，一切病患殘疾、聲雄髮粗及實女無經者俱不用，謹護起居，候其天癸將至，以羅帛盛之，或以金銀爲器，入磁盆内，澄如硃砂色，用烏梅水及井水河水，攪澄七度，曬乾，合乳粉、辰砂、乳香、秋石等藥爲末，或用雞子抱，或用火煉，名紅鉛丸，專治五勞七傷、虚憊羸弱諸症。又有煉秋石法，用童男女小便，熬煉如雪，當鹽服之，能滋腎降火，消痰明目。然亦勞矣。人受天地之生，其本來精氣，自足供一身之用。少壯之時，酒色喪耗，宴安鴆毒，厚味戕其内，陰陽侵其外，空餘皮骨，不能自持，而乃倚賴於腥臊穢濁之物，以爲奪命返魂之至寶，亦已愚矣。况服此藥者，又不爲延年祛病之計，而藉爲肆志縱欲之地，往往利未得而害隨之，不可勝數也。滁陽有聶道人，專市紅鉛丸。廬州龔太守廷賓時多内寵，聞之甚喜，以百金購十丸，一月間盡服之，無何九竅流血而死。可不戒哉。

金石之丹，皆有大毒，即鍾乳、硃砂，服久皆能殺人，蓋其燥烈之性，爲火所逼，伏而不得發，一入腸胃，如石灰投火，烟焰立熾，此必然之理也。唐時諸帝如憲文敬懿之屬，皆爲服丹所誤。宋時張聖民、林彦振等皆至發瘍潰腦，不可救藥。近代張江陵末年服丹，死時膚體燥裂，如炙魚然。夫鍊丹以求長生也，今乃不能延齡，而反以促壽，人何苦所爲愚而恬不知戒哉。蓋皆富貴之人，志願已極，惟有長生一途，欲之而不可得，故奸人邪術，得以投其所好，寧死而不悔耳，亦可哀也。

金石無論，即兔絲、杜仲，一切壯陽之劑，久服皆能成毒發疽，老學庵所載可見。至於紫河車，人皆以爲至寶，亦不宜常服。此藥醫家謂之混元毬，取男胎首生者爲佳。丹書云：「天地之先，陰陽之祖。乾坤之橐籥，鉛汞之匡廓。胚胎將兆，九九數足。我則乘而載之，故謂之河車。紫，其色也。」此藥雖無毒，而性亦大熱，虚勞者服之，恐長其火，壯盛者服之，徒增其燥。夫天地生人，清者爲氣，濁者爲形，父精母血，凝合而成，氣足而生，致寶具矣。胞衣者乃臭腐之胚胱，血肉之渣滓，故一旦瞥然脱胎下世，猶神仙之委蜕也。

人生已棄之物，寧復藉此而補助哉。況聞胞衣爲人所烹者，子多不育，故産蓐之家，防之如仇。惟有無賴乳媪，貪人財賄，乘間竊之，以希厚直耳。夫忍於夭殤人子，以自裨益，仁者且不爲也，而況未必其有功，而徒以靈明高潔之府，爲藏污納穢之地也。

泰山有太乙餘糧，視之石也。石上有甲，甲中有白，白中有黄。相傳太乙者禹之師也，嘗服此而棄其餘，故名。又有石中黄，即餘糧之未凝者，水溶若生雞子焉。又會稽有石，亦重疊包裹，而中有粉如麪者，名禹餘糧。皆治欬逆，破瘕癥，恐是一物，因其黄白二色，所産異地，而分别之耳。其益州所産空青，則中但有清水，而無重疊也。語曰：「醫家有空青，天下無盲人。」余友陳幼孺瞽疾，有人遺之者，延醫治之，竟不效也。

人啖豆三年，則身重難行，象肉亦然。啖榆，則眠不欲覺。食燕麥，令人骨節解斷。食燕肉，入水爲蛟龍所吞。食冬葵，爲狗所齧，瘡不得差。食菉豆，服藥無功。藕與蜜同食，可以休糧。大豆多食，可以不饑。芎藭常服，令人暴亡，銀杏亦然。余五六歲時，食銀杏過多，卒然暈眩仆地，死半日方甦，亦不知其所由活也。

黿脂可以燃鐵，駝糞能殺壁蟲。瓜兩蒂、菓雙仁者，皆能殺人。生人髮挂樹上，烏鳥不敢食其實。栗子於眉上擦三過，則燒之不爆。誤吞銅鐵，荸薺解之；誤吞稻芒，鵝涎解之；誤吞木屑，鐵斧磨水解之；誤吞水蛭，田泥解之。中鶻鵃毒，薑汁解之；中諸藥毒，甘草解之；中砒毒，菉豆解之；中鉛錫毒，陳土甘草湯解之；中蛇毒，白芷解之；中麵毒，蘿蔔解之；中瘈狗毒，斑猫解之；中菌蕈毒，地漿解之。烟薰死者，蘿蔔汁解之。諸蟲入耳，生油灌之。此皆人之所忽，不可不知也。

閩中一軍將，因夜行飲水，覺有物黏鼻間，自是患腦痛不可忍，色黄如蠟，醫巫百端莫能愈，懸百金募療之者。一村甿夜卧荒廟中，聞二鬼語曰：「我輩受某家祭賽多矣，其病本易治，但醫不識耳。」一鬼曰：「奈何？」曰：「取壁間蠮螉窠泥，和飯汁，吹入鼻中，俟其嚏，可見矣。」遂喏而散。翌日甿往揭榜，如法療之。初覺鼻中攪痛暈絶，有頃大嚏，有馬蝗大小數十皆隨之出，已死矣，宿疾豁然。余按宋寶祐間，龍興富家子患壁虱事，政與此同。人不能治，而鬼識之，蓋天假手以治斯人也。

五雜組卷之十二

物部四

太公筆銘云「毫毛茂茂，陷水可脱，陷文不活」，則周初已有筆矣。衛詩稱「彤管有煒」，援神契孔子作孝經「簪縹筆」，又「絶筆於獲麟」，莊子「畫者吮筆和墨」，則謂筆始蒙恬，非也。崔豹古今注謂「恬始作秦筆，以枯木爲管，鹿毛爲柱，羊毛爲被，所謂蒼毫，非兔毫竹管也」，果爾則退之毛潁傳謂中山人蒙恬賜以湯沐者，亦誤矣。

古人書鳥文小篆，似不用筆亦可，自真草八分興，而筆之權逾重矣。鍾繇、張芝、王右軍皆用鼠鬚，歐陽通用狸毛爲心，蕭祭酒用胎髮爲柱，張華用鹿毛，嶺南郡牧用人鬚，陶景行用羊鬚。鄭虔謂麝毛一管可書四十張，狸毛八十張。又有用豐狐、蝸蛉、龍筋、虎僕，及猩猩毛、狼毫、鴨毛、雀雉毛者，恐皆好奇之過。要其純正得宜，剛柔相濟，終不及山中之兔，下此則羊毫耳。然羊毫柔而無鋒，終非上乘。

王右軍嘗嘆江東下濕，兔毛不及中山，然唐宋推宣城，自元以來，造筆之工，即屬吴興，北地作者，不敢望也。吴興自兔毫外，有鼠毫、羊毫二種，近乃以兔毫爲柱，羊毫輔之，剛柔適宜，名曰巨細，其價直百錢，然行書可用，楷非所宜。

草書筆須柔，然過柔無鋒，近墨猪矣。皇象謂「草書欲得精毫莬筆委曲宛轉不叛散者」，非神手不能道此筆中事也。

巨細筆直柔耳，若要楷書，正鋒須是純毫。大約鋒欲其長，管欲其小，頭欲其牢，柱欲其細，吴興作家多不辦此也。

南北異宜，兔毫入北地，一經霜風即脆，故長安多用水筆，然不過宜於庸胥輩耳。今書家賣字爲活者，大率羊毫，不但柔便耐書，亦賤而易置耳。古人退筆成塚，倘有百錢之直，貧士安所辦此？

漢揚子雲「把三寸弱翰，賚油素四尺〔一〕，問異語」。弱翰，柔毛筆也，故今人相沿動稱柔翰，然則筆之尚柔，其來久矣。

校勘記

〔一〕「油素四尺」，原作「白素三尺」，據揚雄答劉歆書改。

相傳宣州陳氏世能作筆，有右軍與其祖求筆帖藏於家。至唐柳公權求筆，老工先與二管，語其子曰：「柳學士如能書，當留此筆；若退還，可以常筆與之。」既進，柳果以爲不堪用，遂與常筆，乃大稱佳。陳退嘆曰：「古今人不相及，信遠矣。」余謂柳書與王所以異者，剛柔之分耳。右軍用鼠鬚筆，想當苦勁，非神手不能用也。歐虞尚用剛筆，蘭臺漸失故步，至魯公、誠懸，雖有筋肉之别，其取態一也，宜其不能用右軍之筆耳。公權又有謝筆帖云：「蒙寄筆，出鋒太短，傷於勁硬。所要優柔，出鋒須長，擇毫須細。管不在大，副切須齊。副齊則波擎有憑，管小則運動省力。毛細則點畫無失，鋒長則洪潤自由。」即此數語，公權之用筆可知矣。

筆之所貴者，毫中用耳。然古今談咏，多及鏤飾，劉婕妤折琉璃筆管，晉武賜張茂先麟角爲管，袁彖贈庾廣象牙筆管。南朝筆工鐵頭者，能瑩管如玉。湘州守贈李德裕斑竹管，段成式寄温飛卿葫蘆筆管。西京雜記：「天子筆管，以錯寶爲跗，雜寶爲匣，厠以玉璧翠羽。」漢末一筆之匣，雕以黄金，飾以和璧，綴以隋珠，文以翡翠。湘東王筆有三等，金玉爲上，銀竹次之。至於王使君，以鼠牙刻筆管作從軍行，人馬毛髮，屋宇山川，無不畢具。噫，精則極矣，於筆何與？譬之擇姝者，不觀其貌，而惟衣飾之是尚也。惑亦甚矣。

歐陽通能書者也，猶以象牙犀角爲筆管，況庸人乎？右軍謂：「人有以琉璃象牙爲筆管者，麗飾則有之，然筆須輕便，重則躓矣。惟有緑沉漆竹及鏤管可愛。」余謂筆苟中書，即緑沉漆鏤，亦不必可也。

蔡君謨云：「宣州諸葛高造鼠鬚及長心筆絶佳。常州許頔所造二品，亦不減之。」則君謨尚用鼠鬚筆也。今吴興作者，間用鼠狼毫，臧晉叔以貂鼠令工製之，曾寄余數枝，圓勁殊甚，然稍覺肥笨，用之亦苦不能自由，政不知右軍、端明所用，法度若何耳？

鼠鬚苦勁，何以中書？陸佃埤雅云：「栗鼠蒼黑而小，取其毫於尾，可以製筆，世所謂鼠鬚栗尾者也，其鋒乃健於兔。」然則實尾而名以鬚耳。栗鼠若今竹鼦之類，亦非家鼠也。

僞唐宜王從謙喜用宣城諸葛氏筆，名爲翹軒寶帚。君謨所謂諸葛高者，想其子孫也。吴興元時馮應科筆，至與子昂、舜舉，擅名三絶，可謂幸矣。今之工者，急於射利，而不顧敗名；上之取者，虧其價值，而不擇好醜。故湖筆雖滿天下，而真足當臨池之用者，千百中一二也。

硯則端石尚矣，不但質潤發墨，即其體裁，渾素大雅，亦與文館相宜。無論琉璃金玉，靡俗可憎，即龍尾、紅絲見之，亦當爽然自失。政似邢夫人衣故衣時，能令尹夫人自痛不如也。

梁皇象論草書宜得精毫菀筆委曲婉轉不叛散者，紙欲滑密不沾污者，墨欲多膠紺黝者。竟陵云：「子邑之紙，妍妙輝光；仲將之墨，一點如漆；仲英之筆，窮神盡意。」獨於硯無稱焉，蓋硯視三者，稍可緩耳。今人知寶數十百金之硯，而不知精擇紙筆，以觀美則可耳，非求實用者也。子邑，左伯字。仲英，當作「伯英」，張芝字，考韋〔一〕誕奏魏公書可見。

柳公權論硯，以青州爲第一，絳州次之，殊不及端。今青州所出石，即紅絲硯也。唐彦猷

校勘記

〔一〕「韋」，原誤作「章」，今改正。

亦謂紅絲石爲天下第一，蔡君謨問其故，曰：「墨黑物也，施於紫石則曖昧不明，在紅黄則色自現，一也；斫墨如漆，石有脂脉，能助墨光，二也。」其言甚辨，然余習於用端，有解有未解耳。

唐李咸用端溪硯詩有「着指痕猶濕，經旬水未低。鴝眼工諳謬，羊肝士乍封。捧受同交印，矜持過秉珪」等語，劉夢得謝人惠端州石硯詩「端州石硯人間重」，李賀青花石硯歌云「端州匠者巧如神，露天磨劍割紫雲」，則知唐人原重端硯。朱新仲猗覺寮雜記又載柳公權論硯云「端溪石爲硯至妙，益墨。青紫色者，可直千金」，則非不知貴也，難得故耳。

蔡君謨云：「東州可謂多奇石，自紅絲出後，有鵲金黑玉硯，最爲佳物。新得黄玉硯，正如蒸栗。續又有紫金研。又得褐石黑角石，尤精。向者但知有端巖、龍尾，求之不已，遂極品類。余之所好，有異於人乎？」近代温陵〔一〕參知蔡一槐酷好研石，足跡半天下，凡遇片石佳者，必收行囊中，常有數十百枚。蔡氏可謂世有研癖矣。

校勘記

〔一〕「温陵」，原作「莆田」，據寶樹堂本改。

端研雖有活眼、死眼之别，然石之有眼，猶人之有斑痣，其貴原不在此。但端石多有眼，以此别其爲端耳。宋高宗謂端研如一段紫玉，瑩潤無瑕乃佳，不必以眼爲貴。余謂石誠佳，即新者自可，亦不必以舊爲貴也。

今之端硯，池皆如線，無受水處，亦無蓄墨瀋處，其傍必置筆池。若大書，必置椀盛墨，亦頗不便。間有斗槽者，便爲減價。此但論工拙耳，非擇硯者也。余蓄研多擇有池者，吾取其適用耳，豈以賣研爲事哉。及考宋晁以道藏研，必取玉斗樣，每曰：「硯石無池受墨，但可作枕耳。」乃知千古之上，亦有與余同好者。

宋時供御大内，無非端石，航海之難，舟覆於莆之涵頭，禁中之硯，盡落民間。然其始人尚未知貴重，其後吳人有知之者，微行以賤直購之，久而漸覺，價遂騰湧，高者直百金，低亦不下一二十金。而莆人耳目既熟，轉市新石，妙加鐫琢，視之宋硯，毫髪不殊，散之四方，於是吳人轉爲所欺矣。

銅雀瓦雖奇品，然終燥烈易乾，乃其發墨，倍於端矣。洮河緑石，貞潤堅緻，其價在端上，以不易得也。江南李氏有澄泥硯，堅膩如石，其實陶也。有方者、六角者，旁刻花鳥甚精，四週有羅箋紋，較之銅雀，又爲良矣。

馬肝龍卵，色之正也；月暈星涵，姿之奇也；魚躍雲興，石之恠也；結隣壁友，名之佳也；稠桑栗岡，地之僻也；金月雲峰，製之巧也；芝生虹飲，器之瑞也；青鐵浮楂，質之詭也；頗黎玉函，用之靡也；磨穴腹窪，業之篤也；盧擲陶碎，道之窮也。

揚雄、桑維翰皆用鐵硯，東魏孝静帝用銅硯，景龍文館用銀硯。今天下官署皆用錫硯，俗陋甚矣。

「一日呵得一擔水，纔直二錢」，廉者之言也，然亦殺風景矣。質潤生水，自是硯之上乘，譬之禾生合穎，麥秀兩岐，可謂多得一石穀，纔直二百錢乎？蕭穎士謂石有三灾，當併此爲四也。

韓退之毛穎傳名硯爲陶泓；鄭畋、盧攜擲硯相詬，王鐸嘆曰「不意中書有瓦解之事」，則唐人硯尚多用瓦也。

袁象贈庾易〔一〕以蜯硯，蔣道支取水上浮查爲硯，則硯之不用石蓋多矣。

校勘記

〔一〕「易」，原作「翼」，據南史卷五十庾易傳改。

古人書之用墨，不過欲其黑而已，故凡烟煤，皆可爲也。後世欲其發光，欲其香，又欲其堅，故造作百端，淫巧還出，價侔金玉，所謂趨其末而忘其本者也。

三代之墨，其法似不可知，然周書有涅墨之刑，晉襄有墨縗之制；又古人灼龜，先以墨畫龜，則謂古人皆以漆書者，亦不然也。又云古有黑石，可磨汁而書。然黑石僅出延安，晉陸雲與兄書謂三臺上有藏者，則亦稀奇之物，安得人人而用之？況墨之爲字，從黑從土，其爲煤土所製無宜，但世遠不可考耳。至漢始有隃麋之名，至唐始有松烟之制。然三國時皇象論墨，已有多膠黝黑之説，則謂魏晉以前皆用漆而不用膠者，亦誤也。至於用珠，則自李廷珪始；用腦麝金箔，則自宋張遇始，自此而競爲淫巧矣。按太白詩有「蘭麝凝〔二〕珍墨」之語，則唐墨已用麝。

校勘記

〔一〕「凝」，原作「疑」，據寶樹堂本改。

李廷珪唐僖宗時人，其墨在宋時如王平甫、石昌言、秦少游、蔡君謨輩，皆有藏者。國朝馬愈日抄言在英國府中曾一見之。今又百五十年矣，大内不可知，人間恐不可復得，即張遇、陳朗、潘谷皆無〔一〕存者，以今之墨不下往昔故也。

校勘記

〔一〕「無」，寶樹堂本作「罕」。

廷珪自易徙歙，遂爲歙人，則歙墨源流，其來久矣。廷珪弟廷寛，寛子承宴，宴子文用，皆世其業，而漸不逮。又有柴珣、朱君德小墨，皆唐末五代〔一〕知名者。張遇、王迪、葉茂實、潘谷、陳朗、陳惟達、李仲宣，宋墨之良者也。元有朱萬初，純用松烟。國朝方正、羅小華、邵格之皆擅名一時。近代方于魯始臻其妙，其三十前所作九玄三極，前無古人。最後程君房與爲仇敵，製玄元靈氣以壓之。二家各爭其價，紛拏不定。然君房大黽亡命，不齒倫輩，故士論迄歸方焉。

校勘記

〔一〕「五」，原作「三」，據文意改。

李廷珪墨每料用真珠三兩，搗十萬杵，故堅如金石。羅小華墨亦用黄金珍珠雜搗之，水浸數宿，不能壞也。羅墨今尚有存者，亦將與金同價矣。宋徽宗以蘇合油搜烟爲墨，雜以百寶，至金章宗購之，每兩直黄金一斤。夫墨苟適用，藉金珠何爲？淫巧奓靡，此爲甚矣。今方程二家墨，上者亦須白金一斤易墨三斤，聞亦有珍珠麝香云。余同年方承郁爲歙令，自造青麟髓，價又倍之。近日潘方凱造開天容墨，又倍之，蓋復用黄金矣。然以爲觀美，則外視未必佳；以爲適用，則亦無以甚異也。此又余之所不解也。

墨太陳則膠氣盡而字不發光，太新則膠氣重而筆多纏滯，惟三五十年後，最宜合用。方正墨今用之已作煤土色矣，不知仲將何以一點如漆？或曰古墨用漆，故堅而亮，今秖用膠，故數經徽濕則敗矣。余家藏歙墨之極佳者，攜至京師，冬月皆碎裂如礫，而廷珪當時政在易水得名，恐用漆之説不誣耳。

徐常侍得李超墨一挺，長近尺餘，兄弟日書五千字，凡用十年乃盡。宋元嘉墨，每丸作二十萬字。乃知昔墨不獨堅而耐磨，亦挺質長大。羅小華墨雖貴重，每挺皆二兩餘，規者五兩餘。近來方程墨苦於太小，大僅如指，用之易盡，而青麟髓、開天容尤小，家居無事，每遇乞書狼籍時，不一月輒盡，且亦不便於磨也。

方于魯有墨譜，其紋式精巧，細入毫髮，一時傳翫，紙爲涌貴。程君房作墨苑以勝之，其末繪中山狼傳，以詆方之負義。蓋方微時曾受造墨於法於程，迨其後也，有出藍之譽，而君房坐殺人，擬大辟，疑方所爲，故恨之入骨。二家各求海内詞林縉紳爲之游揚，軒輊不一。然論墨品人品，恐程終不勝方耳。

于魯近來所造墨，亦不逮前。萬曆戊戌秋，余親至于魯家，令製長大挺，每一挺四兩者，然求昔年九玄三極料已不可得。又十年于魯死，子孫急於取售，其所製益復不逮矣。大率上人之求取無厭，而市者之賞鑒難得，自非巨富而護名，何苦而居難售之貨？此亦天下之通弊也。

唐陶雅爲歙州刺史，責李超云：「爾近所造墨，殊不及吾初至郡時，何也？」對曰：「公初臨郡，歲取墨不過十挺，今數百挺未已，何暇精好爲？」噫，今之守令取墨，豈直數百挺而已耶。

古人養墨，以豹皮囊，欲遠其濕。又云宜以漆匣密藏之，欲滋其潤。

今人謂紙始造於蔡倫，非也。西漢趙飛燕傳「篋中有赫蹏書」，應劭〔一〕云「薄小紙也」，孟康曰「染紙令赤而書，若今黄紙也」，則當時已有紙矣。但倫始煑穀皮麻頭，及敝布魚網，搗以成紙，故紙始多耳。

校勘記

〔一〕「劭」，原誤作「邵」，今改正。

澄心堂紙今尚有存者，然余見之不多，未敢辨其真僞也，宋箋差可辨耳。陳後山云：「澄心堂乃南唐烈祖節度金陵之燕居也，世以爲元宗書殿，誤矣。」蔡端明云：「其物出江南池歙二郡，今世不復作。」蜀牋不耐久，其餘皆非佳品。」宋時去南唐不遠，此紙散落人間尚多，今則絶無而僅有。梅聖俞有詩謝歐公送澄心堂紙云：「江南李氏有國日，百金不許市一枚。當時國破何所有，帑藏空竭生莓苔。但存圖書及此紙，棄置大屋牆角堆。幅狹不堪作詔令，聊備粗使供鸞臺。」可見宋時此紙之多。宋子京作唐書，皆以澄心堂紙起草。歐公作五代史亦然。而今五百年間，貴如金玉，可爲短氣。

今世苦無佳紙，柬帖腐爛不必言，綿料白紙頗耐，然澀而滯筆。古人箋多砑光，取其不留也。華亭粉箋，歲久糢糊，愈不可堪。蜀薛濤箋亦澀，然着墨即乾，但價太高，尋常豈能多得耶？高麗繭紙，膩粉可喜，差易購於薛濤，然歲久則蛀。自此而下，灰者竹者，非胥曹之羔雉，即刍厕之芻狗耳。不意剡溪子孫，不振乃爾。

宋之諸帝，留心翰墨，故文房所製，率皆精品。澄心堂紙之外，蜀有玉版，有貢餘，有經屑，有表光；歙有墨光，有冰翼，有白滑，有凝光。又越中有竹紙，江南有楮皮紙，温州有蠲紙，廣都有竹絲紙，循州有藤紙，常州有雲母紙，又有香皮紙、苔紙、桑皮紙、芨皮紙。蔡君謨言績溪、烏田、古田、由拳、惠州紙皆知名，今試觀宋人書畫，紙無一不佳者，可知其製造之工且多也。

蔡君謨嘗禁所部不得用竹紙，蓋有獄訟未決，而案牘已零落者。至於今時，有剛連、連七、毛邊之目，尤極腐爛，入手即碎，而人喜用之者，價直輕爾。毛邊之用，上自奏牘，下至柬帖短札，徧於天下，稍濕即腐，稍藏即蠹，紙中第一劣品，而世用之不改者，光滑便於書也。

印書紙有太史老連之目，薄而不蛀，然皆竹料也。若印好板書，須用綿料白紙無灰者，閩浙皆有之，而楚蜀滇中綿紙瑩薄，尤宜於收藏也。

作字高麗、薛濤不可常得矣，綿紙砑光，差宜於筆墨。余在山東，爲魯藩作書，内中有香箋數幅，甚貴重之，然亦是毛邊之極厚者，加以香料，而打極緊滑，書不留手，甚覺可喜，但未知耐藏否耳。初書行草二幅，俱不當意，最後書赤壁賦，計格截然，上下整齊，乃大稱善，尤可笑也。

歐陽率更不擇紙筆，無不如意，而蔡中郎非紈素不下筆。然既能書，亦須自愛重。魏晉人墨迹，類是第一等諸先生，即宋元猶然。今人不擇紙而書者多矣，亦由請乞太濫，粗惡競進，却之則重拂其意，易之則責人以難，故往往以了酬應耳。

饒州有鄱陽白，長如一疋絹。元李氏藏古紙，長二丈餘。今世有一種碧紙，亦長丈餘，不知何處所造〔一〕，甚爲鉅麗，但爛澁不中書耳。

校勘記

〔一〕「不知何處所造」，寶樹堂本作「蓋出江右所造」。

紙須白而厚，堅而滑；筆須健而圓，長而輕；墨須黑而有光；硯須寬而發墨。置之明窓净几，時書一二段文選小説，亦人間至樂也。

昔人書字，多用箋素，書於扇者蓋少，故右將軍書六角扇，老嫗爲之不懌。即宋元人書畫，見便面者，不一二也。今則以扇乞書者，多於紙矣。然元以前，多用團扇，絹素爲之，未有摺者。元初東南夷使者持聚頭扇，人共笑之。國朝始用摺扇，出入懷袖殊便。然漢張敞以便面拊馬，則又似今之摺扇也。

古人多用羽毛之屬爲扇，故扇字從羽。漢時乘輿用雉尾扇，周昭王時聚鵲翅爲扇，諸葛武侯、吴猛皆執白羽扇，庾翼上晉武帝毛扇。今世輒以毛扇爲賤品，上自宫禁，下至士庶，惟吴蜀二種扇最盛行。蜀扇每歲進御餽遺不下百餘萬，上及中宫所用，每柄率值黄金一兩，下者數銖而已。吴中泥金，最宜書畫，不脛而走四方，差與蜀箑埒矣。大内歲時每發千餘，令中書官書詩以賜宫人者，皆吴扇也。

蜀扇譬之内酒，非富人笥中，則婦女手中耳。吴扇初以重金粧飾其面爲貴，近乃并其骨製之極精。有柳玉臺者，白竹爲骨，厚薄輕重，稱量無毫髮差爽，光滑可鑒，每柄值白金半兩，斯亦淫巧無用者矣。

扇之有墜，唐前未聞。宋高宗宴大臣，見張循王扇有玉孩兒墜子，則當時有之矣。蓋起於宮中，不時呼喚，便於挂衣帶間。今則天下通用，而京師合香爲之者，暑月以辟臭穢，尤不可須臾去身也。

唐以前皆於揚州貢鏡，以五月五日取揚子江心水鑄之。凡鏡無它，但水清洌則佳矣。今之鏡，北推易水，南數吴興，亦以其水也，然易鏡不迨湖鏡遠甚。

秦鏡背無花紋，漢有四釘、海馬、蒲桃，唐製鼻紐頗大，及六角菱花，宋以後不足貴矣。凡鏡逾古逾佳，非獨取其款識斑色之美，亦可辟邪魅，禳火灾，故君子貴之。

今山東、河南、關中掘地得古塚，常獲鏡無數，它器物不及也。云古人新死未斂，親識來吊，率以鏡護其體，云以防屍氣變動，及殯則内之棺中。有一塚中鏡數百者，歲久爲屍血肉所蝕，又爲苔土所沁，成紅緑二色，如硃砂、鷓鴣、碧鈿諸寶相，斯爲貴矣。其傳世者，光黑如漆，不能成紅緑也。然臨淄人僞爲之者最多。

洛陽人取古塚中鏡破碎不全者，截令方，四片合成，加以柱，而成鑪焉，謂之鏡爐。製則新也，而質實舊物，置之案頭，猶勝饞鼎。

周火齊鏡，闇中視物如晝。秦方鏡，照人心膽。漢史良娣身毒鏡，照見妖魅。隋王度鏡，能却百病。唐葉法善鐵鏡，鑒物如水。長安任仲宣鏡，水府至寶，爲龍所奪。秦淮漁人鏡，洞見五腑六臟。王宗壽鏡，照見樓上青衣小兒。宋呂蒙正時朝士有古鏡，能照二百里。安陸石巖村鏡、何楚言河朔鏡，皆照十數里。徐鉉鏡，只見一眼。李士寧軒轅山鏡，洞見遠近。嘉祐中吴僧鏡，照見前途吉凶。孟蜀軍校張敵鏡，光照一室，不假燈燭。慶曆中宦者鏡，背鑄兔形，影在鑑中。盧彦緒鏡，背有金花，承日如輪。近時金陵軍人耕田得鏡半面，能照地中物，持之發塚掘藏，大有所得。又大中橋民陳某脩宅，垣中得長柄小鏡，照之則頭痛，持與人照，無不痛者。庚巳編載：「吴縣陳氏祖傳古鏡，患瘧者照之，見背上一物驚去，病即瘥。」余戊子歲在彭城見賣鏡者，其面如常，其背照之，則人影俱倒，斯亦異矣。

脩養家謂梳爲木齒丹，云每日清晨梳千下，則固髮去風，容顔悦澤。夫人一日之功，全在於晨，晏眠早起，欲及時也，頭梳千下，廢時失事，甚矣。縱能固髮悦顔，何益？

笄不獨女子之飾，古男子皆戴之。三禮圖「笄，士以骨，大夫以象」，蓋即今之簪耳。范武子怒，文子擊之以杖，折其委笄，蓋童子未冠時也。

漢惠帝時，黄門侍中皆傅脂粉。順帝時，梁冀奏李固胡粉飾貌，搔頭弄姿。曹子建以粉自傅。何晏動静自喜，粉白不去手。蓋魏晉以前，習俗如此。夫婦人之美者，猶不假粉黛，况男子乎？

以丹注面曰的，古天子諸侯媵妾，以次進御，有月事者，難以口説，故注此於面以爲識，如射之有的也。其後遂以爲兩腮之飾。王粲神女賦曰「施華的，結羽釵」，傅玄鏡賦「點雙的以發姿」，非爲程姬之疾，明矣。唐王建宫詞「密奏君王知入月，唤人相伴洗裙裾」，則亦無注的事也。潘岳芙蓉賦「丹輝拂紅，飛須垂的」，王敬美早梅詩「暈落朱唇微有的」，則又借以咏花矣。

漢中山王來朝，成帝賜食，及起而襪係解，成帝以爲不能也，於是定陶王得立。然文王伐崇，至鳳凰之墟而襪係解；武王伐紂，行至商山而襪係解；晉文公與楚戰，至黄鳳之陵而履係解，古之聖王霸主，皆有然者，何獨中山王耶？

古人以跣爲敬，故非大功臣，不得劍履上殿。褚師聲子襪而登席，而衛侯怒。至於見長者必脱履於户外，曹公令曰「議者以祠廟當解履」，則漢末猶然矣。

漢王喬爲葉縣令，每朝會，雙鳧飛來，網之得雙舄。盧耽爲州治中，元會不及朝，化爲白鵠迴翔，威儀以帚擲之，得雙履。南海太守鮑靚嘗夜訪葛洪，達旦乃去。人訝其往來之頻，而不見車騎，密伺見雙燕飛來，網之得雙履。此三事絶相類，而人但知雙鳧事也。

漢時着屐尚少，至東京末年始盛。應劭風俗通載：「延熹〔一〕中，京師好着木屐〔二〕。婦人始嫁，作漆畫屐，五色采爲系。」後黨事起，以爲不祥。至晉而始通用，阮孚至自蠟之，謝靈運登山陟嶺，未嘗須臾離也，想即以此當履耳。晉書五行志云：「初作屐者，婦人頭圓，男子頭方。至太康初，婦人屐乃頭方，與男無別。」此亦古婦人不纏足之一證。今世吾閩興化、漳、泉三郡，以屐當靸，洗足竟，即跣而着之，不論貴賤男女皆然，蓋其地婦人多不纏足也。女屐加以彩畫，時作龍頭，終日行屋中閣閣然，想似西子響屧廊時也。可發一笑。

校勘記

〔一〕「熹」，原作「嘉」，據太平御覽卷六百四十四引風俗通義佚文改。

〔二〕「屐」，原作「履」，據太平御覽卷六百四十四引風俗通義佚文改。

相手板法，出於蕭何，或曰四皓，後東方朔見而善之。天下事之不經，莫此爲甚。宋庾道愍相山陽王休祐板，以爲多忤，後密易褚彦回者。不數日，彦回對帝誤稱下官，大被譴訶。夫明帝猜忌忍虐之主，故休祐見疑，若遇平世明主，此笏能令人忤乎？唐李參軍善相笏，休咎皆驗。又有龍復本者，無目，凡象簡竹笏，以手捻之，必知官禄年壽。宋初聶長史者，相丘巒三笏異用，而皆如其言也。然則紀傳所載，不足徵耶？曰：精卜筮術數者，藉物以起數，如管輅、郭璞之流耳，非專相笏也。使笏易地易人，則數又隨之變矣。

董偃卧琉璃帳，張易之爲母製七寶帳，王譚作翠羽帳，元載寵姬處金絲帳，唐武宗玳瑁帳，同昌公主設連珠帳，又大秦國金織成五色帳，有明月夜珠帳，斯條王國作白珠交結帳，侈靡極矣。然琉璃、玳瑁、玉石之屬，豈堪作帳，當是「鄣」字之誤耳。

孟光舉案齊眉，解者紛然，亦大可笑事。古人席地而坐，疾則憑几，食及觀書，則皆用案。几即今之卓子，案似食格之類，豈可便以几爲案乎？漢王賜淮陰玉案之食，玉女賜沈羲金案玉杯，石季龍以玉案行文書，古詩「何以報之青玉案」，漢武帝爲雜寶案，貴重若此，必非巨物。楊用脩以爲盌，亦非也。且漢時皇后五日一朝皇太后，親奉案上食；高祖過趙，趙王敖自持案進食甚恭，則古人之舉案爲常事，何獨孟光哉。

古人以几杖爲優老之禮。康王疾大漸，憑玉几；孫翊謂任元褒吏憑几對客爲非禮；魏文帝賜楊彪延年杖及憑几。今之憑几對客者衆矣。

漢文帝時，魯少年拄金杖。武帝有玉箱杖。熹平〔一〕中，袁逢作三老〔二〕，賜玉杖。晉佛圖澄金杖銀鉢。劉向别傳有麒麟角杖。曹操賜楊彪銀角桃杖。今人但用竹杖耳。漢昌邑王至滎陽，買積竹刺杖，龔遂諫曰：「積竹刺杖，少年驕蹇杖也。」今武陵有方竹爲杖，甚佳。及蜀邛州杖，巨節如雞骨然。夫杖扶老登山，取其輕便爲貴，金玉徒爲觀美，未必當於用也。

校勘記

〔一〕「熹平」，原作「嘉平」，據太平御覽卷五百三十五引華嶠後漢書改。

〔二〕「三老」，原作「三公」，據太平御覽卷五百三十五引華嶠後漢書改。

皮日休有天台杖，色黯而力遒，謂之華頂杖。有龜頭山疊石硯，高不二寸，其仞數百，謂之太湖硯。有桐廬養和一具，怪形拳跼，坐若變去，謂之烏龍養和。養和者，隱囊之屬也。按李泌以松膠枝隱背，謂之養和，後得如龍形者獻帝，四方争效之。今吴中以枯木根作禪椅，蓋本於此。

陶器柴窑最古，今人得其碎片，亦與金翠同價矣。蓋色既鮮碧，而質復瑩薄，可以妝飾玩具，而成器者杳不可復見矣。世傳柴世宗時燒造，所司請其色，御批云：「雨過青天雲破處，這般顔色做將來。」然唐時已有秘色，陸龜蒙詩「九天風露越窑開，奪得千峰秘色來。」惜今人無見之耳。余謂洛中人有掘得漢唐時墓者，其中多有陶器，色但净白，而形質甚粗。蓋至宋而後，其製始精也。

柴窰之外，有定汝官哥四種，皆宋器也。流傳至今者，惟哥窰稍易得，蓋其質厚，頗耐藏耳。定汝白如玉，難於完璧，而宋時宮中所用，率銅鈐其口，以是損價。

今龍泉窰世不復重，惟饒州景德鎮所造，徧行天下。每歲内府頒一式度，紀年號於下。然惟宣德款製最精，距迄百五十年，其價幾與宋器埒矣。嘉靖次之，成化又次之。世宗末年所造金籙大醮壇用者，又其次也。

宣窰不獨款式端正，色澤細潤，即其字畫，亦皆精絶。余見御用一茶盞，乃畫「輕羅小扇撲流螢」者，其人物毫髮具備，儼然一幅李思訓畫也。外一皮函，亦作盞様盛之，小銅屈戌、小鎖尤精。蓋人間所藏宣窰又不及也。

蔡君謨云：「茶色白，故宜於黑盞，以建安所造者爲上。」此説余殊不解。茶色自宜帶緑，豈有純白者？即以白茶注之黑盞，亦渾然一色耳，何由辨其濃淡？今景德鎮所造小壇盞，倣大醮壇爲之者，白而堅厚，最宜注茶。建安黑窰，間有藏者，時作紅碧色，但免俗爾，未當於用也。

今俗語窰器謂之磁器者，蓋河南磁州窰最多，故相沿名之，如銀稱朱提、墨稱隃麋之類也。

景德鎮所造，常有窰變，云不依造式，忽爲變成，或現魚形，或浮果影。傳聞初開窰時，必用童男女各一人，活取其血祭之，故精氣所結，凝爲怪耳。近來禁不用人祭，故無復窰變。一云恐禁中得知，不時宣索，人多碎之。

茶注君謨欲以黄金爲之，此爲進御言耳。人間文房中，即銀者亦覺俗，且誨盜矣。嶺南錫至佳，而製多不典。吴中造者，紫檀爲柄，圓玉爲紐，置几案間，足稱大雅。宜興時大彬所製瓦鉼，一時傳尚，價遂踊貴，吾亦不知其解也。

范蜀公與温公遊嵩山，以黑木合盛茶。温公見之，驚曰：「景仁乃有茶具耶？」夫一木合盛茶，何損清介，而至驚駭。宋人腐爛乃爾。

昔人云凡銅物入土千年而青，入水千年而緑；在人間者，紫褐而朱斑，其色有蠟茶者，有漆黑者。然古墓中鏡，朱砂青緑皆有，不必入水也。古人棺内多灌水銀，遂有水銀古者，然亦視其款製何如耳，未必古者盡佳也。

古玉器物，亦有紅如血者，謂之血古，又謂之屍古，蓋塚中爲血肉所蝕也。又有黑漆古，有渠古，有甎古。然古人比德於玉，但取其温潤色澤及當於用耳，今乃必以古色爲佳，此俗見之不可解者也。

玉惟黄紅二色難得，其餘世間皆有之，即羊脂玉，亦常見也。

唐太宗賜房玄齡黄銀帶，欲賜如晦，時如晦已死，帝泣曰：「世傳黄銀，鬼神畏之。」更取金帶送其家。則黄銀非金，明矣。漢武帝紀「收銀錫造白金」，則白金非銀，亦明矣。

龍珠在頷，鮫珠在皮，蛇珠在口，鱉珠在足，魚珠在目，蚌珠在腹。又蜘蛛、蜈蚣極大者皆有珠，故多爲雷震者，龍取其珠也。凡珠龍爲上，蚌次之。今海南所出者，皆蚌珠也。海中諸物，蜃蛤蜆蠣之屬皆有珠，但不恒有耳。萬曆初，吾郡連江人剖蛤得珠，不識也。烹之，珠在釜中跳躍不定，火光燭天。鄰里驚而救之，問知其故，啓視已半枯矣，徑一寸許。此真夜光明月之質也，而厄於俗子，悲夫。

魏惠王徑寸之珠，前後照車各十二乘者十枚。隋煬帝殿内房中不然膏火，懸大珠一百二十以照之。江南寵姬宫中，每夜綴大珠十數，照耀如同白日。張説賂九公主夜明簾。古人不貴異物，而珍寶充牣若此。今時隋珠趙璧，毋論民間，即天府亦不可多得也。蓋經一番兵火，便消耗一番，而金元之變，中國之物輂入夷狄者，又不知其數也。漢梁孝王薨，庫中黄金至四十萬斤，今之禁中有是乎？麋竺助先主黄金十萬斤，今之富室有是乎？

今世之所寶者，有猫兒眼、祖母緑、顛不剌、蜜臘金、鵶鶻石、蠟子等類，然皆鑲嵌首飾之用，惟琥珀、瑪瑙盛行於時，皆滇中産也。犀則多矣，而通天、卧魚、辟水、駭雞，皆未之見也。祖母緑云是金翅鳥所成，出回回國，有紅刺一顆重一兩以上，即值錢千緡，然亦不可多得。滇中又有緬鈴，大如龍眼核，得熱氣則自動不休。緬甸男子嵌之於勢，以佐房中之術。惟殺緬夷時活取之者良，其市之中國者皆僞也。彼中名曰太極丸，官屬餽遺，公然見之箋牒矣。

昔人謂松脂墮地千年爲琥珀，又云是楓木之精液多年所化，恐皆未必然。中國松楓二木不乏，何處得有琥珀？而夷中産琥珀者，豈皆松嶺楓林之下乎？此自是天地所生一種珍寶，即他物所變化，孰得而見之？又如冰晶，云千年老冰所化，果爾則宜出於北方沍寒之地，而南方無冰，却有水精，可知其説之無稽矣。琥珀血珀爲上，金珀次之，蠟珀最下。人以拾芥辯其真僞，非也。僞者傅之以藥，其拾更捷。

唐魏生於虔州砂磧中拾得片瓦，後以示胡人，驚異頂禮，謂爲寶母，價至千萬，云每月望日，設壇上致祭，一夕百寶皆聚。則天時，西國獻青泥珠，后不知貴，以施西明寺金剛額，後胡人以十萬貫求買之，曰但投泥中，泥悉成水，可以覓衆珍寶。李林甫生日，沙門極讚功德，冀得厚襯。及畢，乃以紅帊藉一物如朽釘者施之，僧大失望。後有波斯以數十萬市之，曰此寶骨也。睿宗施安國寺寶珠，云直億萬，僧不知貴，貨之亦無酬者。月餘有西域胡人見而大喜，以四千萬貫市之，云此水珠也，行軍時掘地埋之，水自涌出。咸陽嶽寺有周武帝綴冠珠，爲一士人所取，至陳留，諸胡合五萬緡市之，至東海，重湯煎燎月餘，有龍女二人投入瓶中，合而成膏，塗足，步行水上而去，不知所之。吴越孫妃以物施龍興寺，形如朽木筯，寺僧不知寶此。有胡人曰此日本龍蕊簪也，以萬二千緡買之。此數者信天下之奇寶也，然不遇識者，則與瓦礫不殊。夫夜光之璧暗投，不免按劍，况耳目所未聞見者乎？

唐時揚州常有波斯胡店，太平廣記往往稱之，想不妄也。今時俗相傳回回人善别寶，時游閩廣金陵間。有應主簿者，持祖母緑一顆，富商以五百金購之，不售也。有回回求見之，持玩少頃，即吞入腹中。應欲訟之，既無證佐，又懼纏累，一慟而已。又有富家老妾意，只求二金。回回得之甚喜，因石稍枯，市羊脂裹之，暴烈日中，坐守稍怠，瞥有饑鷹掠之而去，大爲市人揶揄，歸家怨恨而死。此二事皆近代金陵人言，與異苑所載胡人索市王曠井石事相類，皆可笑也。

清波雜志載成都市中有聚香鼎，以數爐焚香環於外，則烟皆聚其中。又巴東寺僧得青磁碗，投米其中，一夕滿盆皆米，投以金銀皆然，謂之聚寶盌。國朝沈萬三富甲天下，人言其家有聚寶盆，戲説耳，不知此物世間未嘗無也。

今天下交易所通行者，錢與銀耳。用錢便於貧民，然所聚之處，人多以賭廢業。京師水衡日鑄十餘萬錢，所行不過北至盧龍，南至德州，方二千餘里耳，而錢不加多，何也？山東銀錢雜用，其錢皆用宋年號者，每二可當新錢之一，而新錢廢不用。然宋錢無鑄者，多從土中掘出之，所得幾何？終歲用之，而錢亦不加少，又何也？南都雖鑄錢而不甚多，其錢差薄於京師者，而民間或有私鑄之盜。閩廣絶不用錢，而用銀低假，市肆作姦，尤可恨也。

滇人以貝代錢，每十貝當一錢，貧民誠便。然白銀一兩，當得貝一萬枚，攜者不亦難乎？且易破碎，非如錢之可復鑄也。宋元用鈔，尤極不便，雨浥鼠齧，即成烏有，懷中槖底，皆致磨滅，人惟日日作守鈔奴耳。夫銀錢之所以便者，水火不毁，蟲鼠不侵，流轉萬端，復歸本質。蓋百貨交易，低昂淆亂，必得一至無用者，衡於其間，而後流通不息。此聖人操世之大術也。

今人銀概謂之朱提。按漢書地里注「朱提，出銀」，食貨志「朱提銀八兩爲一流，直一千五百八十。它銀一流直一千」，則朱提地名，既不可名銀，而朱提之銀，又非凡銀比也。漢銀八兩直錢一千，可見當時銀賤而錢貴，今時銀一兩即值千錢矣。朱音殊，提音匙。

韎鞨本蠻夷國名，其地産寶石，中國謂之韎鞨，其色殷紅，大者如栗。太平廣記載李章武所得，狀如槲葉，紺碧而冷。今中國賈肆中者，皆如瓦礫耳。

古者婦人皆着襪穿履，與男子原無分别也。唐李郢詩「高歌一曲劉郎醉，脱取明金壓繡鞋」，則當時始有繡者。至纏足之制興，而男女之履，始迥别矣。今之婦女亦罕有着襪者，楊用脩以屧人掌后之服屨爲周公病，蓋未之深思也。

側注，儒冠也。鶡，武冠也。鵕鸃，侍中冠也。豸，惠文法冠也。遠遊、博山，太子冠也。翼善、平天、通天、高山，天子冠也。却敵，衛士冠也。貂蟬，功臣冠也。却非，僕射冠也。巧士，黄門從官冠也。進賢，羣臣冠也。毋追收，夏冠也。章甫冔，殷冠也。委貌，周冠也。華山，宋鈃冠也。鹿皮，張欣泰冠也。桑葉，原憲冠也。竹皮，漢高帝亭長冠也。獺皮，陳伯之冠也。交讓，公孫述冠也。步摇，江充及慕容跋冠也。進德，唐太宗賜貴臣冠也。玉葉，太平公主冠也。方山，舞人冠也。九星、靈芝、夜光，上元夫人冠也。晨嬰，西王母冠也。芙蓉，衛叔卿冠也。骨蘇，高麗冠也。無頭，宋康王冠也。鷸冠，鄭子臧冠也。貊冠，屈到冠也。豹冠，范獻子冠也。北斗，道冠也。虎皮，胡冠也。

今内監帽樣，高麗王冠制也。國初高麗未服，太祖密遣人瞰其冠，命諸内竪皆冠之。及其使至，指示之曰：「此皆汝主等輩也，皆已服役，汝主尚不降耶？」使者歸言之，遂奉正朔。

古婦人亦着帽。漢薄太后「以冒絮提文帝」，注：「帽也。」趙昭儀上飛燕金花紫綸帽。又賀德基於白馬寺逢一婦人，脱白綸巾以贈之；諸葛武侯遺司馬懿巾幗婦人之服，則古婦人亦有巾也。

古人幘之上加巾冠，想亦因髮不齊之故。今之網巾，是其遺意。但幘以布絹爲之，又加屋其上，故亦可以代冠。如董偃緑幘、孫堅赤罽幘之類，即今俗名腦包者也。網巾以馬鬃或線爲之，功雖省而巾冠不可無矣。北地苦寒，亦有以絹布爲網巾者，然無屋，終不可見人。

童子幘無屋者，示不成人也。近時三五十年前，總角者猶繫一網巾邊，是其遺制。既云童子幘無屋，明丈夫幘皆有屋矣，又云王莽以頂秃加屋，何耶？董偃武帝時人，以緑幘見天子，必非無屋者。幘本賤者之服，緑幘又其賤者，近代樂工着緑頭巾，亦此意也。

紂衣寶玉自焚，漢上官太后服珠襦，霍光、耿秉薨皆賜玉衣。太始元年，頻斯國人來朝，以五色玉爲衣。近代豪富之家，有衣珍珠半臂者，而玉衣未有聞矣。

三代之爲信者，符節而已，未有璽也。周禮九節，璽居一焉，璽亦所以爲節。鄭康成謂止用之貨賄，蓋亦用以鈐封，恐人之僞易也。秦得和氏之璧，令李斯篆之爲傳國璽，故天子始稱璽書，諸侯而下，稱印而已。然考印藪所載，漢時印大小不同，文亦殊絶，蓋或制於官，或私刻之，固自不同。而公卿列侯卒於位者，皆以印綬賜葬，致仕策免者，始上印綬，則一人一印，非若今之爲官物也。古者百官之印，皆組穿之而佩於腰，或令吏人繫之於臂。至宋而後，印大而重，繫之不便。楊虞卿爲吏部，始置匱以鎖之，而綬繫於鑰，今之有印則有綬是也。至今日則綬亦不以繫鑰，而虚佩之矣。國家之制，天子玉璽，侯王、大將軍皆金印，一二品以銀，三品之下以銅。其非掌印而給者，謂之關防。印方而關防長，以此爲別耳。其實出欽給者，亦概得謂之印也。

唐時文武官，三品以上金玉帶，四品五品竝金帶，六品七品竝銀帶，八品九品竝鍮石帶，庶人銅鐵帶。五品以上，皆賜魚袋，飾以銀；三品以上，賜金裝刀子礪石一具。其衣紫爲上，緋次之，緑爲下；綬則紫爲上，艾墨次之，黄爲下。至於天子之服色尚黄，則自漢以來然矣。

唐時百官，隨身魚符，左一右一，左者進内，右者隨身，皆盛以袋，則似今京官之牙牌耳。宋賜金〔一〕帶者例不佩魚，惟兩府賜佩，謂之重金。今之牙牌，自宰輔至小官，任京師者俱有之，蓋以鬚若印綬然。其官職皆鐫牌上，拜官則於尚寶司領出，出京及遷轉則繳還，蓋祖制也。

校勘記

〔一〕「金」，原作「命」，據寶樹堂本改。

國朝服色，以補爲别，皆用鳥獸，蓋取古人以鳥紀官之意。文官惟法官服豸，其餘皆鳥，武官皆獸。至於帶，則以犀居金之上，皆有不可曉者。

國朝服色之最濫者，内臣與武臣也。内官衣蟒腰玉者，禁中殆萬人，而武臣萬户以上即腰金，計亦不下萬人。至於邊帥緹騎，冒功邀賞，腰玉者又不知其幾也。

説文曰：「帶，紳也。男子鞶帶，婦人帶絲〔一〕。」古人之帶，多用韋布之屬，取其下垂。詩云「容兮遂兮，垂帶悸兮」「匪伊垂之，帶則有餘」，似今衣之有大帶耳。至魯仲連謂田單曰「將軍黄金横帶，騁於臨淄之間」，則金帶之制興矣。

校勘記

〔一〕「帶絲」，原作「絲帶」，據説文解字乙正。

古人仕者，有帶，有綬，又有囊，囊綬皆綴於帶者。八座尚書荷紫，以生紫爲袷囊，綴之服外，加於右肩。傳云周公〔二〕負成王，制此服，唐時亦以爲朝服。或云漢世用盛奏事，負之以行，未詳也。至宋有金魚袋。國朝俱無之。

校勘記

〔一〕「公」，原作「王」，據晉書卷二十五輿服志改。

晉書輿服志云：「漢世着鞶囊者，側在腰間，謂之傍囊，或謂之綬囊。然則以紫〔一〕囊盛綬耳。」

校勘記

〔一〕「紫」字原缺，據晉書卷二十五輿服志補。

三代聖人，治定功成，然後制禮作樂，以爲翊贊太平之具，故其精蘊足以節宣陰陽，感動天地，非聖人不能作也。而後世之治，其最失聖人意者，無如禮樂二端。蓋自漢之初叔孫之所謂禮者，已不過緜蕞拜跽之儀，而賈生之所陳，文帝之所謙讓未遑者，亦不過易正朔、改車服、定律吕而已。此果三代之所謂禮樂乎？噫，何易言之也。然以此數者爲足以盡禮樂，則亦何必聖人而後制作？以此數者爲不足以盡禮樂，則又未見聖人於數者之外而别有所經營籌度也。抑其所謂無體之禮、無聲之樂者，皆在治定功成之先，而特借此以爲潤色之具耶？不然，則其不可傳者與其人皆已朽，而所傳於後世者，皆其芻狗糟粕而不足憑耶？自漢以下，一代各有一代之禮樂，非無之也，而禮止於度數已耳，樂止於節奏已耳，與三代聖人之所言者，固判乎其不相蒙也。而樂之失，視禮尤甚。何者？禮之節度，尚可繹思，而樂之旨趣，茫無着落也。

古先聖人，一代之樂，必叙一代之治，想其音律節奏，詞語次序，皆叙開創守成之事，如所謂一成而北出，再成而伐商者，蓋紀其實也。孔子謂韶盡美又盡善，武盡美未盡善。夫以周公之才之美，豈不能以唐虞揖遜之音文其放伐哉，而終不以彼易此者，非是不足以昭成功，揚丕烈，祖宗弗享也。然舜之樂，流傳至春秋，音響節奏俱在，以齊國之霸習，急功利，喜夸詐，迨其末也，田氏專政，主德日衰，縱日奏虞庭之樂，能令四方風動、鳳儀獸舞耶？故吾以爲樂者，飾治之具，而非致治之本也。但不知孔子之所讚歎忘肉，季札之所謂如天之無不覆，如地之無不載者，將謂其聲音耶，抑因聲而想其政治耶，抑聲中之詞義深美，如所謂三頌者耶？若止於聲音，則列國皆可放效，工瞽皆可傳習，何孔子不以之語太師，而必至齊始聞之耶？抑列國各有樂，不相授受，而舜之樂竟爲胡公家傳之譜耶？學者徒據紙上之談，而不能深推其故，亦何益之有也？

古樂不復作矣，即知樂者，世能有幾？季札觀樂而知列國興衰，師曠吹律而知南風不競，即隋唐之間，亦有知宮聲往而不返爲東幸不終之兆者。彼太常樂官，但知較度數，考分秒，辨累黍，量尺寸而已，縱使事事合古，分毫不差，然於樂之理毫無干涉也。蓋自宋以來，胡瑗、范景仁之徒，已不勝其聚訟，而況至於今日，上之人既不以爲急務，而學士大夫亦無復有深心而精究之者。郊廟燕享之間，笙磬柷圉，徒存虛器，考擊拊搏，僅爲故事，而其它之行於世者，不過簫篥之胡聲，與淫哇之詞曲耳。以此爲樂，吾所不敢知也。

識錞于、阮咸者，知樂器而未知樂音；識斷絃、卧吹者，知樂音而未知樂理。李嗣真知諸王之蹂踐，王仁裕卜禁中之鬭争，王令言知宮車之不返，劉羲叟卜聖躬之眩惑，庶幾季札、師曠之亞矣，而理不可得而聞也。至於玄鶴二八，延頸哀鳴；三龍翔舟，水木震動，稱賞之詞，恐過其實。

今人間所用之樂，則簫篥也，笙也，蕭也，箏也，鐘鼓也。簫篥多南曲，而笙簫多北曲也。其它琴瑟箜篌之屬，徒自賞心，不諧衆耳矣。又有所謂三弦者，常合簫而鼓之，然多淫哇之詞，倡優之所習耳。有梅花角，聲甚淒清，然軍中之樂，世不恒用。余在濟南葛尚寶家見二胡雛，能捲樹葉作笳吹之，其音節不可曉，然亦悲酸清切。余謂主人：「昔中國吹之，能令胡騎北走；今胡兒吹之，反令我輩墮淚乎。」一笑而已。

今鼓琴者，有閩操、浙操二音，蓋亦南北曲之別也。浙操近雅，故士君子尚之，亦猶曲之有浙腔耳。莆人多善鼓琴，而多操閩音，至於漳泉，遂有鄉音，詞曲侏儺之甚，即吾郡人不能了了也。

夫子謂「鄭聲淫」，淫者，靡也，巧也，樂而過度也，豔而無實也。蓋鄭衛之風俗，侈靡纖巧，故其聲音亦然，無復大雅之致也。後人以淫爲淫慾，故概以二國之詩皆爲男女會合之作，失之遠矣。夫閭閻里巷之詩，未必盡入樂章，而國君郊祀朝會之樂，自胙土之初，即已有之，又安得執後代之風謠，而傅會爲開國之樂聲乎？聖人以其淫哇，不可用之於朝廷宗廟，故欲放之，要其亡國之本原，不在此也。招之在齊，不能救齊之亡，則鄭聲施之聖明之世，豈能便危亡哉。宋廣平之好羯鼓，寇萊公之舞柘枝，不害其爲剛正也，況懸之於庭乎？但終傷綺靡，如淫詞豔曲，未免擯於聖人之世耳。

中散之琴，李謩之笛，鄒衍之管，梓慶之鐻，皆冥通鬼神，功參造化，吾聞其語，未見其人也。中郎之識柯亭，嗣真之辨鐘鐸，宋沇之知編鐘，李琬之聽羯鼓，賞鑒入神，匠心獨詣，求之於今，豈復有其人乎？太常之所師受，不過樂章之糟粕；里巷之所傳習，率皆拍板之章程。守而勿失，便爲知音矣，豈復有能新翻一曲，别造一調，而叶之律吕，令人傳誦者哉。故吾謂今之最不古若者，此一途也。

京師有瞽者，善彈琵琶，能作百般聲音，嘗宴冠裳，匿屏幃後作之，初作如嫗喚伎者聲，繼作伎者稱疾不出，往復數四，誶詬勃谿，遂至擲器破鉢，大小紛紜，或詈或哭，或勸或助。坐客驚駭欲散，徐撤屏風，則一瞽者抱一琵琶而已，它無一物也。又有以一人而歌曲，擊鼓、鈸、拍板、鐘、鐃，合五六器者，不但手能擊，足亦能擊。此亦絶世之技，惜乎但爲玩弄之具，非知音者也。

詩也，律也，詞曲也，古者合而成樂，而今分爲三四矣。以詩入音樂，必不能悦里耳；以曲比管絃，必不可薦郊廟。且其疾徐高下之節，任意爲之，未必一一中古人之法度也。况於宫商之變，黄鍾太簇之節哉。唐摩詰陽關詩，尚堪疊以成聲，劉夢得巴渝諸曲，皆絃而吹之者也。至宋重歌詞，其去音律，漸覺差遠，蓋泛聲多而音響難調，不容毫釐差謬，豈知三百篇之詩，何曾平仄一一脗合耶？至曲興而詞廢，去古愈遠矣。魏文侯聽古樂而惟恐卧，聽鄭衛之音則不知倦，當時尚爾，何況今日哉。

唐明皇好羯鼓，一時臣庶從風而靡，以宋廣平之正直，亦有「頭如青山峰，手如白雨點」之喻，它可知已。不知羯鼓有何趣，而嗜好之至，目爲八音領袖，殊可笑也。此樂本羯胡之音，獨太簇一韻，高昌、龜茲諸夷皆慣用之，其聲焦殺，特異衆樂，而好之不已，卒召胡兒之禍，悲夫。

漢嫁烏孫公主，令琵琶馬上作樂，以慰其心。後石季倫明妃詞云「其送明君，亦必爾」，已自臆度可笑，而圖經即謂昭君在路愁怨，遂於馬上彈琵琶以寄恨，相沿而誤愈甚矣。今人不知琵琶爲烏孫事，而槩用之昭君，又不知琵琶爲送行之樂，而槩以爲昭君自彈，蓋自唐以來誤用至今而不覺也。

五雜組卷之十三

事部一

昔人云：「富不如貧，貴不如賤。」此憤世之言，非至當之論也。易曰：「崇高莫大乎富貴。」夫子曰：「富與貴，是人之所欲也。」聖人之心，豈迥與人殊哉，惟不以其道得之，故棄之若浼耳。後世名高之士，平居大言，矯枉過正，勝於聖人，迨其利交勢怵，往往不遑寧處，而失身濡足，爲天下笑。蓋其中未能自信，而特大言以欺人也。

死生亦大矣，聖人教人，未嘗語及死生之故，但曰：「未知生，焉知死。」幽明一貫，蓋難言之矣。莊生汪洋自恣，至於齊萬物，小天地，彭殤一致，菌椿共年似也。然其言曰：「人而無情，安得謂之人？」其妻死，曰：「是其始也，吾安能無慨然？」即此兩語，則其底裏亦自不與人異矣。釋氏雖談空説無，然於生死輪迴之際，不免拳拳諄復焉。纔覺牽罣，便成障礙，不如「生老病死，時至則行」，猶爲達者之言也。

聖人之貴知命，謂安於命，不趨利避害也。今人之欲知命，則求趍利避害也，是不謂之知命，謂之逆天。

孔子「得之不得，曰有命」，此對子路之言也。聖人安土樂天，無往不可，進退存亡之故，知之審矣，何必以義命自安，始無怨尤哉。今之人能以義命自安，不求通，不諱窮，亦可以爲賢矣。噫，吾未之見也。其言能安命者，皆憧憧往來，無可奈何，而委之命也。

世之人有不求富貴利達者乎？有衣食已足，不願贏餘者乎？有素位自守，不希進取者乎？有不貪生畏死，擇利避害者乎？有不喜諛惡謗，黨同伐異者乎？有不上人求勝，悦不若己者乎？有不媚神諂鬼，禁忌求福者乎？有不卜筮堪輿，行無顧慮者乎？有天性孝友，不私妻孥者乎？有見錢不悋，見色不迷者乎？有一於此，足以稱善士矣，吾未之見也。

婚而論財，其究也夫婦之道喪；葬而求福，其究也父子之恩絶。婦之凌轢其夫者，恃於富也；子之暴露其父者，惑於地也。

以才名驕人，未有不困者也。以富貴驕人，未有不敗者也。以貧賤驕人，未有不取禍者也。

富貴驕人，多出婦人女子之態；才名驕人，間亦文士墨客之常。惟近世一種山人，目不識丁，而剽竊時譽，傲岸於王公貴人之門，使酒罵坐，貪財好色，武斷健訟，反噬負恩，使人望而畏之若山魈木客，不敢嚮邇，足以殺其身而已矣。

高而怙權，足以殺身，胡惟庸、石亨是也。才士不遜，足以殺身，盧柟、徐渭是也。積而不散，足以殺身，沈秀、徐百萬是也。恃才妄作，足以殺身，林章、陸成叔是也。異端橫議，足以殺身，李贄、達觀是也。其不然者，幸而免耳。

「一日看除目，三年損道心。」除目，今之推升朝報也。其中升沉得喪，毁譽公私，人情世態，畔援歆羨，種種畢具。若戀戀於此，有終身喪其所守者，豈止三年損道心已耶？

晉人戲言云：「我圖一萬户侯尚不可得，卿乃圖作佛耶？」夫萬户侯誠難求也，即心是佛，何遠之有？

以圖果報之念而學佛，終無成佛之日矣。學佛者從慧根入較易。

「易有太極」，聖人已自一言道盡矣，不須更説無極也。天下事物，莫不自無而有，此何必言？即天地亦自無中來也。但理須有寄寓，如火傳於薪，薪盡則火滅矣。謂火非薪亦可，謂薪即火亦可。謂薪盡而火存亦可，謂薪火相終始亦可。不必更着一語也。

老氏道德之旨，非煉形求仙之術也。而世之學仙者托之老氏，如今之士子讀經書以應科第，而曰此吾儒之教也。

今之號爲好學者，取科第爲第一義矣，立言以傳後者，百無一焉，至於脩身行己，則絶不爲意矣，可謂倒置之甚。然三者殊不相妨。生前之富貴，偶然耳，俟之可也，不必惡而逃之；死後之文章，較之功名，差爲久遠，不可不留意也。至於講明義理，孜孜爲善，即不必談道講學，獨不可使衾影無媿、人稱長者乎？若輕佻反覆，甘於文人無行之爲，又何足道？

貧賤不如富貴，俗語也；富貴不如貧賤，矯語也。貧賤之士，奔走衣食，妻孥交謫，親不及養，子不能教，何樂之有？惟是田園粗足，丘壑可怡；水侶魚蝦，山友麋鹿；畊雲釣雪，誦月吟花。同調之友，兩兩相命；食牛之兒，戲着犁間。或兀坐一室，習静無營；或命駕扶藜，留連忘反。此之爲樂，不減真仙，何尋常富貴之足道乎？

人有恒言：「文章窮而後工。」非窮之能工也，窮則門庭冷落，無車塵馬足之嬲；事務簡約，無簿書酬應之緐；親友斷絶，無徵逐游宴之苦；生計羞澁，無求田問舍之勞。終日閉門兀坐，與書爲仇，欲其不工，不可得已。不獨此也，貧文勝富，賤文勝貴。冷曹之文，勝於要津；失路之文，勝於登第。不過以本領省而心計閒耳。至於聖人拘囚演易，窮厄作經，常變如一，樂天安土，又不當一例論也。

竹樓數間，負山臨水；疎松脩竹，詰屈委蛇；怪石落落，不拘位置。藏書萬卷其中，長几軟榻，一香一茗，同心良友，閒日過從，坐卧笑談，隨意所適，不營衣食，不問米鹽，不叙寒喧，不言朝市，丘壑涯分，於斯極矣。

淒風苦雨之夜，擁寒燈讀書，時聞紙窗外芭蕉淅瀝作聲，亦殊有致。此處理會得過，更無不堪情景。

景物悲歡，何常之有，惟人處之何如耳。詩曰「風雨如晦，雞鳴不已」，原是極淒涼物事，一經點破，便作佳境。彼鬱鬱牢愁，出門有礙者，即春花秋月，未嘗一伸眉頭也。

讀未曾見之書，歷未曾到之山水，如獲至寶，嘗異味，一段奇快，難以語人也。

四十從政，五十懸車，耳目未衰，筋力尚健，或縱情山水，或沉酣文酒，優遊卒歲，以保天年，足矣。今之仕者，涉世既深，宦術彌巧，桑榆已逼，貪得滋甚，干進苟禄，不死不休，生平未嘗享一日之樂，徒爲僕妾圖輕肥、子孫作牛馬耳。白樂天所謂「官爵爲他人」者，有味哉其言之也。

宋宗室郡王允良者，不喜聲色，不近貨利，惟以晝爲夜，以夜爲晝，旦則就寢，至暮始興，盥櫛衣冠而出，燃燈燭，治家事，飲食宴樂，達旦始罷。人以爲疾，余以爲此驕癖也，非疾也。吾郡中紈袴子弟，常有日午始興、雞鳴始寢者，然貧賤之家無之也，賢子弟無之也，勤以治生者無之也。驕奢淫佚，反天地之性，背陰陽之宜，不祥莫大焉，然而近數十年始有之也。

什一致富者，不過市井之行；居官自潤者，永負貪穢之聲。故吾見大賈之起家矣，未見污吏之克世也。

余嘗見取富室之女者，驕奢淫佚，頗僻自用，動笑夫家之貧，務逞華靡，窮極奉養，以圖勝人。一切孝公姑、睦妯娌、敬師友、惠臧獲者，概未有聞。曾不數時，奩橐俱罄，怨天尤人，誶擾萬狀，或以破家，或以亡身。其夫雖沾餘沫，豐衣美食，而舉動受制，笑啼不敢。至於愚慮昏頽，意氣沮喪，甘爲人下而不辭者，未必不由此也。

朱子詩傳謂周禮以仲春令會男女，而以桃之始華爲婚姻之候，此誤也。周禮媒氏之職，以仲春令會男女，司其無夫家者而會之。是月也，奔者不禁。蓋先王制禮，「士如歸妻，迨冰未泮」，則婚姻之期，當在冬末春初。而貧賤之家，有過期不得嫁娶者，至仲春而極矣，故聖人以是時令媒會合之，無使怨女曠夫過是月也。其有法令不及之處，私相約而奔者，亦不禁。奔者非必盡淫奔也，凡六禮不備者皆謂之奔，故曰「聘則爲妻，奔則爲妾」。昏期已過，即草率成親，亦人情也。此即詩所謂「求我庶士，迨其今兮」之意也。

小慈者大慈之賊也，小忠者大奸之托也，建白者亂政之媒也，講學者亂德之藪也。

奔車之上無仲尼，覆舟之下無伯夷，性之者也。孔子家兒不識駡，曾子家兒不識鬬，習之者也。丹朱不應乏教，甯越不聞被箠，語其變也。

裴晉公有言：「吾輩但可令文種無絶，然其間有成功，能致身卿相，則天也。」葉石林〔一〕云：「後人但令不斷書種，爲鄉黨善人足矣。若夫成否，則天也。」此二語政同。黄山谷云：「四民皆有世業，士大夫子弟能知忠信孝友，斯可矣。但不可令讀書種子斷絶。」噫，今之人但知教子弟取富貴耳，非真能教之讀書也。夫子弟之賢不肖，豈在窮達哉。有富貴而隕其家聲者，有貧賤而振其世業者，未可以目論也。

校勘記

〔一〕「葉石林」，原作「葉若林」，按「後人但令不斷書種」云云，傳是葉夢得語，因改正。

夜讀書不可過子時，蓋人當是時，諸血歸心，一不得睡，則血耗而生病矣。余嘗見人勤讀，有徹夜至嘔血者，余嘗笑之。古人之讀書，明義理也；中古之讀書，資學問也；今人之讀書，不過以取科第也，而以身殉之，不亦惑哉。莊子所謂臧穀異業，其於亡羊均者，此之謂也。

今人之教子讀書，不過取科第耳，其於立身行己不問也，故子弟往往有登膴仕而貪虐恣睢者。彼其心以爲幼之受苦楚，政爲今日耳，志得意滿，不快其欲不止也。噫，非獨今也，韓文公有道之士也，訓子之詩，有「一爲公與相，潭潭府中居」之句，而俗詩之勸世者，又有「書中自有黄金屋」等語，語愈俚而見愈陋矣。余友王粹夫，自祖父以來，三世教子，惟不以妄語爲訓，可謂有超世之識也已。

人能捐百萬錢嫁女，而不肯捐十萬錢教子。寧盡一生之力求利，不肯輟半生之功讀書。

寧竭貨財以媚權貴，不肯捨些微以濟貧乏。此天下之通惑也。

素位而行，聖人之道也；以進爲退，老氏之術也。然聖人亦是退一步法，易經一書，每到盛滿，便思悔吝，故曰：「日中則昃，月盈則食。天地盈虛，與時消息。」但聖人灼見事理，定當如此。至老氏曰「將欲取之，必故予之；將欲翕之，必固張之」，及「知白守黑，知雄守雌」等語，則是有心求進，而姑爲是以伺人，未免有鷙鳥將擊，必匿其形之意矣。故太史公謂申韓原於道德，亦千古卓識也。

「名利不如閒」，世人常語也。然所謂閒者，不狥利，不求名，澹然無營，俯仰自足之謂也。而閒之中，可以進德，可以立言，可以了死生之故，可以通萬物之理，所謂終日乾乾，欲及時也。今人以宮室之美，妻妾之奉，口厭粱肉，身薄紈綺，通宵歌舞之場，半晝牀笫之上，以爲閒也。而脩身行己、好學齊家之事，一切付之醉夢中。此是天地間一蠹物，何名利不如之有。

訛言之興，自古有之，但平治之世，則較少爾。周末之詩曰：「民之訛言，曾莫之懲。」然不知當時所訛者何事。至漢晉時，始有爲東王公行籌之説。又唐時有訛言官遣棖棖殺人取心肝以祭天狗者，又有訛言毛人食人心者，有謂猘母鬼夜入人家者。宋元時有訛言取童男童女製藥者，國朝間亦有之，然竟不知其所由起也。至於黑眚、馬騮精之類，似訛而實有恠。妖言童謡，無意矢言，事後多驗，如檿弧箕服之屬，又非訛矣。

今朝野中忽有一番議論，一人倡之，千萬人和之，舉國之人，奔走若狂，翻覆天地，變亂白黑。此之爲訛言，蓋不但烏頭白、馬生角已也。

宋林存爲賈似道所擯，道死於漳，漳有富民，蓄油鮎木甚佳，林氏子弟求之，價高不可得，因撫其木曰：「收取收取，待賈丞相用。」無何似道謫至漳，死於鄭虎臣手。郡守其門人也，與之經營，竟得此木以殮。孰謂天道無知哉。

道非明民，將以愚之，故倉頡作書而鬼夜哭。聖人曰：「民可使由之，不可使知之。」夫使民得操知之權，則安用聖人爲矣？

今人動稱陽春白雪爲寡和，蓋自唐人詩已誤用之矣。宋玉本文「陽春白雪，國中屬而和之者數十人；引商刻羽，雜以流徵，屬而和者不過數人而已」，則寡和者流徵之曲，非陽春之曲也。且云「客有歌於郢中」者，亦非郢人自歌也。

宋人有迂闊可笑者。徐仲車父名石，終身不踐石，行遇橋則使人負之而過。陳烈吊蔡君謨之喪，及其門首，率諸弟子匍匐而進。或問之，曰：「『凡民有喪，匍匐救之』，故耳。」夫徐幸生江北，使在江南，則終身無出門之日；陳幸生江南，使在江北，則當墜汚泥溝澮中矣。腐儒不通，乃至於此。

唐道人侯道華，性好子史，手不釋卷。或問：「安用此爲？」答曰：「天上無愚懵仙人。」明金陵唐詩慕道煉丹，有道流勸之出家入山者，唐曰：「家有老母，世間無不孝神仙。」此二語可謂的對，亦可謂求道之格言也。今人無慧業，無至性，而强欲出世，難矣。

晉汲桑當盛暑，重裘累茵，使人扇之，恚不清涼，而斬扇者。宋党進當大雪，擁紅爐酌酒，醉飽汗出，捫腹徐行曰：「天氣不正。」天下之事，何嘗無對哉。

夢之無關於吉凶也審矣，今兒童俗語，皆謂誕妄之言曰說夢，言其的非真也。乃周禮特爲設占夢之官，以日月星辰，占六夢之吉凶。然爲王者而設，猶之可也。「季冬，聘王夢」，「羣臣庶人「獻吉夢於王，王拜而受之。乃舍萌於四方，以贈惡夢」，不亦太兒戲乎？天下之廣，億兆之衆，使盡獻其吉夢，太人不勝占，而王亦不勝拜也。臣民吉夢，於王何與，而王拜之？此真癡人前說夢耳。此書蓋見詩人有熊羆、旐旟之語而傅會，見牧人之有夢，遂以爲獻夢於王也。不知詩之所咏，皆祝贊稱願之詞，豈真熊羆虺蛇一時而同入夢哉。此又夢中說夢矣。

今人見紀載中所紀之夢多驗，如良弼、九齡射日生蘭之類，遂以爲古人重夢也。夫人無日不夢，驗者止此，則不驗者不可勝數矣，况多出於附會而不足憑耶？孔子大聖也，少時欲行道，則夢見周公，及老而衰，遂不復夢，則夫子少時之夢，亦不驗矣。蓋人有六夢，惟正夢可占吉凶，其它噩夢、思夢、寤夢、喜夢、懼夢，皆意有所感，而魂不寧，想像成境，非真夢也。余最不信夢，乃一生吉凶禍福，竝無一夢，故知其不足憑也。

程正叔度江，中流風浪忽起，怡然不動，有負薪人問之曰：「公是舍後如此，達後如此？」

程異而欲與之言，則已去矣。夫舍者輕性命死生，若佽非、告子是也；達者齊脩短得喪，若漆園子、桑户是也。舍直是勇往不顧，達則有見解矣。舍者未必達，達者自可舍。渡江中流而風浪作，縱欲不舍，逃將安之？謝太傅與桓宣武、會稽王會於溧江，狂風忽起，波浪鼓湧，諸人有懼色，惟謝怡然自若。頃間風止，桓問之，謝徐笑曰：「何有三才同盡理？」此達者之言也。天道不可知，即使一日同盡，亦豈懼所能免乎？惟聖人之言曰：「生，寄也；死，歸也。余何憂於龍哉？」此知命委化之言，而達與舍俱盡之矣。

孔子曰：「人有三死，而非命也，人自取之爾。夫寢處不時，飲食不節，佚〔一〕勞過度者，疾共殺之；居下位而上忤其君，嗜欲無厭，而求不止者，刑共殺之；少以犯衆，弱以侮强，忿怒不量力者，兵共殺之。此三死者，非造物之殃也。」今之人貪色健鬭，冒險求利，而不終其天年，往往委於命，豈知命者哉。

校勘記

〔一〕「佚」，原作「使」，據孔子家語五儀解改。

好利之人，多於好色；好色之人，多於好酒；好酒之人，多於好奕；好奕之人，多於好書。

好書之人有三病：其一，浮慕時名，徒爲架上觀美，牙籤錦軸，裝潢衒曜，驪牝之外，一切不知，謂之無書可也。其一，廣收遠括，畢盡心力，但圖多蓄，不事討論，徒涴灰塵，半束高閣，謂之書肆可也。其一，博學多識，矻矻窮年，而慧根短淺，難以自運，記誦如流，寸觚莫展。視之肉食面牆，誠有間矣，其於没世無聞均也。夫知而能好，好而能運，古人猶難之，况今日乎？

其有不事蒐獵，造語精進者，此是天才，抑由夙慧。然南山之木，不揉自直，磨而礱之，其入不益深乎？高才之士，多坐廢學，良可惜也。

宋人多善藏書，如鄭夾漈、晁公武、李易安、尤延之、王伯厚、馬端臨等，皆手自校讎，分類精當。又有田偉者，爲江陵尉，作博古堂，藏書至五萬七千餘卷。黄魯直謂：「吾嘗校中秘書，及遍遊江南，名士圖書之富，未有及田氏者。」而名不甚章，惜夫。

俗語謂京師有三不稱，謂光禄寺茶湯、武庫司刀鎗、太醫院藥方。余謂尚不止於三者，如欽天監之推卜，中書科之字法，國子監之人材，太倉之畜積，皆大舛訛可笑。而内秘書之藏，不及萬卷，寥寥散逸，卷帙淆亂，徒以飽鼠蟫之腹，入胠篋之手，此亦古今所無之事也。

余嘗獲觀中秘之藏，其不及外人藏書家遠甚，但有宋集五十餘種，皆宋刻本，精工完美，而日月不及，日就浥腐，恐百年之外，盡成烏有矣。胡元瑞謂欲以三年之力盡括四海之藏，而後大出秘書，分命儒臣，編摩論次。噫，談何容易。不惟右文之主不可得，即知重文史者，在朝之臣，能有幾人，而欲成萬世不刊之典乎？內閣書目門類次第，僅付之一二省郎之手，其泯淆魚豕，不下矇瞽，而不問也，何望其它哉。

夷堅、齊諧，小説之祖也；雖莊生之寓言，不盡誣也。虞初九百，僅存其名；桓譚新論，世無全書。至於鴻烈、論衡，其言具在，則兩漢之筆，大略可睹已。晉之世説，唐之酉陽，卓然爲諸家之冠，其敘事文采，足見一代典刑，非徒備遺忘而已也。自宋以後，日新月盛，至於近代，不勝充棟矣。其間文章之高下，既與世變，而筆力之醇褵，又以人分。然多識畜德之助，君子不廢焉。宋錢思公坐則讀經史，臥則讀小説，上厠則閲小詞，古人之篤嗜若此。故讀書者不博覽稗官諸家，如啖粱肉而棄海錯，坐堂皇而廢臺沼也，俗亦甚矣。

求書之法，莫詳於鄭夾漈，莫精於胡元瑞，後有作者，無以加已。近代異書輩出，剞劂無遺，或故家之壁藏，或好事之帳中，或東觀之秘，或昭陵之殉，或傳記之裒集，或鈔録之殘賸，其間不準之誣，阮逸之贋，豈能保其必無？而毛聚爲裘，環斷成玦，亦足寶矣。但子集之遺，業已不乏，而經史之翼，終泯無傳，一也。漢唐世遠，既云無稽，而宋元名家，尚未表章，二也。好事之珍藏，靳而不宣，卒歸蕩子之魚肉，；天府之秘册，嚴而難出，卒飽鼠蠹之饔飧，三也。具識鑒者，厄於財力，一失而不復得，；當機遇者，失於因循，坐視而不留心，四也。同心而不同調者，多享敝帚而盻夜光，；同調而不同心者，或厭家雞而重野鶩，五也。故善藏書者，代不數人，人不數世。至於子孫，善鬻者亦不可得，何論讀哉。

今天下藏書之家，寥寥可數矣。王孫則開封睦㮚、南昌鬱儀兩家而已。開封有萬卷堂書目，庚戌夏余托友人謝于楚至其所鈔一二種，皆不可得，豈秘之耶？于楚言其書多在後殿，人不得見，亦無守藏之吏，塵垢汗漫，漸且零落矣。南昌蓋讀書者，非徒藏也，而卷帙不甚備。士庶之家，無逾徐茂吴、胡元瑞，及吾閩謝伯元者。徐胡相次不禄，篋中之藏，半作銀盃羽化矣。伯元嗜書，至忘寢食，而苦貧不能致，至餬口之資，盡捐以市墳素，家中四壁，堆積充棟，然常奔走四方，不得肆志繙閲，亦闕陷事也。

建安楊文敏家藏書甚富，裝潢精好，經今二百年，若手未觸者。余時購其一二，有鄭樵通志及二十一史，皆國初時物也。余時居艱，亟令人操舟市得之，價亦甚廉。逾三月而建寧遭陽侯之變，巨室所藏，盡蕩爲魚鱉矣。此似有神物呵護之者，今二書即百金索之海内，不易得也。

胡元瑞書，蓋得之金華虞參政家者。虞藏書數萬卷，貯之一樓，在池中央，小木爲彴，夜則去之。榜其門曰：「樓不延客，書不借人。」其後子孫不能守，元瑞啖以重價，紿令盡室載至，凡數巨艦。及至，則曰：「吾貧不能償也。」復令載歸。虞氏子既失所望，又急於得金，反托親識居間，減價售之，計所得不十之一也。元瑞遂以書雄海内，王元美先生爲作二酉〔一〕山房記。然書目竟未出，而元瑞下世矣，恐其後又蹈虞氏之轍也。

校勘記

〔一〕「二酉」，原作「西室」，按胡應麟藏書之所名二酉山房，王世貞爲作二酉山房記，見弇州山人四部續稿卷六十三，因據改。

書所以貴宋板者，不惟點畫無訛，亦且箋刻精好，若法帖然。凡宋刻有肥瘦二種，肥者學顏，瘦者學歐，行款疎密，任意不一，而字勢皆生動，箋古色而極薄不蛀。元刻字稍帶行，而箋時用竹，視宋紙稍黑矣。國初用薄綿紙，若楚滇所造者，其氣色超元匹宋。成弘以來，漸就苟簡，至今日而醜惡極矣。

宋時刻本，以杭州爲上，蜀本次之，福建最下。今杭刻不足稱矣，金陵、新安、吴興三地，剞劂之精者，不下宋板，楚蜀之刻，皆尋常耳。閩建陽有書坊，出書最多，而板紙俱最濫惡，蓋徒爲射利計，非以傳世也。大凡書刻急於射利者，必不能精，蓋不能捐重價故耳。近來吴興、金陵，駸駸蹈此病矣。

近時書刻，如馮氏詩紀，焦氏類林，及新安所刻莊騷等本，皆極精工，不下宋人，然亦多費校讎，故舛訛絶少。吴興凌氏諸刻，急於成書射利，又慳於倩人編摩，其間亥豕相望，何怪其然。至於水滸、西廂、琵琶，及墨譜、墨苑等書，反覃精聚神，窮極要眇。以天巧人工，徒爲傳奇耳目之玩，亦可惜也。

近來閩中稍有學吴刻者，然止於吾郡而已。能書者不過三五人，能梓者亦不過十數人。而板苦薄脆，久而裂縮，字漸失真，此閩書受病之源也。

内府秘閣所藏書甚寥寥，然宋人諸集，十九皆宋板也。書皆倒摺，四周外向，故雖遭蟲鼠囓而中未損。但文淵閣制既庳狹，而牖復暗黑，抽閲者必秉炬以登。内閣老臣無暇留心及此，徒付筦鑰於中翰涓人之手，漸以汩没，良可嘆也。吾鄉葉進卿先生當國時，余爲曹郎，獲借鈔得一二種，但苦無傭書之資，又在長安之日淺，不能盡窺東觀之藏，殊爲恨恨耳。

王元美先生藏書最富，二典之外，尚有三萬餘，其它即墓銘朝報，積之如山，其考覈該博，固有自來。汪伯玉即不爾。豈二公之學，有博約之分耶？然約須從博中來，未有聞見寡陋，而藉口獨剏者。新安之識，固當少遜瑯琊耳。近時則焦弱侯、李本寧二太史皆留心墳素，畢世討論，非徒爲書簏者。余與二君皆一交臂而失之，未得窺其室家之好也。

昭武謝伯元，一意蒐羅，智力畢盡。吾郡徐興公，獨耽奇僻，驪牝皆忘。合二家架上之藏，富侔敵國矣。吾友又有林志尹者，家貧爲掾，不讀書而最耽書，其於四部篇目，皆能成誦，每與俱入書肆中，披沙見金，觸目即得，人棄我取，悉中肯綮，輿公數年之藏，十七出其目中也。

常有人家緗帙簇簇，自詫巨富者。余托志尹物色之，輒曰無有，衆咸訝之。及再覈視，其尋常經史之外，不過坊間俗板濫惡文集耳，黿羹鴞炙，一紙不可得也，謂之無有，不亦宜乎？夫是之謂知書。

春秋以後，宇宙無經矣；班固以後，宇宙無史矣。經之失也，詞繁而理舛；史之失也，體駁而事雜。故詞以載理，理立於詞之先，則經學明矣；體以著事，事明於體之中，則史筆振矣。疏注不足以翼經，而反累經者也；實録不足以爲史，而反累史者也。

淮陰侯之用兵，司馬子長之文章，王右將軍之作字，皆師心獨刱，縱横變化，無不如意，亦其天分高絶，非學力可到也。淮陰驅市人而使之戰，囊沙背水，拔幟木罌，皆人意想所不到之境，而卒以成功。司馬子長，大如帝紀、六書，小至貨殖、刺客、龜策、日者，無不各極其致，意之所欲，筆必從之；至伯夷、屈原諸傳，皆無中爲有，空外爲色，直游戲三昧耳。今之作史，既無包羅千古之見，又無飛揚生動之筆，只據朝政家乘，少加潤色，叙事惟恐有遺，立論惟恐矛盾，步步回顧，字字無餘，以之諛墓且不堪，况稱史哉。

班固之不及子長，直是天分殊絶，其文采學問，固不讓也。然史之體裁，至扶風而始備，譬之兵家，龍門則李廣，扶風則程不識耳。

史記不可復作矣，其故何也？史記者，子長倣春秋而爲之，迺私家之書，藏之名山，而非懸之國門者也。故取舍任情，筆削如意，它人不能贊一詞焉。即其議論有謬於聖人，而詞足以自達，意有所獨主，知我罪我，皆所不計也。至班固效顰泚筆，已爲人告發，召詣秘書，令作本紀、列傳。以漢臣紀漢事，所謂御史在前，執法在後者，即有域外之議，欲破拘攣之見，已兢兢不保首領是懼矣。司馬温公作通鑑詳慎，久而未成，人即有飛語謗公，謂利得餐錢，故爾遲遲。公遂急於卒業，致五代事多潦草繁冗。傍觀小人之掣人肘如此，縱有子長之才，安所施之？太史公與張湯、公孫弘等皆同時人，而直書美惡，不少貶諱；傳司馬季主而抑賈誼、宋忠，至無所容；封禪書備言武皇迷惑之狀。如此等書，今人非惟不能作，亦不敢作也。董狐之筆，白刃臨之而不變；孫盛陽秋，權兇怒之而不改；吳兢之書，宰相祈之而不得；陳桱之紀事，雷電震其几而不動容。如是者，可以言史矣。

余嘗爲人作志傳矣，一事不備，必請益焉，一字未褒，必祈改焉，不得則私改之耳。嘗預脩郡志矣，達官之祖父，不入名賢不已也；達官之子孫，不盡傳其祖父不已也。至於廣納苞苴，田連阡陌，生負穢名，死污齒頰者，猶娓娓相嬲不置。或遠布置以延譽，或强姻戚以祈求；或挾以必從之勢，或示以必得之術。哀丐不已，請托行之；争辯不得，怒詈繼焉。强者明掣其肘，弱者暗敗其事。及夫成書之日，本來面目，十不得其一二矣。嗟夫，郡乘若此，何有於國史哉。此雖子長復生，亦不能善其策也。

王荆公作字説，一時從風而靡，獻諛之輩，競爲注解，至比之六經，今不復見矣。但以介甫之聰明自用，其破碎穿鑿之病固所不免，而因之盡廢其書，亦非也。凡古人之制字，自必有説，豈苟然而成者？若以荆公爲非，則許氏説文固已先之矣。若不穿鑿附會，引援故實，必得古人之意而止，其不可解者闕之，即不敢比六經，未可謂非經之翼也。

字有六義：指事、象形、會意者，正書也，可解者也；諧聲、轉注、假借者，書之變也，不必解者也。如江之從工，海之從每，知其聲之相近而已，必解其何以從工、何以從每則鑿也。天下之事，有本淺者，不宜深求之；本易者，不宜難求之；本俗者，不宜文飾之。蓋不獨一字説爲然也。荆公若知此意，必不壞宋國家矣。

鄭夾漈六書略凡二萬四千二百三十五字，而諧聲者二萬一千三百四十一，則諧聲居十分之九矣，而欲一一説之，可乎？

切字有三十六字母，相傳司馬温公作也，其中有一音而兩母者，如羣、溪、徹、牀等字，蓋因平聲有清濁，故不得不爲兩母。余常謂加一母不如加一聲，凡字以五聲切之，如通、同、統、痛、突之類，則凡同母者可以盡廢。又切平聲者，當分清濁二音，如風字宜作方空切，今俱作方馮切，則逢字也；馮字宜作符同切，今云符風，則豐字也。此類甚多，蓋俗人但知拘沈約韻，漫取韻中一字切之，不知施之上去入則可，平聲自有二種，不可混而爲一也。

切字之法，余七八歲時一聞即悟，及長以語人，有學數年而竟不知者。故謂此書在悟者即爲筌蹄，而不悟者何殊嚼蠟，廢之可也。

道書以一卷爲一弓，弓音軸，今人即謂之卷，非也。佛書以一章爲一則，又謂一縳。縳，古絹字，亦卷字，通用耳。

今天下讀書不識字者固多，而目前尋常之字誤讀者尤多。其於四聲之中，上去二聲，極易混淆。所以然者，童蒙之時，授書塾師皆村學究，訛以傳訛，及長則一成而不可變，士君子作數篇制義取科第，其於經籍，十九束之高閣矣，誰復有下帷究心者？即有一二知其非，而一傳衆咻，世亦不見信從也。故欲究四聲之正者，當於子弟授書之時，逐字爲之改正，然與世俗不諧，駭人耳目，人反以爲侏儒矣。如上、下、動、静等字，皆當從上聲，人有不笑之者乎？

韓昌黎詩云：「阿買不識字，頗知書八分。詩成使之寫，亦足張吾軍。」夫世豈有不識字而能書者？抑昌黎之所謂識字，非世人之泛然記憶已也。漢儒之訓詁，極其宏博，而獨稱子雲識字，至使四方學者，載酒以問，此其學豈淺鮮者？唐王起於世間字所不識者，惟八駿圖中數字，則識字良亦不易。而昌黎之詩，動用僻字古韻，至今千世之下讀之，尚不盡識，何況阿買也？

吴孫休爲四子作名字，皆取難犯：𩅦灣字曰𩃤迄，𩇐觥字曰𩇯礥，壾莽字曰昷舉，𡨧褒字曰𡕁擁。此與八駿圖中𡗗泰、𡘙丙二字相類，亦好奇之過矣。唐武后命宗楚客[一]製十二字：瞾照、𠀑天、埊地、𡆠日、𠥱月、〇星、𠺞君、𢘑臣、𡔈初[二]、𡕀載、𠡦年、𠙺正。而見它書者又有生人、𡗝證二字。南漢劉巖製龑儼字爲名，效顰轉甚。余觀餘冬序録載宋人有𡚸矮、𡘋齋、𨳍穩、奀同上、仦嫋、𡗰勒、𡗢終、𦝄臘、𡚾大、𥒆勘、閁擵、汆游、氼没、𨳒嚇、𣬠翡、𡭔慣等字，蓋俚俗之談，杜撰以成字耳，豈六書之正哉。今人俗字有夯和朗切、歪和乖切、要少、𡚒欽，去聲、扐爪、幫榜，平聲、仐箭、𦫳苦等字，然多見之俗牒耳。余觀海篇直音中所載，視説文不啻百倍，蓋人以意增減之，無非字者，恐將來字學從此益淆亂矣。

校勘記

〔一〕「客」，原誤作「后」，今改正。

〔二〕「初」，原作「除」，按武周新字無「除」字，「𡔈」之本字當爲「初」，因改正。

欒善録載：「趙韓王病，遣道士上章，神以巨牌示之，濃烟罩其上，但末有『火』字。趙聞之，曰：『此必秦王庭美也。』」余按美字從羊從大，非火也，豈神明亦不識字耶？其爲後人附會無疑。

楊用脩最稱博識，亦善杜撰，而劉夫人碑中「伇」「迲」二字，及酒官牌中「夂」字皆不識。余謂古今傳記中難字固亦有限，而釋道二藏中，恐即偏觀，未能盡識。至於近代海篇直音，偏傍上下，類以意增，觸而長之，無復窮極，非六書之正，何以能識？即識之亦無用也。

説文太略，而海篇〔一〕太繁，沈約韻書踈漏益多，惟當以十三經、二十一史合釋道二藏，彙而訂之，奇而難識者即注見某書，一切杜撰者悉去之，其於同文之治，未必無裨也。

校勘記

〔一〕「海篇」，原作「篇海」，按此當爲海篇直音之省稱，因據寶樹堂本乙正。

余在山東，行部沂州，有毛陽巡檢司，懵然不識，問胥曹，曰：「音山。」歸檢字書皆無之。因考史中郡國志有奇字者附於此，有：盧虒音盧夷、茌平今省爲茌、邔音忌、虫音貢、芯題芯，古莎字、鄡若幺反、朸音力、瓡音執、邞音夫、郁鄢音孱馬、樸剸音蒲圜、狋氏音權精、詽邯詽音男。而囦淵、郵絹、盩周厔至，人亦多不識也。

東軒筆録載王沂公命王耿按陳絳事至中書，立命進熟。「進熟」不知何物，以意度之，似是具呈之義。

博古而不通今，一病也。鉤索奇僻，而遺棄經史，二病也。孟子之文，每一議論，必引書或詩以證之。今人爲文，旁採謳諺，而不知引經，是爲無本之學矣。

博學而不能運筆，天限之也，陸澄、劉杳是也；高才而苦無學術，人棄之也，戴良、李賀是也。然以才勝者，患其跅弛，可以陶鑄；若徒書厨經庫，吾末如之何也已。

焦弱侯謂今之讀書者不識句讀，皆由少年不經師匠，因仍至此。其論甚快，因舉數事，如

「至大至剛以直」、「點爾何如」、「講事以度軌」等語，文義皆勝舊，但李彦平讀禮記一段，余未敢從。蓋「男女不雜坐」自爲句，至「不同巾櫛」爲句，「不親授」自爲句。今以「不同」屬上句，雖無害，而「巾櫛不親授」則不通矣。「男女授受不親」，何獨巾櫛哉。至四書、九經中句讀，當改易者尚多，如「卒爲善句士則之」，「履帝武敏句歆攸介攸止」，若此之類尚多，未易枚舉也。

少時讀書，能記憶而苦於無用；中年讀書，知有用而患於遺忘。故惟有著書一事，不惟經自己手筆，可以不忘，亦且因之搜閲簡編，遍及幽僻，向所忽略，今盡留心，敗笥蠹簡，皆爲我用。始知藏書之有益，而悔向來用功之蹉跎也。

余自八九歲即好觀史書，至於亂離戰争之事，尤喜談之，目經數過，無不成誦。然塾師所授，不過編年節要、綱鑑要略而已，後乃得史記、漢書及朱子綱目，讀之凡三四過，然止於是而已。最後得二十一史，則已晚矣，然幸官曹郎冷局，得時時卒業也。

漢光武好圖讖，至用三公，亦以讖書決之。尹敏遂因其缺而增之曰：「君無口，爲漢輔。」

帝雖責之，而竟不罪也。讖書今世所禁，不知作何狀，亦不知何人所作。但堪輿家常引讖語，附會吉地，以爲讖地，亦竟不知其所從出，强半杜撰之詞耳。今世所傳有推背圖，相傳李淳風所作，以占帝王世次，其間先後錯亂，云是宋太祖欲禁之不可，乃命取而亂其序并行之。人見其不驗，遂棄去。然多驗於事後，雖知之何益？聖人所謂百世可知者，豈是之謂哉。

東漢至三國，罕複名者，莽禁之也。秦以前複名蓋寡，然僑如、無忌、去疾之類，往往見於經史。而二名不偏諱之義，三代已有之，則亦何嘗以複名爲非也。王莽矯誣，遂著爲禁令，至諷匈奴亦上書更名，可笑甚矣。迺其法亦行之二百餘年，何耶？今時則複者十七，亦以歲久人繁，易於重犯故耳。且使子孫不偏諱，未爲不可也。

周公謹癸辛雜識載先聖初名兵，已乃去其下二筆。此事竝無所出。按先聖因母禱於尼丘而生，故名丘，字仲尼，豈有名兵之事？誕妄甚矣。

古之命名者，不以郡國，不以山川，不以鳥獸惡疾，然亦有不盡然者，即周公子已名禽，宣尼子已名鯉矣。此蓋爲人君言之也。人君之名，當使人難知而易避，不然者則當申臨文不諱之令。夫減損點畫，猶之可也，至并其音而更之，使千古傳襲，恬不知改，若「莊光」之爲「嚴光」，「玄武」之爲「真武」也，可乎？

宋時避君上之諱最嚴，宋板諸集中，凡嫌名皆闕不書。如英宗名曙，而「署」「樹」皆云嫌名，不知「樹」音原不同「曙」也。欽宗名桓，而「完」亦云嫌名，不知「完」音原不同「桓」也。仁宗名禎，而「貞觀」改作「正觀」，「魏徵」改作「魏證」，不知「徵」「禎」不同音也。又可怪者，真宗名恒，而朱子於書中有「恒」獨不諱，不知其解，或以親盡而祧耶？至於「胤」「義」二名，其不諱宜矣。

陶穀原姓唐，因避石晉諱而改。真德秀原姓慎，因避孝宗諱而改。夫以君父一時之諱，而更祖宗百代之氏，不孝孰甚矣。陶不足責也，而西山大儒，乃爲此耶？

宋人高自誇詡，毁譽失實，如韓范二公，將略原非所長，元昊跳梁，二公心力俱憊，尚不能支，而乃有西賊破膽之謡。王安石剛愎自用，亂天下國家，其罪不在蔡京、童貫之下，而引入名臣之列。張浚志大才踈，喪師辱國，劉琨、殷浩之儔也，而盛稱其恢復之功，比之諸葛武侯。及其叔季，如楊龜山、魏了翁者，空言談道，豈真有撥亂匡時之略，而猶惜其不見任用，寧非噉名之過哉。吾謂宋之人物，若王沂公、李文正、司馬温公之相業，寇萊公、趙忠定之應變，韓魏公之德量，李綱、宗澤之撥亂，狄青、曹瑋、岳飛、韓世忠之將略，程明道、朱晦菴之真儒，歐陽永叔、蘇子瞻之文章，洪忠宣、文信國之忠義，皆灼無可議，而且有用於時者，其它瑕瑜不掩，蓋難言之矣。

易之夬卦，以衆君子而去一小人，在決之而已，故謂之夬。宋當元豐、元祐之時，君子多而小人寡，迺議論不斷，自相矛盾，使小人得乘間而進。及其敗也，反謂熙寧之禍，吾黨激成之。譬之賊勢猖獗，主將首鼠致敗，而反咎力戰者，以爲挑釁生事，不亦愚之甚哉。

性有善惡之言，未甚失也，而孟子力排之；反經合道之言，未甚失也，而宋儒深非之，皆矯而過正矣。古之行權者，如湯武之放伐，伊霍之遷易，周公之誅管蔡，孔子之見南子，何嘗不與經相反？經者權之對也，不反則不爲權矣。然反而合道，不失其經，易所謂「萬物睽而其事類」者也，此語何足深非，又何必抵死與辯耶？

宋儒若明道、晦菴皆用世之真才也，雖有迂闊，不失其高，下乎此者，不敢知也。如朱子論周益公云：「如今却是大承氣證，却下四君子湯，雖不爲害，恐無益於病。」即此數語，朱之設施可知矣。伊川見人主折柳條，便欲禁制之，説書時顏色莊嚴，儼以師道自處，此即子弟，如是教之，亦苦而不入，况萬乘之主哉。陸秀夫於航海之日，負十歲幼主，而日書大學衍義以講，不知何爲，近於迂而愚矣。聖人之談道，皆欲行於世也。大學説明德，便説新民；中庸説中和，便説位育。孔子一行相事，便墮三都，誅少正卯，更無復逡巡道學之氣。顏淵問爲邦，孔子便以四代禮樂告之，何嘗又以克己復禮使之教百姓耶？宋儒有體而無用，議論繁而實效少，縱使諸君子布滿朝端，亦不過議復井田封建而已，其於西夏、北遼，未必便有制馭之策也。

唐虞三代君臣之相告語，莫非危微精一之訓。彼其人皆神聖也，故投之而即入，受之而不疑。下乎此者，便當納約自牖，就其聰明之所及而啓迪之，如教子弟然。夫子於顏曾不絶克復一貫之訓，而於伯魚不過學詩學禮而已，因其材也。故主有所長，則就其長而擴之；主有所短，則就其短而翼之。時當治平，則當陳潤色之略；時值喪亂，則當先救正之方。使之明白而易曉，簡易而可行，求有益於世而已。宋人硜硜守其所學，必欲强人主以從己，若哲徽寧理，皆昏庸下愚之資，而嘵嘵以正心誠意强聒之，彼且不知心意爲何物，誠正爲何事，若數歲童蒙，即以左國班馬讀之，安得不厭棄之也？

事功之離學術，自秦始也，急功利而焚詩書；學術之離事功，自宋始也，務虚言而廢實用。故秦雖霸而速亡，功利之害也；宋雖治而不振，虚言之害也。

甚矣，宋儒之泥也。貶經太過者，至目春秋爲爛朝報；信經太過者，至以周禮爲周公天理爛熟之書。不知春秋非孔子不能作，而周禮實非周公之書也。至歐陽永叔以繫詞非孔子之言，抑又甚矣。

古人五十服官，六十懸車，其間用世者才十年耳。夫以十年之久，而欲任天下事，尠歷諸艱，無乃太驟乎？噫，古之人論定而後官之，非官而後擇也。隨才授官，終於其職，無序遷例轉也。夫人各舉其職，官各得其人，十年之間，治定而功成矣。今之仕者，議論繁多，毁譽互起。循資升降，既不勝其患得患失之心；任意雌黄，又難當夫吠形吠聲之口。歷官半世，而尺寸未聞；立身累朝，而夷跖不定。是用世之具，與官人之術，兩失之也。

今之仕者，寧得罪於朝廷，無得罪於官長；寧得罪於小民，無得罪於巨室。得罪朝廷者，竟盜批鱗之名；得罪小民者，可施彌縫之術。惟官長巨室，朝忤旨而夕報罷矣。欲吏治之善，安可得哉。

古人相者，病於怙權；今之相者，病於無權。其病均也。然寧以怙權而易相，無以抑相而廢權。相者下天子一等耳，以天下之重，兆民之衆，而責之一相，不假以權，權將安施哉。堯拔舜於畎畝之中，誅四凶，進元愷，惟其所爲耳。下此即桓公之於仲父，昭烈之於武侯，苻堅之於王猛，猶然也，而國治民安，天下萬世，不以爲非。自末代君臣，上疑其下，下亦自疑，既不能擇其賢否，又不能畢其才用，天子既從中沮之，羣臣又從旁撓之，求安其身，不可得也，何暇治天下哉。

上世之人，善善長而惡惡短。中古之人，善惡相半。至於今日，則衆人之所譽，不能當一人之所毁也；百行之盡善，不能當一節之少瑕也。譽者不以爲賢，而毁者必以爲不肖也。善者不過一時之揄揚，而瑕者遂爲終身之口實也。有始譽而終毁之者，未聞既毁而肯譽之者也；有始賢而後言其改節者，未聞始不肖而後許其自新者也；有聞人過而終身訕之者，未有聞人善而終身服之者也。噫，其亦末世之民也已。

進賢退不肖，均也。論其等分，則進賢宜多於退不肖。如人之養生，進粱肉之時多，而下藥石之時少也。今之薦賢者，則謂之市恩，謂之植黨。即不然，亦以爲循故事，塞人望而已。至於攻擊醜詆，不遺餘力，穢行俚言，纍纍滿紙，初若令人怒髮衝冠，不可忍耐，久亦習以爲常矣。不但言人者嚬笑都不由中，而被其言者亦恬不以介意矣。噫，禮義廉耻，國之四維，臣子比肩立朝，而令尋常得恣口污衊之，其究也，使人頑不知耻，而砥礪之道喪矣。且也人不復以指摘爲羞，則言者愈輕，言者愈輕，則聽者愈無所適從，而大貪巨駔，潛入其中，不復之能辨矣。爲國家慮者，不能不爲之三歎也。

漢陰丈人聞桔槔之説則忿然作色，謂：「有機事者，必有機心。」師金語子夏以桔槔，則謂：「人之所引，非引人者也。故俯仰而不得罪於人。」均一桔槔也，在人引之則爲機心，在從人所引則可免罪。今之人，引人者乎，抑爲人所引者乎？不可不辨也。

五雜組卷之十四

事部二

人之難知也，聖人猶然嘆之。今之取士也以文章，而紙上之談，不足憑也；程官也以功狀，而矯誣之績，不足信也。采之於月旦，而沽名者進矣；覈之於行事，而飾詐者售矣。居家而道學者，大盜之藪也；居官而建言者，大奸之托也。嗚乎，世安得真才而用之？

亂世之奸雄，其才必足以自文；貪得之鄙夫，其術必足以自固。故干紀濟惡者，皆世所謂才士也；吮癰舐痔者，皆世所稱善人也。

任大臣，則當略其小過；用大才，則當寬其小疵。以吏事責三公，非禮貌之體也；以二卵〔一〕棄干城，非駕馭之術也。

校勘記

〔一〕「卵」，原作「卯」，此當用孔叢子居衛子思薦將事，因據寶樹堂本改。

告令煩者，官必闒茸；禮數多者，人必險陂；議論繁者，事必無成；言語躁者，學必不固。

郡縣之間，功令瑣屑，故外宦不若内宦之逸也；朝廷之上，事體掣肘，故内事不如外事之辦也。故旅進旅退，與世浮沉，則金馬門儘可避世全身。如欲建尺寸之竪，上有實政，而下蒙實惠，則非外吏不可。

臺諫雖以風聞言事，然輕以贓私污人名節，則過矣。縱使有而發其陰私，已非厚道，況以傳聞曖昧之事，或愛憎毁譽之口，而妄加誣衊乎？宋人小説載臺諫當上殿，未有題目，五更不寐，平生新舊，一一上心，有鄉人來訪，延款殷勤，而翌日即上彈章者。乃知此風其來已久。

從來仕宦法罔之密，無如本朝者。上自宰輔，下至驛遞巡宰，莫不以虚文相酬應，而京官猶可，外吏則愈甚矣。大抵官不留意政事，一切付之胥曹，而胥曹之所奉行者，不過已往之舊牘，歷年之成規，不敢分毫踰越。而上之人既以是責下，則下之人亦不得不以故事虛文應之，一有不應，則上之胥曹又乘其隙而繩以法矣。故郡縣之吏，宵旰竭蹷，惟日不足，而吏治卒以不振者，職此之故也。

上官蒞任之初，必有一番禁諭，謂之通行。大率胥曹勦襲舊套以欺官，而官假意振刷以欺百姓耳。至於參謁有禁，餽送有禁，關節有禁，私訐有禁，常例有禁，迎送有禁，華靡有禁，左右人役需索有禁，然皆自禁之而自犯之，朝令之而夕更之。上焉者何以表率庶職，而下焉者何以令庶民也？至於文移之往來，歲時之申報，詞訟之招詳，官評之册揭，紛沓重積，徒爲鼠蠹薪炬之資，而勞民傷財，不知紀極。噫，弊也久矣。

唐宋以前，不禁本地人爲官，如朱買臣即爲會稽太守；宋時蔡君謨莆人，而三仕於閩。我國家惟武弁及廣文不禁，其外則土官與曲阜令耳。然亦不聞以鄉曲故法令不行也，不知文職何故禁之？永樂中，邵圮以浙人巡按兩浙，則知國初尚無此禁也。南贛開府，兼制閩廣，然蒙詔[一]以廣人，余從祖杰以閩人，皆嘗爲之。蒙不知云何，從祖當時已有稱不便者，一二驕恣家奴，且挾勢不避監司矣，不如引嫌之爲愈也。又河道總督制及浙西，而潘季馴以浙西人爲之，每行文移於監司守令，常有格不行者。古法之不可行於今，此其一端也。

校勘記

〔一〕「詔」，原作「慎」，按蒙慎不知誰何，而蒙詔廣東番禺人，萬曆間任南贛巡撫，因據寶樹堂本改。

地方若省冗官，十可去其二三；居官若省冗事，十可去其六七。京師之民最繁雜，事最猥瑣，而官常有餘閒者，虛文省也。只以人命一事言之，京師有殺人者，地方報之，巡城御史行兵馬司相視，其情真者即了矣。有疑不決，然後行正官檢視，獄成上疏，下之法司，一讞而畢矣。外藩則不然，地方報縣，先委簿尉相視，情真而後申府。府有駁再駁，而後申道。道有駁再駁，而後詳直指。其間一檢不已，再檢不已，比至三檢，所報分寸稍異，又行覆檢，遂至有數縣官會問者，數司理會問者，數太守會問者。而兩造未服，爭訟求勝，自巡撫中丞，直指使者，藩臬之長，守巡二道，隔隣監司，紛然批行解審。及至獄成，必歷十數問官，赴十數監司，而上人意見不一，好作聰明，必吹毛求疵，駁問以炫己長。迨夫招成不變，而死者已過半矣。況轉詳又有京駁，審録又有矜疑恤刑，至部又紛紛告辯，卒有元兇未正典刑，而中證〔一〕親屬相望告斃者。至於官狗私而曲斷，吏受賕而寢閣，優柔不斷者，動必經年，遷轉不常者，概行停止，其害又難以枚舉也。嗟夫，一事如此，他事可知。故不省虛文，而望事集民安，此必無之事也。

校勘記

〔一〕「證」，原作「正」，據寶樹堂本改。

國家於刑獄一途，惓惓留意，不啻三讞五覆，而往往有負屈以死者。如往歲荷花之冤，甚與宋墨莊所載沉香事相類。此皆初問之官不能用心細察，而草草下筆，其後遂一成而不可變耳。又有人作聰明，專以平反爲能者。如山西趙思誠，初任萊州司理，雪一冤獄得名，拜諫議，後出爲監司，一應强盜殺人之獄，皆以爲誣，悉縱之。此則以意爲輕重者也。

元世祖定天下之刑，笞杖徒流絞五等。笞杖罪既定，曰：「天饒他一下，地饒他一下，我饒他一下。」應笞一百者止九十七，杖亦如之。此雖仁心，亦近於戲矣。我國家絞之上有斬，有凌遲，而自流罪以下，有大誥者減一等，蓋當時頒大誥於天下，欲人人習之故也。後世相仍，一概減等，而遇熱審及恤刑之期，又減一等。每歲決獄，多特〔二〕降旨停免，故以詿誤陷大辟者，多老死圜土中。此亦法中之仁也。

校勘記

〔二〕「特」，原作「時」，據寶樹堂本改。

爲守令者，貪污無論已，上者高談坐嘯，而厭薄簿書，此一病也。次者避嫌遠疑，一切出內，概不敢親，此亦一病也。而上之人，其疑守令，甚於疑胥役，其信奸民，甚於信守令，一切錢穀出入，俱令里役自收，而官不得經手。此何里役皆伯夷，而守令盡盜跖也？事有違道以干譽者，莫此爲甚焉。

爲令者有八難：勤瘁盡職，上不及知，而禮節一踈，動取罪戾，一也。百姓見德，上未必聞，而當道一怒，勢難挽回，二也。醇醇悶悶，見爲無奇，而奸驵蜚語，據以爲實，三也。凋劇之地，以政拙招尤；荒僻之鄉，以踈逖見棄，四也。上官〔一〕所喜，多見忌於朋儕；小民所天，每見仇於蠹役，五也。藺絲不前，則責成捆至；苞苴不入，則萋菲傍來，六也。宦成易怠，百里半於九十；課最易盈，銜橜伏於康莊，七也。剔奸釐弊，難調駔儈之口；杜門絕謁，不厭巨室之心，八也。至於郡守禮貌稍殊，白黑難溷，雖百責攸萃，較令稍易，然時有漏網於吞舟，而負冤於覆瓿者，此仲翔、敬通所爲仰天長嘆也。

校勘記

〔一〕「官」，原作「多」，據寶樹堂本改。

監司之臧否屬吏，蓋亦難矣。粉飾者見賞，則闇脩者弗庸；迎合者受知，則骨梗者蒙棄；搏擊者上考，則長厚者無稱；要結者得驩，則孤立者無譽；畔援者承旨，則寒微者自踈。

至於資格一定，則舍豺狼而問狐狸；意見稍偏，則盻夜光而寶燕石。故下吏之受知長官，有難於扣九閽者。昔王荆公爲幕職，讀書達旦，猶不爲韓魏公所知，况其他乎？

宋劉偁爲陜州參軍，居官貧甚，及歸，賣所乘馬爲糧，跨驢而歸。魏野贈以詩云：「誰似甘棠劉法掾，來時騎馬去騎驢。」及真宗封禪，求野著作，得此詩，即拜偁爲京官。噫，今之小官如偁者難矣，然不可謂無其人也。但送行之詩，多浮其實，有如野之不阿所好乎？而貝錦一成，泣血剖心，上人終不見信，如宋真宗者，今監司千萬中無一人也。

古人長官之待僚幕，真如父子兄弟，絶無崖岸之隔。如晉時庾亮登樓，共諸從事，踞牀嘯傲。桓宣武直入謝太傅室中，至爲狂司馬所逼，入内避之。然此猶遠事也。宋歐陽公在西京幕職，與諸名士終日遊山，時錢思公爲守，至攜酒榼、遣歌伎迎勞，何嘗稍以勢分自居，而亦何嘗失時廢事也？今太守二千石下視丞判司理，已如鵰之挾兔，而瑣屑脂韋之輩，趨承唯諾，惟恐不及，雖云同寮，已隔若殿陛矣。况上而藩臬，又上而部使者乎？上下相臨，儼若木偶，魚貫而進，蒲伏而退，其有賜清坐、假顔色者，即詑以爲國士之遇矣，敢與之抗是非、争可否哉。禮文進退之節，平反出入之間，一失其意，朝白簡而夕報罷矣。故仕路相戒，天子之逆鱗易犯，而上官之意指難違。古人所謂「善事上官、無失名譽」者，亦有激其言之也。

藩司之職，即行中書省之別名也；臬司則漢之刺史、宋之提刑也。但昔之權重，可以巡歷黜陟，二千石以下皆得易置。國朝自有巡按御史之設，而提刑之權輕矣。其分司於外者，雖時一舉行，不過循襲故事耳。其後以藩司分轄各郡爲分守，臬司轄者爲分巡。蓋藩臬之長，以地遥不能周知，而歲時復有祝釐入覲之役，遷徙事變之故，非分司不足用也。自萬曆壬辰以後，天聽稍高，銓補之牘，不時得請，藩臬十七空署，事多兼攝，而民愈不便矣。

宋樞密使最尊，其事權禮遇與宰相等。當時文事出中書，武事出樞密，謂之兩府。國朝兵部僅在六卿之列，而永宣之朝，大司馬如馬公文升、劉公大夏，時與輔臣同參密議，蓋雖與相臣有間，而其權亦與冢宰埒矣。但既爲宰相，自當兼管文武，乃與樞密分權，此宋制之失也。

六卿之序，唐則吏禮兵民刑工，貞觀改吏禮民兵刑工；宋初以吏兵户刑工禮爲次，至神宗始定吏户禮兵刑工，蓋用周禮之序也。今雖沿宋制，而清貴之秩，吏之下則禮，禮下則兵，兵下則工，工下則户，户下則刑，至於都察院，雖居六卿之下，而權勢與吏部埒。百年以前，尚無定序，今則一成而不可變矣。

太祖誅胡惟庸後，罷丞相不復設，而以九卿分治，凡事可否，聽自上裁，當時豈有内閣及票本之事哉。永樂初，以萬機多故，於詞臣中選數人入閣辦事，軍國重事，面與商確，而當時九卿亦召預議，不獨閣臣也。其後稍倦勤，遂令票擬以進，習以爲常。三楊當英廟之初，主少國疑，權由己出，天下遂以相名歸之，而實非也。夫以大學士爲相，則學士不過詞林殿閣之職，秩止五品，非相也；如以處百僚之上，則其尊多由兼官，或六卿，或宫保，非本等職業也。票擬不過幕賓記室之任，可否取自朝廷，何權之有？而其後如分宜、江陵之爲者，如猾吏之市權，竊之也，非真權也。唐宋宰相，禮絶百寮，坐中書堂行事，自九卿而下進見，皆省吏高唱，鞠躬而入揖，及進茶，皆抗聲贊喝。待制以上見則直言某官，皆於席南横設百官之位，不迎不送。其尊如此，黜陟予奪，無一不自己出。如申屠嘉廷辱鄧通，蘇良嗣笞薛懷義，趙普按誅陳利用，韓琦立召任守忠，此宰相之權也。今之權皆已散而歸之大小九卿，而閣臣之門，欲笞一人，而無箠楚，每日坐容膝之地，晨入酉出，喙息不休，退居邸第，丞郎皆與抗禮，迎送僕僕，安在其爲宰相也？但去天尺五，呼吸可通，大小萬幾，悉經心目，上之禮眷，殊於百辟，於是人始以爲天下事無一不由閣臣定者，而不知閣臣票擬悉據九卿之成案，不敢增一毫意見，不敢踰尺寸成規者也。夫無宰相之實，而冒宰相之名；不能行宰相之事，而天下必責以宰相之業，故今之爲閣臣者亦難矣。

愚嘗謂永熙宣弘之朝，若三楊、劉、謝等，得君行道，言聽諫從，是以閣臣而做宰相之功業者也。嘉隆以來，若分宜、新鄭、江陵等，廣布爪牙，要結近侍，是以閣臣而假天子之威福者也。至於今日，主上神聖，威福既不可竊，而上下否隔，功業又不可就，且議論繁多，動輒掣肘，其不以身爲射的則幸矣，救死之不贍，而何暇治天下哉。

史稱姚崇爲救時之相。夫救時之相，豈易得哉。世衰道微，主德不聰，奸宄潛伺，幾務叢脞，百姓流亡，即以伊周處此，亦不過成得救時二字耳。相之治國，如醫之治病也。其人彊壯無疾，則教以珍攝保養，無所事事之方；若病勢已深，急當治標，雖有盧扁，亦必鍼石湯灸之劑，可謂其非神醫，而僅爲救病之醫哉。宋儒敢爲高論，而輕薄世務，迺於干戈雲擾之際，猶以正心誠意之説進，譬之垂絶之人，教以吐納導引之方，足以速其死而已矣。

三代而下，只得救時之相爲上策。何者？主非神聖，人非結繩，與其高談性命，而無益於用，不如救偏補弊，隨事幹蠱，爲有實效也。如張良當楚漢之際，孔明輔偏安之國，李泌立革命之朝，司馬光處變革之日，其所經畫設施，亦不過視其所急而先之，故卒能反亂爲治，功成事舉。使四君子者處三代之盛時，豈不能陳王道，興禮樂哉？而不盡用其所長者，其時勢非也。故曰：「識時務者，在乎俊傑。」夫堯舜之知，不過知所先務耳。知先務者，救時之相也。

才足以撥亂者，多驁而自用；量足以鎮俗者，多懦而無爲。抱苦節之貞者，必褊於容衆；具通達之識者，或昧於提躬。諸葛武侯外綜軍旅，內和人民，淡泊明志，寧静致遠，開誠布公，集思廣益，舉世之所難者而皆兼之，三代以下，一人而已矣。

寇萊公爲相，用人多不以例，曰：「若用例，則胥吏足矣，何名宰相？」此格言也。天子既以進賢退不肖之權寄之宰相與冢宰矣，若復事事拘例，人人循資，又惡用進退之權爲也？近來文罔既密，奸弊亦多，藩臬外吏以下，一切論俸，而銓選之時，置籤抽掣，防弊之典，可謂至公至慎矣，而於用人之道則未也。

古之爲相及冢宰者，其於天下賢才，盡在胸中，故可以不用例。今之冗員既多，事幾亦繁，大小九列之外，不復知其人矣。至於銓選，猥雜尤極，不得不循資例。但掣籤之法，終不可傳後世，况其中弊竇，亦自不少也。

管仲之生，誠不如召忽之死，然一匡九合、尊主庇民之績，雖百召忽無爲也。平勃之譎，誠不及王陵之戇，然乘機定亂，反吕爲劉之功，雖百王陵無爲也。聖人於管仲，不責其死，而惟取其功，其心之恕、論之平如此，而宋儒乃責平勃以不争，責王魏以事仇。使平勃廢，王魏死，漢唐無文景、貞觀之治，此政孔子所謂「匹夫匹婦之爲諒」者也。又云：「濟大事者，當以狄仁傑爲法。」夫仁傑之法，政得之平勃者也，既以王陵爲正，又以仁傑爲法，俗語所謂「要喫楊梅，又怕齒酸；不喫楊梅，又怕口乾」者也，其無定見，甚矣。

才禀於天，不可學而至也；量成於人，可學而至也。故大臣當以德量爲先，德量不足，即有周公之才之美，亦不足觀。如宋王臨川，近代張江陵，其才非不絶世，然愎而自用，褊而寡容，其行事必自以爲是，而人莫敢矯其非，故王終誤國，而張竟覆宗，所係非細故也。國朝夏忠靖原吉，識量不減韓魏公，人嘗問公：「量可學乎？」公曰：「何爲不可？吾少時遇犯者必怒，始忍於色，中忍於心，久之自熟，殊無相校意，即大事亦不動矣。」故聖人謂「小不忍則亂大謀」，忍於小者，所以成其大也。

處世須是耐煩，而居官尤甚。上自公卿，下至守令，但能耐煩，便有識量，着一急性者不得，蓋事多在忙中錯也。至於讀書交友，當户涉世，無不皆然。不惟涵養德性，亦足占後來之造就。使憧憧往來、鹵莽裂滅之人，即讀書亦不能咀嚼意味，作事交友，必且有始無終，孔子所謂無恒之人也。况於居官，舉動食息，不得自由，不如意事，舉目皆是，若以忿悁躁競之心處之，惟有投河赴海而已。噫，此雖人世之不古，亦宇宙缺陷世界宜爾也，故士必知命，而後能樂天。

易曰：「吉人之詞寡。」張釋之謂周勃、張相如兩人，言呐呐不出諸口。然言語者，心之華也，未有無學術、無識見而能言者。以孔門而獨宰予、子貢居言語之科，言亦何容易哉。

子産有詞，諸侯賴之，詞之不可以已也。蓋春秋戰國時，其習尚已然矣。其後儀秦首軫之流，皆以一言取卿相，然觀其立談之頃，析軍國之大計，察海内之情形，如指諸掌，此雖非聖門之言語，而其苦心考究，捭闔推測，有後世宿儒所不能及者，其難尤倍蓰之矣。自晉一變爲清談，言始不適於用；宋一變爲道學，其言又皆糟魄芻狗而不可聽，則又何貴於言哉。

三代之人，必習爲詞命，童子入小學，則教以應對，蓋赫蹏未興，赤牘未削，一切利害事宜，皆面陳而口宣之，故必其平日學問該博，事機熟透，猝至而應，莫不合宜。如今人上一疏，投一書，不知經幾籌畫，費幾改竄，或假手他人，或勦襲舊語，猶自詫以爲奇，而況於立談之頃乎？吾讀史至子産之對晉人，張禄之説秦王，毛遂之定楚從，蔡澤之感應侯，樊將軍數羽之言，淮陰侯築壇數語，匆匆旁午之時，答辯如響，皆成文章，而見事定計，發必破的，若庖丁解牛，以無厚入有間，恢恢乎有餘地者，其亦可謂命世之才也已。自漢以後，惟孔明見先主，立定三分之計；姚元之馬首倥偬，以十事要明皇，此皆倏詞決策，預定於平日者也。范文正公自做秀才時，便以天下爲己任，及天章閣召問，皇恐不能對，退而上書，詞之難也甚矣。

古人不作寒暄書，其有關係時政及彼己情事，然後爲書以通之，蓋自是一篇文字，非信手苟作者。如樂毅復燕昭王，楊惲報孫會宗，太史公復任少卿，李陵與蘇中郎，千載之下，讀其言，反覆其意，未嘗不爲之潸然出涕者，傳之不朽，良有以也。下此魯連之射聊城，已墜縱横之咳唾；鄒陽之上獄書，不過幽憤之哀詞。君子猶無取焉，况其他乎？自晉以還，始尚小牘，然不過代將命之詞，叙往復之事耳，言既不文，事無可紀，而或以高賢見賞，或以書翰爲珍，非故傳之也。今人連篇累牘，半是頌德之諛言；尺紙八行，無非温清之俚語，而灾之梨棗，欲以傳後，其不知耻也亦甚矣。

近時文人墨客，有以淺近之情事，而敷以深遠之華；以寒暄之套習，而飾以綺繪之語。甚者詞藻勝，而諄切之誼反微；刻畫多，而往復之意彌遠。此在筆端游戲，偶一爲之可也，而動成卷帙，其麗不億。始讀之若可喜，而十篇以上，稍不耐觀，百篇以上，無不嘔噦矣。而噉名俗子，褒然千金享之，吾不知其解也。

王安石立新法，引用小人，卒致宋室南渡，其禍烈矣。而其初不過起於執拗之一念，蓋孟子所謂「訑訑之聲音顔色，距人於千里之外」者，當時亦但以快一時之意，而不虞其害之至此極也。近來名公，清貞苦節，天下想望其風采，及其得位行事，動與世齟齬而不相入，乃其自信愈篤，而人之攻之也日益甚，終不能安其位而去。雖詆訶者太過，而亦有以自取之也。

顧佐爲都御史，疾惡如仇，百僚莫敢闖其居者，待漏朝房，至比隣十餘室無人聲，其風采可想見，然似亦過矣。近代如海瑞在留都總憲，諸御史不敢私市一物，卒之日，布被蕭然而已，其清而狷，蓋天性也。然撫金陵時，所行過當者甚多，下弗堪也，亦有必不可行者。每官舫行，限以拽夫十五名而止。一日行部，入淺河，舟膠中流，數日不能前郤。迎送之禁既嚴，廪既俱絶，不得已自發白鏹僱舁者，乃得行。其在南吏部日，中道有訴冤者，輒受其詞，歸行之司屬，司屬以非職掌，不受也；行之法司，法司以非通政司所准，不受也，遒取而焚之。其苛碎類若此。然海公精力幹辦，尚能必行其意，後人效之，一步不可行，而物議沸矣。

唐宋百官，入朝皆乘馬，宰相亦然。政和間以雨雪泥滑，特許暫乘轎。自渡江後，俱乘轎矣，蓋江南轎多馬少故也。國朝京官三品以上方許乘轎，三五十年前，郎曹皆騎也。其後因馬不便，以小肩輿代之，至近日遂無復乘馬者矣。蓋乘馬不惟僱馬，且僱控馬持杌者，反費於肩輿，不但勞逸之殊已也。

國初進士皆步行，後稍騎驢。至弘正間，有二三人共僱一馬者，其後遂皆乘馬。余以萬曆壬辰登第，其時郎署及諸進士皆騎也，遇大風雨時，間有乘輿者。迄今僅二十年，而乘馬者遂絶跡矣，亦人情之所趨。且京師衣食於此者殆萬餘人，非惟不能禁，亦不必禁也。

宋趙清獻公有御試日記一卷，蓋嘉祐六年御試進士，公時爲右司諫，與賈直孺、范貫之皆充編排官，所記自二月二十六日起，至三月初九日止。駕幸考校所者二，幸覆考所者四，幸詳定所者二，幸編排所者一。雖上巳、寒食休暇之辰，孜孜不廢訓敕，勞賜茶果酒殽，無日無之。當時仁宗在御已四十年，而猶慎重勤勩若此，亦足見作人之盛心，有終之懿軌矣。國朝御試進士，惟以三月十五日，而十八日傳臚，二十二日謝恩。故事，上皆視殿，自永陵之末，高拱不出，近日遂習以爲常矣。至於撤御膳賜考試官，則間一行之，如嘉靖之壬戌，隆慶之辛未，萬曆之癸丑，是時慈谿、江陵、福清三公皆受主眷最隆，故有殊典，非例也。

唐時進士及第，醵金爲曲江之會，即於同年中選最年少者二人爲探花使，世謂之探花郎。今以一甲第三爲探花，不知起於何時，而以第二爲榜眼，其名尤俗。宋時及第，不拘人數，遇非常恩澤，有一榜盡賜及第者，亦有隨意唱一甲至三百二名方止者，放進士至五甲而止。本朝止於三甲，而一甲入史館，二甲授六曹，三甲出爲郡縣，其迴別不啻雲泥然，故同籍之誼，寖以衰薄矣。

唐時進士榜出後，便往期集院，醵金宴賞，於中請一人爲録事，二人爲探花，其他主宴主樂主酒主茶之類，皆同年分掌之，廣徵名伎，窮搜勝境，無日不宴。至曲江大會，先牒教坊，奏請天子御紫雲樓以觀。長安士女，傾都縱觀，車馬填咽，公卿之家，率以是日擇壻焉。蓋不惟見聲名文物之盛，豐亨熙豫之景，亦以人臣起韋布，登青雲，故慎重其事，以誘掖獎勸之也。今里中兒入泮宫補弟子員，猶簫鼓旌旗，烜赫閭里，而登第之日，儼列而進，分隊而退，客邸蕭然，親朋嘿坐，桂玉莫措〔二〕，徵責捆集，而當事者動欲禁諭之，約束之，稍涉輕肥，便滋物議。此於士子之動心忍性，不爲無裨，而國家右文賓興之大典，亦稍輕矣。譬之貧家娶婦，合巹未畢，遽令造飯緝麻，一不當意，聲色相加，此雖教婦之道，而非攝盛之禮也。

校勘記

〔一〕「措」，原作「惜」，據寶樹堂本改。

唐時舉進士，自狀頭以下，皆以勢力游揚得之。以摩詰之才，不難作梨園子弟，以干公主；及其末也，裴思謙紫衣懷閹豎之刺，求狀元及第，而試官不敢違。奔競之風，於斯極矣。武陵之薦杜牧，黄裳之訪尹樞，雖憐才之盛心，而終非公慎之懿矩也。至於宋而漸密矣，然猶有玉山之援故人，子瞻之私方叔也。至國朝而禁令益嚴，二百年來法度之至公至慎者，獨此一途耳。

唐時士子入試，皆遍謁公卿，投贄行卷。主司典試，亦必廣訪名流，旁蒐寒畯。如王起放榜，先問宰相所欲；沈絢主春闈，承其母命，與宗人及第；牛庶錫贄卷蕭昕，要令首拔；至於鄭薰錯認顔標，雖被冬烘之誚，亦不失爲激勸之盛心也。宋初舉人被黜者，猶得擊登聞鼓聲冤，上命重試，必多見收，當時謂之還魂秀才。蓋其法網猶寬，疑議亦少，至國朝而禁令之嚴極矣。迨夫近日，則投刺及門，皆爲請謁；知名識面，盡成罪案。上之防士，如防夷虜，而旁觀之伺主司，如伺寇盜。舉蕩平正直之朝，化爲羊腸荆棘之路；以登賢籲俊之典，變爲防奸明刑之獄。雖士習之漸靡有以致然，而刻覈太過，於拔茅連茹之初心，亦稍悖矣。

洪武丁丑，會試天下，進士已定，因所取多南人，士論不服，始命重試，取韓克忠等，而先中者及考官劉三吾等皆得罪。弘治己未會試，程敏政典試，給事中華昶劾其鬻題與徐經、唐寅等，及揭曉，林廷玉又論之，於是命李東陽重閲，而黜經寅等十餘人，敏政亦坐罷歸。今萬曆庚戌，湯賓尹爲房考，越房取韓敬爲第一，言官論之不已，但終無左證，韓與湯皆坐褫職，而場中越房取者尚有十七人，言者并及之，於是行原籍取所中硃卷，會九卿臺省覆閲之，然俱無他故，不能深入也。此事蓋三見矣，而庚戌爲甚。蓋議論紛紜不一，越三四年始定。余友王永啟亦在十七人中，時在南職方，杜門待命者數月云。〔一〕

校勘記

〔一〕「余友王永啟亦在十七人中時在南職方杜門待命者數月云」，寶樹堂本作「其十七人中蓋多知名士云」。

宋初進士科法制稍密，執政子弟多以嫌，不令〔一〕舉進士，有過省而不敢就殿試者。慶曆中，王伯庸爲編排官，其内弟劉原父廷試第一，以嫌自列，降爲第二。今制惟知貢舉典試者宗族不得入，其它諸親不禁也。執政子弟擢上第者，相望不絶，然顧其公私何如耳。楊用脩作狀頭，天下不以爲私也，至江陵諸子，文皆假手他人，而相聯登高第，可乎？萬曆癸未，蘇工部濬入闈，取李相公廷機爲首卷，二君蓋同筆研桑梓，至相善也。然蘇取之而不以爲嫌，李魁天下而人無間言，公也。庚戌之役，湯庶子賓尹素知韓太史敬，拔之高第，而其後議論蠭起，座主門生皆坐褫職。夫以韓之才，何門不可致及第，而乃假手於故人，卒致兩敗俱傷，亦可惜也。然科場之法，自是日益多端矣。

校勘記

〔一〕「令」，原作「足」，據寶樹堂本改。

國家取士，從郡縣至鄉試，俱有冒籍之禁，此甚無謂。當今大一統之朝，有分土，無分民，何冒之有？即夷虜戎狄，猶當收之，况比鄰州縣乎？且州縣有土著人少而客居多者，一概禁之，將空其國矣。山東臨清，十九皆徽商占籍。商亦籍也，往年一學使苦欲逐之，且有祖父皆預山東鄉薦，而子孫不許入試者，尤可笑也。余時爲司理，力争之始解。世廟時，會稽章禮發解北畿，衆閧然攻之，上問：「何謂冒籍？」具對所以。上曰：「普天下皆是我的秀才，何得言冒？」大哉王言，足以見天地無私之心也。拜主司爲門生，自唐以來然矣。策名朝廷，而謝恩私室，誠非所宜，然進身之始，不可忘也。士爲知己者死，執弟子禮，非過也。至於郡縣之吏拜舉主爲門生，則無謂矣。范文正以晏元獻薦入館，終身以門生事之，蓋感特達之知，非尋常比也。今江南如閩浙，得薦尚難，至江北部使者，諸差旁午於道，每循故事，列姓名以報，亦稱舉主門生，其恩誼衰薄，視朝夕相臨、游揚造就者，又逕庭矣。近代惟霍海南韜、張永嘉孚敬不拜主司，然霍亦不受人作門生，永嘉不能也。永嘉登第時，年逾五十，主司見而憫其老也，永嘉憾之，其後大拜，竟不及門云。

訓蒙受業之師，真師也，其恩深，其義重，在三之制，與君父等。至於主司之考校，一日之遭遇耳，無造就之素也；當道之薦揚，甄别之故事耳，無陶鑄之功也。今人之所最急者舉主，次殷勤者主司，而少時受業之師，富貴之日，非但忘其恩，併且忘其人矣。夫所貴師弟者，心相信也，行相倣也。勢可灼手，則竿牘恐後；門可羅雀，則蹤跡枉絶。甚至利害切身之日，戈可操也，石可下也，何門生之有哉。

朋友者，五倫之一也。古人之於師友，皆恩深義重，生死久要，以巨卿、伯元一言相許，千里命駕；伯桃、角哀信誓爲期，九原不爽。蓋亦自重其信義，非徒爲人已也。降及後世，漸以衰薄，然王陽結綬而貢禹彈冠，禹錫貶官而子厚易播，尚有休戚與共之意焉。至今日而死友無論，即生友可托肝鬲者，亦寥寥絶響矣。

今友誼之所以薄者，由友之不擇也。今之人，少則同塾之友，長則同課之友，又長則有同調同游之友，達則有同年同僚之友。然此數者，皆卒然而遇，苟然而合，非古人之所謂友也。故其中亦有心相孚、行相契者，不過十中之一二；而敗羣背義、憸薄無行之人，亦已濫竽其中矣。況少之羣居，長則必離；窮之追隨，達則必隔。是非毁譽縈其中，世情文罔牽其外，欲其驩然無間，安可得哉。夫士君子處世，而無一二知己之人，可托死生急難者，則又安用此生爲矣。故欲全友道，須先擇交，其於同塾同游等輩之中，觀其行事心術灼然無疑者，而後以心許之，勿爲形迹所拘，勿爲讒毁所敓，勿爲富貴貧賤所移，則庶乎古人之所謂友矣。噫，談何容易。虞仲翔謂「海内得一知己死不恨」，韓昌黎謂「感恩則有之矣，知己則未也」，故士必有一二知己，而後謂之士，亦必僅有一二知己，而後謂之知己，其它市道之交，去來聽之可也。

今人處貧賤，則泛濫廣交，一切佻闥駔儈，皆與遊處；及富貴之日，則疾之如仇，逐之如虎，惟恐其影響之不幽。此雖友之無良，而對面雲泥，亦已甚矣，况其意不過爲保富貴計耶。余筮仕佐郡，相知者惓惓以絶交爲急務，余戲謂：「朋友五倫之一也，使窮時之友可絶，則窮時之父子夫婦兄弟皆可絶矣。」然余卒坐左遷，而後聞善宦者其母詣之而不得見，兄弟往而被逐，始知前言亦有行之者矣，非戲也。

自唐以前，最重門族。王謝崔盧，擅名奕世，其他若滎陽之鄭，隴西之李，雖皇族貴戚，不敢與之争先。以侯景之簒逆，欲求婚王謝而不可得；薛宗起以不入郡姓，碎戟請死，蓋流品若是之嚴也。其後貞觀、開元，屢加摧抑，而族望時尚，終不能禁，婚姻嫁娶，必取多貲，故李楨謂爵位不如族望，官至方岳，惟稱隴西。然士貴自立何如耳，如其人則鰥夫巖築，可以登庸。彼王之莽也，李之陵也，獨非望族耶，而名辱行敗，玷宗多矣。宋以後漸所不論，至今日，縉紳君子，有不能舉其望者，亦可恠也。

三代以前，因生賜姓，胙土命氏，故姓、氏分而爲二。男子稱氏，婦人稱姓。氏所以别貴賤，姓所以别婚姻也。然亦有一氏而分爲數姓者。三代而下，姓氏合矣，其同出而分支漸繁，愈不可考矣。春秋之時，善論姓氏者，魯有衆仲，晉有胥臣，鄭有子羽，而其他諸子無稱焉。遡流窮源，若斯之難也。世遠人亡，文獻無徵，兵革變遷，國家更易，故名世君子，至有不能舉其宗者，勢使然也。然與其遠攀華胄，牽合附會，孰若闕所不知，以俟後之人。故家譜之法，宜載其知者，而闕其疑者。漢高祖爲天子，而其祖弟呼豐公、母爲昭靈后而已，名字不傳也，蓋尚有古之遺意焉。

今世所傳百家姓，宋時作也，故以趙錢爲始，豈吴越之臣所成耶？我朝吴沉等進千家姓，以「朱承天運」爲始，其中有怪僻不經見者，而海内之人又有出千家之外者，惜當時儒臣未能遍行天下廣蒐之也。漢潁川太守聊氏有萬姓譜，今不復見，近時吴興凌氏有萬姓統譜，第恐其學識尚有限耳。

夷狄之中，極重氏族，如契丹唯耶律氏與蕭氏世世爲婚姻，天竺則以刹利、婆羅門二姓爲貴種，其餘皆爲庶，庶姓雖有功，亦甘居大姓之下。其它諸國，莫不如是。故唐以後之重門地，亦跖拔氏倡之也。禮失而求之四夷，殆謂是耶。

弇州先生以王謝爲望族，而謂：「謝安能比王？王，大也。謝，有衰謝之義。」此語太近兒戲，可笑。然余亦有語復之曰：「王者，大也，滿則招損；謝者，退也，謙則受益。天道惡盈而流謙，於王謝宜何居焉？」不知先生九京亦有以難余否也？

今世流品，可謂混淆之極，婚娶之家，惟論財勢耳。有起自奴隸，驟得富貴，無不結姻高門，締眷華胄者。余嘗謂彼固侯景、李建勳之見，而爲名族者，甘與秦晉而不耻，何無別之甚也。余邑長樂，長樂此禁甚厲，爲人奴者，子孫不許讀書應試，違者必羣擊之。余謂此亦太過。國家立賢無方，即奴隸而才且賢，能自致青雲，何傷？但不當與爲婚姻耳。及之新安，見其俗不禁出仕，而禁婚姻，此制最爲得之。乃吾郡有大謬不然者，主家凌替落薄，反俛首於奴之子孫者多矣。世事悠悠，可爲太息者此也。

婚姻不但當論門地，亦當考姓之所自。如姚陳胡田，皆舜之後；姬周魯衛曹鄭，皆武王之後，俱不宜爲婚，其餘可以推類。又歷代有賜姓者，如項伯、婁敬皆從劉，徐勣、安抱玉皆從李之類也。有改姓者，如疏廣之後改爲束，唐穀之後改爲陶之類也。有杜撰者，京房推律而定爲京氏，鴻漸筮易而定爲陸氏之類也。有支分者，如趙括之後，因馬服而爲婚姻馬；李陵之後，因丙殿而爲丙之類也。充義至類，別嫌明微，寧過於嚴，毋傷於苟。婚姻人道之始也，加慎焉可也。

古人喪禮，爲父斬衰三年，而父在爲母不過齊衰期而已。此雖定天地之分，正陰陽之位，而揆之人子之情，無乃太失其平乎？子之生也，三年然後免於父母之懷，要之母之劬勞，十倍於父也。夫婦敵體，無相壓之義，以父之故，而不得伸情於母，豈聖王以孝治天下之心乎？且父母爲長子齊衰三年，而子於母反齊衰期，亦倒置之甚矣。此禮三代無明文可考，或出漢儒杜撰，未可知也，而舉世歷代無有非之者。至我國家始定制，父母皆斬衰三年，即妾之子亦爲所生持服，不以嫡故而殺。此聖祖所以順天理，達人情，自我作古，萬世行之可也。

古者嫂叔不相爲服，所以別嫌也。然兄弟同室，一居杖期之喪，而一緇衣玄冠，不惟禮有不可，亦心有不安矣。我國家定爲五月之服，其於情禮，可爲兩盡。又古者有服内生子之禁，今亦無之。夫喪不處内，此自孝子之心有所不忍耳，禁之無爲也。律設大法，禮順人情，如我國家之制，可謂兼之矣。

師友無服，非不爲服也，義恩厚薄不等故也。如七十子於孔子，以父喪之可也；如管鮑、雷陳，以兄弟喪之可也，然而不可爲常也。先王制禮，順乎人情，求爲可繼也。昔號叔死，閎夭、太顛諸人爲之服，禮可以義起也。蓋師友至於今日，恩義之衰薄極矣，生時貴賤，且隔雲泥，況生死之際乎？

今執親之喪，不飲酒食肉者罕矣。百日之內，禁之可也，過此恐生疾病，少加滋味，亦復何妨。至於預吉事，赴筵席，則名教之罪人也。江南之人能守此戒者，亦寥寥矣，尚有生辰、元旦變易吉服者，亦何心哉。

人有乘初喪而婚娶者，謂之乘凶。此在它處不知云何，吾郡則恒有之矣。此夷俗也，當事者爲之厲禁可也。

閩俗於初屬纊之時，有女適人者，則壻家延巫置燈輪轉之，男女環繞號哭，爲之藥師樹，甚無謂也。死每七日則備一祭，謂之過七，至四十九日而止。或有延僧道作道場功德者，搢紳禮法之家不爾也。死後朝夕上食，至百日而止；至六十日則不用本家食，而須外家或女家送之。相沿以久，不知其故。但吴越之俗，親友來致祭，主家皆用鼓樂筵宴款客，閩中獨無之，客來祭者，一嘗茶果而出，子姓族戚，乃餕其祭餘，較爲彼善於此耳。

喪不哀而務爲觀美，一惑也。禮不循而徒作佛事，二惑也。葬不速而待擇吉地，三惑也。一惑病在俗子，二惑病在婦人，三惑則舉世蹈之矣。可歎也已。

古禮之尚行於今者，喪得十七，昏得十五，至於祭則苟然而已，冠則絶不復舉矣。吾長樂人最習家禮，亦間有行之者，然世多笑其迂也。

婚禮之不舉樂，思嗣親也。此或爲長子之當户者言。其若父母在堂，而爲子娶婦，即舉樂何傷？且攝盛之禮，既已極其隆矣，而獨禁音樂，無乃不情乎？

嫁女三日，父母家來餉食，俗謂之餪女。女於五月五日回省父母，謂之歸寧。此漢以來禮也。今人三日後女偕壻省父母，謂之回鸞，閩人謂之轉馬，蓋春秋時有回馬之義也。五月歸寧，謂之取夏衣。按周禮，后妃歸寧，亦用絺綌，則夏之歸寧，其來久矣。

張公藝九世同居，古今以爲口實，近代則浦江鄭氏耳。蓋由祖宗立法謹嚴，子孫世世相承，不敢踰越，縱有長舌之婦，敗羣之子，無所容其惡也。然吾以爲人心不同，一室之內，豈無胡越？況於孱壻悍婦，驕兒稗子，代不乏人，間隙一開，仇釁漸起。與其隱忍包涵，中離外合，不如分析，各得其願，使兄弟好合，妯娌肅雍，無害於義，政不必慕古人之虛名，而釀鬩牆之實禍也。余嘗見巨室兄弟衆多，先後宛若，日逐勃谿，至於婢使奴隸，各爲其主，怨尤讒隟〔一〕，無所不至，殆不能一日安其生者。此雖女子小人之性，亦宜分而强合有以致然也。故必世世人人不畏婦，而後可以同居，如浦江者，絶無而僅有者也。

校勘記

〔一〕「隟」，原作「⿰耳巢」，據寶樹堂本改。

張公藝「書」忍字以進，其意美矣，而未盡善也。居家馭衆，當令紀綱法度，截然有章，乃可行之永久。若使姑婦勃蹊，奴僕放縱，而爲家長者，僅含默隱忍而已，此不可一朝居，而況九世乎？善乎浦江鄭氏對太祖之言曰：「臣同居無它，惟不聽婦人言耳。」此格論也，雖百世可也。

古今同居者，又有漢樊重、晉郎方貴，俱三世；博陵李幾七世；河中姚氏十三世；宋會稽裘承詢十九世；而魏楊播百口共爨，陸象山累世義居，又不知凡幾代也。録之以媿惡婦劣子之欲析産者。

漢稱萬石君家法，唐則穆質、柳公權二家爲世所崇尚，至宋則不勝書矣。我朝文物威儀之盛，則在江南，而純厚謹嚴，西北士夫家居多，風氣使然也。吾邑長樂，雖海濱椎魯，而士夫禮法，甲於它郡。余初登第時，至邑中不敢乘輿，搢紳往來者，大率步行也。出郭登車，遇村落輒爲下。市者不飾價，男女别於途，不淫不盜，不嚚訟，不逋賦。先輩如鄭司寇世威家居，猶布衣徒步，蓋海内所絶無而僅有者。近來一二巨室，侈土木，娱聲色，駸駸鑿渾沌之竅矣，然校之列邑，猶爲彼善於此也。

禮有出於聖人而實似無謂者，如祀郊以配天，祀明堂以配上帝是也。天與上帝，果有二耶？無二而分之，是矯誣也，聖人不爲也。又有世之所非而實是者，歐陽濮議是也。禮爲人後者不得顧其本生父母，特不爲之服耳，未嘗併父母之名没之也。禮有三父八母，養者繼者，皆父母也。嗣大位而改其所生父爲叔伯，於心安乎，於理順乎？此拘儒之見，必不可行者也。肅皇帝之初，廷臣亦有主呂誨之議者，則愈非矣。肅皇於諒闇之後，從邸入繼，與英宗之久養宫中者又不同也。弟承兄統，而以兄爲父，以父爲伯，豈理也哉。

出公不父其父而禰其祖，夫子所以有正名之歎也。今不父其父而禰其兄，於正名何居焉？甚矣，腐儒之誤國家事也。且亡者猶可耳，太后在也，以嫂爲母，而伯母其母，置太后於何地？古人行一不義而得天下不爲也，况不孝乎？幸而聖心獨斷，天倫無虧，其神武明决，過宋英宗萬萬矣。諸臣之杖譴，雖永嘉不善處，而亦有以自取之也。

周禮大祝「辨九拜：一稽首，二頓首，三空首，四振動，五吉拜，六凶拜，七奇拜，八褒拜，九肅拜」，鄭玄注：「稽首，頭至地也。頓首，頭叩地也。空首，頭至手，所謂拜手也。振動，戰栗變動之拜。一云兩手相擊也。吉拜，拜而後稽顙也。凶拜，稽顙而後拜也。奇拜，屈一膝，今雅拜是也，或云一拜也。褒讀爲報，報拜，再拜也，鄭司農云持節拜也。肅拜，但俯下手，今時揖是也。揖即揖也。」今人以頓首爲常禮，而稽顙、稽首概施之喪服矣，不知稽首非凶禮也。尊長之施卑幼，則云再拜，而肅拜則惟藩王用之，其它空首、振動等拜，皆無知者矣。又書札中動稱九頓首，此申包胥乞師於秦故事，亦非佳事也。

五雜組卷之十五

事部三

古人君即位，稱元年而已，未有年號也。故諸侯之國，各稱其君之年，而天子正朔，反置之若罔聞知。不知當時律曆之頒，往來文告之詞，以何爲準？蓋夫子作春秋，亦已仍其國史之舊矣。自秦始皇立郡縣而民知有王，漢武帝建年號而民知有朔，萬世之後，一統之治，威令行於山陬海隅者，二君之功也。至於廢井田，築長城，行夏時，表六經，皆爲後人遵守而不能易，非有絶世之識，獨剏之識，何以與此？而經生談無道主，動以爲口實，不亦冤乎？

年號之改，莫數於武氏，其次則唐高宗、漢武帝，又其次則宋仁宗也。武氏在位二十二年，至十六改元，朝令夕更，直以爲戲耳。高宗三十年中而十五改元，蓋自總章、儀鳳以後，政自牝雞出矣。漢武、宋仁俱四十餘年，而武改元者十一，仁改元者九，其中或以人事，或以符應，多不過七八年，少至一二年而遽改，何不經之甚也？古今不易年號者，惟漢明帝，隋煬帝，唐高祖、太宗、憲宗、宣宗、懿宗，而享祚不永者不與焉。夫元者，始也。人無二始，帝無二元，而況十數乎？我國家列聖相承，惟於即位之踰年改元，終身不易，亦可謂卓越千古矣。

宋太祖改元乾德，後因與蜀王衍年號相同，有「宰相須用讀書人」之語。然國朝永樂，則張遇賢、方臘已再命之，二人又皆簒賊之靡，何當時諸公失於詳考耶？至於正德，亦同夏乾順之號，而自古以「正」爲號者多不利，如梁正平天正、元至正之類，爲其文一而止也。武皇帝雖久享天位，而海内多故，青宫無出，統卒移之興邸。命名之始，可不慎哉。隆慶亦州郡名，改元之後，復令改州，此亦華亭不學之故也。

凡帝王之命名，不以山川郡邑，爲其易犯也。梁蕭正德改元正平，識者笑之。我朝建文之號，亦同御名，不知方黄諸君何鹵莽乃爾。今上即位，改河南之禹州，同御諱也，而皇太子諱又同縣名。與其更易於後，孰若慎重於初乎？此亦禮臣之過也。

古者嫌名不諱，宋則併諱之矣。國朝雖無諱例，而亦有二字俱犯嫌名者，如吾邑之長樂，政與皇太子諱音相同，不知將來當事者何以處之。姑記以俟它日。

三代之法，有必不可行者，井田、封建是也。井田無論已，封建以厚骨肉，甚善也。然各守其疆，政令不一，一不便；本支既繁，賢愚異類，二不便；國有大小，遂啓争端，三不便；盛時制馭，猶懷不逞，委裘之際，將若之何，四不便。且周之制，但剏業時一分封耳，子孫之兄弟，無尺寸之地也，同聚王畿，其麗不億，千里之内，何以容之？朝帶之亂，勢使然也。自秦之後，一復於漢，而有吴楚之亂，厥後於國初而有靖難之師。國之利器，不可以假人，審矣。

處宗藩之法，莫厚於本朝，而亦莫不便於本朝。唐宋宗室，不胙茅土，其賢能者，皆策名仕籍，自致功業，而國家亦利賴之。但賢者少而不肖者多，天衍懿親，至與齊民爲伍，亦稍過矣。宋時宗室，散處各郡縣，入籍應試，在京師者别爲玉牒所籍。至紹興十一年，從程克俊言，以所考合格宗室，附正奏名殿試。其後雜進諸科與寒素等，而宦績相業，亦相望不絶書。國朝親王而下，遞降爲郡王、將軍、中尉、庶人，雖十世之外，猶贍以禄，恩至渥也，而禁不得與有司之事，不得爲四民之業。二百年來，椒聊蕃息，幾二十萬，食租衣稅，無所事事，而薄禄斗粟，不足餬口，遂至有懷不肖之心，親不韙之行者矣。今天下宗室之多，莫如秦中、洛中、楚中，賢者賦詩能文，禮賢下士，而常鬱鬱有青雲無路之歎；至於不肖者、貧困者，鶉衣行乞，椎埋亡命，無所不至，有司不敢詰，行旅不敢抗也。日復一日，人愈衆而敝愈極，當事者猶泄泄然，不立法以通之，可乎？

祖宗九廟，親盡亦祧，子孫五世之後，無復降殺，非法也。世禄之子，猶望象賢，天衍玉牒，不許入仕，非情也。故宗藩之庶，遞殺至於庶人，極矣。庶人之外，禄可裁也，法可行也，禁可寬也，讀書者許在各郡縣入籍應試，其它力農商賈，任其所之，奸盗詐僞，有司以三尺繩之，大辟以上，奏聞可也。此處宗藩之第一義也。

國朝立法太嚴，無論宗室，即駙馬、儀賓，不許入仕，其子不許任京秩。此雖別嫌明微之道，亦近於矯枉過正者矣。即如户部一曹，不許蘇松及浙江、江右人爲官吏，以其地賦稅多，恐飛詭爲奸也。然弊孔蠹竇，皆由胥役，官吏遷轉不常，何知之有？今户部十三司胥算，皆吴越人也，察秋毫而不見其睫，可乎？祖制既難遽違，而積弊又難頓更，故當其事者默默耳。

國朝駙馬尚主，皆不用衣冠子弟，但於畿輔良家，或武弁家，擇其俊秀者。尚主之後，即居甲第，長安邸中，錦衣玉帶，與公侯等。其父封兵馬指揮、文林郎，母封孺人而已。駙馬雖貴爲禁臠，然出入有時，起居有節，動作食息，不得自由。而妳姆閹豎之老者，威震六宮，掌握由己，都尉反俛首聽節制，凡事務結其驩心，稍不如意，動生讒間，近日如冉都尉興讓，可鑑也。

冉都尉所尚主，乃皇貴妃之女，上素所鍾愛者，伉儷甚篤無間言。妳媪梁盈女恃其威福，每事動行節制，冉不善也，又恃宮中愛習，時與齟齬。一日漏下二鼓，都尉自外入，傳呼開邸中門。故事，中門非妳媪不開，盈女不時至，都尉排闥而入。有頃盈女至，出誶語，都尉乘醉擊之。翌日入朝奏聞，盈女率其黨數十人伏闕下，要而毆之幾死。上不知也，且怒都尉狂率。冉遂棄衣冠，從間道歸里。上益震怒，遣緹騎跡之，奪其父母爵禄。廷中大小臣工力諫，俱不報。冉既自歸，上怒不解，謫羈太學習禮，自壬子冬至今半載，尚未得與公主相見也。時論以冉固未得善處之方，而妳媪一老宮婢，遂能煬竈蔽明，熒惑主聽，一至於此。蓋牀第之言易入，浸潤之譖難防，故使椒房失其寵，結縭隳其愛。舉朝之臣工，不足敵一婦人，亦異事矣。考之史乘所載，若王敦懾氣，桓温斂威，真長佯愚以求免，子敬炙足以違詔，王偃倮露於北階，何瑀投軀〔一〕於深井，蓋自漢晉以來，相沿至於今日，未之有改也，冉蓋不幸而遇其變耳。

校勘記

〔一〕「軀」，原作「驅」，據寶樹堂本改。

牝雞之晨，家之索也。以三代神聖之開基，國祚之悠久，而不足供妹、妲〔一〕、褒姒之一敗，况其它乎？故詩書垂戒於婦人，每惓惓焉，知後世必有以是亡其國者也。吕氏幾移漢祚，武曌遂斬唐宗，其始不過以色舉耳，而禍之赫烈，豈虞其至此？漢之馬鄧，宋之高曹，賢矣，而猶垂簾專政，戀戀不忍釋手，是亦牝之晨也。此端一開，能保其無妬悍淫虐者出其中乎？我國家之制，少主委裘，權一聽於輔臣，而母后不得預也。可謂上追三代，而遠過唐宋矣。

校勘記

〔一〕「妲」，原作「嬉」，據寶樹堂本改。

三代以下之主，漢文帝爲最，光武、唐太宗次之；宋仁宗雖恭儉，而治亂相半，不足道也。光武、太宗，以剏業而兼守成，緯武經文，力行致治，皆間世之賢主也。然建武之政，近於操切，貞觀之治，末稍不終，蓋不惟分量之有限，亦且輔相之非人。宋仁宗四十年中，君子小人，相雜竝進，河北西夏，日尋兵革，苟安之不暇，何暇致刑措哉。四君之外，漢則昭宣明章，唐則玄憲宣武，宋則藝祖、太宗、孝宗，其撥亂守成，皆有足多者。而隋之文帝，唐之明宗，周之世宗，又其次也。大約賢聖之君，百不得一；中上之資，十不得一。庸者什九，縱者十五，世安得而不亂乎？

我朝若二祖之神聖，創守兼資，而紀綱法度，已遠過前代矣。仁宗之寬厚，宣宗之精勤，孝宗之純一，世宗之英鋭，穆宗之恭儉，皆三代以下之主所不敢望者，而宣孝二主尤極仁聖，真所謂賢聖之君六七作者，固宜國祚之悠久無疆也。

英宗初年，委政三楊，四海寧謐，其後爲王振所誤，致北狩之變，後又爲石亨、徐有貞所誤，致奪門之慘。迨武功竄，曹石誅，躬親萬機，民安吏治，天下謳歌太平者又十餘年。然則輔相之功，所關係豈少哉。

本朝有二奇事：己巳之變，翠華陷虜而却迴；壬寅之變，聖躬被弑而無恙。此皆天之所佑，非偶然者。其它如宸濠之叛，流賊之熾，北虜南倭之警，關白、楊應龍之桀驁，而折箠撻之，不煩再舉。至今二百四十餘年，而金甌無恙，纖塵不警，固知太祖功德，與天同大，宜乎曆數之未艾也。

世廟末年，雖深居不出，然威福無一不自己出者。分宜父子怙權行私，而密勿之地，所以交結近侍，窺伺聖意者，無所不至，惴惴不保首領是懼。蓋自夏言、王忬、楊繼盛、張經之死，天下之怒分宜，始不可解，而恩替勢敗，亦自此發端矣。江陵之才智，十倍分宜，值今上初年，生殺予奪，惟意所嚮，而江陵生平多用申韓之學，政事過於操切，十年之間，雖海內乂安，比隆成昭，而國家元氣，不無斲喪矣。逮夫末年，固位挾勢，奪情起復，殛竄言官，子弟相繼襲取大魁，而人心始大失所望矣。分宜性鷙而難犯，江陵器小而易盈。故嚴之老死牖下，識者猶以爲幸，而張之功辠，自當不相掩也。

江陵行事，雖過操切，然其實有快人意者，如沙汰生員、廢書院、裁減郡縣、去諸冗員是也。至於久任稍苦諸守令，禁勘合則苦諸行旅，是以人多怨之。至其結馮保以收諸内竪之柄，北任戚繼光而虜不敢窺塞垣，南任譚綸而倭寇讋服，其才智明决，有過人者。昔張乖崖謂「衆人千言不盡，寇準一言而盡」，江陵有焉。而末節驕奢縱恣，以覆其宗，則亦不學無術之過矣。

江陵給假治喪，自京師除道達其室，四千餘里，填塹刊木，廣狹如一，所至厨傳列竈千計，外藩大吏，望塵迎拜，相屬於道，獨吾郡鄭雲鎣爲河南方伯，禮無少加焉。及至楚，楚方伯至披衰絰，代孝子守苫次，江陵大悦，不逾年方伯遂撫楚，而鄭挂彈章歸矣。時先大夫相吉藩，聞諸藩有致千金賵者，先大夫持不可，力止之。江陵恚，嗾觀察趙思誠齮齕之，先大夫聞即挂冠歸里。而後撫楚者爲枌榆至戚，猶以擅離職守，參奏致仕。蓋當時之風旨，可畏甚矣。

唐玄宗會昌投龍文自稱承道繼玄昭明三光弟子南嶽上真人，宋徽宗羣臣上尊號爲玉京金闕七寶元臺紫微上宫靈寶至真玉宸明皇天道君，其上章青詞自稱奉行玉清神霄保仙元一六陽三五璇璣七九飛元大法師都天教主。噫，莫尊於天子，百神皆受號令者也，而反屈萬乘之稱，從黄冠之號，不亦兒戲狂惑之甚哉。其後會昌既變起帷幃，而宣和亦身膏沙漠，九天道教，何無感應至是哉？

古今奉佛之主，莫甚於梁武帝、唐懿宗；奉道之主，莫甚於唐武宗、宋徽宗；求仙之主，莫甚於秦始皇、漢武帝。然大則破國喪身，小亦虛耗海内，惟崇儒重道之主，安富尊榮，四海乂安，而世之人君，往往不以彼易此，何也？噫，無論人君，即士君子讀六經傳注以取科第，而其後也，不有非毁先儒、棲心釋老者乎？背本不祥，反古不智，是名教之罪人也。

今之仕者，爲郡縣則假條議以濟其貪，任京職則假建言以文其短，居里閈則假道學以行其私，舉世之無學術事功，三者壞之也。故愛民實政，循良之上乘；隨分盡職，省曹之懿矩；提身齊家，不言而化，山林之高標。總之，聖人一言以蔽之矣，曰：「素位而行，不願乎外。」

余每見郡縣吏禁約文告之詞布滿郊野，條陳利病之議連篇累牘，似自以爲伯夷之清，龔黄之才，而不知大貪大拙者伏於其中也。友人王百穀有言：「庖之拙者則椒料多，匠之拙者則箍釘多，官之拙者則文告多。」有味其言之矣。臺諫言事，自有職掌，然近來紛嚣往復，求勝不已，可惜此白簡，不用之觸邪，而用之聚訟也。其它省寺，出位而言，似於侵官矣，然言之而當，出位何傷？若楊忠愍、海忠介，及近時鄒爾瞻吏部與趙吳諸太史，人孰有議之者？一二名譽不章，識見譾劣，或素行多疵，居官滋穢，而效颦建白，掇拾唾餘，或竊批鱗之名，以雄行其鄉，或攻必救之勢，以自固其位，人之視己，如見肺肝，亦何益之有哉。

新建良知之説，自謂千古不傳之秘，然孟子諄諄教人孝弟，已拈破此局矣，况又鵝湖之唾餘乎？至於李材止脩之説，益迂且腐矣。夫道學空言，不足憑也，要看真儒，須觀作用。新建抗疏定亂，信文武之兼材，然當獻俘金陵之際，爲江彬所排陷，進退去就，一刀可以割斷，而濡滯忍恥，夜對池水，欲吊汨羅，何無决也，名與身孰輕？當時抗雷霆，竄嶺海，間關萬里不死，而死於功成之後，豈所謂重若鴻毛、輕若泰山者，公固未之熟思耶？此其地位尚未及告子、孟施舍，而何孔孟之有也？至於李材，邀功緬甸，殺無辜以要爵賞，身竄閩海，揚揚自得，此華士、少正卯之流，視新建又不知隔幾塵矣。

古者天子五載一巡守，周於四岳；今一巡幸，而所過郡邑囂然騷動矣。古者諸侯王三載一朝覲，絡繹不絕；今一封藩，而舟航傳置，疲於供命矣。蓋古者不獨上之節省，其儀從有限，亦且下之富饒，其物力可供；今則千乘萬騎，徵求無藝，而尺布斗粟，無非派之丁田者。至於供億之侈靡，中涓之需索，日異而歲不同，十年之間，已不啻倍蓰矣。自此以往，安所窮極？故天子之不巡守也，侯王之不朝見也，亦時勢使然也。

今上大婚，所費十萬有奇，而皇太子婚禮遂至二十萬有奇，福邸之婚遂至三十萬有奇。潞藩之建費四十萬有奇，而近日福藩遂至六十萬有奇。潞藩之出，用舟五百餘，而福藩舟遂至千二百餘。此皆目前至近之事，而不同若此。潞藩莊田四萬頃，徵租亦四萬，一畝一分，皆荒田也。福藩比例四萬頃，而每畝徵租三分，則十二萬矣。夫民之窮日甚一日，而用之費亦日甚一日，公私安得不困乎？

今人以拜官爲除官。沈存中筆談云：「以新易舊曰除。如新舊歲之交，謂之歲除。易『除戎器，戒不虞』，亦謂以新易舊之義〔一〕。而堦亦謂之除者，自下而上，亦更易之意也。」

校勘記

〔一〕「亦謂以新易舊之義」，此句沈括夢溪筆談卷四作「以新易弊，所以備不虞也」。

今天下神祠香火之盛，莫過於關壯繆，而其威靈感應，載諸傳記及耳目所見聞者，皆灼有的據，非幻也。如福寧州倭亂之先，神像自動，三日乃止，友人張叔弢親見之。萬曆間，吾郡演武場新神像，一匠者足踏其頂，出嫚褻語，無何僵仆而死，則余少時親見之。江右張觀察堯文上計，至桃源病革，移入王祠中，其兄日夜哀禱，經七日復蘇，親見神攝其魂以還。張君言之歷歷，如在目前者，亦異矣。王生時輔偏安之蜀，功業不遂，身死人手，而没後英氣，乃亘千載而不磨若此，此其故有不可知者。若以爲忠義正氣致然，則古今如王比者，未嘗無人也。或謂神能禦灾捍患，則帝紀其功而遷其秩，神功愈著，則威望愈崇，亦猶人世之遷轉耳。然王自唐以前未之有聞，迨宋以鹽池一事，遂著靈異。且張道陵於漢季爲黄巾妖賊，王以破黄巾起家，而冥冥之中，又聽天師號令。使其僞耶，則當顯僇之；使其真耶，吾未見道陵之賢於王也。此益不可解者也。

余嘗謂雲長雖忠勇有餘，而功業不卒，視之吕蒙智謀，其不敵也明矣。而萬世之下，英靈顯赫，日月争光，彼曹操、孫權，皆不知作何狀，而王獨廟食千載，代崇褒祀，是天固不以成敗論人也。而人顧有以一敗没全功，以一眚掩大節者，獨何心哉。使今人生子，必願其爲阿蒙，不爲雲長，而幕府上功，必以失陷荆州爲千古之罪案矣。故今之人，皆逆天者也。

唐以前，崇奉朱虚侯劉章，家祠户禱，若今之關王云。然自壯繆興，而朱虚之神又安之也？今世所崇奉正神，尚有觀音大士、真武上帝、碧霞元君，三者與關壯繆香火相埒，遐陬荒谷，無不尸而祝之者。凡婦人女子，語以周公、孔夫子，或未必知，而敬信四神，無敢有心非巷議者，行且與天地俱悠久矣。豈神佛之中，亦有遭遇而行世者耶？抑神道設教，或相禪而興也？

佛氏之教，一味空寂而已，惟觀音大士，慈悲衆生，百方度世，亦猶孟子之與孔子也。大士變相無常，而粧塑圖繪，多作女人相，非矣。既謂大士，豈得爲女？既謂成佛，則男女之相俱無矣。蓋有相則有情識婬想故也。

大士變相不一，而世所崇奉者，白衣爲多，亦有白衣觀音經，云專主祈嗣生育之事。此經大藏所不載，不知其起何時也。余按遼志有長白山，在冷山東南千餘里，蓋白衣觀音所居。其山鳥獸皆白，人不敢犯，則其奉祀從來久矣。

真武即玄武也，與朱雀、青龍、白虎爲四方之神，宋避諱改爲真武。後因掘地得龜蛇，遂建廟以鎮北方，至今香火殆遍天下。而朱雀等神，絶無崇奉者，此理之不可曉。

劉昌詩蘆浦筆記載草鞋大王事，甚可笑。初因一人挂草屨於樹枝，後來者效之，纍纍千百，好事者戲題曰草鞋大王，以後遂爲立祠，大著靈異。其人復過，恠而叩之，則老鋪兵死而爲鬼，憑於是也。大凡妖由人興，人崇信之，即本神未必降，而它鬼亦得憑藉之矣。故村谷荒祠，不可謂無鬼神也。

今佛寺中尚有清浄謹嚴者，其供佛像，一飯一水而已，無酒果之獻，無楮陌之焚，無祈禱報賽之事，此正禮也。至觀音祠，則近穢雜矣，蓋愚民徼福者多，求則必禱，得則必謝，冥楮酒果，相望不絶，不知空門中安所事此？良可笑也。然猶齋素也，其他神祠，則牲醪脯糗，爛然充庭，計所宰殺物命，不計其數，不知神之聰明正直，亦惻然動念而嘔噦之否耶？

江河之神，多祀蕭公、晏公，此皆著有靈應，受朝廷勑封者。蕭撫州人也，生有道術，没而爲神。閩中有拏公廟，不知所出。金陵有宗舍人，相傳太祖戰鄱陽時一棲纜也，鬼憑之耳。北方河道，多祀真武及金龍四大王；南方海上，則祀天妃云。其它淫祠，固不可勝數也。

天妃，海神也，其謂之妃者，言其功德可以配天云耳。今祀之者多作女人像貌，此與祠觀音大士者相同，習而不覺其非也。至於杜子美、陳子昂，皆以拾遺訛爲十姨，儼然婦人冠帔，不尤堪捧腹耶？一云天妃是莆田林氏女，生而靈異，知人禍福，故没而爲神。余考林氏生宋哲宗時，而海之有神，則自古已然，豈至元祐後而始有耶？姑筆之以存疑。

羅源、長樂皆有臨水夫人廟，云夫人天妃之妹也。海上諸舶，祠之甚虔，然亦近於淫矣。大凡吾郡人尚鬼而好巫，章醮無虚日，至於婦女，祈嗣保胎，及子長成，祈賽以百數，其所禱諸神，亦皆里嫗村媒之屬，而强附以姓名，尤大可笑也。

男子之錢財，不用之濟貧乏，而用之奉權貴者多矣。婦女之錢財，不用之結親友，而用之媚鬼神者多矣。然患難困阨，權貴不能扶也；疾病死亡，鬼神不能救也，則亦何益之有哉。

箕仙之卜，不知起於何時，自唐宋以來，即有紫姑之説矣。今以箕召仙者，里巫俗師，即士人亦或能之。大率其初皆本於游戲，幻惑以欺俗人，而行之既久，似亦有物憑焉。蓋游鬼因而附之，吉凶禍福，間有奇中，即作者亦不知其所以然也。余友人鄭翰卿最工此戲。萬曆庚寅、辛卯間，吾郡瘟疫大作，家家奉祀五聖甚嚴。鄭知其妄也，乃詐箕降言：「陳真君奉上帝勑命，專管瘟部諸神。」令即立廟於五聖之側，不時有文書下城隍及五聖。愚民翕然崇奉，請卜無虚日。適閩獄失囚，召箕，書曰：「天網固難漏，人寰安可逃。石牛逢鐵馬，此地可尋牢。」無何果於石牛驛鐵馬鋪中得之，名遂大譟，遠近祈禳雲集。時有同事數人，皆余友也，余笑問之，諸君亦自詫，不知其何以中也。洎數年，諸君倦於應酬，術漸不靈矣。然里中兒至今不知其僞也。

新安諸生同塾中有學召箕者，於塾中作之。有頃鬼至，問休咎畢，而不得發遣之符，鬼不肯去。問之，曰：「我游鬼也，爲某處城隍送書，適君中途見召。今不得符驗，何以得歸？」諸生無如之何。鬼日夜哀嘯溷嬲，同學者皆驚散。逾月餘，一道人善符籙，爲書一道，焚之始去。世間鬼神之事，未嘗無也。

世傳箕詩，亦極有佳者，想是才鬼附之，不然，作者僞也。余在東郡，功曹有能召呂仙者名籍甚，余托令代卜數事。既至，讀其詩不成章，笑曰：「豈有呂純陽而不能詩者乎？」它日又以事卜，則筆久不下，扣之，徐書曰：「渠笑我詩不佳。」然此鬼能知余之笑彼，而終不能作一佳詩相贈，且後來之事，亦不甚驗。始知俗鬼所爲，而乃托之呂先生，呂何不幸哉。

人平日能不殺生，亦是佳事。一切果報，姑置勿論，但生動游戲，一旦斃之刀俎，自所不忍。今人愛惜花卉者，偶被摧折，猶懊惱竟日，况血氣之倫乎？但處世有許多交際，力未能繼，且肉食已久，性有不堪耳。平時居家，當禁其大者，如牛所不必言，羊豕之屬，市之可也，雞鴨之類，祭祀燕享，付之庖厨可也。自奉疾病之外，不復特殺，亦惜福之一端也。已既戒殺，則於子孫家人，當以義理曉諭之，使之帖然信從，不必專言報應，反啓人不信之端矣。余嘗見新安一富室戒特殺，而三牲之奉，朝夕不絶，責家人市已殺者，家人私豢養之，臨期殺以應命，而利其腹中所有。又見吾郡一友人，佞佛最篤，殺禁甚嚴，而子姪鵝鴨成羣，肉食自若，宰殺皆絞其頸，使不聞聲，其爲冤苦，甚於刀俎，傍觀者莫不竊笑，而二人終不悟也。又有巨室子弟，居親之喪，飲酒食肉自如，而祭祀之日，慳於用財，靈几之前，果菜而已。此又名教之罪人也。

祀先燕客，無不殺牲之理，即受地獄之報，吾亦甘之。且世之藉口不殺者，直是慳耳，何曾知惜物命耶？

佛教吾儒之所闢，然有不必闢者，戒殺是也。但佛家戒殺，爲輪迴計，吾之戒殺，則不忍其死於非命而已。至於牛，則有功於人甚大，殺之與殺良將何異？三代之際，天子無故不殺牛，諸侯無故不殺羊，士無故不殺犬豕。此戒殺之說，非始釋氏也。今之羊豕，無故而殺者多矣，至於牛，以天子之所禁，而庶人日殺之，可乎？力未能盡去，去其甚者可矣。古人之戒殺，仁也；釋氏之戒殺，懼也；今人之戒殺，慳也。己不殺而食人之殺者，又可笑也。

地獄之説，所以警愚民也。今搢紳士君子亦談之矣，然談之者多，而知避之者何少也？國家設律，原以防民。今匹夫盗一金鐶以上，吏執而問之；貪官苞苴千萬，梱載以歸，而人不問也。故懼法者皆愚民，而犯法者皆君子也。但不知陰中之法，亦如陽間漏網吞舟否耳？

人之才氣，須及時用之，過時而不用則衰矣。如蘇長公少時多少聰明，文章議論，縱横飛動，意不可一世，屢經摧折，貶竄下獄，流離困苦，至不能自保其身，故其暮年議論，慈悲可憐，如竹蝨雞卵，亦稱佛子，食數蛤蟹，即便懺悔，向來勃勃英氣，消磨安在？須知人要脚跟牢踐實地，則生死之念，不入其胸中。此公學力地位，視韓歐二公，尚不無少遜耶？蓋韓歐入門從吾儒來，而蘇公入門從諸子百家來也。

陰德必有報，此自世人俗語。然爲報而後行陰德，其爲德淺矣。昔人謂陰德如耳鳴，人不知而己獨知之謂陰德。余謂亦非必全活物命，而後謂之陰德，即行一善事，出一善言，皆是也，亦皆有報。書曰：「惠迪吉，從逆凶。」如李廣殺降不侯，自是道理上不該殺；于定國全活人多，大其門閭，自是應得全活。不然，縱賊爲民害，亦可謂陰德乎？大凡有利於人，及理所當爲者，孳孳爲之，皆德也。不必計較人之知否，亦不必望後之有報否也。

古人云：「死生亦大矣。」然有生必有死，生何足喜，死何足懼。即死而有報應，不過善惡兩途。善自可爲，惡自不可爲，何必計較報應。譬如奸盜詐僞，即律所不禁，良民不爲也。懼死而脩生，惑矣；懼來生而修今生，益惑矣。

使今世之富貴貧賤，皆由前生之脩否乎，則富貴而驕侈淫虐、怙權亂政者，比比而是，前生之脩，何遽墮落至是也？貧賤之士，修身立名，不朽於後世者多矣，其所得與一時富貴孰多？前生不修，能致是乎？夫士貴自立，即今生之富貴貧賤不必論也，而况又追求之前生，又希望來生之富貴，其志識卑陋，亦可哀矣。

屠儀部隆苦談前生之説，一日集余吴山署中，與黄白仲辯論往復，遂至夜分。然二君皆非真有見解者，不過死生念重，懼來生之墮落，姑妄言以欺人耳。然惑之既久，遂至自欺矣。夫前生既不能記憶，後生又不可預期，姑就今生百年之中，能脩得到無人非、無鬼責地位，亦足矣。二君定識既淺，愛根甚重，一切貪嗔邪婬妄語等禁，彼皆犯之，今生已不勝罪過矣，何論前後世哉。

嘗愛趙子昂有題圓澤三生公案詩，云：「川上清風非有着，松間明月本無塵。不知一子緣何事，苦戀前身與後身。」此千古以來第一議論也，惜不爲屠黃二君誦之。

老氏三寶，不過退一步法，易經曰：「日中則昃，月中則虧。」聖人處世，亦是退一步法。至釋氏則色想愛識，一切不留，此雖不言來生，而已隱然爲後來地矣。譬之樹果，今歲結實太盛，明歲必無生；譬之日用，今日太飽，明日必傷食。此理之常，無足恠者。盈虛消息之理，即天地不能違也，而况於人乎？

人有死而爲閻羅王者，如韓擒虎、蔡襄、范仲淹、韓琦等，皆屢見傳記。而近日如海瑞、趙用賢、林俊，皆有人於冥間見之。人鬼一理，或不誣之。劉聰爲遮須國王，寇准爲浮提王，亦此類耳。

太平廣記載：「貞元中，江陵少尹裴君有子爲狐所魅，延術士治之。有高氏子爲之醫治。

居數日，又有王生至，見高曰：『此亦狐也。』少選又有道士來，見二人曰：『此皆狐也。』閉户相毆擊，垂死，則道士亦狐也。裴皆殺之，而子差。」此寓言耳。今人有一事而言者指之爲私，俄有救者，又指言者爲私，而旁觀者又謂言者救者之皆私。及事定局結，則旁觀者亦私也。近來三五年間，此弊爲最多也。

唐文宗有言：「去河北賊易，去朝中朋黨難。」夫朋黨之分，若果一正一邪，易辨也，亦易去也，如宋元祐、紹聖之黨是也。正之中有邪，邪之中有正，其初起於意見之不同，而其勢成於羽翼之相激，各有是非，各有君子小人，難辨也，亦難去也，如唐牛李之黨是也。李誠勝牛，然李不純君子，而李之党不盡君子；牛不純小人，而牛之黨不盡小人。此其辨别去取，上聖猶或難之，而况唐之庸主乎？然則調停之説是與？曰：真知其中之各是各非，而去取之可也。漫無可否，而兩存之，適足以滋亂耳，是子莫之執中也。

「執中無權」，此語切中今人調停之病。夫使黨而果一正一邪，則明别黑白，若愛牛羊而逐豺狼，不害其爲中也；使黨各有邪正，不能盡用一偏，亦當酌而察之，如烏喙參术，擇其輕重，而適其所宜。若徒調停執中，一半參术，一半烏喙，有不殺人者乎？噫，謀國者不宜愛中立不倚之虚名，而受首鼠兩端之實禍也。

元馮夢弼乘驛向八蕃，驛吏告以天晚，馬絆在江上，不可行。馮不聽，果遇恠物如屋，拜之而滅，腥浪襲人。馬絆者，馬黄精也，遇之輒爲所啖。今南方常訛傳有馬騮精，能食人，及史書所載猳母鬼者，想皆此類。但多訛言耳，未有親見之者也。宋宣和間，黑眚見於宫禁中，此自是亡國之徵。人家屋宅，亦時有狐魅出入者。大約妖由人興，門衰祚薄，則邪乘之矣。

江北多狐魅，江南多山魈，鬼魅之事，不可謂無也。余同年之父安丘馬大中丞巡按浙直時，爲狐所惑，萬方禁之不可得，日就尩瘵，竟謝病歸。魅亦相隨，渡淮而北，則不復至矣。山魈閩廣多有之，據人屋宅，淫人婦女。蓋夷堅志所載木客之妖者。當其作祟之時，百計不能驅禳，及其久也，忽然而去，不待驅之。蓋妖氣亦有時而盡故耳。

國之禍常起於開邊，家之禍常起於厚積，身之禍常起於服餌，三者皆貪心所使也。滁州道人教人食息起居，常至九分而止。余謂九分亦已過矣，若留有餘以還造化，享不盡以遺子孫，即半取之何害？保嬰論云：「若要小兒安，須帶三分饑與寒。」此格言也，終身守之可也。

臨沮鄧差家累巨萬，而鄙吝不堪。道逢估人，初不相識，邀差共食，布列殊品。差訝而問之，客曰：「人生在世，止爲身口耳，一朝病死，能復進甘味乎？終不如臨沮鄧生，平生不用，爲守錢奴耳。」差默然。歸家宰鵝而食，方一動筯，骨哽其喉而死。人之享福，信有厚薄，然貧賤自甘，猶可言也，積而不散，愚惑甚矣。蓋苞苴科斂，得之不以其道，使復知享用，是天助其爲虐也。故多藏者必厚亡，不於其身，必於其子孫，非不幸也。

節儉與慳吝，原是二種。今世之慳者，動托於儉矣。漢文帝衣不曳地，露臺惜百金之產，至於百姓租税，動輒蠲免，此真儉也。今之儉者，急於聚斂，入而不出，廣市田宅，以遺子孫，至於應酬交際，草惡酸嗇，此直貪而鄙耳，何名爲儉？孟子曰：「儉者不奪人。」今以奪人爲儉者多矣。

官至九卿，俸禄自厚，即安居食肉，有千金之產，原不爲過，蓋不必强取之民，而國家養廉之資已不薄矣。今外官七品以上，月俸歲得百金，四品以上倍之，餬口之外，自有贏餘，何至敝車羸馬，懸鶉蔬糲，而後爲廉吏也？至於大臣，則愈厚矣。論語稱「季氏富於周公」，可見周公當時亦富。諸葛武侯身歿之後，亦有桑八百株，田數十頃。古之人不貪財、不近名如此，蓋其心大公至正之心也。今人聚斂厚積者無論已，一二位列三事，繩牀布被，弊衣垢冠，妻子不免饑寒，不知俸入作何措置？既不聞其辭免，又不見其予人，此亦大可笑事也。而世競尚之以爲高，吾以爲與貪者一間耳。貪者嗜利，矯者嗜名，一也；貪者害物，而矯者不能容物，亦一也。

清如伯夷而不念舊惡，任如伊尹而不以寵利居成功，和如柳下惠而不以三公易其介，此其所以爲聖也。後世若元禮清矣而龍門太峻，博陸任矣而晚節不終，夷甫和矣而比之匪人，其及不亦宜乎？

近代若海忠介之清，似出天性，然亦有近詐者。疾病之日，人往伺之，臥草薦上，無席無帳，以婦人裙蔽之。二品之禄，豈不能捐數鐶置一布帳乎？不然，直福薄耳。唐盧懷慎妻子凍餓，門不施箔，引席自障，昔人已辨其非矣。李嶠爲相，臥布被青絁帳則安，明皇賜以茵褥錦綺，則通夕不寐，或亦海忠介之類乎？然忠介身後，誠無餘財，近來效顰者，家藏餘鏹，而外爲纖嗇之態，欲併名與利而皆襲取之，視海公又不啻天壤矣。

爲伯夷之清較易，爲柳下惠之和較難。清不過一味自守絶俗而已，和而不失其正，非有大識見、有大力量不能也。後漢黄叔度，汪汪若千頃陂，澄之不清，淆之不濁。夫淆之不濁易耳，澄之不清，此地位難到也。

人之相去，誠隔數塵。廉者能讓天下，而貪者至争分文之末；寬者汪汪千頃，而悁者至不能容一粟；智者經緯天地，而愚者至不能辨六畜；忠者不避鼎鑊，而佞者至嘗糞掃門；賢者希聖入神，而不肖者至窮奇、檮杌。此非有生以來一定而不可變者哉。夫子曰「上智與下愚不移」，是也。孟氏謂「人皆可爲堯舜」，吾終未敢以爲然。

夫子謂「性相近，習相退」，又謂「上知下愚不移」，明言人性有上中下三般，此聖人之言，萬世無弊者也。孟子謂「人皆可爲堯舜」，不過救世之語，引誘訓迪之言耳，非至當之論也。夫以孟子之辯，終日闢楊墨，道性善，而高第僅僅一樂正子，猶不免從子敖之齊。以及門諸弟子，求一人到善信地位，尚不可得，何論堯舜乎？至宋儒不敢違孔子之言，又不能原孟子立論之意，遂刱爲義理氣質之性以附會之，此尤可笑。義理者，死物也，定位也，天地之内，六合之外，無物非義理之所寓，安得謂之性也？性從心而生，非附血氣，則無性之名矣。喜怒哀樂之未發謂之性，是有而未發也，非全無也。人死而形骸臭腐，神魂灰滅，可謂之無性矣，不可謂之無理也。性有有無，而理則無有無無也。易曰：「繼之者善也，成之者性也。」不信聖人之言，而泥宋儒之語，將愈解而愈窒礙矣。

周處少時無賴，鄉里稱其與白額虎、巨蛟爲三害。武后時酷吏郭霸死，洛陽橋成，大旱而雨，中外傳爲三慶。鄉有惡人，其害固不啻山上之虎，水中之蛟，而酷吏之死，其爲慶又豈橋成雨降而已哉？余每見貪官酷吏，剥民膏脂，以自封殖，而復峻刑法以箝其口，使百里之内，重足一息，重者亡身破家，輕者殘形毁體，即洪水猛獸，未足喻其慘也。

酷吏以擊剥爲聲，上多以爲能；貪吏以要結爲事，上多爲所中。然以貪敗者，十尚五六；以酷去者，十無一二。蓋近來之吏治尚操切，而人情喜近名故也。

殺人者死，法也，而有不盡然者。妬婦殺人不死也，庸醫殺人不死也，酷吏殺人不死也，猛將殺人不死也。不惟不死，且敬信之，褒奬之，死者枕籍乎前而不知也，則法有時而窮也。

釋氏地獄之説，有抽腸拔舌、油鍋火山、刀梯碓銼之刑，如此則閻王之酷虐甚矣。即使愚民有罪，無知犯法，聖人猶憐憫之，豈能便加以人世所無之刑，使之冤楚叫號，求自新而不可得哉。蓋設教之意，不過以人世之刑，止於黥、杖、絞、斬、凌遲而極，而犯者往往不顧，故特峻爲之説，使之驚懼，而不敢爲惡，此亦子産爲政莫如猛之意也。然張湯、杜周、周興、來俊臣之徒，其獄具慘酷，不減地府，而不聞民之遷善改過也。使冥冥之中，萬一任使不得其人，而夜叉羅刹得以爲政，其濫及無辜，貽害無類，豈淺鮮哉。老氏曰：「民不畏死，奈何以死懼之？」世有一種窮奇檮杌、兇淫暴戾者，即入之地獄而出，其惡猶不改也。小説載華光天王之母以喜食人，入餓鬼獄，經數百年，其子得道，乃拔而出之。甫出獄門，即求人肉。其子泣諫，母怒曰：「不孝之子如此，若無人食，何用救吾出來？」世之爲惡者，往往如此矣。

小說野俚諸書，稗官所不載者，雖極幻妄無當，然亦有至理存焉。如水滸傳無論已，西游記曼衍虚誕，而其縱横變化，以猿爲心之神，以猪爲意之馳，其始之放縱，上天下地，莫能禁制，而歸於緊箍一呪，能使心猿馴伏，至死靡他，蓋亦求放心之喻，非浪作也。華光小說，則皆五行生尅之理，火之熾也，亦上天下地，莫之撲滅，而真武以水制之，始歸正道，其他諸傳記之寓言者，亦皆有可采，惟三國演義與錢唐記、宣和遺事、楊六郎等書，俚而無味矣。何者？事太實則近腐，可以悦里巷小兒，而不足爲士君子道也。

凡爲小說及雜劇戲文，須是虚實相半，方爲游戲三昧之筆，亦要情景造極而止，不必問其有無也。古今小說家，如西京雜記、飛燕外傳、天寶遺事諸書，虬髯、紅綫、隱孃、白猿諸傳，雜劇家如琵琶、西廂、荆釵、蒙正等詞，豈必真有是事哉。近來作小說，稍涉怪誕，人便笑其不經，而新出雜劇，若浣紗、青衫、義乳、孤兒等作，必事事考之正史，年月不合，姓字不同，不敢作也。如此則看史傳足矣，何名爲戲？

戲與夢同，離合悲歡，非真情也；富貴貧賤，非真境也。人世轉眼，亦猶是也，而愚人得吉夢則喜，得凶夢則憂，遇苦楚之戲則愀然變容，遇榮盛之戲則歡然嬉笑，總之不脱處世見解耳。近來文人好以史傳合之雜劇，而辨其謬訛，此正是癡人前説夢也。戲文如西廂、蒙正、蘇秦之屬，猶有所本，至於琵琶，則絶無影響，只有蔡中郎一人，而其餘事情人物，無非假借者，此其所以爲獨刱之筆也。

胡元瑞曰：「凡傳奇以戲文爲稱也，無往而非戲也，故其事欲謬悠而無根也，其名欲顛倒而亡實也。故曲欲熟，而命以生也；婦宜夜，而命以旦也；開場始事，而命以末也；塗污不潔，而名以浄也。凡以顛倒其名也。」此語可謂先得我心矣。然元瑞既知爲戲，一語道盡，而於琵琶、西廂、董永、關雲長等事，又娓娓引證，辯論不休，豈胸中技癢耶？

宦官婦女，看演雜戲，至投水遭難，無不慟哭失聲，人多笑之。余謂此不足異也。人世仕宦，政如戲場上耳，倏而貧賤，倏而富貴，俄而爲主，俄而爲臣，榮辱萬端，悲歡千狀，曲終場散，終成烏有。今仕宦於得喪有不動心者乎，罷官削職有不慟哭失聲者乎？彼之慟哭憂愁，不過一時而止，而此之牽纏係累，有終其身不能忘者，其見尚不及宦官婦人矣。然則古之名賢，亦有悲愁拂鬱者，何也？曰：上等聖賢如孔孟之憂不遇，爲道也；其次名賢如屈原、梁鴻之憂不遇，爲國也；又其次如退之、子瞻之貶竄，孟郊、賈島之流落，其憂爲身命也。若今之世，法網既寬，山林皆樂，流竄貶謫，皆儼然安居高卧，豐衣美食，老死牖下矣。昔人所謂富不如貧，貴不如賤，正謂今日之仕宦言也，而猶戀戀不已，不亦惑之甚乎？

白樂天抗志辭榮，似知道者，而其詩有曰：「眼前何日赤，腰下幾時黄？」識趣之卑陋甚矣。宋夏侯嘉正常語人曰：「吾得見水銀銀一錢，知制誥一日，死無恨矣。」此正所謂「腰纏十萬貫，騎鶴上揚州」者，世間乃有此癡心漢，真堪一棒打殺也。

人若存一止足之心，則貧賤而衣食粗足，可以止矣；富貴而博一官一第，異於凡民，亦可以止矣，流行坎止，聽之可也。若不知足，必滿其願而止，則將相不足，必爲帝王；帝王不足，必爲神仙；神仙不足，必爲玉皇大帝；又要超元會大劫之外，方爲稱心也。少不如意，憂戚生矣。死生亦然，人之死也，卒然而去，即有天大未了之事，只得舍之而行。若語人以料理諸事俱畢，而後就死，則雖萬有千歲，事無了期也。人能於進退死生處之泰然，保其必不墮落矣。

韓侂胄用事時，其誕日高似孫獻詩九章，每章用一「錫」字，謂宜加九錫也。辛棄疾以詞贊其用兵，則用司馬昭假黃鉞異姓真王故事。二人皆名士也，乃作此舉動，當時筆端，信手草草，惟恐趨承之恐後，豈知其遺臭萬世乎？趙師羼之犬吠，程松之獻妾，不足異也。當江陵柄國時，其誕日有以「天與人歸」四字題册子送之者，有以「禪授」「廢立」命題者，其留奪情之旨，有「朕不日舉疇庸之典」者。當時已作首相矣，又將登庸，非禪位乎？一時臣工以逢迎爲戲，諛之惟恐不足，而爲人臣子者，受之而不疑，當之而無驚畏之色，是尚可立於天地間乎？

爲大臣者，處盛滿之極，則意念難持；爲小臣者，見勢燄之張，則立脚難定。人能不以寵利居成功，如諸葛、汾陽，終無傾覆之理；能不以炎涼爲向背，如汲黯、宋璟，豈有冰山之慮哉。勳如博陸，而竟以凶終；才若元柳，而未免濡足。信哉，自立之難也。

國初各省試官，臨期所命，不拘資次。洪武初，吾閩中一老廣文家居，忽命主某省試，事畢歸家，猶一廣文也，亦不知主試之爲榮，所取士子之爲門生也。弘正中漸用京官，然王文成以主政丁艱家居，方闋即起主山東試。其兩京主試，向亦有用本省人者，如嘉靖癸卯則無錫華察，戊午則常熟瞿景淳，辛酉則無錫吳情，皆主南畿試，而情於是科同邑登榜者頗衆，物論譁然，自此著爲令，不用本省人矣。然鄉會一體也，主會試者又安得於四海九州之外，别擇一人，使知貢舉耶？

宋試士以四場：初本經，次兼經大義十道，次論一首，次策三道。其十道義，知者直書本文，不知者止云「某知未審，不敢對。謹對」。十對其六以上，即合格矣。國朝洪武初，初場本經義一道、四書義一道，二場論一首、詔誥表箋内科一道，三場策一道而已，後十日面試騎射書律四事。至十七年，始定今式：初場七義，次場去箋而加五判，三場增策四道，而面試廢矣。然七義五策，皆似太多，風簷寸晷，力不能辦，求其完璧，事事精好，安可得也？然弘正之前，書義三，經義二，亦有中式者，詔誥與表，惟人所擇，今則俱榜出不收矣。然論策判皆無用之物，士子亦不甚究心，即閲卷者亦以初場爲主也。

省試南宫皆以文字爲主，至廷試則必取字畫端楷無訛者居首，以便進御宣讀也。相傳惟羅倫撰倫因策長，書不能竟，遂書於彤墀上。上命人録之，另謄以進。隆慶戊辰，上初即位，問人言狀頭有可私得者，乃於三〔二〕甲卷中隨意取之，得羅宗伯萬化，擢爲第一。羅素不善書，卷中塗抹甚多，信乎其有命也。

校勘記

〔一〕「三」，原作「二」，據寶樹堂本改。

天下之物，妍媸皆一定而不易，獨制義不然，甲之所賞，乙之所擯，好醜紛然，終無定價。不獨此也，一人之身，昨所取士，而今日糊名復試，去取必不盡同矣，甚可怪也。唐韓昌黎應試，「不遷怒二過」題，見黜於陸宣公。翌歲宣公復爲試官，仍命此題，昌黎復書舊作，一字不易，而宣公大加稱賞，擢爲第一。以昌黎之文，宣公之鑑，猶無定若此，況今日乎？

唐及宋初，皆以賦詩取士，雖無益於實用，而人之學問才氣，一覽可見。且其優劣自有定評，傳之後代，足以不朽。自荊公制義興，而聰明才辯之士，妥首帖耳，勤呫嗶之不暇矣，所謂變秀才爲學究者，公亦自知其弊也。至我國家，始爲不刊之典，且唐宋尚有雜科，而國家則惟有此一途耳。士童而習之，白而紛如，文字之變，日異月更，不可窮詰。即登上第，取華膴者，其間醇疵相半，瑕瑜不掩，十年之外，便成芻狗，不足以訓今，不可以傳後，不足以裨身心，不足以經世務，不知國家何故而以是爲進賢之具也。宣正以前，尚參用諸途，吏員薦辟，皆得取位卿相，近來即鄉薦登九列者，亦絶無而僅有矣。上以是求，即下不得不以是應，雖名公鉅卿，往往出於其間，而欲野無遺賢，終不可得已。後有作者，人材薦辟之途，斷所當開，而用人資格，亦當少破拘攣可也。

國朝進士，一入史館，即與六卿抗禮，鼎甲無論，即庶常吉士亦爾，二十年間，便可躋卿相清華之選，百職莫敢望焉。弘成以前，内閣尚參用外秩，如陳山以舉人，楊士奇以薦辟，楊一清以大司馬，張璁以南刑曹，皆入綸扉，五十年以來，遂顓用詞臣矣。説者曰内閣大學士，原詞臣之官也，而非相也。然内閣既可兼吏户，則外秩豈不可兼學士乎？唐宋以前，出爲郡守，入則兩制，即詞林亦未嘗擇人也。今必以鼎甲及庶常吉士爲之，已拘矣，又以内閣〔一〕必詞臣可入，不見祖宗故事耶？近來枚卜之典，言官娓娓論列，欲循内外兼用之制，而卒格不行，蓋相沿已定，遽難議更耳。

校勘記

〔一〕「閣」，原作「開」，據寶樹堂本改。

漢卜式、司馬相如皆入貲爲郎，則知古者鬻爵之制，其來已久，蓋亦當時開邊治河，軍國之需不足，而取給於是也。然止於爲郎而已。至桓靈時，始賣至三公。唐至德宗，告身纔易一醉，財之窘而爵之濫可知也。國朝設太學，以待天下之英才，最重其選，銓選京職方面與進士等。乃後來貢舉之外，一切入貲爲之，謂之援例。其有子弟員屢試不利於鄉，而援入成均者，猶可言也。民家白丁，目不識字，但有餘資，即厠衣冠之列，謂之俊秀。大都太學之中，舉貢十一，弟子員十二，而此輩十之七也。鮮衣怒馬，酒肆倡家，惟其所之，有司不敢誰何，司成不能遍察，遂使首善賢士之關，翻爲納污藏穢之府。制度之最失古意者，莫此爲甚矣。

自邊餉之乏也，河工之興也，土木之繁也，司農司空惟以鬻爵爲良策矣，蓋損富室有餘之財，以佐官家不時之需，事亦甚便。而紈袴子弟，捐囊橐之腐鏹，博進賢之榮秩，又何苦而不爲？至於用度窘急之日，當事者惟恐其招之不至，令之弗從，每加貶損，以示招徠，故一時赴募，雲集響應，雖足以供目前之緩急，而於國家設官命爵之典，亦稍褻矣。今文華、武英二殿中舍，動踰數百，而鴻臚、光禄二寺之屬，亦皆以百計，繡衣銀艾，擁傳遨遊，呵殿里閭，雄行鄉曲，所入幾何，而其取償已不貲矣。近來言事者屢行白簡，欲行裁抑沙汰，而卒不見施行，亦勢有所不可行也。

五行禄命，財能生官，故多訾之家，可以致貴。然余里中嘗有入粟得官而卒罄其産者，人皆嗤笑之。余謂：「古人亦有之，諸君不察耳。昔司馬長卿以貲爲郎，至武騎常侍，其後病免，客遊梁，家徒四壁立，非買官而貧之故事乎？」衆爲絶倒。

漢文帝承諸吕之亂，即位數年間，匈奴寇邊，濟北叛逆，乘輿行幸，軍國之費，不知紀極，而民不告困，國有餘積，二年、十二年俱免天下田租之半，而十三年遂併其半之租税盡除之，末年又令諸侯無入貢，弛山澤。不知當時國用於何取給，蓋文帝之恭儉節愛，固自性成，而當時差役之法，尚行用民之力，不必催募也，然亦異矣。轉眼至於武皇，遂至榷酤算緡，海内虚耗。今天下漕粟之費數百萬有奇，而上供御用者名爲金花，亦四百萬有奇，其它司農司空之屬，各項徵輸，計不亦三百萬，而不足者又取諸鹽課百餘萬，取諸太僕馬價四十餘萬，而度支猶告匱不已。邊軍之餉，常遲半載；水衡之錢，入不繼出。至於礦税之使四出，張彌天之網，設竞地之罘，其取利無所不届，而用度常苦不足，此真不可解之事也。

國用之不足，雖由上之不節，而下焉者綜覈之未精，虚文之糜費，蠹蝕之多端，因循之虧耗，亦常居其半焉。三殿之工木，取諸川貴吳楚，每條最巨者計費九千金，而沿途傳置之費不與焉。若遇節省之朝，一木可作一殿矣。余在繕部，適皇極門興工，有鐵釘爐頭者，一切鐵及柴炭，皆取諸官之外，但鑄冶手工至一千五百金，其他大率往往如是，真可笑也。

朝庭御用之物，其工直視民間常千百倍，而其堅固適用，反不及民間。計侵漁冒破之外，得實用者千分中之一分耳。每一繕造，必内使與臺省部寺諸臣公估其直，直不浮，内使不從也。一物之進，自外達内，處處必索鋪墊，一處不飽其欲，物不得前也。領官鑼置辦者，皆京師大駔積猾，内結近侍，外通胥曹，預支白鑼，以營身肥家，廣置田宅妻妾，鮮車怒馬，出入呵殿。及期限時迫，則捐十之三以啗内使，而以十之一供應，夤緣爲奸，苟圖塞責而已。其中千孔百穴，盤據溷亂，牢不可破，稷蜂社鼠，難以窮詰，故財用坐困，而竟未嘗享其利也。

宦官之尊貴者，趙高爲中丞相，龔澄樞爲内太師。然曰中曰内，猶所以别於廷臣也。至唐魚朝恩始爲國子祭酒，宋童貫爲樞密院使，官至太師，甚矣。我國家之制，内臣秩止四品，而其後如王振、劉瑾，頤指公卿，不啻奴僕，則亦無其名而有其實矣。

漢時宦官驕横，目中至無天子。然王甫一休沐歸舍，司隸校尉捕治，死於杖下，猶孤雛腐鼠耳。唐宦官典兵柄，廢立自由，然鄭朗自中書歸，李敬實衝路不避，一疏奏聞，立剥紫綬，配南衙；神策小將衝京兆尹前導，得以立馬杖殺之。至宋韓魏公之去任守忠，又不足言也。蓋當時内竪之勢雖盛，而國家所以尊禮大臣而假借之者，體貌常優，即人主意向，亦未嘗不欲除去此輩也，但力不能耳。我國家宦官，雖不與朝政，不典兵權，而體統尊崇，常據百僚之右。輔臣出入，九卿避道，而内監小竪，揚揚馳馬，交臂擊轂而過，前驅不敢問，輔臣不敢嗔也。如往年敖宗伯爲一内使奔馬觸其輿仆地，且鞭及其衣，幸上聖明，爲笞内使而竄之。然地既禁近，人復衆多，聲勢烜赫，動移主心。近日宛平令李嗣善以擅箠内竪，幾罹不測，賴廷臣力争，上怒始解，李止外謫，然亦百年來刱見之事也。至於外藩，採金榷税者，皆蟒衣玉帶，侍衛數百人，建牙吹角，一與制府等，郡縣大夫，莫敢與横行也。雖其中不無彼善於此，但習與性成，善者十分中之一二耳。

宋吴味道對蘇公言：「販建陽小紗二百端，計道路所經場務，盡行抽税，則至都下，不存其半。」宋當慶曆、元豐盛時，乃榷稅之繁重若此。國家於臨安、滸墅、淮安、臨清、蘆溝、崇文門，各設有榷關曹郎，而各省之稅課司，經過者必抽取焉。至於近來内使四出，稅益加重，爪牙廣布，商旅疾首蹙額，幾於斷絶矣。此輩不足責也，吾輩受譏關之任者，寬一分則受一分之賜，奈何必以繭絲爲能，而務朘民之膏血也？

國朝〔一〕各省有鎮守内臣，其權埒開府，藩臬而下，不敢抗也。近來礦稅之使，其體稍殺，然如陳增之在山東，陳奉之在湖廣，高淮之在遼東，皆妄自尊大，抑縣令使行屬禮，然皆不久而敗，其它依違而已。蓋我朝内臣目不識字者多，盡憑左右撥置，一二駔棍，挾之於股掌上，以魚肉小民。如徽之程守訓，揚之王朝寅，閩之林世卿，皆以衣冠子弟，投爲膺犬，逢迎其欲，而播其惡於衆，所欲不遂，立破其家，中户以上，無一得免。故天下不怨内使之掊尅，而恨此輩深入骨髓也。卒之内臣未去，而此輩已先敗矣。

校勘記

〔一〕「朝」，寶樹堂本作「初」。

馬堂初以榷稅至臨清，鴟張尤甚，出入數百人，白晝攫人，井邑騷然，商賈罷市。州民王朝佐不勝忿，率衆譟而攻之，火其居，堂僅以身免，其黨三十七人盡斃煨燼中，堂自此戢矣。高寀至閩數時，屢破鹽商之家，後因怒一諸生之父，廷朴之，合學諸生大譟擊之，幾不免。火其所建望京亭，寀伏署中不敢喘，林世卿極力救之，且以軟語啗諸生乃散，而寀虐燄遂大減。曩時所謂小懲而大戒，小人之福也。攻馬堂者，王朝佐爲首，時議欲寬之，而按臣張大謨、撫臣劉易從、道臣馬怡皆與堂善，遂列朝佐罪狀，坐棄市。攻高寀者，余友人王武部宇爲首，寀廉知之，必欲得而甘心焉。當事者莫之應，王迺入北太學避之，遂登甲第。二人者其激於義，奮不顧身一也，而幸不幸乃爾，豈非天哉。

高寀在閩，閩搢紳不與往還者，不過二三人耳，其他不惟與往還，且稱公祖，行旁門，靦然自附於子民之末。且立石誦功德，稱爲賢明，亦可羞也。蓋吾郡搢紳，多以鹽筴起家，雖致政家居，猶親估客之事，不得不受其約束耳。噫，天子不得臣，諸侯不得友者，果何人哉。

文徵仲作詩畫有三戒：一不爲閹宦作，三不爲諸侯王作，二不爲外夷作。故當時處劉瑾、宸濠之際，而超然遠引。二氏籍没，求其片紙隻字不可得，亦可謂曠世之高士矣。當徵仲在史局，同事太史諸君皆笑其不由科目，濫竽木天，然分宜、江陵之敗，家奴篋中，無非翰林諸君題贈詩扇者。以此笑彼，不亦更可羞哉。

太祖時置一鐵牌，高三尺許，樹宫門外，上鑄「内臣不許干預政事」八字。至英廟時，王振專恣，遂毁其牌。永樂年間，遣内官至五府六部稟事者，内官俱離府部一丈作揖，路遇公侯駙馬伯，則下馬傍立。至王振、汪直、劉瑾時，呼唤府部，如呼所屬，公侯伯遇諸塗，反迴馬避之，倒置甚矣。自世宗革諸鎮守，内使之權勢大減。余官兩都曹郎，即司禮監守備極尊貴者，皆彼此抗禮。至閩，閩税使高寀欲搢紳執治民禮，余謝絶之，不與往還。在山東爲司理時，馬堂、陳增之横，皆與鈞敵，不敢有加也。但南都守備内臣遇大閲之時，必據中席，而大司馬侯伯皆讓之。京師内臣雖至賤者，路遇相君，亦揚鞭交臂，不肯避道。此稍失國初意耳。

宦官之禍，雖天性之無良，而亦我輩釀成之，輔相大臣，不得辭其責也。當三楊輔政時，王振鼠伏不敢動，及徐禧、王祐輩，逢迎諂媚，以保富貴，於是振之威權漸熾。商文毅擊汪直，疏其十辠，西廠即日報罷，可謂易若發蒙矣。而劉尹等繼之，使直之灰復然。李獻吉之擊劉瑾，閹臣從中主之，閹竪環跪啼泣，彷徨無計。上心幾移矣，而李東陽持議不堅，遂倒太阿以授之，卒毒天下。豈天之未厭亂耶，亦小人階之厲也。

五雜組卷之十六

事部四

詩云：「善戲謔兮，不爲虐兮。」古今載籍，有可以資解頤者多矣，苟悟其趣，皆禪機也。略録數端於左。

尉有夜半擊令之門者，求見甚急。令曰：「半夜有何事？請俟旦。」尉曰：「不可。」披衣遽起，取火延尉入，坐未定，問曰：「事何急，豈有盜賊竊發，君欲往捕耶？」曰：「非也。」「然則家有倉卒疾病耶？」曰：「非也。」「然則何以不待旦？」曰：「某見春夏之交，農事方興，百姓皆下田，又使養蠶，恐民力不給。」令曰：「然則君有何策？」曰：「某見冬間農隙無事，不若移令此時養蠶，寔爲兩便。」令笑曰：「君策甚善，古人不及，但冬月何處得桑？」尉瞠目久之，拱手長揖曰：「夜已深，伏惟安置。」然周禮禁原蠶，而閩廣之地，桑經冬不凋，有一歲四蠶者，則尉之言未足深笑也。

程覃爲京兆尹，不甚識字，有道人投牒乞執照造橋，覃大書「昭執」二字。其人白云：「合是執照，今作昭執，仍漏四點。」覃取筆於「執」字下加四點與之，乃爲「昭熱」。庠舍諸生作傳以譏之。

宋陳東通判蘇州，權州事，因斷流罪，命黥其面曰「特刺配某州牢城」。黥畢，幕中相與白曰：「凡稱特者，罪不至是，而出於朝廷一時之旨，非有司所得行。」東大恐，即改「特刺」字爲「準條」，再黥之，頗爲人所傳笑。後有薦其才於兩府者，石參政曰：「吾知其人矣，得非權蘇州日，於人面上起草者乎？」

唐蕭炅不識字，嘗以「伏臘」爲「伏獵」。又一日，張九齡送芋，刺稱「蹲鴟」，蕭以爲鴟鴞，答云：「損芋拜嘉，惟蹲鴟未至耳。然僕家多怪，亦不願見此惡鳥也。」九齡得書大笑。

党進過市，見縛勾攔者，問：「汝說何人？」優者言：「說韓信。」進怒曰：「汝對我說韓信，見韓信即當說我，此三頭兩面之人。」命杖之。

周定州刺史孫彦高，被突厥圍城，不敢出廳，文符須徵發者，於小牕接入。鏁州宅門，及賊登壘，乃入櫃中藏，令奴曰：「牢掌鑰匙，賊來索，慎勿與也。」昔有人入京選，皮袋被賊盜去，其人曰：「賊偷我袋，將終不得我物用。」或問其故，曰：「鑰匙在我衣帶上。」此亦孫彦高之流也。

錢良臣自諱其名，幼子頗慧，凡經史中有「良臣」字輒改之。一日讀孟子「今之所謂良臣」，遂改云：「今之所謂爹爹，古之所謂民賊也。」一時閧傳爲笑。

馮道門客講道德經首章「道可道，非常道」，門客見犯其諱多，乃曰：「不敢説可不敢説，非常不敢説。」

洞庭湖闊數百里，秋水歸壑，惟一條湘川而已。僧齊己欲吟一詩，徘徊未就，有蔡押衙者輒吟曰：「可憐洞庭湖，恰到三冬無髭鬚。」人恠問之，曰：「以其不成湖也。」

南燕慕容德時，妖賊王始聚衆於太山萊蕪谷，自稱太平皇帝，父固爲太上皇，兄休等爲征東、征西將軍。慕容鎮討擒之，將斬於馬市，有人問之曰：「何爲妖妄，自取族滅？父及兄弟何在？」答曰：「太上皇蒙塵在外，征東、征西爲亂兵所害，如朕今日，復何聊賴？」其妻趙氏怒曰：「君正坐此口死，如何臨刑猶不改？」始曰：「皇后不達天命。自古及今，豈有不亡之國、不破之家哉。」行刑者以刀鐶築其口，始曰：「朕今爲卿所苦，崩即崩矣，終當不易尊號。」德聞而笑之。

虞集未遇時，爲許衡門客。虞有所私，午後輒出，許每往不遇，病之，因書於簡云：「夜夜出游，知虞公之不可諫。」虞歸見之，即對云：「時時來擾，何許子之不憚煩？」許大歎賞，因薦於朝。

唐玄宗登樓望渭水，見一醉人臨水卧，問左右是何人，左右不知。黄幡綽奏曰：「此是年滿令史。」上問：「何以知之？」對曰：「更一轉，便入流。」上大笑。

蘇子瞻戲謂佛印曰：「向嘗讀古人詩云：『時聞啄木鳥，疑是打門僧。』又云：『鳥宿池邊樹，僧敲月下門。』未嘗不歎息古人必以鳥對僧，自有深意。」佛印曰：「所以老僧今日常得對學士。」坡無以應。

魏人夜暴疾，命門人鑽火。是夕陰暝，督迫頗急，門人忿然曰：「君責人亦太無理。今闇如漆，何不把火照我，使覓鑽具？」

劉述字彥思，甚庸劣，從子俣疾甚危篤，述往候之，其父母相對涕泣。述立命酒肉，令俣進之，皆莫知其意。或問之，答曰：「豈不聞禮云：『有疾，飲酒食肉可也。』」又嘗具喪服，值其子亦居憂，客問其子安否，答曰：「所謂父子聚麀，何勞齒及？」

張丞相天覺好草書而不工，識者譏笑之，丞相自若也。一日得句，索筆疾書，龍蛇飛動，使姪書之，當險恠處，罔然而止，問丞相曰：「此何字也？」丞相視之，亦自不識，詬其姪曰：「胡不早問，致吾忘之。」

張由古有吏才而無學術，累歷臺省，常於衆中嘆班固有大才而文章不入選。或謂之曰：「兩都賦、燕山銘等竝入選，何因言無？」由古曰：「此是班孟堅文章，何關班固事？」

齊王好相，有稱神相者求見，曰：「臣鬼谷子之高第，而唐舉之受業師也。」王大悅，曰：「試視寡人何如？」對曰：「王勿亟也。臣相人，必熟視竟日而後得。」於是拱立殿上以視。俄有使者持檄入白，王色變，相者問其故。王曰：「秦圍即墨三日矣，當發援兵。」相者仰而言曰：「臣見大王天庭黑氣，必主刀兵。」王不應。須臾有人着械入見，王色怒，相者問故。王曰：「此庫吏也，盜金帛三萬矣。」相者又仰而言曰：「臣見大王地角青色，必主失財。」王不説，曰：「此已往者，請勿言，但言寡人終身休咎何如耳。」相者曰：「臣仔細看來，大王面部方正，不是箇布衣之士。」

劉貢父晚年得惡疾，鬚眉墜落，鼻梁崩壞，苦不可言。一日與東坡會飲，各引古人一聯相戲。坡遽朗吟曰：「大風起兮眉飛揚，安得壯士兮守鼻梁。」坐客皆笑，貢父感愴而已。

彭淵材遊京師，十年不歸。一日跨驢南還，以一卒挾布橐，皆斜絆其腋。一邑聚觀，以爲必金珠也。或問之，淵材喜見鬚眉，曰：「吾富可敵國矣。」遂命開橐，則李廷珪墨一丸、文與可竹一枝、歐公五代史草藁一部，它無所有。

陽伯博任山南一縣丞，其妻陸氏，名家女也。縣令婦姓伍，它日會諸官之婦，既相見，縣令婦問贊府夫人何姓，答曰姓陸；次問主簿夫人，答曰姓戚。縣令婦勃然入内，諸夫人不知所以，欲却回。縣令聞之，遽入問其婦。婦曰：「以吾姓伍，贊府婦遂云姓六，主簿婦云姓七，相弄若此。餘官婦若問，必曰姓八姓九矣。」令大笑曰：「人姓偶爾，何足恠？」乃令其婦出。

劉義綦封營道侯〔一〕，始興王濬戲謂之曰：「陸士衡詩云『營道無烈心』，此言似爲叔父發耶？」義綦曰：「下官初不識士衡，何忽見苦？」

校勘記

〔一〕「侯」，原作「封」，據寶樹堂本改。

張敬兒開府襄陽，欲移羊叔子墮淚碑，綱紀白云：「此羊太傅遺德，不宜遷動。」敬兒怒曰：「太傅是誰？我不識。」

有窮書生欲食饅頭，計無從得。一日見市肆有列而鬻者，輒大叫仆地。主人驚問，曰：「吾畏饅頭。」主人曰：「安有是？」乃設饅頭百枚，置空室中，閉之，伺於外，寂不聞聲，穴壁窺之，則食過半矣。亟開門，詰其故，曰：「吾今日見此，忽自不畏。」主人知其詐，怒叱曰：「若尚有畏乎？」曰：「更畏臘茶兩椀爾。」

御史臺儀，凡御史上事，一百日不言，罷爲外官。有侍御史王平，拜命垂滿百日而未言事，同僚訝之。或曰：「王端公有待而發，必大事也。」一日聞進劄子，衆共偵之，乃彈御膳中有髮，其彈詞曰：「是何穆若之容，忽覩鬈如之狀。」

唐明皇坐勤政樓上，見釘鉸者，呼之曰：「朕有一破損天平冠，汝能釘鉸否？」對曰：「能。」遂整之，即完。上曰：「朕無用此冠，便以賜卿。」其人皇恐不敢受。上曰：「俟夜深閉門獨自戴，甚無害也。」

紹興末，謝景思守括蒼，司馬季思佐之，皆名伋。劉季高以書與景思曰：「公作守，司馬九作倅，想郡事皆如律令也。」聞者絶倒。

唐王鐸鎮渚宮，以禦黄巢。寇兵漸近，鐸赴鎮，以姬妾自隨，留夫人於家中。忽報夫人離京徑來，已在道中。鐸謂從事曰：「黄巢漸以南來，夫人又將北至，旦夕情味，何以安處？」幕僚戲曰：「不如降黄巢。」公亦大笑。

唐時有士子奔馬入都者，人問：「何急如此？」答曰：「將赴不求聞達科。」宋天聖中置高蹈丘園科，許本人於所在自投狀求試。時人笑之。

宋時省試「天子之堂九尺」賦，有一士曰：「成湯當陛而立，不欠一分；孔子歷階而升，只餘六寸。」蓋湯九尺，孔子九尺六寸也。余憶新羅使人有入貢者，見葵花不識，問主人，人給之云：「名一丈紅也。」使作詩咏之，末句云：「五尺闌干遮不盡，更留一半與人看。」噫，何中國夷狄工拙相去之遠乎？又有「貴老爲其近於親」賦，其破題云：「見龍鍾之黄耇，思彷彿乎家尊。」傳以爲笑。

宋王琪、張亢俱在晏元獻幕客。亢體肥大，琪目之爲牛；琪枯瘦，亢目爲猴。琪嘗嘲亢曰：「張亢觸牆成八字。」亢應聲曰：「王琪望月叫三聲。」一坐爲之絶倒。

田元鈞狹而長，其夫人富彥國女弟也，闊而短。石曼卿戲目之爲「龜鶴夫妻」。

宋王文康公苦淋，百計弗瘳，洎爲樞密使，疾頓除，及罷而疾復作。或戲之曰：「要治淋疾，惟用一味樞密副使，常服始不發。」又梅詢久爲侍從，急於進用，晚年多病。石中立曰：「公欲安乎？惟一服清涼散耳。」蓋兩府在京許張青蓋也。

紹興末，朝士多饒州人。或謂之曰：「諸公皆不是癡漢。」又有監司薦人，以關節欲與饒州人，或規其當先孤寒，監司憤然曰：「得饒人處且饒人。」

蘇子由在政府，子瞻在翰林，有一故人干子由而未遂，求子瞻助一言。子瞻徐曰：「舊聞有人貧甚，發塚爲生。發一塚，見一人裸坐，曰：『吾楊王孫也，裸葬，何以濟汝？』又發一塚，見王者，曰：『朕漢文帝也，遺令薄葬，何以濟汝？』遂之首陽山，見二塚相連，先發其左，見一人枯瘠如柴，曰：『我伯夷也，饑死山中，尚有物乎？』其人嘆曰：『用力之勤，久無所獲，不如且發右塚，看何如。』伯夷曰：『勸汝別謀於它所。汝看我嘴臉若此，舍弟叔齊，豈能爲人乎？』」故人一笑而止。

晉庾翌與其兄冰書曰：「天公憒憒，無復皁白。」近時唐伯虎亦有詩云：「駿馬每馱癡漢走，巧妻常伴拙夫眠。世間多少不平事，不會作天莫作天。」雖謔詞，亦有激之言也。

相傳海上有駕舟入魚腹者，舟中人曰：「天色何陡暗也？」取炬然之，火熱而魚驚，遂吞而入水。是則然矣，然舟人之言，與其取炬也，孰聞而孰見之？本草曰：「獨活有風不動，無風自搖；石髀入水即乾，出水則濕。」出水則濕，誠有之矣，入水即乾，何從得知也？言固有習聞而不覺其害於理者，可爲一笑。

江西有驛官，以幹事自任，白刺史：「驛已理，請閱視。」乃往。初一室爲酒庫，諸醞畢具，其外畫神，問：「何神？」曰：「杜康。」刺史喜。又一室曰茶庫，諸茗畢貯，復有神，問：「何神？」曰：「陸鴻漸。」刺史益喜。又一葅庫，諸蔬畢備，復有神，問：「何神？」曰：「蔡伯喈。」刺史大笑曰：「君誤矣。」

滄州南皮丞郭務静，性糊塗，與主簿劉思莊宿於逆旅，謂莊曰：「從駕大難。静嘗從駕，失家口三日，于侍官幕下討得之。」莊曰：「公夫人在其中否？」静曰：「若不在中，更論何事。」

子思薦苟變於衛侯。一日子思適衛，變擁篲郊迎，執弟子禮甚恭。變有少子亦從，子思訝問：「何人？」左右曰：「此苟弟子孩兒。」

宋王狀元十朋未第時，醉墮沛河，爲水神扶出，曰：「公有三百千料錢，若死於此，何處消破？」明年遂登第，歸以語人。士有久不第者，聞而效之，陽醉落河，亦爲水神扶出。士大喜曰：「我料錢幾何？」曰：「吾不知也。但有三百甕黄虀，無處消破耳。」

有吝於財者，遇一親故求濟，以酒一甌、錢索一條送之，云：「筋一條，血一椀。右搥胸奉上，伏望鐵心肝人留納。」

有二措大言志，一云：「我平生不足，惟飦與睡耳，它日得志，當吃飽飯了便睡，睡了又吃飯。」一云：「我則異於是，當吃了又吃，何暇復睡耶？」

唐魏博節度使韓簡，性麄率，每對文士，不曉其説，心常恥之。乃召一孝廉，令講論語，及講至爲政篇，明日謂諸從事曰：「僕近知古人淳朴，年至三十，方能站立。」聞者莫不絶倒。

晉桓温少與殷浩友善，殷常作詩示温，温後見之，謂曰：「汝愼勿犯我，我當出汝詩示人。」

程師孟知洪州，作静堂，自愛之，無日不到，作詩題於石曰：「每日更忙須一到，夜深長是點燈來。」李元規見而笑曰：「此是登溷詩也。」

何承裕知商州，有舉人投卷，覽其詩有「日暮猿啼旅思悽」之句，遽曰：「足下此句甚佳，但上句屬對未切，奉爲改之，何不云：『月明犬吠張三婦，日暮猿啼吕四妻。』」舉人大慙而去。

安禄山好作詩，以櫻桃寄其子，作詩云：「櫻桃一籃子，半青一半黄。一半與懷王，一半與周贇。」羣臣請曰：「聖作誠高妙，但以『一半與周贇』之句移在上，於韻更爲穩叶。」祿山怒曰：「我兒豈可使居周贇之下乎？」

宋鄭廣以海寇來降，授以職官，旦望趨府，羣寮無與立談者，廣鬱鬱不言。一日晨衙，羣寮談詩，廣起於坐曰：「鄭廣麄人，有拙詩白之諸公。」乃朗吟曰：「鄭廣有詩上衆官，文武看來總一般。衆官做官却做賊，鄭廣做賊却做官。」滿坐慙噓。

商則爲廩丘尉，值縣令丞多貪。一日宴會起舞，令丞舞皆動手，則但回身而已。令問其故，則曰：「長官動手，贊府亦動手，惟有一個尉，又動手，百姓何容活耶？」

大曆中，荆州馮希樂者善佞，嘗謁長林令，留宴，語令云：「仁風所感，猛獸出境。昨入縣界，見虎狼相尾而去。」有頃，村吏來報：「昨夜有虎食人。」令戲語之，馮遽曰：「此必掠食便過。」

蔡君謨美鬚髯，一日内燕，上顧問曰：「卿髯甚美，夜間將覆之衾下乎，將置之於外乎？」

君謨謝不知。及歸就寢，思上語，以髯置之内外，悉不安，遂一夕不能寐。蓋無心與有心異也。

宋子京留守西都，有同年爲河南令，好述利便，以農家藝麥費耕耨，改用長錐刺地下種，自旦至暮，不能一畝。又值蝗灾，科民畜雞，云：「不惟去蝗之害，兼得畜雞之利。」尅期令民悉呈所畜。羣雞既集，紛然格鬭，勢不能止，逐之飛走，塵埃漲天，百姓喧閴不已，相傳爲笑。

李載仁，唐之後也，避亂江陵，高季興署觀察推官。爲性迂緩，一日將赴召，方上馬，部曲相毆。載仁怒，命急於厨中取餅及猪肉，令相毆者對餐之，復戒曰：「如敢再犯，必以猪肉中加之以酥。」聞者笑之。

曾純甫當國日，有歸正官蕭鷓巴來謁。既退，有一客至，因問曰：「蕭鷓巴可對何人？」客曰：「正可對曾鶉脯。」曾怒其嫚己，遂與之絶。

宋葉衡罷相，日與布衣飲甚歡。一日不怡，問諸客曰：「某且死，但未知死佳否耳？」一姓金士人曰：「甚佳。」葉驚曰：「何以知之？」曰：「使死而不佳，死者皆逃歸耳。一去不返，是以知其佳也。」滿坐皆笑。無何而丞相下世。

嘉靖末，金陵吴擴有詩名，曾有元日懷嚴分宜相國詩。一友見之，戲曰：「開歲第一日，懷朝中第一官，如此便做到臘月晦，亦未懷及我輩也。」吴雖笑而甚慙。

漢武帝對羣臣云：「相書云鼻下人中長一寸，年百歲。」東方朔在側，因大笑。有司奏不敬，方朔免冠云：「臣誠不敢笑陛下，實笑彭祖面長耳。」帝問之，朔曰：「彭祖正八百歲，果如陛下之言，則彭祖人中可長八寸。以此推之，彭祖面長一丈餘矣。」帝大笑。

漢有牛崇爲隴西主簿，馬文淵爲太守，羊喜爲功曹。涼部云：「三牲備具。」〔一〕

校勘記

〔一〕「牛崇」，原作「牛通」；「備具」，原作「備身」。按廣韻卷十八「牛」字條引風俗通佚文云：「漢有牛崇爲隴西主簿，馬文淵爲太守，羊喜爲功曹。涼部云：三牲備具。」因據改。

簡雍字憲和。時天旱禁酒，釀者有刑，吏於人家索得釀具，論者欲令與作酒者同罰。雍與先主遊觀，見一男女行道，謂先主曰：「彼人欲行淫，何以不縛？」先主曰：「卿何以知之？」雍對曰：「彼有淫具，與欲釀者同。」先主大笑，而原欲釀者。

侯白在散官隸屬，楊素愛其能劇談，每上番日，即令談戲弄，或從旦至晚，始得歸。纔出省門，即逢素子玄感，乃云：「侯秀才可與玄感說一個好話。」白被留連，不獲已，乃云：「有一大蟲，欲向野中覓肉，見一刺蝟仰卧，謂是肉臠，便欲銜之，忽被蝟卷着鼻，驚走，不知休息，直至山中，困乏不覺昏睡，刺蝟乃放鼻而去。大蟲忽起，歡喜，走至橡樹下，低頭見橡斗，乃側身語云：『旦來遭見賢尊，願郎君且避道。』」

裴玄本好諧談，爲户部郎中時，左僕射房玄齡疾甚，省郎將問疾，玄本戲曰：「僕射病可，須問之；既甚矣，何須問也？」有洩其言者。既而隨例看玄齡，玄齡笑曰：「裴郎中來，玄齡不死也。」

韋慶本女選爲妃，詣明堂謝，而慶本兩耳先卷，朝士多呼爲卷耳公。時長安令杜松壽見而賀之曰：「僕固知足下女得妃。」慶本曰：「何以知之？」松壽乃自摸其耳而卷之，曰：「卷耳，后妃之德也。」

陸長源以舊德爲宣〔一〕武軍行司馬，韓愈爲巡官，同在使幕，或譏年輩相懸。周愿曰：「大蟲老鼠，俱爲十二相屬，何怪之有？」

校勘記

〔一〕「宣」，原作「宜」，據太平廣記卷二百五十一周愿條引國史補改。

于頔聞韋皋進奉聖樂，亦撰順聖樂以進，每宴必使奏之。其曲將半，行綴皆伏，而一人舞于中央。幕客韋綬笑曰：「何用窮兵獨舞？」以調頔爲襄帥暴虐，人呼爲「襄樣節度」。

僧貫休有機辨，杜光庭欲屈其鋒，每相見，必伺其舉措以戲調。一旦因舞轡於通衢，而貫休馬忽墜糞，光庭連呼：「大師大師，數珠落地。」貫休曰：「非數珠，蓋大還丹耳。」

左街僧録惠江、威儀程紫霄俱辨捷，每相嘲誚。江素充肥，會暑袒露，霄忽見之，曰：「僧録琵琶腿。」江曰：「先生籥栗頭。」又見駱駝數頭，霄指一大者曰：「此必頭陀也。」江曰：

「此輩滋息，亦有先後，此則先生者，非頭陀也。」

盧質字子徵，性好詼謔，爲莊宗管記。會醫官陳玄補太原府醫學博士，所司請稿，質立草之，末句云：「既得厚朴之才，宜典從容之職。」莊宗覽之，久爲啓齒。

李茂貞子從曮爲鳳翔節度使，因生辰，秦鳳持禮使陋而多髯，魏博使少年如美婦人。魏博戲云：「今日不幸與水草大王接坐。」秦鳳曰：「夫人無多言。」四座皆笑。

康定中，西戎寇邊，王師失律。當國一相以老得謝，同列就第爲賀，飲酣，自矜曰：「某一山民耳，遭時得君，告老於家，當天下無一事之辰，可謂太平幸民也。」石中立曰：「只有陝西一夥竊盜未獲。」滿座大笑。

王荆公爲相，大講天下水利。時有獻策決乾太湖，云：「可得良田數萬頃。」人皆笑之。荆公因與客話及之，時劉貢父在坐，遽對曰：「此易爲也。」荆公曰：「何也？」貢父曰：「但旁别開一太湖納水則成矣。」公大笑。

東坡謁呂微仲，值晝寢，久之方出見便坐。有昌蒲盆豢緑毛龜，坡指曰：「此易得耳，若六眼則難得。」微仲問：「六眼龜出何處？」坡曰：「昔唐莊宗同光中，林邑國嘗進六眼龜。時敬新磨在殿下，獻口號云：『不要鬧，聽取這龜兒口號。六隻眼兒睡一覺，抵別人三覺。』」

嘉禾方千里，一日會相識張更生。千里乃作一令戲曰：「古人是劉更生，今人是張更生。手内執一卷金剛經，問你是胎生卵生，濕生化生？」更生謂方曰：「古人是馬千里，今人是方千里。手執一卷刑法志，問你要一千里、二千里、三千里？」

吴給事女，敏慧工詩詞，後歸華陽陳子朝，名儒也。晚年惑一妾，緣此遂染風疾。一日親戚來問，吴同妾在側，因指妾曰：「此風之始也。」

晉康福鎮天水日，嘗有疾。幕客謁問，福擁錦衾而坐。客退，謂同列曰：「錦衾爛兮。」福聞之，遽召言者，怒之曰：「吾雖生於塞下，實唐人也，何得爲奚？脚有小瘡，何至於爛？」一云是党進。

有老嫗相讓道，其一曰：「嫗年幾何？」曰：「七十。」曰：「吾六十九，然則明年吾與爾同歲矣。」

艾子在齊，居孟嘗君門下者三年，孟嘗君禮爲上客。既而自齊反乎魯，與季孫氏遇。季孫曰：「先生久於齊，齊之賢者爲誰？」艾子曰：「無如孟嘗君。」季孫曰：「何也？」艾子曰：「食客三千，衣廩無倦色，不賢而能之乎？」季孫曰：「嘻，先生欺余哉。三千客余家亦有之，豈獨田文？」艾子不覺斂容而起，謝曰：「公亦魯之賢者也，翌日敢造門下，求觀三千客。」季孫曰：「諾。」明旦，艾子衣冠齊潔而往，入其門寂然也，升其堂則無人焉。艾子疑之，意其必在別館也。良久季孫出見，詰之曰：「客安在？」季孫悵然曰：「先生來何暮？三千客各自歸家喫飯去矣。」艾子胡盧而退。

艾子講道於嬴博之間，齊魯之士從之者數十百人。一日講文王羑里之囚，偶赴宣王召，不及竟其説。一士怏怏返舍，其妻問之曰：「子日聞夫子之教，歸必欣然，今何不樂之甚也？」士曰：「朝來聞夫子説周文王聖人也，今被其主殷紂無道，囚於羑里，吾憐其無辜，是以深生愁惱。」妻欲寛其憂，姑慰之曰：「今雖見囚，久當放赦，豈必禁錮終身？」士嘆息曰：「不愁不放，只愁今夜在牢內難過活耳。」

燕里季之妻美而蕩，私其隣少年，季聞而思襲之。一旦伏而覘焉，見少年入室而門扃矣，因起叩門。妻驚曰：「吾夫也。奈何？」少年顧門：「有牖乎？」妻曰：「此無牖。」「有竇乎？」妻曰：「此無竇。」「然則安出？」妻目壁間布囊曰：「是足矣。」少年乃入囊，懸之牀側，曰：「問及，則紿以米也。」啓門內季，遍室中求之不得，徐至牀側，其囊累然而見，觸之甚重，詰其妻曰：「是何物？」妻懼甚，囁嚅久之不能答，而季厲聲呵問不已。少年恐事露，不覺於囊中應曰：「吾乃米也。」季因撲殺之，及其妻。艾子聞而笑曰：「昔石言于晉，今米乃言於燕乎？」

齊有病忘者，行則忘止，卧則忘起。其妻患之，謂曰：「聞艾子滑稽多知，能愈膏肓之疾，盍往師之？」其人曰：「善。」於是乘馬挾弓矢而行，未一舍，內逼下馬而便焉，矢植于土，馬繫於樹。便訖，左顧而覩其矢，曰：「危乎，流矢奚自？幾乎中予。」右顧而覩其馬，喜曰：「雖受虛驚，乃得一馬。」引轡將旋，忽自踐其所遺糞，頓足曰：「踏却犬糞，污吾履矣。惜哉。」鞭馬反向歸路而行，須臾抵家，徘徊門外，曰：「此何人居，豈艾夫子所寓邪？」其妻適見之，知其又忘也，駡之，其人悵然曰：「孃子素非相識，何故出語傷人？」

虞任者，艾子之故人也，有女生二周，艾子爲其子求聘。任曰：「賢嗣年幾何？」答曰：「四歲。」任艴然曰：「公欲配吾女與老翁邪？」艾子不諭其旨，曰：「何哉？」任曰：「賢嗣四歲，吾女二歲，是長一半年紀也。若吾女二十而嫁，賢嗣年四十；又不幸二十五而嫁，則賢嗣五十矣，非嫁一老翁邪？」艾子知其愚而止。

齊宣王謂淳于髡曰：「天地幾萬歲而翻覆？」髡對曰：「聞之先師，天地以萬歲爲元，十二萬歲爲會，至會而翻覆矣。」艾子聞其言大哭，宣王訝曰：「夫子何哭？」艾子收淚而對曰：「臣爲十一萬九千九百九十九年上百姓而哭。」王曰：「何也？」艾子曰：「愁他那年上何處去躲這場災難。」

艾子畜羊兩頭於囿，羊牡者好鬬，每遇生人，則逐而觸之。門人輩往來，甚以爲患，請於艾子曰：「夫子之羊牡而猛，請得閹之，則降其性而馴矣。」艾子笑曰：「爾不知今日無陽道的更猛裏。」

楊素與侯白行，道畔有槐樹枯死。素曰：「侯秀才多能，何計令此樹活？」白曰：「可取槐子懸之樹上，即活矣。」素問：「出何書？」白曰：「豈不聞『子在，槐何敢死？』」

又一日，大雪擁爐，白入，素急問曰：「今早有人被蜈蚣咬痛欲死，若爲治之。」白曰：「可取六月雪水塗之。」素曰：「六月那得雪？」白曰：「六月無雪，此時那得蜈蚣？」左右服其機警。

李寰建節晉州，表兄武恭性誕妄，又稱好道及蓄古物，遇寰生日無餉遺，乃箱擎一故皁襖子與寰，云：「此是李令公收復京師時所服，願尚書功業，一似西平。」寰以書謝。後聞知恭生日，箱擎一破幞頭餉恭，曰：「知兄深慕高真，求得一洪崖先生初得仙時幞頭，願兄得道，一如洪崖。」賓僚無不大笑。余嘗讀謝綽宗拾遺録云：「江夏王義恭，性愛古物，常遍就朝士求之。侍中何勗已有所送，而王徵索不已，何甚不平。嘗出行，於道遇狗枷、敗犢鼻，乃命左右取之還，以箱擎送之，牋曰：『承復須古物，今奉李斯狗枷，相如犢鼻。』」此頗與寰恭相類耳。

姚峴有文學，而好滑稽，遇機即發。姚僕射南仲廉察陝郊，峴初釋艱服候見，以宗從之舊，延於中堂，吊訖，未語及他事。門外忽有投刺者云「李過庭」，僕射曰：「過庭之名甚新，未知誰家子弟？」客將左右皆稱不知，又問峴：「知之否？」峴初猶俛首嚬眉，頃之自不可忍，斂手言曰：「恐是李趨兒。」僕射久方悟而大笑。

石參政中立，性滑稽，天禧中爲員外郎。時西域獻獅子，畜於御苑，日給羊肉十五斤。嘗率同列往觀，或曰：「彼獸也，給羊肉乃爾，吾輩忝預曹郎，日不過數斤，人翻不及獸乎？」石曰：「君何不知分也？彼乃苑中獅子，吾曹園外狼耳，安可並耶？」

章郇公得象，與石資政中立素相友善，而石喜談諧，嘗戲章云：「昔時名畫，有戴松牛、韓幹馬，而今有章德象也。」

景祐中有郎官皮仲容者，偶出街衢，爲一輕浮子所戲，遽〔一〕前賀云：「聞君有臺憲之命。」仲容立馬媿謝。久之，徐問其何以知之。對曰：「今新制臺官必用僻姓者，故以君姓知之爾。」蓋是時三院御史乃仲簡、論程、掌禹錫也。聞者傳以爲笑。

校勘記

〔一〕「遽」，原作「遂」，據歸田録卷一改。

劉攽博學有俊才，然滑稽喜謔。熙寧中爲開封府試官，出「臨以教思無窮」論。舉人上請曰：「此卦大象如何？」劉曰：「要見大象，當詣南御苑也。」又有請曰：「至于八月有凶，何也？」答曰：「九月固有凶矣。」蓋南苑豢馴象，而榜帖之出，常在八月九月之間也。馬嘿爲臺官，彈奏攽輕薄，不當置在文館。攽聞而歎曰：「既爲馬嘿，豈合驢鳴？」

荆公、禹玉，熙寧中同在相府。一日同侍朝，忽有虱自荆公襦領而上，直緣其鬚。上顧之笑，公不自知也。朝退，禹玉指以告公，公命從者去之。禹玉曰：「未可輕去，輒獻一言，以頌虱之功。」公曰：「如何？」禹玉笑而應曰：「屢遊相鬚，曾經御覽。」荆公亦爲之解頤。

魯直戲東坡曰：「昔王右軍字爲换鵝字。韓宗儒性饕餮，每得公一帖，於殿帥姚麟换羊肉十數斤，可名二丈書爲换羊書。」東坡大笑。一日公在翰苑，以聖節製撰紛冗，宗儒日作數簡，以圖報書，使人立庭下，督索甚急。公笑謂曰：「傳語本官，今日斷屠。」

秦士有好古物者，價雖貴，必購之。一日有人持敗席一扇，踵門而告曰：「昔魯哀公命席以問孔子，此孔子所坐之席也。」秦士大愜以爲古，遂以負郭之田易之。踰時又有持枯竹一枝，告之曰：「孔子之席，去今未遠，而子以田售。吾此杖乃太王避狄，杖策去邠時所操之箠也，蓋先孔子又數百年矣，子何以償我？」秦士大喜，因傾家資悉與之。既而又有持巧漆椀一隻，曰：「席與杖皆周時物，固未爲古也。此椀乃舜造漆器時作，蓋又遠於周矣，子何以償我？」秦士愈以爲遠，遂虛所居之宅以予之。三器既得，而田舍資用盡去，致無以衣食，然好古之心，終未忍捨三器。於是披哀公之席，持太王之杖，執舜所作之椀，行丐於市，曰：「那箇衣食父母，有太公九府錢，乞我一文。」聞者噴飯。

唐李文禮累遷至揚州司馬，質性遲緩。時在揚州，有吏自京還，得長史家書，云姊亡，請擇日發之。李忽聞姊亡，乃大號慟。吏復白曰：「是長史姊。」李久而徐問曰：「是長史姊耶？」吏曰：「是。」李曰：「我無姊，向亦怪矣。」

彭淵材初見范文正公畫像，驚喜再拜，前磬折稱：「新昌布衣彭几幸獲拜謁。」既罷，熟視曰：「有奇德者，必有奇形。」乃引鏡自照，又捋其鬚曰：「大略似之矣，但只無耳毫數莖耳，年大當十相具足也。」又至廬山太平觀，見狄梁公像，眉目入鬢，又前再拜，贊曰：「有宋進士彭几謹拜謁。」又熟視久之，呼刀鑷者，使刺其眉尾，令作卓枝入鬢之狀。家人輩望見驚笑，淵材怒曰：「何笑？吾前見范文正公，恨無耳毫。今見狄梁公，不敢不剃眉，何笑之乎？」

唐陳國張伯偕與弟仲偕形貌一般。仲偕娶妻，妻新粧畢，忽見伯偕自窻外過，妻問曰：「我今粧飾好否？」答曰：「我伯偕也。」妻赧然趍避。既出房至姑所，又逢伯偕，告之曰：「適見伯伯，大羞。」伯偕笑曰：「誤，誤，我固伯也。」

白汲與其弟孿生，狀貌酷相肖，人不能辨。一日汲自外歸，弟妻以爲其夫也，迎而呼之，不應，即時詈之，遂批其頰。汲正色謂之曰：「我乃伯也。」婦惶愧而退。汲自是更其冠，以爲別異。

張思光嘗詣吏部尚書何戢，誤通尚書劉澄，融下車入門，曰：「非是。」至户外望澄，又曰：「非是。」既造席，視澄曰：「都非是。」乃去。

盧思道聘陳，陳主用觀世音語弄思道曰：「是何商人，賫持重寶？」思道即以觀世音語報曰：「忽遇惡風，漂墮羅刹鬼國。」陳主大慙。

陸餘慶爲洛州長史，善議論事，而謬於判決。其子嘲之曰：「陸餘慶，筆頭無力嘴頭硬。一朝受訟詞，十日判不竟。」送案褥下。餘慶得之，曰：「必是那狗。」遂鞭之。時嘲之曰：「說事喙長三尺，判事手重五斤。」

郭功父過杭州，出詩一軸示東坡，先自吟誦，聲振左右。既罷，謂坡曰：「祥正此詩幾分？」東坡曰：「十分。」祥正驚喜問之，坡曰：「七分來是讀，三分來是詩，豈不是十分耶？」

東坡與温公論事偶不合，坡曰：「相公此論，故爲鱉廝踢。」温公不諭其戲，曰：「鱉安能廝踢？」曰：「是之謂鱉廝踢。」又東坡與時輩議論，每每多所雌黄，獨司馬温公不敢有所輕重。一日相與共論免差役利害，偶不合，及歸舍，方卸巾弛帶，乃連呼曰：「司馬牛，司馬牛。」

吉州士子赴省，書先牌云「廬陵魁選歐陽伯樂」。或誚之曰：「有客遥來自吉州，姓名挑在擔竿頭。雖知汝是歐陽後，畢竟從來不識修。」

東坡有小妹，善詞賦，敏慧多辯，其額廣而如凸，坡嘗戲之曰：「蓮步未離香閣外，梅妝先露畫屏前。」妹即應歌云：「欲叩齒牙無覓處，忽聞毛裏有聲傳。」以坡公多鬚髯，遂以戲答之，時年十歲耳。聞者無不絶倒。

坡公一日設客，十餘人皆名士，米元章亦在坐。酒半，元章忽起自贊曰：「世人皆以芾爲顛，願質之子瞻。」公笑曰：「吾從衆。」

東坡閑居，日與秦少游夜宴。坡因捫得虱，乃曰：「此是垢膩所生。」秦少游曰：「不然，綿絮成耳。」相辨久而不決，相謂曰：「明日質疑佛印，理曲者當設一席，以表勝負。」及酒散，少游即往叩門，謂佛印曰：「適與坡會，辨虱之所由生。坡曰生于垢膩，愚謂成于綿絮。兩疑不釋，將決吾師。師明日若問，可答生自綿絮，容勝後當作餠飥會。」既去，頃之坡復至，乃以前書言之，祝令答以虱本生于垢膩，許作冷淘。明日果會，具道詰難之意。佛印曰：「此易曉耳。乃垢膩爲身，綿絮爲脚。先吃冷淘，後吃飫飥。」二公大笑，具宴爲樂。

有宗室名宗漢，自惡人犯其名，謂漢子曰兵士，舉宮皆然。其妻供羅漢，其子授漢書，宮中人曰：「今日夫人召僧供十八羅兵士，太保請官教點兵士書。」都下鬨然，傳以爲笑。

田登作郡，自諱其名，觸者必怒，吏卒多被榜笞，於是舉州皆謂燈爲火。上元放燈，許人入州治遊觀，吏人遂書榜揭于市曰「本州依例放火三日」。

慶曆中，衛士有變，震驚宮掖，尋捕殺之。時臺官宋禧上言：「此蓋平日防閑不密，所以致患。臣聞蜀有羅江狗，赤而尾小者，其儆如神，願養此狗於掖庭，以警倉卒。」時謂之「宋羅江」。又有御史席平，因鞫詔獄畢上殿，仁宗問其事，平曰：「已從車邊斤矣。」時謂之「車斤御史」。

嘉祐、治平間，有中官杜浙者，好與舉子同游學文談，不悉是非。居揚州，凡答親舊書，若此事甚大，必曰「茲務孔洪」，如此甚多。蘇子瞻過維揚，蘇子容爲守，杜在座，子容少怠，杜遽曰：「相公何故溘然？」其後子瞻與同會，問典客曰：「爲誰？」對曰：「杜供奉。」子瞻曰：「今日不敢睡，直是怕那溘然。」

武帝與越王爲親，遣東方朔泛海求寶，愆期不至，乃微服齋絹問卜於孫賓。賓延坐，未之識也，及啓卜卦，方知是帝，惶懼起拜。帝曰：「朕來覓物，卿勿言。」賓曰：「陛下非卜他物，卜東方朔耳。朔行七日必至，今在海中，西面招水大嘆。到日請詰之。」朔至，帝曰：「卿約一年，何故二載？」朔曰：「臣不敢稽程，探寶未得也。」帝曰：「七日前卿在海中西面招水大嘆，何也？」朔曰：「臣非嘆別事，嘆孫賓不識天子，與陛下對坐耳。」帝深異之。

和州士人杜默，累舉不成名，性英儻不羈，因過烏江，入謁項王廟。時正被酒霑醉，才炷香拜訖，徑升偶坐，据神頸，拊其首而慟，大聲語曰：「大王有相虧者。英雄如大王，而不能得天下，文章如杜默，而進取不得官。」語畢又大慟，泪如迸泉。廟祝畏其必獲罪，雖扶以下，掖之而出，猶回首嗟嘆，不能自釋。祝秉燭檢視神像，垂泪亦未已。

謝希孟少豪俊，在臨安狎娼，陸氏象山責之曰：「士君子乃朝夕與賤娼女居，獨不媿於名教乎？」希孟但敬謝而已。他日復爲娼造鴛鴦樓，象山聞之，又以爲言。希孟曰：「非特建樓，且爲作記。」象山喜其文，不覺曰：「樓記云何？」即口占首句云：「自遜抗機雲之死，而天地英靈之氣，不鍾於男子而鍾於婦人。」象山知其侮己，默然。

東坡在玉堂，一日讀杜牧之阿房宮賦幾數遍，每讀徹一遍，即再三咨嗟嘆息，至夜分猶不寐。有二老兵皆陝人，給事左右，坐久甚苦之。一人長嘆，操西音曰：「知他有甚好處？夜久寒甚，不肯睡，連作冤苦聲。」其一曰：「也有兩句好。」其人大怒曰：「你又理會得甚底？」對曰：「我愛他道『天下人不敢言而敢怒』。」叔黨卧而聞之，明日以告東坡，大笑曰：「這漢子也有鑒識。」

唐寇豹與謝觀同在崔裔孫門下，以文藻知名。豹謂觀曰：「君白賦有何佳語？」對曰：「曉入梁王之苑，雪滿羣山；夜登庾亮之樓，月明千里。」觀謂豹曰：「君胡不作赤賦？」豹曰：「田單破燕之日，火燎平原；武王代紂之年，血流漂杵。」文山效之作黑賦曰：「孫臏〔二〕銜枚之際，半夜失踪；達摩面壁以來，九年閉目。」座中一客賦青曰：「帝子之望巫陽，遠山過雨」；王孫之別南浦，芳草連天。」一客賦黄曰：「杜甫柴門之外，雨漲春流；衛青油幕之前，沙含夕照。」文山評：「月明千里，得白之神；曰火曰血，不免著跡。」或改之曰：「孫綽賦天台景，赤城霞起而建標；杜牧咏江南春，十里鶯啼而映緑。」又賦黄曰：「靈均之歎木葉，秋老洞庭；淵明之啜落英，霜清彭澤。」升菴改黑賦云：「周庭之列畢蘇，裳如蟻陣；陳閣之迎張孔，鬢似鴉翎。」

校勘記

〔一〕「臏」，原作「賓」，據寶樹堂本改。

五代袁正辭積錢盈室，室中常〔一〕有聲如牛，人以爲妖，勸其散積以禳之。正辭曰：「吾聞物之有聲，求其同類耳，宜益以錢，聲乃止。」

校勘記

〔一〕「常」，原作「堂」，據寶樹堂本改。

婁師德好諧謔，則天朝大禁屠殺，師德因使至陝，庖人進肉，師德曰：「何爲有此？」庖人曰：「豺咬殺羊。」師德曰：「豺大解事。」又進鱠，復問之，庖人曰：「豺咬殺魚。」師德大叱之，曰：「智短漢，何不道是獺？」遂不食。

經生多有不省文章。嘗一邑有兩人同官，其一或舉杜荀鶴詩，稱贊「也應無計避征徭」之句。其一難之曰：「此詩失矣，野鷹何嘗有征徭乎？」舉詩者解曰：「古人有言，豈有失也？必是當年科取翎毛耳。」

唐蘇晉，頲之子也。學浮屠術，嘗得胡僧慧澄繡彌勒佛一本，寶之，嘗曰：「是佛好飲米汁，正與吾性合，吾願事之，他佛不愛也。」

丁謂謫崖州，嘗謂客曰：「天下州郡孰爲大？」客曰：「京師也。」謂曰：「不然。朝廷宰相，往往爲崖州司户，則崖州爲大也。」聞者絶倒。

石曼卿善謔，嘗出，御者失鞚馬驚，曼卿墮地，從吏遽扶掖升鞍。曼卿曰：「賴我是石學士，若是瓦學士，豈不跌碎乎？」

張逸密學知成都，僧文鑒求見，時華陽簿張唐輔同在客次，唐輔欲搔首，方脱烏巾，睥睨文鑒，置於其首。文鑒大怒，訴於張公。公問其故，唐輔曰：「某方頭癢，取下幞頭，無處頓放，見大師頭閑，遂權頓少時，不意其怒也。」

張端爲河南司録，府當祭社買猪，已呈尹，其夜突入録廳，端即令殺之。吏以白尹，尹問端，對曰：「按律，猪〔一〕無故夜入人家，主人登時殺之勿論。」尹大笑，爲別市猪。

校勘記

〔一〕「猪」，原作「諸」，據類説卷五十六殺祭社猪條改。

王聖美爲縣令，尚未知名，謁一達官，值其方與客談孟子，殊不顧聖美，聖美竊哂其所論。久之，忽顧聖美曰：「嘗讀孟子否？」對曰：「平生愛之，但不曉其義。」曰：「試言之。」曰：「即孟子見梁惠王，便從頭不曉此語。」達官訝之曰：「此有何奧義？」聖美曰：「既云不見諸侯，復因何見梁惠王也？」其人愕然無對。

艾子好飲，少醒日，門人謀曰：「此未可口舌争，宜以險事怵之。」一日大飲而噦，門人密袖彘膓置噦中，持以示曰：「凡人俱五臟，今公因飲而出一臟矣，何以生邪？」艾子熟視而笑曰：「唐三臟尚活世，况四臟乎？」

寶慶初元，洪舜俞爲考功郎，應詔言事，論臺諫失職，詞甚剴切，内有「其相率勇往而不顧者，惟恭請聖駕款謁景靈宫而已」句，遂爲臺臣所摘，謂：「祇見宗廟，重事也，而洪舜俞乃云『款謁景靈宫而已』，詞語嫚易，有輕宗廟之意。」遂被落三官。舜俞乃爲詩云：「不得之乎成一事，却因而已失三官。」

陳晟知隆慶府奉新縣，有富人王允升，老而娶妻涂氏，爲諸寵所沮，當夜不成婚而成訟。晟判云：「兩家好夫婦，方結同心；一夜惡姻緣，遽爲反目。這場公案，好入笑林。王允升白髮皤然，自謂力微而心在；涂氏女青春過了，亦須華落而色衰。始焉草草婚姻，終也匆匆聚散。鴛鴦小小思珍偶，輸與少年；鳳凰寥寥不復聞，遂成一夢。」

治平中，省試「大舜善與人同」賦。一舉人見黜，心甚不平，其破題云：「道雖貫於萬世，善猶同於衆人。」或有善謔者謂之曰：「以尿罐對油筒，宜見黜落。」

梅詢爲翰林學士，一日書詔頗多，屬思甚苦，操觚巡堦而行，忽見一老卒卧於日中，欠伸甚適。梅忽歎曰：「暢哉。」徐問曰：「汝識字否？」曰：「不識字。」梅曰：「更快活也。」

宋樞密文及翁嘗詠雪爲百字令詞云：「没巴没臂，霎時間、做出漫天漫地。不問高低併上下，平白都教一例。鼓弄滕六，招邀巽二，只恁施威勢。識他不破，至今道是祥瑞。最是鵝鴨池邊，三更半夜，誤了吴元濟。東郭先生都不管，挨上門兒穩睡。一夜東風，三竿紅日，萬事隨流水。東皇笑道，山河原是我的。」蓋譏賈相打量也。

王介性輕率，語言無倫，人謂其有風疾。出守湖州，荆公以詩送之云：「吴興太守美如何，柳惲詩才未足多。遥想郡人迎下擔，白蘋洲渚正滄波。」其意以水值風即起波也。介諭其意，遂和十篇，盛氣而誦於荆公。其一曰：「吴興太守美如何，太守從來惡祝鮀。生若不爲上柱國，死時猶合代閻羅。」荆公笑曰：「閻羅見闕，請速赴任。」

宋何承之除著作郎時已老，而諸佐郎竝名家年少，荀伯于嘲之，常呼爲嬭母。承之曰：「卿當云鳳凰將九子，何言嬭母？」

馮道與趙鳳同在中書，鳳有女適道仲子，以飲食不中，爲道夫人詬駡。趙知，令婢長號，知院者來訴，凡數百言，道都不答。及去，但云：「傳語親家，今日好雪。」

嘉興許應逵爲東平守，甚有循政，而爲同事所中，得論調去，吏民走送〔一〕，哭泣不絶。許君晚至逆旅，謂其僕曰：「爲吏無所有，只落得百姓幾眼淚耳。」僕嘆曰：「阿爺囊中不着一錢，好將眼淚包去，作人事送親友。」許爲一拊掌。

校勘記

〔一〕「走送」二字原無，據寶樹堂本補。

唐益州每歲進甘子，皆以紙裹之。他時長吏嫌其不敬，代之以細布。既而恒恐有甘子爲布所損，每歲多懷憂懼。俄有御史甘子布至，長吏以爲推布裹甘子事，因大懼，曰：「果爲所推。」及子布到驛，長吏但敘以布裹甘子爲敬，子布初不知之，久而方悟。聞者莫不大笑。〔二〕

校勘記

〔二〕此條至卷末如韋館本無，悉據寶樹堂本補。

唐滄州南皮縣丞郭務静初上，典王慶通判案，静曰：「爾何姓？」慶曰：「姓王。」須臾慶又來，又問：「何姓？」又曰：「姓王。」静怪愕良久，仰看慶曰：「南皮佐史揔姓王。」

唐裴佶少時，姑夫爲朝官，有雅望。佶至宅，會其退朝，深嘆曰：「崔照何人，衆口稱美，必行賄也。如此安得不亂？」言未訖，門者報曰：「壽州崔使君候謁。」姑夫怒呵門者，將鞭之，良久束帶强見。須臾命茶甚急，又命酒饌，又命飫爲飯。佶姑曰：「前何倨而後恭？」及入門，有德色，揖佶曰：「憩學中。」佶未下階，出懷中一紙，乃贈官絁千匹。

北齊王元景爲尚書，性雖懦緩，而每事機捷。有奴名典琴，嘗旦起令索食，謂之解齋。奴曰：「公不作齋，何故常云解齋？」元景徐謂奴曰：「我不作齋，不得爲解齋，汝字典琴，何處有琴可典？」

山東人娶蒲州女，多患癭，其妻母項癭甚大，成婚數月，婦家疑壻不慧，婦翁置酒，盛會親戚，欲以試之。問曰：「某郎在山東讀書，應識道理。鴻鶴能鳴，何意？」曰：「天使其然。」又曰：「松栢冬青，何意？」曰：「天使其然。」又曰：「道邊樹有骨骴，何意？」曰：「天使其然。」婦翁曰：「某郎全不識道理，何因浪住山東？鴻鶴能鳴者頸項長，松柏冬青者心中强，道邊樹有骨骴者車撥傷，是豈天使其然？」壻曰：「請以所聞見奉酬，不知許否？蝦蟇能鳴，豈是頸項長？竹亦冬青，豈是心中强？夫人項下癭如許大，豈是車撥傷？」婦翁羞愧，無以對之。

伯樂令其子執馬經畫樣以求馬，經年無有似者。歸以告父，更令求之，出見大蝦蟇，謂父曰：「得一馬，略與相同，而不能具。」伯樂曰：「何也？」對曰：「其隆顱趹〔一〕目脊郁縮，但蹄不如累趍耳。」伯樂曰：「此馬好跳躑，不堪也。」子乃止。

校勘記

〔一〕「趹」，原作「眹」，按此條出朝野僉載卷六，據改。

唐汝南袁德師，故給事高之子，嘗于東都買得婁師德故園地起書樓。洛人語曰：「昔日婁師德園，今乃袁德師樓。」

交廣間遊客，各求館帖，所至迎接甚厚，贐賂每處十千。廣帥盧鈞深知其弊，凡求館帖者，皆云：「累路館驛，供菜飯而已。」有客齎帖到驛，驛司依帖供給，客不發。驛吏曰：「恐後更有使客，前驛又遠，此非宿處。」客曰：「食帖如何處分？」吏曰：「供菜飯而已。」客曰：「菜飯供了，還我而已來。」驛相顧莫知所爲，客又迫促無計，吏問曰：「不知而已何似？」客曰：「而已大於驢，小於騾，若無可供，但還我價直。」吏問：「每一而已，其價幾何？」客曰：「三五千。」驛吏遂斂送耳。

有覩隣人夫婦相諧和者，夫自外歸，見婦吹火，乃贈詩曰：「吹火朱唇動，添薪玉腕斜。遥看烟裏面，大似霧中花。」其妻亦候夫歸，告之曰：「每見隣人夫婦極甚多情，適來夫見婦吹火，作詩咏之，君豈不能學也？」夫曰：「彼詩道何語？」乃誦之。夫曰：「君當吹火，爲别製之。」妻亦效吹，乃作詩曰：「吹火青唇動，添薪黑腕斜。遥看烟裏面，恰似鳩盤茶。」

隋末劉黑闥，據有數州，縱其威虐，合意者厚加賞賜，違意者即被屠割。嘗閒暇訪得解嘲人，召入庭前，立須臾，水惡鳥飛過，命嘲之。即云：「水惡鳥，頭如鐮杓尾如鑿，河裏搦魚無僻錯。」大悦。又令嘲駱駝，嘲曰：「駱駝，項曲緑蹄，被他負物多。」因大笑，賜絹五十疋，拜畢，左膊上負絹，走至戟門，倒卧不起。黑闥令問何意倒地，答云：「爲是偏檐。」更命五十屯綿置右膊，將去，令明日更來。還路逢一知識，問：「何處得此綿絹？」具説其事。大喜而歸，語其婦曰：「我明日定得綿絹。」及曉即詣門，言極善解嘲。黑闥大喜，令引之，適一獮猴在庭，命嘲之，曰：「獮猴，頭如鐮杓尾如鑿，河裏搦魚無僻錯。」黑闥已怪，猶未之責。又一鴟飛度，復令嘲之，因云：「老鴟，項曲緑蹄，被他負物多。」於是大怒，令割一耳。走出至庭，又即倒地。令問之，又云：「偏檐。」復令割一耳。還家，婦迎問綿絹何，答曰：「綿絹割兩耳，只有面。」

唐初梁寶好嘲戲，曾因公行至貝州，問貝州佐史，云：「此州有趙神德，甚能嘲。」即令召之。寶顔甚黑，廳上憑案以待。須臾神德入，兩眼俱赤。寶即云：「趙神德，天上既無雲，閃電何以無准則？」答云：「向者入門來，案後惟見一挺墨。」寶又云：「官裡料硃砂，半眼供一國。」又答云：「磨公小拇指，塗得太社北。」寶更無以對，愧謝遣之。

唐封抱一任櫟陽尉，有客過之，既短，又患眼及鼻塞，抱一用千字文語作嘲之詩曰：「面作天地玄，鼻作鴈門紫。既無左達承，何勞罔談彼？」

高敖曹嘗爲雜詩三首，云：「塚子地握槊，星宿天圍棋。開曇甕張口，卷席牀剥皮。」又：「相送重相送，相送至橋頭。培堆兩眼淚，難按滿胸愁。」又：「桃生毛彈子，瓠長棒槌兒。牆欹壁亞腹，河凍水生皮。」

唐元宗逵爲果州司馬，有婢死，處分直典云：「逵家老婢死，驅使來久，爲覓一棺木殯之。

逵初到，家貧不能買得新者，但得一經用者即得，亦不須道逵買，云君家自須。」直典出門說之，一州以爲口實。

有人以釘鉸爲業者，道逢駕幸郊外，平天冠偶壞，召令脩補訖，厚加賞賚。歸至山中，遇一虎卧地呻吟，見人舉爪示之，乃一大竹刺，其人爲拔去，虎啣一鹿以報。至家語婦曰：「吾有二技，可立致富矣。」乃大署其門曰：「崙修補平天冠，兼拔虎刺。」

刻五雜組小跋

去秋，余塌翅南都，歸卧天都山下，山館岑寂，晝聞猿嘯，忽叩户聲甚急，則雲杜李右丞公以都水謝公此書見貽，且屬繡梓。余躍起藤影下讀之，見其囊括包舉，六合内，六合外，靡不存且論也。夫穆滿執化人袪，出雲雨上下，視宫闕便若壘塊積蘇；夏仲御飛鶡首，掇獸尾，初歌河女章，後作小海唱，風雲爲之嚮集，雷電爲之晝冥，至今人思慕其故而不可得，徒生健羨。想余醉心此書，倏歷寒暑，帳中祕賞，心甚昔人。念無以謝右丞命，遂付梓人行之，俾千古瓌觀，彪炳宇宙，令天下後世思慕健羨而可得也，斯爲無負右丞、都水兩公耳。若此書命名之義，載道之總，右丞叙詳之矣，無俟余贅。时丙辰仲夏，古歙潘膺祉方凱父書於如韋軒。

圖書在版編目（CIP）數據

文海披沙；五雜組/（明）謝肇淛撰；印曉峰點校.
福州：福建人民出版社，2024. 12. --（八閩文庫）.

ISBN 978-7-211-09731-9

Ⅰ. I242.1

中國國家版本館 CIP 數據核字第 2025FM5182 號

文海披沙　五雜組

作　　者：［明］謝肇淛　撰　印曉峰　點校
責任編輯：趙遠方
責任校對：陳　璟
裝幀設計：張志偉
美術編輯：陳培亮
出版發行：福建人民出版社
電　　話：0591-87533169（發行部）
地　　址：福建省福州市東水路 76 號
經　　銷：福建新華發行（集團）有限責任公司
印刷裝訂：雅昌文化（集團）有限公司
地　　址：深圳市南山區深雲路 19 號
電　　話：0755-86083235
開　　本：890 毫米 ×1240 毫米　1/32
印　　張：26.125
字　　數：474 千字
版　　次：2024 年 12 月第 1 版第 1 次印刷
書　　號：ISBN 978-7-211-09731-9
定　　價：120.00 元